Für Kyle
und Lisa
aus so vielen Gründen

ANIKA BEER

WE BURN THE SUN

Roman

PIPER

Entdecke die Welt der Piper Science Fiction:
Piper Science-Fiction.de

Wenn Ihnen dieser Roman gefallen hat, schreiben Sie uns unter Nennung des Titels »We Burn the Sun« an *empfehlungen@piper.de*, und wir empfehlen Ihnen gerne vergleichbare Bücher.

Von Anika Beer liegen im Piper Verlag vor:
Succession Game
We Burn the Sun

»We Burn the Sun« enthält Themen, die belasten können. Deshalb finden Sie am Ende dieses Buchs auf Seite 475 eine Inhaltswarnung. Achtung: Diese enthält Spoiler für das gesamte Buch.

MIX
Papier | Fördert gute Waldnutzung
FSC® C083411

PRODUZIERT MIT VERANTWORTUNG

Originalausgabe
ISBN 978-3-492-70645-2

Für einen direkten Kontakt und Fragen zum Produkt
wenden Sie sich bitte an: *info@piper.de*
Redaktion: Li-Sa Vo Dieu
Illustration: Larissa Burkhard
Satz: Satz für Satz, Wangen im Allgäu
Gesetzt aus der Scala Pro
Druck und Bindung: CPI Books GmbH, Leck
Printed in the EU

ZEITLINIEN-LOGBUCH 0

Start/Ort: [39°N 44°W]
Start/Zeit: 10/24/89
QuantumDot: ohne Fixpunkt
Protokoll: S. Brennan

Persönliche Notiz:
Die Vögel fliegen tief.

TAG 922

40° N 72° W
3. Mai 2091, 11:47
an Bord der Revery

Der Anfang war immer schwarz.

Tintenschwarz. Nachtschwarz. Nichtsschwarz.

Bis auf diesen einen Punkt aus Licht.

Er war so winzig, dass es unmöglich sein sollte, ihn überhaupt zu sehen. Es *war* unmöglich. Kein Binokular der Welt konnte Photonen so verstärken, dass sie mit bloßem Auge sichtbar waren, und doch … Je länger Sorcha die Brauenbögen gegen die Sichtrohre der Maschine presste, desto deutlicher erkannte sie es: das Licht, das sich zu einem verschwindend kleinen Punkt zusammenzog, während es sich bereits in Wellen wieder auflöste, hin und her fluktuierte, sich dehnte und waberte. Glimmerspuren sickerten in die Schwärze, streckten sich nach den Gegenstücken des Quantums, mit denen es womöglich verschränkt war; jedes an einem anderen Ort, in einer anderen Zeit, in einer anderen Realität. Der Anblick war immer aufs Neue hypnotisierend.

Ein Schaudern überzog Sorchas Haut vom Kopf bis in die Zehenspitzen. Ihre Hand am Hebel zitterte. Sie hatte die Maschine in den letzten zweieinhalb Jahren so oft benutzt, dass sie etwas zu genau wusste, wie es sich anfühlte, ihn umzulegen. Als öffnete sich der Spalt in ihrer Wahrnehmung bereits, obwohl sie noch nichts getan hatte, außer die fünfdimensionalen Koordinaten in Raum, Zeit und Licht in das Bedienfeld einzugeben. Ein Sprung in ihrer Wirklichkeit, der sich mit jeder Erschütterung weiter verästelte.

Wie viele solcher Risse konnte ein Bewusstsein wohl aushalten, ehe es endgültig zersplitterte?

Stopp. Bleib bei der Sache. Setz den Fixpunkt. Jetzt.

Furcht sickerte durch den Riss in ihre Gedanken; eine Furcht, von der sie nicht wusste, ob sie aus einer möglichen Zukunft kam oder bloß ein Symptom ihrer Nervosität war. Sobald sie den Hebel umlegte, würde sie all die Möglichkeiten sehen, wie die heutige Mission ausgehen konnte. Würde wissen, ob eins ihrer zukünftigen Ichs es für nötig gehalten hatte, sich selbst eine Nachricht durch die Zeit zu schicken. Ob der Raid schiefgegangen war. Wie oft. Und auf welche Weise.

Rational war es die einzig sinnvolle Entscheidung, diese Informationen abzurufen, bevor die Mission begann. Aber ...

... was, wenn ihre Realität keine weitere Fragmentierung aushielt? Wenn dieses Mal das eine Mal zu viel war; wenn sie zerbrach, falls sie sich jetzt einen weiteren Riss zufügte?

Das Knarren der Tür hinter ihr schreckte sie auf. Eine hagere Silhouette zeichnete sich gegen das schummrige Licht auf dem Unterdeckflur ab.

»Was gibt's, Cicatriz?« Sorchas Stimme steckte weit hinten in ihrer Kehle fest, unangenehm eingedrückt.

»Wir sind da. Bist du so weit?«

Erst jetzt wurde Sorcha bewusst, dass das Vibrieren und Summen des Schiffsmotors zum Stillstand gekommen war. Stattdessen hörte sie die Wellen, die gegen den Rumpf der *Revery* brandeten und den Boden von einer Schieflage zur anderen schwanken ließen. Ihre Gedanken schwankten mit, hin und her, ja oder nein. Die Hand am Hebel zuckte erneut.

Sorcha schloss die Finger fest um den Griff, spürte den Kunststoff unter der schwitzigen Haut ihrer Handfläche rutschen – und traf die Entscheidung. Sie ließ den Hebel los und stand auf. Streifte die Neurofeedback-Manschetten von den Armen und Knien, zupfte das Tape von der Nackenwirbelsäule und zog das Netzgeflecht mit den Elektroden von ihrem Kopf. »Gerade fertig.«

Sie konnte den Blick des Quartiermeisters nicht sehen, nur spüren. Undeutbar wie immer. Sorcha straffte das ungewohnt elegante Kleid über ihrer Hüfte, glättete mit den Fingern, was an der Hochsteckfrisur in Unordnung geraten war, und schaltete die Maschine aus.

Es war unmöglich, ein einzelnes Photon zu sehen. Trotzdem fühlte es sich an, als würde es noch dunkler im Raum.

»Kann losgehen.«

Sie sah nicht zurück, als sie die Tür hinter sich abschloss und Cicatriz den Schlüssel in die Hand drückte.

Besser, einen klaren Kopf zu haben. Besser, dem Tag ohne multidimensionale Angst entgegenzugehen. Besser, sich sicher zu sein, dass was sie sehen, hören und spüren würde, auch tatsächlich hier und jetzt geschah und nicht irgendwo anders.

Und besser, nicht darüber nachzudenken, ob sie womöglich gerade einen fatalen Fehler beging.

TAG 922

40° N 72° W
3. Mai 2091, 11:55
an Bord der Revery

Die See war unruhig. Ein böiger Wind wechselte immer wieder die Richtung und ließ die gerafften Segel in ihren Halterungen rumoren. Unter Sorchas Füßen vibrierten die Stufen zur Backbordnock auf der Brücke, synchron mit dem Ächzen und Stöhnen verschweißter Stahlplatten im Wellengang, der die *Revery* von ihrer Position zu schieben versuchte.

Sorcha fühlte sich wie das Schiff, das vergeblich an seinem Anker zerrte. Auch sie hätte sich in diesem Moment gern losgerissen und wäre vorgestürmt, und sie hätte viel dafür gegeben, im Kraftstoffmechanikraum zu sein oder wenigstens am Kontrollpanel für die Seilzüge.

Keine Chance. Ihre Position war heute eine andere. Selbst wenn sie noch so gern in den Wind gebrüllt oder auf Knöpfe geschlagen hätte.

Vince stand an der Reling, das Fernrohr vor dem Auge und auf die Wasserstadt gerichtet, die sich wie eine überdimensionierte Lotosblüte eine halbe Seemeile voraus aus den bleigrauen Wellen erhob. Oberhalb der Blattspitzen aus schlanken Glas- und Stahltürmen war die Wolkendecke aufgerissen, und breite Lichtfinger wiesen auf die Stadt, als sei sie wirklich die heilige Arche, die göttliche Rettung, nach der sie benannt worden war.

»*Cheerio,* lang lebe die Elite.« Vince stieß einen Laut aus, der halb Schnauben, halb Lachen war. »Party hard.«

Sorcha legte die Umhängetasche zu ihren Füßen ab, die Cicatriz für sie vorbereitet hatte. Ihre Mundwinkel zuckten. »Die even harder.« Der Zynismus fühlte sich rauer an als sonst, belegt von der Anspannung, die sich seit Stunden in ihr aufstaute.

Sie lehnte die Unterarme auf die Reling und sah aus dem Augenwinkel zu Vince. Es war ein enervierend ungewohnter Anblick, Captain Frigatebird ganz in schwarz zu sehen; so gedeckt, unterdrückt geradezu in dem eleganten Dreiteiler über dem Seidenhemd. Es war, als wäre mit den Farben auch die übliche Expression verschwunden. Die große Gestik, die entschlossene Wut, die sonst jedes von Vince' Worten begleiteten, eingesperrt vom steifen Schnitt der Kleidung. Oder vielmehr: höchst konzentriert nach innen gerichtet. Wie ein Loch voll tödlicher Energie, die summend auf Sorchas Haut kribbelte und in Vince' pechschwarzen Haaren tanzte, die als einziges noch wild und frei im Wind flatterten.

Enervierend trifft es.

Nicht enervierender allerdings, als selbst in diesem luxuriösen Etuikleid aus Seide zu stecken, das zu Vince' Hemd passte. Neben der viel zu teuren Handtasche voller Sprengladungen stand der Aktenkoffer mit dem Fernzünder.

Hoffentlich lassen sie uns nicht zu lange warten.

»Und wenn das Zeichen nicht kommt?« Edna war aus dem Ruderhaus hinter sie getreten. Ihr kurzes friesenblondes Haar leuchtete fahl im sturmgrauen Licht. »Wenn sich Aurora geirrt hat? Wenn sie uns verarscht haben? Was dann, Captain?«

Vince ließ das Fernrohr sinken, drehte sich um und sah zu Edna auf, ein gefährliches Lächeln auf den Lippen. »Dann zeigen wir ihnen, was Mayhem bedeutet.«

Ein Schauer rieselte Sorchas Rückgrat hinunter. Sie war sich nicht sicher, was es mit ihr machte, dass sie beide so verkleidet hier standen – so weit entfernt von ihrem üblichen Selbst und zugleich so nah dran an ihrem großen Ziel: der High Society der USA einen bis in die Grundfesten erschütternden Schlag zu versetzen. Es fühlte sich unwirklich an, aber auch überwältigend lebendig; so elektrisierend, dass ein Stromstoß durch ihren Körper jagte, als Vince ihr das Fernrohr reichte und ihre Hände sich dabei berührten. Für einen Moment verfingen sich ihre Blicke ineinander.

Mayhem: Blut und Chaos.

Die Welt würde brennen, noch bevor der Tag vorbei war. Ob sie nun mit ihr brannten oder nicht.

»Keine Sorge. Sie sind da.« Auch in Vince' Stimme hörte sie jetzt ein Beben. »Sieh mal auf 11 Uhr. Oben auf dem Dach.«

Sorcha kniff ein Auge zu und hob das Fernrohr ans andere. Wie immer brauchte sie einen Moment, um ihre Sicht auf die plötzliche Größe und die Details einzustellen. Dann aber erkannte sie die Festgesellschaft in ihren feinen Abendgarderoben, Champagnerflöten und Brandyschwenker in den Händen, wie sie an der Uferpromenade entlang flanierten, lachten und einander beglückwünschten in ihrer Bigotterie und dem verdrehten Glauben, sie würden hier tatsächlich den Teil der Menschheit retten, den zu retten sich lohnte. NOAH#04, die sogenannte »Arche für alle«, feierte Richtfest und zugleich ihren Untergang, aber das wussten die Leute dort drüben jetzt noch nicht.

Sorcha schwenkte den Blick weiter, auf 11 Uhr, wie Vince gesagt hatte. Ein etwas kleineres Hochhaus kauerte dort zwischen den anderen; es wirkte geradezu plump und gedrungen im Vergleich zu den eleganten Fassaden, die es umgaben. Ein Bürogebäude, Teil der zukünftigen Energieverwaltung vielleicht. Auf seinem Dach schwankte, wie auf allen anderen Dächern an diesem Tag, ein Richtkranz aus bunten Bändern im Seewind, aber das war es nicht, was Sorchas Aufmerksamkeit auf sich zog.

Unter dem Kranz stand eine Person.

Sie trug ein dunkelviolettes Cocktailkleid und eine etwas zu große goldene Handtasche. In der Hand hielt sie ein flaches, schwarzes Kästchen, das Sorcha auch auf die Entfernung sofort erkannte. Ein One-Way-Transmitter, den sie vor ein paar Wochen erst selbst moduliert hatte. Das Gegenstück dazu zog Vince gerade aus der Hosentasche. Kein Zweifel, das musste ihr Kontakt sein. Die Person, die ihnen die Tore zum Fest öffnen würde.

Sorcha versuchte, sich das Gesicht genau einzuprägen, den Blick der braunen Augen unter dem aschblonden Soft Undercut, den entschlossenen Zug um den Mund, die Art, wie sie die freie Hand auf den Verschluss der Tasche legte, als müsse sie einen Schatz bewachen. Ihre Miene war kritisch – für sie war hier draußen nur das leere Meer zu sehen. Sie konnte nicht wissen, ob wirklich jemand auf ihr Zeichen wartete oder ob sie sich umsonst angreifbar machte. Und trotzdem stand sie dort und hantierte mit dem Transmitter herum. Wer genau war diese Person, und warum half sie ihnen?

»Eine kleine revoltistische Splittergruppe, die den Rat von innen heraus bekämpfen will«, hatte Captain Aurora über ihre heutigen Verbündeten gesagt. Sorcha wäre es wohler gewesen, wenn sie mehr darüber gewusst hätte. Schwer zu sagen, ob Aurora selbst weitere Details kannte. Sie ließ sich seit jeher äußerst ungern in die Karten schauen.

Trotz des kühlen Windes breitete sich Hitze in Sorchas Nacken aus, überzog ihre Stirn und ihre Wangen. Eine ungewohnte Leere schwamm in ihrem Kopf; die Ungewissheit, eine offenbar wichtige Figur tatsächlich zum allerersten Mal zu sehen. Nicht zu wissen, was sie tun würde oder auch nur tun konnte. Ihre Hand am Fernrohr begann, zu schwitzen.

Es war zu spät, sich umzuentscheiden. Zu spät, die Maschine doch noch zu benutzen. Denn in diesem Moment vibrierte der Transmitter in Vince' Hand, und Vince drehte ihn mit vielsagendem Grinsen in Sorchas und Ednas Richtung. Sorcha nahm das Fernrohr vom Auge, um die Buchstaben auf dem Pager-Display zu lesen.

PASSAGE FREIGEGEBEN. SIGNAL WEITERLEITEN?

Eine Gänsehaut kroch über ihre Arme, die nichts mit dem Wind zu tun hatte. Doch als sie das Fernrohr wieder aufnahm und noch einmal zur Stadt und dem Hochhaus sah, war die Person im violetten Kleid verschwunden.

»Siehst du, Ed?«, sagte Vince. »Es geht los. Auf deinen Posten. Wenn wir zurückkommen, haben wir eine neue Stadt. Und einen Haufen stinkreicher Geiseln.«

Edna starrte noch einen langen, anklagenden Moment auf Vince herunter. »Ich glaube immer noch, dass es eine Falle ist.« Schroff wandte sie sich ab, und ihre hünenhafte Gestalt verschwand im Ruderhaus.

Vince zwinkerte Sorcha zu und strich sich die langen schwarzen Strähnen aus dem Gesicht, als der drehende Wind sie in eine neue Richtung trieb. »Also. Bereit?«

Sorcha zuckte die Schultern und verkniff es sich, die Gänsehaut von ihren Armen zu reiben. »Ist schwer, bereit zu sein, wenn man nicht weiß, ob man gleich in die Luft fliegt.«

Vince hob eine Braue; musterte sie eine Spur zu lange – und Sorcha wusste, in genau diesem Moment hatte sie sich verraten. Vince wusste nun, dass sie die Maschine nicht benutzt hatte. Sie schloss ihre Hand fester um die Reling und zwang sich, dem Blick standzuhalten.

Doch Vince zuckte bloß ebenfalls die Schultern, sanft, wie wegwerfend, und nahm ihr das Fernrohr wieder ab, um es erneut auf die Stadt zu richten. »Wahre Worte. Aber findest du es nicht auch ein bisschen romantisch, gemeinsam zu explodieren?«

Sorcha sah in Vince' konzentriertes Profil und auf die harte Kieferlinie, die den lockeren Tonfall und das Lächeln Lügen strafte. Dankbarkeit brach sich in ihr wie eine Welle.

Vertrauen. So ein absolutes Vertrauen.

Sie rückte einen Schritt näher. »Glaub es oder nicht, auf eine verdrehte Art schon.«

»Anker lichten«, erklang in diesem Moment Ednas Stimme aus den Audioplugs. »Leichten Schub für den Kurzstreckendrift einleiten.«

»Aye«, kam augenblicklich Cicatriz' leicht verzerrte Antwort vom Unterdeck, »Aye!«, ertönte auch die Bestätigung der Zwillinge im Maschinenraum, und tief im Schiffsbauch der *Revery* sprang nahezu lautlos der Motor wieder an und ließ Stahl, Holz und Seil erzittern.

Vince lachte leise. »Jetzt ist es sowieso zu spät, weißt du.«

Zu spät. Für alles. Ja, das ist es.

Sorcha schloss für einen Moment die Augen, lauschte auf das Beben und Vibrieren, das sich mit dem Trommeln ihres Herzens vermischte. Zoll um Zoll schob die *Revery* sich vor, auf die unsichtbare

Barriere zu, die die Wasserstadt umgab. Je näher sie kamen, desto imposanter ragte NOAH#04 vor ihnen auf. Selbst das Leuchten der Sonnenfinger verblasste im Schatten der blattförmig gewölbten Hochhäuser und des hochaufragenden Stempelturms im Zentrum. Sorcha hatte sich an Bord der *Revery* selten so klein gefühlt wie zu Füßen dieses schillernden Kunstwerks von einer Stadt.

Ein statisches Flirren durchzuckte die Luft, als der Bug auf die unsichtbare Barriere traf, die NOAH#04 vor unbefugten Näherungsversuchen schützte – laut Auroras Informationen das einzige, aber dafür umso effektivere Abwehrsystem, das sie in der noch unbewohnten Stadt zu fürchten hatten.

Sorcha griff nach Vince' Hand. Wind- und gischtkalte Finger verschränkten sich fest mit ihren. Quälend langsam glitt die *Revery* durch die Barriere hindurch; fast glaubte Sorcha, die Statik auf ihrer eigenen Haut kribbeln zu spüren. Noch ein Stück, nur ein kleines. Sie schloss erneut die Augen, als elektrische Entladungen sich in den Stahlseilen der Takelage weit über ihnen verfingen und über den Blitzableiter tanzten. Noch ein Stück. Noch eines.

Sorcha öffnete die Augen.

Das Flirren verglomm.

Das Kribbeln verblasste.

Stille. Für einen endlosen Moment wagte Sorcha nicht, zu atmen. Doch auch Sekunden später lag nur der Schatten der Stadt schwer auf ihrem Deck.

»Wir sind drin«, flüsterte Vince heiser und hob erneut das Fernrohr ans Auge. »Anker setzen! Gleiter klarmachen!«

»Aye, Captain!«

Auch das Zittern des Motors verstummte. Stattdessen zuckte nun ein Lachen in Vince' Brust, das sich durch den Kontakt ihrer Finger auf Sorcha übertrug. »Sie haben nichts gemerkt. Sie feiern einfach weiter.«

Auch Sorcha lachte auf, ein rauer Ausbruch all der Erleichterung, von der sie kaum wusste, wohin mit ihr. »Die armen Schweine.«

Sie tauschten einen Blick, der sich wie ein Stempel in Sorchas Erinnerungen an diesen Moment brannte.

»Nein. Sie verdienen alles, was jetzt kommt.« Damit drückte Vince ihr das Fernrohr in die Hand und war mit ein paar Schritten bei der alten Schiffsglocke neben der Tür zum Ruderhaus. »Zeit für Phase Zwei.«

Mit entschlossener Wucht traf der Klöppel auf den Glockenkorpus. Der satte Klang wurde fast augenblicklich vom Wind geschluckt. Es war schwer zu sagen, wie weit er überhaupt trug, und doch ... weit genug, dass kurz darauf ein vielstimmiges Echo auf dem scheinbar so leeren Meer hinter ihrem Heck ertönte, ein wenig versetzt wie ein Geisterchor aus dem Nebel, der sich immer weiter über das bleigraue Wasser verzweigte.

246 Piratenschiffe, ebenso im Tarnmodus wie sie, hatten die Botschaft gehört. Und Sorcha wusste, auf jedem dieser Schiffe bereitete nun jemand einen Transmitter vor, um das kopierte Signal von der *Revery* zu empfangen und weiterzuleiten – so lange, bis jedes einzelne Schiff gefahrlos die Grenze zu den Gewässern von NOAH#04 passieren konnte, wenn die Zeit gekommen war.

Nichts würde den Fall der Wasserstadt an die Freie Republik New Florida jetzt noch aufhalten.

Der Raid hatte begonnen.

Endlich rannten sie wieder. Eilten die knarrenden Treppen hinunter und über das schwankende Deck.

Bei den Gleiterports warteten Cicatriz und die Zwillinge. Vince warf Loraj den Transmitter zu, kaum dass sie in Reichweite waren, und löste mit einer energischen Bewegung die Verriegelung der Gleiterluke. »Unser Kontakt hat den Tracker eingeschaltet. Das wird eine Wünschelruten-Navigation, aber vermutlich geht's Richtung Südsüdwest.«

»Aye, Captain.« Loraj kletterte voran, durch die Luke auf den Steuersitz ihres Gleiters, um den Transmitter in die Steuerkonsole zu klemmen. Während sich Vince hinter ihr auf den Sitz schwang und Zèklè über den schmalen Steg außen am Rumpf balancierte, um den zweiten Gleiter startklar zu machen, nutzte Sorcha die Gelegenheit für ein letztes Wort an Cicatriz. Der Quartiermeister hatte sich in den Schatten nahe dem Treppenaufgang zurückgezogen und beobachtete ihren Aufbruch mit verschränkten Armen; wartete schweigend ab, ob er noch gebraucht würde.

»Du verteidigst diesen Schlüssel mit deinem Leben, ja?«

Cicatriz' hageres Gesicht zeigte kaum eine Regung. Nur die brandvernarbte Haut um seine Kieferpartie, die ihm seinen Namen gab, kräuselte sich ein wenig – etwas, das Sorcha in den Jahren ihrer Bekanntschaft als Schmunzeln zu erkennen gelernt hatte.

»Ich weiß von keinem Schlüssel. Und ich nehme nur Befehle vom Captain entgegen.«

Trotz aller Anspannung schlich sich auch auf Sorchas Lippen ein Lächeln, und sie atmete auf. »Danke.«

»Sorcha!«, rief Loraj vom Gleiter aus. »Alàs!«

»Bin schon da.« Sorcha nickte Cicatriz noch einmal zu, dann kletterte sie ebenfalls durch die Luke. Zèklè gebärdete ihr energisch »Beeilung!«, entgegen, und Sorcha schwang sich rasch hinter ihn auf den zweiten Gleiter. Es zischte, als der Vakuumverschluss sich löste und das Gefährt freigab. Für eine Schrecksekunde sackte der Gleiter ein Stück ab, ehe Zèklè den Steuerknüppel anzog. Und sie flogen.

Der Tracker führte sie über windgepeitschtes Wasser und weiße Wellenkronen, in einem Bogen ein Stück um die Stadt herum zu einem unscheinbaren Anleger – nicht allzu weit von der Bucht, in der die eigentliche Party stattfand, und in Sichtweite jenes Hochhauses auf 11 Uhr. Die noch unbewohnten Gebäudekomplexe ringsum starrten aus leblosen Fensterhöhlen auf den langen Pier und die Uferplattform mit der niedrigen Kaimauer, die ebenfalls verlassen war.

Bis auf die einsame Person im dunkelvioletten Kleid.

Sie stand dort, eine Hand auch diesmal auf den Verschluss ihrer Tasche gelegt, in der anderen ein teilweise ausgeklapptes Smartfold, auf dem sie mit raschen Daumenbewegungen herumwischte. Der Seewind zerzauste den dicken aschgoldenen Haarschopf, aber das schien sie nicht zu stören. Sie sah erst auf, als die Zwillinge den Tarnmodus der Gleiter abschalteten, gemächlich den Pier entlangglitten, als wären sie ganz normale Speedboote, und schließlich dicht bei der Kaimauer hielten, obwohl sie ohne Probleme auch über dem Land hätten schweben können.

»Ihr seid spät dran.« Der Gang der Fremden war lässig und elegant, trotz der beeindruckend hohen Absätze, und ihre Stimme ein wenig rau. »Resiliência Oliveira. Willkommen auf NOAH#04. Mit wem habe ich das zweifelhafte Vergnügen?«

»Ioteba Teitikai. Freischaffender Designer für autarke Floating Homes.« Vince sprang mit der üblichen Geschmeidigkeit an Land, und für einen Moment blieb Sorcha an dem Gedanken hängen, wie seltsam es sich anfühlte, wenn eine Wahrheit als Lüge ausgesprochen wurde.

Resiliência Oliveira musterte Vince derweil mit pragmatischer Objektivität. »Ah. Aus welcher indigenen Kultur stammt dieser Name?«

»Kiribati.«

Sie runzelte die Stirn und checkte kurz ihr Smartfold. »Versunkener Inselstaat, hm? Wird den meisten nichts sagen, das kannte schon niemand, als es noch existiert hat. Und für die, die es kennen, ist es vielleicht etwas over the top auf die Tränendrüse gedrückt. Was gängigeres, US-Amerikanisches wäre besser gewesen.« Sie machte eine wegwerfende Handbewegung. »Halb so wild. Die Haare solltest du aber noch zusammenbinden.«

In Vince' Miene rührte sich nichts, und hätte Resiliência Oliveira gewusst, dass das die gefährlichste aller Expressionen war, hätte sie ihre Worte vielleicht entschärft. So aber spürte nur Sorcha die eiskalte Wut in den Bewegungen, mit denen Vince den Kamm entgegennahm, den Resiliência Oliveira aus ihrer goldenen Handtasche zog.

»Und du? Was ist dein Name? Deine Story? Schönes Make-up übrigens.« Der Blick der braunen Augen richtete sich nun auf Sorcha. »Ich denke, daran müssen wir nichts mehr machen.«

»Dr. Lise Meitner.« Sorcha verschränkte die Arme vor der Brust. »Neurophysikerin aus Massachusetts.« Es überraschte sie nicht, dass sich kein Erkennen in Resiliência Oliveiras Mimik zeigte. Als wäre der Name einer berühmten Kernphysikerin aus dem letzten Jahrhundert ein weitaus weniger offensichtliches Pseudonym als Vince' ältester Eigenname.

»Schön. Das ist unkompliziert. Lassen wir so. Im Übrigen schlage ich vor, dass wir die Rufnamen benutzen. Das ist weniger umständlich, und dafür bin ich einfach immer.« Resiliência nahm den Kamm wieder entgegen und musterte Vince noch einmal kritisch. »Gut. Lassen wir jetzt auch so. Ist ja sowieso nur, falls jemand fragt.«

Vince wandte sich an die Zwillinge, die noch immer auf den Gleitern am Ufer warteten, und nahm den unverzichtbaren Aktenkoffer von Loraj entgegen. »Wir signalisieren dem Schiff, wenn ihr uns abholen sollt.«

»Bleibt in der Nähe und haltet die Zusatz-Sprengladungen bereit«, sagten im gleichen Moment die Gesten, die die Worte begleiteten. Noch immer war da diese eiskalte Wut in jeder Bewegung. »Mayhem kommt vielleicht schneller als gedacht.«

Zèklè und Loraj tauschten einen vielsagenden Blick und formten mit den Fingern das Zeichen für Zustimmung. Dann legten sie die Steuerknüppel nach vorn, die Gleiter schossen davon und verschwammen schon bald mit den Wellen und dem sturmdüsteren Himmel.

Resiliência sah auf die Zeitanzeige ihres BioID-Armbands. »Perfekt. Dann lasst mich noch schnell eure IDs validieren. Wir müssen die nächste Besichtigungsgruppe am *Washington Square* erwischen, es ist schon die vorletzte. Wie gesagt, ihr seid spät dran.«

Sie zog einen Scanner aus ihrer Handtasche, tippte ein paarmal auf das Display und ließ ihn über Vince' und Sorchas ID-Armbänder gleiten.

»Die Führungen sind im Stundentakt. Sobald wir im Wartungssektor sind, haben wir also sechzig Minuten, um runter ins Rechenzentrum zu kommen, die Daten zu extrahieren und uns der letzten Gruppe wieder anzuschließen«, erklärte sie und erinnerte Sorcha daran, was Captain Aurora im Planungsmeeting gesagt hatte: »Euer Kontakt nimmt euch in Empfang und bringt euch runter in die Wurzel. Sie denken, dass es darum geht, technische Parameter und Analysedaten zu stehlen. Die Entlohnung ist schon geregelt.«

Resiliência schien das nicht infrage zu stellen. So weit, so gut.

»Ohne die Guide Bots kommt heute niemand in die Transportsysteme. Wenn wir die verpassen, sind wir am Arsch, es wäre also besser für uns alle, wenn ihr das rechtzeitig hinkriegt.« Resiliência ließ den Scanner wieder in ihrer Tasche verschwinden und wandte sich zum Gehen. »Na schön. Alles klar soweit? Dann los.«

Nach allem, was sie in ihrem Leben bisher gesehen und erlebt hatte – insbesondere in ihren letzten Jahren auf einem Piratenschiff, das sie zu großen Teilen selbst konstruiert hatte – war Sorcha wirklich nicht mehr leicht zu beeindrucken. NOAH#04 allerdings nötigte ihr schon auf dem kurzen Weg vom Anleger zur Metrostation Respekt ab. Sie hatte viel über die technische Struktur der Wasserstädte gelesen – wie sie Form und Funktion einer Lotosblüte imitierten; elegant, schön und ultimativ wasserresilient. *Rein*, das war der zynisch amüsante Teil des PR-Slogans, weil er offenbar moralische Reinheit implizieren wollte, faktisch aber nur auf die 100%-ige CO_2-Neutralität und das ausgeklügelte Zero-Waste-Konzept hinwies.

Durch eine NOAH-Stadt *hindurchzulaufen*, war allerdings eine Erfahrung, die kein technischer Bericht und keine PR-Broschüre je würden erfassen können. Überreste des Seewinds strichen um die geschwungenen Spiegelfassaden, zwischen denen sich üppig bepflanzte Brückenparks und Hochgeschwindigkeitspassagen spannten. Unzählige Solarelemente schillerten im Sturmlicht, und riesige Werbebanner der Sponsorenfirmen leuchteten bereits überall, obwohl die Wohntürme noch kernlose Hüllen waren.

Schön, das war diese Stadt wirklich. Die Frage blieb: Zu welchem Preis?

Sie holten die Führung auf einer ausladenden Kreuzung ein, in deren Zentrum ein kastenförmiger Glasbau den Eingang zur Metro-Station *Washington Square* markierte. Kaum jemand beachtete die drei Neuankömmlinge, die sich an den Rand der Gruppe gesellten. Die knapp fünfundzwanzig Teilnehmenden der Führung waren zu sehr damit beschäftigt, die Hälse zu recken und sich näher an den strahlend weißen Guide Bot heranzudrängeln, der gerade mit einschmeichelnder Synthetikstimme die Unterdrucktechnologie erklärte, mit der die Transportkapseln durch die Tunnel unter den Straßen der Stadt geschossen wurden.

»Huh, das war aber knapp«, stieß Resiliência aus, ein wenig flachatmig wegen des Tempos, das sie trotz ihrer gefährlich hohen Schuhe vorgelegt hatte. Oder war das bloß Show für den schmierig gestylten Typen im cremefarbenen und weinroten Layers-Look, der direkt vor ihnen stand und sich als Einziger länger als eine Sekunde zu ihnen umsah? Reflexartig scannte Sorcha sein Gesicht nach Déjà-vu-Features; nach Regungen in seiner Mimik oder Gestik, die sie an etwas erinnerten, das er an einem anderen Heute getan hatte und vielleicht deshalb auch an diesem Heute tun würde. War er wichtig, oder glitzerte er nur?

Natürlich fand sie nichts. Nur ihr Kopf schmerzte dumpf.

Fuck.

Resiliência hob derweil ein leeres Champagnerglas – wo auch immer sie das plötzlich hergezaubert hatte. »Wir haben beim Anleger *etwas* die Zeit verträumt. Wunderschöne Wohngegend da unten. Die *Aussicht* – Luxus Gold!«

Der Typ musterte sie über den Rand seiner brillantbesetzten Sonnenbrille und kippte mit einem gönnerhaften Lächeln etwas von seinem Drink in Resiliências Glas. »Darauf cheers. Ich war ja erst skeptisch, aber für die First-Choice-Option hat sich das Investment wirklich gelohnt. Habt ihr auch im Immobilien-Pre-Sale optiert?«

Vince und Sorcha wechselten einen raschen Blick.

»Sicher. Doppelt.« Vince' Lächeln war unverändert glatt. »Party hard.«

Sorcha sagte diesmal nichts. Die Anspannung war zurück, lag auf ihr wie der leere Blick der Hochhäuser rings um den *Washington Square* und pochte in ihrer Brust wie ein unregelmäßiger zweiter Herzschlag.

Eine platinblonde Frau im Schlangenprint-Hosenanzug drehte sich mit einem Augenrollen zu ihnen um und deutete in Richtung des Guide Bots. »Können Sie vielleicht mal still sein? Ich würde das gern hören!«

»Oh. Sorry, klar«, flötete Resiliência und kippte den Drink in einem Zug herunter, bevor sie das Glas zurück in ihre Handtasche warf.

»Die *RapidSubnautics*-ID-Kontrolle stellt sicher, dass Sie immer exakt dort ankommen, wohin Sie reisen möchten.« Die Augen-LEDs des Bots simulierten ein blinkendes Lächeln. »Nie wieder lästiges Fahrpläne-Checken: Programmieren Sie Ihr gewünschtes Ziel einfach manuell in die App Ihres Armbands oder lesen Sie Koordinaten via LiFi ein. Das Orientierungssystem leitet Sie zum richtigen Fahrstuhl, sobald Sie den Scanner passiert haben. Ich sende unser nächstes Ziel jetzt als Favoritenoption in die lokale *LightSpot*-Cloud. Bitte, testen Sie es.«

In die Menschen um den Metro-Schacht kam murmelnde Bewegung, als sich die Data-Leuchten über dem Eingang einschalteten und alle gleichzeitig versuchten, sich unter die Lichtkegel zu drängen. Die ID-Scanner-Terminals begannen, zu piepen, als die ersten Passagiere durch die rasch zur Seite gleitenden Schiebetore den Bahntunnel betraten. Auch Sorcha spürte ihr Smartfold in der Handtasche vibrieren, als sie dem Strom der Gruppe in den Schacht folgten. Von dem Layers-Typ war zum Glück nichts mehr zu sehen, ebenso wenig wie von der platinblonden Frau. Sie mussten in der Menge abgetrieben worden sein.

»So weit, so gut«, raunte Resiliência über die Schulter und zeigte ihnen ihr Fold, auf dem eine Nachricht mit dem Text *Aufzug #06* leuchtete. »Sobald wir aussteigen, setzen wir uns wieder ab. Haltet euch bereit.«

Die *RapidSubnautics* machte ihrem Namen alle Ehre. Es dauerte nur gefühlte Sekunden, bis sie nahezu geräuschlos an einer Station hielten, die als *Wartungssektor-C* ausgewiesen war.

»Willkommen im Wunderland technischer Innovation!«, säuselte der Guide-Bot, als die Gruppe durch die synchron öffnenden Türen auf den spiegelnd sauberen Bahnsteig strömte. »Folgen Sie mir für eine magische Tour!«

Resiliência, Sorcha und Vince drückten sich zwischen zwei Sitzbänken an die Wand und ließen die Menge an sich vorbeiziehen.

»Einer der Wartungsschächte mit Zugang zur Wurzel ist ganz in der Nähe«, raunte Resiliência und wischte erneut auf ihrem Smartfold. »Wartet, bis der Bot weg ist.«

Sorcha hob sich unauffällig auf die Zehenspitzen und sah dem Bot nach, dessen strahlend weißer Torso mit dem pinken NOAH-Logo am Kopf der Gruppe leuchtete und sie zielstrebig dem Ausgang entgegenführte. Seine Stimme hallte durch das Untergrundgewölbe, während er über die hochmodernen Technologien referierte, die in diesem Sektor instandgehalten wurden. Die Tasche mit dem Sprengstoff wog schwer auf Sorchas Schulter.

»Jetzt!«, zischte Resiliência und lief voraus, den Bahnsteig in die entgegengesetzte Richtung hinunter bis zum Ende, wo sie ohne Zögern in die Hocke ging und über die Bahnsteigkante ins Gleisbett sprang. Suchend sah sie sich um. »Da ist es. Helft mir mal. Auf den Schuhen hab ich keinen guten Halt.« Sie wies auf eine Abdeckplatte in der Tunnelwand, in die zwei Dichtungshebel eingelassen waren. Dazwischen klebte ein gelbes Schild mit schwarzem Rand.

ACHTUNG: ZUTRITT NUR FÜR AUTORISIERTES PERSONAL
WARTUNGSSCHACHT NIEMALS ALLEIN BETRETEN
LEBENSGEFAHR!
HEBEL GLEICHZEITIG BETÄTIGEN

Für einen Moment lag Vince' Hand warm auf Sorchas Rücken, fing ihr Lachen auf, ehe es laut werden konnte.

Und ich wollte gerade denken, du kannst alles auf diesen Schuhen.

Umso besser. Niemand machte Sorcha etwas vor, wenn es um Hebel ging. Und sie wollte über die verdammte Planke gehen, wenn sie Hilfe brauchte, um zwei davon gleichzeitig umzulegen. Der Kies im Gleisbett knirschte unter ihren Sohlen, als sie und Vince ebenfalls hinuntersprangen.

Die Abdeckung war sperrig und schwerer, als sie sie eingeschätzt hatte. Trotzdem stellte Sorcha sie mit ungerührter Miene zur Seite.

»Okay«, murmelte Resiliência. »Respekt.«

Sorcha erlaubte sich ein Grinsen. »Niemals allein betreten, ja?« Sie beäugte den Gittersteg, der in den Schacht hineinführte. Er ließ kaum genug Platz für eine einzelne Person und verlor sich schon nach wenigen Metern zwischen Kabelkanälen und Rohren in der Schwärze. Das Summen und Dröhnen zahlreicher Maschinen drang ihnen aus dem Dunkel entgegen. »Aber nur hintereinander, offensichtlich.«

»Na, wenn das so ist.« Vince wies mit einer Geste auf den Schacht, die so überbetont höflich war, dass Sorcha das Wort »Perfekt!« darin beinahe nicht erkannt hätte. »Die Person mit dem Licht geht voran, wir folgen. Dr. Meitner, Sie schließen bitte die Tür hinter uns.«

Etwas in Resiliências Gesicht zuckte, und auch Sorcha musste zugeben, dass ihr nicht hundertprozentig wohl dabei war, sich in einem beklemmend engen Unterseetunnel einzusperren. Aber was wäre die Alternative? Ein Loch in der Wand zu hinterlassen? Wohl kaum.

Sie folgte Resiliência und Vince und zog die Abdeckung an ihren Platz zurück. Für einen Moment war es stockfinster um sie. Dann leuchtete die Taschenlampe an Resiliências Smartfold auf.

»Von hier aus geht's nur noch dem Schacht nach bis zur Wurzel. Von dort führt ein Wartungsaufzug direkt ins Rechenzentrum.« Resiliência wirkte hier drin weniger forsch als zuvor, fiel Sorcha auf, obwohl sie nicht genau wusste, woran sie das festmachte. Ihre Schritte ließen die Gitterplatten knarren und wackeln. Unter ihnen verloren sich mehr Kabelkanäle und Rohre jenseits des matten Lichtscheins, den die Smartfold-Taschenlampe streute. Links und rechts entdeckte Sorcha gelegentlich Sicherungskästen oder noch unverschalte Platinen. Signaldioden glommen neben brandneuen Hinweistafeln. Dahinter summten, pumpten und dröhnten schattenhafte Mechaniken. Faszinierend. Eine Maschine konnte noch so hübsch und glänzend sein – wenn man nur tief genug in die Eingeweide vordrang, reduzierte sich am Ende doch alles auf Leitmetall, Lötzinn und Schmierfett. Sogar eine Stadt wie NOAH#04.

»Geht das nicht ein bisschen schneller?« Vince' Stimme wurde fast von der Geräuschkulisse geschluckt. »Der Plan geht nicht auf, wenn wir dreißig Minuten pro Weg brauchen, weißt du.«

Resiliência warf einen Blick über die Schulter, der selbst in der Dunkelheit als gereizt zu erkennen war. »Schon mal in Heels über ein Gitter gelaufen?«

Ein Lachen brachte Sorcha in der trockenen Luft zum Husten. Ach. *Deshalb* wankte sie so komisch.

Vince lachte nicht. In kritischen Situationen verfolgte Captain Frigatebird eine strikte No-Bullshit-Policy. »Dann zieh sie aus.«

Resiliência stöhnte entnervt. »Schon mal *barfuß* über ein Gitter gelaufen?«

Vince blieb stehen.

»Was?« Resiliência schob herausfordernd das Kinn in Vince' Richtung. Dann wandte sie sich ruckartig wieder ab. »Wir werden nicht noch mehr Zeit mit Diskussionen verlieren. Wir gehen weiter.«

Sie kam keine zwei Schritte weit. Ein rotes Licht leuchtete auf, wo vorher nur die Schwärze von Vince' Silhouette gewesen war. »Wir ja. Du aber nicht.«

Resiliência fror mitten in der Bewegung ein. Spätestens jetzt musste sie begriffen haben, dass es die Mündung eines Revolvers war, die sich gerade an ihren Hinterkopf drückte. Auch Sorchas Brust wurde unangenehm eng.

Risiko. Unnötiges Risiko. Scheiße, Vince, warum?

Natürlich kannte sie die Antwort: Go with the flow. Bleib unberechenbar. So lief es immer, und der Erfolg gab Vince recht darin. Da war es am Ende auch egal, ob sie sich heute durch Maschinendaten absichern konnten oder nicht.

»Hände hoch«, befahl Vince. »Lass das Smartfold fallen.«

Das Fold klatschte mit der Taschenlampe nach unten auf den Steg. Durch das Gitter hindurch wurde der Strahl von verschiedenen glatten Oberflächen reflektiert und verbreitete eine geisterhafte Helligkeit unter ihren Füßen, die sich mit dem Leuchten der Dioden auf dem Revolverrücken vermischte. Rot bedeutete scharfe Munition, keine Betäubung. Ganz sicher wusste Resiliência das.

»Leg deine Arme um das Rohr da.«

Sorcha musste Resiliência eines lassen: Sie behielt die Nerven. Während sie Vince' Befehl folgte, ließ sie Sorcha nicht aus den Augen. »Das ist eine echt beschissene Idee. Du weißt das, oder, Lise? Ich seh's dir an.«

Sorcha zuckte die Schultern und zog eines der dicken Gummiklebebänder hervor, mit denen Cicatriz ihre Tasche vollgestopft hatte. »Und wenn schon. Ich steh auf beschissene Ideen.« Sie trat auf die andere Seite des Rohrs und begann, das Band stramm um Resiliências Handgelenke zu schlingen.

»Wie wollt ihr denn ohne mich an eure Daten kommen?«, fuhr Resiliência fort, noch immer bemerkenswert unbeeindruckt davon, dass sie allein und gefesselt in der Dunkelheit eines Wartungsschachts zurückgelassen werden sollte. Hätte Sorcha nicht gerade Haut an Haut das Beben in ihren Fingern gespürt, vielleicht hätte sie es ihr sogar abgekauft. »Die Clearance für die Rechner da unten ist auf meinem Fold.«

Für einen Moment herrschte angespannte Stille, während Sorcha den letzten Knoten straffzurrte. Dann erst trat Vince einen Schritt zurück und senkte den Revolver. »Tja, schade für dich, dass uns die Daten in Wahrheit scheißegal sind.«

»Und im Zweifel könnten wir dir immer noch einen Finger abschneiden, um dein Fold zu entsperren«, schlug Sorcha vor und schwang sich am Geländer entlang an Resiliência vorbei. »Dein Glück, dass wir dafür keine Zeit haben. Pass auf mit dem Gummiband, da ist Sprengstoff drin.«

Vince ließ einen geringschätzigen Laut hören und kickte das Fold mit einer nachlässigen Bewegung vom Steg. Das Licht verlor sich im Gewirr aus Rohren und Kabeln. Dann verlosch es ganz.

»Dann wollen wir doch mal sehen«, flüsterte Vince in der rötlichen Dunkelheit, »wer *dich* noch kennt, wenn du nicht mehr existierst.«

Sie folgten dem Gittersteg nun im Licht einer kleinen Handlampe. Es war schwer, ein Gefühl für Zeit zu bewahren. Wäre es nach ihrem

Bauch gegangen, hätte Sorcha behauptet, dass mindestens zwanzig Minuten vergangen sein mussten, seit sie sich am Bahnsteig von Wartungssektor-C von der Führung abgesetzt hatten. Der Timer in ihrem BioID-Band beharrte hingegen darauf, dass es erst zehn waren – und bloß vier, seit das Dröhnen der Maschinen Resiliências wütende Rufe hinter ihnen verschluckt hatte. Der Schacht endete – wie versprochen – an einer Einstiegsluke aus Stahl, die laut Beschriftung den Zugang zu einem Wartungsfahrstuhl versperrte. Als Sorcha die Luke aufstemmte, gab sie den Blick auf eine eiförmige Kapsel aus Panzerglas frei, die neben einem ausladenden Steuerpult gerade genug Raum für zwei Personen bot. Eine Schiene führte die Kapsel an der Außenwand der Wurzel hinab – jenes gewaltige Stahlrohr, das NOAH#04 im Meeresgrund verankerte. Hinter den Scheiben schwebten Reste gebrochenen Sonnenlichts im Wasser. Fischschwärme glitten schattenhaft vorüber. Weiter in der Tiefe verloren sich die Sonnenfinger endgültig in Dunkelheit. Der Boden der Kapsel vibrierte leicht, als Sorcha den Kopf einzog und hineinkletterte.

Das ist nicht bloß ein Fahrstuhl. Sie pfiff überrascht durch die Zähne. *Das ist ein Mini-U-Boot. Wahrscheinlich kann man es sogar irgendwie von dieser Schiene lösen.*

»Ah, eine undurchsichtige Menge von Hebeln und Knöpfen ohne Bedienungsanleitung.« Vince fädelte sich ebenfalls durch die Einstiegsluke. »Lieben wir.«

Sorcha warf einen Blick über die Schulter und grinste, obwohl das Kribbeln in ihrer Brust inzwischen in ihren Fingerspitzen angekommen war. »Denkst du, was ich denke?«

Vince verriegelte die Tür, stellte den Aktenkoffer ab und schob sich hinter Sorcha, um die Steuerkonsole näher in Augenschein zu nehmen. »Falls du dich gerade fragst, warum Resiliência nicht erwähnt hat, dass es einen sehr offensichtlichen alternativen Rückweg ohne Zeitlimit gibt: Ja. Was meinst du, bringt dieser Hebel uns nach unten?«

»Vielleicht hat sie nichts davon gewusst.« Auch Sorcha musterte die verschiedenen Elemente aus schmalen Augen. »Oder es funktioniert noch nicht. Oder vielleicht wusste sie auch einfach, dass wir nicht zu dritt hier reinpassen.« Sie griff an Vince vorbei. »Ich würde den hier versuchen.« Mit einem beherzten Ruck entriegelte sie den Hebel und zog ihn ein Stück nach unten. Ein gleißend weißer Ring aus Scheinwerfern leuchtete unter ihren Füßen auf, und die Kapsel begann, die Wurzel entlang abwärtszugleiten.

Ein Grinsen bog Vince' Mundwinkel nach oben. »Du bist wirklich sehr attraktiv, wenn du das mit den Hebeln machst.« Das Grinsen verlosch schneller, als Sorcha Gelegenheit hatte, den Kommentar zu kontern. »Spätestens jetzt *wären* wir nicht mehr zu dritt.«

Sorcha öffnete den Mund und schloss ihn wieder. Für einen Moment war da eine vage Resonanz hinter ihrer Stirn gewesen. Das unbestimmte Gefühl, dass Vince genau diese Worte schon einmal zu ihr gesagt hatte, während sie genauso dicht beieinanderstanden; Rücken an Brust, kaum Platz für ein Blatt Sandpapier zwischen ihnen – und mit dieser Finsternis in den Augen, die so tief war wie die See. Rasch wandte sie sich ab.

Irrelevant. Konzentrier dich aufs Jetzt.

»Sieh dir das an«, murmelte sie und starrte durch die Glaswände der Kapsel zum Meeresgrund hinab. Ein gutes Stück unter ihnen schimmerte eine kugelförmige Ausbuchtung in der Wurzel wie eine Perle aus Glas, von innen heraus erhellt von kühlblauem Licht; vermutlich das Rechenzentrum, ihr Ziel auf dieser Mission. Von dort aus wurden die Bohrerarme gesteuert, die sich wie ein gewaltiges mechanisches Wurzelgeflecht über fast einen Quadratkilometer Fläche ins Sediment unter der Stadt gruben. »Es ist verdammt noch mal viel zu schön.«

Vince ließ einen indifferenten Laut hören und legte eine Hand über den Transmitter-Audioplug im linken Ohr. Sorcha hörte das Rauschen und Pfeifen, mit dem das Gerät eine Verbindung suchte, aber keine fand. »Wie Cicatriz gesagt hat. Kein Signal zum Schiff mehr hier unten.«

»Was willst du denn jetzt noch vom Schiff?« Die Anspannung machte Sorchas Stimme zunehmend schroff, und sie lehnte sich noch dichter gegen Vince, um die scharfen Kanten aus dem Moment zu nehmen.

Sie spürte mehr, dass Vince leichthin eine Schulter hob, als dass sie es sah. »War nur ein Test. Falls was schiefgeht, so ganz ohne Anleitung.«

Sorchas Mundwinkel zuckte. »Also *ich* brauche keine Anleitung mehr, wenn ich das System einmal verstanden habe.« Sie drückte den Hebel noch etwas weiter nach unten, um die Fahrt der Kapsel zu beschleunigen.

Das brachte ihr wie erhofft ein Lachen ein, das warm ihren Scheitel streifte, und sie spürte Vince' Hand, die sich mit sanftem Druck um ihre Taille legte. Ein warmes Kribbeln durch ihre Eingeweide schickte, trotz allem. »Genau deshalb sind wir zusammen hier, Sorchee.«

Die gläserne Wand des Rechenzentrums kam jetzt sehr schnell näher. Sorcha nahm Tempo aus der Fahrt, bis sie wie in Zeitlupe auf die Andockstelle zuglitten und mit einem leisen Rumpeln gegen die Abfederung stießen. Mit einem Aufatmen schob Sorcha den Hebel in die Ausgangsposition zurück. Der Ring aus Scheinwerfern zu ihren Füßen verlosch, die Tür der Kapsel öffnete sich mit einem Zischen und gedämpftes Neonlicht fiel herein. Ein, zwei endlose Sekunden war alles still.

»Endstation.« Sorcha drehte sich zu Vince und grinste schief. »Bitte alles aussteigen.«

»Heldin.« Vince lächelte, drückte einen flüchtigen Kuss auf ihre Finger und ließ sie dann los. »Also dann, Phase Drei. Let's go.«

Von dem Summen und Dröhnen all der Maschinen weiter oben war im Rechenzentrum nichts mehr zu hören. Hier gab es nur noch das sanfte Rauschen der Belüftungsanlage und das gelegentliche Blinken und Piepen an den Monitoren, wenn einer der Sensoren an den Überwachungssystemen eine Bewegung im Wasser oder am Grund aufzeichnete. Und darunter: ein weiteres Geräusch. Ein sehr vertrautes. Das Knarren und Ächzen verschweißten Stahls unter dem Druck vieler Tonnen Wasser. Sorcha warf einen Blick nach oben, wo durch das Kuppelglas der Schacht der Wurzel zu sehen war, beschattet vom gigantischen Unterbau der Stadt. Wer hielt es eigentlich für eine gute Idee, sich die eigene Winzigkeit so konstant vor Augen zu führen, solange man sich hier unten aufhielt?

»Dann mal an die Arbeit.« Sie ließ die Tasche mit den Sprengladungen von der Schulter auf eine der Schaltflächen gleiten und versuchte, sich nicht davon aus der Ruhe bringen zu lassen, dass ihre Stimme in diesem Raum so flach klang, als würde sie ebenfalls vom Gewicht des Wassers zusammengepresst. Als sie den Reißverschluss öffnete, kamen rund dreißig Bänder hochexplosiven Gummis zum Vorschein, anzubringen wie Klebeband. Es war absolut unmöglich, so hatte Cicatriz erklärt, die Panzerglasscheiben selbst zu sprengen, die immerhin darauf ausgelegt waren, genau solchen immensen Druck auszuhalten – und selbst wenn es ihnen gelang, würden die Scheiben trotzdem noch eine ganze Weile von ihren Polycarbonat-Einsätzen in Form gehalten werden. Was sie aber tun *konnten*: Die Verankerung der Scheiben sprengen. Dann würde der Wasserdruck den Rest erledigen.

»Was meinst du, Sorchee?« Vince war in der Mitte des Raums stehengeblieben und sah durch die Glaskuppel hinauf zur Stadt. »Wenn das Signal nach hier unten so schlecht ist, wäre es dann nicht sicherer, wenn wir hierbleiben und den Zünder manuell betätigen?«

Es klang leicht dahingesagt – viel zu leicht für die Schwere, die die Worte trugen. Vor allem, weil Sorcha dieses spezielle *Wir* kannte, von dem Vince gerade sprach. Sie ließ das Sprengstoffband fallen, das sie gerade aus der Tasche hatte ziehen wollen. Mit ein paar Schritten war sie durch den Raum und so dicht bei Vince, dass nichts anderes in ihrem Sichtfeld Platz hatte. Vince' Geruch stieg ihr in die Nase; nach Schweiß und Meer und dem teuren, steifen Stoff des Anzugs, vertraut und beklemmend ungewohnt zugleich.

»Das habt *ihr* euch also mal eben überlegt, ja?«

Die Erwiderung kam prompt, ohne jedes Blinzeln oder Zögern. »Dann wüssten wir jedenfalls, dass es funktioniert.«

Das Atmen fiel Sorcha mit einem Mal unangenehm schwer. Sie trat noch einen Schritt näher und schloss ihre Finger entschieden um den Griff des Aktenkoffers mit dem Funkteil für die Fernzündung in Vince' Hand. »Nein. Sorry, aber für *so viel* Romantik bin ich dann doch nicht zu haben.«

Zu ihrer Überraschung ließ Vince sofort los, als sie den Koffer mit einem leichten Ruck an sich zog.

»Seltsam. Man könnte den Eindruck bekommen, du hältst das für keine gute Idee.«

Sorcha schnaubte. »Sehr witzig. Wir lassen niemals jemanden zurück, weißt du noch? Also wenn du *wir* sagst, dann meinst du hoffentlich *wir beide*, damit ich dir sagen kann, dass du wohl den Arsch offen hast. Und wag jetzt nicht, einen Befehl oder so was zu versuchen, *Captain*.«

Vince zuckte nicht mal mit der Wimper. Nur die Lippen kräuselten sich, amüsiert und ertappt zugleich. »Keine Sorge. Wir haben doch eine viel zu große Schwäche für unmögliche Missionen, um es uns so leicht zu machen. Uns bleiben wohl noch zwanzig Minuten, um hier fertig zu werden?«

Sorcha lachte trocken auf und warf einen Blick auf ihr Armband. »Siebzehneinhalb, wenn du es genau wissen willst.«

Da legte Vince mit einer entschlossenen Bewegung beide Hände um ihr Gesicht und drückte die Lippen auf ihre. Lang, innig und zugleich überraschend sanft. Ein Kuss, der ihr sagte, dass sie sich wirklich keine Sorgen machen sollte; dass niemand die Absicht hatte, hier unten zurückzubleiben; dass es nur ein Gedankenfunke in der Finsternis gewesen war und sonst nichts.

Dabei war es niemals *nichts*. Nicht mit Vince.

Und vielleicht lag es genau daran, dass Sorcha in diesem Moment den Koffer einfach fallen ließ und auch noch den letzten Abstand zwischen ihnen überbrückte. Dass sie die Hand um Vince' Nacken schloss, um fordernd die Sanftheit aus dem Kuss herauszubeißen; die Hitze zu spüren, die dabei durch sie hindurchrauschte; ihr Herz, das raste und schwindelnde Leichtigkeit in ihren Kopf pumpte, als Vince' Hände ihre Hüften umfassten und sie noch näher zu sich zogen. Und dass sie, zumindest für diesen einen Moment, der Versuchung erlag, das Zeitlimit eben doch einfach verstreichen zu lassen, um kilometerweit unter dem Ozean zu knutschen, hier und jetzt zu *sein* und schließlich live vor Ort alles hochgehen zu lassen, ohne sich noch um ein Morgen zu kümmern.

»Jetzt noch sechzehn«, murmelte sie atemlos, als es vorbei war. »So ungefähr.«

Vince gluckste und lehnte die Stirn gegen ihre, ohne dabei den Griff um ihre Hüften zu lockern. Die Worte kitzelten auf ihren Wangen und Lippen und schickten einen letzten heißen Schauer in ihre Eingeweide. »*Jetzt* ist es wirklich unmöglich. Lieben wir.«

Sie sprachen nun nicht mehr miteinander. Sorcha kümmerte sich um eine Seite des Raums, Vince um die andere; sie arbeiteten zügig und höchst effizient, und trotzdem war es natürlich völlig illusorisch, zu glauben, sie könnten auch nur halbwegs im Zeitplan bleiben. Cicatriz hatte oft genug betont, dass sie keine Naht auslassen durften, wenn das Set-up genug Sprengkraft entwickeln sollte, und dass die Haftung der Streifen möglichst lückenlos sein musste. Endlich aktivierten sie die Sender der beiden Fernzünder. Es piepte dreimal an jedem Anschluss, und zwei rote Dioden begannen, gemächlich zu blinken, genau wie Cicatriz es beschrieben hatte. Aufatmend ließ Sorcha das Handteil der Zündung in ihre ansonsten nun leere Handtasche fallen.

Vince wischte sich die Hände an der Anzugshose ab und schob den zweiten Fernzünder in die Innentasche des Jacketts. »Tja, das war's dann wohl.«

Sorcha nickte. »Nichts wie weg hier.« Sie räusperte sich, weil ihre Stimme immer noch unangenehm belegt klang.

Vince schloss die Hand fest um ihre, ein flüchtiges Lächeln in den Mundwinkeln wie eine Spur des Kusses von vorhin. Gemeinsam eilten sie durch den Raum und kletterten zurück in den Fahrstuhl. Ein letzter Blick auf die nun mit gelblich grauem Band umrahmten Scheiben, das blaue Licht, den aufgeklappten Aktenkoffer mit den blinkenden roten Signaldioden. Dann schloss Sorcha die Tür hinter ihnen.

Auf der zweiten Fahrt mit dem U-Boot-Aufzug verzichteten sie auf sämtliche Vorsicht. Auf dem Hinweg hatte Sorcha ein ausreichend gutes Gefühl für die Beschleunigung und den Umkehrschub entwickelt – und wen kümmerte es schon, wenn das Andocken etwas unsanft vonstattenging, wenn sie damit eine Minute Zeit einsparen konnten?

»Also.« Vince sah mit verschränkten Armen hinauf zu der Andockstelle über ihnen. »Da wir gleich wieder bei unserer Freundin vorbeikommen: Nehmen wir sie mit hoch? Oder lassen wir sie bis New Florida an ihrem Rohr hängen?«

Sorcha schüttelte mit einem kurzen Lachen den Kopf. »Ist das eine ernst gemeinte Frage? *Jetzt* kannst du mal Captain sein und das schön selbst entscheiden.« Sie gab noch etwas mehr Schub auf den Hebel. Faszinierend, wie stark der Antrieb dieses Gefährts war. Vielleicht konnten sie sogar zwei Minuten sparen. »Auch wenn ich schon weiß, was dabei rauskommen wird.«

Etliche Sekunden war es neben ihr auf eine recht ungehaltene Weise still. Dann warf Vince dramatisch die Hände in die Luft. »Ah, verflucht, es ist ein Kreuz immerzu mit diesem Gewissen!!«

Die Kapsel rumpelte gegen die Andockstelle. »Tja …« Sorcha warf einen Blick auf ihr Armband und unterdrückte ein Grinsen. »Noch knapp vier Minuten, bis die Führung weg ist. Tatsächlich ziemlich unmöglich. Vor allem, wenn du sie wirklich noch losschneiden willst.«

Vince lachte. Zischend aktivierte sich das AirLock. »Du hast recht. Es ist sogar *völlig* unmöglich.«

Sorcha riss die Tür zum Wartungsschacht auf.

Der Gittersteg bebte unter ihren Füßen, als sie durch die dröhnende, summende Dunkelheit rannten. Der Strahl der Handlampe tanzte über das Gewirr aus Rohren und Kabelkanälen neben und unter dem Steg. Sorcha verlor jedes Gefühl für Zeit, sie wusste nur noch, dass es dringend war. Zumindest konnte es jetzt nicht mehr lange dauern, bis sie die Stelle erreichten, an der Resiliência an das Rohr gefesselt war. Sorcha fingerte in ihrer Umhängetasche nach dem

Klappmesser und verfluchte zum tausendsten Mal dieses furchtbar unpraktische Kleid. Doch als sie im nächsten Moment gegen die Abdeckung stieß, die aus dem Schacht zurück ins Gleisbett vor dem Bahnsteig führte, wurde ihr schlagartig klar, dass das bei Weitem nicht ihr größtes Problem war.

»Scheiße!« Sie wandte sich um, leuchtete an Vince vorbei den Steg zurück. Auch Vince starrte aus verengten Augen in die Dunkelheit hinter ihnen, ebenso ungläubig wie sie.

Nichts.

Dabei war es undenkbar, dass sie die Stelle verpasst hatten. Es gab keine Abzweigungen, und dies war definitiv der Ausgang, durch den sie hereingekommen waren, also ...

»Wo ist sie?!« Noch während sie es aussprach, wusste sie, dass es auf diese Frage keine Antwort gab.

Resiliência war weg.

»Wie zur Hölle«, stieß Vince zwischen zwei abgehackten Atemzügen hervor.

Ja, wie zur Hölle? Das hätte Sorcha auch gern gewusst. Mit einem wütenden Ruck wuchtete sie die Abdeckung zur Seite.

Der Bahnsteig war leer. Von der Führung, die sie noch zu erwischen gehofft hatten, war weit und breit nichts zu sehen. Doch auf einer der Bänke, ein Bein elegant über das andere geschlagen, saß eine Frau im dunkelvioletten Kleid neben einer goldenen Tasche und sah ihnen mit undurchdringlicher Miene entgegen.

»Fuck«, zischte Sorcha. Hinter sich hörte sie das Klicken, mit dem Vince den Revolver entsicherte.

»Willkommen zurück«, sagte Resiliência und stand auf. Alles an ihren Bewegungen wirkte ungefährlich, geradezu gelangweilt – abgesehen von ihrem Blick. In der Hand hielt sie ihr Smartfold.

Moment mal. Hatte Vince es nicht vom Steg gekickt?

Resiliência rückte den Riemen ihrer Handtasche zurecht. Vermutlich hatte sie dort drin ein zweites Fold gehabt. Verflucht, sie hätten daran denken sollen, die Tasche auch zu entsorgen. Trotzdem erklärte das noch lange nicht, wie sie die Fesseln losgeworden war. Etwas pochte in Sorchas Kopf, schon wieder. Ein unmöglicher Gedanke, den sie hier und jetzt, ohne die Maschine, gar nicht hätte haben dürfen.

Er blieb im Dunkeln.

Resiliência sah auf die Zeitanzeige ihres ID-Armbands. »Ich habe die Führung so lange wie möglich aufgehalten und mir die Route vom Guide Bot aufs Fold gezogen. Sie sind gerade erst weg. Also wenn ihr nicht wollt, dass eure Ärsche hier unten verrotten, lasst ihr jetzt den Scheiß mit dem Revolver sein, damit wir sie einholen können, bevor sie an der nächsten Station in die Bahn steigen. Gern geschehen.« Sie wandte sich ab und schritt mit selbstbewusst schwingenden Hüften den Bahnsteig hinunter, als wäre nicht gerade eine scharfe Waffe auf sie gerichtet.

Sorcha blieb nichts anderes übrig, als Respekt vor ihr zu haben. Und ihr zu folgen, denn unrecht hatte sie leider auch nicht. Für einen Moment blitzte in ihr die Idee auf, ob sie es schaffen konnte, den Fahrstuhl da unten doch U-Boot-klar zu machen und auf Resiliências fragwürdige Hilfe zu pfeifen. Aber da waren zu viele Vielleichts, Wenns, Obs. Sie wussten ja nicht mal, wo es weitere Andockstellen für die Kapsel gab. Bis zur *Revery* reichte das Signal der Fernzünder außerdem nicht. Vince hatte es ja vorhin noch getestet.

»Verdächtig!«, gebärdete sie knapp.

»Sehr. Wachsam bleiben«, antwortete Vince mit den Händen und schwang die Füße auf den Bahnsteig. »Wir werden sie so schnell wie möglich los.«

Rasch kletterte Sorcha hinterher, und sie liefen Resiliência nach, ehe sie um die Ecke verschwinden konnte. Dabei fiel Sorchas Blick auf ihre Füße. Trug sie andere Schuhe als vorher? Oder erinnerte sie sich falsch? Sie zwickte kurz die Augen zusammen. Ein unangenehmer Schwindel breitete sich zunehmend in ihrem Kopf aus, vermischte sich mit mehr dumpfen Ahnungen ohne Form oder Substanz. Es war ja in sich schon ein Déjà-vu, hinter Resiliência her zu hetzen, selbst wenn es kalt beleuchtete Tunnel waren statt ausladender Straßen zwischen funkelnden Hochhäusern; immer den verzerrten Stimmen und Schritten der Führungsgruppe nach. In den letzten Jahren hatte Sorcha Déjà-vus ernsthaft zu hassen gelernt.

Wieder versuchte sie, dagegen anzuzwinkern, vergeblich. Da war ein Rauschen in ihren Augen und Ohren, das immer weiter anschwoll, durchsetzt von Britzeln und Flackern und …

»Vorsicht!«

Als Vince sie an der Schulter packte, fuhr sie zusammen. Resiliência war direkt vor ihr stehengeblieben. Sie hatten die Führungsgruppe am Zugang zu einem weiteren Metro-Bahnsteig eingeholt. Wo war der Rest des Weges hin? Es war, als hätte Sorcha nur einmal sehr lange geblinzelt.

»Huh, das war aber *knapp!*«, keuchte Resiliência übertrieben laut. »Wir haben *etwas* die Zeit verträumt.«

Ein Rauschen knisterte in Sorchas Ohren. Reflexartig hielt sie nach dem weinroten Typen mit seiner Brillantsonnenbrille und der Frau im Schlangenhosenanzug Ausschau, obwohl sie wusste, dass die nicht bei dieser Führung sein konnten.

Nein, nein, nein, das hat sie gerade nicht gesagt. Scheiß Déjà-vus.

»Alles in Ordnung?«, fragten Vince' Hände. Selbst die Zeichen wirkten jetzt besorgt.

Sorcha atmete einmal bewusst ein und kniff sich mit Daumen und Zeigefinger der rechten Hand in den Handteller der linken, bis der Schmerz das neblige Gefühl aus ihrem Kopf vertrieb und sie den Boden unter ihren Füßen wieder spürte. Das Rauschen verebbte zu dem hydraulischen Dröhnen der Mechaniken, das hier unten alles begleitete. Nun hörte sie auch den Guide Bot, der sie erneut aufforderte, die Koordinaten ihres nächsten Ziels aus der *LightSpot*-Cloud auszulesen. Er nutzte das gleiche Stimmprofil wie das Modell bei der anderen Gruppe. Schwach.

Sorcha schüttelte sich innerlich und fing ihre Gedanken ein, um sich selbst daran zu erinnern, dass Vince etwas gefragt hatte. Dann formte sie knapp die Zeichen für: »Kein Problem! Nur gestresst.«

»Okay.« Auch Vince hielt die Gebärden jetzt klein, kaum mehr als ein Weben und Krümmen mit den Fingern, während sie sich weiter unter die Gruppe mischten und durch die Drehkreuze unter den LiFi-Leuchten auf den Bahnsteig drängten. »Sie: Problem. Abstand gewinnen. Draußen: rennen.«

Sorcha nickte und schoss einen Blick zu Resiliência. Sicher war ihr inzwischen aufgefallen, dass sie in der Menge wie zufällig von ihr weg drifteten und dabei Informationen austauschten. Pech für sie, dass sie keine Chance hatte, zu verstehen, egal welche Gebärdensprachen sie womöglich beherrschte. Die Sprache der Zwillinge war einzigartig, und je mehr Körper sich zwischen sie drängten, desto schwerer würde es sein, die Zeichen auch nur zu sehen.

Das Problem war bloß: Resiliência kommunizierte auch. Sie bediente ihr Fold mit einer Geschwindigkeit, als hätte sie sich anstelle ihrer eigenen Hand eine Hightech-Prothese integrieren lassen. Keine Frage, dass sie dringende Nachrichten über den Stand der Mission austauschte. Und Sorcha hatte keine Ahnung, mit wem.

»Aufteilen sobald möglich«, gebärdete sie. »Sie: allein. Noch. Kann nicht uns beiden folgen.«

Vince nickte und setzte sich den Transmitter-Plug zurück ins Ohr. Auch Sorcha fischte den kleinen Ring aus einem Fach in ihrer Handtasche und schob ihn in ihre Ohrmuschel.

Der Bahnsteig der Station *Wartungssektor-D* war deutlich schmaler als der in *Wartungssektor-C* und mit der Führung geradezu überfüllt. Sorcha fühlte Vince' Finger, die sich einmal mehr mit festem Druck um ihre schlossen, während sie sich bis ans hinterste Ende der Bahn drängten. Sie warf einen Blick über die Schulter, in der Hoffnung, Resiliência bereits ein Stück weit abgehängt zu haben. Doch leider hatte diese offenbar ebenso wenige Skrupel wie sie, sich mit allem nötigen Nachdruck einen Weg zu bahnen. Sorcha fluchte und schob Vince vorwärts in die Bahn, wobei sie die Proteste der Leute ignorierte, denen sie dabei auf die fein gekleideten Füße traten. Im letzten Moment sah sie, wie sich Resiliência am anderen Ende des Waggons mithilfe ihrer Ellbogen in die Menge drängte. Zischend schlossen sich die Türen.

Die wenigen Sekunden, die die Fahrt diesmal dauerte, dehnten sich in eine Ewigkeit. Sorcha entdeckte Resiliência, die sich neben der Einstiegstür lässig an die Wand gelehnt hatte. Sie schrieb jetzt keine Nachrichten mehr. Starrte nur unverwandt zwischen den Leuten hindurch zu ihnen herüber. Sorcha fühlte ihr Herz bis in die Fingerspitzen pochen. Adrenalin kribbelte unter ihrer Haut. Was würde sie erwarten, wenn sich diese Türen öffneten? Welche Art von Verstärkung konnte Resiliência rufen, und warum wartete sie darauf, dass sie an die Oberfläche zurückkehrten, ehe sie zugriff? Wollte sie überhaupt zugreifen? Was war der Plan?

Die Bahn hielt. Die Türen öffneten sich. Keine Zeit mehr, zu denken. Sorcha und Vince schossen auf den Bahnsteig hinaus, noch bevor irgendjemand sonst einen Fuß über die Schwellen setzen konnte. Vage erstauntes Murmeln und Raunen erklang aus der Menge, die sich hinter ihnen aus der Metro ergoss. Die Station vor ihnen war leer.

»Bitte entfernen Sie sich nicht von der Gruppe!« Der Guide Bot hatte die Lautstärke seiner Stimme für die Ermahnung erhöht. »Zur Gewährleistung Ihrer Sicherheit ist es erforderlich, dass alle Teilnehmenden zusammenbleiben. Eine Trennung von der Gruppe erfolgt auf eigene Gefahr! Ich wiederhole: Bitte entfernen ...«

War die Station *Wartungssektor-D* geradezu verschämt klein gewesen, glich diese den Mangel doppelt und dreifach mit Raum und Prunk wieder aus. Der Bahnsteig ging nahtlos in eine von futuristischen Bögen und Querstreben getragene Halle über, aus der weitere Tunnel zu weiteren Bahnsteigen abzweigten und eine beeindruckende Reihe von Rolltreppen über mehrere Ebenen hinauf zum Ausgang führte. Im Vorbeilaufen erhaschte Sorcha einen Blick auf das Schild der Station: *White Glory Boulevard/Future Square*. Der Boulevard. Die große Prachtstraße, die vom »Stempel«, dem Verwaltungsturm im Zentrum der Stadt, direkt zum Hafen führte. Sorcha hatte sie in etlichen Broschüren gesehen.

»Wir trennen uns auf der nächsten Ebene«, rief Vince ihr zu, während sie zu den Rolltreppen rannten. »Es muss da oben Nebenausgänge geben!«

»Aye, Captain!« Sorcha warf einen schnellen Blick über die Schulter. In der Menschentraube, die sich auf dem Bahnsteig gebildet hatte, konnte sie Resiliência nicht entdecken. Wo war sie hin?

Ein kurzer Piepton erklang, als sie die ersten Stufen hinaufsprinteten und der Transmitter in Sorchas Ohr sich mit dem Funk- und

GPS-Signal der *Revery* verband. Die Erleichterung, die sie dabei überkam, war größer, als sie erwartet hatte. Endlich wieder im Sendebereich. Sie waren nicht mehr allein.

»Cicatriz!« Es klickte im Transmitter und sie hörte Vince' Stimme jetzt doppelt, einmal neben sich und einmal aus dem Audioplug. Fast gleichzeitig vernahm Sorcha allerdings noch etwas anderes: Das Klackern hoher Absätze auf dem Epoxidharzboden hinter ihnen. Ein weiterer Blick zurück bestätigte ihre Befürchtung: Resiliência hatte sich aus der Gruppe gekämpft und war am Guide Bot vorbei auf die freie Fläche der Halle geeilt.

»Hey! Ihr zwei, bleibt stehen!!«

Klick.

»Captain. Sorcha. Ich höre.«

Sorcha drückte ihren linken Zeigefinger leicht gegen ihr Ohr, um das Mikrofon zu aktivieren. »Unsere Heimlichkeit ist am Arsch, wir müssen rennen. Wir kommen jetzt raus, siehst du uns?«

Klick.

»Ich sehe eure Position am GPS, aber ich habe immer noch keine gute Auflösung der Straßenkarten. Ich brauche mehr Info, wenn ich euch navigieren soll.«

»Verstanden. Sorcha gibt dir Updates. Wir müssen unseren *Kontakt* auf Abstand halten.«

Noch während der letzten Worte drehte Vince sich in einer fließenden Bewegung um und feuerte mit dem Revolver die Rolltreppe hinunter direkt vor Resiliências Füße. Die Dioden auf dem Revolverrücken leuchteten blau – Betäubungsmunition, diesmal, aber die Detonation hallte beeindruckend genug unter dem Deckengewölbe, begleitet von Schreckensschreien aus der Menge am Bahnsteig. Sorcha hörte kaum ihre eigenen Worte, mit denen sie Cicatriz den Namen der Station durchgab – und nun hoffte sie *wirklich*, dass Aurora recht gehabt hatte und keines der internen Sicherheitssysteme der Stadt bisher in Betrieb genommen worden war.

»Scheiße, ich bin nicht eure Feindin!«, brüllte Resiliência von unten herauf, ihre Stimme klang dünn und klein gegen das Nachbeben des Schusses.

Ein zweiter Knall erschütterte die Station. Resiliência, die gerade im Begriff gewesen war, einen weiteren Schritt nach vorn zu machen, erstarrte mitten in der Bewegung. Hinter ihr blühten mehr Schreie und panisches Gedränge auf.

»ZURÜCK!«, brüllte Vince. Resiliência ging ein Stück rückwärts. Zögernd, widerwillig geradezu, aber sie ging.

»Du müsstest mit dem Fernglas direkt in den Boulevard hineinsehen können«, sagte Sorcha zu Cicatriz und war schon wieder auf dem Weg die Stufen hinauf. »Wir nehmen getrennte Nebenausgänge. Wohin dann?«

»Bis zum Hafen ist es eine knappe Meile von eurer Position. Im äußersten Blattkranz sind zwei der Gebäude eingerüstet, eins links, eins rechts vom Boulevard. Je elf oder zwölf Stockwerke, flache Dächer, ihr müsstet über die Gerüste leicht raufkommen. Die Kids holen euch da oben ab, wenn ihr soweit seid. Meidet den Boulevard, es treiben sich einige Menschen da rum. Sehen aus wie Partygäste, aber man kann nie wissen.«

»Verstanden! Wir sind unterwegs.« Vince feuerte ein letztes Mal, eine nachdrückliche Warnung. Dann rannten sie die Rolltreppen hinauf dem sturmgrauen Himmel entgegen.

Auf der letzten Ebene der Rolltreppenkaskade begegneten sie tatsächlich einem Schild, das auf mehrere Nebenausgänge zu den Seiten hinwies und mit Straßennamen beschriftet war, die Sorcha nichts sagten.

»Du links«, sagte Vince, und damit war es auch schon entschieden.

»Aye, Captain!«, erwiderte Sorcha, und Vince lachte dieses ganz spezielle Lachen, wie so oft, wenn sie *Captain* sagte; salutierte in ihre Richtung, und dann war Sorcha allein. Hinter ihr waren noch immer die verschreckten Rufe der Führungsgruppe und die übersteuert laute Stimme des Guide Bots zu hören, aber sie verschwammen schnell zu einem indifferenten Geräuschbrei; und als sie kurz darauf eine weitere Doppelrolltreppe fand, ließ Sorcha sie endgültig hinter sich.

Die Straßen beim Nebenausgang waren zum Glück menschenleer. In unregelmäßigen Abständen taten sich Baustellen in der Straße und an Gebäuden auf, abgesperrt mit Zäunen und Laserschranken um schlafende Konstruktionsfahrzeuge. Abseits der Route, die die Führungen präsentierten, wirkte die Stadt noch sehr viel unfertiger, viel weiter entfernt davon, bald bewohnbar zu sein. Niemand war hier unterwegs, nur zwischen den Häusern hindurch entdeckte Sorcha tatsächlich einige flanierende Gestalten auf dem Boulevard und dem *Future Square,* der sich um die pompöse Bahnstation ausbreitete. Viel zu entspannt. Hatten sie die Schüsse nicht gehört? Verlor sich der Schall so sehr im Untergrund? Und wo war die Verstärkung, die Resiliência vermutlich gerufen hatte?

Sie lief dem Seewind entgegen, der um die schillernden Fassaden strich, lauschte angespannt auf klackernde Schritte hinter ihr, die nicht kamen, und auf das Klicken des Transmitters, das ihr voraussagte, dass jemand über die Funkverbindung sprechen würde. Ihre Beine brannten vom Rennen und ihr Atem ging schwerer, als ihr lieb war, aber an Pause war jetzt nicht zu denken. Vielleicht hatte Resiliência bloß nicht gemerkt, dass sie sich getrennt hatten? Wem hatte sie all die Nachrichten geschrieben? Erneut aktivierte Sorcha das Mikrofon des Transmitters.

»Ich bin draußen und auf halbem Weg. Vince? Sollten wir nicht langsam zünden?«

Klick.

Vince' schwerer Atem knisterte in der Übertragung. »Zu undramatisch, Sorchee. Das bekommt doch niemand mit. Wir hissen gleichzeitig die Flagge an den Richtbäumen, sobald wir oben auf den Gebäuden sind. Cicatriz! Gib das Signal weiter, sobald du die Flaggen siehst. *Dann* zünden wir.«

Sorcha rollte die Augen. »Aye, Captain. Ist unsere Freundin bei dir aufgetaucht? Oder sonst jemand?«

»Nichts zu sehen. Bei dir?«

»Nope, nichts. Verdächtig?«

»Oder zu langsam mit den Schuhen.«

»Tsk, die ist sicher nicht allein hier, und nicht *alle* werden Heels tragen!«

»Halt dich etwas weiter rechts, Sorcha.« Das war Cicatriz. »Du driftest sonst am Ziel vorbei.«

»Verstanden!« Das fehlte gerade noch, dass sie auch nur einen Schritt zu viel rannte. Sie musste schließlich noch ein Zwölf-Stockwerke-Gerüst hochklettern.

Als sie an der nächsten Kreuzung halb rechts abbog, kam es endlich in Sicht. Am äußersten Blattkranz, hatte Cicatriz gesagt, und damit war natürlich das Lotosblüten-Layout der Stadt gemeint. Das Haus war eines der letzten, ehe sich der *White Glory Boulevard* wie ein Flussdelta öffnete und in breiten Treppenstufen zum Hafen und der Resilienzpromenade hin abfiel, wo noch immer die Richtfest-Party in vollem Gange war. Sorcha konnte sie durch die Lücken zwischen den Häusern immer wieder kurz sehen. Dahinter das bleigraue, von blasser Sonne beglitzerte Meer.

Am Fuß der konkav gewölbten Fassade blieb sie stehen und erlaubte sich einen Moment, um zu Atem zu kommen und ihre Umgebung in sich aufzunehmen. Auch jetzt konnte sie nirgends Anzeichen entdecken, dass sie verfolgt worden war. Aber wenn sie auch nicht bei Vince waren, wo waren sie dann? Mit wie vielen Leuten war Resiliência hier, und was hatte sie vor?

Sorchas Fingerspitzen kribbelten, aber ihr Hirn kribbelte noch mehr. Sie konnte es nicht wissen. Sie *konnte* es heute nicht wissen. Sie musste vertrauen, dass ihr Plan aufgehen würde. Auf sich selbst und die anderen. Vielleicht auch einfach darauf, dass Auroras Deal gut genug war.

Sorcha legte den Kopf in den Nacken und starrte am Gerüst hinauf. Zwölf Stockwerke Leitern und Plattformen. Sie hätte viel für einen Schluck Wasser gegeben, ehe sie sich an diesen Aufstieg machte. Und für Klamotten, die bequemer und bewegungsfreier waren als dieses verdammte Kleid. Kurzentschlossen packte sie den Saum mit beiden Händen und riss mit einem Ruck am Stoff. Ein ausgefranster Schlitz zog sich hoch bis zu ihrer Taille.

Klick.

»Sorchee? Kletterst du schon?«

»Aye, Captain. Geht jetzt los.«

Ein letzter Atemzug. Sorcha schlang den Riemen ihrer Tasche quer über die Schulter, setzte den Fuß auf die erste Sprosse und zog sich mit den Armen aufwärts.

Je höher sie kletterte, desto steifer pfiff ihr der Wind um die Nase und die Ohren, riss Strähne um Strähne aus den Überresten der Hochsteckfrisur, rieb fort, was sich die ganze Zeit über so fremd angefühlt hatte. Das Meer, es rief, wie es immer rief, und dem zu folgen, davon hätte nicht die größte Erschöpfung Sorcha abhalten können; nicht das schlimmste Brennen in den Muskeln, nicht der zweifelndste Gedanke, nicht der unbequemste Partyfummel. Mit jeder Plattform schien ihr Kopf leichter zu werden und sich mit mehr Triumph zu füllen. Was auch immer Resiliências Pläne waren, logisch berechnet war sie definitiv zu weit weg dafür. Niemand würde Sorcha jetzt noch daran hindern, die Flagge zu hissen, auf diesen Knopf zu drücken, und dann ...

Sie schwang sich von der letzten Plattform aufs Dach und breitete die Arme aus, streckte schmerzende Muskeln und fühlte den kalten Wind durch sich hindurchblasen. Vor ihr lag der unbegrenzte Ozean, und Sorcha wollte den Himmel umarmen und schreien.

Noch nicht.

Gegenüber, auf der anderen Seite des Boulevards, sah sie das andere Gebäude, von dem Cicatriz gesprochen hatte – nur wenig niedriger als ihres und ebenso eines von vielen in der Stadt, die noch Baugerüste trugen. Und dort, in der Mitte des Dachs, das sich in einer langen, flachen Kurve erstreckte, war Vince und löste den Seilzug, der den Richtkranz an seinem Mast hielt.

Auch Sorcha trat rasch zu ihrem eigenen Richtbaum und ließ den Kranz herunter, ehe sie in ihrer Handtasche nach der eiförmigen Kapsel mit den langen Zugbändern fischte, in der sich die tausendfach komprimierte Flagge der *Revery* verbarg.

Klick.

»Wir sind soweit.« Das war Vince. Selbst durch den Transmitter hörte Sorcha das erwartungsvolle Beben in den Worten. »Sorchee?«

Sorcha zog die Kapsel bis zum Anschlag am Mast nach oben. So stand sie da, in einer Hand das Zugband der Flaggenkapsel, in der anderen den Fernzünder, und jetzt kribbelte und bebte ihr ganzer Körper. Ja, es war soweit, sie war soweit. Jetzt.

»Bereit, Captain.« Ihre Stimme kratzte heiser in ihrer Kehle.

Klick.

»Perfekt.« Ein tiefer, rauer Atemzug drang an ihr Ohr. Fast war es, als stünde Vince direkt hinter ihr.

»Feuer frei.«

Mit einem entschlossenen Ruck zog Sorcha an der Leine. Gleichzeitig drückte sie mit der anderen Hand auf den Sprengknopf.

Laut flatternd entfaltete sich der Stoff. Die Flagge, höher als Sorcha selbst, tanzte wild im Wind. Eine bei ihr. Eine drüben bei Vince auf dem Dach. Sekunden später erschütterte weit, weit unter ihnen ein Rumpeln die Stadt. NOAH#04 schwankte wie ein gewaltiges Schiff, das in schwerem Seegang in Schieflage geriet.

Und draußen auf dem scheinbar leeren Meer ertönte zur Antwort der hundertfache Chor der Glocken.

Mit einem Mal war das Meer vor der Stadt voller Schiffe. Weit gefächert trieben sie in einem Halbkreis vor der Partybucht, in der die Menschen jetzt wie aufgescheucht zu schreien und zu rennen begannen. Die schwersten und kräftigsten Schlepperschiffe waren der Stadt am nächsten gekommen. Wie ein Schwarm riesiger flügelloser Libellen schossen Harpunen an langen Stahlseilen aus den Bugluken, auf die Ufer der Stadt zu, bohrten sich tief ins Baumaterial – und spätestens jetzt konnte niemand mehr missverstehen, was hier geschah.

NOAH#04 wurde gekapert.

Sorcha sah Vince die geballten Fäuste zum Himmel stoßen. Das steife Jackett war fort; das Hemd flatterte ebenso im Wind wie der halb aufgelöste Zopf, und Sorcha brauchte keinen Transmitter, um zu hören, wie ein gellendes »MAAAAAAYYYYYYHEEEEEEEEMMMMM!« über die Dächer und die Bucht schallte. Sorcha rannte zum Geländer, das das Dach umspannte, sprang auf die unterste Querstrebe und breitete ebenfalls die Arme weit aus.

»MAAAAAAYYYYYYHEEEEEEEEMMMMM!«

Der Schrei kam tief aus ihrem Bauch, gefolgt von einem Siegesheulen, das all die Anspannung freiließ, die sie bis hierher getrieben hatte. Tränen stiegen in ihre Augen und strömten über ihr Gesicht, während das schiere Glück, die Erleichterung und der Triumph mit Macht aus ihr herausbrachen. Sorcha brüllte, dass sie glaubte, ihre Stimme selbst müsse ebenso aus ihr herausbrechen und im Wind davonfliegen, der ihr um die Ohren peitschte.

Da erklang unter ihr ein weiteres Donnern, das nicht zu ihrem Plan gehörte. Aus dem Augenwinkel nahm Sorcha eine Bewegung auf dem Meer wahr, ein Spritzen und Zischen. Noch ein Krachen. Kanonenschüsse!

Klick.

»Captain!« Cicatriz' Stimme im Transmitter klang höchst alarmiert. »Sorcha! Macht euch bereit. Wir müssen euch da rausholen, und zwar schnell.«

Klick.

Atmen.

Klick.

Ein leiser Fluch. »Die Polizei ist hier. Und sie sind verdammt viele.«

Sorcha blinzelte. Für einen Moment rutschte ihr das Herz tief in den Bauch, wo es plötzlich sehr heiß wurde, während zugleich in ihrer Brust Eisblumen aufblühten.

Verdammt, ja. Da *waren* Schiffe in der Bucht, die nicht zur Freien Republik gehörten. Schwere Schiffe mit dem Logo der Harbor Unit des New York Police Department. Undurchdringlich gepanzert bildeten sie eine Mauer vor der Stadt. Und sie hatten das Feuer eröffnet.

Klick.

»Ed hatte recht.« Auch Vince stand jetzt drüben auf dem anderen Dach am Geländer und starrte nach unten. »Sie müssen schon die ganze Zeit da gewesen sein. Sie wussten, dass wir kommen.« Es klang weniger besorgt als grimmig zufrieden. Vince glaubte nie, dass sie scheitern könnten. Niederlagen gehörten nicht zu Captain Frigatebirds Style. »Das wird jetzt wohl schmutzig.«

»Ja.« Cicatriz' Stimme klang düster. »Aber sie sind in keiner guten Position. Die Stadt wird sie von hinten erwischen, wenn wir ziehen. Bleibt, wo ihr seid, die Kids sind gleich bei euch.«

Sorcha schloss ihre Hände fest um das Geländer. Irgendwo hatte sie den Fernzünder verloren, auch die Handtasche war ihr runtergefallen. Aber es war nicht wichtig. Ihr Herz war auf dem Weg zurück an seinen Platz übers Ziel hinausgeschossen und pochte jetzt heiß und unruhig in ihrer Kehle. Draußen auf dem Meer leiteten die Schlepperschiffe inzwischen den Rückwärtsschub ein. Die hundert Leinen, die NOAH#04 mit den Schiffen verbanden, strafften sich. Kaum merklich zunächst, dann immer unverkennbarer, setzte sich die riesige Stadt in Bewegung.

Es dauerte nicht lange, bis die Officers auf den Polizeifregatten begriffen, dass die weitaus größere Bedrohung für ihre Stellung nicht die Piraten waren. Viel gefährlicher war in diesem Augenblick NOAH#04 selbst, die wie ein unaufhaltsames, jetzt ankerloses Bollwerk durch die Wellen auf sie zu walzte. Sorcha sah, wie sich ein wahrer Schwarm von Speedbooten von den Fregatten löste und über das Wasser auf die Stahlseile zuraste. Doch auch von den Piratenschiffen kamen jetzt Gleiter, und sie waren in überwältigender Überzahl. Die ersten Schüsse fielen. Menschen stürzten von den Gleitern in die Wellen. Die Partygäste suchten inzwischen Schutz im Inneren einiger Gebäude. Und immer noch krängte die riesige Stadt unaufhaltsam auf die vor Anker liegenden Polizeischiffe zu.

Sorcha krampfte die Hände fest um das Geländer und beugte sich noch ein Stück weiter vor, um einen besseren Blick auf das Spektakel zu haben. Der Triumph in ihrer Brust hatte eine bittere Note dazugewonnen. Es war nie geplant gewesen, dass dieser Raid Menschenleben forderte. Aber es würde trotzdem funktionieren. Es *musste* funktionieren. Und selbst wenn das der Preis für ihren Erfolg war, war es immer noch ein Erfolg, oder nicht?

Wenn das hier vorbei ist, haben wir eine Stadt und einen Haufen stinkreicher Geiseln.

Und ein Symbol gesetzt, das noch lange wie ein Leuchtfeuer brennen würde.

»Hände hoch.«

Sorcha fuhr heftig zusammen. Die Stimme war dicht hinter ihr. Viel zu dicht. Und viel zu ruhig. Natürlich war sie ruhig. Weil Resiliência auf diese Distanz unter keinen Umständen danebenschießen würde, falls sie gerade tatsächlich eine Waffe auf Sorcha richtete.

»Dreh dich zu mir. Langsam. Und raus mit dem Transmitter.«

Widerstrebend ließ Sorcha das Geländer los und wandte sich um, während sie mit der linken Hand den kleinen Ring aus ihrem Ohr schnipste.

Und da stand sie, in ihrem dunkelvioletten Kleid und ihren absurd hohen Schuhen. Mit ihrer goldenen Riesenhandtasche, in der offenbar auch eine Halbautomatik versteckt gewesen war, die sie jetzt unerträglich gelassen auf Sorcha richtete. Der aschblonde Soft Undercut wehte malerisch im Wind.

Sorcha hätte in diesem Moment so vieles fragen können. Wie, warum, wer. Nochmals *wie*, verdammt?! Ganz allein? Immer noch in diesen Schuhen?! Sie war ja nicht mal außer Atem!

Resiliência allerdings nahm ihr alle Fragen mit einem einzigen Satz aus der Hand.

»Dr. Sorcha Brennan, im Namen der Global Assoziierten Geheimdienste nehme ich dich hiermit in Gewahrsam.« Eine kleine Pause entstand, in der Resiliência kurz die Lippen zusammenkniff. »Wo ist die Maschine? Wir wissen, dass du sie gebaut hast.«

Sorcha war bis ins Innerste erstarrt. Ihre Gedanken, sonst so rege und gefühlt unaufhörlich in Bewegung, waren einfach stehengeblieben, als wäre selbst ihr Hirn mitten im Begreifen eingefroren.

Die Geheimdienste. Die *fucking* Global Assoziierten Geheimdienste! Mit *denen* hatte sich Aurora in Wahrheit eingelassen?! Von wegen radikale Council-Insider. *Das hier* war Meilen davon entfernt.

»Du stehst wohl auch auf Scheißideen«, murmelte sie und spürte seltsam überdeutlich, wie rau ihre Kehle noch von dem Triumphschrei war, der nur Minuten her war und in diesem Moment trotzdem eine Ewigkeit zurückzuliegen schien.

Resiliências Mundwinkel zuckten. »Wo sie ist, hab ich gefragt. Auf eurem ebenfalls gestohlenen Piratenschiff?«

»Hast du nicht vorhin noch behauptet, du wärst nicht unsere

Feindin?« Wie in Zeitlupe stieg Sorcha von dem Betonsockel, in den das Geländer eingelassen war, die Hände weiter erhoben. Ihr Hirn fühlte sich immer noch so seltsam offline an. Sie wagte nicht mal, hinüber zum anderen Hochhaus zu sehen, und sie hatte selbst keine Ahnung, was sie als nächstes sagen oder tun würde. Sie sah keinen Ausweg. Vielleicht gab es hier einfach keinen.

Resiliência schnaubte. »Das war, bevor ihr zum zweiten und dritten Mal auf mich geschossen habt. Wenn du dich …«

In diesem Moment wurde sie wie aus dem Nichts von einem Paar eleganter Schnürschuhe in die Seite getroffen.

Vince fiel absolut lautlos aus dem Himmel. Nicht mal Sorcha hatte die Gleiter kommen hören, und obwohl ein Teil von ihr nicht nur darauf gehofft, sondern sogar damit gerechnet hatte, war ein anderer ebenso überrascht wie Resiliência, als diese meterweit über das Flachdach geschleudert wurde. Am Fuß des Richtbaums blieb sie liegen, direkt unter der immer noch dramatisch flatternden Flagge. Die Pistole war ihr aus der Hand gefallen und bis zur Brüstung geschlittert. Vince war bereits auf dem Weg dorthin.

»Sorcha!«

Sorcha riss den Kopf in die Höhe. Loraj schwebte mit dem Gleiter über ihr, jetzt nicht mehr im Tarnmodus. Das Seil, an dem Vince sich vom Gleiter gegen Resiliência geschwungen hatte, baumelte keine zwei Armlängen vor ihr bis aufs Dach.

»Nimm das Seil und spring!«

Es blieb keine Zeit, zu denken. Nicht, wenn sich Resiliência bereits etwas mühsam aufrichtete und nach ihrer Tasche angelte. Sie musste hier weg.

Sorcha packte das Seil, rannte zum Geländer, schwang sich mit einem Satz hinüber – und flog. Ihre Muskeln wollten reißen vor Überanstrengung. Sie biss die Zähne zusammen und wickelte ein Stück Seil um ihren Fuß, bis sie ihre Arme zumindest etwas entlasten konnte. Mit rasendem Herzen sah sie zurück.

Auch Zèklè war inzwischen aus dem Tarnmodus aufgetaucht und brachte sich vor dem Dach in Position. Vince war auf das Geländer geklettert, in der Hand Resiliências Waffe. Sorcha glaubte, Stimmenfetzen im Wind zu hören, aber sie konnte nichts verstehen, weil Lorajs Gleiter sie bereits immer weiter auf die *Revery* zu trug. Ein letzter Gruß, eine höhnische Verneigung in Resiliências Richtung.

Da peitschte ein scharfer Knall durch die Bucht, gerade in dem Moment, als Vince sprang – auch dieses Geräusch fast verschluckt vom Wind.

Sorcha sah den Fregattvogel fliegen.

Die Realität zuckte und riss, als ein weiterer scharfer Knall ertönte.

Sorcha hörte Loraj schreien, »CAPTAIN!!«, ein Ausbruch so schieren Entsetzens, dass es sie gleich noch einmal innerlich zerfetzte.

Und Sorcha sah den Fregattvogel fallen.

NEXUS

Zeitlinie: N/A
Koordinaten: N/A

Sorchas Knie zittern so sehr, dass sie kaum einen Fuß vor den anderen setzen kann. Sie schwitzt und friert, ihr Magen versucht zum wiederholten Mal, sich zu entleeren, aber da ist nichts mehr. Nur der Geruch nach Erbrochenem, der hängt in der Luft, brennt in ihren Augen, ihrem Rachen, ihren Schleimhäuten. Schwankend stolpert sie durch ihre finstere Kabine, findet den Einschaltknopf der Maschine, ohne auch nur ihre eigene Hand sehen zu können. Geisterhaft beleuchtet das Display ihre Finger, als sie die letzten verfügbaren Fixpunkte abruft; alle weiter in der Vergangenheit, als es optimal wäre, aber es muss trotzdem gehen. Es gibt so viele davon, so viele Möglichkeiten, irgendwie zu verhindern, dass ... dass Vince ...

Ihre Gedanken stocken, weigern sich zum unendlichsten Mal, es in Worte zu fassen. Fahrig trifft sie die Vorbereitungen: Neurotape, Feedbackmanschetten, Elektrodennetz. Sorcha umklammert die Sichtrohre und presst die Brauen so fest dagegen, dass stechender Schmerz hinter ihre Stirn schießt. Sie fragt sich längst nicht mehr, ob ihr Verstand die Belastung ertragen kann. Es liegt ohnehin alles in Scherben. Bruchstücke aus hundert Leben. Eine schmerzhaft vertraute Hand in ihrer. Licht und Wind und Freiheit im Haar. Schwere Lasten, gemeinsam gehoben. Wilde Gedanken, gemeinsam zu Wirklichkeit gebaut. Lieder, die Zuhause sind. Ein schwimmendes Heim, das sie nie mehr verlassen müssten. Auf dieser Schwelle zwischen den Zeiten *fühlt*, sieht, riecht, hört Sorcha alles und nichts zugleich. Gegenwart. Zukunft. Unendlichkeit und Ohnmacht.

Vince.

Vince ist tot.

Nein! Komm zurück! Du kannst nicht tot sein. Ich würde die Zeit zerreißen, um es ungeschehen zu machen. Das Universum. Mich selbst. Alles. Aber komm zurück.

Die Maschine ist dazu gedacht, Informationen durch die Zeit zu senden. Nicht, um die Realität zu verändern. Es zu versuchen, auch nur daran zu experimentieren, ist gefährlich. Verboten. Könnte alles für immer zerfallen lassen, nach allem, was Sorcha weiß. Es ist ihr egaler als je zuvor.

KOMM ZURÜCK!!

Und dort ist es, das Quantum. Winzig und unstet und doch so unbeirrbar streckt es seine Glimmerspuren in die Schwärze.

Ein Schluchzen zuckt in Sorchas Brust. Der Lichtpunkt verschwimmt durch die Tränen, die in ihren Wimpern hängen. Ihre Hand auf dem Starthebel bebt heftig. Nur mit Mühe gelingt es ihr, die Finger zu schließen.

»Hältst du das für eine gute Idee?«

»Vince!«

Der Name schafft es nicht ganz aus ihrer Kehle, bleibt kurz vor ihrer Zunge am Gaumen hängen. Und es ist auch nicht Vince. Kann es nicht sein, egal wie sehr die Stimme, die Dunkelheit, der Atem sich nach Vince anfühlen.

Cicatriz steht bei der Tür. Natürlich sieht er nach ihr; Sorcha würde sich selbst auch nicht allein lassen in ihrem Zustand. Obwohl er sicher weiß, dass sie seine Gegenwart gerade nicht erträgt. Nicht sein Wissen. Nicht sein Verständnis. Und schon gar nicht sein Mitleid.

»Was soll ich denn sonst tun? Aufgeben? Ist es das, was du vorschlägst, ja?«

Hinter ihr ist es eine Weile still. Dann hört Sorcha Schritte. Spürt eine Hand auf ihrer Schulter, schwer und warm. Zu warm. *Viel* zu schwer.

»Nach vorn sehen. Dich daran erinnern, was wichtig ist. Das schlage ich vor.«

Jetzt dreht sich Sorcha doch um. Sieht dem Quartiermeister in die Augen, schwarz im Dunkel, mit nur einer winzigen Reflexion. Des Lichts auf dem Gang natürlich. Für Sorcha ist es, als würde sich das Quantum in ihnen spiegeln.

»Der Fregattvogel braucht dich, Sorchee.«

»Wir brauchen dich hier, Sorcha.«

Sie kann die Tränen nicht mehr lange aufhalten. Etwas in ihr ist kurz davor zu reißen, sie spürt es überdeutlich. Aber das kann und darf sie nicht zulassen. Nicht, solange es dieses winzige Licht gibt.

»Nur einmal.«

Das sagt sie, aber zugleich kann sie kaum noch überblicken, wie oft sie es in dieser Nacht schon gesagt hat.

Einmal. Nur noch ein einziges Mal.

Da ist kein Lächeln mehr in Cicatriz' Augen. Nicht mal Mitleid. Nur noch Sorge. »Du machst es bloß schlimmer.«

»Nein!« Elektrizität zischt, als die Maschine zum Leben erwacht. Eine einzige Träne läuft über, kullert über Sorchas Wange. »Ich mache es wieder gut!«

Ein Knacken und Splittern, unhörbar für alle außer ihr selbst. Der Riss in ihrem Inneren öffnet sich weit.

Und das Licht verschlingt die Finsternis.

ZEITLINIEN-LOGBUCH 139A

Start/Ort: [40°N 74°W]
Start/Zeit: 03/29/92
QuantumDot: E_xB157
Protokoll: S. Brennan

Persönliche Notiz:
6 Galgenvögel auf des toten Manns Schiff
Ho Hey Ho und die Buddel ist leer

TAG 0

40° N 74° W
29. März 2091, 14:23
New Central Bay, New York

Das Licht in der Toilette flackerte.

Ein unruhiges Kopfschmerzflackern – *flick-flicker-flickflick-brrr-zzzzzz-flick. Brrrrzzzz-flicker-flick.*

Mit einem Ächzen lehnte Viv den Hinterkopf gegen die buntgemusterten Fliesen, wischte sich mit dem Handrücken einen Rest bittersäuerlichen Speichel aus dem Mundwinkel und blinzelte zu der grünen Lichtröhre hinauf.

Es gibt seit fünfzig Jahren keine flackernden Leuchtmittel mehr. Und dann auch noch in grün. Wer denkt sich so was aus?

Leute, die nicht wussten, wohin sonst mit ihrem Geld, natürlich. Leute, die schwimmende Offshore-Szenekneipen eröffneten, in denen selbst der Toilettenboden schwankte. Viv war schon immer leicht seekrank geworden.

Draußen in der Bar wummerte weiter die Musik, durchsetzt von Lachen, Pfeifen und Johlen. Das Table-Dance-FaceOff war noch nicht vorbei. Den Sieg konnte Viv jetzt wohl trotzdem vergessen. Egal. Es war Jax' Beförderungsparty, nicht ihre. Man musste auch gönnen können..

Ihr Magen rebellierte schon wieder. Viv stöhnte und presste die Hand auf den Mund, aber diesmal blieb die Säure unten. *Scheiß Hot Shots. Der letzte war definitiv schlecht. Oder doch der Champagner? Die Häppchen! Bestimmt waren es die scheiß Kaviar-Häppchen.*

Sie fühlte sich wie ein Pottwal am Strand. Allein, den Arm zu heben und vor den Infrarot-Sensor der Spülung zu bewegen, war ein erschöpfender Kraftakt. Sie würde einfach nie wieder aufstehen.

Flick-flicker-flickflick-brrrzzzzzz-flick. Brrrrzzzz-flicker-flick.

Ein seltsames Geräusch drang von draußen zu ihr herein. Ein an- und abschwellendes Rauschen, als wäre das Meer plötzlich hier drin, rollte mit seinen Wellen über die Bodenfliesen und …

… spülte die Brandung unter der Kabinentür der Toilette hindurch.

Viv kniff die Augen zusammen und riss sie wieder auf. Hatte sie das gerade wirklich gesehen?

Sswwwsshhh – eine größere Welle diesmal. Viv hörte sie an der Tür brechen, ehe sie darunter hindurchdrang, weit in die Kabine hinein, bis zu Vivs Fingern. Kalt und definitiv nass.

Was zur Hölle …!?

Mit einem entgeisterten Laut stolperte sie auf die Füße.

Zu schnell.

Schwärze stieg ihr in den Kopf, für einige grässliche Sekunden konnte sie nichts sehen. Wie von weit entfernt hörte sie sich selbst röchelnd nach Atem ringen. Blind und hektisch griff sie nach einem Halt, irgendwas; ihr Knie stieß dumpf gegen einen Widerstand, kaltes Wasser platschte und spritzte bis in ihr Gesicht.

Die Schwärze wich, und etwas langsamer auch das kribbelnde Gefühl von Leere in ihrem Kopf. Irgendwie hatte sie es offenbar zur Tür geschafft und hielt den Griff umklammert, als hinge ihr Leben davon ab. Viv atmete zittrig aus und senkte den Blick zu ihren Füßen.

Sie stand wadentief in smaragdgrünem Wasser. Das Licht der Neonröhre an der Decke brach sich in den winzigen unruhigen Wellen an der Oberfläche, und darunter …

Viv öffnete den Mund, aber sie hörte nichts, nur ein lang gezogenes blechernes Piepen in ihren Ohren.

Unter ihr im Wasser trieb ein Mensch. Die Brandung spülte ihn leicht vor und zog ihn wieder zurück. Dunkle Augen starrten blicklos zu ihr herauf.

Tot.

»Hargreeves!?«

Vivs Blick flackerte, wie es zuvor das Licht getan hatte, nur ohne britzelndes Geräusch. Für einen Moment schienen sich in ihrem Kopf zwei Realitäten gegeneinander zu verschieben, bis sie kaum noch etwas sehen konnte. Und dann war es vorbei.

Das Meer war weg. Die Leiche auch.

»Hey!« Ein Klopfen ließ die Toilettentür wackeln. »Bist du immer noch da drin?«

Das war Jax. Hastig entriegelte Viv die Tür und stürzte nach draußen, direkt in Jax' Arme.

»Whoa-ho!« Jax fing sie auf, aber Viv war definitiv nicht die Einzige, die an diesem Vormittag zu viel getrunken hatte. Gemeinsam stolperten sie ein paar Schritte durch den Raum, bis das Waschbecken sie bremste.

»Eben noch vor mir geflüchtet, jetzt wirfst du dich mir an den Hals, was sagt man dazu.«

»Sorry.« Viv machte einen Schritt zurück. »War keine Absicht.«

»Na, immerhin hast du mir nicht die Tür ins Gesicht geknallt.« Jax grinste unverschämt breit und fuhr sich durch die verschwitzten Löckchen, die ihre sorgfältig gestylte Form schon vor Stunden verloren hatten. »Was war da drin los? Ist dir schlecht? Dann bleib lieber ab jetzt zurück, auf diesem Zweitausend-Dollar-Hemd ist keine Kotze erlaubt.« Er zupfte an dem Stoff, der schon seit Beginn der Party nicht mehr blütenweiß war, und öffnete einen weiteren Knopf, sodass das Hemd bis kurz über den Bauchnabel auseinander rutschte und noch mehr warmbraune Haut über gut trainierten Muskeln sehen ließ.

Viv verkniff es sich, die Augen zu verdrehen. Jax war ein kompetenter, cleverer Typ und meist halbwegs passabler Kollege. Es war allerdings gut, dass er sie noch mal explizit daran erinnerte, wie besonders unausstehlich er war, wenn er getrunken hatte. Sonst hätte sie ihm womöglich erzählt, was für schräge Dinge ihr Kopf gerade machte. Ob ihr jemand was in den Drink getan hatte?

Scheiße, keine Ahnung.

Jedenfalls war es jetzt vorbei. Oder?

»Danke, dass du nach mir gesehen hast.«

Jax zuckte die Schultern. »Hab ich nicht. Muss nur pissen.« Damit schob er sich an Viv vorbei in die Toilettenkabine und zog die Tür mit Nachdruck hinter sich zu. »Aber lauf nicht weg!«, erklang es dumpf von drinnen. »Wir müssen noch reden!«

Ein paar sehr lange Sekunden starrte Viv auf die geschlossene Tür. Ein Teil von ihr hoffte darauf, dass vielleicht auch Jax gleich ziemlich verstört wieder herauskommen würde, damit sie wenigstens wusste, dass es nicht an ihr lag, sondern tatsächlich an den Drinks oder den Häppchen oder vielleicht diesem furchtbaren grünen Licht. Das jetzt im Übrigen nicht mehr flackerte. Was für ein Hohn.

Jax tat ihr den Gefallen nicht. Sie hörte es nur hinter der Tür eine beeindruckende Weile und mit viel Druck plätschern. Viv riss sich los. Auf gar keinen Fall würde sie vor dem Klo auf Jax warten. Wahrscheinlich war es sowieso am besten, jetzt nach Hause zu gehen. Für normale Menschen war ja morgen wieder ein gewöhnlicher Arbeitstag. Obwohl Viv jetzt schon vermutete, dass sie im Bürogebäude der Vereinten Europäischen Botschaften recht allein auf weiter Flur sein würde, und davon abgesehen von restalkoholisierten Zombies umgeben, wenn sie bedachte, wer hier noch kräftig weiterfeierte. Egal. Für sie war die Party definitiv vorbei.

Sie wusch sich extra gründlich die Hände, vermied wohlweislich den Blick in den Spiegel und kehrte in den Schankraum des *Seagate Aquarium* zurück. Rötliche Sonnenstrahlen fielen durch die getönten Scheiben an der Wasserfront herein. Die Musik war inzwischen so laut, dass außer dem Bass kaum noch etwas zu hören war, und der Boden bebte, dass sich der Seegang fast darin verlor. Viv spürte nicht mal mehr das schwammige Gefühl, das in ihrem Kopf zurückgeblieben war. Ihrem Magen allerdings taten die Vibrationen nicht besonders gut.

Die zwei, die gerade auf den Tischen unter dem goldenen *CONGRATS, MR COUNSELOR!*-Schriftzug gegeneinander tanzten, kannte Viv nicht, aber das war wenig überraschend. Jax hatte sich nicht lumpen lassen und die ganze Bar für volle vierundzwanzig

Stunden gemietet, von 9 bis 9, inklusive Servicepersonal, DJ und unbegrenztem Zugang zu den Privat-Separees im Unterwassergeschoss; Sex mit Blick auf die künstlichen Korallenriffe von *Offshore Manhattan*, warum halt auch nicht. Konnte man sich schon mal leisten, wenn das ohnehin solide Diplomatengehalt künftig durch die noch sehr viel üppigeren Diäten eines Counselors im NCRES, dem Nationalen Rat für wirtschaftliche Strukturplanung, aufgestockt wurde. Da konnte man durchaus nicht nur den gesamten Dienststab der Vereinten Europäischen Botschaften, sondern auch sämtliches Personal der familiengeführten Angeberfirma zu feinen Häppchen, Tanz und Riesenbesäufnis einladen. Ungeachtet der Tatsache, dass man sich selbst sicherlich weit vor dem Ende von der eigenen Party verpissen würde, weil man ja frisch sein musste für das erste Councilmeeting morgen Vormittag.

Viv hustete. Die Luft hier war furchtbar. Wasser. Sie brauchte dringend Wasser.

Mit den Ellbogen kämpfte sie sich zu einem der Stehtische am Rand der Tanzfläche durch und trank das eisgekühlte Wasser direkt aus dem Krug. Die Kälte in ihrem Magen machte alles etwas besser. Aber dieses Bild ... dieses Bild von der Leiche in der smaragdgrünen Brandung ... Je länger sie darüber nachdachte, desto mehr brannte es sich in ihr Gedächtnis, und noch schlimmer: Desto mehr zweifelte sie daran, ob sie sich das wirklich nur eingebildet hatte. Es fühlte sich zunehmend an wie etwas lange Vergessenes, eine Erinnerung, die sie einzuholen versuchte, etwas, das ...

»Vivienne Hargreeves!« Ein Arm wurde schwungvoll um ihre Schultern geworfen. Und noch bevor ihr die Mischung aus Alkohol, Schweiß und teurem Parfum in die Nase stieg, wusste Viv, dass Jax sie schon wieder gefunden hatte.

»Ich sagte doch, wir müssen reden.« Sein schwerer Atem streifte ihre Wange und ihr Ohr.

Viv drehte sich um und trat gleichzeitig von ihm weg. »Auch im Jahr 2091 ist es nicht nötig, andere beim Reden ungefragt anzufassen.« Sie musste regelrecht brüllen, um sich über die Musik hinweg verständlich zu machen.

Jax hob abwehrend die Hände. »Huh, bitte nicht schießen, okay? Hab schon verstanden.«

Viv signalisierte ihm mit den Augen, dass sie das auch in zehn Jahren nicht glauben würde. »Ich war gerade auf dem Weg nach Hause.«

Zu ihrer Überraschung versuchte Jax nichts, um sie aufzuhalten. Kein *Es ist noch nicht mal 15 Uhr!* oder *Du schuldest mir noch eine Revanche auf diesen Tischen, Hargreeves!*

»Okay«, rief er bloß ebenso laut wie sie. »Cool, dass du da warst. Ich bring dich noch raus!« Damit wandte er sich ab und bahnte sich zügig einen Weg durch die feiernde Menge. Er hielt nicht einmal unterwegs an, obwohl mindestens zehn Personen versuchten, ihn anzuquatschen oder mit ihm anzustoßen, sodass Viv nicht eine einzige Gelegenheit bekam, ohne ihn weiterzugehen. Erst an der Garderobe ließ er sich zu ein paar flüchtig gewechselten Worten hinreißen, die er sofort unterbrach, sobald Viv ihre Sachen eingesammelt hatte. So langsam gewann sie den Eindruck, dass er tatsächlich noch ein anderes Anliegen hatte, als sie in alkoholisiertem Zustand zu belästigen.

Auf der Freiterrasse des *Seagate Aquarium* wurden sie von salzigem Wind und einem leuchtenden Frühlingshimmel über tiefblauem Horizont empfangen. Viv atmete tief ein und zog ihren Sonnenhut in die Stirn. Der Boden schwankte hier draußen noch mehr, und ihr Magen hasste es, aber die frische Luft tat verdammt gut.

Jax lief derweil mit derselben Zielstrebigkeit wie zuvor an den Menschen vorbei, die auch hier draußen in zahllosen Grüppchen herumstanden, und weiter hinaus auf den Steg, der zurück in die *New Central Bay of New York* mit ihrer schier unendlichen Skyline führte. Er hatte ein echtes Anliegen. Erstaunlich, wie es war, daran gab es wohl keine Zweifel mehr.

An der ersten Docking Plattform blieb er stehen. Die privaten Solarsegeljachten, mit denen einige der Feiernden aus weiter entfernten Stadtteilen eingetroffen waren, schaukelten im leichten Seegang. Jax lehnte sich rücklings gegen die Reling und trank einen Schluck aus seinem Rumglas.

Viv hielt ihren Hut fest und lehnte ebenfalls die Hüfte gegen das Geländer – eine willkommene Stütze gegen das anhaltend weiche Gefühl in ihren Knien. »Also: Was war's, worüber du mit mir reden wolltest?«

Jax strich sich die Haare aus der Stirn, als ob das im Seewind irgendeinen Sinn ergeben hätte. »Ich habe einen Job für dich.«

Viv neigte sich irritiert ein Stück zurück und musterte ihn skeptisch. »Ich habe schon einen Job«, erklärte sie das Offensichtliche. »Büro für Interkontinentale Angelegenheiten, Zimmer 201. Übrigens auch dein Zimmer. Theoretisch zumindest.«

Denn natürlich hatte *er* sich Urlaub genommen. Drei volle Tage. Einen zum Feiern. Einen für sein erstes Council Meeting. Und einen einfach so, weil er es konnte.

Jax lachte. »Sicher doch. Und den sollst du auch behalten. Wovon ich rede, ist nur ein kleiner offizieller Nebenjob. So ähnlich wie meiner, aber mehr ein … Freundschaftsdienst. Sehr lukrativ allerdings. Und ich biete ihn dir an, weil du so eine nette Bürokollegin bist.« Erneut hob er das Rumglas an die Lippen. Er schien sein Anliegen für nichts als logisch zu halten – und völlig ausgeschlossen, dass Viv nein dazu sagen könnte. »Sieh mal, es ist so: Jedes Mitglied des Councils hat Anspruch auf eine persönliche Assistenz. Zum Protokollieren, Beraten, Kaffeekochen …«

Viv spürte, wie ihr Gesicht mit jedem Wort mehr entgleiste. »Also, wenn das ein Scherz ist, ist er ziemlich beschissen.«

Jax grinste mit nervenaufreibender Selbstzufriedenheit. »Nur halb. Ich will dich wirklich als …«

Viv richtete sich ruckartig auf. *»Dein Assistenzhäschen?!* Leck mich am Arsch, Beetle!« Für den Moment vergaß sie sowohl ihren alkoholdumpfen Kopf als auch ihren rumorenden Magen, und es ging ihr sonstwo vorbei, dass Jax' Miene sich verfinsterte, als hätte er vergessen, dass er sie eigentlich mit seinem umwerfenden Grinsen rumkriegen wollte. »So viel kannst du mir im Leben nicht zahlen, dass ich dir als hübsches Prestigeaccessoire hinterher dackle.«

»Jetzt mal ganz ruhig.« Auch Jax hatte sich aufgerichtet und machte einen Schritt auf sie zu. Durchbrach mit Absicht schon wieder ihren Distanzraum, da war Viv sich sicher. »Ich glaube, du hast das nicht richtig verstanden.« Er lachte kurz auf. »Wann hast du zuletzt in den Spiegel gesehen? Denkst du wirklich, ich würde ausgerechnet dich für deine Looks auswählen? Und denkst du, ich wäre nicht in Wahrheit selbst mein bester Assistent?« Sogar gegen den Wind roch Viv jetzt wieder seine Alkoholfahne, aber er wirkte keineswegs betrunken. Er senkte die Stimme, halb Raunen, halb Zischen. »Die Geheimnisse, die in diesem Rat stecken, sind *Gold* wert, Hargreeves. Und zufällig weiß ich, dass *du* professionell mit Geheimnissen umgehen kannst. Oder hast du das vergessen?«

Viv verengte die Augen und sagte nichts. Jax Beetle wusste einen Scheiß über sie, und dabei würde es auch bleiben. Leider, das musste sie zähneknirschend zugeben, konnte er allerdings über manches spekulieren, seit er an seinem freien Tag unerwartet in ihr gemeinsames Büro in den Vereinten Europäischen Botschaften geplatzt war – ausgerechnet, als sie sich gerade als unsichtbare Zuhörerin in die Videokonferenz des deutschen Kollegen mit dem Kontakt des US-Verteidigungsministeriums eingeklinkt hatte. Fatal genug. Er würde sie sicher nicht dazu bringen, auch noch in aller Öffentlichkeit darüber zu reden.

Jax neigte sich noch ein Stück näher zu ihr. »Der Job ist richtig gut bezahlt, okay? Und die *Metropolica Corp.* würde sich ebenfalls erkenntlich zeigen, wenn du mich auf die Council Meetings begleitest und die anderen Assistenzkräfte ein wenig näher ›kennenlernst‹. Besonders die der Wirtschafts- und Konstruktionsfraktion. Du würdest davon genauso profitieren wie wir.« Sein Grinsen kehrte zurück wie angeknipst. »Davon abgesehen: Du weißt, ich hasse Kaffee.« Er hob sein Glas. »Also, stoßen wir drauf an? Na komm. Einmal auf mich. Weil heute *mein Tag* ist. Congrats, Mr Counselor!«

Viv sah auf den Wasserkrug herunter, den sie immer noch in der Hand hielt. Sie holte tief Luft, hob ihn an – und schlug ihn so fest gegen Jax' Glas, dass es zerbrach.

»Scheiße!« Jax riss seine Hand zurück. Ein dunkler Tropfen Blut quoll aus einem Schnitt an seinem Handrücken. »Sag mal, geht's noch?!«

»Netter Versuch. Du kannst mich mal.« Viv ließ den Krug polternd auf die Planken fallen und machte sich mit energischen Schritten auf den Weg in Richtung Bucht.

»Du wirst es dir noch anders überlegen!«, rief Jax ihr nach. Aber Viv streckte nur den Mittelfinger ihrer rechten Hand in die Luft, ohne langsamer zu werden. Der Wind riss ihr den Hut vom Kopf, trug ihn hoch in den Himmel und weit aufs Meer hinaus. Viv ließ ihn und beglückwünschte sich selbst zu dem dramatischen Effekt im richtigen Moment.

Jax versuchte nicht noch einmal, sie aufzuhalten.

TAG 0

40° N 74° W
29. März 2091, 14:53
New Central Bay, New York

Viv hielt den Blick fest auf die Skyline von Midtown gerichtet, während sie den schier endlosen Steg entlangstapfte. Sie war sich selbst nicht sicher, wohin sie eigentlich unterwegs war. Ihre Wohnung in Williamsburg erreichte sie auf diesem Weg jedenfalls nicht, schon gar nicht zu Fuß. Dafür hätte sie an der zweiten Docking Plattform ein *NautiCab* nehmen müssen. Aber eine Fahrt mit dem Schnellboot würde sie definitiv nicht überstehen, ohne sich schon wieder zu erbrechen. Obwohl ihr stimmungsgemäß durchaus danach zumute war. Wie viele Beleidigungen und Erpressungsversuche konnte ein einzelnes Arschgesicht in nur *eine* Gesprächsminute quetschen?!

Je näher sie den Luxusboutiquen und Edelrestaurants der *5th Ave Offshore Arcades* kam, und mit je mehr Menschen sie sich ihren Weg über das zunehmend verzweigte Netz der Stege teilen musste, desto klarer wurde ihr allerdings, dass sie sich auch nicht ziellos in Midtown herumtreiben konnte, bis sie nüchtern genug für eine Bootsfahrt war. Das hatte sie nach diesem Desaster von einer Party einfach nicht mehr in sich. Viv zog ihr Smartfold aus der Handtasche und klappte die oberste Lage des faltbaren Displays auf, um die Uhrzeit zu checken. 14:57. Sie ließ den Blick weitergleiten, an der Flaniermeile vorbei zum Polizeihafen, wo das turmhohe Hauptbüro der Abteilung für Wasserkriminalität des NYPD den Kai und die Bucht überwachte. Jun arbeitete heute die Frühschicht und hatte in drei Minuten Feierabend. Nicht, dass sie je pünktlich ihr Büro verlassen hätte, und eine Stunde Training in den Krafträumen stand sicher auch noch auf dem Plan. Genau der Zeitpuffer und die Zuflucht, die Viv jetzt brauchte.

Der Empfangsbereich des Zentralverwaltungsgebäudes der NYPD Harbor Unit war zugleich eine von drei Brücken, die den Anleger des Polizeihafens mit dem Hauptgebäude verbanden. Der Bau war auf Stahlpfeilern errichtet, die tief im Meeresgrund ankerten und das Polizeihauptquartier wie auf Stelzen über die Wasseroberfläche hoben. Die Fassade bestand aus solaraktivem Acryl-Panzerglas und schlanken Streben faserverstärkten PVC-Rezyklats und wirkte geradezu fragil – nicht, als würde sie jedes Jahr mindestens eine wütende Sturmflut kommen und gehen sehen. Der HU-Tower, wie er auch genannt wurde, stand durch seine unmittelbare Lage an der aktuellen Küstenlinie von New York bei jeder Überflutung an vorderster Front und würde das auch noch tun, wenn das Meer in den nächsten Jahren weiter ins Land vordrang. Er war einer der eindrücklichsten Beweise, dass wasserresiliente Architektur funktionierte. Deswegen waren Firmen wie die *Metropolica Corp.*, die Werkstoffe und Baukonzepte für diese Architektur in großem Stil vertrieben, so erfolgreich. Und deswegen wurden Goldjungen wie Jax Beetle in den Nationalen Rat für Wirtschaft und Strukturplanung berufen. Weil sie zufällig auch Inhaber und Geschäftsführer dieser Firmen waren und den Arsch bis hoch zum Hals voll Kohle hatten.

Viv grollte innerlich bei dem Gedanken und trat ein bisschen fester auf, während sie durch das schlauchförmige Foyer zum Empfang marschierte. Am Tresen hinter der transparenten Displayscheibe saß eine junge Rezeptionsassistenzkraft. *Beccah Trepel (er/ihn)*, stand auf dem Namensschild der marineblauen Uniform, daneben das rote A für »in Ausbildung«.

»Hi.« Viv hielt ihr Bio-ID-Armband vor den Scanner, damit ihre Ausweisdokumente auf dem Display sichtbar wurden. »Vivienne Hargreeves, ich möchte ...« Sie verstummte, als ihr klarwurde, wie entgeistert Beccah Trepel sie aus seinen großen braunen Augen anstarrte.

»Was ist Ihnen passiert? Geht es Ihnen gut, brauchen Sie Hilfe?«

Viv blinzelte irritiert. Was um alles in der Welt …? Da fiel ihr Blick auf ihr verschwommenes Spiegelbild in der Displayscheibe, und sie begriff. Die Party. Sie war verschwitzt und vom Seewind durchgepustet, die Frisur völlig aufgelöst, das Make-up bis über die Wangenknochen verlaufen, und obendrein war sie vermutlich immer noch etwas grün um die Nase. »Oh, nein, alles okay«, beeilte sie sich, zu versichern. »Ich wollte nur zu …«

»Viv?«, erklang in diesem Moment eine vertraute Stimme hinter ihr.

Viv drehte sich erleichtert um. »Myris, hey!«

Captain Myris Holt leitete das kriminalistisch ermittelnde Büro von Distrikt 01 der Harbor Unit, das auf demselben Flur lag wie das von Jun. Sier und Jun kannten sich seit der Police Academy und waren zu Beginn ihrer Karriere eine Weile Partner_innen im Streifendienst zu Wasser gewesen. Inzwischen leiteten sie beide ihre eigenen Teams und arbeiteten ebenso eng zusammen, wie sie befreundet waren. Auch außerhalb des Dienstes trafen sie sich regelmäßig. Viv hatte, seit sie mit Jun zusammenlebte, Myris' klare Art sehr zu schätzen gelernt.

»Da komme ich wohl gerade rechtzeitig aus der Pause.« Myris durchquerte die Halle mit zielstrebigem Schritt, ehe sier vor Viv stehenblieb und sie mit einer sehr speziellen Art von Respekt musterte. Siere schwarzen Brauen wuchsen über der Nase zusammen, sodass sier auf den ersten Blick immer ein wenig finster aussah, aber Viv kannte sien gut genug, um auch das amüsierte Funkeln in den graublauen Augen zu bemerken. »Donnerwetter. Das muss ja eine Mordsparty sein da draußen.«

Viv unterdrückte einen Laut, der nicht wusste, ob er ein Seufzen oder ein Lachen sein wollte. Sie hätte wohl doch mal in den Spiegel schauen sollen, ehe sie herkam.

»Jun hat den Schreibtisch gerade ziemlich voll.« Immerhin wollte Myris nicht, dass Viv ihren Zustand weiter erklärte. Natürlich wusste sier sowieso alles über so eine bombastische Feier in sierem Revier.

»Sie hatte eine wichtige Festnahme heute Morgen. Seitdem feiert Distrikt 02 seine ganz eigene Party.« Sier deutete mit einem Kopfnicken hinüber zu den Aufzügen am Ende der Halle, die zu den Büros der im Tower untergebrachten Distrikte hinauffuhren. »Sie wird sich freuen, dich zu sehen – besonders in diesem Zustand.« Myris lachte. »Bin sowieso gerade auf dem Weg nach oben. Ich nehm dich mit, komm.«

Viv atmete auf. »Großartig. Danke.« Das ersparte ihr eine Menge umständlicher Erklärungen und nicht zuletzt die Notwendigkeit, das Besuchsformular auszufüllen und auf Juns Bestätigung zu warten. Sie hob noch einmal die Hand in Richtung Beccah Trepel, der ihnen mit malerisch ausdrucksstarker Verwirrung nachsah – ein Gruß, ein Dank und Entschuldigung zugleich – und folgte Myris zu den Aufzügen.

Tatsächlich wirkte das Großraumbüro von Distrikt 02 der Harbor Unit an diesem Tag ungewohnt chaotisch. Viv war nur selten hier, und nach fast zehn Jahren in verschiedenen Bürogemeinschaften hatte sie es als frustrierende Wahrheit akzeptiert, dass nicht jeder Arbeitsplatz mit der gleichen akribischen Systematik geführt wurde wie ihrer. Tatsächlich war ausgerechnet Jax der erste gewesen, der in dieser Hinsicht mit ihr auf einer Linie war. Der Anblick, der sich ihr hier bot, wirkte allerdings tatsächlich, als hätten auch die Detectives an diesem Morgen eine Party gefeiert. Vermutlich ohne Table Dance, aber wer wusste das schon so genau. Ein Fahndungsplakat war in Übergröße auf das Whiteboard projiziert. Viv konnte nur vermuten, dass es sich bei der Person darauf um die »wichtige Festnahme« handelte, von der Myris gesprochen hatte. Quer über das Gesicht waren alberne Sprüche und Bildchen gekritzelt, und zwei Officers verbrachten gerade offenbar ihre Pause damit, es als Hintergrund für eine Runde Digi-Dart zu benutzen. Mit jedem Schwung ihrer *KineticFlow*-Controller erschien ein weiteres rotes oder blaues Kreuz auf der Stirn, den Wangen oder dem Kinn. Ein paarmal hatten sie sogar schon mitten in die Augen getroffen. Unter alldem war das Gesicht der Person kaum noch zu erkennen. Die Flagge darunter dafür allerdings umso deutlicher: Das Skelett eines Vogels im Flug, vor einer roten Sonne auf schwarzem Grund. Piraten.

»Captain Vince Frigatebird«, erklärte Myris, dier Vivs Blick gefolgt war. »Keine Ahnung, wie der Vogel wirklich heißt. Aber diese Crew kostet uns seit Monaten den letzten Nerv. Bloß gut, dass damit jetzt Schluss ist.«

Kein Wunder, dass die Stimmung so euphorisch war, dachte Viv. Es war immer ein Grund zum Feiern, wenn der Harbor Unit eine der Schlüsselfiguren der Piraterie ins Netz ging. Jun fluchte oft darüber, wie viel Ärger die stetig zunehmende Zahl der Übergriffe auf Warentransporte zur See machte. Vor einigen Jahren hatten sich etliche Crews irgendwo im Zentralatlantik zu einem Verbund zusammengeschlossen, den sie *Freie Republik* nannten – Jun fand das zynisch und nannte es mit nicht zu überhörender Grimmigkeit »organisiertes Verbrechen«. Und zwar eines mit rasant wachsendem Erfolg. Die Wasserpolizei sämtlicher Ostküstenstaaten stand deshalb von allen möglichen Seiten unter immensem Druck. Allen voran der NCRES und dessen Partnerunternehmen, die für die Weiterentwicklung der Resilienzarchitektur und die fortschreitende Umsiedlung eines nicht zu kleinen Teils der US-Bevölkerung aufs Wasser verantwortlich waren.

Die Zeit war der Feind bei diesem gigantischen Projekt. Die Piraten kosteten Zeit. *Viel* Zeit. Und nun hatte Jun also den Kopf einer wichtigen Crew festgesetzt? Viv lächelte in sich hinein. Was für ein Fang.

Während sie Myris zwischen den Schreibtischen hindurch folgte, grüßte sie flüchtig bekannte Gesichter rechts und links. Sie war froh, auf Myris' Rat gehört und sich in den Waschräumen auf dem Flur wenigstens notdürftig frisch gemacht zu haben – der ungefilterte Anblick im Spiegel war wirklich furchterregend gewesen. Jetzt sah sie zwar immer noch durchgerockt aus, aber zumindest auf eine halbwegs lässige Art. Nicht, als könnte sie allein keine drei Schritte geradeaus gehen.

Myris klopfte an die Tür auf der anderen Seite des Großraumbüros, an der ein glänzendes Blechschild mit der Gravur *Cpt. Jun Li*

Zhang angebracht war, und steckte den Kopf durch den Spalt. »Besuch für dich, Sweetheart.«

»Ich hoffe, du kommst, um mir Snacks zu bringen«, erklang Juns gestresste Stimme von drinnen.

Myris lachte. »Wo denkst du hin. Ich bin nicht mal der Besuch.«

Sier öffnete die Tür ein Stück weiter und Viv sah Jun vor der Displaywand neben ihrem Schreibtisch stehen. Eine hoffnungslos unübersichtliche Menge an Dokumenten war dort geöffnet, teilweise im Text bearbeitet, mit Notizen markiert oder mit Bildern und Diagrammen, Ortsangaben und Zeiten versehen. Gerade drehte Jun sich zu ihnen um, den Digi-Marker noch in der Hand. Ihre Augen weiteten sich.

»Viv! Komm rein, komm!« Rasch durchquerte sie den Raum, während Viv sich an Myris vorbeischob. Sie trafen sich kurz hinter der Schwelle. Jun fasste Viv mit einer Hand an der Schulter, steckte sich mit der anderen den Stift hinters Ohr und starrte ihr zwei Sekunden prüfend ins Gesicht. Dann atmete sie in einem erleichterten Auflachen aus. »Du siehst ja furchtbar aus.«

Viv konnte und wollte nichts dagegen tun, dass sich ihre Mundwinkel ein wenig hoben. »Du dafür umso besser.«

Und das stimmte. Viv war weit davon entfernt, Polizeiarbeit und die Strukturen ihrer Organisation zu verklären. Aber Jun in ihrer Uniform, die ihre athletische Figur und die kräftigen Schultern betonte, mit ihrem markanten Gesicht und den zu einem raspelkurzen Buzzcut rasierten schwarzen Haaren, hätte sie nun mal stundenlang ansehen können. »Hab gehört, du bist die Heldin des Tages.«

»Sie hat sich extra für dich schon wieder hübsch gemacht«, warf Myris mit einem Grinsen ein. »Hättest sie mal unten sehen sollen. Der Rezeptionist hätte fast die Polizei gerufen.« Sier lachte mit leichtem Grunzen. »Na, ich lass euch. Oh, und übrigens: Ich hab dir einen Termin für das Lunch Meeting morgen erstellt. 13 Uhr, wär nett, wenn du den bestätigst. Mr Wichtig wird sonst nervös. Du weißt schon.«

Ein Schatten flog über Juns Gesicht, aber sie hob ihr Handgelenk mit dem ID-Band, wie um zu signalisieren, dass sie allzeit bereit war, sich noch mehr Arbeit aufzuladen. »Aye, Captain.«

»Hah, ich captain dich auch gleich.« Myris tippte sich mit zwei Fingern gegen die Schläfe. »Bis später.«

Juns Miene und auch ihr Griff an Vivs Schulter wurden weicher, als die Tür geräuschvoll hinter Myris ins Schloss fiel. Sie warf einen Blick zu der abgetönten Scheibe, hinter der schemenhaft die Detectives an ihren Schreibtischen zu sehen waren. Dann gab sie Viv einen schnellen, aber sanften Kuss. »Hey.«

»Hey.« Viv lehnte ihre Stirn auf Juns Schulter und atmete tief und erleichtert aus.

Jun lachte verhalten und trat einen Schritt zurück. »War's so schlimm?« Sie umrundete den Schreibtisch, um den Bürostuhl für Viv zurechtzurücken. »Oder war dein Triumph so groß? Komm, setz dich erst mal.«

Viv ließ sich mit einem Ächzen in den Stuhl fallen. »Wenn du's genau wissen willst: Es war so richtig beschissen.«

»Was ist aus dem Plan geworden, Super-Jax in die Armut zu saufen?« Feixend hockte sich Jun vor sie auf die Schreibtischkante.

Viv legte die Wange neben Juns Oberschenkel auf die Tischplatte und schloss die Augen. »Ich hab mein Bestes gegeben.«

Es hatte scherzhaft klingen sollen. Tat es aber nicht. Stattdessen spürte Viv, wie ihr völlig unerwartet der Hals eng wurde, Tränen in ihre Augen stiegen und die Nasenschleimhäute anschwollen. Als hätte ihr Körper entschieden, dass es jetzt, genau jetzt, wo alles vorbei war, endgültig reichte mit dem Stress. Sie tastete nach Juns Knie und grub die Fingerkuppen in den weichen Stoff der Uniformhose. Eine erste Träne kullerte über ihre Nase in Richtung Schreibtisch. »Es war wirklich scheiße, Jun. Alles. Ich will dir auch gar nicht deinen großen Tag versauen oder dich hier aufhalten, ich hab nur … Ich schaff's nicht allein nach Hause.«

Neben ihr war es eine Weile still. Dann spürte Viv eine sanfte Hand, die durch ihre stylingverklebten Haare strich. »Verstehe. Willst du nach oben in eine Verwahrungszelle zum Ausnüchtern? Wir können uns später bei *Rangoli* was zu essen mitnehmen, und du erzählst mir alles, sobald wir auf dem Sofa angekommen sind.« Jun seufzte. »Ich werde hier allerdings noch eine ganze Weile brauchen.

Heldin des Tages schön und gut, aber die Bürokratie dahinter ist ein echter Killer. Und der normale Tageskram ist natürlich gnadenlos liegengeblieben. Tut mir leid.«

Viv schniefte und richtete sich ein Stück auf. »Schon okay.« Sie wischte sich mit dem Handrücken über die Augen und lächelte. »Von dir verknackt zu werden klingt eigentlich ganz sexy … au!« Sie rieb sich den Oberarm, wo Jun sie leicht mit der Faust geschlagen hatte. Das würde womöglich einen blauen Fleck geben, aber dass sie jetzt mit Jun zusammen lachen konnte, war es allemal wert.

»Handschellen gibt's für dich aber keine!« Jun hob gespielt streng den Finger. Dann rutschte sie von der Tischkante und streckte Viv die Hand entgegen. »Na komm. Wir organisieren dir einen Tee und ein paar Snacks, und dann bringe ich dich nach oben. So viel Zeit muss sein.«

TAG 0

40° N 74° W
29. März 2091, 15:17
HU-Tower, New York

Die Verwahrungszellen im siebenundzwanzigsten Stock des HU-Towers waren gar nicht so übel, um ein paar Stunden darin zu verbringen. Natürlich galt das vermutlich vor allem für die Räume an der Außenwand, in denen Delinquenten geringerer Straftaten untergebracht wurden. Ein Fenster zu haben, machte ja durchaus einen Unterschied in der Wohnlichkeit, und *natürlich* war die Perspektive eine andere, wenn man mit Aussicht auf indisches Take-away und Quality Time mit Jun die Zeit absaß – obwohl Viv zugeben musste, dass es sich trotzdem etwas unangenehm anfühlte, hinter einer verriegelten Tür ohne Klinke und Schloss eingesperrt zu sein. Objektiv betrachtet war der Raum dennoch heller, sauberer und auf eine karge Art gemütlicher, als Viv es von einer Verwahrungszelle erwartet hätte. Die bruchsicher verglasten Fenster brauchten keine Gitter und boten eine atemberaubende Aussicht über den Polizeihafen und die schwimmenden Arkaden von Offshore Manhattan. Man konnte sie sogar zu einem knapp zwei Finger breiten Lüftungsschlitz öffnen, dann hörte man das Meer rauschen.

Viv trank einen großen Schluck von dem kalten Kräutertee, den Jun ihr dagelassen hatte, und schob sich eine Handvoll Paprika-Erdnüsse in den Mund. Dann ließ sie sich rücklings auf das schmale Pritschenbett fallen, das unter ihr knarzte und ächzte, und genoss die Sonne, die ihr direkt auf die geschlossenen Augen fiel. Sie fühlte sich, als sei sie endlich weit weg von allem; als könnten ihr Kopf und ihr Körper *endlich* loslassen, was an diesem Tag bisher so mies gelaufen war. Dieser Ort gehörte nicht zu ihrem normalen Leben. Sie musste hier nichts denken, niemand sein und sich um nichts kümmern. Sie *konnte* ja nicht mal irgendwohin, solange Jun sie nicht holte. Sie war in einem Gefängnis. Von innen gab es keine Möglichkeit, diese Zellentür zu öffnen.

Geradezu absurd friedlich.

Langsam wurden ihre Glieder schwer. Ihr Kopf schwamm immer noch, und ihr Magen machte kuriose, gluckernde Geräusche, aber es war immerhin nicht mehr, als würden sich ihre Innereien gegeneinander verdrehen. Sie war bloß furchtbar, tödlich, endgültig müde. Und warum auch nicht, warum sollte sie nicht schlafen, bis Jun sie abholte …? Vielleicht noch die Heels von den Füßen, das wäre bequemer, aber dafür hätte sie sich noch mal hinsetzen müssen und das war jetzt irgendwie zu viel, also warum … nicht einfach … schlafen …?

Pock-padock-tocktock.

Viv schreckte auf.

Pocktock. Pock-padock-tock.

Was war das gewesen? Wer hatte geklopft, und wo? War sie schon eingeschlafen und hatte geträumt?

Pock-padock-tocktock. Pocktock. Pock-padock-tock.

Da war es wieder. Ein Pochen oder eher Hämmern an der Wand. Von der *anderen* Seite der Wand. Viv starrte irritiert auf den groben, sandfarbenen Putz. »Wer ist da?«

Das Hämmern hörte auf. Stattdessen hörte Viv jetzt ein Schaben und Kratzen, etwa dort, wo ihre Füße immer noch über das hintere Ende des Betts hingen. Sie setzte sich auf und rutschte vor auf die Bettkante. »Hallo?!«

Pock-padock-tocktock. Pocktock. Pock-padock-tock.

Allmählich machte das Geräusch sie wütend, also entschied sie sich, zurückzuklopfen. »Hey! Ich will hier *schlafen*, okay? Können Sie also *bitte* später weitermachen mit dem Scheißgeklopfe?!«

Ein paar Sekunden war es still. Dann hörte Viv jenseits der Wand eine fremde Stimme, dumpf durch die Schicht Leichtbeton zwischen ihnen, aber doch deutlich zu verstehen.

»Nein«, sagte die Stimme freundlich. »Das geht leider nicht.« Und wie zur Bekräftigung klopfte es noch einmal, direkt gefolgt von diesem Schaben, das sich noch unangenehmer in den Ohren anfühlte.

Viv spürte, wie ihr das Blut in die Wangen stieg vor Ärger. »Ach, und warum nicht?«

»Wichtige Wartungsarbeiten«, kommentierte die Stimme ungerührt, und nun kam ein neues Geräusch hinzu: Ein schleifendes Quietschen, als würde ein Digi-Marker so fest über ein Display gezogen, dass es zerkratzte.

Viv stellten sich die Nackenhaare auf.

Dabei hab ich doch gerade angefangen, mich zu entspannen.

Sie steckte sich die Finger in die Ohren, aber es half absolut gar nichts. Das Quietschen fand seinen Weg problemlos direkt hinter ihre Stirn. Mit einem verzweifelten Laut zog sie die Finger wieder heraus. »Und wie lange soll das noch dauern, diese *Wartungsarbeiten?*«

Ein weiteres Schaben ertönte, etwas sachter als die ersten. »Keine Sorge«, sagte die Stimme. »Schon alles fertig. Sieh mal aus deinem Fenster!«

»Wieso das denn?«

»Mach es einfach. Du hast doch eins da drüben, oder?«

Viv runzelte die Stirn. »Ja, und?«

»Frag nicht so viel. Geh rüber und guck raus.«

Viv war sich nicht sicher, warum sie tat, was die Person auf der anderen Seite sagte. Vermutlich war sie neugierig. Vernünftig geradeaus zu denken, war außerdem immer noch schwierig. Jedenfalls stand sie auf und ging zum Fenster, um nach draußen zu spähen. Weit unter ihr glitzerte das Wasser, das sich in kleinen Wellen am Kai des Polizeihafens brach. »Okay, also was soll ich da sehen?«

»Hm, mal überlegen ... vielleicht ein Schiff?«

Viv stieß ein schnaubendes Lachen aus. »Bin ich betrunken oder du? Natürlich sind dort Schiffe!«

Ein trockenes Lachen ertönte wie ein Echo. »*Natürlich* sind dort Schiffe!«, wiederholte die Stimme und traf dabei mit aufreizend überspitzter Präzision Vivs Tonfall. »Wir sind kein Typ für billige Witze. Sieh noch mal hin!«

Viv verengte die Augen und beugte sich vor, so weit es die Fensterscheibe zuließ. Sah noch mal hin. Und noch einmal. Flimmerte da die Luft am Horizont? Schillerte dort etwas?

Nein. Nicht etwas.

Es war *ein Schiff.* Riesig, mit drei Masten über dem elegant geschwungenen Rumpf. Sieben imposante Solarsegel, die sich irisierend im Seewind blähten. Plötzlich war es dort, wo zuvor nur Wasser und Himmel gewesen waren. Am höchsten Mast flatterte eine Flagge: das Skelett eines Vogels im Flug, vor einer roten Sonne auf schwarzem Grund.

Captain Vince Frigatebird, sagte Myris in Vivs Erinnerung.

»Scheiße«, flüsterte sie. Mit einem Schlag war ihr vollkommen klar, *wer* da aus dem Raum nebenan mit ihr sprach – und dass die Geräusche, was auch immer sie gewesen waren, mit Wartungsarbeiten nicht das Geringste zu tun hatten.

»Weißt du«, verkündete die Stimme jenseits der Wand, »ein guter Freund sagte gern ›BOOM Baby!‹, und glaub es oder nicht, er hatte immer recht! Hoffentlich stehst du noch am Fenster. Wenn nicht, duck dich besser.«

Viv blieb keine Zeit, um zu entscheiden, ob sie sich trotz allem besser hätte ducken sollen. Oder was sie über die zwei Speedgleiter dachte, die sich in diesem Moment von dem Schiff lösten. *Fliegende* Speedgleiter.

»*Feuer frei!*«, sagte die Stimme mit schneidendem Triumph.

Ein ohrenbetäubender Knall zerfetzte die Luft. Ein Geschoss aus dem Rumpf des Schiffes traf die Kaimauer des Polizeihafens – und die Wand hinter dem Bett explodierte. Viv riss die Arme vors Gesicht, um ihre Augen vor den Betonsplittern zu schützen, die im nächsten Moment auf sie einprasselten. Draußen brach Tumult los, aber sie konnte nichts sehen und ihre Ohren klingelten.

Als sie die Arme wieder sinken ließ und gegen den Dreck in ihren Wimpern anblinzelte, sah sie dort, wo statt der Wand jetzt nur noch ein bröckeliges Loch war, eine Gestalt durch den Nebel aus Mauerstaub treten. Zuerst war es nur eine Silhouette: groß, kräftige Schultern und schmale Hüften. Doch kurz darauf erkannte Viv auch ein breites Gesicht mit lohbrauner Haut. Die dunklen Augen waren violett schattiert und kräftig mit weißem Eyeliner umrahmt, an den Winkeln spitz in die Länge gezogen. Eine lange Strähne glänzend schwarzen Haars fiel schräg in die Stirn, der Rest in einem geflochtenen Zopf über die Kapuze eines dunkelvioletten Shirts. Der Stoff war kurz unter dem Rippenbogen abgerissen, und die Spitze des Zopfs kitzelte die nackte Haut des unteren Rückens und den Saum der schwarzen Skinny-Jeans. Die Stiefel mit den leuchtend gelben Schnürsenkeln knirschten gewichtig auf dem Schutt.

Captain Vince Frigatebird. Fuck.

»Das war *per-fecto,* Cicatriz! Durchschlagender Erfolg, möchte man sagen – wir hissen jeden Moment die Flagge, die Gewitterkids können loslegen.« Captain Frigatebird hielt eine Hand ans Ohr und stieg über die Trümmer hinweg, um sich neben Viv ans Fenster zu stellen. Im Hafen schrien inzwischen Sirenen und aufgeregte Rufe um die Wette; der ganze Tower war in hektische Betriebsamkeit verfallen angesichts des aggressiven Piratenschiffs direkt vor ihrer Tür. Aber hatten sie auch die Explosion im Verwahrungstrakt bemerkt? Kamen sie rauf? Vivs alkoholdumpfer Kopf begann zu schmerzen, als sie ihre Möglichkeiten abwog. Die Tür war natürlich immer noch verschlossen; in der Zelle hinter dem Loch genauso. Welche Möglichkeiten *gab* es also überhaupt? Für den Moment offenbar wenig, außer durchzuhalten.

»Was? O nein, wir bekommen keine Probleme. Ja, natürlich haben sie es gecheckt, sie sind sicher schon unterwegs zu uns.« Ein funkelnder Blick traf Viv, gepaart mit einem Lächeln, das ihr einen Schauer über den Rücken jagte. »Aber wir haben hier eine Geisel.«

Fast im gleichen Augenblick begriff Viv, was mit der unteren Hälfte des Shirts passiert war: Es flatterte in eben diesem Moment aus dem Lüftungsschlitz am Fensterrahmen wie ... ja, wie eine Flagge, leuchtendes Lila mit leuchtendem Gelb und Weiß am Saum. Weithin zu erkennen für alle, die auf ein Zeichen warteten, verschwindend flüchtig und leicht zu übersehen für alle, die das nicht taten. Zumal alle Aufmerksamkeit im Hafen auf dieses Schiff konzentriert war. Auch Jun musste irgendwo dort unten sein. Viv hingegen war immer noch hier oben, immer noch ziemlich betrunken – bewaffnet mit nichts als einer winzigen Handtasche. Und ihren High Heels. Sie straffte sich innerlich. Taxierte Captain Frigatebirds athletische Statur.

Könnte Waffe genug sein. Selbst mit Alkohol.

Captain Frigatebird verschränkte die Arme vor der Brust. Ein zufriedenes Grinsen kräuselte die stark geschminkten Augenwinkel. »So. Und jetzt geht der Spaß richtig los.«

Eine schwirrende Bewegung im Augenwinkel riss Vivs Aufmerksamkeit an sich. Sie sah zum Fenster – und erstarrte. Die fliegenden Speedgleiter waren dicht herangekommen und rasten in unfassbarem Tempo direkt auf sie zu. Die zwei Gestalten in blutroten Overalls auf den Steuersitzen hatten offenbar nicht die Spur von Angst, mit Vollspeed in die Fassade zu krachen.

Eine Hand packte ihren Arm. »ZURÜCK!«, schrie Captain Frigatebird ihr ins Ohr und zerrte sie hinter die Überreste der Wand, die ihre Zellen voneinander getrennt hatte – nur Sekunden, bevor auch die Außenwand in eine Staubwolke zerbarst. Diesmal hatte Viv nicht mal Zeit, zu husten oder zu blinzeln. Noch ehe der Staub sich gelegt hatte, wurde sie erneut hochgerissen und vorwärts gestoßen. Viv stolperte und fluchte und kam schwankend direkt vor der zerstörten Wand zum Stehen, die Fußspitzen ragten bereits ins steil abfallende Nichts.

Jetzt endlich reagierte ihr Körper, wie sie es gewohnt war. Sie fuhr herum, kickte in Richtung der Gestalt, die ihr gefolgt war, aber es war zu wenig Raum. Ihr rechter Heel traf, wahrscheinlich irgendwo in der Oberschenkelgegend, bremste das Momentum zumindest ein wenig.

Es war immer noch zu viel Staub in der Luft. Vivs Augen tränten und brannten; ihr Stand in all dem Schotter und den Scherben war miserabel, aber nicht miserabel genug, um gegen den nächsten Angriff keinen unsauberen Wurf über ihre Hüfte durchzuziehen. Mit ausgestelltem Bein, fast wäre sie selbst gestürzt, scheiß Alkohol, dabei stand sie immer noch entschieden zu nah an diesem Abgrund.

Captain Frigatebird war derweil viel zu schnell und fließend wieder auf den Beinen, sprang erneut auf sie zu, bekam ihr Handgelenk zu fassen und riss sie mit respektabler Kraft zu sich heran.

Auf dem Flur vor der Zelle erklangen Rufe und Schritte.

Sie sind sicher schon unterwegs zu uns.

Hell yeah. Viv trat erneut zu, diesmal mit dem Absatz direkt auf den Fuß, um den Griff zu lockern, der ihr Handgelenk einquetschte. Was stattdessen geschah, war, dass die kräftigen Finger noch stärker zupackten.

»Bitten um Verzeihung für die Übergriffigkeit. Aber was wir einmal haben, lassen wir nicht wieder los. Altes Piraten-Credo.« Ein kräftiger Arm legte sich um Vivs Bauch und zerrte sie herum, gerade als die Tür der Nachbarzelle aufsprang und fünf Officers mit blau leuchtenden Stun-Guns durch den Durchbruch in der Mauer stürmten.

»Zu spät, ihr Kackvögel!« Das wilde Grinsen war viel zu deutlich in den Worten zu hören. Schwerer Atem streifte Vivs Ohr, als sie sich mit aller Kraft in dem Griff wand. »Es geht doch nichts über einen Sprung ins Ungewisse. Let's rock and roll.«

Und in einem unendlich langen, unmöglichen Moment spürte Viv, wie Captain Frigatebird einen Schritt rückwärts in die Leere hinter ihnen machte. Sie mit einem Ruck mit sich zog.

Und sie fielen.

Es war kein besonders langer Sturz, weil sie schon nach wenigen Sekunden auf dem Heck eines der Speedgleiter aufkamen. Es war nicht mal ein besonders harter, weil sie auf einer menschlichen Brust landete und das Gefährt unter dem zusätzlichen Gewicht ein ganzes Stück weit absackte. Aber Viv würde in ihrem Leben nie wieder vergessen, wie es sich anfühlte, im freien Fall an der Fassade des HU-Towers hinabzusegeln, während die Fliehkraft ihr die Eingeweide aus dem Bauch pressen wollte und der Wind an ihren Haaren und der Haut riss.

Sie hatte allerdings wenig Zeit, es zu verarbeiten, da sie direkt darauf energisch beiseite geschubst wurde und sekundenlang an nichts anderes denken konnte als daran, sich an das Gestänge des Gleiters zu klammern, um nicht doch noch abzustürzen. Nur vage registrierte sie, dass der Gleiter immer weiter in Richtung der wimmelnden Menschenmenge im Polizeihafen abdriftete. Sie waren zu schwer! Zu schwer, verdammt! Über ihr richtete sich Captain Frigatebird in eine stehende Position auf und brüllte einige Worte, die Viv nicht verstand. Der lange schwarze Zopf peitschte im Wind. Die vermummte Gestalt am Steuer antwortete in derselben unbekannten Sprache. Nur einen Augenblick später tauchte der zweite Gleiter neben ihnen auf – und noch bevor Viv begreifen konnte, wie aberwitzig und lebensgefährlich das war, war Vince auf das zweite Gefährt hinübergesprungen. Seite an Seite rasten sie auf das Piratenschiff zu, das sich inzwischen im Rückzug befand und dabei fortwährend die Kaimauern und die Speedboote der Harbor Unit beschoss, die gerade für die Verfolgung klargemacht wurden. Seine Konturen begannen bereits zu verschwimmen. Viv hatte noch nie einen dermaßen perfektionierten Tarnmodus gesehen – so viel Respekt gelang ihr noch, ehe der Gleiter mit einem weiteren Ruck beschleunigte und ihren gebeutelten Magen einmal mehr von innen nach außen kehrte. Der Polizeihafen verschwand aus ihrem Blickfeld und wurde durch die endlose, sonnenbeglitzerte Weite des Ozeans ersetzt. Und während langsam das Begreifen in Vivs Verstand sickerte, dass sie gerade nach allen Regeln der Kunst von Piraten entführt wurde, blieb ihr trotz allem nur ein einziger Gedanke übrig:

Bitte lass diese Höllenfahrt endlich vorbei sein!

TAG 0

40° N 74° W
29. März 2091, 15:49
New Central Bay, New York

»Offene See voraus! Sorcha! Wir brauchen mehr Schub!«

Ednas Stimme klang dumpf durch die Audio Plugs in Sorchas Gehörgänge. Sorcha grunzte angestrengt, deaktivierte die sensomotorische Sync mit dem Greifarm und reckte sich nach dem E-Fuel-Ventil, um es vorsorglich zu öffnen – sicher war sicher. Gleichzeitig trat sie mit dem rechten Fuß auf den Schalter am Boden, der die Energiereserven aus den Solarspeichern freisetzte. Die Messpegel in ihrem Display flackerten nervös im roten Bereich.

WARNUNG!

KUMULATIVES ENERGIELEVEL: 13 %

WECHSEL ZU BRENNSTOFFANTRIEB IN 01:43

Unter dem Monitorhelm lief Schweiß in dicken Tropfen über Sorchas Schläfen, ihren Hals hinunter und in den Ausschnitt ihres dünnen Trägershirts. Die Kabel zwischen den Maschinen glühten förmlich, Kühlwasser dampfte und hing als feiner Nebel in der Luft. Es tat dem Motor nicht gut, alle Energiespeicher leerlaufen zu lassen. Aber Vince' Befehl lautete: Auch gegen den Wind alle Segel setzen und Tarnmodus im Slow Burn hochfahren. Eine potenziell fatale Entscheidung für das Energiemanagement und die nautische Manövrierbarkeit gleichermaßen, aber auf solche Befindlichkeiten durfte man keine Rücksicht nehmen, wenn es galt, der Harbor Unit möglichst stilvoll den Mittelfinger zu zeigen. Mit doppelter Betonung auf *stilvoll*.

»Komm schon, Baby«, zischte Sorcha. »Du schaffst das!«

Als sie vor rund fünfzehn Jahren ihr Studium der humankybernetischen Mechatronik mit dem Schwerpunkt auf Schiffbautechnik begonnen hatte, hatte Sorcha sich vorgenommen, ihren Maschinen niemals verniedlichende Kosenamen zu geben. Es hatte sich allerdings herausgestellt, dass es unfassbar schwer war, das bleiben zu lassen. Verkabelt und verbunden, wie sie es in ihrem Maschinistik-Sitz war, das Vibrieren und Zittern der Energiefelder unter den Fingern, die blinkenden Messpegel vor Augen und die Hitze der Kabel und Rohre wie eine zweite Haut auf ihrer, war die *Revery* wie ein lebendes, atmendes Wesen, und Sorcha und ihre Konsolen das Herz und Hirn, die es durch die Wellen trieben. Sie war eins mit diesem Schiff. Dieses *Baby* brachte sie an ihre Grenzen, wie sie es an seine brachte. Eine gewisse Zärtlichkeit war da unvermeidlich.

KUMULATIVES ENERGIELEVEL: 1%

WECHSEL ZU BRENNSTOFFANTRIEB IN 00:09

Sorchas linker Fuß traf den Schalter für den Energiespeicher der Wasserdynamos, und sie reaktivierte die sensomotorische Synchronisation mit dem Greifarm, um die Notfallzuläufe der Kühlwassertanks auf den Dynamo zu öffnen. Das war die äußerste Reserve, aber Kühlwasser war sehr viel günstiger aufzufüllen als Brennkraftstoffe, und sie würde den Betriebswechsel verhindern, solange sie nur konnte.

KUMULATIVES ENERGIELEVEL: 14%

WECHSEL ZU BRENNSTOFFANTRIEB IN 01:56

»Tarnmodus ist vollständig aktiv. Störsignal läuft. Motoren stopp! Wir drehen bei zum Wind!« Als Ednas Stimme erneut an ihr Ohr drang, hieb Sorcha mit einem ebenso erleichterten wie triumphierenden Stöhnen auf den Knopf in ihrer Armlehne, der die Maschinen anhielt. Das Summen des Motors verebbte. Das Blinken der Pegel vor ihren Augen wurde langsamer und fiel schließlich ganz ab. Stattdessen leuchtete ein grüner Blitz neben den Pegelständen der Solarstrom- und Wasserkraftspeicher auf.

»Wir segeln wieder! Restore Drift läuft.«

Sorcha ließ sich in ihrem Sitz zurückfallen und spürte ihrem wummernd pochenden Herzen nach, das sich ebenso langsam beruhigte wie das Heulen und Rauschen der Kühlaggregate. Ein beseeltes Lächeln breitete sich auf ihrem Gesicht aus, als sie den Helm vom Kopf nahm, die Sensor-Stecker aus den Port-Bändern an ihren Armen und Schultern zog und sich die schweißnassen Haare aus der Stirn wischte. Sie liebte diese Grenzgänge. Mindestens ebenso sehr, wie sie sie verfluchte.

Sie legte die Hand ans Ohr. »Haben wir sie abgehängt?«

»All clear«, kam Cicatriz' Antwort durch den Transmitter. »Die Rapid-Response-Teams der HU sind fast zwei Meilen off. Sie haben nicht damit gerechnet, dass wir so lange gegen den Wind fahren. Wir halten den Tarnmodus noch für drei Meilen, aber die finden uns nicht mehr. Kannst raufkommen, Sorcha.«

Sorcha atmete lautstark aus. Auf zittrigen Beinen stand sie auf und schälte sich aus dem Steuer-Harnisch, tätschelte noch einmal die Schaltkonsole des Maschinistik-Sitzes und stürzte den Inhalt einer Halbliterflasche Wasser hinunter, ehe sie die Leiter aus dem Maschinenraum hinauf ins Unterdeck kletterte. Sie fühlte sich leicht und ihr Hirn kribbelte vor Endorphinen.

Sie hatte schon fast den Aufgang zum Zwischendeck erreicht, als sie über sich eine Erschütterung am Rumpf der *Revery* spürte, wenig später gefolgt von einer zweiten: Jemand war an die Gleiterports angedockt. Sorcha blieb stehen. Anspannung mischte sich in die Euphorie – natürlich wusste sie, um wen es sich mit 93%-iger Wahrscheinlichkeit dabei handelte, aber es blieb trotz aller Berechnungen und trotz Cicatriz' Einschätzung ein gewisses Restrisiko, dass es eben doch die Harbor Unit war. Schritte und entfernte Stimmen drangen zu ihr herunter und verklangen wieder.

Dann ertönte oben auf der Brücke die alte Schiffsglocke.

Sorchas Anspannung verflog in einem Wimpernschlag. Erleichterung rauschte durch sie hindurch. Nur eine einzige Person auf diesem Schiff durfte diese Glocke läuten, und an diesem speziellen Tag hatten sie es außerdem als Zeichen für ihren Erfolg vereinbart.

Vince war zurück an Bord.

Das Ruderhaus der *Revery* war ein geduckter, kastenförmiger Aufbau auf der Kommandobrücke, mit einer Reihe von Fenstern vor der Steuerkonsole und einer interaktiven Weltmeereskarte hinter dem Koppeltisch, auf der live die Bewegung aller per GPS erfassten Frachtschiffe des Interkontinentalhandels als winzige Leuchtpunkte dargestellt wurde. Von hier aus steuerte Edna den großen Solarsegler über den Atlantik und entlang der amerikanischen, afrikanischen und europäischen Küsten. Auch die Wachdienste wurden auf der Brücke gehalten, und nicht zuletzt diente das Ruderhaus als Versammlungsort für die Crew, für Ansprachen und gemeinsame Planungen.

Schon als sie die steile Treppe zur Backbordnock hinaufkletterte, sah Sorcha Ednas riesige Gestalt hinter dem Steuerrad. Das friesenblonde Haar leuchtete im Nachmittagslicht, das durch die Fenster ins Ruderhaus fiel. Und neben ihr, geradezu zierlich im Vergleich zu ihren massigen Schultern und fast einen ganzen Kopf kleiner: Vince. Die zwei sprachen angeregt miteinander, vermutlich über die Ereignisse des Vormittags, insbesondere Vince' vorübergehende Festnahme. Die anschließende Flucht aus dem HU-Tower war exakt so verlaufen wie geplant – unter anderem, weil Sorcha die zu erwartenden Hindernisse dreimal mit der Maschine gegengecheckt hatte. Edna allerdings hatte der Maschine schon immer äußerst skeptisch gegenübergestanden, und dass Sorcha und Vince sich auf die Informationen dieser *neumodischen Technologie* verließen, brachte sie nur dazu, sich noch mehr Sorgen zu machen. Um das Schiff vor allem, aber auch um die Kids, die sich bei der Sprengung der Außenwand des Towers etwas zu sehr ins Zeug gelegt hatten, und natürlich um Vince selbst. Edna konnte ungemütlich werden, wenn sie sich Sorgen machte.

Sorcha stieß die Tür auf.

»... haben exakt erreicht, was wir wollten und alle Antworten bekommen, nach denen wir gefragt haben«, sagte Vince in diesem Moment und hielt sich eine daumennagelgroße Kugel schmutziggrauer Knetmasse vors Auge. »Wir brauchen allerdings noch eine weniger anstrengende und zuverlässigere Methode, um Löcher in Wände zu bohren. Eine, die trotzdem in die Unterhose passt und nicht aus Metall ist.«

Edna wandte sich mit einem Schnauben wieder zu ihren Steuerinstrumenten. »Belastend.«

»Es ist ein ernst zu nehmendes Problem, Ed. Wir ... Sorchee!« Ein breites Lächeln erschien auf Vince' Gesicht. »Du kommst spät.«

Sorcha drückte die Tür gegen den eindringenden Wind zurück ins Schloss. »Heldinnen kommen immer zu spät. Das weißt du ja wohl am allerbesten.«

Ihr war durchaus danach, Vince um den Hals zu fallen. Mit allen Sinnen zu spüren, dass es wirklich gut gegangen war. Doch das hätte zu viele Fragen aufgeworfen. Vor allem, nachdem sie so oft betont hatte, wie *sicher* sie war, dass die Aktion gelingen würde. Also ließ sie es. Für den Moment.

»Huh. Treffer versenkt.« Vince räusperte sich, ohne dass das schalkhafte Funkeln aus den dunklen Augen verschwunden wäre. »Wie dem auch sei. Diese Wand hätte uns ernsthafte Schwierigkeiten machen können, wenn sie nicht ausgerechnet aus Leichtbeton gewesen wäre.«

»Glücklicherweise sind aber heutzutage so gut wie alle Innenwände aus Leichtbeton«, erklärte Cicatriz ungerührt. Er hatte sich nahe der Tür zur Steuerbordnock an die Wand gelehnt und die sehnigen Arme vor der Brust verschränkt. Sein brandvernarbtes Gesicht war wie immer schwer zu lesen. »Wenn sie nicht aus Kunststoff oder Glas sind. Und dann braucht ihr auch keine Löcher.«

»Mhm-hmm.« Vince drückte die Kugel zwischen Daumen und Zeigefinger platt und musterte die Masse noch kritischer. »Mehr Wumms ist wohl nicht die Lösung?«

»Wenn ihr nicht über kurz oder lang mein Gesicht haben wollt – nein.«

Vince rollte die Knetmasse erneut zusammen. »Du weißt, wir mögen dein Gesicht.«

Edna wandte sich mit einer sichtlich beherrschten Bewegung um und streckte auffordernd die Hand aus. »Ich aber nicht. Gebt das her, es macht mich nervös.«

Vince lachte und warf den kleinen grauen Ball zu ihr hinüber. »Keine Angst. Das ist nur das Gummi. Wenn es explodieren könnte, wäre es gelb. Stimmt's nicht, Cicatriz?«

Cicatriz zuckte die Schultern, als wollte er daran erinnern, dass er ihnen das schon hundertmal erläutert hatte und keine Veranlassung sah, es gerade jetzt noch einmal zu tun. »Sagt mir lieber, was mit dieser Geisel passiert ist.«

Sorcha versteifte sich innerlich. *Die Geisel.* Niemand aus der Crew ahnte, dass diese »zufällige« Begegnung Teil des Plans gewesen war. Neue Zeitlinien, das wusste Sorcha inzwischen aus bitterer Erfahrung, waren eine komplizierte Angelegenheit. Ein chaotisches System, das immer nur bis zur nächsten Störung zu berechnen war. Es war verdammt schwer, sie in eine bestimmte Richtung zu manipulieren, egal wie sorgfältig man plante, und mehr beteiligte Personen bedeuteten unweigerlich mehr Störungen. Mehr Chaos. Mehr Unberechenbarkeit.

Im Fall dieser speziellen Geisel hatte Sorcha sich allerdings weit aus dem Fenster gelehnt, was das betraf. Stressbauchschmerzenerregend weit.

»Sie musste noch kotzen«, sagte Vince jetzt. »Wir fanden es besser, wenn sie das nicht auf der Brücke tut. Die Kids bringen sie gleich rauf.« Ein Lächeln huschte über Vince' Gesicht, und ein Blick traf Sorcha, so intensiv, dass er ihr durch und durch ging.

Nein, niemand ahnte von der wahren Bedeutung dieser Geisel. Niemand außer Vince. Diesmal.

Sorcha zählte längst nicht mehr, wie oft sie versucht hatte, Vince' Tod wieder rückgängig zu machen. An der Zeit herumzuspielen, war gefährlich, es war verboten, und es war ihr absolut egal. Sorcha hätte alles, *alles* getan, um den Moment zu löschen, in dem ihr Leben am entscheidenden Punkt zwischen Vergangenheit und Zukunft zerriss; zwei flatternde Enden, die nun haltlos durch die Zeit trieben. Den *Schmerz* zu löschen, der wie ein rostiges Messer in ihr steckte. Und das erdrückende Gefühl von Schuld.

Es war ihr nicht gelungen. Stattdessen hatte sie die Katastrophe Hunderte von Malen wiedererlebt. Jene schreckliche Nacht, in der eine verzweifelte Version ihrer selbst in eine Realität nach der anderen sprang, nur um jedes Mal bitter gescheitert wieder herauszufallen ... war inzwischen quälend lang. Und Sorcha hatte keine Ahnung, wie viele Versuche ihr blieben, ehe sie vielleicht nie wieder irgendwo aufwachte. Nur eines war sicher: Sie konnte diesen Kampf nicht länger allein kämpfen. Und Vince war der eine Mensch auf der Welt, dem Sorcha genug vertraute, um ihn einzuweihen. Niemals würde sie vergessen, wie sie unter Tränen versucht hatte, sich zu erklären, ohne ihren zitternden Knien nachzugeben. Niemals dieses Lächeln, mit dem Vince sie angesehen hatte, als sie die wild gezackte Linie des Graphen präsentierte, die ihre Kalkulationen ergeben hatten.

Es war derselbe Blick wie jetzt. Voller uneingeschränkter Unterstützung und Wahrheit, die plötzlich alles so viel leichter scheinen ließ. Und so viel Vertrauen im Tausch gegen ihres, dass sich die Haare an Sorchas Armen kribbelnd aufstellten.

Denn wäre dieses Vertrauen wohl auch dann noch so unerschütterlich, das fragte sie sich oft, wenn Vince auch nur ahnte, dass sie im wichtigsten Punkt gelogen hatte? Was würde passieren, falls Vince je herausfand, dass es nicht die Stadt war, die sie bei dem Raid verloren hatten? Es war das eine Detail, das Sorcha bewusst verschwiegen hatte. Weil sie nun mal genau wusste, wie Captain Frigatebirds Prioritäten in dem Fall ausgesehen hätten.

»Was ist denn mit der Beute von heute Morgen?«, fragte Vince derweil, wieder an Cicatriz gewandt, und Sorcha zwang ihre Gedanken zurück in den Moment. Ignorierte mit Macht das Gefühl des fernen Sturms in ihrer Brust, der jeden Moment losbrechen konnte.

»Tja, da gibt's noch nicht viel zu erzählen.« Cicatriz wies mit dem Kinn in Sorchas Richtung. »Die Kids haben vier Container rausgeholt, aber es war noch keine Zeit, sie zu prüfen. Oder hast du sie dir inzwischen angesehen?«

»Nur flüchtig.« Sorcha schwang sich auf die Fensterbank bei der Steuerkonsole und stemmte einen Stiefel gegen die Innenseite des Rahmens, um bei dem Seegang nicht gleich wieder herunterzufallen. *Wachsam bleiben, aber nicht verkrampfen. Es läuft doch bisher alles nach Plan.* »Viele Platinen und anderer Elektroschrott, keine kompletten Geräte – also wenig nutzloses Plastikzeug. Den genauen Wert muss ich noch checken. Aber wenn ich es richtig gesehen habe, ist mindestens ein Degravitationsmodul dabei. Was gut wäre, weil Zèklè heute Morgen schon wieder eins auf Highspeed durchgeschmort hat. Langsam gehen mir die Ersatzteile aus.«

»Klingt doch vielversprechend.« Vince stellte sich an das Fenster neben ihrem und lehnte die Unterarme auf die Fensterbank. »Sehen wir es uns später gemeinsam an. Zuerst … ah! Da kommen sie.«

Reflexartig wandte Sorcha sich um. Auf der Treppe zur Backbordnock waren die Zwillinge aufgetaucht. Sie trugen noch ihre blutroten Overalls, hatten die Kapuzen und Masken aber bereits heruntergezogen. Wie immer ging Loraj vorn, Zèklè hinten. Zwischen ihnen lief an diesem Tag allerdings eine dritte Person. Barfuß und mit gefesselten Händen: *Sie.*

Der Seewind fuhr durch ihren sicher seit Wochen ausgewachsenen aschgoldenen Pixieschnitt und ließ das in Orange- und Pinkschattierungen glitzernde Cocktailkleid um ihre Hüften flattern. Sorcha konnte den Blick nicht von ihr lösen, wie sie mit wackeligen Schritten die Stufen hinaufkletterte.

»Vivienne Resiliência Hargreeves«, murmelte sie und hätte beinahe bitter aufgelacht. »Lange nicht gesehen.«

TAG 0

40° N 73° W
29. März 2091, 14:23
an Bord der Revery

Es war zum Heulen. Eine einzige Katastrophe, dieser Tag, von der ersten Minute an.

Viv heulte natürlich trotzdem nicht. Das fehlte gerade noch, dass sie vor diesen Piraten ihre Würde aufgab. Obwohl man sich vermutlich fragen musste, wie viel davon überhaupt übrig war, nachdem sie es nicht mal bis ins Innere des Schiffs geschafft hatte, ohne sich noch an den Gleiterports ins schäumende Kielwasser zu übergeben. Die zwei Gleiterpilot_innen hatten es beschämend leicht gehabt, ihr die Hände zu fesseln, noch ehe sie sich wieder halbwegs beisammen hatte.

Wenigstens war sie ihre Schuhe losgeworden. Normalerweise war Viv der Burner in High Heels. Vorhin hatte sie sie sprichwörtlich über Bord gekickt und spürte nichts als rigorose Zufriedenheit deswegen. Auf dem Weg die steile Treppe hinauf starrte sie immer bloß auf die nächste Stufe. Ein Schritt vor den anderen, bis sie endlich oben war.

Die Tür zum Ruderhaus quietschte beim Öffnen. Der Wind in Vivs Ohren verschwand und wurde zu einem Pfeifen um die Ecken der Brücke – wütend, weil man ihn ausgesperrt hatte. Stickige Wärme legte sich auf Vivs Haut.

»So! Wie bestellt, Captain«, sagte die Person vor ihr mit einem Glucksen und trat zur Seite. »Entleert und gefesselt.«

Fast gleichzeitig wurde Viv von hinten noch ein Stück weiter in den Raum hineingeschoben; so energisch, dass sie beinahe gegen den Koppeltisch vor der großen Radarkarte stolperte. Sie fuhr herum, eine gepfefferte Beschwerde auf der Zunge – und sah sich dem wohl schüchternsten Entschuldigungslächeln aller Zeiten gegenüber. Die Sanftheit in dem runden Gesicht unter den fest geflochtenen Cornrows wollte so gar nicht zu der Kühnheit passen, mit der dieser offenbar noch sehr junge Mensch zuvor den Gleiter gesteuert hatte. Oder zu dem groben Stoß in Vivs Rücken.

Du bist ja noch fast ein Kind.

Die Wut verrauchte ihr noch auf den Lippen. Ein tief, sehr tief in ihr vergrabener Punkt wurde schmerzhaft weich. Viv schluckte, ihr Hals war plötzlich unangenehm trocken. Das hatte sie lange nicht gefühlt.

»Aha! Da ist ja unsere Lieblingsgeisel.«

Erneut fuhr Viv herum. *Diese* Stimme kannte sie besser als ihr lieb war. Captain Frigatebird stand rücklings an eines der Fenster bei der Steuerkonsole gelehnt und wirkte schon wieder so selbstzufrieden, dass Viv das Bedürfnis überkam, eine Cremetorte in dieses Grinsen zu werfen.

»Wir hoffen, du fühlst dich besser nach deiner kleinen Erleichterung.«

Es war irritierend, dachte Viv, diese konsequente Art, im Plural von sich zu sprechen. Als wäre die Situation nicht schon herausfordernd genug. Sie hob das Kinn und nahm die Schultern zurück, versuchte, die Hände in ihren Fesseln zu bewegen. Zwecklos. »Weniger instabil in jedem Fall, danke der Nachfrage. Nur die Füße werden allmählich kalt.«

»Die *Füße?*« Captain Frigatebird hob verblüfft eine Braue und sah an Vivs Beinen hinab. »Oh. Deine Schuhe sind weg.«

»Ich wüsste auch nicht, was du sonst gemeint haben könntest.«

Captain Frigatebird lachte leise. Es klang unverhohlen anerkennend, aber auch ein bisschen gereizt, und Viv fühlte sich durch beides leider mehr geschmeichelt, als sie je hätte zugeben wollen.

»Wie dem auch sei: Willkommen an Bord der *Revery!*« Captain Frigatebird wies mit einer ausladenden Bewegung auf die übrigen

Personen im Ruderhaus. »Wir sind alle sehr begeistert, dich bei uns zu haben. Aus verschiedenen Gründen, aber begeistert.«

»Wer's glaubt«, murmelte Viv und hätte gern die Arme vor der Brust verschränkt. Es war warm hier drin, aber der Wind auf Deck und auf dem Gleiter hatte seine Frühjahrskühle so tief in sie hineingetrieben, dass es noch eine Weile dauern würde, bis sie wieder völlig durchgewärmt war. Außerdem hätte sie sich weniger entblößt gefühlt mit der Barriere ihrer Arme zwischen sich und diesen Menschen, die ausnahmslos *nicht* begeistert über ihre Anwesenheit wirkten. Weder die dunkle Type mit dem brandvernarbten Gesicht bei der gegenüberliegenden Tür, noch die massige Gestalt hinter der Steuerkonsole. Am allerwenigsten aber eine Person in einem hellen, leicht schmuddeligen Trägershirt, Cargohose und schweren Stiefeln, die auf der Fensterbank neben Vince hockte. Ihr kastanienbraunes Haar war zu einem Pferdeschwanz zusammengebunden und lockte sich verschwitzt über den Ohren und an ihrem Hals. Sie starrte Viv an, als wollte sie sie aufspießen. Wie einen dieser seit Jahrzehnten ausgestorbenen Käfer im Naturhistorischen Museum. Viv sah weg. »Also, was habt ihr mit mir vor?«

»Tja ... du wirst wohl eine Weile bei uns bleiben.« Captain Frigatebird stieß sich vom Fenster ab und kam zu Viv herüber an den Kartentisch. »Je nachdem, wie schnell deine Crew in New York das Lösegeld für dich stellt. Aber keine Sorge. Wir werden uns hier gut um dich kümmern. Gib uns nur einen Kontakt, an den wir die Forderung stellen sollen. Du kannst die ID bei unserer Navigatorin in die Logbuchnotizen eintragen. Sie zeigt dir, wie und wohin, nicht wahr, Edna?«

Die imposante Gestalt hinter der Steuerkonsole ließ ein Brummen hören. *Begeistert* klang sie immer noch nicht.

»Sobald du das erledigt hast, kannst du dich auf der *Revery* wie zu Hause fühlen und gehen, wohin du möchtest.« Captain Frigatebird lehnte sich mit der Hüfte gegen die Kante des Koppeltischs. »Na ja, zumindest, sobald du dir von Cicatriz deine Sprengstofffesseln hast anlegen lassen, damit wir dir die Füße wegsprengen können, falls uns nicht gefällt, wo du dich rumtreibst – nun guck nicht so entsetzt.

Natürlich können wir dich nicht *völlig* unkontrolliert herumlaufen lassen. Du bist ein guter Fang, so ein reicher Stadtfisch ist bestimmt einiges wert. Mit Füßen oder ohne.«

Viv presste die Arme fester gegen ihren Oberkörper und tastete erneut nach lockeren Stellen in den Knoten ihrer Fesseln. »Wenn du dich da mal nicht verrechnest.«

Tatsächlich fiel ihr auf Anhieb niemand ein, der Lösegeld für sie bezahlt hätte, egal wie viel oder wenig gefordert würde. Vivs engster Kreis bestand aus Menschen mit Prinzipien. Und die beinhalteten *nicht*, nach der Pfeife von Gesetzlosen zu tanzen.

Eine irritierte Falte erschien zwischen Captain Frigatebirds Brauen. »Du kannst das wohl nicht wissen, aber *wir* verrechnen uns nie.« Ein silberner Haken schob sich aus dem Ärmel des zerrissenen Kapuzenshirts und legte sich mit sachter Bedrohlichkeit unter Vivs Kinn. »Deshalb sind *wir* seit sieben Jahren Captain auf diesem Schiff, verstehst du?«

Der widersetzliche Teil von Viv hätte an dieser Stelle gern einen Kommentar darüber fallengelassen, wie viel Klischee man sich als Pirat eigentlich leisten konnte, ohne lächerlich zu werden. Aber *dieses* Klischee, ob lächerlich oder nicht, war zu spitz ... und zu nah. Vor allem mit gefesselten Armen.

»Was soll das eigentlich immer mit diesem *wir?*«, fragte sie stattdessen.

»Oha. *Das* ist der Teil, der dich am meisten interessiert? So viel haben wir von dir gar nicht erwartet – wir respektieren das!« Der Haken verschwand von Vivs Kinn, als Captain Frigatebird zurücktrat. »Es ist ganz einfach: Wir lassen uns ungern kategorisieren. Männlich, weiblich, nicht binär, fluid, dies das ... auf See ist kein Tag wie der andere, aber mit dem majestätischen Plural liegst du immer richtig. Der Captain's Mode gilt für alle an Bord. Auch für dich. Klar?«

Viv schnaubte. Nichts war klar. Freie Pronomenwahl und die Loslösung von sexistisch binärem Denken und den damit einhergehenden Gesellschaftsstrukturen war eine Sache. Eine, die sie befürwortete. Dieses Spiel, falls es eines war, schien allerdings in ganz anderen Dimensionen zu funktionieren, und sie glaubte nicht, dass es sich lohnte, eine Diskussion darüber vom Zaun zu brechen. Es war ja auch gut möglich, dass es vor allem darum ging, sie aus der Reserve zu locken. Leider war ihr Nervenkostüm schon seit heute früh nicht gerade in seinem stabilsten Zustand.

»Dann bist du ...«

»*Ihr.*«

»... seid *ihr* also tatsächlich Captain, ja?«

Captain Frigatebird winkelte den linken Unterarm an und musterte den Haken, der funkelnd aus dem Ärmelsaum des Shirts hervorragte. »Seit sieben Jahren, wie gesagt. Gibt's ein Problem damit?«

»Allerdings.«

Captain Frigatebird legte den Kopf schief und bohrte sich die Spitze des Hakens wie beiläufig in den Daumenballen. Ein Tropfen Blut quoll hervor. »So. Und welches wäre das wohl?«

Viv dachte an Jun, wie sie vermutlich gerade in diesem Moment Ozeane trockenlegte und Berge versetzte, um die Suche nach dem Piratenschiff in Gang zu bringen. Ein warmes Gefühl blühte in ihrer Brust auf, und sie konnte nicht verhindern, dass sich ihre Mundwinkel triumphierend aufwärts kräuselten. »Ich hab schon eine.«

Captain Frigatebird hob ein wenig ruckartig den Kopf. »Eine was?«

»Captain. Ich brauche keine zwei davon. Ehrlich gesagt, Jun ist sogar zehn von eurer Sorte wert.«

In der darauffolgenden Stille hörte Viv die Sekunden förmlich verstreichen wie das Ticken eines Zeitzünders. Dann schleuderte Captain Frigatebird mit großer Geste den Haken aus dem Ärmel und quer durch den Raum. Er polterte gegen die Wand und blieb klirrend am Boden liegen. »Und schon macht sie den guten Eindruck wieder kaputt!« Captain Frigatebird ließ sich in den Sessel vor der Radarkarte fallen. Die schweren Schnürstiefel landeten krachend auf dem Koppeltisch, haarscharf neben etlichen empfindlich wirkenden Knöpfen. Viv hörte raues Lachen mehrerer Stimmen hinter sich. Nur die Navigatorin brummte unwirsch, kam mit zwei schweren Schritten zu ihnen herüber und schob die Kapitänsfüße wieder auf den Boden zurück.

»Sie will kein Mitbestimmungsrecht an Bord, ist es nicht *herzzerreißend?*« Das Funkeln in Captain Frigatebirds Augen hatte etwas Gefährliches, vor allem so von unten herauf. »Aber von uns aus – wie du willst. Wir behandeln dich auch gern wie eine *altmodische* Gefangene statt wie einen Menschen mit Würde, wenn dir das lieber ist.« Aus dem Ärmel, aus dem zuvor der Haken geschaut hatte, schob sich jetzt eine Hand – jene, die Viv noch vor nicht mal einer Stunde um den Bauch gefasst und in einen aberwitzigen Stunt den Polizeitower hinunter gezogen hatte, wie hatte sie das vergessen können?! – und schnipste mit beeindruckender Lautstärke. »Na schön, das war's für jetzt. Dismissed!« Mit einer fließenden Bewegung kam Captain Frigatebird zurück auf die Füße. »Sorchee, sperr die Geisel unter Deck ein. Wasser und Brot. Die Übrigen gehen zurück auf ihre Posten. Edna – Kurs New Florida! Wir haben Beute zu verscherbeln.«

Viv wusste für viel zu lange Sekunden nicht, wie sie reagieren sollte. Vielleicht hatte ihr noch nie jemand so vielsagend den Rücken zugedreht wie Captain Frigatebird in diesem Moment. Als hätte sie sich vor aller Augen einfach in Luft aufgelöst, oder noch schlimmer: Als wäre sie ein uninteressantes Spielzeug, das in eine staubige Kiste ausrangiert wurde, bis man auf dem Trödel wenigstens noch ein paar Cent dafür abgreifen konnte. Wie sie dort stand, während um sie herum die Menschen im Ruderhaus in Bewegung gerieten – Bewegungen, die allesamt nichts mit ihr zu tun hatten – fühlte sie sich so gedemütigt wie an keinem anderen Moment dieses Tages. Und das wollte wirklich was heißen.

Jemand tippte ihr von hinten auf die Schulter. »Hey.«

Viv drehte sich um. Vor ihr stand die Frau mit dem Bohrer-Blick. »Ich zeig dir deine Kabine. Komm mit.«

»Dann bist du Sorchee?«

»Sorcha.«

»Wie bitte?«

»Ich heiße Sorcha. Wag es nicht, mich Sorchee zu nennen, solange du nicht Resiliência genannt werden willst.«

Jetzt fehlten Viv endgültig die Worte. *Resiliência*. Ihr zweiter Vorname, den nur ihre Eltern kannten, und die paar handverlesenen Menschen, die ihr entweder sehr vertraut waren oder denen sie irgendwann ihren echten Ausweis hatte zeigen müssen. »Woher …?«

Sorchas Mundwinkel zuckten geringschätzig. »Wenn du das nicht weißt, ist das sicher auch besser so.« Damit drehte sie sich um und ging voran zur Tür, durch die Viv vorhin mit den Gleiterpilot_innen gekommen war.

Viv starrte ihr ein paar abgrundtief verwirrte Sekunden lang nach. Dann kratzte sie zusammen, was ihr an diesem Tag noch an Würde geblieben war, und folgte Sorcha hinaus.

NEXUS

Zeitlinie: N/A
Koordinaten: N/A

Sorcha führt ihre Geisel das Oberdeck entlang, vorbei an den drei imposanten Masten, an knarrenden Seilwinden und Wanten, Rettungsringen, Beibooten und Seezeugkisten. Die sieben voll gesetzten Solarsegel blähen sich über ihnen, schillernd im graublauen Licht unter den regenschweren Wolken. Es könnte wunderschön sein – wenn Sorchas Blick nicht so gedankendüster wäre. Ein Zittern lauert in jedem ihrer Schritte, das seinen Ursprung in Wahrheit nicht in ihren Knien, sondern in ihrem Hirn hat und sich gern in ihrem ganzen Körper ausbreiten würde. Es kann Verzweiflung sein oder Frust, schlimmstenfalls sogar diese schreckliche Hoffnungslosigkeit. Oder die Derealisation. Das ist das Schlimmste; diese ständige Unsicherheit, wo sie gerade ist. Wann sie ist. Ob, wenn sie zurück an Deck geht, Vince dort sein wird ... oder nicht. Déjà-vus. Mit jedem weiteren Reset kicken sie stärker, aber Sorcha wird nicht zulassen, dass irgendetwas von alldem von ihr Besitz ergreift. Diese Zeitlinie ist nur ein weiterer Schritt, und ihr wichtigstes Ziel hat sie erreicht: Sie sind weit außerhalb jeder schwimmbaren Distanz zur Küste. Die Harbor Unit ist weit abgehängt. Resiliência kann ihr nicht mehr entwischen.

Ihr Kiefer knackt, als sie die Zähne fest zusammenbeißt und die Erinnerungen zurückdrängt, die über ihr zusammenbrechen wollen – und die Tränen und die Hoffnungslosigkeit; das *Sowieso alles egal!*-Gefühl, die sie begleiten. Sie darf keinen Raum für Zweifel lassen. Resiliência ist schuld an Vince' Tod, über hundertmal inzwischen. Sie wird jetzt helfen, es wieder gutzumachen, ob sie will oder nicht.

Sie steigen eine schwankende Stiege hinab ins Zwielicht des Unterdecks, passieren einen schmalen Gang und bleiben schließlich vor einer der anthrazitgrau lackierten Stahltüren stehen. Sorcha tippt den Code in das Zahlenschloss unter dem Knauf, und die Tür schwingt mit einem Schleifgeräusch nach außen. Dahinter liegt eine winzige Koje, dunkel bis auf das spärliche Licht, das durch das Bullauge hereinfällt.

»Geh rein und dreh dich um. Rücken zu mir.«

Resiliência schiebt sich mit steifem Rücken an ihr vorbei. Während Sorcha ihre Fesseln löst, starrt sie unverwandt auf das Bett gegenüber, und Sorcha kann sich den Gedanken nicht verkneifen, dass sie für gewöhnlich wohl nicht in einer in die Wand eingelassenen Nische mit einer dünnen Matratze schläft.

Ha. Willkommen in der Realität.

Die Fesseln fallen zu Boden. Sorcha tritt zurück. Resiliência hingegen macht ein paar Schritte in die Koje hinein und setzt sich auf die Kante der Nische. Die Erschöpfung hat sich tief und grau in ihr Gesicht gegraben.

»Es wird nicht funktionieren«, sagt sie und stiert Sorcha dabei grimmig herausfordernd an, aber es klingt nicht ganz so überzeugt, wie sie es selbst vermutlich gern hätte. »Was auch immer ihr hier mit mir vorhabt.«

Mehr Déjà-vus. Mehr Erinnerungen. Aus welcher Zeitlinie? Wer weiß das schon. Aus mehr als nur einer wahrscheinlich. Sorcha lehnt sich mit der Schulter gegen den Türrahmen und stemmt eine Hand auf ihre Hüfte, um den Schwindel zu überspielen, der in ihr aufsteigt. Eine Haarsträhne fällt ihr in die Stirn, sie lässt sie dort. Sie wird nicht zeigen, was es in ihr anrichtet, dass diese Person jetzt hier ist. Oder wie viel Übelkeit es in ihr auslöst, zu wissen, dass Resiliência sie theoretisch jederzeit überwältigen könnte. Die Ausweglosigkeit des Meeres ist derzeit Sorchas einziger echter Trumpf. Und die Zwillinge, die ihnen mit etwas Abstand gefolgt sind. Der Rest ist Bluff.

»Es interessiert mich nicht, was du denkst.«

»Was du nicht sagst.«

»Blumenkohlbeige ist übrigens nicht deine Farbe.«

Resiliências Blick zuckt an sich herunter, und Sorcha gelingt ein freudloses Grinsen, obwohl es unfassbare Anstrengung kostet. »Ich wollte nur auch etwas sagen, das dich nicht interessiert. Jetzt sind wir quitt.« Sie richtet sich wieder auf. Schwindel oder nicht, sie muss hier dringend weg. Sie hält es nicht länger aus, Resiliência auch nur anzusehen. Das wird sie noch früh genug und oft genug müssen in den nächsten Tagen. »Essen gibt's in drei Stunden, dann bringen wir dich auch aufs Klo, falls du musst. Bis dahin erhol dich. Ich brauch dein Hirn später noch.«

»Was?«

»Bis dann, Resiliência.«

Resiliência springt auf – und stößt sich den Kopf an der Kante der Schlafkoje. »Au, ach verdammt. Warte!«

Sorcha schließt die Tür mit einem Knall hinter sich.

TAG 0

40° N 74° W
29. März 2091, 19:23
HU-Tower, New York

Im untersten Geschoss des HU-Towers war es an diesem Abend menschenleer. Kein Wunder: Nachdem die Außenwand des zehnten Stocks vor nicht mal zwölf Stunden einfach weggesprengt worden war und ein riesiges Piratenschiff scheinbar problemlos die Sicherheitsbarrieren um den Polizeihafen durchquert hatte; nachdem *fucking Captain Vince Frigatebird* sich womöglich *absichtlich* hatte erwischen und einsperren lassen, um exakt diese haarsträubende Aktion durchzuziehen … würde wohl für eine ganze Weile niemand Zeit oder Nerven für ein Work-out auf den Laufbändern oder an den Gewichten haben. Umso vernehmlicher hallte der rhythmische Aufprall von Juns bandagierten Fäusten auf den Boxsack von den Betonwänden wider. Doppelschlag, Schlag, Aufwärtshaken. Schlag, Doppelschlag, Kick.

Schweiß strömte ihr über das Gesicht und durchnässte ihr Shirt in großen Flecken. Ihre Knöchel schmerzten und fühlten sich wund an, aber sie hörte nicht auf. Schlag, Schlag, Kick. Kick, Schlag, Schlag. Mit jedem Treffer wurde ihr Kopf ein bisschen leerer. Schaffte Raum für die Stille, die von außen auf sie eindrang, und verdrängte die Gedanken daran, dass auch sie nicht hätte hier sein sollen. Der Berg an Dingen, die erledigt werden mussten, seit all das *in ihrem Distrikt* passiert war, wuchs auch lange nach Feierabend noch so viel rasanter, als sie dagegen anarbeiten konnte. Und mit ihm die Rastlosigkeit, die Jun von innen heraus zur Weißglut trieb, bis sie nachgegeben hatte und in die Trainingsräume des Towers geflüchtet war.

Von wegen Heldin des Tages.

Mehr Schläge. Fester, härter, schneller. Dabei hatte sie doch schon gar keine Kraft mehr übrig.

Aufwärtshaken, noch ein Kick – beim Auftreten knickte sie um. Jun zischte, strauchelte, fand stolpernd ihr Gleichgewicht. Nichts passiert. Kein Schmerz. Aber der Rhythmus war verloren.

Keuchend blieb sie stehen, packte den Boxsack mit beiden Händen und presste die Stirn dagegen. Atmen. Atmen. Nicht weinen. Atmen!

Es ging besser, als sie sich erlaubte, den Boxsack mit den Armen fest zu umklammern und sich halb von ihm tragen zu lassen. Jun zitterte am ganzen Körper vor Erschöpfung, und trotzdem wünschte sie sich nichts so sehr, wie noch eine Runde weiterzutrainieren. Wenn sie es nicht tat, würden die Gedanken wiederkommen. Die Sorgen. Die Fragen. Und mit ihnen das furchtbare Gefühl von Machtlosigkeit und Schuld.

Vivs Gesicht tauchte vor ihrem inneren Auge auf, wie sie es zuletzt gesehen hatte. Aufgelöst, verheult, irgendwie erschüttert. Was war auf der Party in den Offshore Arcades passiert, das sie so fertig gemacht hatte? Und war dieses Ereignis, was auch immer es war, irgendwie mit dem unfassbaren Gefängnisausbruch verknüpft? Konnte es überhaupt derart große Zufälle geben, die Viv an exakt *diesem Tag* auf ausgerechnet *diesem Weg* in den Tower geführt hatten? Genau jetzt hätte Jun mit ihr auf dem Sofa sitzen und sich die Geschichte erzählen lassen sollen. Das würde nie auf diese Weise stattfinden.

Jun atmete bebend ein und ließ den Boxsack los, trat auf wackligen Knien einen Schritt zurück, um erneut die Fäuste zu heben. Weiter. Es konnte nicht mehr lange dauern, bis sie gnädig umkippte. Sie konnte den Kampf gegen sich selbst immer noch gewinnen. Sie *würde* sich selbst davon abhalten, ihre ID über einen der Schlüsselscanner der Speedboote draußen im Hafen zu ziehen.

Ihre Fäuste zitterten. Zögerten. Es war absoluter Unsinn, alles liegenzulassen und allein da rauszufahren. So ein Versuch konnte bestenfalls in hoffnungsloser Frustration enden, und doch …

Schlag. Schlag. Weniger kraftvoll als zuvor. Wieder Zögern.

Sie war so nah davor. *So nah*. Ihr Blick zuckte schon zu den Spinden.

Wie gut, dass es Menschen in ihrem Leben gab, die solche Kurzschlusshandlungen nicht zuließen. Und dass sie immer im richtigen Moment auftauchten.

Sie erkannte Myris' Schritte schon von Weitem. Das zielstrebig-rhythmische Klappern sierer Stiefel auf dem Linoleum, das selbst nach diesem erschlagenden Tag nichts an Kraft eingebüßt hatte. Nur das gepresste Ächzen, mit dem sier schließlich die Feuerschutztür zum Trainingsraum aufschob, ließ die Erschöpfung zumindest erahnen.

»Dachte ich mir doch, dass du hier bist.«

Jun schloss die Augen und ließ die Fäuste widerwillig sinken. »Nicht, wo ich sein sollte. Ich weiß.«

Myris antwortete nicht darauf. Jun dafür zu verurteilen, was sie tat oder nicht tat, blieb wie immer ihr selbst überlassen.

Eine ganze Weile standen sie so da, Jun mit Blick auf den Boxsack, Myris mit Blick auf Juns Rücken. So lange, dass Jun bereits wieder die Hände heben wollte, um ihr Training doch noch fortzusetzen.

»Viv kommt schon klar«, sagte Myris sehr ruhig. »Hab ein bisschen Vertrauen.«

Jun drehte sich mit einem Ruck um. »Dein Ernst?«

Myris zuckte die Schultern, unbeeindruckt von ihrem finsteren Blick. »Sie ist clever und hart im Nehmen, *und* sie kann mit allen möglichen Menschen umgehen. Selbst dann, wenn sie stockbesoffen ist. Wahrscheinlich sogar mit Piraten. Das solltest du doch eigentlich besser wissen als ich.«

Jun legte mit einem Seufzer den Kopf zurück und ließ die Schultern kreisen. Drängte erneut diese hartnäckigen Tränen zurück. »Ich weiß.« Natürlich wusste sie das. Sie *wusste* im Gegensatz zu Myris sogar, dass es nicht mal unrealistisch war, dass Viv mit all ihrem Training als Agentin für die Global Assoziierten Geheimdienste allein entkommen oder ihnen zumindest bald eine Nachricht würde schicken können. Ihre Sorgen waren andere. Aber von Vivs Verbindung zu den GASS konnte sie Myris natürlich nichts erzählen. Neuerdings noch weniger als sonst.

»Weshalb ich eigentlich hier bin.« Myris griff nach Juns Handtuch, das über dem Sattel eines Trainingsrads hing. »Ich habe gerade mit Orval gesprochen, wegen dem Lunch Appointment morgen.«

Wie jedes Mal, wenn Jun den Namen hörte, versteifte sich ihr Nacken und ihre rechte Schulter zuckte. Henk Orval war der führende lokale Operationskoordinator der GASS für den Bundesstaat New York – und darüber hinaus Vivs Chef. Und als wäre das nicht kompliziert genug, hatte er vor einigen Tagen mit Myris Kontakt aufgenommen, weil die GASS offenbar vorhatten, sich in die Ermittlungen des kritischsten Falls der US-Polizei seit Jahren einzumischen. Jun hatte schon vorher nicht gewusst, was sie darüber denken sollte, und ewig darüber gegrübelt, ob und wie sie mit Viv über die mögliche Kooperation reden konnte. Doch im Licht der Ereignisse dieses Tages fühlte es sich wie ein Steinchen in einem Mosaik an, dessen Motiv sie noch nicht erkannte. Die Ahnung, vor etwas viel Größerem zu stehen, kitzelte wie ein Haar in ihrem Mund, das sie einfach nicht zu fassen bekam.

Er kann Viv nicht in unseren Fall involviert haben, oder? Sie arbeitet in der Verdeckten Informationsbeschaffung – nicht im Operativen Zugriff. Sie hätte es mir erzählt, wenn sich daran etwas geändert hätte. Oder? Oder?!

»Ich hab ihm gesagt, wir behalten uns vor, später zu kommen oder den Termin zu verschieben. Wegen all dem Stress hier.« Myris warf Jun das Handtuch zu. »Er versteht es.«

»Hat er das so gesagt?« Jun hängte sich das Handtuch über den Kopf, um den Nacken und die Haare trocken zu reiben. Nach allem, was sie von Viv über Henk Orval wusste, war zwischenmenschliches Verständnis nicht unbedingt seine größte Stärke.

Falls er irgendwie bei diesem Piratenübergriff seine Finger im Spiel hat, sähe das natürlich anders aus.

Myris ließ den Atem in einem Zischen entweichen. »Also wenn

nicht mal ein halb gesprengter Tower ein valider Grund für ihn ist, weiß ich auch nicht.«

»Hm.« Jun zog sich das Handtuch vom Gesicht und warf es in den Wäschekorb in der Ecke.

Myris verengte die Augen. »Du bist immer noch nicht überzeugt, dass es eine gute Idee ist.«

»Nicht wegen der Sache an sich.« Jun verschränkte die Arme vor der Brust. In dem durchgeschwitzten Shirt fröstelte sie allmählich ein wenig. »Mir gefällt der Gedanke nicht, mir die Kontrolle über *meine* Zuständigkeiten aus der Hand nehmen zu lassen.« *Von ihm schon gar nicht.* »Das ändert nichts daran, dass ich deine Argumente unterstütze.«

Myris senkte finster die Brauen. »Jun. Seit Monaten werden Council-Mitglieder in ihren eigenen Häusern *ermordet*, und wir haben nichts, das uns auch nur in die Nähe der Schuldigen bringt. Wir brauchen jede Hilfe, die wir bekommen können, selbst wenn es die GASS sind. Vor allem, da wir jetzt nicht nur die NCRES-Insel vor unserer Tür, sondern auch noch unseren eigenen frischgebackenen New Yorker Counselor haben, der es offenbar witzig findet, sich mit flashy Riesenpartys selbst zur Zielscheibe zu machen.«

Jun presste die Lippen zusammen. An nichts von alldem hätte Myris sie erinnern müssen. Vor allem nicht an den schier überwältigenden Stress, den es in ihr aufwühlte. Jackson Beetles Luxusbesäufnis war dabei noch das kleinste Problem, obwohl es sie und Myris in der Tat unnötig viele Nerven und Ressourcen gekostet hatte, das Event so gut und dabei so unauffällig wie möglich abzusichern. Vor ihrem inneren Auge stiegen Bilder auf, die in den letzten Wochen allzu oft auf ihrem Schreibtisch gelegen und von Whiteboards auf sie herabgestarrt hatten: Marek Tomaschewski, Leiter des New Yorker Privatinstituts für Sicherheitstechnik; zerschnitten und verblutet an Verletzungen mit NATO-Draht. Juniper Mars, Leiterin einer Agentur für Resilienzdesign in der Landschaftsgärtnerei, lebendig einbetoniert und erstickt. Roy Miller, CEO der *CityLights Company* für Elektrizität im Straßengroßbau; getötet mit Elektroschocks. Beth Thompson, Managerin im Zentralbüro für die Zuteilung von Wohnraum; von einem Hochhaus geworfen. Und zuletzt Charles E. Fisher, Direktor einer NOAH-Supplyfarm an der West Coast, erstickt an seinem eigenen Getreide. Sie alle waren auf dieselbe Art getaggt worden, mit Neonfarbe neben ihre Leichen gesprayt: *#EatTheRich*. Eine eindeutige Botschaft. Und die Mitgliedschaft aller Opfer im NCRES war eine unübersehbare Verbindung. Nichts ließ darauf hoffen, dass diese Serie in absehbarer Zeit reißen würde; schon gar nicht in Anbetracht der nahenden Eröffnung der brandneuen NOAH-Wasserstadt vor der Ostküste, am äußersten Rand des New Yorker Seegebiets.

Wieder spürte Jun dieses kitzelnde Haar an ihrem Gaumen. Newbie-Counselor Jax Beetles Party war aller Befürchtungen zum Trotz ohne Zwischenfälle verlaufen. Doch stattdessen war ein Piratenschiff ungehindert in den Polizeihafen gefahren und hatte eiskalt ein Loch in das bestgesicherte Gebäude Midtowns gesprengt. An *genau dem Tag*, an dem sich Viv von ebenjener Party in den Tower flüchtete und Myris das Treffen mit Orval klarmachte. In welcher Welt konnte es so viele Zufälle auf so engem Raum geben?

»Es muss aufhören«, sagte Myris finster. »Wir müssen sie kriegen, und das, bevor NOAH#04 eröffnet wird.«

»Ich habe nichts anderes gesagt.«

»Und ich will, dass du endlich hinter deinen Worten stehst!«

Jun hielt Myris' Anklage stand, ohne zu zucken. »Das tue ich. Natürlich müssen die Morde aufhören. Ich glaube bloß nicht, dass eine Zusammenarbeit mit ausgerechnet Henk Orval und den GASS der optimale Weg dorthin ist. Zumal er meines Erachtens zu denen gehört, die diese »Vorfälle« so gründlich wie möglich vertuschen wollen, wenn du dich an seine Speech zur Neujahrs-Sicherheitskonferenz erinnerst.«

Myris ließ sich mit einem Ächzen auf den Mittelteil des Trainingsrades sinken. »Ich verstehe deine Gründe, Jun. Wirklich. Aber können wir es uns leisten, so zögerlich zu sein? Willst du warten, bis das nächste Opfer gefunden wird? Das ist nicht die Captain Zhang, die ich kenne.«

»Und ich kenne dich nicht so impulsiv, Captain Holt«, erwiderte Jun scharf. »Das ist ein überregionaler Fall, der die gesamten USA betrifft. Gerade weil wir in der Aufklärung so unter Druck sind, sollten wir uns doch fragen, welche Vorteile ein Henk Orval aus der Zusammenarbeit ausgerechnet mit *uns beiden* ziehen kann. Und was er uns womöglich vorenthält.« Mit ungeduldigen Bewegungen wickelte sie die Bandagen von ihren Händen und warf sie zu dem Handtuch in den Wäschekorb. »Ja, wir brauchen Hilfe. Aber alles, was ich je über diesen Mann gehört habe, sagt mir, dass wir sehr vorsichtig im Umgang mit ihm sein müssen.«

Myris seufzte ergeben und hob die Hände in Kapitulation. »Tut mir leid. Du hast natürlich recht. Ich habe es dir versprochen, und ich verspreche es dir, so oft du willst, noch mal: Keine Deals, von denen wir nicht beide überzeugt sind.« Sier hievte sich wieder hoch und machte zwei Schritte auf Jun zu, um ihr die Hand auf die Schulter zu legen. »Jetzt geh duschen und nach Hause und gönn dir eine Schlaftablette, und morgen hören wir uns in aller Ruhe an, was er zu sagen hat. Ergebnisoffen.«

Jun öffnete den Mund. Überlegte, den Streit fortzuführen und … entschied sich dagegen. Stattdessen ließ sie endlich die Schultern nach unten sacken. Ließ all das Gewicht der Verzweiflung zu, das sie seit dem Nachmittag so entschieden von sich fernhielt. Sie hätte glatt darunter zu Boden gehen können, und es hätte sich auf verdrehte Weise sogar gut angefühlt. Nur weinen. Weinen wollte und durfte sie immer noch nicht. Wenn sie sich das erlaubte, würde sie so bald überhaupt nicht mehr auf die Beine kommen.

»Es tut mir leid, Myris. Ich wollte dich nicht so anfahren. Ich weiß einfach nicht mehr, was ich denken soll.«

Ein mitfühlendes Lächeln erschien auf Myris' oft so finsterem Gesicht. Und für einen Sekundenbruchteil wünschte sich Jun, sie hätte siem nicht schon vor Jahren strikt verboten, sie in den Arm zu nehmen. Ihr näher zu kommen als auf eine Armlänge entfernt.

»Aber du wirst es wissen«, sagte Myris, die Stimme ruhig und eindringlich wie immer. »Sobald du alle Fakten hast, die du brauchst – und die holen wir uns. Von Orval persönlich, wenn es sein muss.« Sien Griff an Juns Oberarm wurde stärker. »Und jetzt los. Ab unter die Dusche mit dir.«

NEXUS

Zeitlinie: N/A
Koordinaten: N/A

Sorcha betrachtet die weiß-fliederfarbenen Kapseln in ihrer Handfläche, lässt sie leicht hin- und her rollen. Sie nimmt das Methylphenidat seit Jahren von diesem Hersteller, vor allem, weil sie jedes einzelne Mal kurz innehalten und bewundern muss, wie unverschämt hübsch die Farbe ist. Als machte ihr Hirn einen kleinen Bounce, nur um dann einmal tief Atem zu holen, ehe es zu seiner üblichen unaufhaltsamen Umtriebigkeit zurückkehrt. Etwas, das ihr sonst nur beim Blick aufs Meer passiert. Im Gespräch mit Vince. Oder eben auf MPH.

Wie immer ist der Moment schnell vorbei. Sorcha spült die Kapseln mit einem Glas Wasser hinunter, lehnt sich zurück und isst zwei Müsliriegel, während sie darauf wartet, dass die Wirkung einsetzt. Vorsorglich, weil sie jetzt über Stunden keinen Appetit haben wird. Dann holt sie das Tablet mit den Blueprints aus der Schublade der Werkbank, legt die Platinen zurecht und schließt die Lötstation an den Strom an. Die See ist heute ruhig genug, um feinere Arbeiten zu machen, ohne sich dabei ein Loch in den Handrücken zu brennen. Es ist auch höchste Zeit. Sie muss die Erweiterung fertigstellen, die einem zweiten Menschen erlaubt, mit ihr gemeinsam die Maschine zu benutzen. Einen Beiwagen, sozusagen. Damit Vince ihr helfen kann, Resiliência zu entführen, und Sorcha anschließend gemeinsam mit Resiliência eine Zeitlinie erschaffen kann, in der sie Vince nicht tötet.

Moment mal. Wie war das?

Etwas in Sorchas Gedanken stockt. Nein. Da stimmt was nicht.

Resiliência muss nicht mehr entführt werden. Sie ist doch schon an Bord. Oder … ist sie es nicht?

Es kann eigentlich nicht sein. Sorcha hat den perfekten Zeitpunkt, um Vince einzuweihen, akribisch berechnet. Und der ist erst morgen. Aber woran erinnert sie sich dann? Sie *erinnert* sich an Resiliência an Bord der *Revery*! Und an das Gespräch mit Vince über die nötige Entführung.

Fahrig ruft sie die Datumsanzeige ihres Construction-Tablets auf. Aber vor ihren Augen rauscht und flimmert es, die Zahlen sind unscharf, kaum zu erkennen.

Verdammte Déjà-vus!

Sorcha kneift die Lider zusammen und reibt ein paarmal kräftig darüber, obwohl sie weiß, dass es nichts bringt. Schwankend kommt sie auf die Füße und stolpert zur Maschine. Hat sie die Anpassung etwa schon gemacht und es vergessen?

Nein, nichts zu sehen. Also doch erst morgen?

Ist Resiliência jetzt hier, oder ist sie es nicht?

Erinnerungen aus verschiedenen Zeitlinien überlagern sich in Sorchas Hirn, jetzt eindeutig nicht mehr linear. Ihre Atmung beschleunigt sich. Der Raum um sie scheint sich zu drehen. Und für einen schrecklichen Moment ist ihr wieder viel zu bewusst, wie selbstzerstörerisch es ist, was sie hier tut. Wie erschöpft, *verbraucht* sie inzwischen ist nach über hundert Malen, die sie Vince hilflos hat sterben sehen. Wie nah ihr eigener Verstand daran ist, unwiderruflich in Milliarden Scherben zu zersplittern. Und wie wenig sie in Wahrheit in irgendeine dieser neuen Zeitlinien gehört.

Es ist so leicht, das im Alltag zu vergessen, der in all diesen Linien stets so ist, wie er immer war, bevor die Katastrophe passierte.

Nur sie selbst ist es nicht.

Sorcha presst ihren Daumen gegen ein Nasenloch, atmet durch das andere ein. Wechsel. Einatmen, ausatmen, rechts, links, immer abwechselnd, bis es in ihr wieder ruhig genug wird.

Und das MPH endlich kickt.

Einen Moment noch bleibt Sorcha mit geschlossenen Augen stehen, atmet durch beide Nasenlöcher, spürt die erleichternde Klarheit, die sich in ihrem Kopf ausbreitet und runtertropft, durch ihre Brust bis in ihre Fußsohlen.

Es ist egal. Egal, in welcher Zeitlinie sie sich gerade befindet, der Auftrag ist derselbe. Die Erweiterung muss fertig werden, um zu tun, was immer in dieser Linie als nächstes nötig ist. Sie könnte es heute Nacht schaffen. Die See ist ruhig. Sie könnte einfach durchziehen.

Sorcha kehrt zurück zur Werkbank, setzt sich hin. Atmet ein letztes Mal tief ein und spürt dem Kitzeln des Medikaments in ihrem Hirn nach. Dann beginnt sie, zu arbeiten.

Willkommen, Hyperfokus.

»Genie und Wahnsinn liegen dicht beieinander.«

So ein antiquiertes, unsinniges Meme. Sorcha hält davon allerhöchstens gar nichts – trotzdem kommt es ihr immer wieder in den Sinn, wenn sie sich, wie jetzt, über Stunden in der Arbeit an der Maschine verliert. Dabei ist sie kein Genie. Wahnsinnig auch nicht, obwohl sie nichts dagegen hätte, weder gegen das eine noch gegen das andere. Was sie allerdings hat: Einen Arsch voll Strategien, um ihre Effizienz zu optimieren. Sie hat ihr Leben quasi mit nichts anderem verbracht.

Manchmal erinnert sie sich seltsam klar an den Moment, als sie zum ersten Mal als »speziell« bezeichnet wurde. Sie hockte auf einer der Matratzen im Kuschelraum der Vorschulbetreuung; den Geruch von Kinderschlaf, Stofftieren und Flaschenmilch in der Nase. Am Tisch beim Fenster saßen ihre Eltern, und ihre Erzieherin Nada erklärte, dass Sorcha es schwer haben würde, wenn sie nicht rechtzeitig lernte, selbstständig gewissen Abläufen zu folgen. Dass sie mehr und konsequentere Struktur im Alltag bräuchte.

Ein paar Tage später saß sie auf einem bunten Holzstuhl und beobachtete, wie sich das Licht im Windspiel am Fenster des Kinderarztes fing, während der mit ihrer Mutter sprach und ganz anderer Meinung war. Sorcha sei einfach kognitiv sehr weit für ihr Alter. Das Hirn könne nun einmal nicht alles gleichzeitig lernen. Es würde sich mit der Zeit verwachsen.

Was davon stimmte, war am Ende nicht wichtig. Bei Sorcha blieb hängen, dass sie offenbar nicht richtig funktionierte und dass es ihre Eltern traurig machte, oder zumindest ratlos und verletzt – nicht von ihr, so versicherte ihr Vater, während er sie auf seinem Schoß hielt und ihr übers Haar strich, als müsste er sich damit selbst beruhigen. Sondern von den Menschen, die forderten, dass ein Kind oder sonst jemand überhaupt auf eine bestimmte Art funktionieren solle.

Seit damals haben Sorcha und ihre »spezielle« Kognition einen langen Weg hinter sich. Von Therapie über Meditation bis zu Neurofeedbacktrainings und Kursen, um die plötzlichen Ausbrüche von Stress regulieren zu lernen. Manche halfen mehr, andere weniger, aber sie entdeckte auf diesem Weg ihre Freude daran, in gewissem Rahmen eine bewusste Kontrolle über ihr Hirn zu haben. Und womöglich wäre sie ohne all das nie darauf gekommen, dass Neurophysik das Richtige sein könnte, um das ständige Fordern ihres Kopfes nach mehr, mehr, mehr zu befriedigen, ohne dass es in »Oh, das war jetzt aber zu viel!« umkippt. Oder dass sich in der kühlen Logik der Maschinen eine andere Art des Funktionierens findet, bei der Sorcha endlich voll mitschwingen kann. Selbst dann, wenn sie sich eben doch den Finger am Lötkolben verkohlt und ein Tropfen geschmolzenen Zinns auf das weiche Fleisch zwischen Zeigefinger und Daumen fällt.

Aua. Scheiße.

Ihr Schmerzempfinden war zum Glück schon immer unterdurchschnittlich. Und nein, Sorcha hält sich wirklich nicht für ein Genie. Aber was sie hier gebaut hat; das filigrane Konstrukt der Anschlüsse, Kabel und Dioden, die ein neues Puzzleteil bilden für ihr absolutes Masterpiece, ist einfach verdammt cool – und ihre Psyche dadurch nachweislich unter mehr Belastung, als gut für sie sein kann.

Leider ist sie außerdem sehr schlecht darin, etwas ruhen zu lassen, ehe es fertig ist.

Sie arbeitet viel länger, als die Wirkung des MPH anhält. Wenn der Hyperfokus erst da ist, kann sie ihn sehr lange reiten, zumindest, falls niemand sie stört. Und heute bleibt sie allein. Bis spät in die Nacht. Vielleicht, wahrscheinlich, ziemlich sicher, hat zwischendurch jemand nach ihr gesehen, Essen und Trinken vor die Tür gestellt. Alle an Bord wissen es besser, als sie aus ihrer Konzentration zu reißen, wenn es nicht dringend ist. Irgendwann steht Sorcha von ihrem Stuhl auf. Sieht auf das Bauteil, das sie gerade fertiggestellt hat.

Es ist perfekt. Verboten perfekt. Morgen kann sie testen, ob es funktioniert.

Mit einem Aufatmen räumt sie ihr Werkzeug, das Construction-Tablet und das neue Bauteil in die Schubladen. Holt die Blechdose voll Sandwiches und die Dose alkoholfreies Bier vom Flur und schlingt alles in gefühlten Sekunden in sich hinein, ehe sie das Licht über der Werkbank ausschaltet.

Dunkelheit. Schluss für heute.

Ihr Bett ist nur ein paar Schritte weiter. Aber trotz der erschlagenden Müdigkeit kann Sorcha sich nicht überwinden, sich hinzulegen. Dort warten die Fragen auf sie, die die Arbeit über Stunden so gnädig ausgeblendet hat. Fragen, die sie ohnehin wachhalten werden.

Wann ist hier? Wo ist hier? Wird morgen noch dasselbe hier sein? Vince ... Ioteba? Bist du da?!

Zumindest auf die letzte Frage gibt es eine Antwort. Eine Antwort, die sie sofort braucht.

Mit einem leisen Rumms fällt die Tür der Kabine hinter ihr ins Schloss.

NEXUS

Zeitlinie: N/A
Koordinaten: N/A

Alles ist weiß. Weißes Licht unter der Decke. Weiße Laken über Vivs Brust. Weiße Vorhänge um das Rollgestell mit der dünnen, weißen Matratze, auf der sie liegt wie die Schachtel mit den Büroklammern, die ihr letztens vom Schreibtisch gefallen ist: Kleinteilig und großflächig verstreut, nur schwer komplett wieder einzusammeln.

In ihr drin hingegen fühlt sich alles rot an. Und ganz entfernt so, als müsste es eigentlich wehtun. Die Schmerzmittel scheinen noch zu wirken. Oder sie fühlt nichts, weil das hier nur ein Traum ist, ein Erinnerungstraum. Sie hatte ihn schon oft, er kommt immer wieder. Sie weiß genau, was als Nächstes passiert. Sie weiß, zu wem der Schatten gehört, der sich hinter den Vorhängen bewegt. Selbst im Traum krampft sich Vivs Brust zusammen.

Weil sie auch weiß, was er zu ihr sagen wird, mit dieser sanften, grausamen Stimme, vor der es kein Entkommen gibt.

»Du bist besser dran, wenn du niemals Kinder bekommen kannst. So wird niemand je deine Mutterliebe als Druckmittel gegen dich verwenden können. Ich habe Agent_innen darunter zerbrechen sehen und kann nicht riskieren, dass es ausgerechnet dir passiert. Ich habe es für dich getan, Vivienne. Eines Tages wirst du mir danken.«

Die Worte haben sich so tief in Vivs Gedächtnis gebrannt, dass sie immer daran denken muss, wenn irgendjemand »Dankbarkeit« erwähnt. Und irgendwo, aus irgendeinem verqueren Winkel betrachtet, hat er vielleicht recht, wenn man es so sehen will. Aber Viv hat das *nicht* gewollt. Nicht so. Sie hat *diese* Schwangerschaft abbrechen wollen. Nicht alle Schwangerschaften für den Rest ihres Lebens. Das ist keine Entscheidung, die man einer Zwanzigjährigen einfach abnehmen darf, während sie narkotisiert auf dem OP-Tisch liegt.

Niemandem darf diese Entscheidung abgenommen werden.

Fast weitere zwanzig Jahre später weiß Viv das selbst im Traum. Damals hat sie ihm geglaubt. Sie hat ihm alles geglaubt. Dieses miese Schwein. Sie war nie so weit von Dankbarkeit entfernt wie in diesen Traummomenten.

Als der Vorhang sich bewegt, ist Viv bereit, auch den letzten Rest Energie zusammenzunehmen und ihm an die Gurgel zu gehen. Nur bewegt sich ein Haufen verstreuter Büroklammern leider nicht so leicht.

Schon taucht er zwischen den Stoffbahnen auf. Jünger als heute, mit makellos glattrasiertem Gesicht und Schädel. Er sieht auf sie herunter, die helle Haut mit den noch helleren Flecken wirkt fahl und irgendwie schmutzig zwischen all dem Weiß, die Augen wassergrau. Sein Mund öffnet sich, wie immer an dieser Stelle im Traum. Doch was er sagt ist …

… etwas anderes als sonst.

»Du hättest ihn nicht verprellen dürfen.« Sein Blick bohrt sich förmlich in Viv hinein, sein Ton ist wie splittrig scharfes Eis. »Jackson Beetles Angebot ist unser verdecktes Extraticket in den NCRES. Du musst es annehmen.«

Jax Beetle? Ticket in den NCRES?

Vivs Gehirn kämpft darum, die Erinnerungen auseinanderzuhalten. Ein sinnloses Unterfangen, so mitten im Traum.

Henk bewegt sich keinen Millimeter. Trotzdem hat Viv das Gefühl, als wäre er ihr plötzlich viel näher als zuvor. Erstickend nah. Instinktiv ringt sie nach Luft, vergeblich.

»Ich brauche dich an dieser Position.« Noch näher. So nah, dass es sich anfühlt, als wäre er *in ihr*. Ein Geist, der von ihr Besitz ergreift, seine Stimme nur noch ein Säuseln und Wispern und Rauschen in ihrem Ohr: »Und bei der Gelegenheit holen wir uns zurück, was uns gestohlen wurde.«

TAG 1

33°N 69°W
30. März 2091, 00:17
an Bord der Revery

Viv wachte von dem ekelhaften Gefühl auf, etwas sagen zu wollen, aber keinen Ton herauszubekommen. Ihr Mund klappte auf und zu wie ein Karpfenmaul; die Wörter steckten ihr im Hals wie ein Pfropfen. Mit einem Ruck setzte sie sich auf. Etwas rutschte von ihren Beinen und schepperte zu Boden.

Schwer atmend und mit hämmerndem Herzen blieb sie im Bett sitzen. Um sie war es dunkel bis auf einen mattsilbrigen Schimmer, der vage Konturen in den Raum malte. Durch die Wände drang dumpfes Rauschen, Rollen und Stampfen. Es dauerte etliche unangenehm orientierungslose Sekunden, bis Viv erkannte, dass es das Meer war, das sie hörte. Mit dieser Erkenntnis fielen mehr und mehr Erinnerungsfragmente an ihren Platz, durchsetzt von dem alten und zugleich neuen Traum, der sie geweckt hatte. Ein unfreiwilliges Lachen blubberte ihre Kehle hinauf, als sie ihren ersten klaren Gedanken zu fassen bekam: *Ich habe mir gar nicht den Kopf gestoßen.* Dabei hatte sie sich vorgenommen, gar nicht erst zu zählen, wie oft ihr das in dieser Schlafnische passieren würde. Viv tastete nach oben und spürte einen kaum fingerbreiten Spalt zwischen ihrem Scheitel und der Holzdecke der Schlafnische. *War aber ganz schön knapp.*

Vorsichtig ließ sie die Beine über die Kante rutschen und blieb einen Moment sitzen, um sich zu ordnen. Sie befand sich also an Bord des Piratenschiffs, in der Kabine, die ihr diese Sorcha gezeigt hatte, zum krönenden Abschluss eines der schlimmsten Tage in ihrem Leben. Eins der Kids in den blutroten Overalls – allerdings ohne Overall inzwischen, sondern in schwarzer Leoprint-Leggins und buntgemustertem Hoodie – hatte ihr Essen gebracht, da war es vor dem Bullauge noch hell gewesen. Der junge Mensch war ohne ein einziges Wort wieder verschwunden. Viv hatte sich allerdings daran erinnert, dass die beiden in einer Sprache gesprochen hatten, die sie nicht kannte, also lag es vielleicht daran. So oder so war sie war zu hungrig gewesen, um lange darüber zu grübeln oder überhaupt etwas anderes zu tun, als alles in sich hineinzuschlingen – nur um unmittelbar darauf wie ein Stein einzuschlafen, ehe sie auch nur das Tablett beiseite stellen konnte. Es musste das leere Blechgeschirr gewesen sein, das bei ihrem Aufschrecken zu Boden gepoltert war.

Viv stand auf und hoffte, sich auf dem Weg zum Bullauge keine Gabel in die Fußsohle zu rammen. Der Boden war kalt, und sie wünschte sich wirklich, etwas anderes als ein Cocktailkleid zum Anziehen zu haben. Wollsocken wenigstens. Was hätte sie für ein Paar Wollsocken gegeben?

Draußen vor dem Fenster erstreckte sich dunkles Wasser, von dicht unter dem Rand des Bullauges bis zum Horizont, überspannt von einem sternübersäten Himmel. Sonst war weit und breit nichts zu sehen.

Das Schiff ist mitten auf dem Meer. Überraschung.

Der Gedanke hätte sie frustrieren können. Stattdessen starrte sie aufs Wasser hinaus und dachte daran, dass Jun nach den Sternen navigieren konnte. Sie hätte vielleicht schon jetzt gewusst, wo sie waren. Viv würde einen anderen Weg finden müssen. Vermutlich war es also ein Glück, dass der Traum sie geweckt hatte. Die Nacht war sicher die günstigste Zeit, um das Schiff zu erkunden und ihre Lage genauer zu definieren. Die Tür war natürlich abgeschlossen, aber Viv kannte diese Art von Zahlenschloss. Man konnte sie mit einem Brute-Force-Tool knacken – oder die Abdeckung entfernen und mit einem Blechlöffel kurzschließen.

Viv hob den Saum ihres Cocktailkleides am rechten Oberschenkel, wo eine längliche Tasche in die Seitennaht eingearbeitet war. Die Handtasche hatten die Speedgleiter-Kids ihr abgenommen, aber dieses Versteck hatten sie nicht gefunden. Niemand rechnete je damit, dass Cocktailkleider Taschen haben konnten. Aber Viv ging nie ohne Multifunktionsklappmesser aus dem Haus.

Na dann los. Sie ließ den Schraubenzieher aufschnappen. *Besser wird's nicht.*

Auf dem Weg zur Tür schoben sich erneut Fragmente ihres Traums zurück in ihren Kopf. Viv hatte diese Erinnerung in den letzten achtzehn Jahren so oft geträumt, dass ihr inzwischen ein beruhigend distanzierter Blick darauf gelang. Auch jetzt half es ihr, sich mit der nötigen Sachlichkeit auf das zu konzentrieren, was diesmal *anders* gewesen war. Sie hatte noch nie erlebt, dass der Traum sich veränderte. Hatte Jax sie tatsächlich so sehr beeindruckt mit seinem beschissenen *Angebot*, dass der Gedanke daran es bis in diese fest verkapselte Erinnerung geschafft hatte? Alles in ihr sträubte sich gegen diese Vorstellung. Wie gut, dass Arschloch-Jax gerade sehr, sehr weit weg war.

Viv blieb vor der Kabinentür stehen und rieb sich die Schläfen. Dieser Typ! Er machte ihr selbst aus der Ferne Kopfschmerzen, ein Ziehen und Pochen und Stechen direkt hinter ihren Augen.

Flick-flicker-flickflick-brrrzzzzzz-flick. Brrrrzzzz-flicker-flick.

Viv presste gequält die Lider zusammen. Dass Kopfschmerzen ihr ein Rauschen im Sichtfeld verursachten, war auch neu. Sie hatte allerdings auch viel zu wenig getrunken nach dem Alkohol und der Übelkeit. Immerhin die hatte sich verzogen. Man musste auch für die kleinen Dinge dankbar sein.

Okay, konzentrier dich. Irgendwo auf diesem Schiff ist deine Handtasche mit dem Smartfold. Du könntest versuchen, sie zu finden. Oder sonst irgendwas Nützliches. Wenigstens eine Flasche Wasser. Oder Socken.

Das Klappmesser war nicht das beste Werkzeug, um an die etwas schwierig positionierten Schrauben zu kommen, die die Abdeckung an Ort und Stelle hielten. Aber Viv konnte geduldig sein, wenn es drauf ankam.

Der Flur draußen war, wie erwartet, menschenleer und nur von einigen Notlampen beleuchtet, die mehr Schatten als Licht verbreiteten.

Viv sah nach links und rechts und entschied sich, nicht den Weg zurückzugehen, den sie mit Sorcha gekommen war, sondern die andere Richtung zu nehmen. Weiter hinein ins Schiff, statt zurück an Deck, wo sie unweigerlich leicht zu entdecken sein würde.

Sie folgte dem schummrigen Gang, vorbei an weiteren Stahltüren, die exakt so aussahen wie die zu ihrer Kabine. Der Flur endete schließlich in einer nackten, dick vernieteten und verschweißten Metallwand. Auch hier gab es eine Tür, allerdings befand sie sich auf der anderen Seite des Gangs, war dunkelrot lackiert statt grau, und es war ein Schild darauf angebracht: Ein grünes Quadrat mit weißem Rahmen, darin eine weiße, in stufenförmigen Winkeln verlaufende Linie. Der Zugang zum Treppenhaus.

Die Tür war schwer und knarzte, als Viv sie aufstemmte. Dahinter befand sich eine Plattform, von der aus eine Metallstiege weiter nach unten führte, ein schmaler Schacht nur, und komplett unbeleuchtet. Rechter Hand führte der Gang noch ein Stück geradeaus und machte dann einen scharfen Knick. Vermutlich ging es dort ebenfalls zurück an Deck, dem leichten Zug salzig-fischiger Seeluft nach zu urteilen.

Mit zusammengekniffenen Augen spähte Viv in den abwärts führenden Schacht, so weit das spärliche Restlicht reichte. Was jetzt? Unentdeckt zu bleiben, war sicher weiterhin die bessere Idee. Andererseits bestand ganz ohne Licht eine ernst zu nehmende Gefahr, sich den Hals zu brechen.

»Sieh an. Wohin könntest du wohl unterwegs sein?«

Viv fuhr herum. Eine Gestalt war hinter ihr auf dem schummrigen Gang aufgetaucht. In weiten, hellgrünen Hosen mit blassrosa und violetten Magnolien darauf und einem fast knielangen, aufgeknöpften Hemd im selben Muster. Das schwarze Haar fiel offen über die vor der Brust verschränkten Arme bis auf die Hüften.

Viv erlaubte sich einen resignierten Seufzer. Ein Teil von ihr hätte gern noch das Klappmesser in der Hand gehabt. Ein anderer wusste, es war besser, dass dem nicht so war.

»Captain.«

Captain Frigatebird hob einen Mundwinkel zu einem halben

Schmunzeln. »Vince reicht für den Moment. Ich bin gerade nicht im Dienst. Du hast das Schloss geknackt, Respekt. Hast du mal überlegt, Pirat zu werden?«

Viv war sich nicht sicher, was sie an dieser Situation am meisten irritierte: Dass Captain – Vince – sich offenbar ohne einen Laut oder sonstige Ankündigung direkt hinter ihr manifestieren konnte; die Tatsache, dass *Vince* plötzlich im Singular von sich sprach; dass Vince sich überhaupt nicht daran zu stören schien, dass sie aus ihrer Kabine ausgebrochen war – oder dass Vince' Gesicht, das in diesem Moment frei von Make-up war, ihr so vage bekannt vorkam. Als wären sie einander vor nicht allzu langer Zeit schon einmal begegnet, ohne dass sie sich erinnern konnte, wo oder wie.

Sie verschob die Fragen auf später. Eins nach dem anderen.

»Ich hab schlecht geträumt.« *Beschissen geträumt.* »Danach konnte ich nicht mehr schlafen und wollte ein bisschen an die frische Luft.«

»Und da dachtest du, Sachbeschädigung wäre die beste Lösung für dein Problem? Sehr pragmatisch. Und umständlich, nachdem ich dir doch schon einen viel leichteren Deal angeboten hatte.« Vince gluckste amüsiert. »Da runter geht es allerdings in den Maschinenraum und Sorchas Werkstatt. Lass dich dort bloß nicht von ihr erwischen.« Vince deutete auf Vivs Füße und zwinkerte ihr zu. »BOOM!« Das Wort war nicht viel mehr als ein Wispern, trotzdem hallte es scharf von den Metallwänden wider. Viv versteifte sich unwillkürlich, und ihr Blick glitt Vince' Fingerzeig hinterher zu ihren Knöcheln, obwohl dort – natürlich – nach wie vor keine Sprengstofffesseln zu sehen waren. Bei der Gelegenheit fiel ihr allerdings auf, dass Vince ebenso barfuß war wie sie.

Captain im Negligé, dachte sie, musste fast lachen und spürte wieder Juns Faust, die sie vorwurfsvoll am Oberarm traf. Schmerzen tat es in diesem Moment – mit sekundenlanger Verzögerung – allerdings eher in der Brust. In der Herzgegend, wo das Heimweh wohnte, und der Frust darüber, dass ausgerechnet sie sich hatte entführen lassen. Viv legte die Hand über das frische Hämatom vom Nachmittag, und jetzt war ihr gar nicht mehr nach Witzen zumute.

»Also wie wär's? Doch beizeiten ein Besuch bei Cicatriz? Für mehr *offizielle* Bewegungsfreiheit?« Ein spöttisches und zugleich sanftes Lachen schwang in Vince' Stimme mit. »Du kannst mich auf meiner Nachtrunde begleiten. Komm.«

Viv wusste nicht, was sie darauf antworten sollte, zumal Vince sich einfach abwandte und voranging, als wäre es ohnehin beschlossene Sache, dass sie sich anschließen würde. Dabei war das überhaupt nicht in ihrem Sinn. In ihrem Sinn war, sich ungestört auf dem Schiff umzusehen und ihre Flucht zu planen; bestenfalls vorher noch ihr Fold zu finden. Wahrscheinlich hatte Vince es exakt deswegen vorgeschlagen. Besonders schwer zu erraten waren ihre Absichten wohl nicht.

»Ich gehe lieber zurück in meine Kabine.«

Vince sah mit einem kleinen Seufzer über die Schulter zu ihr zurück. »Was hast du nur dagegen, anständig behandelt zu werden? Ohne übergriffig sein zu wollen, wäre es nicht nett für dich, etwas anderes anzuziehen?«

Viv schnaubte leise. »Und woher soll das kommen? Aus der Kapitänsgarderobe?«

Jetzt lachte Vince wieder. Es hatte allerdings einen gefährlichen Unterton. »Niemand fasst die Kapitänsgarderobe an. Komm jetzt.« Das Kopfnicken, mit dem Vince sie diesmal zum Folgen aufforderte, war ohne Zweifel ein Kommando – Captain außer Dienst hin oder her. Viv verstand sehr gut, dass es ihr keineswegs selbst überlassen sein würde, wohin sie jetzt ging. Sorchas Maschinenraum war offenbar eine der verbotenen Zonen dieses Schiffs, und sie würde nun leider erst später herausfinden, weshalb.

»Sorcha ist also die Maschinistin, ja?« Sie schloss mit ein paar raschen Schritten zu Vince auf.

Vince warf ihr aus dem Augenwinkel einen amüsierten Blick zu. »Schiffsärztin. Also, die Ärztin für das Schiff. Eigentlich ist sie Ingenieurin für humankybernetische Mechatronik. Sie hat auch einen echten Doktor, in Neurophysik allerdings.« Die Treppenstufen knarzten metallisch, als sie hintereinander auf das Oberdeck hinaufstiegen und Viv sich erneut ein Stück zurückfallen lassen musste. »Das Mechatronikstudium war mehr ein Hobby nebenbei, weil die

Neurophysik und der Job in der Forschungsabteilung der Global Assoziierten Geheimdienste sie nicht ausgelastet haben.«

Etwas in Viv zuckte. »Sorcha hat für die GASS gearbeitet?« Ihre Stimme hallte dumpf von den Stahlwänden des Treppenschachts wider.

Irgendetwas erklärt das. Ich weiß nur noch nicht, was.

Vince sah zu ihr zurück und hob eine Braue. »Wie kommst du denn jetzt auf die GASS?«

»Ihr habt doch gerade …« Viv brach ab, weil das wissende Funkeln in Vince' Blick ihr deutlich sagte, dass ein Nachbohren sinnlos war. »Klingt ziemlich krass. Wie landet so jemand auf einem Piratenschiff?«

Ein Grinsen huschte um Vince' Mundwinkel. »Oh, das ist eine nette Geschichte. Wir haben uns kennengelernt, als wir zufällig im selben Gefängnis saßen. Hab mich durch ihre Zelle freigesprengt und sie als Geisel mitgenommen. Seitdem ist sie Teil der Crew. Hat unsere Effizienz geradezu revolutioniert.« Vince blieb vor einer Tür stehen, die ebenso rot lackiert war wie die unten, und offenbar noch mühsamer zu öffnen. Das Fenster im oberen Drittel fehlte und ließ den Seewind ein, noch ehe sie über die Schwelle nach draußen traten. »Kein Wunder, dass sie bleiben wollte. Die *Revery* ist immerhin das mit Abstand schönste und beste Schiff auf dem Atlantik.« Mit großer Geste wies Vince auf das Oberdeck, das sich vor ihnen auftat. Die im Mondlicht und dem Schein der Decklaternen schimmernden Segel; die glänzenden Bohlen, die sicher nicht aus echtem Holz waren. Seile, die im Wind sangen. »Findest du nicht?«

Viv vergaß beinahe, den Mund wieder zu schließen. »Moment mal, Moment. Das ist *meine* Geschichte!«

Das Grinsen wurde zu einem schalkhaften Lächeln. »Wirklich? Bist du sicher? Hatten wir dich nicht in einem Fischernetz verfangen am Strand von Katalonien gefunden wie eine Mensch gewordene Meerjungfrau? Hat ziemlich gedauert, dich da rauszuschneiden. Zum Glück hatten wir Hilfe vom Leuchtturmwärter.«

»Das war erst *gestern*«, schnaubte Viv. »Niemand kann das so schnell vergessen.«

Das Lächeln blieb, völlig ungerührt. »Wer spricht denn von vergessen? Vielleicht *war* es bloß mal deine Geschichte. So wie die Klamotten in dem Container, den ich dir gleich zeigen werde, früher Eigentum der WOOLWorks-Konzerngruppe waren.« Ein vielsagender Blick. »Und es jetzt *nicht mehr* sind.«

Viv spiegelte das Lächeln wie mechanisch. Vince sollte nicht sehen, wie viel Beklemmung die Worte in ihr auslösten. Geschichten konnten nicht einfach verändert werden. *Vergangenheiten* konnten nicht einfach verändert werden. Und vor allem: Wenn man auf der *Revery* auf diese Weise mit Vergangenheiten umging ... bedeutete dann der Kommentar über Sorcha und die GASS auch etwas anderes, als sie vorhin noch geglaubt hatte? Was zur Hölle wusste Vince über sie?

»Beraubt, wen ihr wollt. Aber meine Geschichte behalte ich.«

Vince lachte leise. »Tja, dann weißt du ja jetzt, wie sie ausgeht. Glückwunsch.« Eine Windbö trieb die langen schwarzen Haarsträhnen auf, wirbelte sie durcheinander und ließ Vince für einen Moment wie ein mythisches Orakel wirken. Wäre da nicht dieser gefährliche Spott in den dunklen Augen gewesen.

»Das werden wir noch sehen«, murmelte Viv und verschränkte gegen die Kälte die Arme vor dem Oberkörper.

»Na, keine Sorge. Wir finden schon noch die richtige Geschichte für dich.« Vince strich sich die Haare hinters Ohr. »Jetzt komm weiter. Wird Zeit, dass du echte Piratenkleidung bekommst. Oder zumindest nicht mehr frierst.«

TAG 1

33° N 69° W
30. März 2091, 14:23
an Bord der Revery

Zumindest fand Viv auf ihrer unfreiwilligen Bootstour mit Vince heraus, wo die Piraten den größten Teil ihrer Beute aufbewahrten. Unter der Brücke lag der Frachtraum der *Revery*, beladen mit sechs Containern und nur über eine Außentür unter dem Brückenaufbau zugänglich. Abgesehen natürlich von einer riesigen Ladeluke im Heck und einer weiteren direkt oberhalb zum Deck hin.

»Du hast Glück«, sagte Vince und zog eine Stahlstange aus den Verschlusshaken des sehr offensichtlich gesprengten Schlosses an einem der Container. *WOOLWorks* stand in fetten weißen Buchstaben auf dem blauen Metall. »Unser Ziel war eigentlich nur der dEEp Inc.-Altgerätefrachter. Aber dann sind wir auf dem Weg einem Textiltransport begegnet, und wir kapern alle Textiltransporte, die wir treffen. Persönliche Schwäche.« Die Tür fiel mit einem dumpfen Krachen gegen den nächststehenden Container.

Es war verwirrend, dachte Viv, dass sie sich jetzt jedes Mal fragen musste, ob Vince mit *wir* sich selbst meinte, oder die gesamte Crew. Dabei hatte sie gerade angefangen, sich einzugrooven.

»Eine Frage.« Sie betrat hinter Vince den Container, in dessen Laderegalen voller transparenter Kistenschubladen sich unzählige Kleiderbündel stapelten. Viv hatte das Gefühl, dass ihr allein von dem Anblick etwas wärmer wurde. »Wenn der Captain's Mode jetzt offenbar nicht gilt, was sind dann die korrekten Pronomen?«

»Immer noch der majestätische Plural natürlich.« Vince schwang sich auf eine hüfthohe Kiste mit der Aufschrift *Strumpfhosen,* die ganz in der Nähe des Containereingangs stand, und schlug die Beine übereinander. »Oder bin ich dir bei Nacht nicht königlich genug? Na los, such dir was aus. Wir urteilen auch nicht.«

»Bleibt halt wenigstens konsistent«, brummte Viv. Sie musste allerdings zugeben, dass sich ihre Prioritäten gerade deutlich zugunsten warmer Kleidung verschoben, nun, da sie in greifbarer Nähe war. Und darüber hinaus, wisperte ein unangemessen begeistertes Stimmchen in ihrem Hinterkopf, auch noch Markenware, für die sie sonst viel Geld hätte hinlegen müssen. WOOLWorks war einer der weltweit führenden Hersteller für höherpreisige Markenmode.

»Der Rest wird übrigens an Menschen verteilt, die sich nicht bloß keine *teuren* Klamotten leisten können, sondern gar keine«, erklärte Vince, während Viv an den Regalen entlangstreifte und eine Kistenschublade nach der anderen herauszog. »Falls du dich das gefragt hast.«

Ein trockenes Lachen rutschte Vivs Hals hinauf. »Versucht ihr gerade, mir Piraterie als Wohltätigkeitsveranstaltung zu verkaufen?«

»Indem ich dir sage, dass ich der reichen Elite ein paar viel zu teure Stofffetzen abnehme, um sie an Bedürftige zu verteilen? Gib dir selbst die Antwort. Im Grunde ist es mir aber völlig egal, wie du darüber denkst.«

Viv zog drei Stoffhosen aus einer der Kisten. Gebürstete Baumwolle, dezente Farben, hübsche Webstruktur.

Rund dreihundert Dollar das Stück. Und den Menschen, die diesen Preis locker zahlen können, werden sie tatsächlich nicht fehlen. Ehrlich gesagt … brauche ich ja selbst höchstens zwei. Jemand anderem werden sie viel mehr nützen als mir.

Sie zwang sich, nicht zu Vince zu schauen, als sie eine der Hosen zurücklegte. Stattdessen öffnete sie rasch weitere Kisten und suchte sich zwei bequem geschnittene Blusenshirts heraus, eine lange zimtbraune Strickjacke, die sie direkt überstreifte … und ein grauschwarz kariertes Kleid mit doppelter Knopfreihe, das sie einfach nicht liegenlassen konnte. Ob das so unerwartet erwachte Gewissen nun flüsterte oder nicht. Dann kehrte sie mit dem Bündel in den Armen zu Vince zurück – oder vielmehr zu den Kisten mit Socken und sonstiger Unterwäsche. »Darf ich mal?«

»Aber selbstverständlich.« Vince glitt mit einem eleganten Schwung von der Kiste, um Viv Platz zu machen. Nicht zu viel Platz allerdings, gerade so, dass Viv den Deckel aufstemmen konnte. Während sie eine schwarze Spitzenstrumpfhose aus der Kiste zog und begutachtete, fühlte sie Vince' Augen etwas zu eindringlich auf sich ruhen.

»Hattet ihr nicht gesagt, ihr wollt nicht urteilen?«

Vince lachte leise und erwiderte ihren Blick völlig ungerührt. »Du denkst, ich urteile? Worüber denn? Ist es nicht eher so, dass du selbst gerade sehr harsch urteilst? Über dich?« Eine kurze, vielsagende Pause. »Zu Recht?«

Viv legte die Strumpfhose mit einem Seufzer zurück und entschied sich stattdessen für ein pragmatisch wärmeres Modell in dunkelgrün und ein weiteres in weinrot.

»Also schön.« Sie wandte sich zu Vince um. »Ich hab noch eine Frage, bevor ich bitte in Ruhe und *unbeobachtet* meine Unterwäsche aussuchen möchte. Warum das ...«, sie machte eine unbestimmte Handbewegung in Richtung von Vince' Gesicht, Kleidung, ja eigentlich ganzer Erscheinung, die selbst in ihrer reduzierten Form, noch irgendwie ... speziell war, »... alles?«

Vince verzog die Lippen zu einem Lächeln, das gleichermaßen zufrieden wie bitter wirkte, und neigte sich verschwörerisch ein Stück zu ihr hin. »Die Leute fürchten, was sie nicht verstehen. Und Furcht war schon immer eine der mächtigsten Waffen der Piraterie.« Ein Aufblitzen vertrieb den Ernst aus den dunklen Augen. »Außerdem muss man auch etwas Spaß haben, während man die Welt anzündet, findest du nicht?«

Viv öffnete den Mund, obwohl sie gar nicht recht wusste, was sie darauf sagen sollte. Sie hatte das Gefühl, protestieren zu müssen. Vielleicht aber auch nur, weil Vince recht hatte und sie sich gerade tatsächlich ziemlich gnadenlos selbst verurteilte. Natürlich hatte sie gewusst, dass die Schere zwischen Reich und Arm in der Gesellschaft weiter auseinanderklaffte als je zuvor in diesem Jahrtausend.

Sie war auf Demos gewesen deswegen, sie setzte sich in ihrer Tätigkeit als Diplomatin und privat in aktivistischen Social-Media-Gruppen für staatliche Unterstützung der von Armut betroffenen Bevölkerungsgruppen ein. Aber hielt sie das davon ab, sich überteuerte Markenklamotten zu kaufen, weil sie nun mal das Geld dafür hatte? Nicht immer. Bei Weitem nicht immer.

Das Knarren einer schweren Tür befreite sie aus dem Moment, wenn auch nicht aus ihrem Gewissen.

»He«, erklang eine heisere Stimme. »Wer ist da unten?«

Vince wandte sich zur Stiege um, die zum Eingang des Frachtraums hinaufführte. Switchte zurück in den Captain's Mode, so fließend und unvermittelt, dass Viv nicht anders konnte, als verblüfft hinzustarren. »Wir sind's, Cicatriz. Kein Grund zur Unruhe.«

»Captain.« Mit raschen Schritten kam der hagere Kerl mit dem grau melierten Haar die Stufen hinunter. Der Explosionsexperte. Sein brandvernarbtes Gesicht wirkte in den Schatten des Frachtraums doppelt grimmig. »Und ich dachte, wir hätten Schattenpassagiere mit den Containern aufgegriffen.«

»Leider nein. So ein Glück haben wir nur einmal in zwanzig Jahren. Die Geisel hat schlecht geschlafen, weil ihr kalt war, und unser Herz ist zu weich, wie du weißt. Du kommst jedenfalls genau rechtzeitig, um ihr die Fußfesseln anzulegen. Sie hatte vor, in Sorchas Laboren rumzuschnüffeln. Wir würden das gern unterbinden.«

Cicatriz' Blick glitt rasch zwischen Viv und Vince hin und her, als müsse er diese Informationen erst einmal einordnen. Dann zog er die Brauen zu einer dichten Linie zusammen. »Wir haben immer noch keine Fußfesseln an Bord.«

»Belastend.« Vince seufzte tonlos. »Dann ist sie hoffentlich auch so vernünftig genug.«

Cicatriz ließ ein kehliges Husten hören. »Ich gehe, ehrlich gesagt, davon aus, dass sie die mit Abstand vernünftigste Person an Bord ist.«

Es war seltsam, dachte Viv, dass sie sich von dieser Aussage irgendwie beleidigt fühlte. Dabei hatte sie, wenn überhaupt, sicherlich Vince treffen sollen, aber Vince lachte nur dieses Lachen, bei dem

Viv immer noch nicht festmachen konnte, warum sie es als so unterschwellig bedrohlich empfand.

»¡Verdad, corazón! Deshalb darf Sorcha hiervon auch nichts erfahren. Verstehst du? Ni una palabra.«

Cicatriz warf Vince einen eindeutig zweifelnden Blick zu, zuckte dann aber die Schultern. »Aye, Captain.«

»Dann bleiben ja keine Wünsche offen.« Vince strich sich die Haare über eine Schulter, warf Viv noch einen langen Blick zu – und war mit dem nächsten Blinzeln wieder sehr eindeutig *nicht im Dienst*, sondern die Person, die Viv in dieser Nacht aus so unerwarteter Nähe kennengelernt hatte.

»Kennst du eigentlich die Theorie, dass Träume entstehen, wenn das Gehirn neue Erfahrungen mit alten Erinnerungen abgleicht, um sie zu bewerten und Handlungsperspektiven zu berechnen?« Vince' Stimme war leise und zugleich eigentümlich schwer. »Denk mal drüber nach.«

Ein Schauder lief Viv über die Wirbelsäule. Die Worte berührten sie an einem seltsam intensiven Punkt, ohne dass sie zu fassen bekam, weshalb und wie genau. Wieder kam ihr Vince' Gesicht im schummrigen Licht so undeutlich bekannt vor, aber …

»Wir sehen dich dann morgen.« Vince lächelte flüchtig. »Cicatriz bringt dich zurück in deine Kabine, wenn du fertig bist. Als Quartiermeister ist er dafür genau der Richtige. Gute Nacht.«

»Gute Nacht«, murmelte Viv perplex und sah zu, wie Vince zur Treppe schlenderte, die Stufen hinaufstieg und sich auf dem Absatz noch einmal umdrehte, wie um im letzten Moment etwas zu sagen – und es sich dann doch anders zu überlegen. Mit einem tiefen *RUMMS* fiel die Tür zum Frachtraum ins Schloss.

Aber, dachte Viv, ohne wirklich zu wissen, worauf sich dieses Aber überhaupt bezog. Wie ein großes Fragezeichen hinter einer unhörbaren Frage.

»Du hast wohl vor, eine Weile an Bord zu bleiben.« Cicatriz' heisere Stimme riss sie aus den Gedanken, die keine waren. Etwas zu schnell drehte sie sich um und bemerkte, dass Cicatriz' Blick auf den Kleiderhaufen gerichtet war, den sie neben sich abgelegt hatte.

Vivs Wangen wurden warm. »Das liegt ja wohl nicht an mir.«

»Zumindest nicht nur.« Cicatriz' Miene bewegte sich kaum. »Zuerst fährst du offenbar mit nach New Florida, wenn ich es richtig verstehe.«

Viv runzelte die Stirn. »New Florida?«

»Du kennst es vermutlich unter *Independent Pirate Republic.*«

Die berüchtigte sogenannte Piratenrepublik. »Da bringt ihr mich hin?«

Cicatriz hob die Schultern. »Da wohnen wir. Und du auch, bis sich entscheidet, was mit dir passiert.« Ein schmales, aber überraschenderweise nicht unsympathisches Grinsen bog seine Mundwinkel nach oben. »Du siehst es in ein paar Tagen. Jetzt bringe ich dich erst mal zurück in dein Quartier. Befehl von Captain.«

Viv hätte an dieser Stelle gern einiges gefragt. Wie jemand wie Cicatriz dazu kam, sich unter das Kommando von jemandem wie Captain Vince Frigatebird zu stellen, zum Beispiel. Ob er *Captain Vince außer Dienst* eigentlich auch kannte. Und ob sie es nicht riskant fanden, eine Fremde mit in die Piratenrepublik zu nehmen.

Ein weitaus nachdrücklicher Teil ihres Kopfes wies sie allerdings darauf hin, dass sie für heute genug zu verarbeiten hatte – und dass es in den nächsten Tagen vermutlich sogar mehr als genug Gelegenheiten geben würde, weitere Fragen zu stellen. Oder sich zu entscheiden, es bleiben zu lassen.

Also stopfte sie wahllos ein paar Slips, Unterhemden, BHs und Sockenpaare in die tiefen Taschen ihres neuen Cardigans und raffte ihr Kleiderbündel zusammen.

»Na schön. Ich bin bereit.«

NEXUS

Zeitlinie: N/A
Koordinaten: N/A

Das Deck ist klamm. Hart und kalt und ein bisschen glitschig von der Gischt, die die Wellen über die Reling treiben. Es hebt und senkt sich mit dem Seegang unter Iotebas nackten Füßen. Ganz vorn, wo der keilförmige Bug der *Revery* durch die Brandungstäler schneidet, ist es besonders deutlich zu spüren. Keine Empfindung der Welt ist weiter entfernt vom warmen Sand und der friedlich plätschernden Brandung der Strände, an denen er aufgewachsen ist. Und doch, auf andere Art … gibt ihm das Schiff ein ebenso starkes Gefühl von Zuhause. Hier, zwischen den Sternen und dem nachtschwarzen Wasser, kehrt er zurück zu dem Menschen, der er vor mehr als zwei Jahrzehnten gewesen ist: Ein junger Seefahrer, wie so viele seiner Generation in Kiribati – und wie auch so viele seiner Generation voll von wütendem Idealismus, weil er die kaum zwanzig Jahre seines Lebens damit verbracht hat, jeden Tag gegen den Untergang seines Heimatlandes zu kämpfen. Aus vollem Hals zu schreien, in der Hoffnung, endlich gehört zu werden – nur um von Jahr zu Jahr ein Stück mehr zu begreifen, dass es den Rest der Welt nicht interessiert, was aus ihnen wird.

Und das, obwohl dieser Rest der Welt überhaupt erst schuld daran ist, dass das Wasser steigt. Dass die Brunnen in Kiribati versalzen, die schützenden Korallenriffe absterben, das Meer ihre Häuser dutzendweise flutet und eine Insel nach der anderen einfach verschwindet.

Es ist der Mensch, der neben einigen anderen jungen I-Kiribati ein Stipendium von der Regierung bekommen hat, um auswärts zu studieren und auf die Notlage in Kiribati und anderen Inselstaaten aufmerksam zu machen. Der sich mit allem, was er hatte, in diese Aufgabe gestürzt hat, obwohl er damals schon ahnte, dass es womöglich zu spät sein würde.

Am Ende hat er seine Heimat nicht gerettet. Hat – welch Überraschung! – niemanden gefunden, der sich aus reiner Menschlichkeit und ohne erwartbaren Profit für die Rettung eines kleinen, exportschwachen Landes einsetzen wollte, obwohl er auf seinen Reisen wirklich weit gekommen ist. Er war an Universitäten in Amsterdam eingeschrieben, in Santiago de Chile und New York – Städte, die für ihre Resilienzarchitektur und ozeanografischen Institute berühmt sind. Er hat Bangkok besucht, Shanghai und Tokio, die schon seit mehr als hundert Jahren die beeindruckendsten Bollwerke gegen Wasser bauen, und ihre Forschungsprojekte begleitet. Aber auch die weniger industrialisierten Küstenregionen entlang der Weltmeere hat er gesehen, und wie die Bevölkerung sich dort gegen die steigenden Gewässer zu schützen versucht. Die Zyklon-Warnsystem-Anlagen in Okrika und auf Madagaskar.

Und schließlich ... New Florida.

Dort ist er eher durch Zufall zum ersten Mal an Land gegangen; ein Sturm hatte ihn hingetrieben. Aber die Piratenrepublik, gebaut auf den Überresten einer gestohlenen schwimmenden Stadt, hat ihm schon damals ein Gefühl von neuer Heimat gegeben. Eine Perspektive, deren Bedeutung er erst Jahre später wirklich begreifen und mit Leben füllen würde. Der Ioteba von damals hätte sich niemals träumen lassen, dass eine der Persönlichkeitsfacetten, die er auf seinen Reisen an sich entdecken würde, ein Non-Binary-Drag-Pirate namens Vince Frigatebird ist. Und doch ... wie nötig war es und ist es bis heute, einen Weg zu finden, die Trauer und den Zorn nach Kiribatis endgültigem Untergang konstruktiv zu kanalisieren. Eine konstruiertere und damit kontrollierbarere Form seiner selbst sein zu können, wo der Schmerz ihn sonst handlungsunfähig machen würde.

Rache zu suchen. Gerechtigkeit zu finden.

Denn eins bleibt immer, vereint Ioteba mit Vince und allen anderen Facetten, die er über die Jahre in sich freigeschliffen hat: Die Wut. Und mit ihr die Erkenntnis, dass er selbst und so viele andere wie er einer superreichen Minderheit nicht nur egal sind. Sondern dass sie pragmatisch kalkuliert geopfert werden für das Wohlergehen einiger weniger, die sowieso schon alles haben.

Schmerz allein reicht nicht, um etwas zu ändern. Man muss ihn auch benutzen. Aber leicht ist das nicht.

Unmöglich, oft genug.

Ioteba lehnt den linken Unterarm auf die Reling und streckt die rechte Hand mit gespreizten Fingern dem Nachthimmel entgegen. *Wenn der zweite und der vierte Finger die Flügelspitzen von* te eitei *berühren, weist der Daumen nach Süden.* So hat er es schon als Kind von den unimwane auf Arorae gelernt – der Fregattvogel weist den Weg auch bei Nacht. Was Ioteba von ihnen nicht gelernt hat: Dass das Sternbild *te eitei* vom größten Teil der nördlichen Hemisphäre aus nicht zu sehen ist. Sie segeln dennoch Richtung Süden, Edna sei Dank. Der Himmel hier bleibt trotzdem ein anderer. Genau wie das Meer.

Ioteba lässt die Hand sinken und seufzt in den Wind, der auch ein anderer ist. Heimweh, das ist eine Sache, die alle Seeleute kennen. Aber Heimweh nach einem Ort, der für immer außer Reichweite liegt, zerreißt dich auf ganz andere Weise.

Er wird Kiribati niemals wiedersehen.

Denn Kiribati gibt es nicht mehr.

Er lässt die Trauer zu, lässt sie ganz durch sich hindurch strömen, und wenn es noch so wehtut. Sobald die Trauer fort ist, kehrt die Wut zurück, und mit ihr Vince und die nötige Entschlossenheit. Es sind beide Seiten wichtig, um zu *sein*.

»Hältst du nach Sternschnuppen Ausschau?«

Mit einem kleinen Ruck dreht Ioteba sich um. Es ist keine große Überraschung, Sorcha neben den Seezeugkisten am Unterdeckabgang zu sehen. Doch wie immer eine herzerwärmende, die selbst all dem Schmerz ein Lächeln abringt. Und heute, im Speziellen, mit Blick auf das, was sie heute getan haben, auch eine Erleichterung.

»Meine Wünsche sind zu groß für Sternschnuppen. Das weißt du doch.«

Sorcha tritt zu ihm und lehnt ebenfalls die Unterarme auf die Reling. Ioteba mustert sie aufmerksam. Aus der Nähe erkennt er Spuren von Erleichterung auch auf ihrem Gesicht. Überreste von Tränen und einer Panik, gegen die sie gerade noch gekämpft haben muss.

Er spricht es nicht an. Solange sie es nicht kommentiert, tut er es auch nicht, so ist ihre Übereinkunft. Gemeinsam sehen sie eine Weile dem Horizont entgegen, der sich in der lichtgesprenkelten Nacht verbirgt. Spüren die Nähe. Die Wärme, die sich aufstaut, wo sich ihre Oberarme berühren. Und die neue Erfahrung, die sie jetzt teilen.

»Ich habe nie verstanden, warum es etwas Gutes bedeuten soll, wenn ein Stern vom Himmel fällt.«

Ioteba wirft ihr aus dem Augenwinkel einen milde belustigten Blick zu. »Nanu? Kein Vortrag über verglühenden Weltraumschrott in der Erdatmosphäre?«

»Den kennst du doch schon.«

Ioteba lacht leise und streicht sich die feuchten Haarsträhnen aus dem Gesicht. »Tja, im Zweifel vertraue ich jedenfalls lieber auf dich als auf einen Stern *oder* ein Stück Weltraumschrott. Ob es glüht oder nicht.«

Wieder schweigen sie eine Weile, lauschen dem Brechen der Wellen am Schiffsbug und dem Wispern des Windes in ihren Ohren, während der Brandungsnebel ihre Gesichter benetzt.

»Ich wollte dich vorhin nicht wecken«, sagt Ioteba schließlich. »Hat es geklappt? Haben wir unsere Freundin an Bord geholt?«

Er verschweigt, wie sehr es ihn besorgt hat, sie dort liegen zu sehen. Auf dem Bett bei der Maschine, das kaum breit genug war für sie beide, so blass und erschöpft. Im Schlaf murmelnd, Schweiß auf der Stirn, die Augen und Glieder zuckend im Traum. Jetzt wo er weiß, wie es sich anfühlt, nachdem er die Maschine selbst benutzt hat, bewundert er es umso mehr, dass sie sich das immer wieder antut.

Sekundenlang spürt er ihren kritisch prüfenden Blick. »Weißt du das nicht selbst?«

Ioteba wendet sich ihr halb zu. Das Licht der Decklaternen spiegelt sich in ihren Augen, schimmert auf ihrem linken Wangenknochen. Trotzdem kann er ihr Gesicht nicht gut sehen.

»Doch. Ich bin mir nur, ehrlich gesagt, nicht sicher, ob ich jetzt wach bin oder es nur träume.«

Der Seewind zerrt an Sorchas Haaren. Ihre Lippen zucken. Er kann förmlich sehen, wie sie um Worte ringt; ein Zögern, das er nicht deuten kann.

»Ja«, sagt sie endlich. »Es hat geklappt. Sie ist an Bord.«

Und dann schweigt sie wieder. Als wäre da etwas, das sie noch sagen müsste, sagen will, aber trotzdem verschweigt.

Vorsichtig hebt Ioteba die Hand. Fährt die Konturen ihrer Wange nach, wo das Licht sie berührt. Und für einen Sekundenbruchteil ist da eine zum Zerreißen schmerzhafte Traurigkeit. Als könnten sie sich tatsächlich jeden Moment in Zeit und Erinnerung auflösen.

»Wo sind wir, Sorchee?«, flüstert er. »*Wann* sind wir?«

Etwas glitzert in ihrem Augenwinkel. »Ich ... weiß es auch nicht genau.«

Ein Seufzer schlüpft über Iotebas Lippen, und er macht einen Schritt auf sie zu. Atmet ihren vertrauten Duft ein, der riecht wie der Seewind und sich deshalb so sicher und flüchtig zugleich anfühlt. »Aber wir sind zusammen hier. Das ist doch gut.«

Sorcha nickt. Schließt die Augen, ergibt sich dem Moment, lehnt die Wange etwas schwerer in seine Hand. Ioteba hat die aufflackernden Zweifel trotzdem gesehen. Er spürt sie im Beben ihres Atems an seinen Fingern. Sie zahlt einen so hohen, furchteinflößenden Preis, damit ihre Mission gelingt, die im ersten Anlauf offenbar so bitter gescheitert ist. Wie oft mag sie es allein versucht haben, wie oft hat sie ihre Realität zertrümmert und neu zusammengesetzt, ehe sie ihn endlich um Hilfe gebeten hat? Sie hat es ihm nicht verraten. Bis heute wussten sie ja nicht einmal, ob das überhaupt möglich ist: Die Maschine gemeinsam zu benutzen. Dass zwei Personen gemeinsam ihre Erinnerungen durch die Zeit schicken, um eine neue Realitätslinie zu erzeugen.

Jetzt wissen sie zumindest: Es geht.

Ioteba streicht ein letztes Mal mit dem Daumen über Sorchas Wange und lässt die Hand sinken. Sein Blick schweift wie von selbst über das dunkle, stille Deck, als suche er dort einen Anhaltspunkt, etwas, woran er ihre Position sicher festmachen kann. Schließlich kehrt er zurück zu Sorcha und dem unsichtbaren Horizont hinter ihr. »Und wie verfahren wir jetzt weiter?«

Sorchas Augen sind nun wieder klarer als zuvor. Logik, Berechnung und Planung sind ihre Rettungsringe, das war schon immer so, seit Ioteba sie kennt. Sie dreht sich mit dem Rücken zur Reling und stützt beide Ellbogen darauf ab, lässt den Kopf in den Nacken fallen und starrt zu den Sternen hinauf. Ihr rechter Daumen reibt über einen winzigen Rostfleck im Lack der Reling. Ioteba weiß, dass sie diese Dinge tut, um sich zu vergewissern, ob sie sich in der *echten* Realität befindet. Sie hat ihm allerdings auch gestanden, dass sie sich damit bisweilen selbst täuscht, indem sie es sich fest genug einredet.

»Wir gehen noch tiefer rein«, sagt sie endlich. »Wir schließen sie an die Maschine an, mit uns zusammen. Damit öffnen wir eine neue Realitätslinie, in der sie beim Raid auf unserer Seite spielt. *Wirklich* auf unserer Seite.«

»Hmmmh.« Ioteba hält den Blick weiter auf den unsichtbaren Horizont gerichtet. »Klingt, als würde da ein wichtiger Teil in der Ausführung fehlen, findest du nicht?«

Sorcha schnaubt, aber in ihrer Stimme hört Ioteba ein winziges Lächeln. Sie weiß genau, dass er sie gerade zu erden versucht. Und dass es funktioniert. »Weil das *dein* Teil des Plans ist. Also wär's jetzt auch *dein* Job, mir zu erzählen, was *du* mit ihr vorhast, um sie zu überzeugen.«

»Ach, Sorchee ... wieso glaubst du, dass ich das jetzt schon weiß?«

»Bitte, *Captain*. Wir kennen uns wirklich lange genug.«

»Huh. Erwischt.« Ioteba lächelt schief. »Tja, also ... Ich denke, dass *die Geisel*« – er malt mit den Fingern Anführungszeichen in die Luft – »nach Möglichkeit nicht erfahren sollte, worum es bei alldem geht. Es wäre besser, wenn sie von selbst darauf kommt, dass sie für die falsche Seite arbeitet. Will sagen, es ist vermutlich nachhaltiger, wenn es ihre eigene Idee ist. Ich glaube, sie hat das Potenzial dazu.«

Sorchas Augen weiten sich für einen Moment. »Bist du sicher? Du hasst sie, wenn ich dich daran erinnern darf.«

Ioteba zuckt die Schultern. »Ich kann sie hassen und respektieren gleichzeitig.«

Sorcha schweigt eine Weile. Ein nervöses Schweigen, das mehr als alle Worte sagt, wie unwohl sie sich damit fühlt, so viel dem Zufall zu überlassen.

»Das ist nicht gerade im Varianzrahmen des ursprünglichen Plans, das ist dir schon klar, oder?«

»Aber Pläne sind doch nur etwas wert, solange sie funktionieren, Sorchee.«

Sorcha ächzt entnervt und reißt den Blick von den Sternen los. »Tsk. Dann können wir sie auch vierteilen und jeden Teil auf einer anderen einsamen Insel aussetzen. Hilft vielleicht genauso gut.«

Ioteba täuscht ein Hüsteln vor, um nicht zu lachen. Wie kommt es nur, dass ihr Beisammensein sich immer dann am zärtlichsten anfühlt, wenn sie auf diese Weise miteinander sprechen? »Wer hat dir eigentlich beigebracht, so grausam zu sein?«

Das lässt zum Glück auch Sorcha wieder lächeln. Verhalten, aber doch deutlich zu sehen. Sie dreht sich wieder um, sodass sie wie zu Beginn ihrer Unterhaltung neben ihm steht, und zupft seine Hand von der Reling, um sie um ihre Taille zu ziehen. Ihr Kopf senkt sich schwer auf seine Schulter. Warm und vertraut und sicher. »Du natürlich.«

Ioteba lässt einen nachdenklichen Laut hören, der vielleicht auch ein liebevolles Seufzen ist, und wendet den Blick wieder zum dunklen Horizont, der vor ihnen davonzugleiten scheint. Kurz denkt er darüber nach, ob es besser wäre, wenn Vince diese Unterhaltung fortführt. Tiefer in die Planung einsteigt, Schritte vorausdenkt, Entscheidungen trifft. Aber Vince kostet Kraft, die Ioteba in diesem Moment nicht hat.

Und auch nicht haben muss. Morgen ist immer ein neuer Tag. Er kann das für heute loslassen. Sich noch für eine Weile der auch so wichtigen Trauer widmen, die noch wie ein klumpiges Gerinnsel in seiner Brust steckt und sich nicht so leicht auflösen lassen will.

»Singst du mit mir?« Es ist nur ein Flüstern, das Sorchas Scheitel streift und sich als flüchtiger Kuss zu tarnen versucht.

Sie hebt den Kopf, um ihn anzusehen. Das Licht der Schiffslaternen glitzert in ihren Augen wie der Sternenschein auf dem nächtlichen Meer. Ihre Miene wird weich, als sie erkennt, was ihn umtreibt. Über dem Rostfleck auf der Reling verflechten sich ihre Finger ineinander. »So viel du willst.«

Ioteba räuspert sich belegt und drückt einen Kuss auf ihren Haaransatz, einen echten diesmal. Alle Crewmitglieder haben ihre eigenen Lieder an Bord mitgebracht – aber die alten Seefahrtslieder aus Kiribati sind die, die sie bei Nacht gemeinsam singen, wenn das Heimweh am schlimmsten wird.

Heimweh ist etwas, das alle Seeleute kennen. Alle auf ihre eigene Weise. Und deshalb stimmen sie nicht nur in sein Lied ein. Sie stimmen es sogar für ihn an, wenn es ihm selbst zu schwerfällt. So wie Sorcha es jetzt tut, die Augen wieder aufs Meer gerichtet. Nur kurz darauf gesellt sich Ednas tiefe Stimme von der White Watch auf der Brücke hinzu. Cicatriz' heiserer Bariton, der sich aus den Quartieren im Heck nähert. Der zweistimmige Gesang der Zwillinge in ihren Hängematten auf dem Mitteldeck. Bis schließlich, endlich, Ioteba selbst unter den Tränen in seiner Kehle die Töne wiederfindet und der Klang sein Herz aufleuchten lässt wie eine Papierlaterne über dem dunklen Wasser.

Die Stimmen seiner Crew werden die seiner Familie nie ersetzen können. Und doch verflechten die gemeinsamen Lieder ihre Vergangenheiten zu einem Netz, das sie alle immer wieder auffängt. In dem sie nicht verloren gehen können, wohin der Wind sie auch treibt.

Zu jedem fremden Horizont.

Zu jedem anderen Zuhause.

TAG 1

33° N 69° W
30. März 2091, 02:47
an Bord der Revery

Sorcha riss die Augen auf. Ihr eigener Herzschlag dröhnte in ihren Ohren, endlose schreckliche Sekunden wusste sie nicht, ob sie saß, stand, lag … flog?

Um sie war es dunkel. Bläuliches Flimmern durchzog die Schwärze. Hatte sie die Augen wirklich geöffnet oder doch noch geschlossen? Sie blinzelte ein paarmal, es schien keinen Unterschied zu machen. Ihre Füße fühlten sich seltsam verdreht an, eingewickelt in klammen Stoff.

Neben ihr regte sich etwas. Jemand. Atmete, murmelte verschlafen, tastete mit einer warmen Hand nach ihrer Hüfte, wo das dünne Trägerhemd nach oben gerutscht war.

»Sorchee …?«

Nacht. Es war Nacht, und sie waren im Bett. Seinem Bett. Zusammen. Aus irgendeinem Grund beruhigte sie das nicht so sehr, wie es sollte.

Sorcha rang tief und rau nach Atem, kämpfte gegen die Tränen und das Zucken, das in unregelmäßigen Abständen durch ihren Körper fuhr.

»Hey. Hey, Sorchee. Sorcha? Ruhig. Ruhig.« Ioteba richtete sich neben ihr ein Stück auf und beugte sich über sie, nur eine schemenhafte Silhouette vor dem nächtlichen Bullauge. Immerhin *konnte* sie wieder etwas sehen. »Alles okay?« Eine kurze Pause. »Hast du geträumt?«

Ja. Du auch? Von mir? Von uns?

Sorcha zwang ihre verkrampften Finger, die Bettdecke loszulassen, und schlang die Arme um seinen Hals, zog ihn zu sich. Warme, etwas verschwitzte Haut unter ihren Händen. Der Geruch von Salz und Meer und Mensch, als sie ihre Nase gegen seine Schulter drückte. Das Gewicht seines Oberkörpers auf ihrem, die Spitze des langen Zopfs, die an ihrem Arm kitzelte.

Echt. Alles Echt. Es muss echt sein.

»Halt mich fest.«

»Schsch.« Seine Lippen an ihrer Schläfe, ihrem Hals, ihrem Schlüsselbein. Zart und so innig zugleich. »Ich bin hier, Sorcha. Wir sind hier. Zusammen.«

Seine Stimme, so viel sanfter als sonst. Seine Finger, die sich so selbstverständlich mit ihren verflochten. Zu nah an dem, was sie gerade geträumt hatte. Oder nicht nah genug.

Ich brauche Beweise.

Die lange Narbe auf seinem Rücken. Vor fast einem Jahr hatte sich beim Manövrieren an Deck ein Seil freigerissen und war ihm wie ein Peitschenhieb quer über die Schulterblätter bis zur Hüfte geschlagen. Cicatriz hatte es nähen müssen. Damals hatten sie zum ersten Mal die Maschine getestet, mit dem Ergebnis, dass sie davon träumte, dass er keine Wunde hatte. Mit hastigen Fingern versuchte Sorcha, das Narbengewebe zu ertasten. Wenn es nicht da war, bedeutete das, sie träumte jetzt auch?

Es ist kein Traum. Er ist kein Traum. Ich bin hier. Wir sind hier.

Ein zittriger, mühsam beherrschter Atemzug. Noch ein Kuss. Natürlich war die Narbe da. Sie wusste genau, wie sie sich anfühlte. Weicher als die übrige Haut, leicht erhaben und ein bisschen runzlig. Sorchas Fingerkuppen glitten vom Anfang bis zum Ende und wieder zurück. Sie spürte Iotebas Schaudern, sein leises Seufzen dicht an ihrem Ohr.

Langsam, sehr langsam kam sie zur Ruhe, bis sie endlich nicht mehr das Gefühl hatte, zu hyperventilieren. Noch einmal drückte sie Ioteba an sich und rückte dann ein Stück von ihm ab, unter ihm heraus. So lagen sie dort, zwei unscharfe Schatten in der Nacht, und sahen einander durch die Dunkelheit an. Lange. Reglos. Nur Iotebas Daumen strich unbeirrbar über ihren Handrücken, ein Stück feste Realität, das ihrem Atem half, in denselben Rhythmus zu finden.

»Bist du wirklich da?« Sie konnte die Frage nicht zurückhalten, obwohl sie doch wusste, dass die Antwort ihr nicht weiterhelfen würde.

Seine Finger drückten ihre noch ein wenig fester. »Natürlich. Ich bin immer da.«

»Lüge.« Sorcha drehte sich mit einem unwilligen Schnaufen auf den Rücken und starrte an die Decke der Schlafnische, die in der Dunkelheit auch nicht mehr war als ein unbegrenzter schwarzer Fleck. »Nichts ist für immer.«

Ioteba seufzte noch einmal, diesmal vermischt mit einem resignierten Brummen, legte den Arm über ihren Bauch und gab ihr einen Kuss auf die Schulter. »Dann eben für jetzt. Und morgen früh. Reicht das erst mal, um noch ein bisschen zu schlafen?«

Sorcha war nicht nach Lachen, aber sie tat es trotzdem. Sonst hätte sie am Ende vielleicht doch noch geweint.

Allmählich spürte sie sich selbst wieder etwas besser. Gut genug, um tatsächlich zu glauben, dass sie, wenn sie sich jetzt und hier einzuschlafen erlaubte, auch an dieser Stelle wieder aufwachen würde. Das war mehr als in so vielen anderen Nächten. Und es war ja nicht so, als hätte sie den Schlaf irgendwie aufhalten können.

Helfen würde er allerdings ebenso wenig. Nicht gegen die Angst, und – was noch schlimmer war – erst recht nicht gegen das Gefühl der Instabilität, das in den Schatten lauerte; jene ungreifbare Ahnung, dass etwas mit dieser Zeitlinie nicht stimmte. Es schob seine eisigen Finger unter die warme Decke aus Trägheit, die die Erschöpfung über sie breitete.

Ioteba neben ihr glitt derweil bereits wieder in einen langen und gleichmäßigen Atem. Das Geräusch war so friedlich, dass es Sorcha die Kehle zuschnürte. Es schien eine Ewigkeit her, dass sie selbst mit Schlaf ein Gefühl von Frieden verbunden hatte. Manchmal glaubte sie nicht, dass sie es jemals wieder so empfinden würde. Nicht, solange jedes Einschlafen und Aufwachen nur einen weiteren Riss in ihrem Bewusstsein bedeutete, so verästelt und verzweigt inzwischen, dass sie oft genug nicht mehr wusste, wo eine Zeit endete und eine andere begann.

Und in diesem Moment lag sie ihr plötzlich wieder auf der Zunge: Die Antwort, die sie im Traum nicht hatte aussprechen können. Die *wahre* Antwort auf die Frage, die Ioteba ihr gestellt hatte, in jener nächtlichen Begegnung am Schiffsbug, aus der sie heute hierher gefallen war.

Hat es geklappt? Haben wir unsere Freundin an Bord geholt?

Sorcha legte ihre Hand über die von Ioteba auf ihrem Bauch und drückte so fest zu, dass er sich doch noch einmal rührte, unwillig brummte und noch etwas näher an sie heranrückte, ohne auch nur die Augen zu öffnen.

Ja. Sie ist an Bord. Aber nicht hier. Nicht jetzt.

Das hätte sie sagen müssen. Schmerz und wilde Trauer pressten Sorchas Kehle zusammen, drückten brennend von innen gegen ihre Lider.

Ja, ihre »Freundin« war an Bord. Aber nicht dort, wo sie im Traum mit Ioteba darüber gesprochen hatte. Es gab keinen Ort in der Zeit, an dem sie dieses Gespräch mit ihm hätte führen können. Denn in jener Zeitlinie, in der sie Resiliência Hargreeves tatsächlich zum *ersten* Mal auf die *Revery* gebracht hatten …

… war der Fregattvogel trotzdem gefallen.

TAG 1

40° N 74° W
30. März 2091, 07:27
Hudson Yards, New York

GO GET' EM! stand in großen roten Buchstaben auf dem Spiegel im begehbaren Kleiderschrank – mit superfettem Boardmarker geschrieben, in einem der seltenen schwachen Momente, in denen sich Jax' Selbstbewusstsein sogar für ihn zu groß anfühlte. Es hatte eine Affirmation sein sollen, und ihm war zu spät aufgefallen, dass es in Wahrheit wie die mit Blut geschriebene Botschaft eines Serienmörders wirkte. An schlechten Tagen brachte ihn das manchmal zum Lachen. Grund genug, es noch für eine Weile dort stehen zu lassen, obwohl er es sonst nur schwer aushalten konnte, wenn nicht alles in seiner Wohnung sauber und an seinem Platz war.

An diesem Morgen allerdings starrte er geradewegs zwischen den Linien hindurch und ärgerte sich darüber, doch zu lange auf seiner eigenen Party gewesen zu sein, sodass er den für 06:30 Uhr geplanten Friseurtermin hatte absagen müssen. Er hatte sich einen Kurzhaarschnitt vorgestellt, mit ausrasierten Schläfen, um die Wangenknochen zu betonen. Und vor allem professionell so modelliert, dass das Ergebnis den Seewind und die Verwirbelungen der Helikopter-Rotorblätter überstand. Nun musste er die ungeschnittenen Haare selbst stylen, weil er sich zugunsten von weniger geschwollenen Lidern, einer Stunde mehr Schlaf und einer ausgiebigen Anti-Hangover-Dusche entschieden hatte. Alles Übrige an seinem Outfit war bereits perfekt, von den glänzend braunen Schuhen und der in dezenten Grautönen karierten Chinohose bis zum fliedergrauen Hemd und der locker gebundenen Krawatte; und nicht zu vergessen, dem brandneuen Smartfold *Snap*, das sich neben dem BioID-Band schillernd um sein Handgelenk schmiegte. Es musste auch perfekt sein. Er hatte zu lange um diesen Platz im Council gekämpft, der in Wahrheit sein Anrecht war, seit er die Nachfolge seiner Mutter als CEO der Metropolica Corp. angetreten hatte. Dieser lang erwartete Triumph würde nicht durch einen halb garen Auftritt geschmälert werden.

Jax zog kritisch die Brauen zusammen und zupfte an einer letzten Locke, rieb noch etwas Haarwachs in die Spitzen und warf schließlich einen Blick auf die Taschenuhr, die an einer Kette vom Titanrahmen des Spiegels baumelte: Dreizehn Minuten vor acht und endlich perfekt genug. Der Helikopter wartete schon auf dem Dach.

Er nickte seinem Bild hinter der Mörderbotschaft ein letztes Mal zu. Dann griff er ins Regal nach dem silbrig blauen Flakon mit der Prägung *BANG BANG* und sprühte zwei Stöße über seinem Kopf in die Luft, sodass sich der herbwürzige Duft wie ein feiner Nebel um ihn legte.

»Go get 'em«, murmelte er und warf sich sein Jackett über eine Schulter. Dann verließ er mit entschlossenen Schritten das Penthouse.

Der NCRES, der Nationale Rat für Resilienz, Wirtschafts- und Strukturplanung, tagte auf einer eigens dafür konstruierten Insel aus sturmresilienten Float-Modulen, die einige Seemeilen vor New Yorks Küste ankerte. Jax' Firma hatte diese Module gebaut und vor Ort installiert, deshalb nahm er sich heraus, den Landeplatz für Wartungspersonal mit dem Metropolica-Helikopter anfliegen zu lassen, statt wie die anderen Counselors per Schnellboot vom Polizeihafen überzusetzen. Spätestens seit dem Übergriff auf den Tower wussten doch alle, dass die Harbor Unit in Wahrheit machtlos den Piraten gegenüber war, und Jax würde sicher nicht Viv Hargreeves' Fehler wiederholen und sich entführen lassen. Generell war er niemand, der die Fehler anderer wiederholte. Deshalb war er heute endlich hier.

Er hakte die Daumen in die Gürtelschlaufen seiner Hose und schlenderte vom Landeplatz hinüber zum Eingang des Ratssaals, wo gerade eines der Boote mit den übrigen Counselors andockte. Der Saal war neben dem Anleger das einzige Gebäude auf der Insel: eine riesige, selbstversorgende Kuppel aus Solaracryl von Solstice Inc. Durch die Gläser von Jax' Sonnenbrille kamen die schillernden Farben, mit denen sich das Licht darin brach, noch besser zur Geltung. Es erinnerte Jax daran, dass in der kommenden Woche die zweite Verhandlungsrunde begann, die hoffentlich darin enden würde, dass die Metropolica Corp. Solstice aufkaufte.

Okay, Fokus. Das hier ist ein anderes Pflaster.

Er schob die Sonnenbrille in die Brusttasche seines Jacketts und aktivierte die Secure-ID-Funktion an seinem Armband, während er sich in den Strom der Counselors und ihrer Assistenzkräfte einreihte, die ihre Handgelenke dem Scanner präsentierten.

Der Zugang zum Plenarsaal führte einen verglasten Korridor entlang, eine Treppe hinauf und öffnete sich schließlich in einen Halbkreis stufenförmig angeordneter Sitze, die zum Rednerpult ganz unten im Zentrum führten. Auf der Projektionsfläche hinter dem Pult leuchtete das NOAH-Logo: Die stilisierte Silhouette einer Skyline, die an eine Lotosblüte erinnerte – Symbol für Wasserresilienz und ästhetische Sauberkeit. Jax blieb einen Moment stehen, um es auf sich wirken zu lassen, während die anderen Counselors an ihm vorbei zu ihren Plätzen eilten. Er fand es immer faszinierend, welche Formen die Baustoffe annahmen, die seine Firma an Resilienzarchitektur-Projekte verkaufte – aber das hier war noch eine ganz andere Liga. An den NOAH-Städten #02 und #03 war die Metropolica nicht beteiligt gewesen. Es war Jax' Verdienst – und sein Risiko –, dass sie diesmal wieder in großem Stil mitspielten, und es war ein noch erhebenderes Gefühl, als er es sich erhofft hatte. Er konnte es kaum erwarten, die schwimmende Riesenstadt endlich mit eigenen Augen zu sehen.

Mit noch mehr Energie als zuvor setzte er seinen Weg fort. Gedämpftes Raunen und Tuscheln füllte die Luft, von der beeindruckenden Akustik bis in die hintersten Reihen getragen. Etliche der rund dreihundert Plätze waren noch unbesetzt, aber das würde sich innerhalb der nächsten Minuten ändern. Das solaraktive Acryl der Kuppel ließ gerade genug Sonne für eine optimal gedimmte Beleuchtung durch. Unter dem Boden aus halbtransparenten Float-Modulen gluckste und schwappte der Ozean.

Wirklich schick.

Jax richtete den Blick auf die Lichtleiste zu seinen Füßen, die via Infrarot mit seinem ID-Band kommunizierte und ihm mit einem Farbwechsel von warmweiß nach lindgrün den Weg zu seinem Platz wies – recht weit hinten, direkt am Gang zwischen den Sitzen der *Kompetenz für Werkstoff und Konstruktion* und der *Kompetenz für Infrastruktur und Kommunikation.*

Jax ließ sich in den ergonomisch gepolsterten Stuhl sinken. »Willkommen, Counselor Beetle«, begrüßte ihn eine sanfte Stimme, als er den Pod für Simultanübersetzungen und Zusatzinformationen an sein Ohr klipste. Und auch das fühlte sich gut an: Mit seinem neuen Titel angesprochen zu werden. Selbst wenn es nur von einer KI war.

Unauffällig sah er sich nach bekannten Gesichtern um. Er musste nicht lange suchen. Neben ihm auf der anderen Seite des Gangs saß Ivory Kendall, CEO der SubTracks Corp. – jener Firma, die vor knapp einem Jahrzehnt die New Yorker Metro privatisiert und digitalisiert hatte. Etwas weiter unten, im Block der *Kompetenz für Forschung und Innovation,* entdeckte er Prof. Dr. Joyce Keane, dier derzeit häufig mit einem hoch dotierten Forschungsprojekt zur Trinkwasseraufbereitung in den Medien auftauchte. Und den Epidemiologen Marc Kellerman kannte ohnehin jeder Mensch auf diesem Planeten seit der letzten Pandemie vor sechs Jahren. Auf den zweiten Blick hatte Jax tatsächlich gefühlt jedes zweite Gesicht im Saal schon mal gesehen. Die Namen gelesen. Finanzprofile gecheckt. Es war ein ungewohntes und latent stressiges Gefühl, plötzlich ein kleiner Fisch im Teich zu sein.

Nein, korrigierte er sich selbst. Ein großer Fisch, in einem Schwarm anderer großer und vor allem aggressiver Fische. Er würde hier nicht in der Masse verschwinden. Es war viel gefährlicher.

Ein dreischlägiger Signalgong unterbrach das Raunen und Rascheln. Ein paar letzte Counselors huschten eilig zu ihren Plätzen. Der Gong ertönte ein zweites Mal, und diesmal wurde es in der inzwischen voll besetzten Halle absolut still. Nur ein einzelnes Räuspern hallte etwas zu laut durch die Kuppel.

Eine Frau mit silbrig-grau meliertem Haar und in einem dezenten ozeanblauen Kostüm trat hinter das Sprechpult und lächelte in die Runde. »Meine geschätzten Damenschaften. Ich wünsche Ihnen einen guten Morgen.«

»Es spricht«, sagte die KI-Stimme in Jax' EarPod, »Ratspräsidentin Dr. Clarice Patricia Morghan.«

Jax hätte sie auch ohne die Zusatzinformation sofort erkannt, obwohl es sicher fünfzehn Jahre her war, dass sie einander zuletzt persönlich begegnet waren. Auch abseits ihrer Tätigkeit im NCRES tauchte Clarice Morghan mit geradezu berechenbarer Regelmäßigkeit in der Boulevardpresse auf, wo sie provokant-strenge Ansichten eines Feminismus der ganz alten Schule verbreitete. Auf der professionellen Seite war sie promovierte Star-Architektin und hatte die Immobilien etlicher international bekannter Persönlichkeiten klimaresilient neudesignt. Es war diese Expertise, die sie zum kreativen Kopf hinter den NOAH-Projekten befördert und ihr schließlich den Vorsitz im Council eingebracht hatte. Das – und die enge privat-geschäftliche Beziehung zu Jax' Mutter, Sylvia Beetle-Hughes, die die in Europa bereits sehr erfolgreiche Metropolica Corp. damals gerade auf dem US-Markt etablierte. NOAH#01 war ihr gemeinsames Baby gewesen; sie waren Kopf und Hand, die es auf die Welt gebracht hatten, und Jax konnte sich nicht erinnern, dass seine Mutter *ihm* je so viel Zärtlichkeit und Hingabe entgegengebracht hätte.

Der eigentliche Twist an der Geschichte war, dass es nicht Sylvia Beetle-Hughes' früher Tod gewesen war, der diese Beziehung beendet hatte. Sondern das unrühmliche Ende des ersten NOAH-Prototyps, als eine kleine Flotte von Piraten die Float-Basis schon in der Anfangsphase großzügig zerlegt und abgeschleppt hatte – mutmaßlich, um ihre inzwischen berüchtigte Freie Republik darauf zu errichten. Ein Vorfall, über den Sylvia selbst ihren eigenen Sohn eine fünfseitige Verschwiegenheitserklärung hatte unterzeichnen lassen. NOAH#01 und die Folgeprojekte hatten fortan besseren Bauschutz gehabt. Doch Clarice Morghan war sich nicht zu schade gewesen, Sylvia trotz allem zum Sündenbock zu machen, und so hatte Jax' Familie sowohl ihren Sitz im Council als auch den Auftrag verloren. Der Morgenkaffee stieg bei dem Gedanken säuerlich Jax' Kehle hinauf. Damit war jetzt Schluss. Seine Mutter war tot. Und er war hier, weil er sich das Recht darauf selbst erworben hatte. Die Metropolica war jetzt *seine* Firma, und er hatte den größten Anteil aller Investoren an dieser verdammten brandneuen Stadt. So groß, dass nicht mal die Ratspräsidentin seinen Antrag auf einen Sitz noch länger hatte blockieren können.

Clarice Morghan legte derweil die Hände elegant auf den Rändern des Pults ab und lächelte. »Meine lieben Rätinnen! Es ist mir eine große Freude, Sie zur 119. monatlichen Sitzung unseres Expertise-Gremiums zu begrüßen. Unser zehntes gemeinsames Jahr neigt sich dem Ende zu, und damit auch mein unglaubliches zehntes Jahr als Ihre Präsidentin. Vielen Dank, dass Sie mich in der 118. Sitzung vom 6. März 2091 für ein weiteres Jahr in dieser Position wiedergewählt haben. Ihr Vertrauen ehrt mich sehr.«

Dr. Morghan machte eine Pause und ließ ihren Blick durch den Saal schweifen, während applaudierendes Klopfen laut wurde. Auch Jax klopfte höflich mit, obwohl er dieser Person nichts gönnte und die Nachricht nicht mal eine Überraschung war. Das Ergebnis der Wahl war bereits einen Tag nach der Sitzung in der Presse gewesen. Überraschend hatte er daran allenfalls gefunden, dass es im Vergleich zu den Vorjahren ungewöhnlich wenige Stimmen waren, die Clarice Morghan bei der Wahl erhalten hatte. Mehr als neunzig der rund dreihundert Stimmen hatten gefehlt. Und tatsächlich erkannte er zwischen dem Beifall unwilliges Murmeln. Jax legte den linken Fuß auf seinem rechten Knie ab und stützte einen Ellbogen auf die Armlehne seines Sessels.

Hört, hört. Was ist denn da los? Er versuchte nicht mal, das süffisante Lächeln zu unterdrücken.

»Sie finden die Tagesordnung der Sitzung wie gewohnt im Dokumenten-Folder Ihres digitalen Protokolls«, fuhr Clarice Morghan fort, als sich sowohl das Klopfen als auch das Murmeln gelegt hatten. »Und falls Sie schon einen Blick hineingeworfen haben, ist Ihnen vermutlich aufgefallen, dass sich unser Schwerpunktthema heute etwas umfangreicher gestalten wird. Ich werde uns daher nicht länger aufhalten und direkt das Wort an die Gruppensprecherinnen der Kompetenzen übergeben. Unser aller Zeit ist schließlich kostbar.« Sie zwinkerte wissend. »Ich wünsche uns eine fruchtbare und energiereiche Diskussion.«

Jax hörte nur noch mit halbem Ohr zu, weil es ihm nicht auf Anhieb gelang, die Tagesordnung auf dem Display in seinem Notizpult aufzurufen. Stattdessen erschien zunächst ein Datenblatt, das ihm Wissenswertes über den schlanken Mann mit den leger gescheitelten dunklen Locken verriet, der Clarice Morghan gerade ablöste.

»Es spricht: Die erste Stimme der Kompetenz für Klimaentwicklung und Ozeanografie, Emre Şengül.«

Während Emre Şengül über den Fortschritt der zweiten Linie Wellenbrecher zum Tsunami-Schutz der West-Coast-Supplyfarmen für NOAH#03 referierte, schaffte es Jax endlich, die Tagesordnung inklusive Kommentarfunktion in halbwegs augenfreundlichem Format aufzurufen. Rasch überflog er die wenigen Zeilen.

Tagesordnung der 119. Sitzung des NCRES vom 3. April 2091

- Begrüßung
- Berichte der Kompetenzgruppensprecher_innen
- **Schwerpunktthema: Zulassungsbeschränkungen und Schutz vor nicht autorisierter Zuwanderung auf NOAH#04**
- Abschließende Planung der NOAH#04 Richtfestfeier
- Sonstiges

Oha. Das ist *ein umfangreicher Schwerpunkt.*

Seit der NCRES den Bau einer weiteren NOAH-Wasserstadt bekannt gegeben hatte, wurde über die Zulassungsmodalitäten auf allen Kanälen wild spekuliert. NOAH#01 – #03 waren rein privat finanzierte Projekte gewesen, die Wohnraum nur für diejenigen boten, die sich die superhochpreisigen Luxusimmobilien leisten konnten – eine Zuflucht vor allem für die Milliardäre aus dem stark in Landmasse geschrumpften Florida und den ausgedörrten Wüstenlandstrichen Kaliforniens. NOAH#04 hingegen sollte das Pilotprojekt einer neuen Linie werden, eine sogenannte »Arche für alle«. Mehr als viermal so groß wie NOAH#01, eine echte Metropole mit Miet- und Eigentumswohnraum in einer breiten Spanne von Preisklassen; sogar einige Sozialwohnungen würde es geben. Trotzdem bedeutete »alle« auch in diesem Fall keineswegs *»alle«*. So viel zumindest war sicher.

Mit neu erwachtem Interesse lehnte Jax sich wieder zurück. Das würde in der Tat spannend werden. Nun musste er nur noch konzentriert bleiben, bis die Gruppensprecher_innen zu reden aufgehört hatten.

Zum Glück fielen die Statusberichte tatsächlich angenehm knapp aus. Die Schienen der Magnetschwebebahn waren verlegt und warteten auf die Verbindung zu den Energiespeichern – die wiederum auf technische Probleme mit den neuen Solarfasern gestoßen waren. Dafür war die *RapidSubnautics*-Metro schon voll einsatzbereit. Die jüngsten Kontrollen in der Wasseraufbereitungsanlage hatten exzellente Ergebnisse gebracht, und die Rohbauten der meisten Wohneinheiten waren fertig, sodass die Innenarchitekt_innen ans Werk gehen konnten. Jax ließ all das an sich vorüberziehen und nutzte die Notizfunktion, um Kleidungsstile, Gestik und Duktus der Referent_innen zu kommentieren und sich ein weiteres Mal darüber zu ärgern, dass er an diesem Tag ohne Assistenzkraft hier saß, mit der er per privatem Textchat darüber hätte lästern können.

Er horchte erst auf, als die KI ein weiteres Mal Präsidentin Dr. Morghan ankündigte. Neben ihr hatte sich ein breitschultriger Mann in schwarzer Uniform postiert. Sein kurzes graues Haar lag streng an seinem Kopf an, und er hielt sich auffällig gerade. Man hätte es auch steif nennen können, dachte Jax. Kein Gespür für Swag, der Typ.

»Ebenfalls am Pult: Die erste Stimme der Kompetenz für Sicherheit, Aufenthaltsrecht und Kriminalitätsbekämpfung. Inspector David Callahan.«

»Vielen Dank an die Sprecherinnen, dass Sie uns auf den neuesten Stand gebracht haben«, nahm Clarice Morghan das Wort auf und lächelte gewinnend in die Runde. »Dem Richtfest für NOAH#04 steht offenbar nichts mehr im Wege – wir können uns dafür alle miteinander herzlich auf die Schultern klopfen.« Sie klopfte auf den Rahmen des Pults, und der Rat stimmte einmal mehr darin ein.

»Kommen wir nun also zum Schwerpunkt der heutigen Sitzung, der vielen von Ihnen sehr am Herzen liegt, wie ich aus Ihren zahlreichen Zuschriften weiß«, fuhr Dr. Morghan fort, als wieder Ruhe einkehrte. »Ich habe daher Inspector Callahan als Zweitsprecher zu mir gebeten. Er wird Ihnen im Folgenden das Konzept erklären, das seine Kompetenz aus den bisherigen Anregungen zum Thema erstellt hat.« Sie lächelte erneut, diesmal an Inspector Callahan gerichtet, und trat beiseite. »David, bitte.«

Inspector Callahan setzte eine Lesebrille auf die Nase und lehnte sich mit einem Unterarm auf das Pult, um erst auf seine Notizen, und dann über den Rand der Brille in den Rat zu sehen. Es erinnerte Jax daran, wie sein ihm Vater früher erklärt hatte, er dürfe sich nicht so mädchenhaft anstellen, wenn er ein Mann sein wollte. Seine Mundwinkel kräuselten sich unwillkürlich.

»Meine lieben Leute«, begann Inspector Callahan. Es klang eher wie ein resigniertes Seufzen. »Ich weiß, dass die meisten von Ihnen keinen aufschlussreichen Einblick in die Arbeit der Sicherheitskompetenz haben. Sie können aber alle ganz beruhigt sein, das versichere ich Ihnen.« Er räusperte sich und warf einen weiteren raschen Blick auf seine Notizen. Es war spannend, wie sich seine Mimik dabei veränderte. Offenbar war es schwer, bevormundend zu bleiben, während man von einem Zettel ablas. »Natürlich haben wir sehr genau im Auge, die Zulassungsbeschränkungen derart zu gestalten, dass ein reibungsloses Zusammenleben und die Integrität der ökologischen und ökonomischen Systeme stets gewährleistet sind. Wer in den NOAH-Städten leben will, muss die nötigen Voraussetzungen mitbringen, diese Maxime mitzutragen.« Callahan ließ seinen Augen jetzt durch den Raum schweifen, als wolle er jede einzelne Person auffordern, sich diesbezüglich einmal zu hinterfragen. »Unsere Aufgabe in der Sicherheitskompetenz war es daher, eindeutige Kriterien festzulegen, die genau das garantieren. Unsere Auswahlstrategie wird demzufolge auf drei Säulen beruhen: Abstammung, Gemeinwohl und Klimaneutralität. *Konkret* bedeutet das, um überhaupt Anspruch auf einen NOAH-Wohnsitz anmelden zu können, müssen mindestens zwei von drei notwendigen Faktoren erfüllt sein. Erstens: Die Antragstellenden können drei oder mehr Generationen US-amerikanische Staatsbürgerschaft in ihrem Stammbaum vorweisen. Zweitens: Sie haben einen hinreichenden Beitrag zum Gemeinwohl der USA geleistet. Und drittens: Sie können einen streng limitierten CO_2-Verbrauch belegen – der natürlich mit dem Kauf entsprechender Zertifikate ausgleichbar ist.« Inspector Callahan lächelte schmallippig, als wüsste er genau, dass er damit einer für viele Anwesende sehr dringlichen Frage zuvorkam. »Noch einmal: Wer nicht mindestens zwei dieser Kriterien erfüllt, hat kein Anrecht auf einen NOAH-Wohnsitz, und da gibt es keine Kulanzräume, meine Damen und Herren.« Er räusperte sich. »Darüber hinaus liegt unser Augenmerk vor allem auf dem Schutz vor nicht autorisierten Zuwanderungsversuchen. Gemessen an der Häufigkeit der Anfragen zu diesem Thema scheint es da noch viele Unsicherheiten bei Ihnen zu geben. Ich kann Sie beruhigen: Wir von der Sicherheitskompetenz teilen diese Sorgen!« Wie zur Antwort leuchtete hinter ihm auf der Projektionsfläche ein Schriftzug auf. *Refuge:SECURE* stand dort in dicker oranger Blockschrift. »Aus diesem Grund haben wir ein aus Ratsmitteln finanziertes Sicherheitsunternehmen gegründet, das ausschließlich dafür zuständig sein wird, den Seeraum um die Städte zu überwachen und Geflüchtete, wie beispielsweise aus Mexiko und Kuba, in ihre Länder zurückzuführen oder zur Asylarbeit in den Supplyfarmen weiterzuleiten. *Refuge:SECURE* hat seine Arbeit bereits hocheffizient im Umfeld von NOAH#01 bis #03 aufgenommen. Seither hat es dort keine unautorisierten Anlandungen mehr gegeben.« Callahan setzte die Brille wieder ab und lehnte sich noch ein Stück vor. »In klaren Worten: Wir werden keine Schmarotzer in unsere Städte lassen, das verspreche ich Ihnen in die Hand, meine Damen und Herren. Unser Rettungsboot wird nicht von opportunistischen Migranten überlaufen. Sie werden unsere Arche nicht zum Kentern bringen! Dafür übernehme ich persönlich die Verantwortung!«

Erneutes Klopfen ertönte aus den Reihen des Rats, erst etwas zögerlich, dann immer weiter anschwellend, bis es sich zu geradezu frenetischem Applaus gesteigert hatte, untermalt von einzelnen lauten »Jawohl!«, oder »Bravo!«.

Diesmal klopfte Jax nicht mit. Er brachte es nicht über sich. Inspector Callahans Ansprache lag ihm wie ein Stein im Magen. Bilder blitzten vor seinem inneren Auge auf, wie sie alle paar Monate an den staatlichen Nachrichten vorbei in den Sozialen Medien auftauchten. Leblose Körper an den Stränden im Golf von Mexiko. Unwürdige Lebensbedingungen auf den Supplyfarmen für die NOAH-Städte, wo diejenigen arbeiten *durften*, die es trotz der lebensgefährlichen Überfahrt und an allen Pushbacks vorbei bis in die USA geschafft hatten. In gefängnisähnlichen Unterkünften zusammengepferchte Menschen, die niemals die US-Staatsbürgerschaft erhalten würden, schon gar nicht in dritter Generation. *Das* waren die sogenannten »unautorisierten Zuwanderungen«, gegen die so resolut vorgegangen werden sollte. *Alle* im Saal kannten diese Bilder. Wie leicht konnte es sein, sie beiseitezuschieben und stattdessen noch zu applaudieren? Jax wurde schlecht. Er hatte damit gerechnet, in diesem Rat auch auf ökofaschistisches Gedankengut und Diskriminierung aller Art zu treffen. Aber nicht in dieser selbstgerechten, unumwundenen Offenheit – und schon gar nicht mit einer dermaßen breiten Unterstützung. In diesem Moment wollte er wieder gehen. Gehen und sein Geld mitnehmen.

Callahan derweil ließ den Applaus sichtlich zufrieden über sich hinwegbranden. Er kostete ihn aus bis zum letzten Moment, in dem die besonders Begeisterten noch sekundenlang weiterklopften, obwohl alle anderen bereits aufgehört hatten.

»Und was ist mit den Morden, Inspector?«

Die Stimme kam von der anderen Seite der Kuppel. Laut und klar brach sie in den Moment der vollkommenen Ruhe, in der nur das letzte Klopfen hätte nachklingen sollen. Ein kollektives Luftschnappen folgte.

»Es spricht: Vario Medena aus der Kompetenz für innerstädtische Klimaentwicklung und Ökosysteme.«

Alle Blicke waren nun auf den Mann mit dem sommerblonden Messy Bun gerichtet, der von seinem Sitz aufgestanden war.

»Ist ja schön, dass Sie so einen feinen Plan für die Menschen in den zukünftigen Städten haben.« Vario Medena hatte die Arme vor der Brust verschränkt und starrte David Callahan herausfordernd an. »Aber wann wird die Kompetenz für Sicherheit sich darum kümmern, dass aktuell ein Ratsmitglied nach dem anderen ermordet wird?«

Die Luft in der Kuppel summte jetzt vor Spannung. Nach dem ersten entsetzten Luftschnappen schienen alle den Atem anzuhalten. Auch Jax richtete sich unwillkürlich etwas auf. *Davon* hatte er wirklich noch gar nichts gehört. Und das wollte was heißen.

Allein der Inspector starrte gelassen zu Vario Medena zurück. »Es gibt keine Morde, Mr Medena. Was auch immer Sie da gehört haben, kann nur ein Versuch von Gegnern dieses Gremiums sein, uns in möglichst schlechtem Licht dastehen zu lassen. Es ist bedauerlich, zu sehen, dass das offenbar auch bei Ihnen funktioniert.«

»Aber sie sind *tot*, Inspector!«

Jax drehte sich überrascht nach rechts, wo auf der anderen Seite des Gangs Ivory Kendall aufgestanden war.

»Es spricht: Ivory Kendall aus der Kompetenz für Infrastruktur und Kommunikation.«

»Marek Tomaschewski. Juniper Mars. Roy Miller. Beth Thompson. Und zuletzt Charles Fisher. Sie alle sind innerhalb der letzten drei Monate gestorben, alle durch unvorhergesehene *Unfälle*.« Sie stemmte die Hände mit so viel Druck auf ihr Notizpult, dass es sich bedenklich durchbog. »Wollen Sie uns wirklich verkaufen, dass da kein Zusammenhang besteht? Während Sie die leeren Sitze pseudounauffällig neu besetzen?!« Jax wäre beinahe zusammengefahren, als sich Ivory Kendalls Finger anklagend über den Gang hinweg auf ihn richtete. Vor allem, weil dem Finger der Blick von rund dreihundert Augenpaaren folgte.

Jax zwang sich, Kendalls Starren nicht auszuweichen. Ein wenig zu lächeln. Charmant und souverän zu bleiben, selbst bei der ungerechtesten Anklage. Für einen Moment trat die Welt zurück. Die Luft zwischen ihnen knisterte.

»Es werden regelmäßig zu Quartalsbeginn neue Counselors berufen, Mrs Kendall.« Callahans Blick war kalt wie Eis. Seine polternde Stimme brach den Bann, und nun sah wieder niemand mehr zu Jax. »Hören Sie auf, unsinnige Korrelationen herbeizufabulieren.«

»Dann klären Sie diese Fälle verdammt noch mal auf! Wie viele Opfer muss es geben, damit Sie das Thema ernstnehmen?«

»Es spricht: Teka Sacalm aus der Kompetenz für Öffentliche Dienstleistungen.«

Inspector Callahan ließ ein gereiztes Grollen hören. »Zum letzten Mal, zum Mitschreiben: *Es gibt keine Fälle.* Wenn Sie sich unter meiner Führung nicht sicher fühlen, steht es Ihnen jederzeit frei, diesen Rat zu verlassen. Aber so vehement, wie Sie darauf bestehen, könnte ich zu der Ansicht kommen, dass Sie womöglich ebenfalls ein Interesse daran haben, uns öffentlich zu diskreditieren.«

Ivory Kendall rang hörbar nach Worten. »Das kann doch ...«

»Schluss jetzt«, schaltete sich Clarice Morghan mit scharfer Stimme ein. »Ich verstehe Ihrer aller Sorge. Aber es ist nicht Sache dieses Gremiums, derlei Themen und vor allem das Vorgehen der Sicherheitskompetenz offen zu diskutieren und Panik zu schüren. Haben Sie Vertrauen. Wir haben Ihr Anliegen gehört. Die Sicherheitskompetenz wird dem gründlich nachgehen. Und sollten tatsächlich Maßnahmen zum Schutz unserer Ratsmitglieder nötig sein, werden wir nicht zögern, sie zu ergreifen. Nicht wahr, David?«

Inspector Callahan nickte knapp. »Selbstverständlich.«

»Da hören Sie es.« Dr. Morghan lächelte gewinnend in die Runde. Es war wirklich faszinierend, wie viel Einfluss sie auf die Menschen im Rat hatte. Die Atmosphäre entspannte sich spürbar unter ihren

Worten, wenn auch ein gewisser Widerwille in der Luft zurückblieb. »Kehren wir also bitte zurück zur Tagesordnung. Die für heute fraglichen Konzepte zur Sicherheit und Zuwanderungskontrolle sowie die Zusammenarbeit mit *Refuge:SECURE* scheint mir jedenfalls mit großer Mehrheit angenommen zu sein. In Ihren Notizpults finden Sie zusätzlich, wie gewohnt, die Option zu anonymisierter kommentierter Abstimmung zum Thema, sowie das ausformulierte Konzept zum Nachlesen. Ich bitte Sie, bis zum Ende der Ratssitzung davon Gebrauch zu machen, wenn Sie Ihre Stimme offiziell abgeben wollen.« Clarice Morghan griff nach einer Fernbedienung, die auf dem Pult gelegen hatte. »Sie werden in Tagesordnungspunkt Fünf – Sonstiges – noch Gelegenheit haben, Fragen an Inspector Callahan zu stellen, sollte Ihnen noch etwas auf dem Herzen liegen. Oder sprechen Sie uns gern nach der Sitzung unter vier Augen an. Wir alle aus dem Vorstand stehen dafür jederzeit zur Verfügung. Für den Augenblick möchte ich zu einem Thema kommen, zu dem mich Ihrer aller Input wirklich brennend interessiert.«

Sie betätigte einen Knopf auf der Fernbedienung. Der *Refuge:SECURE* Schriftzug verschwand, und stattdessen leuchtete wieder die Projektion des NOAH-Logos auf. Darunter prangte nun allerdings ein neuer Schriftzug:

NOAH#04 RICHTFEST
03/05/2091

Clarice Morghans Lächeln strahlte jetzt echten Stolz aus. »Wir haben nächsten Monat einen Meilenstein zu feiern, meine Damen. Heute werden wir das Programm für unser Richtfest finalisieren. Lassen Sie es uns angehen!«

TAG 1

40° N 74° W
30. März 2091, 12:07
NCRES Island, New York

Im Foyer und Garderobenbereich zerstreute sich die Menge der aus dem Plenarsaal strömenden Ratsmitglieder ein wenig. Bei Häppchen und Getränken sollte es hier wie gewohnt die Möglichkeit geben, entspannt zu netzwerken und intersektionale Ideen zu entwickeln, hatte Clarice Morghan zum Abschluss der Sitzung gesagt. Und tatsächlich fühlte sich Jax, kaum dass er den Saal verließ, als hätte er sich gerade um einen beachtlichen Schiss erleichtert, der drückend in seinen Eingeweiden gelegen hatte. Handfestes wirtschaftliches Pokern, soziale Strategiespielereien mit hohem Einsatz und vor allem natürlich Informationsgewinn – dafür war er hier. Und mit etwas Glück würde es einen Ausgleich zu der Beklemmung bieten, die ihn seit Callahans Vortrag nicht mehr losließ.

Jax nahm ein Glas Whisky von einem der Servicebots, die lautlos zwischen den Counselors und ihren Assistenzkräften umherglitten, und stellte sich an einen der freigebliebenen Stehtische. Vielleicht war es eine gute Idee, sich nach anderen Verbündeten umzusehen, für den Fall, dass sich das mit Hargreeves' Entführung länger hinzog. Sein Blick blieb an einer kurvigen Silhouette in einer altrosa Seidenbluse mit eingewirkten Goldfäden und anthrazitgrauen Stoffhosen hängen, die in der Nähe des Treppenaufgangs stand. Ivory Kendalls Assistenz, wenn ihn nicht alles täuschte. Jax war sie vorhin schon aufgefallen, weil ihr Gespür für Stil das ihrer Vorgesetzten bei Weitem ausstach. Paula Swan – so stand es auf ihrem Namensschild – hatte keine Scheu vor Glamour, so viel stand fest. Oder vor extravaganten Statement-Accessoires. Vermutlich waren die Perlen und Diamanten in ihrer Kette, den langen Ohrringen und der Schmetterlingsspange, mit der sie ihr platinblondes Haar aufsteckte, alle echt.

Ein Lächeln zuckte in Jax' Mundwinkeln. Vielleicht konnte er sie Kendall als Assistentin ausspannen, damit sie Viv Hargreeves' Rolle als Informantin in Assistenzkreisen für ihn übernahm. Allermindestens wäre es reizvoll zu sehen, ob sie ebenso konfrontativ auftreten würde wie …

»Jackson Beetle im NCRES. Dass ich das noch erleben darf.«

Jax wandte sich ruckartig um. Mit *ihr* hatte er hingegen wenig Bedürfnis, zu sprechen. »Dr. Morghan.«

»Für Sie immer noch Clarice.« Clarice Morghan zwinkerte ihm verschwörerisch zu und stellte ihr Whiskyglas neben seines. »Schließlich ist es noch gar nicht so lange her, dass Sie mit Ihrem Windelhintern über meinen Küchenfußboden gerutscht sind, nicht wahr? Mir zumindest kommt es vor, als wäre es gestern gewesen.«

Jax entschied sich, die unangebrachte Vertraulichkeit zu ignorieren. Dass seine Mutter und Clarice Morghan ihre Geschäftsfreundschaft geführt hatten, war viele Jahre her, und mit deren unangenehmem Ende hatte er nichts zu tun gehabt. Faktisch waren sie und er Fremde, allerhöchstens Geschäftspartner_innen, wenn er sie im Namen des NCRES als Kundin zählte. Jax warf einen raschen Blick in die Runde. Niemand schien sich dafür zu interessieren, dass die Ratspräsidentin sich ausgerechnet zu ihm stellte, aber das musste täuschen. Es schien nicht mal Sicherheitspersonal in der Nähe zu sein. Jax wusste allerdings, dass sich Clarice Morghan auch in ihrem professionellen Umfeld gern nahbar gab und Wert darauf legte, dass ihre Entourage niemals als solche zu erkennen war.

Er musterte die filigrane Gravur im Bauch ihres Whiskyglases und entschied sich für ein anerkennendes Nicken. »Penderyn. Sie haben Geschmack, Clarice.«

»Ich bitte Sie, Jackson. Von allen Menschen in diesem Raum wissen wir beide wohl am besten, wie unterschätzt walisische Whiskys sind.« Dr. Morghan lachte. Ein professionelles, wohlplatziertes Lachen in einem sorgfältig geplanten Gespräch. Jax lehnte sich etwas mehr in ihre Richtung, scheinbar interessiert, aber nicht zu sehr. Er hatte seine Hausaufgaben gemacht und vielleicht keine Lust auf diese Begegnung, aber auch keine Scheu davor. Das sollte sie ruhig spüren. Um Clarice Morghans Verbindungen nach Wales aufzudecken, musste man ziemlich tief schürfen. Ihre zweite Heirat vor fast dreißig Jahren war – im Gegensatz zu ihrer dritten vor kaum einem Jahrzehnt – kein öffentliches Ereignis gewesen. Jax' eigene Tätigkeit als walisischer Diplomat bei den Vereinten Europäischen Botschaften hingegen war so ungefähr der dritte bis fünfte Treffer auf seinen Namen in jeder denkbaren Suchmaschine, und dass die Metropolica in Newport gegründet worden war, war auch leicht herauszubekommen. Spannend, dass sie versuchte, ausgerechnet über diese persönlichen Dinge mit ihm zu bonden.

»Natürlich. Ich hätte bloß vermutet, dass Sie aufgrund der Nähe zu Bangor eher die *Aber Falls Distillery* unterstützen würden. Ich habe gehört, Ihre Stieftochter hätte kürzlich Anteile an dem Betrieb erworben.«

Clarice Morghan hob eine Braue. »Oh, da sind Sie falsch informiert. Es war die *Penderyn Llandudno Lloyd St Distillery.*« Sie nippte sichtlich zufrieden an ihrem Whisky, wobei sie gekonnt etwas Luft durch die Zähne zog, um das Aroma zu verstärken.

Jax lächelte schief. Natürlich hatte er das gewusst. Es war allerdings eine praktikable Art, zu testen, wie bereit eine Clarice Morghan war, potenziell sensible Informationen mit ihm zu teilen.

»Ich wollte mich bei Ihnen entschuldigen, Jackson.« Ihre Miene, als sie das Glas absetzte, war wieder strenger. Geschäftsmäßiger. »Für den Vorfall in der Sitzung vorhin.«

Jax zuckte mit sorgfältig betonter Gleichmütigkeit die Schultern und nippte ebenfalls an seinem Whisky. »Nicht der Rede wert. Es braucht mehr, um mich aus der Fassung zu bringen.«

Dr. Morghan lächelte schmal. »Das habe ich gesehen. Ich möchte Ihnen trotzdem in aller Deutlichkeit sagen, dass Sie kein *pseudo-unauffälliger Ersatz* sind, wie Mrs Kendall es so blumig formuliert hat.

Selbst wenn wir in irgendeiner Weise einen bräuchten, wären Sie es nicht. Der US-amerikanische Zweig der Metropolica Corp. ist eines der vielversprechendsten Unternehmen dieses Jahrzehnts, und Ihre Anwesenheit in diesem Rat ist dringend erwünscht. Von mir persönlich, wenn ich das bemerken darf.«

Nun konnte Jax doch nicht verhindern, dass seine Brauen überrascht in die Höhe zuckten. Was für ein unerwartet explizites Statement. Es konnte nichts anderes als eine Finte sein. Ein Versuch, seinen Erfolg in ihren eigenen Verdienst umzumünzen, nachdem sie seinen Einzug in den Rat so viele Jahre blockiert hatte. »Vielen Dank, Clarice«, sagte er dennoch, ohne mit der Wimper zu zucken. »Ich werde mich bemühen, den Erwartungen gerecht zu werden.«

Dr. Morghan lachte erneut auf. »Das will ich doch hoffen.« Sie neigte sich über den Tisch hinweg zu ihm hin, sodass er ihr Parfum riechen konnte. Bergamotte, Orange und eine Spur Pfeffer. Elegant, mit einer Spur von Schärfe. »Ich habe Ihnen diese Chance gestattet, Jackson. Nutzen Sie sie.«

Jax verengte leicht die Augen und spannte den Unterkiefer an, um nicht zu blinzeln. Clarice Morghan war Dominanz gewöhnt. Er allerdings ebenso. Er hatte darin zudem die denkbar beste Lehrerin gehabt. Vermutlich wusste das niemand besser als Dr. Morghan. Die ganze Angelegenheit war ohne Frage ein Test – nicht nur für ihn persönlich, sondern für die Familie und das Unternehmen, das er repräsentierte. Und eine Erinnerung daran, auf wessen Seite er ihrer Meinung nach zu stehen hatte, falls es irgendwann hart auf hart kam. Jax verstand ihre Motivation jetzt sehr gut: Clarice Morghan hatte erkannt, dass ihre Position im Rat zu wackeln begann. Falls mit dieser neuen Stadt etwas schiefging, würde sie Verbündete brauchen – oder einen weiteren Sündenbock.

Als sie sich wieder aufrichtete, lag beinahe so etwas wie Anerkennung in ihren Augen. »Sie sind wirklich groß geworden.« Ihr Blick maß ihn noch einmal von oben bis unten. »Ich bin gespannt, zu sehen, wie Sie die Firma trotz aller Widrigkeiten in Ihre eigenen Hände nehmen.« Sie hob ihr Glas ein letztes Mal in seine Richtung. »Wenn Sie mich jetzt entschuldigen, es warten noch andere Counselors auf ein Gespräch. Willkommen im NCRES, Jackson Beetle. Auf gute Zusammenarbeit.«

Jax sah ihr nach, wie sie sich mit festem Schritt durch das Foyer entfernte. Er würde definitiv eine Weile brauchen, um diese Begegnung zu verdauen. So vieles war zwischen den Zeilen gesagt und noch mehr verschwiegen worden. Und für einen Moment lang fragte er sich unwillkürlich, wie das Gespräch wohl verlaufen wäre, wäre er eine Frau gewesen. Wäre er nicht der Sohn, sondern die Tochter, die Sylvia Beetle-Hughes sich so sehr als Nachfolgerin gewünscht hatte. Ob Dr. Morghan dann auch von *Widrigkeiten* gesprochen hätte?

Jax ertränkte den Gedanken in einem weiteren Schluck Whisky. Er würde es nie herausfinden. Er war keine Frau. Wäre nie eine geworden, egal wie sehr seine Mutter es sich gewünscht hatte oder wie wenig er dem traditionalistisch antiquierten Bild von Männlichkeit entsprach, das sein Vater drüben in der Alten Welt propagierte. Jax ging seinen eigenen Weg, wie er es vor vielen Jahren entschieden hatte. Die Unterstützung oder auch nur Akzeptanz einer Clarice Morghan war dabei sicher nicht zu verachten, aber er brauchte sie nicht. Tatsächlich hielt er es nach wie vor für sinnvoller, sich seine Peer Group an anderer Stelle zu suchen.

Jax wandte sich zurück in Richtung Treppenaufgang. Paula Swan war noch dort, inzwischen in Gesellschaft nicht nur von ihrer Chefin Ivory Kendall, sondern auch Teka Sacalm und dessen Assistenz aus der Kompetenz für Öffentliche Dienstleistungen. Alle vier sahen völlig unverhohlen in seine Richtung. Natürlich hatten sie sein Gespräch mit der Ratspräsidentin verfolgt.

Jax straffte die Schultern und legte ein Lächeln auf, während er seinen Drink in die Richtung der kleinen Gruppe hob und seinen Blick mit Paula Swans erstaunlich grünen Iriden verschränkte. Als ein abschätzendes Lächeln in Form winziger Grübchen in ihren Wangen erschien, schob er die freie Hand in die Hosentasche und schlenderte betont entspannt zu den vieren hinüber. Wen kümmerte es, dass Mrs Kendall ihn in der Sitzung bloßgestellt hatte? Jax war nicht nachtragend. Das machte das Geschäft bloß kompliziert.

»Einen wunderschönen guten Tag zusammen.« Er prostete in die Runde. »Möchte hier vielleicht noch jemand meinen Einstand mit mir feiern?«

TAG 1

31° N 65° W
30. März 2091, 10:12
an Bord der Revery

»Alle Hände an Deck!«

Der Ruf ertönte direkt vor der Tür zu Vivs Kabine, laut und harsch genug, um definitiv kein Traum zu sein. Kurz darauf erklangen Schritte und einzelne Wortfetzen auf dem Gang. Und als Viv sich blinzelnd und mit schwerem Kopf aufsetzte, wurde ihr klar, dass die Fahrt der *Revery* sich verändert hatte. Das Schiff knarrte und ächzte und schien stärker zu schaukeln als zuvor.

Viv quälte sich aus der Schlafnische auf die Füße, wobei sie ein weiteres Mal nur knapp einer neuen Beule entging. Wie spät mochte es sein? Der stickigen Wärme in der Kabine nach zu urteilen, nicht mehr allzu früh. Sie hatte trotzdem so was von zu wenig geschlafen. Ein Anflug der Seeübelkeit war auch zurück. Aber irgendwas war los an Deck, und sie würde herausfinden, was es war. Durchs Bullauge drang Morgensonne herein, vom Wasser draußen in feinen Wellenlinien gespiegelt. Die Reflexionen malten helle Muster auf Vivs Arme, als sie sich eilig am winzigen Waschbecken in ihrer Kabine wusch. Sie stieg in eine der Hosen und eins ihrer neuen Blusenshirts und nahm sich einen Moment, um zu bedauern, dass im Container am Abend zuvor weder Schuhe noch Sonnenbrillen gewesen waren. Dann schlüpfte sie, immer noch barfuß, auf den inzwischen leeren Gang hinaus.

Der Seewind empfing sie mit überraschendem Druck von der Seite, als sie die Tür zum Oberdeck aufschob. Die Sonne stach ihre

Strahlen schräg zwischen den Segeln hindurch und brannte schon nach Sekunden auf Vivs ungeschütztem Kopf.

Hier draußen war der Aufruhr, in den die Crew geraten war, nicht mehr zu verkennen. Viv sah die Kids in ihren Overalls hin und her rennen und an den Seilzügen der Takelage hantieren. Weiter hinten im Heck entdeckte sie Sorcha, die dabei war, die obere Ladeluke zum Frachtraum zu öffnen. Unter dem dritten Mast, gar nicht weit von Viv entfernt, stand Cicatriz, der an einem digitalen Panel mit raschen Fingern einige Eingaben machte. Er war bewaffnet an diesem Morgen, das fiel Viv sofort ins Auge. An dem Gürtel um seine schwarze Jeans war ein Tonfa befestigt, außerdem ein Teleskopstock, ein Messer und eine Pistole. Viv sah noch einmal zu den anderen Crewmitgliedern. Mindestens die Speedgleiter-Kids trugen ebenfalls Schusswaffen und Stöcke.

Was haben die denn vor?

Rasch ließ sie ihren Blick zu beiden Seiten über Bord schweifen, verengte die Augen gegen das blendend helle Glitzern der Wellen – da entdeckte sie das andere Schiff.

Es war ein Frachtschiff. Keiner der autonom KI-gesteuerten Container-Giganten, aber immer noch bedeutend größer als die *Revery*, wenn auch zugleich weniger elegant und mit nur zwei niedrigen Masten, deren Solarsegel vermutlich in erster Linie dazu dienten, die Elektromotoren mit Energie zu versorgen. Es kam ihnen gemächlich auf backbord entgegen.

Zu spät wurde Viv klar, dass sie vergessen hatte, die Tür zum Treppenhaus festzuhalten. Mit einem dumpfen Krachen fiel sie hinter ihr ins Schloss. Cicatriz sah sich über die Schulter zu ihr um.

»Ahoi, Geisel! Geh besser wieder rein. Hier wird es gleich ungemütlich.«

Viv blieb, wo sie war. Ihre Gedanken hatten rasant zu arbeiten begonnen. Ein anderes Schiff, das bedeutete eine Chance, von Bord zu gehen. Vielleicht rüberzuschwimmen oder auf andere Weise die Schiffe zu wechseln, während die Crew mit dem Entermanöver beschäftigt war. Sie legte den Kopf in den Nacken und sah nach oben. Vielleicht konnte sie in der Takelage …

»Oy!«, rief Cicatriz mit mehr Nachdruck. »Geh wieder rein! Oder stell dich da rüber, aber schnell!« Er hob die Hand und wies zur Backbord-Reling. »Wir werfen gleich die Schoten los! Wenn sich was freireißt, willst du dort nicht stehen!«

Diesmal folgte Viv der Aufforderung und lief zur Reling hinüber. Auch die beste Chance würde ihr nichts nützen, wenn sie sich von einem unkontrolliert schwingenden Stahlseil an den Kopf treffen ließ. Viv wusste nicht allzu viel übers Segeln, aber eines hatte sie von Jun gelernt: Man durfte der Crew niemals bei Manövern im Weg sein.

Cicatriz warf ihr einen letzten stechenden Blick zu. Dann zog er eine neongrüne Signalscheibe aus der Tasche, wandte sich in Richtung Brücke und schwenkte sie in weitem Bogen durch die Luft. Kurz darauf knackte es in den Lautsprechern, die in einigen Metern Höhe an den Masten angebracht waren.

»Auf Kurs!«, drang Ednas Stimme über das Deck, und Viv erkannte, dass sie es gewesen war, die sie vorhin geweckt hatte. »Leinen los!«

Stahlseile ächzten. Taue schnalzten. Die zuvor straff gespannten Segel lösten sich und flatterten lautstark im Wind, der inzwischen direkt von vorn auf das Schiff traf. Viv hielt sich an der Reling fest, als das Deck unter ihr zu schlingern begann. Die *Revery* verlor verblüffend rasch an Fahrt, bis sie kaum vier Schiffslängen später nur noch wie in Zeitlupe vorandümpelte.

Wir halten an?

Nicht, dass Viv irgendeine Ahnung davon gehabt hätte, wie man am besten ein Handelsschiff überfiel, aber das erschien ihr doch eher ineffizient.

»Segel bergen! Anker setzen!«

Wieder kam Bewegung in die Crew. Mit beeindruckender Geschwindigkeit kletterten Cicatriz und die Kids in die Takelage, um die großen Segel zu unterstützen, die jetzt von motorisch gesteuerten Flaschenzügen an die Querbalken gerafft wurden. Währenddessen bediente Sorcha das Steuerpanel der Kettenwinde, an der der Anker der *Revery* ins Wasser gelassen wurde. Nur wenige Minuten später lag die *Revery* fast völlig still im leichten Wellengang.

»Na. So weit, so gut«, sagte Cicatriz, als er kurz darauf zu Viv zurückkehrte. Er war nicht mal außer Atem. »Und unser kostbarstes Gut ist unverletzt geblieben.«

Viv setzte ein schmales Lächeln auf. Sie begriff sehr gut, dass er hier war, um sie im Blick zu behalten, damit sie keine unerwünschten Fluchtversuche unternahm – und das ja durchaus zu Recht. Sie zweifelte allerdings zunehmend daran, dass sie gerade wirklich einen Piratenüberfall auf einen ahnungslosen Handelsfrachter beobachtete. Vermutlich war es klug, etwas mehr über die Situation in Erfahrung zu bringen, ehe sie von Bord sprang.

»Warum halten wir?«, fragte sie in möglichst neutral interessiertem Tonfall. »Was ist das für ein Schiff?«

Cicatriz lehnte sich rücklings gegen die Reling und verschränkte die Arme vor der Brust, während er beobachtete, wie Sorcha und die Kids in den Frachtraum hinunterkletterten. »Das ist die *Sweet Magda*. Sie kommt gerade aus New Florida mit Kurs auf den Golf von Mexiko. Sie unterstützen dort die Seenotrettung. Deshalb übergeben wir ihnen die WOOLWorks-Container, die du gestern unten gesehen hast.«

Oh.

Viv musste zugeben, dass diese Erklärung sie unerwartet erwischte. Aus diesem Blickwinkel ergab ein Halt natürlich mehr Sinn. Aus New Florida, das bedeutete: noch mehr Piraten. Auf dem Weg zur Seenotrettung? Das unangenehme Gefühl von Schuld und Gewissen fiel ihr wieder ein, das sie in der Nacht empfunden hatte, und plötzlich war sie unverhältnismäßig froh über ihre Entscheidung, eine der Hosen wieder in die Kisten zurückzulegen.

»Wo ist eigentlich Captain Vince?«, fragte sie, um ihre Gedanken wieder auf Kurs zu bringen – und weil ihr bei der Gelegenheit auch klarwurde, dass sie ein Mitglied der Crew an diesem Morgen noch nicht zu Gesicht bekommen hatte.

Cicatriz wies mit dem Kinn zur Spitze des Großmasts. »Da. Hält Ausguck für Edna und kommuniziert mit der anderen Crew.«

Viv sah hinauf zum Krähennest, das jetzt, mit gerafften Segeln, auch von Deck aus gut sichtbar war. Über dem Ausguck wehte die riesige Piratenflagge mit dem skelettierten Fregattvogel und der roten Sonne. Und vor dem flatternden Stoff, einen Schnürstiefel auf die Reling des Aussichtskorbs gestemmt, stand tatsächlich Vince und sah durch ein Fernrohr aufs Meer, hinüber zu dem Frachtschiff. Die Morgensonne funkelte auf den silbernen Schulterklappen und den zwei Knopfreihen der eisenblauen Kapitänsjacke. Es war eine bemerkenswert kurze Kapitänsjacke; kurz genug, um einen Streifen lohbrauner Haut über der grünblau glänzenden Kniebundhose mit der orangen Schärpe freizulassen. Ein paar lange Strähnen hatten sich aus dem Messy Bun an Vince' Hinterkopf gelöst und flatterten dramatisch im Rückenwind um Vince' Gesicht.

»Ihr funkt von da oben?« Viv warf Cicatriz einen irritierten Blick zu.

Cicatriz verzog amüsiert den Mund. Die vernarbte Haut seiner unteren Gesichtshälfte kräuselte sich dabei, als wollte er sagen: *Keine Ahnung vom gesetzlosen Leben auf See, wie?* »Funken? Nein. Oder vielmehr: Nur mit der Brücke, nicht mit dem Schiff. Falls es feindlich ist, hätten sie uns sonst direkt gehooked.«

»Ich dachte, es ist die *Sweet Magda.*«

»Es ist die *Sweet Magda*«, bestätigte Cicatriz, drehte sich um und lehnte die Unterarme auf die Reling. »Die Frage ist nur: Ist es auch die Crew der *Sweet Magda?*«

Vince ließ inzwischen das Fernrohr sinken und hob stattdessen ein Megafon. »AHOOOOI, ihr Landratten! Der aktuelle Code ist: 237!«

Eine Weile geschah nichts.

»Der Code ist: 237!«, wiederholte Vince etwas lauter.

»Was ist das für ein Code?«, fragte Viv.

Cicatriz musterte sie mit undurchdringlicher Miene. »Eine Absichtserklärung des Seefriedens zur Seenotrettung. Es ist die Zahl der Menschen, die letzten Monat im mexikanischen Golf ertrunken sind. Deshalb ändert er sich regelmäßig.«

»*Zwo. Drei. Sieben.*«

Wieder herrschte etliche Sekunden Stille, bis auf das unablässige Rauschen der Wellen. Dann hörte Viv vom Unterdeck erneut Stimmen. Befehle über Lautsprecher. Schritte, die sich rasch bewegten. Unter Viv in der Seitenwand des Bugs öffneten sich mit leisem Hydraulikgeräusch drei Klappen. Unwillkürlich musste Viv daran denken, wie die *Revery* während der Flucht aus dem HU-Tower den Polizeihafen beschossen hatte.

»Wenn sie jetzt nicht antworten«, sagte Cicatriz, wie um ihre Ahnung zu bestätigen, »müssen wir sie entern.«

Da erhob sich drüben am Heck des anderen Schiffes eine Flagge: Ein blauer Rettungsring mit blauen Wellen auf weißem Grund, weithin zu erkennen, selbst ohne Fernrohr. Kurz darauf erschienen am hinteren Großmast noch zwei weitere, kleinere Fahnen. Viv hörte Cicatriz aufatmen.

Oben im Krähennest schob Vince derweil die Hakenhand in einen Karabiner, der neben dem Geländer baumelte, und sprang, ohne zu zögern, am Mast entlang nach unten. Eine Seilwinde drehte sich rasselnd, als sie den Fall abbremste, und auf der anderen Seite des Mastes stieg eine tiefblaue Flagge mit weißem Rettungsring empor, wie ein Negativ der Flagge auf der *Sweet Magda*.

Mit einem dumpfen Rumms landete Vince auf den Deckplanken und sah zufrieden hinauf zu dem flatternden Stoff. »Sie haben Charlie und Kilo gehisst. Wir nehmen das als Zeichen der Freundschaft.«

Viv spähte noch einmal zur *Sweet Magda* hinüber, zu den zwei kleinen Fahnen am hinteren Mast, und versuchte, sich zu erinnern, was sie von Jun über Flaggensignale auf See aufgeschnappt hatte. Charlie und Kilo: erstere mit hellblauen, weißen und einem zentralen roten Längsstreifen, und letztere halb gelb, halb blau. Im internationalen Flaggenalphabet standen sie für die Buchstaben C und K, aber auch für *Ja* und *Verbindung erwünscht.*

Cicatriz schmunzelte. »Ich schätze, Foxtrott und Uniform sind ihnen verloren gegangen.«

Vivs Wissen mochte bestenfalls rudimentär sein, und sie hatte keine Ahnung, was die Flaggen für F und U im erweiterten Sinn bedeuteten, aber sie mit C und K zu einer Beleidigung zusammensetzen konnte sie auch so. Sie drehte sich weg, damit Vince und Cicatriz sie nicht lachen sahen.

Vince hatte derweil den Karabiner in die dafür vorgesehene Öse am Mast gehakt und trat zu ihnen, um sich mit einem ähnlich eleganten Schwung auf die Reling zu hocken wie nachts zuvor auf die Strumpfhosenkiste.

»Edna?« Vince legte die linke Hand übers Ohr. »Sag Sorcha und den Zwillingen, sie sollen die Container zum Verladen klarmachen. Die Kanonen bleiben in Bereitschaft, falls es ein Bluff ist. Aber vermutlich können wir ›Hello, You Fool, I Love You!‹ sagen.«

»Ihr könnt vor allem mit den Retro-Referenzen aufhören.« Edna sprach jetzt wieder in die offene Verbindung, die über das ganze Deck schallte, als müsste sie ihrem Standpunkt auf diese Weise mehr Nachdruck verleihen.

»Tja, weißt du, es muss sich erst rausstellen, ob wir das können, es kommt auf die weiteren Steilvorlagen an.«

»Belastend«, grollte Edna.

»Sehr sogar. Aber es ist doch nicht unsere Schuld, dass wir in den *Neunzigern* leben. Wir kommen nur den Forderungen nach, uns besser in eure schöne westliche Kultur zu integrieren. Wen stört da ein schäbiges Jahrhundert mehr oder weniger?« Vince grinste und winkte Cicatriz mit einer nachlässigen Geste. »Geh ruhig, Cicatriz. Wir passen jetzt auf die Geisel auf.« Ein funkelnder Blick traf Viv. »Du solltest übrigens wissen, dass es dir bei Captain Aurora Sanguinosa womöglich schlechter gefallen würde als bei uns.«

»Captain Blutige Morgenröte«, spottete Viv. »Sicher doch.«

»Oder Blutiges Polarlicht. Je nachdem.« Vince sah Cicatriz nach, der sich nach einem letzten knappen Salut in Richtung Ladeluke entfernte. Sorcha kletterte dort gerade aus dem Frachtraum zurück an Deck und schwang sich in die Manövrierkabine eines Lastenkrans, um die Transportketten in die Luke hinunterzulassen. »Ein guter Name ist alles. Wir hätten uns vielleicht selbst so genannt, wenn er nicht schon vergeben gewesen wäre. Jedenfalls: Sie würde dich wahrscheinlich sowieso nicht an Bord holen. Wir nehmen uns nicht gegenseitig Beute ab. Aber selbst wenn … wärst du wohl die gesamte Fahrt bei Wasser und Brot unter Deck, und kämst am Ende über viele unnötige Umwege trotzdem nach New Florida. Du kannst es natürlich dennoch versuchen, wenn du darauf pokern möchtest, dass die Beflaggung ein Bluff ist.«

Viv hielt ihr Lächeln angestrengt aufrecht. So gern sie sich selbst etwas anderes weisgemacht hätte, es schien ihr auch ohne Vince' Hinweis zunehmend unwahrscheinlich, dass diese Begegnung ihr zur Flucht verhelfen würde. Vielleicht sollte sie sich besser selbst einen Piratennamen zulegen, auf der weiteren Fahrt ein paar Dinge übers Segeln lernen und darauf hoffen, in der Republik irgendwo für den Heimweg anzuheuern.

Sie unterbrach den Gedanken, als ihr bewusst wurde, dass Vince sie schon wieder so unangenehm aufmerksam beobachtete.

»Apropos Namen: Wie heißen die beiden eigentlich?« Sie deutete auf die Zwillinge, die gerade auf einem der angeketteten Container aus der Ladeluke gehoben wurden und dabei über richtungsweisende Handzeichen mit Sorcha kommunizierten. Ein Ablenkungsmanöver – aber nicht nur. Viv musste zugeben, dass die Kids etwas in ihr berührten. Etwas, das lange nicht berührt worden war und sie doch immer wieder unerwartet einholte. Vielleicht waren *sie* auch schuld daran, dass der Krankenhaus-Traum in der letzten Nacht wieder aufgetaucht war. Es fehlte nicht viel, und Viv hätte die Hand auf ihren Bauch gelegt.

»Hat dir etwa noch niemand Blitz und Donner vorgestellt?« Vince sprang von der Reling. »Das holen wir sofort nach, komm.«

Blitz und Donner? Viv folgte Vince an der Reling entlang übers Deck. Sie dachte an die Flucht aus dem HU-Tower und hatte das Gefühl, dass ein bis drei Puzzleteile in ihrem Kopf ihren Platz fanden. »Nennt ihr sie so wegen der Explosionen?«

»Huh? Natürlich nicht. Viel zu naheliegend. Wir nennen sie so, weil sie ein Perfect Match sind. Wie Rum und Tequila. Nur haben wir an Bord ein striktes Alkoholverbot.« Vince warf einen Blick zur *Sweet Magda*, die wieder Fahrt aufgenommen hatte und sich ihnen gemächlich näherte. »Jedenfalls: Dramatische Geschichte. Cicatriz hat sie als Kinder gefunden, damals, als er noch Walfänger war. Im Bauch eines Buckelwals. Das hat ihn so geläutert, dass er sie adoptiert hat und Pirat geworden ist.«

»Ich glaub euch kein Wort.«

»Das kannst du halten, wie du willst.«

Viv verdrehte die Augen. Im nächsten Moment musste sie stehenbleiben und ihr Gesicht mit der Hand abschirmen, als sie aus dem Mastschatten in einen See aus Sonnenreflexionen auf dem feuchten Deck traten. Wie kamen diese Piraten eigentlich tagein, tagaus ohne Sonnenbrillen zurecht? »Es wäre allerdings sehr entlastend für mein Hirn, wenn ihr ein einziges Mal einfach die Wahrheit erzählen würdet.«

»Oh, gar keine Frage.« Vince hängte sich mit einem Arm an ein schräg gespanntes Seil, um auf sie zu warten. »Aber bist du sicher, dass *ausgerechnet du* die Wahrheit ertragen könntest?«

An dieser Stelle entschied Viv, dass es jetzt auch mal reichte mit der Contenance. Geisel oder nicht, konstant vorführen lassen musste sie sich nicht. Sie ließ die Hand sinken und zeigte Vince den trotz aller Widrigkeiten immer noch makellosen Nagellack an ihrem Mittelfinger. »Ich wusste nicht, dass man sieben Jahre lang als Captain erfolgreich sein kann, indem man andere unterschätzt.«

Vince' Grinsen verlosch. Für eine befriedigende Sekunde spürte Viv einen Funken Triumph. Dann ließ Vince das Seil los und trat so entschlossen auf sie zu, dass sie beinahe zusammenstießen. »Tja, erstaunlich, oder? Vielleicht liegt es aber auch daran, dass wir *nicht* das Trauma unserer Crewmitglieder vor dir aufblättern, nur damit dein Wohlstandshirn ein bisschen glücklicher ist.«

Vince war plötzlich wieder so nah, und die Stimme so scharf, dass der Konter, der Viv schon auf der Zunge gelegen hatte, in ihren Hals zurückrutschte. Besser so, auf den zweiten Blick zumindest. Es war gar nicht so leicht, auf eine solche Ansprache noch Worte zu finden, die sich nicht wie eine eingeschnappte Verteidigung anhörten – obwohl Viv zugleich ahnte, dass der Angriff, wie schon in der Nacht zuvor, in Wahrheit aus ihr selbst kam.

»Hey.« Sie setzte Vince ihren immer noch ausgestreckten Mittelfinger auf die Brust, doch es geriet halbherziger, als sie es sonst von sich kannte. »Abstand halten.«

Vince zuckte spöttisch mit der linken Braue. »Na da siehst du mal, wie gut du Wahrheiten erträgst, nach denen du selbst gefragt hast.«

Viv zischte gereizt. »Was wollt ihr eigentlich? Ich bin *nicht* eure Feindin, das hab ich euch schon mal ge…sagt …?«

Was?

Sie hielt inne. Da war ein Stolpern in ihren Gedanken gewesen, ein Zucken und Schwanken, das schwarze Punkte vor ihren Augen tanzen ließ. Oder waren das die Nachbilder des Sonnenglitzers?

Ich bin nicht eure Feindin!

Hatte sie das wirklich schon mal gesagt? Ihre Verwirrung wuchs, als sie sah, dass auch Vince sich irritiert aufgerichtet hatte, eine steile Falte zwischen den Brauen. Mit einem Mal war es sehr still zwischen ihnen. Nur die *Sweet Magda* näherte sich weiter mit lautem Dröhnen, im Hintergrund riefen Sorcha und die Kids sich Anweisungen zu, und die Takelage der *Revery* knarrte in Wind und Seegang.

»So, hast du das?«, raunte Vince endlich. Für zwei lange Sekunden war Captain Frigatebird verschwunden, *nicht im Dienst* wie schon in der Nacht. »Wann wohl, frage ich mich?«

Hört auf, meine Gedanken auszusprechen! Das hätte Viv gern gesagt, aber ihr Körper schien vorübergehend vergessen zu haben, wie das ging. Das von den Wellen reflektierte Sonnenlicht tanzte auf Vince' Gesicht wie zu einem lautlosen Rhythmus. Der Schwindel und die flackernden Punkte wurden unerträglich, und trotzdem konnte Viv den Blick nicht von den Bildern aus Wellen und Licht lösen, und von diesen dunklen Augen, die sich in ihre bohrten. Sie blinzelte zweimal energisch. Ihre Sicht verschwamm trotzdem immer mehr, drohte sich aufzulösen. Ein Sirren und Stechen und Klopfen zuckte durch ihren Kopf.

Flick-flicker-flickflick. Brrrzzzzzz-flick.

Pock-padock-tocktock. Pocktock. Pock-padock-tock.

Und während sie noch die Lider zusammenkniff und erneut eine Hand über die Augen presste, wusste sie es plötzlich:

Wo sie Vince schon einmal gesehen hatte.

Warum ihr dieses Gesicht immer wieder so *bekannt* vorkam.

Brrrrzzzz-flicker-flick.

Flackerndes grünes Licht spiegelte sich im knietiefen Wasser, das es in einer Clubtoilette unmöglich geben konnte. Und darunter ... ein lebloser Körper. Dunkle Augen, die blicklos zu ihr heraufstarrten.

Viv schnappte nach Luft und riss die Hand vom Gesicht.

»Ihr wart tot!« Ihre Stimme trug viel zu laut über das gesamte Deck.

Vince' Miene erstarrte. »Was sagst du da?«

Die Welt ruckte erneut. »Ich ...«

»Vorsicht, Captain!!«

Was dann geschah, geschah so schnell, dass Viv keine Zeit hatte, es zu verarbeiten. Sie wusste nur, dass etwas Großes, Schweres sie mit voller Wucht traf und unter sich begrub. Ein Krachen erschütterte das Deck. Im nächsten Moment fand sie sich rücklings auf den Planken wieder.

Vince' Gesicht schwebte direkt über ihrem. Dieses Gesicht, das sie jetzt ohne jeden Zweifel wiedererkannte, obwohl die dunklen Augen heute erneut stark geschminkt waren; ausdrucksstarkes Orange auf metallisch blaugrünem Grund. Über ihnen schwang eine der Lastenketten mit den schweren Karabinern, an denen gerade noch der WOOLWorks-Container gehangen hatte. Gefährlich nah über ihnen.

»Loraj! Zèklè, ist alles okay?!« Das war Cicatriz. Eins der Zwillingskids antwortete, knapp und ein wenig atemlos. Kurz darauf zog sich die Kette rasselnd zurück und verschwand aus Vivs Blickfeld. Aber weder sie noch Vince rührten sich.

»Tot also, ja?« Vince' Haare und Atem kitzelten ihre Wange. »Na, das ist doch mal ein wirklich spannendes Detail.«

NEXUS

Zeitlinie: N/A
Koordinaten: N/A

»*Ihr wart tot!*«

Der Riss zieht sich tief durch die Zeitebenen, verästelt sich durch alle Gedanken und lässt Erinnerungen hindurchflackern wie unstete Lichtblitze.

Flick-flicker-flickflick. Brrrzzzzzz-flick. Brrrzzzz-flicker-flick.

»Scheiße, ich bin nicht eure Feindin!«, brüllt Resiliência vom Fuß der Rolltreppe herauf.

Resiliência. Viv Hargreeves.

Wo kommt dieser Name plötzlich her?

Pock-padock-tocktock. Pocktock. Pock-padock-tock.

Dieses Gefühl. Dieses Pochen und Flackern hinter der Stirn. Was zur Hölle ist das? Vince kneift die Augen zusammen, schüttelt sich. Und schießt ein zweites Mal mit der Stun-Munition, Resiliência direkt vor die Füße, in den glänzenden Epoxy-Boden der *Future Square* Metrostation. »ZURÜCK!«

Feindin oder nicht, wer weiß das schon. Worte bedeuten manchmal nichts und manchmal alles.

Es klickt im Transmitter. »Bis zum Hafen ist es eine knappe Meile von eurer Position.« Cicatriz. Wie in einem verzerrten Déjà-vu weiß Vince schon, was er sagen wird. »Im äußersten Blattkranz sind zwei der Gebäude eingerüstet, eins links, eins rechts vom Boulevard.«

Pock-padock-tocktock. Pocktock.

»Je elf oder zwölf Stockwerke, flache Dächer. Meidet den Boulevard, es treiben sich einige Menschen da rum.«

Pock-padock-tock.

»Verstanden! Wir sind unterwegs.« Vince feuert ein letztes Mal. Vor allem auf die eigene Angst, ehe sie auch nur die kleinste Chance hat, näher zu kommen.

»Ihr wart tot! Ich bin nicht eure Feindin!«

Brrrrzzzz-flicker-flick.

Unwichtig. Woher auch immer diese Bilder und Gedanken kommen, auf wessen Seite Resiliência steht, spielt keine Rolle. Sie müssen sie nur weit genug hinter sich lassen.

Darum rennen sie.

Die Stadt schillert noch immer im grauen Licht des nahenden Sturms. Der Himmel hängt beinahe auf den Dächern. Die Seitenstraßen sind leer, wie ausgestorben. Keine Partygäste, kein feindseliges Empfangskomitee. Und das Meer ist ganz nah. Wild und salzig und fischig. Nach der gefühlten Ewigkeit im Bauch der Stadt kann Vince endlich wieder atmen.

Sie haben sich aufgeteilt, weil Resiliência sie nicht beide verfolgen kann. Doch Vince spürt einen ungewohnten Druck im Nacken bei dem Gedanken. Als wäre das eine schlechte Idee. Dabei ist es keine, es ist sogar die *einzig sinnvolle* Idee.

Klick.

Sorchas Schritte dringen durch den Transmitter. Klopfen den Rhythmus, der sich in Vince' Hirn festgefressen hat.

Pock-padock-tocktock. Pocktock. Pock-padock-tock.

»Ich bin draußen und auf halbem Weg. Vince? Sollten wir nicht langsam zünden?«

Vielleicht sollten sie das. Vielleicht ist heute der eine Tag, an dem sie auf die große Show verzichten sollten.

Ausgerechnet heute?

»Negativ.« Das ist wieder Cicatriz. »Die Kids können euch da unten nicht gut rausholen, schon gar nicht, wenn ihr getrennt seid. Falls eure Freundin irgendwo in den Gebäuden Verstärkung versteckt hat, seid ihr schneller in die Enge gedrängt, als wir helfen können. Sie werden aber hoffentlich nicht damit rechnen, dass wir fliegen.«

Das klingt vernünftig. Warum dann dieser Druck im Nacken? Warum der Drang, quer über den Boulevard zu sprinten, Sorcha zu finden, mit ihr abzuhauen, sie nicht loszulassen, bis sie beide wieder auf dem Schiff sind? Sicher sind?

Sie müssen Cicatriz vertrauen. Er hat die Lage von außen besser im Blick.

»Verstanden. Sorchee? Wir hissen gleichzeitig die Flagge an den Richtbäumen, sobald wir oben sind. Cicatriz, du gibst das Signal weiter, sobald du die Flaggen siehst. *Dann* zünden wir.«

»Aye, Captain. Ist Resiliência bei euch aufgetaucht? Oder sonst jemand?«

Pock-padock-tocktock. Pocktock.

»Nichts zu sehen.« Noch nichts.

»Bei dir, Sorcha?«

Pock-padock-tock.

»Nope, nichts.«

»Ihr wart tot! Ich bin nicht eure Feindin!«

...

...

Es hat keinen Sinn, es zu zerdenken. Sie müssen es jetzt durchziehen. »Sorchee? Kletterst du schon?«

»Aye, Captain. Geht jetzt los.«

Das Rumpeln, als die Detonation an der Wurzel kickt, ist wie ein zweiter Riss in der Realität. Diesmal einer, den Vince mit voller Absicht selbst ausgelöst hat. Einer, der keine pulsierenden Blitze unter der Schädeldecke tanzen lässt. Nein, das hier ist genauso, wie es sein soll.

NOAH#04 schwankt. Nichts hat je so gut geklungen wie das Flattern der Fregattvogel-Flagge im Wind, untermalt vom Chor der Piratenschiffsglocken und den panischen Schreien der Menschen weit unten in der Bucht. Es fühlt sich mächtig an, mächtig und frei und überwältigend, und Vince stößt die geballten Fäuste zum Himmel. »MAAAAAAYYYYYHEEEEEEEEMMMM!«

Es ist richtig. Egal was von jetzt an noch kommt, das hier ist *richtig.*

Auf der anderen Seite des Boulevards stimmt Sorcha in den Triumph ein; wie ein Vogel mit weit ausgebreiteten Schwingen fliegt der Schrei über die Bucht und aufs Meer hinaus.

Und dann: Ein weiterer Blitz hinter der Stirn.

Flick-flicker-flickflick. Brrrzzzzzz-flick.

Da ist es wieder.

Vince taumelt. Stolpert vor zum Geländer und klammert sich an der obersten Querstrebe fest, um nicht durch den plötzlichen Schwindel von den Füßen geholt zu werden.

Fast zeitgleich erklingt unter ihnen ein weiteres Donnern, das nicht zum Plan gehört. Eine Bewegung auf dem Meer, ein Spritzen und Zischen. Noch ein Krachen. Kanonenschüsse!

Klick.

»Captain!« Cicatriz klingt höchst alarmiert. »Sorcha! Macht euch bereit. Wir müssen euch da rausholen, und zwar schnell.«

Klick.

Atmen.

Brrrrzzzz-flicker-flick.

Cicatriz sagt noch etwas, aber Vince kann es über dem Flackern und Pochen in Augen und Ohren nicht verstehen. Raus hier. Ja, sie müssen raus, so schnell wie möglich. *Sorcha* muss hier raus. Sie ist in Gefahr, das Gefühl ist zugleich unerträglich vage und mit einem Mal übermächtig. Vince hebt die Hand zum Ohr, will den Transmitter aktivieren, um Sorcha zu warnen, wovor auch immer; die Kids zu alarmieren, dass sie zuerst zu ihr ...

»Hände hoch.«

Diese Stimme.

Pock-padock-tocktock. Pocktock. Pock-padock-tock.

Sie sollte nicht hier sein.

»Dreh dich zu mir. Langsam. Und raus mit dem Transmitter.«

Pock-padock-tock.

Sie *sollte nicht* hier sein! Vince weiß in diesem Moment nicht viel, aber das ... das schon. Sie sollte nicht hier sein. Und doch ist sie es. Widerstrebend lässt Vince das Geländer los und wendet sich um.

Klick.

»Captain?«

Vince hebt die Hände und starrt Resiliência an, die gerade weit genug entfernt steht, um Raum für die Bewegung zu lassen. Resiliência. Viv. Hargreeves. Mit einer entsicherten Halbautomatik. Das aschgoldene Haar weht dramatisch im Wind.

Vince zwingt sich zu einem spöttischen Lächeln. »Lieblingsgeisel. Was machst du denn hier?«

Klick.

»Vince?« Sorcha klingt besorgt. Sie kann Resiliência nicht sehen, von Sorchas Blickwinkel aus ist sie hinter der großen Flagge versteckt. »Was ist da los bei dir?«

Resiliências Mundwinkel kräuseln sich. Ihr orange-pink schillerndes Cocktailkleid flattert um ihre Hüften. Und auch in ihren Augen sieht Vince jetzt dieses Zucken. Das Flackern und Pochen. Nur schwankt sie nicht. Und Vince begreift. Die Maschine. Irgendetwas stimmt nicht mit der Maschine, die Sorcha an diesem Tag entgegen dem Plan nicht benutzt hat.

Resiliências Miene ist starr. »Ich bin nicht eure Geisel.«

Klick.

»Vince?!«

Klick.

»IOTEBA?!«

Sorchas Schrei gellt in Vince' Ohren. Wieder ein Zucken. Ein Lichtblitz, als Resiliência den Abzug durchdrückt. Gleißender Schmerz explodiert in Vince' Brust – und zugleich eine Erkenntnis, so erschütternd, dass der Schmerz darüber fast egal wird:

Sorcha hat gelogen. Es war nie die Stadt, die sie retten wollte. Nur ist es jetzt zu spät für Erkenntnisse.

Kurz spürt Vince noch den Druck des Geländers im Rücken, dann, wie die Welt sich von oben nach unten kehrt.

Und der Fregattvogel fällt.

Fällt.

Fällt.

NEXUS

Zeitlinie: N/A
Koordinaten: N/A

»Vince?!«

Sorcha reißt die Tür zum vordersten der Unterdeck-Gewächshäuser auf – drei sechs Meter lange Container, ausgestattet nach dem Vorbild der EDEN-ISS-Gewächshäuser, die auf der ersten Marskolonie und dem Mond verwendet werden. Hier bauen sie Obst und Gemüse in einem nahezu geschlossenen System an. Nährstoffe und Energie produziert die Anlage selbst, das benötigte Wasser wird in einem effizienten Kreislauf aufbereitet, und rotes und blaues Fotosynthese-aktives Licht sorgt für energieoptimiertes Wachstum.

Sorcha ist nicht oft hier. Vince und Loraj schon. Sie züchten im ersten Gewächshaus die Pflanzen, die typisch für Vince' Heimat sind: Taro, Limetten und Chili. Für Kokospalmen ist hier drin leider kein Platz, aber ihr neuestes Projekt ist der anspruchsvolle Babai. Deshalb ist der Container Sorchas erste Anlaufstelle auf der Suche nach einem Anker, an dem sie ihr Zeit- und Realitätsgefühl festmachen kann. Seit sie aus der Arbeit an dem neuen Bauteil aufgetaucht ist, hockt diese unbestimmte Angst festgekrallt auf ihrem Rücken und ihren Schultern und wächst rasant, bis ihr vor Anstrengung die Tränen über die Wangen fallen und sie unter dem Gewicht kaum noch geradeaus laufen kann. Es ist so schwer, dass sie die Erleichterung, als sie hinter der Tür zur Luftschleuse tatsächlich Vince' und Lorajs Stimmen hört, kaum spürt. Sorcha weiß zu gut, dass das Gespräch, das sie hier sucht, nur schmerzhaft ausgehen kann, aber sie muss es wissen. Ob Vince auch weiß, dass etwas nicht stimmt. Ob das alles hier überhaupt eine echte Zeitlinie ist. Und wenn nicht, wo die echte Zeit dann ist.

Sorcha stemmt sich gegen den Hebel, um den Durchgang von der Luftschleuse in den Anbaubereich des Containers zu entriegeln.

»Wie heißt Babai eigentlich auf Englisch?«, fragt Loraj gerade, während sie die Sprühköpfe für die Nährstofflösung neu auf die Wurzeln ausrichtet. Sie und Vince sprechen immer Kiribati, wenn sie zu zweit sind.

Vince schneidet ein großes verwelktes Blatt von der Pflanze. »Das Wörterbuch behauptet, Riesensumpf-Taro.«

Loraj lacht. »Klingt wie ein Bossgegner.«

Vince grinst und wirft das Blatt in den Komposter-Tank. »Gar nicht so falsch, nach unseren bisherigen Erfahrungen.«

»Vince?« Sorcha schließt die Tür hinter sich und ist froh, dass das Summen der Analysegeräte das Beben in ihrer Stimme schluckt. Ihre nächsten Worte verursachen ein Echo in ihrem Kopf, noch ehe sie ihren Mund verlassen. Ihre Ohren rauschen, am äußersten Rand ihres Sichtfelds flackert graues Schneegestöber. »Können wir … ich …«

Wir müssen reden. Allein.

Sie bringt es nicht über die Lippen.

Vince und Loraj drehen sich zu ihr um. Wechseln einen verblüfften und zugleich alarmierten Blick. Sorcha muss furchtbar aussehen, das ist ihr bewusst. Erschöpft. Verheult. Aufgelöst.

»Muss mal aufs Klo«, murmelt Loraj und huscht an ihr vorbei. Die Schleusentür schließt sich mit einem satten Schmatzen. Zurück bleiben Sorcha und Vince, in diesem roten, leicht violett-stichigen Licht, das alles noch unwirklicher scheinen lässt. Und Sorcha findet plötzlich die Worte nicht mehr, die sie sagen wollte. Alles zerbröselt wie trockener Sandkuchen unter ihren Fingern. Sie selbst ist dieser Sandkuchen. Es braucht nur einen Windstoß, oder eine Welle, die zu weit an Land spült, und nichts bleibt von ihr übrig.

»Sorchee?« Vince tritt auf sie zu – das Gesicht immer noch voller Sorge, aber da ist auch etwas anderes. Eine gerade erst erwachte Erkenntnis. Begreifen. Und Wut, die darunter zu flackern beginnt und

Sorchas Angst noch größer und schwerer macht. »Was ist passiert? Du hast dich diesmal ziemlich lange eingeschlossen.«

Sorcha ringt noch immer darum, ihre Gefühle in Sprache zu übersetzen. *Ist die Geisel an Bord?*, will sie fragen. *Welcher Tag ist heute? Haben wir Aurora schon getroffen?*

Aber noch im selben Moment wird ihr klar, dass sie die Antworten längst weiß. Dass sie der Grund sind für die Angst, die übermächtig auf ihren Schultern hockt. Und dass ihre eigentliche Frage eine ganz andere ist.

»Wie konntest du Resiliência schon jetzt entführen?« Ihre Stimme knistert verzerrt in ihren Ohren. »Es ist viel zu früh. Wieso wusstest du, dass wir sie brauchen?«

Und weißt du auch, wofür?

Vince schweigt. Quälende Sekunden lang. Sieht sie nur an, mit diesem unerträglich wissenden Blick, und in diesem Moment ist Sorcha sicher: Dies ist ein Traum. Und dabei doch so viel realer als viele Zeitlinien, in denen sie gewesen ist.

Bitte lächle. Verzeih mir, dass ich gelogen habe. Ich muss dich doch retten, verstehst du das nicht?!

Vince kommt noch einen Schritt näher, legt die Hand auf ihre Schulter. Eine Traumberührung, die sie nicht spüren kann. Ein Wispern ohne Worte.

»Ich bin tot, Sorchee. Ich weiß jetzt alles und bin überall.«

Das violett-rote Licht beginnt, zu flackern. So grell, dass Sorcha die Augen zusammenkneifen muss, aber das Flackern hört nicht auf, wird nur greller – *lauter*, obwohl Licht doch keinen Sound hat. Es dröhnt in ihrem Kopf, dass er zu platzen droht; Sorcha reißt die Augen wieder auf …

Und stürzt zurück in eine andere Zeit.

TAG 1

31° N 65° W
30. März 2091, 10:33
an Bord der Revery

Die Seilwinden ächzten, als der Lastenkran enervierend langsam die Seite des WOOLWorks-Containers herunterließ, die nicht mit voller Wucht aufs Deck gekracht war. Mit schwitzigen Händen hielt Sorcha die Kontrollen umklammert. Ihr Herz jagte, und sie schmeckte Blut, weil ihre vor Aufregung trockenen Lippen unter dem Druck ihrer Zähne eingerissen waren. Der Container war weit genug von Vince und Resiliência heruntergegangen, um keine ernsthafte Gefahr darzustellen. Nah genug allerdings, um im schlechtesten Fall von den unkontrolliert schwingenden Lastketten über Bord gefegt zu werden. Noch immer pendelten die Enden hin und her. Der Seewind ließ sie nicht zur Ruhe kommen, obwohl Sorcha sie zu fast zwei Dritteln wieder eingeholt hatte.

Ihr wart tot!

Ich bin tot, Sorchee.

Der Visions-Flash hatte sie im schlechtesten Moment überhaupt erwischt. Gerade als sie den Schwenk des Containers in Richtung Deck eingeleitet hatte, hatte Resiliências Ausruf sie erreicht; war ihr durchs Hirn gefahren und hatte der Zeitlinie einen erschütternden Schlag versetzt. Sie hatte alles an Selbstbeherrschung aufbringen müssen, damit die Welt nicht um sie herum zusammenbrach und sie von einer Realität in die nächste stürzen ließ. Nur um dann doch zu fallen, durch mehrere Ebenen hindurch; *Vince* fallen zu sehen und dann einfach weiter durch die Zeiten zu brechen.

Ihr wart tot!

Ich bin tot, Sorchee.

Sorcha spürte ihren eigenen Schrei noch in der Kehle kratzen, spürte die Tränen und wie ihr Herz in tausend Stücke zerfetzte. Die klumpige Masse in ihrem Schädel fühlte sich dumpf und geschwollen an, nicht als wäre da ein Gehirn, das alle möglichen Eventualitäten dieser und aller anderen Zeitlinien vorauszuberechnen versucht hatte.

Ich bin jetzt überall und weiß alles.

Sorcha starrte auf die Bugwand der *Sweet Magda*, die inzwischen wie ein dunkelblaues Riff jenseits der Reling aufragte. Sie fühlte sich zittrig und wund, aber auch so klar wie seit Langem nicht mehr. Die scheinbar inkonsistenten Ereignisse, die sie gerade erlebte, ergaben zumindest wieder einen gewissen Sinn. Die Begegnung mit Captain Aurora, die den optimalen Zeitpunkt für ihr Gespräch mit Vince markierte, stand direkt bevor. Ihre eigene Erinnerung daran musste aus einer anderen Zeitlinie stammen. Trotzdem hatte Vince Resiliência bereits gestern entführt. Und jetzt wusste Sorcha endlich, wie das möglich war.

Vince war gestorben, sowohl in Sorchas Nullzeit als auch in der Linie, in der sie Vince von ihren Plänen erzählt hatte. Das neu erworbene Wissen konnte deshalb zu keinem dieser Startpunkte zurückkehren und suchte eine andere Verschränkung. Fand sie in Sorchas Träumen und überall, wo einem Fragment eine Tür geöffnet wurde. So wie vorhin, als Resiliência offenbar begriff, was sie in einer anderen Zeit getan hatte, und das bedeutete ... Vince' Tod war kein Geheimnis mehr. Nicht mal für Vince selbst.

Die Frage, die nun blieb, war bloß: Welche Tür hatte sich geöffnet, dass Vince viel zu früh von der Notwendigkeit für Resiliências Entführung erfuhr? Wie und wann war das passiert? Und vor allem: Warum konnte Sorcha selbst sich nicht daran erinnern?

Sie gab das letzte Stück Kette etwas zu schnell nach; unsanft rasselnd rumpelte die rechte Seite des Containers aufs Deck. So schnell sie konnte, kletterte Sorcha aus der Steuerkabine. Es war nicht leicht, souverän zu bleiben und sich den Sprint übers knarrende Deck zur

Unfallstelle zu verkneifen. Zum Ausgleich trat sie energischer auf und wischte sich mit dem Handrücken die Blutspur von der Lippe.

Sie erreichte Vince und Resiliência, als sie sich gerade wieder aufrappelten. Cicatriz war schon dort, und auch die *Sweet Magda* hatte das Haltemanöver beendet, das ihren eigenen Lastenkran in Reichweite der *Revery* brachte. Es blieb wenig Zeit für ein klärendes Gespräch. Zu wenig.

»Alles in Ordnung, Captain?«

Beim Klang ihrer Stimme wandte sich Vince zu ihr um. Und da war er. Dieser Blick ohne Lächeln. Mit diesem Funkeln von erwachendem Begreifen und Wut. Wie in dem gerade zersplitterten Tagtraum. »In bester Ordnung. Sehr lebendig. Wie umsichtig von dir, nachzufragen.«

Ein Schauer lief über Sorchas Haut. Sie verschränkte die Hände hinter dem Rücken, dass es schmerzte.

Aber Vince drehte sich bereits ungewohnt steif wieder weg und wies mit dem Kinn auf die Bordwand der *Sweet Magda*, als gäbe es ohnehin weiter nichts zu dem Thema zu sagen. »Wir gehen rüber. Wenn Aurora für eine Weile nicht in der Republik sein wird, sollten wir die Gelegenheit nutzen, vorher mit ihr zu sprechen. Cicatriz, du kommst mit uns.«

»Aye, Captain.«

»Wir lassen die Geisel bei Edna. Zèklè kann sie hinbringen. Sorcha und Loraj schaffen den anderen Container auch zu zweit.«

Sorcha zuckte zusammen. Vince wollte sie nicht zu Aurora mitnehmen? Das war schlecht. Womöglich fatal. »Captain …?«

Vince schien sie jedoch gar nicht zu hören. Es war zu leicht, vorzugeben, dass das ohrenbetäubende Dröhnen der Frachtschiff-Motoren und Lastkräne alles andere schluckte.

Sorcha sah zu Resiliência. Sie wirkte blass um die Nase, fast grün, und in ihren Augen stand eine Erschütterung, die Sorcha nur zu gut kannte.

Und was hast du gesehen, in dem Loch, das du gerade gerissen hast? Was ist deine Rolle in diesem neuen Desaster? Irgendwas stimmt da immer noch nicht. Bist du schuld, dass ich mich nicht erinnern kann, wie die

Zeitlinie angefangen hat? Oder von wo aus ich hergekommen bin? Und wenn ja … wie?!

»Wäre es nicht sicherer, den Ladekran der *Sweet Magda* für die weiteren Container zu benutzen, nachdem das gerade passiert ist?« Der steife Seewind blies die sonst so streng zurückgekämmten grauen Strähnen in Cicatriz' Gesicht.

Vince lachte auf, selbst das klang schroff. »Damit Aurora *versehentlich* auch noch etwas Elektronik mitgehen lässt? Niemals.«

»Ich dachte, ihr nehmt einander keine Beute ab?«, warf Resiliência ein, in einem zu offensichtlichen Versuch, mithilfe bissiger Kommentare die Fassung zurückzugewinnen.

»Was für eine scharfsinnige Geisel du bist. Wirklich außergewöhnlich.«

Sorcha atmete mühsam durch. »Vince.«

Ein weiterer Blick traf sie, so hart diesmal, dass sie um ein Haar einen Schritt rückwärts gemacht hätte. Sorcha kannte Vince' Wut sehr genau. Aber sie war schon lange nicht mehr so direkt davon getroffen worden.

»Unser Ladekran ist *sicher genug*, daran haben wir *überhaupt* keine Zweifel.« Vince legte mit einem gezielten Fußtritt den Hebel um, der eine Hakenstange etwas unterhalb der Reling sicherte. »Zèklè! Ou kom akè!«

Weiter hinten im Heck sprang Zèklè von dem Container und näherte sich mit raschen Schritten.

Sorcha ballte die Hände zu Fäusten. Machte einen Schritt vor statt einen zurück. Das hier geriet außer Kontrolle. Welche Entscheidungen würde Vince mit den neuen Erkenntnissen treffen? Sie konnte diese Situation nicht einfach sich selbst überlassen. »Iote…«

Vince hob die Hakenstange auf und wandte sich ruckartig zu Sorcha um. »Du hast sicher sehr schlaue Gedanken, Sorcha, aber ich denke nicht, dass ich *gerade jetzt* weitere Einmischung von dir möchte.«

Ein Zittern schlich sich Sorchas verkrampfte Arme hinauf bis in ihren Nacken, wo sie es festhielt, damit es ihre Stimme nicht erreichen konnte. Sie zwang sich, dem Blick und der Wut standzuhalten. Vince, Ioteba, ihnen beiden, irgendwie, in diesem Moment.

»Es war ein technischer Fehler«, brachte sie gepresst zustande.

»So? Dann solltest du über diesen Fehler besser noch mal gründlich nachdenken. Du hast ja jetzt Zeit dafür. Zèklè. Ou tèns dafòs.« Ein paar schnelle Gesten in Zèklès Richtung begleiteten die Worte, die Sorcha nicht vollständig verfolgen konnte. Vince sprach die Sprache der Zwillinge leider sehr viel besser als sie, vor allem den Gebärdenteil.

Das Motorengeräusch der *Sweet Magda* war verstummt. Stattdessen erklang nun das Rumpeln der zwei schweren Ankerketten.

»Wir sprechen noch«, sagte Vince zu Sorcha und lehnte sich über die Reling, um mit der Hakenstange nach dem Fallreep zu angeln, das sich vom Deck der *Sweet Magda* zu ihnen herabsenkte. »Aber nicht jetzt.«

Sorcha sah zu Cicatriz, ohne aus dieser Richtung wirklich Hilfe zu erwarten. Cicatriz wusste es besser, als über Dinge mitreden zu wollen, die ihn nichts angingen – und wenn Vince hierfür den Captain's Mode verließ, dann war es ganz sicher eine Sache, die ausschließlich Sorcha betraf. Deshalb nahm er nur kommentarlos die Hakenstange von Vince entgegen, woraufhin Vince über die Reling auf das Fallreep sprang und über den Spalt zwischen den Schiffen balancierte, noch ehe der schmale Metallsteg auf dem Deck der *Revery* auflag.

Sorcha zwang sich, die Fäuste zu öffnen und die Schultern zu entspannen. *Verfall jetzt nicht in Panik.*

Sie musste die Situation systematisch angehen. Vince wollte sie nicht bei dem Treffen mit Aurora dabeihaben, aber sie konnten sich später trotzdem beraten. Aussprechen.

Versöhnen, das vor allem.

Etwas drückte hinter Sorchas Lidern bei dem Gedanken, und sie wischte sich hastig über die Augen, obwohl dort gar keine Tränen waren. Sie konnte jetzt nichts tun, zumindest nichts von dem, was sie sonst an dieser Stelle der Geschichte getan hätte. Und wahrscheinlich hatte Vince recht und sie sollte sich stattdessen zuerst mit dem *technischen Problem* auseinandersetzen, das diese Zeitlinie so sehr aus dem Gleichgewicht stieß.

Sie sah erneut zu Resiliência, die neben Zèklè stand und beobachtete, wie Vince und Cicatriz aufs andere Schiff überwechselten. Ihre Miene war ausdruckslos. Unmöglich zu erraten, was hinter ihrer Stirn vor sich ging – bis Zèklè sie mit dem Finger gegen die Schulter stupste.

»Komm«, gebärdete er mit einem zurückhaltenden Lächeln – eine unmissverständliche Geste, die selbst eine Fremde begriff.

Resiliência löste ihre Aufmerksamkeit mit sichtlicher Mühe vom Fallreep. Als sie sich umwandte, sah Sorcha in ihren Augen dasselbe Ringen um Verstehen, das sie selbst in sich spürte, gepaart mit derselben Entschlossenheit, diese Situation irgendwie unter Kontrolle zu bekommen. Und in Sorchas Brust hallte ein Gedanke, so klar, als hätte Resiliência ihn an ihrer Stelle ausgesprochen:

Du. Du bist das technische Problem.

TAG 1

40° N 74° W
30. März 2091, 13:12
New Central Bay, New York

Sie trafen Henk Orval zur Mittagspause im *The Amethyst Grove*, einem der seit seiner Eröffnung vor drei Jahren gefragtesten Restaurants der neuen Küstenlinie Midtowns. Es war schon deshalb ständig ausgebucht, weil es in der obersten Etage eines medizinischen Zentrums für plastische Chirurgie und weitere invasive kosmetische Behandlungen lag, inklusive Dachterrasse und Aussicht über die New Central Bay. Ein weiteres Extra trug zusätzlich zur überwältigenden Beliebtheit in der gehobenen New Yorker Society bei: Jeder Tisch befand sich in einem eigenen kleinen Separee entlang der ausladenden Fensterfront, abgetrennt von den übrigen Tischen durch prismatische, blassviolette Glaswände, die tatsächlich an Amethyst erinnerten. So blieben die Gäst_innen sichtbar und ganz für sich zugleich, umgeben von edlem Luxus und Musik; in exquisiter Gesellschaft, und doch irgendwie privat.

Jun hätte sich souveräner gefühlt, wenn sie sich in einem abhörsicheren Seminarraum oder einem ähnlichen, dem dienstlichen Anlass angemessenen Ort getroffen hätten. Einem, an dem sie ihre Uniform hätte tragen können. Sie kam sich kleiner vor ohne sie. Und das leider nicht nur, weil Henk Orval, der bei der offenen Tür ihres Separees stand und ihnen entgegensah, sogar Myris um fast einen Kopf überragte. Wie groß mochte er sein, sicher annähernd zwei Meter? Und er wusste, wie imposant er wirkte mit seiner Vitiligo-gefleckten Haut, dem glänzend kahlrasierten Schädel und den scharfen grauen Augen, von denen eines von cremeweißer, das andere von sonnengebräunt beiger Haut umgeben war.

Jun widerstand dem Drang, ihren Hemdkragen unter dem dunkelblauen Blazer zu richten, und sah stattdessen zu Myris, dier unverschämt gut aussah in dem weinroten Hosenanzug und mit den streng mit Gel in Form gekämmten Haaren. Sogar Make-up hatte sier aufgetragen – etwas, das Jun nie für sich entdeckt hatte, aber sehr respektierte, wenn jemand damit umgehen konnte.

»Captains.« Orval begrüßte sie mit einem Lächeln, das ebenso maßgeschneidert wirkte wie sein sepiabrauner Anzug. »Wie schön, dass Sie es noch einrichten konnten.«

»Selbstverständlich.« Jun schüttelte seine Hand mit entschieden selbstbewusstem Druck und schob sich neben Myris auf die Bank, deren anthrazitfarben gepolsterte Lehne wie mit dem Amethystglas verwachsen schien.

Orval schloss die Tür des Separees hinter sich, und auch das letzte Klappern und die Stimmen, die aus der Küche in den Hauptraum gedrungen waren, verstummten. Allmählich wunderte Jun sich nicht mehr, warum Orval diesen Ort für ihr Treffen ausgesucht hatte. Sie hörte sogar das leise Pfeifen des Störsenders in Myris' Tasche – ihr Schutz gegen eventuelle Abhörmaßnahmen oder Gesprächsaufzeichnungen, falls Orval so etwas versuchen wollte. Das Geräusch war auf eigentümliche Art beruhigend.

Jun strich über den Saum der rauchgrauen Tischdecke und ließ den Blick aus dem bodentiefen Fenster schweifen. Von hier hatten sie eine fabelhafte Aussicht auf den halb zerstörten HU-Tower und die zerschossene Kaimauer des Polizeihafens, die malerisch golden von der Mittagssonne beleuchtet wurden. Zufall? Oder bewusster psychischer Druck, um ihnen ihre Hilfsbedürftigkeit vor Augen zu führen? Damit kannte Orval sich ja bestens aus.

Andererseits musste er diesen Tisch schon vor Wochen reserviert haben, wenn man die Nachfrage nach Plätzen in diesem Restaurant bedachte. Aber sprach das zwingend gegen diese Theorie? War es nicht vielmehr ein weiterer Hinweis darauf, dass all die Ereignisse gestern auch nicht *zufällig* am selben Tag geschehen waren?

Vielleicht auch nicht. Jun riss sich vom Fenster los. Sie musste aufpassen, sich nicht zu sehr in einen Verdacht zu verrennen, wenn sie womöglich einfach nur Orval die Schuld an Vivs Entführung geben wollte. Sie war befangen in diesem Fall, das war nicht gut. Sehr befangen sogar.

Eine Servicekraft, gekleidet in anthrazitfarbener Hose und Weste über einem mattgrauen Hemd, und mit einem Einstecktuch im gleichen Dunkelviolett wie die Servietten, öffnete lautlos die Tür zu ihrem Separee. Auch das gehörte zur Noblesse des Lokals: Echte Menschen, die das Essen servierten, keine Selbstbedienung per Automat oder Servicebots, wie es inzwischen weitverbreitet üblich war. *Josua Hinamori (er/ihm)|Commis de Rang*, sagte sein Namensschild.

»Willkommen im *Amethyst Grove.*« Er stellte kleine Schieferplatten mit gläsernen Servierlöffeln und winzigen Cocktailgläsern vor ihnen ab, die in einem warmen Bernsteinton schimmerten. »Ich bin Josua Hinamori und darf Ihnen heute aufwarten. Das Amuse-Gueule ist ein Rosinen-Walnuss-Tartar an Kapern auf pikantem Kokosschaum, dazu ein alkoholfreier Himbeer-Rosmarin-Gin. Nehmen Sie das vegane Mittagsmenü oder das mit Fisch und Meeresfrüchten? Sollten Allergien oder Unverträglichkeiten vorliegen, lassen Sie es mich außerdem gern an dieser Stelle wissen.«

»Vegan«, sagte Myris. »Ohne Sprossen.«

»Mit Fisch«, sagte Jun, »und die Getränkebegleitung alkoholfrei, bitte.«

»Sehr gern«, erwiderte Josua Hinamori mit professionellem Lächeln. »Wir haben auf die Gänge abgestimmte Limonaden, alkoholfreie Craft-Biere und Tonics, ist das für Sie genehm? Darüber hinaus reichen wir selbstverständlich Wasser.«

»Wir nehmen dann alle die alkoholfreie Begleitung, vielen Dank«, warf Orval ein, was Myris die Stirn runzeln ließ, während Jun zu sehen glaubte, wie Orval Josua Hinamori einen etwas zu vielsagenden Blick zuwarf. So gesehen – woher sollten sie eigentlich die Gewissheit nehmen, dass nicht sämtliche Menschen in diesem Lokal zu Orvals Team gehörten?

Es ist viel zu möglich.

»Für mich dann auch das Menü mit Fisch, bitte«, erklärte Orval derweil.

»Sehr gern.« Hinamori warf einen letzten Blick in die Runde und zog sich dann so lautlos zurück, wie er gekommen war.

»Sie beide sind heute natürlich eingeladen.« Orval griff nach seinem Aperitif. »Auf gute Zusammenarbeit.«

Jun hätte gern geantwortet, dass sie darauf lieber erst später getrunken hätte, aber so sehr sie Ehrlichkeit bevorzugte, sie kannte die Regeln. Also hob sie ihr Glas.

»Eat the Rich«, sagte sie und spürte Myris' Fuß seitlich gegen ihren kicken. »Wie treffend.«

Orval verzog keine Miene. Es war bemerkenswert, wie emotionslos diese grauen Augen blicken konnten. Er hatte außerdem ungewöhnlich rosige, ausdrucksstark geschwungene Lippen. Jun wusste nicht, warum gerade das sie so irritierte.

»Falls Sie befürchten, dass ich die Fälle nur als Köder benutzt habe, um Sie herzulocken, kann ich Sie beruhigen. Wir wissen tatsächlich, in welchem Umfeld die EatTheRich-Fälle ihren Ursprung haben, und dieses Treffen soll Ihren Teams dabei helfen, die Morde endlich zu beenden.«

Jun und Myris wechselten einen skeptischen Blick. Hatte er gerade wirklich mit aufreibender Selbstverständlichkeit behauptet, die GASS hätten einen Fall bereits gelöst, an dem sich eine intranationale Taskforce der US-Police seit Monaten die Zähne ausbiss? Jun spürte den Widerspruch in ihrer Brust ziehen und zucken. Rasch stürzte sie den Rest des eisgekühlten Aperitifs herunter, um ihn zu betäuben.

»Sprechen Sie weiter.« Wie immer, wenn das Gespräch auf die ETR-Morde kam, wurde Myris' Stimme eine Nuance tiefer.

Orvals rosige Lippen zuckten kurz. Ansonsten blieb sein Gesicht unverändert ausdruckslos, während er sich den Löffel mit Kokosschaum in den Mund schob.

»Piraten«, erklärte er, nachdem er geschluckt und den Löffel beiseitegelegt hatte. »Wir sind uns sicher, dass sich die Keimzelle der EatTheRich-Morde in der sogenannten Freien Republik befindet.«

Jun horchte auf. Piraten? Ihr Blick huschte unwillkürlich erneut durchs Fenster zum zerstörten Tower, und wieder kehrte das Gefühl vom Vorabend zurück. Dieses Haar am Gaumen, die bestimmte Ahnung, dass all das nicht einfach ein großer Zufall sein konnte. Rasch tat sie es Orval nach und schob sich das Amuse-Gueule in den Mund, um die Gedanken von ihrem Gesicht fernzuhalten.

»Sie sagen das«, bemerkte Myris und griff ebenfalls nach sierem Löffel, »als würden sie die Existenz und Rechtmäßigkeit dieser Republik tatsächlich anerkennen.«

Orval tupfte sich mit seiner Serviette den Mund ab. »Einem Zusammenschluss von mehr als hunderttausend Menschen ist schwerlich die Existenz abzusprechen, Captain Holt.«

»Es ist die *Rechtmäßigkeit,* die nicht mal gedacht werden darf!«, polterte Myris, nun schon spürbar weniger beherrscht. »Das sind hunderttausend Menschen, die bereit sind, gewaltsam zu rauben und dabei selbst vor Menschen keinen Halt machen. Die tödlichen Kollateralschaden bei ihren Übergriffen in Kauf nehmen und, wenn Sie recht haben, sogar eiskalt morden. Und Sie wollen diesen *Zusammenschluss* allen Ernstes eine Republik nennen? Einen Staat?«

Orval musterte Myris unverändert eindringlich und gelassen zugleich. »Zumindest eine Gewalt, mit der wir rechnen müssen, Captain Holt.«

»Also.« Myris legte den Löffel mit scharfem Klacken auf den Servierteller zurück, ohne das Amuse-Gueule angerührt zu haben. »Nehmen wir an, Sie haben recht, und eine nicht näher bestimmte Gruppe innerhalb des Piratensyndikats ist für die Morde verantwortlich: Was ist Ihr Plan, und welche Rolle wollen Sie uns darin zuschreiben? Wofür steht *Operation R*?«

Orvals Lippen zuckten erneut. Es war nur eine winzige Bewegung, aber diesmal bemerkte Jun auch ein kaum wahrnehmbares Zusammenziehen der Augenbrauen, während er seine Serviette faltete und neben den Teller legte. Ein Gespräch mit Viv kam ihr in den Sinn, an einem Freitagabend vor einigen Monaten, nachdem sie wie jeden Freitag ihr Catch-up-Meeting mit ihrem GASS-Chef hinter sich gebracht hatte und wie üblich emotional unausgeglichener war als an jedem anderen Tag in der Woche.

»Er hat das ätzendste Pokerface«, hatte sie gesagt und ihr erstes Weinglas, ohne abzusetzen, in sich hineingestürzt. »Im Ernst, er kann aussehen wie tot. Manchmal könnte ich echt ausrasten und ihn schütteln, bloß damit sich irgendwas bewegt. Aber wenn er genervt ist, ja?« Bei den Worten hatte sie gehässig gekichert und sich mehr Wein ins Glas geschenkt, fast bis an den Rand, sodass es ein wenig überschwappte, als sie es anhob und einen weiteren großen Schluck nahm. »Dann zuckt seine Oberlippe so. So in der Art, siehst du? Ich könnte mich darüber echt jedes Mal wegschmeißen. Wenn er nicht so ein Riesenarsch wäre.«

So sah dieses Zucken also aus erster Hand aus. Aber warum sollte Orval jetzt und hier dermaßen angespannt sein? Das war sein Spiel. Seine Regeln.

Läuft irgendwas nicht so, wie es soll?

Jun lehnte sich gegen die dunklen Polster zurück, verschränkte die Arme vor der Brust und musterte ihn skeptisch. »Stehen Sie unter Stress, Mr Orval?«

In diesem Moment öffnete sich die Tür zum Separee erneut und Josua Hinamori trat mit drei Tellern auf den Armen an ihren Tisch, gefolgt von einer weiteren Servicekraft, die ein Tablett mit drei Gläsern trug. »Der erste Gang: Hummerscheren auf einem Bett aus dreierlei Blattsalat, Wurzelrohkost und Erdnusskrokant, respektive ausgebackener Seidentofu auf eingelegtem Weiß- und Rotkraut mit Sesam, dazu eine Holunder-Limettenschorle mit Wacholder und Basilikum. Ich wünsche guten Appetit.«

Perfektes Timing, dachte Jun unwirsch, während Hinamori die Teller vor ihnen abstellte. *Etwas zu perfekt. Man könnte mutmaßen, er hätte es so koordiniert, um das Gespräch zu stören, sobald wir etwas Boden gewinnen.*

»Also dann.« Orval griff nach der Hummerzange, die Hinamori neben seinen Teller gelegt hatte. Ob koordiniert oder nicht, natürlich ließ er die Gelegenheit, Juns Spitze zu übergehen, nicht ungenutzt verstreichen. »Auch von mir einen guten Appetit.«

Eine Weile aßen sie schweigend – vor allem, da sich Jun voll auf das Öffnen und Zerlegen der Hummerscheren konzentrieren musste, während sie sich insgeheim wünschte, doch das vegane Menü gewählt zu haben.

»Um auf Ihre Frage zurückzukommen, Captain Holt«, sagte Orval schließlich und legte das Besteck beiseite. »Das R in *Operation R* steht für ›Raid‹, und dahinter verbirgt sich folgender Gedanke: Es steht selbstverständlich nicht zur Debatte, dass wir in die Piratenrepublik eindringen und unter den Hunderttausenden von Menschen dort die Schuldigen finden können. Deshalb sorgen wir dafür, dass sie zu uns kommen.«

Myris schob den leeren Teller ein Stück zurück. »Das klingt nach hohem Risikopotenzial.« Siere Stimme war nach wie vor professionell beherrscht, trotz des unterschwelligen Grollens darin – das koordinierte Ausrasten hatte Myris schon immer anderen überlassen. Jun kannte sien allerdings gut genug, um zu wissen, wie viele Fragen über die sogenannte Republik sier sich gerade verbot. Myris würde sie beide nicht bloßstellen, indem sier auf direktem Weg Informationen aus einem hohen Funktionär der GASS herauszubekommen versuchte. Stattdessen verließ sier sich darauf, dass Jun weitere Hinweise auf Stress in Orvals Gestik und Mimik entdecken würde, bis sie irgendwann hoffentlich eine Öffnung fand, in die Myris stoßen konnte. Auch in dieser Hinsicht waren sie seit jeher ein perfektes Team.

Und tatsächlich war da schon wieder dieses Zucken der Lippe, das Jun zweifellos verriet: Orval war längst nicht so entspannt, wie er es vorgab. Nur was war es, das ihn so stresste, dass es sogar seine perfekte Maske störte?

»Unsere Arbeit ist doch niemals ohne Risiko«, sagte er jetzt, legte erneut die Serviette neben seinem Teller ab – auf der anderen Seite als zuvor, bemerkte Jun – und lehnte sich zurück. »Lassen Sie es mich erklären: Wir stellen den Piraten eine Falle. Der Köder ist eine inoffizielle Einladung auf das Richtfest von NOAH#04. Die Stadt liegt im Zuständigkeitsbereich der Harbor-Unit-Distrikte 01 und 02, wenn ich mich nicht irre. Deshalb sind Sie beide hier.«

NOAH#04. Jun und Myris wechselten einen Blick. Natürlich irrte Orval sich nicht. Sie *waren* zumindest peripher zuständig für das Seegebiet um die neue Stadt, genau wie für das um NCRES Island. Deswegen hatten sie ja so einen Stress mit den ETR-Fällen, obwohl noch keiner der Morde in New York selbst passiert war.

»Dort werden viele Counselors des NCRES auf einem Fleck versammelt sein – und dabei sehr viel angreifbarer als in dieser Hochsicherheitsfestung von einem Ratssaal.« Orvals Stimme war nun kühl, berechnend und präzise; ein auffälliger Kontrast zu seiner weltmännisch-geselligen Körpersprache. »Die Piraten verfolgen einen radikal idealistischen Plan mit diesen Morden. Sie wollen nicht einfach irgendwelche reichen Menschen töten; sie wollen ein Zeichen setzen gegen die bestehende gesellschaftliche Ordnung. Wir bieten ihnen nun für das Richtfest einen geheimen Kontakt, unter dem Deckmantel einer Gruppe von Insider-Revoltisten. Diese Kontaktpersonen werden den Piraten einen Weg durch die Sicherheitsbarrieren öffnen und ihnen so scheinbar die Gelegenheit geben, ein Statement von nicht zu übertreffender Größe zu platzieren. Wenn sie so moralistisch motiviert sind, wie wir vermuten, werden sie dem nicht widerstehen können. Sie werden eine große Aktion planen. Einen Raid auf das Richtfest mit, das muss ich betonen, immensem Gewaltpotenzial.« Orval verschränkte die Finger auf der Tischplatte und lehnte sich ein Stück vor. »Diese Piraten haben keine Angst vor Verlusten. Sie werden kommen. Und ich brauche Sie beide und ihre Teams, um die Menschen auf dem Fest vor dieser Gewalt zu schützen. *Sie* werden diejenigen sein, die die EatTheRich-Assassinen festsetzen.«

»Und was, wenn sie Erfolg haben?« Die Worte waren auf Juns Zunge und ausgesprochen, ehe sie sich daran erinnern konnte, dass sie Myris das Reden hatte überlassen wollen. Seit gestern war das Thema *Piraten* für sie nicht mehr nur ein stressreiches, sondern auch ein sehr persönliches – und der eisige Schauer, der sie bei der Vorstellung eines groß angelegten Raids überlief, trieb die Worte unaufhaltsam aus ihr heraus. Niemand wusste genau, wie die Bewaffnung der sogenannten Piratenrepublik aussah, aber die Gerüchte allein – und gelegentliche Demonstrationen wie der gestrige Übergriff auf den Tower – waren skrupellos gewaltsam genug, dass sich noch kein Land der Welt auf eigene Faust mit ihnen hatte anlegen wollen. Die EatTheRich-Morde hatten eine andere Qualität, waren auf ihre Art aber mindestens ebenso furchteinflößend. Worauf würden sie sich einstellen müssen, wenn sie versuchten, gegen eine Aktion in großem Stil vorzugehen? War es überhaupt möglich, die Sicherheit so vieler Menschen zu gewährleisten, nachdem man den Piraten absichtlich die Tür öffnete?

»Nun, Captains.« Orval hatte ihren Moment der Unsicherheit natürlich bemerkt. Er erlaubte sich sogar ein kleines Schmunzeln, um sicherzustellen, dass es Jun nicht entging. »Es wird in erster Linie Ihre Aufgabe sein, dafür zu sorgen, dass es dazu nicht kommt. Ich liefere Ihnen alle nötigen Informationen – und natürlich Unterstützung durch meine eigenen Teams. Die Durchführung liegt dann in Ihrer Verantwortung.«

Drückendes Schweigen senkte sich über den Tisch. In diesem Moment wünschte sich Jun, Josua Hinamori würde kommen, um den zweiten Gang aufzutragen und das Gespräch zu resetten. Aber das Servicepersonal blieb verschwunden. Unsichtbar, solange es Henk Orval in den Kram passte, da war sich Jun zunehmend sicher.

Myris indes ließ sich die Gesprächsführung nicht so leicht aus der Hand nehmen. Und sier vergaß nie einen Hinweis, den Jun siem zugeworfen hatte.

»Um noch auf eine weitere Frage zurückzukommen, der Sie vorhin so geschickt ausgewichen sind«, nahm sier das Wort wieder auf. »Sind Sie nervös, Mr Orval?«

Für einen winzigen Moment sah Jun Ärger in Orvals Blick aufflackern. Seine Augen huschten zum Fenster – auch er hatte von hier einen exquisiten Blick auf den zerstörten Tower.

Wo Viv entführt wurde. Eine seiner engsten Mitarbeiterinnen. Ist es dann also doch nicht seine Schuld?

Das Kitzeln an Juns Gaumen war jetzt so unerträglich, dass es einen Schauer über ihren Rücken schickte.

»Glauben Sie nicht, dass die jüngsten Ereignisse nur Ihnen Stress verursachen, Captain.« Orval legte seine Hände flach vor sich auf den Tisch – eine bewusst beherrschte Geste, und Jun glaubte fast, er würde tatsächlich noch etwas sagen. Dann aber schüttelte er nur knapp den Kopf. »Es spielt keine Rolle. Operation R bietet die einmalige Gelegenheit, der Seesicherheit einen immensen Dienst zu erweisen und zugleich eine Mordserie zu beenden, deren Aufklärung schon mehrere Menschenleben zu lange gedauert hat.«

Myris verengte die Augen. »Nochmals: Und wie wollen Sie den Erfolg garantieren, Mr Orval?«

Orval schnaubte leise. Fast hätte Jun es als Anerkennung interpretiert. »Es gibt nie eine Garantie für Erfolg, Captain Holt. Dennoch: Die Operation ist minutiös geplant, mit ausgezeichnetem Personal besetzt und hat exzellente Erfolgsaussichten, so viel kann ich versichern. Bevor wir allerdings über weitere Details sprechen können, brauche ich Ihre verbindliche Zusage für eine Zusammenarbeit.«

Wieder fiel angespanntes Schweigen über den Tisch. Da war er also, der Punkt der Entscheidung. Dabei fühlte sich Jun keineswegs imstande, anhand der vorliegenden Informationen abschließend rational abzuwägen. Ihre Intuition brüllte ihr zu, auf der Stelle alles abzusagen. Diese Operation war ebenso weit außerhalb ihrer und Myris' Liga, wie sie außerhalb ihres Kompetenzbereichs oder auch nur jeglicher Legalität lag – von der Gefahr für Hunderte Unbeteiligte ganz zu schweigen. Selbst wenn es nicht ausgerechnet Orval gewesen wäre, mit dem sie sprachen; selbst wenn es nicht so scharf nach verstecktem Eigeninteresse der GASS gerochen hätte: Hier ging es um Menschenleben. Viele Menschenleben. Und um eines ganz besonders. Eines, das gerade jetzt da draußen auf einem Piratenschiff gefangen war.

Jun ballte unter dem Tisch die Fäuste und versuchte, die unprofessionelle Emotionalität zurückzudrängen, die in ihr aufwallen wollte. Ihre Sorge um Viv durfte ihr Urteil nicht beeinflussen. Wie groß war die Chance wirklich, die Orval ihnen hier bot? Waren sie verzweifelt genug, solche Maßnahmen in Betracht zu ziehen? Hatten sie, rational betrachtet, überhaupt noch eine andere Möglichkeit in Aussicht, die Morde schnell und effizient zu beenden? Und natürlich war der Gedanke verlockend, so viele Piraten auf einen Schlag festzusetzen. Aber …

»Wir sind dabei«, sagte Myris neben ihr.

Die Worte trafen Jun wie ein Schlagstock über den Hinterkopf. Myris sagte das mit einer Bestimmtheit und Ruhe, als hätten sie es stundenlang miteinander durchgesprochen. Ja, als könnten sie so etwas überhaupt allein entscheiden, als müssten sie nicht erst die über ihnen stehenden Dienstränge informieren, ihre Weisungen einholen, die Erlaubnis, SWATs zu formieren … und nicht zuletzt, sich der festen Überzeugung und daraus resultierenden Entschlossenheit vergewissern, die es brauchte, um so eine Operation ohne gefährliche Momente des Zögerns durchzuziehen.

Es war nicht das erste Mal, dass Myris eine Entscheidung für sie beide traf. Schon damals, als sie Partner_innen im Streifendienst zur See gewesen waren, hatte Myris einen Schlussstrich gezogen, wenn Jun ihre Entschlusskraft in zu stark emotionalisierten Impulsen verlor. Sie hatten explizit vereinbart und diese Vereinbarung über die Jahre wiederholt erneuert, dass Myris diesen Schritt gehen durfte, wenn sier die Notwendigkeit dazu erkannte. Aber war das hier so eine Situation? War es überhaupt möglich, diese Entscheidung aus dem Stand und ohne jegliches Feedback zu treffen? Nein. Und nach allem, was sie gestern besprochen hatten … fühlte es sich an wie Verrat.

Wie eine Gipsskulptur saß Jun an ihrem Platz, während Orval seine Serviette zurück auf die andere Seite des Tellers legte und wie gerufen Josua Hinamori mit dem zweiten Gang an ihren Tisch trat. Versuchte, selbstberuhigend zu atmen, und scheiterte.

»Ich habe nur noch eine Frage, Mr Orval«, sagte Myris, nachdem sich die Tür hinter Hinamori geschlossen hatte. Den Teller mit schwarzer Bohnen-Pasta an Erdnuss-Granatapfelsauce würdigte sier keines Blickes. »Was ist *Ihr* Einsatz in alldem?«

Orval griff nach seinem Fischmesser, um den ersten Bissen von der Seezunge auf Süßkartoffel-Kürbis-Stampf an Chardonnay-Jus zu nehmen. »Die Ziele der GASS in dieser Angelegenheit bleiben natürlich streng vertraulich.« Er hatte seinen aufreibend gelassenen Ton wiedergefunden. »Ich kann und muss aber eines sicherstellen – und zwar die nicht registrierte Auslieferung einer bestimmten Person in meine persönliche Obhut, sollte sie unter den Piraten sein, die Sie während der Operation in Gewahrsam nehmen.«

Jun richtete sich unwillkürlich auf. *Eine Einzelperson? Er riskiert all das in Wahrheit wegen einer Einzelperson?!*

Sie konnten dem nicht zustimmen. Jun spürte die Gewissheit wie einen immer lauter dröhnenden Kopfschmerz direkt hinter der Stirn. Aber als sie aus dem Augenwinkel zu Myris hinübersah, wurde ihr klar, dass dieser Punkt längst überschritten war.

»Und welche Person wäre das?«, fragte Myris, ein wachsames Funkeln in den hellen Augen.

Orval fixierte Myris' Blick seinerseits mit seinem, während er ein Smartfold aus der Innentasche seines Jacketts zog und eine Datei aufrief. Einen Satz BioID-Daten, überschrieben mit dem Logo der GASS, von dem er sie nur das Foto und den Namen sehen ließ.

»Dr. Sorcha Brennan.«

TAG 1

40° N 74° W
30. März 2091, 14:07
HU-Tower Bay, New York

Der Polizeihafen lag, wie meistens um die Mittagszeit, verlassen da. Die Speedboote der Harbor Unit schaukelten im Mittagslicht an ihren Liegeplätzen. Auf dem Gerüst, das in aller Eile zur Restauration des Towers hochgezogen worden war, hockten ebenfalls nur die Möwen und schrien einander ihre höhnischen Rufe zu.

Jun und Myris liefen an der Kaimauer entlang zurück in Richtung des Towers. Sie hatten kein Wort miteinander gewechselt, seit sie sich von Orval verabschiedet hatten. Es war so still zwischen ihnen, dass Jun glaubte, noch immer das Pfeifen des Störsenders zu hören. Obwohl das über dem Wellenrauschen und den Möwenschreien natürlich schlicht unmöglich war.

»Jun?« Kurz bevor sie den Tower erreichten, blieb Myris stehen – direkt vor der Stelle, an der das Kanonenfeuer des Piratenschiffs dieses gigantische Loch in die Mauer gesprengt hatte. Siere verwachsenen Brauen bildeten einen kritischen Strich über der Nasenwurzel, während sie Jun eindringlich musterte. »Na komm. Spuck's aus.«

Jun verschränkte die Arme vor der Brust und starrte aufs Wasser hinaus. Sie hatte den Blazer ausgezogen und über den Arm gehängt, das fühlte sich weniger steif an, aber der Seewind war frühlingshaft kühl und blies direkt durch ihr dünnes Hemd hindurch. Das Gefühl, verraten worden zu sein, lag wie ein Stein in ihrem Bauch. Myris musste das zumindest ahnen, aber Jun fehlten die Worte, um es auf konstruktive Weise auszusprechen. Vielleicht, weil sie nicht wusste, ob Konstruktivität überhaupt noch in ihrem Sinne möglich war.

Sie trat näher an die zerstörte Kaimauer heran und legte eine Hand auf die geborstenen Steine. Die späte Mittagssonne brannte ihr auf die Schultern. Wie viele der letzten vierundzwanzig Stunden hatte sie damit zugebracht, auf diesen quälend leeren Horizont zu starren?

Als ob ich es nicht besser wüsste.

Als ob das Schiff zurückkommen würde.

Und doch, wann immer sie zu lange blinzelte, glaubte sie, es wieder zu sehen: die ferne Silhouette des Dreimasters, wie ein grelles Negativ vor dem bläulich dunklen Nachbild des Himmels. Wenn sie sich erlaubte, in ihrer Selbstbeherrschung nachzugeben, fühlte es sich an, als wäre nichts anderes wichtig. Als wäre alles nebensächlich, verglichen mit der Gewissheit, dass Viv immer noch da draußen war.

Obwohl das nicht stimmte. Nicht im Entferntesten. Das Treffen mit Orval bewies es auf erschlagende Art und Weise. Was immer für die GASS noch hinter dem Plan für Operation R steckte, die Gefahr durch die Piraten war so viel größer und umfassender, als es sich mit noch so brutalen Einzelfällen und Übergriffen beschreiben ließ. Jun war diejenige, die seit gestern nicht mehr klar trennen konnte zwischen Kopf und Herz, wenn es um Piraten ging. Sie konnte nicht leugnen, dass ein zu großer Teil von ihr die Operation ablehnte, weil sie fürchtete, dass sie Viv damit gefährdete. Auf dieser Basis war es schwer, Myris rationale Vorhaltungen zu machen. Sie tat es trotzdem. »Ich werde nicht vergessen, dass du dein Versprechen gebrochen hast.«

Myris trat neben sie. Stemmte einen ungewohnt eleganten Schnürschuh auf die Kaimauer und starrte ebenfalls zum Horizont hinaus. »Ich habe nicht so eigenmächtig über dich hinweg entschieden, wie du denkst.«

Jun runzelte die Stirn. »Was soll das jetzt heißen?«

Myris brummte und strich sich die windverwehten Haare aus der Stirn. »Erinnerst du dich daran, was du gestern gesagt hast? Dass wir uns fragen sollten, was ein Henk Orval ausgerechnet von zwei lokalen District Captains wie uns beiden will? Und was er uns verschweigt?« Sier setzte sich auf eines der Trümmerstücke im Mauerloch und klopfte auffordernd neben sich. »Komm. Reden wir noch kurz.«

Jun zögerte. Dann ließ sie sich neben Myris sinken und die Füße über die Kante rutschen. Zwei Handbreit unter ihren Schuhsohlen gluckste und schwappte das Meer. Eine ganze Weile blieben sie so. Schweigend, nebeneinander, aber viel weniger miteinander als sonst. Ein Wolkenturm schob sich langsam vom Meer her vor die Sonne. Jun fühlte, wie der Schatten ihr entgegen kroch, ihre Schienbeine und dann ihren Oberkörper hinaufwuchs und das Wasser zu ihren Füßen in ein tiefes Türkis verdunkelte. Schließlich verschwand die Sonne endgültig, und nur noch ein silberweißes Band zog eine leuchtende Kontur um die Wolken.

»Tut mir leid«, sagte Myris endlich. »Ich weiß, was ich dir versprochen habe. Aber Orval hat vorhin vor unseren Augen eine mögliche Verknüpfung zwischen den Piraten und dem Council hergestellt. Nur einen Tag, nachdem die Piraten uns angegriffen und Viv entführt haben – die vorher auf der Einstandsparty eines neuberufenen Counselors war. Hättest du gestern nichts gesagt, wäre mir das vielleicht entgangen. So aber denke ich, du hattest recht – *und* ich denke, dass wir hier vielleicht vor einer Sache stehen, die sogar noch größer ist als die Aufklärung der EatTheRich-Fälle. Also bitte sag mir jetzt nicht, dass du diese Vermutung nicht länger teilst.«

Jun saß da wie vom Donner gerührt. Sie hatte damit gerechnet, dass sich Myris erklären würde. Dass sier sich klar zu Orvals Operation positionieren und Jun – zu Recht! – ihre emotionale Befangenheit in Bezug auf die Piraten vor Augen halten würde.

Sie hatte Myris so unrecht getan.

»Also hast du zugesagt, um ihn dazu zu bringen, uns mehr Informationen zu geben?«

Myris brummte erneut. Vielleicht war es auch ein Ächzen. »Es ist hoch gepokert, das gebe ich zu. Aber … wenn Orval es für nötig hält, eine derart riskante Operation zu starten und dafür sogar einen Fall wie die ETR-Morde zu instrumentalisieren, dann will ich wissen, was dahintersteckt. Und ich weiß, du willst das auch.«

»Natürlich will ich das.« Jun legte den Kopf zurück, stemmte die Hände hinter sich auf den Leichtbetonbrocken und starrte in den Himmel. Sie fühlte sie plötzlich unfassbar müde und zugleich wie elektrisiert. Ein Teil von ihr war erleichtert, Myris so schnell verzeihen zu können, während ein anderer sich gern zuerst richtig gestritten hätte, um die Anspannung loszuwerden.

Vor allem will ich doch einfach nur nach Hause.

Und auch das war absurd und widersprüchlich, wenn schon die Vorstellung an die leere Wohnung schmerzte wie ein Schuss in die Sicherheitsweste. Sie hatte sich das gestern Abend schon gegeben, und jede Minute war eine zu viel gewesen, bis die zwei Schlaftabletten sie endlich gnädig aus ihren eigenen Gedanken gekickt hatten.

Aber es war ja auch nicht der Ort, den sie vermisste.

Sie unterbrach den Gedanken, als Myris sich neben ihr aufrappelte. »Ich denke, wir sollten versuchen, etwas über diese Dr. Brennan in Erfahrung zu bringen. Und ich denke, du solltest bei der Zeugenvernehmung von Jackson Beetle dabei sein. Heute um 18 Uhr.«

Überrascht hob Jun den Blick. Myris hatte die Hände in die Taschen des Hosenanzugs geschoben und sah auf sie herunter. Siere Stimme hatte geklungen, als würde sier lächeln. Auf sierem Gesicht war davon allerdings nichts zu sehen.

»Hältst du mich nicht für zu befangen in dem Fall?«, sprach sie aus, was ihr seit dem Vorfall so unermüdlich durch den Kopf ging.

Myris hob leicht die Schultern. »Im Gegenteil. Aber ich kann bei diesen Ermittlungen nicht auf dich verzichten. Zwei Köpfe denken mehr als einer.«

Juns Mundwinkel zuckten schwach. »Mir war so, als ginge das Sprichwort anders.«

»Seit wann bist du die sprachlich kompetente Person in unserem Team?«

Das müde Lachen erstickte sich selbst, ehe es den Weg aus Juns Brust finden konnte.

Auch aus Myris' Stimme war das Schmunzeln jetzt verschwunden. »Da die GASS ihre Finger im Spiel haben, glaube ich nicht, dass wir auf offiziellem Weg viel herausfinden können, was Dr. Brennan betrifft. Aber es kann nicht schaden, eine Recherche zu versuchen, soweit möglich.«

»Das übernehme ich.« Jun rappelte sich ebenfalls auf. »Ich habe diesen Monat erst zweiunddreißig Überstunden, da geht noch was.«

Myris lachte trocken. »Aye, Captain. Aber nur weil ich weiß, dass du es sowieso tun wirst.« Siere Miene wurde etwas weicher. »Und weil ich hoffe, dass es dir heute Abend beim Einschlafen hilft.«

Jun sah zum zerstörten Tower und dem Montagegerüst. So ruhig der Hafen schien, drinnen war sicher nach wie vor die Hölle los. Genau richtig, um sich hineinzustürzen und abgelenkt zu werden.

»Heute Abend um 18 Uhr dann, Captain.« Sie salutierte flapsig, ehe sie sich abwandte. »Und zwar pünktlich.«

TAG 1

31° N 65° W
30. März 2091, 10:47
an Bord der Revery

Zèklè hatte Viv in eine Art Pausenraum geführt, der sich hinter einer Stahltür im Unterbau der Brücke verbarg. Hier gab es abgewetzte Sofas und Sessel, einen Tischkicker, eine Dartscheibe und einen Billardtisch, sowie ein mit einem Gitterschutz verschlossenes Regal mit Gesellschaftsspielen und sogar eine Bar in der Ecke. Die Möbel waren mit Winkeln am Boden verschraubt und die Lampen in die Decke eingelassen.

Zèklè winkte in Richtung der Sessel und ließ sich selbst umgehend auf eines der Sofas fallen, um in der Ecke zu hängen wie ein zu groß geratenes Kissen. Aus der Polsterritze zwischen der Lehne und der Sitzfläche zog er ein Smartfold, klappte es auf wie ein Buch und vergrub sich dahinter.

Viv blieb neben dem Kickertisch stehen. »Ich dachte, du bringst mich zu Edna?«, fragte sie – mehr, um irgendwas zu sagen und ihre eigene Stimme zu hören, als weil es sie wirklich interessierte. Seit dem Zusammenstoß mit Vince an Deck fühlte sie sich unangenehm schwindelig, als dröhnte beständig ein verzerrtes Echo noch ungedachter Gedanken durch ihren Schädel. Sie brauchte irgendetwas, um ihren Fokus daran festzumachen, und der Rahmen des Kickertischs tat da nur einen leidlich guten Job. Vor allem nicht, weil sie das Bild von Vince in der rauschenden Brandung nicht mehr loswurde. Und Sorchas starren Blick vorhin, so voller Hass, während Viv selbst nichts anderes dazu fühlen konnte, als dass es irgendwie … Sinn ergab? Ergab es den wirklich? Ihre innere Antwort fiel sekündlich anders aus.

Zèklè lugte über den Rand des Smartfolds hinweg. Seine Stirn hatte sich gekräuselt, und er hob die rechte Hand ein Stück an – nur um dann doch zu zögern und den Kopf zu schütteln. Dabei ließ er dieses schüchterne Lächeln sehen, das Viv schon gestern aus der Bahn gebracht hatte. Erst schubste er sie grob, dann lächelte er so. Und diese abgefahrenen Stunts auf dem Gleiter und dem abstürzenden Container, die er mit einer Coolness und Leichtigkeit durchzog, als wäre es nichts? Wie er Explosionsgeschosse auf den HU-Tower abfeuerte, die die gesamte Wand zerrissen? Dieser Junge war definitiv mit Vorsicht zu genießen, und Viv war gerade nicht in der Verfassung, wachsam zu bleiben.

Für den Moment allerdings gestikulierte Zèklè bloß erneut in Richtung der Sitzmöbel und verschwand wieder hinter seinem Fold. Viv seufzte ergeben und ließ sich in einen Sessel mit senfgelbem Cordbezug sinken. Das Polster war überraschenderweise ebenso durchgesessen wie bequem. Selbst ihrem Magen gelang es darin, das beständige Schaukeln der *Revery* zu ertragen.

Tausendmal besser jedenfalls als Erkenntnis, dass Vince diese Leiche war.

Erneut überlief Viv eine Gänsehaut. Sie brachte es einfach nicht zusammen. Wie auch? Und doch verspürte sie unter alldem das drängende Gefühl, dass sie sich erinnern, einen Sinn in alldem finden *musste*, wenn sie ... ja, was eigentlich? Untätig rumzusitzen, half jedenfalls nicht dabei. Nein, was sie wirklich brauchte, war etwas, worauf sie sich konzentrieren konnte. Etwas, das sich echt anfühlte.

Mit einem Ruck stand sie wieder auf und ging zur Bar hinüber. Zèklè beobachtete sie über den Rand seines Folds hinweg, aber das war ihr egal. Sie fischte einen alkoholfreien Blueberry-Gin aus dem Schrank, dazu einen Orangen-Rosmarin-Bitter, Holunderblüten-Tonic und Sprudelwasser, und goss alles über ein paar Eiswürfel und Zitronenscheiben. Cocktails mixen, darin war sie immer gut gewesen. Das war echt. Und dehydriert war sie nach den Ereignissen der letzten Tage sowieso.

Zèklè beobachtete sie immer noch, ohne dabei das Fold zu senken. Viv fragte sich, ob er sich wohl für unauffällig hielt, und hätte fast gelacht. Sie deutete auf ihren Drink. »Möchtest du auch einen?«

Zèklè musterte kurz das Glas, das Kondenswasser, das sich daran sammelte, und die Flüssigkeiten in dunkelblau, orange und glasklar, die sich in hübschen Schichten voneinander abgesetzt hatten. Dann grinste er und hielt Zeige- und Mittelfinger der rechten Hand nach oben.

Jetzt musste Viv wirklich lachen. »Gleich zwei?«

Zèklè nickte noch einmal. Zögerte, musterte kurz seine Hand und hielt dann mit einem breiteren Grinsen diesmal vier Finger in die Höhe.

»Alles klar. Wie du meinst.« Je mehr ihre Hände und ihr Kopf zu tun hatten, desto besser. Viv begann damit, Eiswürfel auf die Gläser zu verteilen. Die Drinks zu mixen, brachte sie tatsächlich effektiver zur Ruhe, als sie gehofft hatte. Hinter der Bar fühlte sie sich, als hätte sie wenigstens ein kleines Stück von sich selbst wiedergefunden, wo doch der größten Teil davon scheinbar in dieses Loch aus erschlagender Verwirrung und Schwindel gefallen war, das ihr Streit mit Vince so unerwartet aufgerissen hatte.

Sie war gerade auf der Suche nach ein paar langen Löffeln oder Strohhalmen, als draußen auf dem Deckgang schwere Schritte erklangen. Kurz darauf öffnete sich die Tür, um Ednas massige Gestalt in den Raum zu lassen.

»Man muss sich ja schon fragen, ob man auf diesem Schiff nicht auch mal einen Tag Ruhe haben kann? Nein, das kann man offenbar nicht.« Ihre tiefe Stimme war ohne die Lautsprecher nicht weniger kräftig, der harte Akzent in ihrem Englisch dafür umso deutlicher zu hören, mit dem R ganz weit hinten und kratzig in der Kehle gerollt. Deutsch vielleicht. Oder Niederländisch? Mit dem wohl tiefsten Seufzer, den Viv je gehört hatte, ließ sie sich in den gelben Cordsessel fallen.

Zèklè grinste, ohne von seinem Fold aufzusehen, und machte einige Gesten mit der rechten Hand; eine Art Heranwinken, und dann ein Deuten mit dem Zeigefinger, ehe er die Hand zur Faust schloss und zu sich zog, als hätte er einen in der Luft schwebenden Samen gefangen.

Edna rollte mit den Augen. »Das will ich ja wohl hoffen, dass wir jetzt nach Hause fahren, Junge. Wenn Aurora Captain wieder ihre Flausen in den Kopf setzt und ich gleich für die nächste haarsträubende Nebenmission beidrehen soll, könnt ihr euch auf handfeste Meuterei gefasst machen. Nicht *einmal* wird auf Ältere Rücksicht genommen auf diesem Schiff, ich sag's ja immer. Ich brauche endlich wieder echten Grog in den Magen. Hol mir wenigstens was von dem Schlabberzeug ran und bring was zu Knuspern mit, sei so gut. Meine alten Knochen brauchen Ruhe und Salz.«

Zèklè lachte mitfühlend, legte sein Fold aber tatsächlich beiseite und schwang sich mit einem lässigen Hüpfer über die Sofalehne zu Viv hinüber. Er blinzelte ihr schalkhaft zu und hob beredt die Schultern, während er vor der Brust mit der Hand ein Plappermaul nachahmte, wo Edna es nicht sehen konnte. Dann schob er sich an ihr vorbei hinter die Bar, stopfte eine Tüte mit winzigen getrockneten Fischen in die Tasche seiner Baggys und nahm zwei der Drinks vom Tresen.

Er war gerade wieder beim Sofa angekommen, hatte Edna ihre Bestellung ausgehändigt und ein tröstendes Schulterklopfen hinzugefügt, als die Tür ein zweites Mal aufschwang.

»Yuu, yuu, habt ihr die Party ohne mich angefangen?« Loraj wuschelte durch ihren Afro, während sie sich umsah. »Huh, Cocktails?! Nice!« Ohne weitere Umschweife kam sie zu Viv hinüber geschlendert und nahm sich einen Drink. »Danke!«

Viv sagte nichts. Sie fühlte sich nicht danach. Sich in einem potenziell feindlichen Umfeld zu sozialisieren und Vertrauen zu schaffen, war normalerweise eine ihrer Routineaufgaben, aber sie war da oben an Deck definitiv zu sehr und zu anhaltend aus dem Takt geraten. Es war Herausforderung genug, dem Gespräch zu folgen, ohne sich von dem Gewitter in ihrem Kopf davon ablenken zu lassen. Also beobachtete sie bloß, wie Edna in ihrem Cocktail rührte und den ganzen Inhalt der Trockenfischtüte in ihre riesige Hand schüttete, und hielt sich an ihrem eigenen Drink fest.

»Wo steckt Sorcha?« Die Navigatorin schaffte es, selbst mit dem Mund voller Fisch streng und anklagend zu klingen.

Loraj pustete durch den Strohhalm in ihren Cocktail, dass die Blasen bis über den Glasrand quollen. »Upsi. Ähm. Kannst du mir einen Lappen geben ... wie heißt du noch mal?«

»Ich glaube, wir haben uns noch nicht vorgestellt«, sagte Viv und warf ihr ein feuchtes Tuch zu, das über dem Spülbeckenrand gehangen hatte.

»Oh. Ja. kann sein.« Loraj wischte hastig die kleinen Pfützen am Boden auf, wobei sie noch mehr von ihrem Drink verschüttete. Sie fluchte genervt, während Zèklè ein Glucksen hören ließ und Edna leidgeprüft stöhnte.

Endlich hatte Loraj die klebrige Flüssigkeit aufgewischt und warf den Lappen quer über die Theke zurück ins Spülbecken, wobei er eine Spur feuchter Spritzer in seiner Flugbahn hinterließ. Ein weiteres Seufzen aus Ednas Richtung war die Antwort, und Viv musste zugeben, dass auch sie sich innerlich wand bei so viel personifiziertem Chaos. Loraj zuzusehen, weckte in ihr den Drang, überall hinter ihr noch einmal gründlich nachzuwischen.

»Na, jedenfalls«, sagte Loraj und stellte ihren nur noch halb vollen Drink auf den niedrigen Tisch zwischen den Sesseln, ehe sie sich neben Zèklè aufs Sofa plumpsen ließ. »Sorcha hat gesagt, sie muss noch was unter Deck erledigen und ist abgehauen. Keine Ahnung, was sie macht. Geht sicher mit der Maschi... au!« Entrüstet drehte sie sich zu Zèklè um. »Ou tens nihim?! Eh, fàs!«

Zèklè schüttelte mit Nachdruck den Kopf und Viv sah seine Hände sprechen. Lorajs Augen wurden groß und sie legte schnell die Finger vor den Mund.

Aber Viv hatte bereits aufgehorcht. Die Maschine? Etwas summte hinter ihrer Stirn bei dem Wort. Mehr denn je war ihr klar, dass sie sich unter Deck würde umsehen müssen. Vor allem aber musste sie jetzt sehr genau zuhören, falls Loraj sich noch mal verplapperte.

»Na, jedenfalls, sie kommt bestimmt gleich.« Loraj lehnte sich zu Edna und stibitzte ein paar Fische aus ihrer Hand, um sie sich in den Mund zu werfen. »Hey, du kannst dich übrigens gern rübersetzen ...

wie auch immer du nun heißt. Wie heißt du denn? Oder sollen wir dich einfach Geisel nennen?«

»Lieber Viv«, sagte Viv, nahm ihren Drink und hockte sich in den letzten freien Sessel.

Loraj legte den Kopf schief. »Ich mag deinen Style.« Sie griff ebenfalls nach ihrem Glas und trank einen Schluck – nur um umgehend das Gesicht zu verziehen und sich zu schütteln. »Whoa, bitter. Aber geil.« Sie wiederholte die Folge und lachte. »Ich bin Loraj. Zèklè ist mein kleiner Bruder, und Edna kennst du ja schon.«

Viv ermahnte sich zum Lächeln. Vielleicht war es doch keine so große Zeitverschwendung, mit der Crew abzuhängen.

Socialize. Du kennst das Spiel.

»Danke. Seid ihr, also ...« Sie räusperte sich, als ihr wieder einfiel, wie schnell Geschichten sich auf diesem Schiff verändern konnten. »Vince hat euch Gewitterkids genannt.«

Das Grinsen auf Lorajs rundem Gesicht wurde noch breiter. Zèklès Lächeln allerdings verblasste, und er zupfte unruhig an den Enden seiner Cornrows, als Loraj ihm schwungvoll den Arm um die Schultern legte. »Sind wir ja auch. Blitz und Donner.«

»Ah. Und wer von euch ist Blitz und wer ist Donner?«

»Zèklè heißt Blitz«, erklärte Loraj bereitwillig. »Und Loraj Donner. Auf Haitianisch-Kreolisch. Wir kommen vielleicht von dort.«

Viv musterte sie ein wenig verwirrt über ihren Strohhalm hinweg. »Vielleicht?«

Zèklè bewegte sich unruhig, sodass Lorajs Arm von seiner Schulter rutschte. Loraj allerdings schien seine Gesten gar nicht zu bemerken – oder sie zu ignorieren.

»Loraj«, grollte Edna, aber Loraj ignorierte auch das.

»Wissen wir nicht genau. Niemand weiß es. Wir sind ja geflüchtet, als wir noch klein waren. Also. Zèklè erinnert sich manchmal. Nachts. Wie das Schiff untergegangen ist.«

Dafür steckte sie einen erneuten Rempler von Zèklè ein, der anschließend nachdrücklich in ihre Richtung gebärdete.

»Jaja, das Boot, ich weiß.« Loraj runzelte irritiert die Stirn. »Aber das Schiff doch auch. Das Schiff ist auch untergegangen; das große, wo wir Cicatriz getroffen haben, und der Sturm war viel schlimmer als der, in dem wir mit Manman …«

Zèklè holte tief Luft. »Ou tamam. *Solè!*« Er starrte seine Schwester an, während seine Hände viel mehr sagten als seine Worte. Es war das erste Mal, dass Viv seine Stimme hörte, und er schien sehr aufgewühlt zu sein.

Loraj hingegen gab gar keinen Laut mehr von sich. Nur ihre Hände sprachen in unfassbarer Geschwindigkeit. Schließlich schubste sie Zèklè mit beiden Fäusten gegen die Brust, um ihn danach fest in die Arme zu nehmen.

»Ist schon gut, wirklich.« Viv fühlte sich plötzlich unangenehm befangen. Ihr fiel wieder ein, was Vince über die Zwillinge gesagt hatte. Dass sie traumatisiert waren und ihre Geschichte nicht dazu da war, Vivs Neugier und Unruhe zu besänftigen. »Tut mir leid, dass ich gefragt habe.«

Eine kleine Weile war es unbehaglich still. Dann setzte Loraj sich auf, griff nach ihrem Glas und begann erneut, durch den Strohhalm zu blubbern. Vorsichtiger diesmal. Zèklè lachte diesmal auch nicht, sondern streichelte ihren Rücken. Und Edna beobachtete die zwei, aufmerksam und besorgt, als wartete sie ab, ob ein Eingreifen nötig würde.

»Sorry. Ist nicht deine Schuld. Ich muss immer viel drüber reden, was uns passiert ist«, sagte Loraj irgendwann leise. »Und Zèklè … na ja.« Sie warf einen schnellen Blick zu ihrem Bruder, als wollte sie sich vergewissern, dass dieser Teil der Geschichte für ihn in Ordnung ging. »Merkst du ja. Genau das Gegenteil.« Sie zuckte die Schultern und atmete einmal tief durch, während Zèklè den Arm um sie legte und ermutigend drückte.

Loraj rührte mit ihrem Strohhalm die Eiswürfel um. »Also, Blitz und Donner. Cicatriz hat uns so genannt, nachdem er uns adoptiert hatte. Weil er dachte, das wär's, was wir gesagt haben, als er uns nach unseren Namen gefragt hat. War eigentlich bloß ein Missverständnis, aber uns gefällt's. Jetzt sind wir Gewitter. Das passt zu uns, und wir müssen unsere echten Namen niemandem sagen.«

Viv musste zugeben, dass sie verwirrt war. Verwirrt und fasziniert und vor allem unerwartet berührt von all den Kontrasten, plötzlichen Stimmungswechseln und Schicksalen, die diese beiden jungen Menschen verkörperten. Dabei hatte sie doch bloß eine unverfängliche Frage stellen wollen. Es gab nichts, was sie hätte sagen können, nichts in ihrem sonst so universellen sozialen Werkzeuggürtel, das ihr geholfen hätte, souverän mit der Geschichte eines Traumas umzugehen, das sie in ihrem Leben niemals wirklich würde verstehen können. Zum ersten Mal fragte sie sich, ob die Piratenrepublik wohl ein Ort war, der vor allem solche Schicksale auffing – und was das bedeuten musste für die Blicke und das Urteil, die sie bisher für die Menschen dort übriggehabt hatte. Oder für ihre eigene Arbeit. Die Aufträge, die sie ausführte. Ihr bisheriges Wertesystem. Es war wie in der Nacht mit Vince im Container. Ein eigentümlich verletzliches Gefühl, sich eingestehen zu müssen, dass sie womöglich ihr ganzes Leben lang selbstgerecht ignorant gedacht und gehandelt hatte.

»Spielst du Karten?«, fragte Edna unvermittelt.

Viv spürte, wie sich ein verblüfftes Lächeln auf ihr Gesicht schlich. Vor allem, als sie sah, wie sich die Mienen der Zwillinge augenblicklich aufhellten. »Sehr gern sogar.«

Das brachte ihr ein begeistertes Grinsen von Loraj ein. »Nice! Auch sehr gut?«

»O ja.«

»Perfekt!« Loraj sprang auf. »Dann lasst uns …«

Sie hatte noch nicht ganz ausgesprochen, als die Tür zum dritten Mal an diesem Morgen aufgestoßen wurde.

Auf der Schwelle stand Sorcha.

TAG 1

31° N 65° W
30. März 2091, 10:49
an Bord der Sweet Magda

Aurora erwartete Vince und Cicatriz an Deck, zwischen den Reihen der Container, die dafür hergerichtet worden waren, Hunderte Geflüchtete aufzunehmen und sie aus dem Golf von Mexiko nach New Florida zu bringen. Zuwachs für die junge Republik, die noch an allen Enden zu wenig von allem hatte. Abgesehen von Feuerkraft vielleicht.

Es herrschte rege, aber organisierte Betriebsamkeit. Knappe Befehle, präzise Antworten, alles auf Spanisch. Anders als Vince hielt Aurora nichts davon, die verschiedenen Sprachen ihrer Crew ausnahmslos flüssig oder mindestens auf einfachem Gesprächsniveau zu beherrschen, sondern forderte im Gegenteil, dass alle die ihre lernten – oder heuerte zumeist einfach gleich spanischsprachiges Personal an. Auch das war ein Style. Personalmangel gab es in Auroras Crew jedenfalls nie. Wohl aber eine recht hohe Personalfluktuation, was auch immer man davon halten wollte. Vince stand darüber kein Urteil zu.

Die *Sweet Magda* war auf den ersten Blick ein eher altmodisches Containerschiff, vintage geradezu, mit einem knapp fünfunddreißig Meter breiten Deck, auf dem bis zu vierzehn Container nebeneinander geladen werden konnten. Mit diesen Maßen war es regelrecht winzig gegenüber den Frachtriesen, die sonst den Atlantik kreuzten. Doch der Retro-Look täuschte. Captain Aurora hatte ihr Schiff mit nichts als High-End-Technologie aufgerüstet, akribisch zusammengekapert und vom Ingenieurspersonal der freirepublikanischen Reederei fachgerecht installiert. Die *Sweet Magda* war außergewöhnlich schnell für ein Frachtschiff, mit ihrem rund 70kW leistenden Motor unfassbar stark – und unter Deck bis an die Zähne bewaffnet.

Die Captain hatte ihren Gehstock lässig neben sich auf das Deck gestützt und ließ die Vorbereitungen für den Containertransfer um sich herumspülen wie ein Fels in der Brandung. Das Sonnenlicht funkelte auf dem polierten Metall ihrer Beinprothese, die unter dem aufgekrempelten Hosenbein ihrer Anzugshose hervorsah. Dazu trug sie Weste und Hemd und einen Trilby auf dem schwarzgrau melierten Haar. Vince hatte schon immer eine Schwäche für Auroras Stil und unbarmherzige Strenge gehabt. Besonders, wenn sie sich herumdrehte, an ihrem langstieligen E-Zigarettenhalter zog und auf diese verruchte Art die vollen Lippen verzog.

»Ah. Captain Vogelfrei.«

Vince spreizte die Flügel, kreuzte die Füße zu einer halb eingedrehten Verneigung und wünschte sich wie jedes Mal, die Erinnerung an die kiribatischen mwaie wären klarer und lebendiger geblieben. »Wir kamen zum Tanzen.«

Aurora hob kokett eine Braue. »Und wir zum Leben.«

Sie tauschten Wangenküsse zur Begrüßung, erst Vince und Aurora, dann Aurora und Cicatriz. »Fehlt da nicht eine in eurem berüchtigten Trio?«

»Wir haben eine Geisel an Bord. Sorcha behält sie im Auge.« Vince hatte mit dieser Frage gerechnet und sich auf die Antwort vorbereitet. Sich auf die *Bilder* vorzubereiten, die mit der Frage kamen, war allerdings weit schwieriger. Seit dem Zwischenfall mit Resiliência sickerten sie unaufhaltsam in Vince' Gehirn, und allein an sie zu denken, schien die Schleusen nur noch weiter zu öffnen. Erinnerungen an Ereignisse drangen ein, die in dieser Zeitlinie nicht stattgefunden hatten, noch gar nicht stattgefunden haben *konnten;* oder nein, vielmehr war es die Erinnerung an ein einziges Ereignis, wieder und wieder und wieder und wieder und *wieder* und doch ... niemals völlig gleich.

Wie sich die Welt von oben nach unten kehrte. Wie der Schmerz explodierte. Und der Fregattvogel fiel.

Wie oft, Sorcha? Wie oft hast du mich sterben sehen?

Aurora hob derweil das Kinn und zog erneut an ihrem Vaporizer. »Verstehe.« Sie warf einen langen Blick durch den weißen Dampf, der rasch im Seewind verwehte, hinüber zum Deck der *Revery*, wo Loraj und Sorcha inzwischen den zweiten WOOLWorks-Container in Position brachten.

»Wir sehen uns den Transfer von oben an«, bestimmte sie dann und bedeutete Vince und Cicatriz mit einem knappen Nicken, ihr zu folgen. »Dort können wir ungestört reden. Ich habe etwas aus der Republik zu berichten, das ihr hören wollt.«

Vince und Cicatriz wechselten einen raschen Blick. Es war ungewöhnlich, dass Aurora direkt zu vertraulichen Gesprächen übergehen wollte. Üblicherweise versuchte sie zuerst, Cicatriz für ihre Crew abzuwerben. Ein Bemühen, von dem sie wusste, dass es niemals Früchte tragen würde, weil Cicatriz' Loyalität unerschütterlich war; zu den Kids sogar noch mehr als zu Vince. Das hielt Aurora selbstverständlich von nichts ab. Heute jedoch schien sie mit den Gedanken ganz woanders zu sein. Ein in mehrfacher Hinsicht bemerkenswerter Verlauf also. Andererseits wusste Vince ja in Wahrheit schon, worum es bei dem Gespräch gehen würde. Und vor diesem Hintergrund erschien Aurora vielleicht sogar noch zu gelassen. Vince spürte ein eigentümliches Rauschen hinter der Stirn, das sich nach und nach bis ins Sichtfeld fortsetzte. Vielleicht wäre es doch die klügere Entscheidung gewesen, Sorcha mitzunehmen. Nicht die Wut sprechen zu lassen, sondern die rationale Abwägung. Vince hätte in diesem Moment etwas Orientierungshilfe wirklich gut gebrauchen können.

Bleibt die Frage, ob Sorcha dafür überhaupt noch die richtige Person ist.

Vince starrte auf das Deck der *Revery* hinüber, wie Aurora es eben getan hatte, suchte nach der so vertrauten Gestalt, aber sie war nicht mehr dort. Nur Loraj kletterte noch behände über die Container, unbeeindruckt von Wind und Seegang, und hakte die Karabiner des Lastenkrans der *Sweet Magda* in die Trageösen.

Und die Wut. Die war leider ebenfalls noch da, saß unerreichbar tief in Vince' Bauch. Wut auf eine Person, auf die Vince niemals wieder hatte wütend sein wollen. Nicht so. Und doch war es für den Moment die einzig fassbare Reaktion auf ein Erlebnis, das kein menschliches Gehirn wirklich begreifen konnte. Niemand sollte sich an den eigenen Tod erinnern. Schon gar nicht in mehr als hundert Variationen. Was half jetzt noch gegen das Gefühl, in Wahrheit gar nicht hier zu sein?

Verflucht, warum musstest du lügen? Denkst du wirklich, ich will unbedingt sterben?

Aurora führte sie derweil hinüber zur Brücke, einem breiten, turmhohen Aufbau auf dem Mitteldeck, fast wie ein altmodisches Hochhaus. Eine Hebeplattform lief an der Außenwand nach oben. Aurora trat zuerst darauf und stemmte ihren Gehstock auf das raue, leicht angerostete Metall. Als Cicatriz und Vince zu ihr traten, legte sie einen in den Boden eingelassenen Hebel um, und die Plattform stieg langsam aufwärts. Die geschäftige Crew der *Sweet Magda* wurde klein zu ihren Füßen, der Horizont rückte ein Stück weiter in die Ferne und schien gleichzeitig näher zu kommen.

»Verstehe ich es also richtig«, sagte Aurora, als sie mit einem letzten Ruckeln auf Höhe der obersten Fensterreihe stehenblieben, »dass die *Revery* auf dem Rückweg nach New Florida ist?«

Vince trat an den Rand der Plattform und schob die Fußspitzen so weit über den Rand, wie es möglich war, ohne das Gleichgewicht zu verlieren. Die Tiefe war so verlockend. Vince hatte noch nie Angst vor dem Fallen gehabt.

Bis heute.

»Fürs Erste, ja. Der Frachtraum ist voll, es gibt einiges zu sichten und zu verkaufen, und wir waren diesmal lange draußen.«

Eine ganze Weile antwortete darauf nur der Wind, der hier oben noch so viel stärker pfiff. Eine so lange Weile, dass Vince schließlich über die Schulter zu Aurora zurücksah. Und zu Cicatriz, der wie zufällig nah genug stand, um Vince festzuhalten, falls es nötig wurde. Aurora war so etwas wie eine Freundin, mindestens Verbündete, und das seit Jahren. Aber das hieß nicht, dass sie es nicht eines Tages für sinnvoll halten konnte, einem von ihnen den Gehstock in den Rücken zu stoßen. So war das Leben in der Freien Republik. Keine Gesetze außer denen, die man sich selbst schrieb.

Heute allerdings tat sie es nicht.

»Sehr lange, das kann man wohl sagen.« Aurora zog ein weiteres Mal bedächtig an ihrer E-Zigarette. »Du wirst dringend erwartet, möchte ich erwähnen.« Sie steckte den Dampfer weg, richtete ihren Hut und schlug zweimal leicht mit dem Gehstock gegen ihre Prothese – und Vince wusste, es war der Moment. Der Moment, der alles verändern würde.

»Etwas Großes ist im Gang, Frigatebird. Etwas immens Großes für die gesamte Republik. So viele Crews wie möglich werden dafür an einem Strang ziehen müssen. Und Crews wie deine ganz besonders.«

Vince rang sich zu einem belustigten Hüsteln durch, als der Wind wie gerufen dramatisch auffrischte. »Ist es so aufregend, wie es klingt, oder sollten wir deinen üblichen Pathos doppelt herausrechnen?«

Aurora zuckte nicht mit der Wimper. »Rechne ihn dreifach heraus, und es ist immer noch die größte Sache seit der Eroberung von NOAH#00.«

Es war nicht leicht, angemessen viel Unbedarftheit und nun doch erwachendes Interesse vorzutäuschen, während all die Bedeutsamkeit und die Vorahnungen immer wieder wie ein Zyklon durch Vince' Körper tosten. Und dieses Wissen, oh, das Wissen um das Fallen und Sterben, so neu und erschütternd, und doch blieb am Ende des Tages nur eine einzige wirklich relevante Frage übrig:

War Vince nach alldem, *mit* alldem, immer noch überzeugt, Sorchas Plan zu unterstützen? Nun, da klar war, dass der Raid, dessen tollkühne Idee Aurora ihnen hier vorstellen wollte, gar nicht schiefgegangen war? Würde die Eroberung von NOAH#04 scheitern, wenn Vince sich zu leben entschied?

Was war ein einzelnes Leben *tatsächlich* wert, im Tausch gegen das Gelingen dieser auch ohne jeden Pathos unfassbar großen Sache?

Eine neue Stadt für die Republik.

Vince dachte die Worte im selben Moment, in dem Aurora sie aussprach. Eine neue Stadt; mehr Raum für all die Menschen, die ein Leben und Zuflucht in Gerechtigkeit suchten – und zugleich so viel mehr. Ideale, Hoffnungen, die älter waren als Vince, die schon Iotebas Leben vor und auf der großen Reise bestimmt hatten. Hoffnungen, die für Kiribati auf so brutale Weise zerschmettert worden waren. Ioteba dachte an überschwemmtes Land und versalzte Brunnen, an die Nachrichten über einen heftigen Zyklon, der jene künstlichen Inseln zerstört hatte, die neues Land für Kiribati hätten sein sollen. Eine Evakuierung, die Ioteba nur aus der Ferne hatte mitverfolgen können. Er war nicht einmal dort gewesen, als seine alte Heimat endgültig unterging.

Was war es wert, diese Hoffnung für eine neue Heimat weiterleben zu lassen?

Vielleicht kannte Sorcha ihn doch zu gut.

»NOAH#04.« Auroras Stimme riss Vince zurück aus der Erinnerung und dem Schmerz. Sie starrte Vince und Cicatriz nun mit flammendem Blick an. »Wenn die Stadt Richtfest feiert, werden wir dort eindringen, den Lotos nach New Florida bringen und den gesamten NCRES als Geiseln nehmen.«

Es kostete Vince beachtliche Mühe, bei ihren Worten nicht die Augen zu schließen. Sich nicht den Bildern und Empfindungen zu ergeben, die sie begleiteten.

So viel Feuerwerk im Kopf an einem einzigen Morgen.

Schillernde Fassaden, ein sturmgrauer Himmel. Die Detonation, die die Wurzel der Stadt aus dem Meeresgrund riss. Eine gewaltige Flotte von Piratenschiffen. Alles überstrahlender Triumph.

Und das Ende. Das oh so bittere Ende.

»Und warum werden ausgerechnet wir so dringend erwartet?« Cicatriz, der beneidenswerterweise nichts von all diesen Bildern wusste und auch nicht erfahren würde, musterte Aurora mit abwehrend verschränkten Armen. »Es sollten doch alle wissen, dass wir ohnehin dabei sind.« Sein Blick wanderte zu Vince, und das Narbengewebe um seine Mundpartie kräuselte sich. »Dieser Vogel fliegt ja in jeden Sturm, den er finden kann.«

Auroras Lippen zuckten amüsiert. »Und eben das ist der Grund, mein lieber Cicatriz. Die *Revery* ist nun mal ein besonderes Schiff mit einer besonderen Crew, die *besondere Talente* besitzt. Deshalb habe ich mir herausgenommen, euch in eurer Abwesenheit für einen *besonderen Job* vorzuschlagen.« Nun zuckte auch ihre Augenbraue. »Er beinhaltet Explosionen. Womöglich ist das ein Argument für euch.«

Das brachte Vince nun doch beinahe zum Lachen. Schmeicheleien gehörten normalerweise nicht zu Auroras rhetorischem Repertoire. »Was ist das für ein Job?«

Aurora lüftete kurz den Hut. »Keine Sorge. Es würde mich wirklich sehr wundern, wenn er euch nicht gefällt.«

Vince hörte Cicatriz leise schnauben. Nachvollziehbar. Wäre all das nicht von Aurora gekommen, wäre es höchst verdächtig gewesen. Edna würde es auch nicht gefallen. Aber Vince und Aurora verband genug gemeinsame Geschichte, um ihr zumindest eine Basis an gutem Willen zu unterstellen.

»Erzähl uns mehr darüber.«

Eine Weile sah Aurora schweigend nach unten, wo die Überführung der Container auf das Deck der *Sweet Magda* nun beinahe abgeschlossen war. Ein grimmiges Schmunzeln umspielte ihre Lippen. »Um die Stadt abschleppen zu können, müssen wir uns durch die Sicherheitsbarrieren des umgebenden Seegebiets schleichen und die Wurzel der Lotosblüte sprengen. Ich kann nur für mich sprechen. Aber ich persönlich weiß niemanden in der gesamten Republik, dem ich so eine Aufgabe lieber anvertrauen würde als Captain Vogelfrei und dem verlässlichsten Detonationsexperten, den je eine Crew gesehen hat. Zumal ich auch keine andere Crew kenne, die so viel unverschämtes Glück in ihren Aktionen vorweisen kann, wie tollkühn sie auch sind. Man könnte fast glauben, ihr könntet in die Zukunft sehen, Frigatebird. Also.« Sie trat näher und hob ihr Kinn, um Vince tief in die Augen zu sehen. »Was siehst du in Bezug auf Operation Raid?«

Mehr Bilder fraßen sich durch Vince' Hirn wie ein Flächenbrand, wüteten über die Haut, durch den Körper, und für einen Moment wollte Vince sich doch einfach fallen lassen, in die Unausweichlichkeit, jetzt schon.

Aber was für ein Ende wäre das?

Bedeutungslos.

Und vielleicht war die Frage ja gar nicht, wie viel ein einzelnes Leben wert war. Sondern wie viel es noch bewegen wollte.

Alles. Ich will alles bewegen. Bis zum letzten.

Es tut mir leid, Sorchee.

Vince starrte mit ebenso flammendem Blick zu Aurora zurück, in vollem Bewusstsein, dass die nächsten Worte den nächsten Riss, den nächsten Schlag gegen diese Realität bedeuteten. »Erzähl uns fucking mehr darüber.«

NEXUS

Zeitlinie: N/A
Koordinaten: N/A

Zu dritt stehen Vince, Sorcha und Cicatriz an der Reling und sehen der *Sweet Magda* nach, wie sie mit dröhnenden Maschinen ihre Fahrt wieder aufnimmt und Richtung Mexiko davonrauscht. Wieder kommt die *Revery* im Kielwasser des Frachters heftig ins Schlingern, hüpft förmlich auf den Wellen auf und ab, als wäre sie selbst nichts weiter als ein Beiboot.

Dann beruhigt sich das Meer, und mit ihm das Deck, das nicht mehr von einer Schieflage in die andere schaukelt. Nur der Wind flattert und knarzt noch leise in den gerafften Segeln.

Was bleibt, ist der Gedanke an den wirklich ungeheuerlichen Vorschlag, den Aurora ihnen gerade unterbreitet hat.

»Also schön. Was uns an dieser Stelle brennend interessiert, ist: Was du denkst.« Vince wendet sich vom Meer und dem immer kleiner werdenden Frachtschiff ab und deutet erst auf Cicatriz, dann auf Sorcha. »Und was du weißt. Und umgekehrt.«

Erstaunlicherweise ist es Cicatriz, der zuerst antwortet. Üblicherweise braucht er länger als Sorcha, um seine Gedanken in Worte zu fassen. »Falls ihr wissen wollt, ob ich es für möglich halte, in mehreren hundert Metern Seetiefe eine Reihe Hochsicherheitsfenster zu sprengen: Ja. Ich gehe davon aus, dass sich die Gummimasse, die ihr gestern für die Flucht aus Cape May benutzt habt, auch in formstabilere, halbelastische Klebebänder verarbeiten lässt. Braucht dann eventuell etwas mehr Energie für die Zündung, aber bei einer Sprengung von der Größe wollt ihr sowieso nicht danebenstehen. Wollt ihr *nicht*«, betont er mit Nachdruck, als hätte Vince tatsächlich etwas in der Art gesagt und nicht bloß gedacht. »Denn dann habt ihr auch keine Gelegenheit mehr, im Anschluss euer zerstörtes Gesicht zu bewundern, weil es kein Gesicht mehr gibt.«

Vince lacht leise und spürt zugleich ein seltsames Kribbeln hinter der Stirn. Cape May? Etwas daran klingt falsch. Und richtig zugleich, wie ein Puzzleteil, das an der passenden Stelle liegt, aber falsch herum gedreht ist. Gestern war doch die Flucht von der Gefängnisinsel, die absurd gut gelaufen ist, dank Sorchas Planung und Hinweise durch die Maschine. Warum also fühlt es sich an, als hätte Cicatriz eigentlich »HU-Tower in New York« sagen sollen?

Und warum scheint es für einen Moment verwunderlich, dass Sorcha hier mit ihnen steht? Sie waren gerade zusammen bei Aurora ... oder nicht?

Vince schiebt die Gedanken entschieden zur Seite. Das ist definitiv ein Später-Problem. Wenn es überhaupt eines ist. »Verstanden. Explosionsgummi mit Fernzündung also. Und das funktioniert?«

Cicatriz zuckt die Schultern. »Aus der Ferne ist *mehr Wumms* immer eine praktikable Lösung. Vor allem, wenn die Energieschwelle für die Detonation ausreichend hoch liegt, dass der Transport zum Zielort verhältnismäßig risikofrei ist. Sogar für euch.«

Vince lächelt breit und ignoriert das visuelle Flickern, das sich zu dem Kribbeln hinter der Stirn gesellt. »Nos encanta, amor. Wann haben wir dir zuletzt gesagt, wie sehr wir dich lieben?«

Ein Schmunzeln huscht um Cicatriz' vernarbten Mund. »Bucht mir lieber ausreichend Laborstunden, wenn wir zuhause sind. Ein paar Testläufe wird es brauchen, und die Zeit ist knapp.«

»Darauf kannst du wetten.« Vince wendet sich zu Sorcha um. Die Welt schaukelt dabei, obwohl die See immer noch ruhig ist und die *Sweet Magda* inzwischen weit entfernt. Das unangenehme Rauschen hat es inzwischen bis in die Ohren geschafft, stört den Gleichgewichtssinn. Vince tippt zwei Fingerspitzen an die Reling, um sich zu erden.

Brrrrzzzz. Flicker. Flick.

»Sorchee? Was sagst du?«

Sorcha ist immer noch so ungewöhnlich still. Sie steht da, den Blick unverwandt auf das ferne Schiff geheftet, das ihnen die Botschaft vom großen Raid gebracht hat. Hat es sie so aus der Fassung gebracht? Das klingt nicht nach ihr.

Oder ... hat sie vielleicht schon gewusst, worum es bei dem Gespräch gehen würde? Der Gedanke taucht unerwartet in Vince' Kopf auf. Es wäre das erste Mal, dass sie über zukünftige Ereignisse informiert ist, ohne dass sie diese Information gezielt mithilfe der Maschine eingeholt hat. Das ist nicht, wie es normalerweise läuft. Es ist nicht, wie es laufen *sollte,* weil Derealisationen wie diese ein Zeichen sein können, dass die Nutzung der Maschine außer Kontrolle gerät.

Derealisation ... Sorcha hat es schon oft beschrieben. Kann es das sein, was Vince gerade spürt? Aber Vince hat die Maschine noch nie benutzt. Oder? Auch der Gedanke fühlt sich wie ein verdrehtes Puzzleteil an, richtig und falsch zugleich.

Verflucht. Vielleicht doch kein Später-Problem.

»Sorcha?«

Jetzt endlich dreht sie sich zu ihnen um, die Miene abwesend und seltsam fahl, als wäre ihr übel. Dabei ist ihr nie übel, nicht ihr, nicht im schlimmsten Sturm. Ob sie überhaupt gehört hat, worüber sie gerade gesprochen haben?

»Vince.« Selbst ihre Stimme ist ungewohnt blass. Ihre Hände umklammern die Reling hinter ihr, ihr Daumen reibt fahrig über eine aufgeplatzte Stelle im Lack. Ihr Blick trifft den von Vince, verhakt sich darin, als wolle sie sich festhalten; als könne sie sich in diesem Blick irgendwie verankern, um nicht mitgerissen und davongetrieben zu werden, von was auch immer gerade über sie hinwegflutet. Es ist dieser Moment, in dem Vince endgültig begreift, ... *weiß,* ohne wirklich zu *verstehen*, dass sich hier und jetzt die Realität verbiegt. Dass Teile versuchen, ineinander zu greifen, die nicht richtig ineinanderpassen und nur mit beachtlicher Gewalt zu einem Ganzen gepresst werden können.

Vielleicht wird es gelingen. Vielleicht wird alles dabei zerbrechen.

Und wenn es zerbricht, wo werden sie landen?

»Wir müssen reden.« Es ist Sorchas Flüstern, das zuerst zerbricht. Tausend winzige Teile, die auf das sonnenüberflutete Deck fallen. »Allein.«

Auf dem Weg zur Kapitänskabine greift Vince nach Sorchas Hand, sobald sie außer Sichtweite sind. Wenn schon so viel auseinanderfällt, dann soll wenigstens etwas zusammenfinden, und ihre Hände passen genauso gut ineinander, wie es schon immer gewesen ist. Vince spürt Sorchas Herzschlag in ihren Fingern pochen, ihre Haut ist schwitziger als sonst.

Vince hält sie noch etwas fester. »Hey. Wie schlimm ist es?«

Sorcha bleibt stehen. Der Wind treibt ihr die dunkelbraunen Locken in die Augen, aber sie scheint es nicht mal zu merken.

»Ich ... es ist ...« Ihre Stimme ist kaum zu hören über dem Rauschen und Pfeifen und Knarren um sie herum. Sorcha sammelt sich, strafft sich sichtlich. Und dann spricht sie es aus.

»Wegen dieser Operation, von der Aurora vorhin gesprochen hat. Sie wird schiefgehen. Meinetwegen.«

Also doch. Sie hat es gewusst und für sich behalten, obwohl sie selbst gesagt hat, es sei ein ernst zu nehmendes Warnsignal für Derealisation und drohende Instabilität, wenn das passiert. Vince lässt ihre Worte in sich nachklingen, versucht, die Empfindungen zu verstehen, die sie auslösen – die Sorge, aber auch leise Wut, die allerdings seltsam weit entfernt scheint. Vergeblich. Wie kann Verständnis funktionieren, wenn alles, was wirklich dahintersteckt, ein großes Fragezeichen bleibt? Die Maschine, Quantenverschränkungen, der Informationsaustausch mit Vergangenheit und Zukunft ... all das ist so komplex, so verwoben und empfindlich, dass es einen hochanalytischen Verstand wie Sorchas braucht, um den Überblick zu behalten.

Oder vielleicht ist es selbst für sie inzwischen zu groß.

Sorchas Lippen bewegen sich, jetzt ist gar nichts mehr zu hören, so leise spricht sie – und dann packt sie Vince' Hand fester als je zuvor und geht mit großen Schritten voran noch ein Stück den Deckgang hinunter, in eine halbwegs windgeschützte Nische zwischen zwei Beibooten. Den Rücken gegen einen Rettungsring gepresst zieht sie Vince zu sich und in einen Kuss, der sich so verzweifelt anfühlt, als müssten sie im nächsten Moment beide darin ertrinken.

»Ich brauche Hilfe.« Sorcha hält sich mit beiden Händen am Revers von Vince' Hemd. »Ich hab versucht, es allein zu schaffen, aber es … ich …« Sie bricht ab, schüttelt den Kopf. Unmöglich, ihr Gesicht zu lesen. Unmöglich zu begreifen, was hinter ihrer Stirn vor sich geht. Welche Welten dort gerade einstürzen. Was hat sie gesehen? Was wird auf dieser Operation passieren, und was hält sie davon ab, es zu erzählen?

»Warum, Sorchee?« Vince legt ihr beide Hände auf die Schultern und sieht sie eindringlich an. »Warum denkst du, du müsstest das ganz allein in Ordnung bringen?«

Sorcha beißt sich auf die Unterlippe. Ihre Augen glitzern feucht, und da sind so viele Worte in ihrem Blick. So viel, das ihr offenbar durch den Kopf geht, so viel, das sie *sagen* möchte. Aus ihrem Mund aber kommt nichts davon.

»Dafür, dass du reden wolltest, schweigst du ganz schön viel, weißt du?«

Darüber lacht Sorcha ein wenig, zum Glück, aber das Sprechen gelingt ihr offenbar noch immer nicht.

Vince seufzt resigniert, streicht ihr mit den Knöcheln über die Wange und dann durchs Haar und legt schließlich die Arme um ihre Hüfte, um sie an sich zu ziehen und das Kinn auf ihren Scheitel zu legen. »Versuchen wir es anders. Wobei genau brauchst du Hilfe? Was ist dein Plan?«

Denn dass sie einen Plan hat, da ist Vince sich absolut sicher. In all den Jahren, in denen sie sich kennen, ist es noch nie vorgekommen, dass Sorcha *keinen* Plan gehabt hätte. Vor allem aber sind Pläne das, was sie zuverlässig zur Ruhe bringt, zurück ins Zentrum, immer.

Sorcha atmet spürbar tief ein. Dann löst sie sich ein wenig aus der Umarmung, um Vince ins Gesicht sehen zu können. In ihren Augen spiegelt sich Dankbarkeit – und endlich auch wieder die Entschlossenheit, die Vince von ihr kennt.

»Wenn wir an dieser Operation teilnehmen. Wenn wir in dieser Stadt sind und ihre Wurzel sprengen – und das werden wir, mach nicht dieses Gesicht, natürlich werden wir das, hell no, ich *weiß*, dass du darüber nicht diskutieren wirst, okay? Will ich auch gar nicht.« Sie schüttelt den Kopf. »Aber wenn wir in dieser Stadt sind, dann ... müssen wir eine Geisel nehmen.«

»Eine Geisel?«

»Ja. Eine ganz bestimmte. Sie *muss* an Bord der *Revery* kommen.«

Das ist alles?, denkt Vince und weiß zugleich, dass natürlich mehr dahinterstecken muss, so viel mehr sogar, wenn alles daran hängt, dass sie diese eine Person hierher holen. Wenn Sorcha es als den einzigen Weg sieht, wie sie diese Operation noch retten kann, die vielleicht, womöglich, *offenbar* schon unzählige Male gescheitert ist.

Und – *hell no!* – sie werden diese Operation tatsächlich nicht scheitern lassen, da hat Sorcha recht. Es ist so viel, so groß, es ist der Inbegriff dessen, was sie alle wollen und wofür sie beide kämpfen, seit sie das Flagg-Schulschiff der Akademie gestohlen und zu ihrem Piratenschiff gemacht haben. Ein Signalfeuer für die Freiheit, das Jahrzehnte brennen wird, wenn es ihnen gelingt.

Trotzdem hebt Vince nun bloß belustigt eine Braue und umfasst mit den Händen Sorchas Gesicht. »Und darüber machst du dir solche Sorgen?« Ein letzter Kuss, in der Hoffnung, dass sie endlich aufhört, auseinanderzufallen. »Geiseln sind doch unsere Spezialität!«

TAG 1

31° N 65° W
30. März 2091, 11:11
an Bord der Revery

Das Sonnenlicht hatte sich verzerrt. Es schien die falsche Farbe zu haben, oder vielleicht auch die falsche Helligkeit, eine Spur zu grell und eine Spur zu dunkel, beides zugleich. Vince schwankte und stemmte den Fuß im letzten Moment gegen das niedrige Geländer des Fallreep, das sie von der *Sweet Magda* zurück auf die *Revery* führte. Fast im selben Moment packte eine kräftige Hand von hinten den Ärmel der Kapitänsjacke – unnötig, zum Glück, und doch … ein Schreck, der tief in Vince' Magen fuhr, weil Cicatriz dieses Eingreifen für nötig gehalten hatte.

»Captain?«

Vince sah sich um, schüttelte abwehrend den Kopf und wünschte sich dabei selbst nichts mehr, als zu verstehen, was hier eigentlich gerade passierte. Was war das gerade schon wieder für eine Erinnerung gewesen? Wo kam sie her?

»Wo sind wir, Sorchee? *Wann* sind wir?«

»Ich … weiß es auch nicht genau, ehrlich gesagt.«

Noch ein Fragment, von so weit weg. Existierten diese Ereignisse überhaupt, oder waren sie nur ein Traum? Sorcha hatte so viel erklärt, wann immer es um die Maschine ging, aber konnte überhaupt irgendein Mensch all das wirklich begreifen?

Vince, so viel immerhin war sicher, konnte es nicht. Und trotzdem war etwas anderes mindestens ebenso sicher: Die Tatsache, dass dieses Gespräch mit Aurora, und vor allem die darauffolgende

Beratung mit Sorcha, ein wichtiger Knotenpunkt war. Ein Knotenpunkt, den Vince für diese Zeitlinie selbst vor kaum einer Stunde aus schlecht kanalisierter Wut heraus verhindert hatte, und womöglich war das einer der Gründe, warum es sich gerade so anfühlte, als ob alles um sie herum zerfiele.

Ihr wart tot!

Der Gedanke war wie Gift. Das Gefühl, nicht wahr, nicht wirklich hier sein zu können, in Wahrheit längst nicht mehr *existieren* zu können, zersetzte Vince von innen heraus.

Aber vielleicht war es noch nicht zu spät.

Vielleicht konnten sie es noch aufhalten, zusammen. Sie mussten dieses Gespräch führen, das Sorcha so wichtig war.

Trotz allen Schwindels und Rauschens sprang Vince mit einem letzten großen Satz an Deck. Strauchelte, nur kurz.

Pock. Padock. Tock.

Fing sich wieder.

»Hey.« Cicatriz' Hand lag plötzlich wieder schwer und fest auf Vince' Schulter, und Vince drehte sich ein letztes Mal um, um in sein besorgt gefurchtes Gesicht zu sehen.

»Pass auf dich auf.«

Endlose Sekunden hingen die Worte in der Stille. Und Ioteba bemerkte mit einem Mal, dass Vince fort war. Zerfallen wie alles andere um sie herum.

Ioteba lächelte, obwohl er selbst nicht mal wusste, warum.

Und dann rannte er.

TAG 1

31° N 65° W
30. März 2091, 11:02
an Bord der Revery

Du musst dich erinnern. Verdammt noch mal, reiß dich zusammen!

Es half nichts. Seit Sorcha hinter Vince und Cicatriz auf der *Revery* zurückgeblieben war, hatte sie alles, einfach alles versucht, um die Information aus ihrem Gehirn zu pressen: An welchem Punkt sie in diese Zeitlinie eingestiegen war, und vor allem, in welcher *anderen* Zeitlinie sie dafür den Hebel der Maschine umgelegt hatte. Unter welchen Bedingungen und mit wem.

Zwecklos. Alles, was sie erreichte, waren mehr widersprüchliche Erinnerungsfetzen, die nicht zusammenpassten, durchsetzt von Flackern, Rauschen, Pochen. Sie konnte nicht mehr. Sie musste sich hinlegen, ausschalten, neustarten.

Wenn sie nur nicht so genau gewusst hätte, dass sie das noch tiefer ins Labyrinth schleudern würde. Nein, so würde es nicht funktionieren. Sie brauchte mehr Informationen, mehr Daten, dann konnte sie es vielleicht ausrechnen. Stabilisieren.

Der Wind pfiff in ihren Ohren, als sie zum Gemeinschaftsraum unter der Brücke stapfte und die Tür aufstemmte. Edna und die Zwillinge waren dort, wie erwartet.

Und Resiliência. Sie saß in Sorchas Sessel.

Wir müssen reden. Allein. Die Worte lagen Sorcha auf der Zunge, fast wie ein Zwang. Aber wie schon im Traum mit Vince im Gewächshaus brachte sie sie nicht heraus. Es war wie eine Blockade, eine Schranke, die ihre Lippen verschlossen hielt.

Weil sie diese Worte schon gesagt *hatte*. Und weil Resiliência darüber hinaus auch noch die falsche Person war, um sie zu hören. Dabei *mussten* sie reden, und zwar allein. Sorcha hatte das Gefühl, an dem Widerspruch zu ersticken.

Hilflos sah sie zwischen Resiliência, Edna und den Kids hin und her. Dann zwang sie ihre Füße über die Schwelle und knallte die Tür zurück ins Schloss. Die Stahlplatten unter ihren Stiefelsohlen fühlten sich nachgiebig wie Marshmallows an. Sie quetschte sich neben Loraj und Zèklè auf das kleine Sofa und warf noch in der Bewegung eine Handvoll Müsliriegel auf den Tisch.

»Sorry noch mal. Wegen vorhin.«

Zèklè winkte abwehrend mit der Hand. Lorajs Gesicht leuchtete beim Anblick der Riegel auf, und sie öffnete den Mund – da erklang aus Ednas Richtung ein missbilligendes Schnauben.

»Das ist ja wohl nicht dein Ernst«, grollte sie, als hätte sie nur auf den Moment gewartet. Hatte sie vermutlich auch. Seit dem Plan mit der Flucht aus dem Tower war Edna angespannt gewesen. Überbesorgt, wie es so ihre Art war. Die Vorfälle heute brachten das Fass zum Überlaufen. »Was war da vorhin los? Das hätte verdammt schiefgehen können, also komm mir nicht mit Müsliriegeln, Mädchen!«

Sorcha drückte verkrampft an einem letzten Müsliriegel herum, der noch in ihrer Tasche gesteckt hatte, und fand es auf eine absurde Art beruhigend, wie er unter ihren Fingern in der Packung zu immer kleineren Krümeln zerbröselte. Wie alle an Bord wusste sie mehr als nur zu schätzen, was die Crew an Edna hatte. Sie wusste auch, dass diese barsche Art Ednas Form der Fürsorge war. Aber der Reflex, sie zu verkindlichen und klein zu machen – insbesondere, wenn sie mit etwas nicht einverstanden war, und ungeachtet der Tatsache, dass Sorcha mit sechunddreißig Jahren sehr sicher *kein* Mädchen mehr war –, machte es schwierig, vernünftig und sachlich auf ihre Vorwürfe zu reagieren.

»Es war ein technisches Problem«, wiederholte Sorcha, was sie an Deck bereits gesagt hatte. Dabei spürte sie Resiliências Blick auf sich und entschied, ebenso unverwandt zurückzustarren.

Du bist das technische Problem.

»Ich krieg das in den Griff, sobald wir zu Hause sind. Für den Moment ist es sicher.«

»Das ist es nicht«, polterte Edna unbeeindruckt weiter. »Du bist nicht konzentriert, Mädchen. Seit *Tagen* nicht. Das kann nicht mehr lange gut gehen und ich mach das nicht mehr mit, das kann ich dir aber sagen.«

»Edna. Ou ruu en«, warf Loraj beschwichtigend ein und sah zu Zèklè. »Es war doch gar nichts. Sah bestimmt viel gefährlicher aus, als es wirklich war. Nes veràd?«

Zèklè nickte bekräftigend und gebärdete einige fließende Gesten, die damit endeten, dass er die Finger beider Hände ineinander hakte und zweimal zu den Seiten auseinanderzog.

»Hah.« Edna schnaubte. »Ich lasse nicht ausgerechnet euch zwei entscheiden, was *nichts* oder *sicher* ist.«

Loraj und Zèklè tauschten einige beredte Blicke. Dann zuckten sie einvernehmlich die Schultern und griffen nach den Müsliriegeln.

Edna hingegen kam jetzt erst richtig in Fahrt. »Ich sag ja nichts, nicht wahr, seit Monaten sage ich nichts, zu all dem neumodischen Kram sag ich kein Wort, und Befehle sind Befehle, mein Los hab ich ja ohnehin gezogen mit diesem Captain, und bei Gott, ich sag nichts, aber wenn's damit endet, dass du dich und andere in Lebensgefahr bringst mit deinen Klicks und Knöpfchen, wenn das noch einmal vorkommt, dann steh ich nicht länger tatenlos dabei, da kannst du dir aber sicher sein, Frollein.«

»Es lag aber nicht an mir!« Sorcha schmetterte den zerbröselten Müsliriegel auf den Tisch und sprang auf. Ihre Stimme rutschte in eine empfindlich heisere Tonlage, und weit hinten in ihrem Hirn brüllte die Vernunft ihr zu, dass sie jetzt aufhören musste, dass sie nur noch mehr Schaden anrichten würde, wenn sie sich nicht stoppte.

Zu spät.

»Ich bin *nicht* diejenige, die hier alle in Gefahr bringt, okay?! Ich bin nicht das Problem, *sie* ist es!« Sie richtete ihren Zeigefinger quer über den Tisch auf Resiliência, die wie im Reflex ebenfalls auf die Füße sprang, als befürchtete sie, dass Sorcha gleich auf sie losgehen würde.

Sorcha war es egal. Scheiß auf allein reden. An diesem Punkt war einfach *alles* egal.

»Wenn ihr wüsstet«, brachte sie hervor, und es fühlte sich an wie bitteres Würgen. »Ihr wisst nicht, was … was sie …«

»Sorcha.« Loraj zupfte sie am Ärmel. Ihre Augen waren groß und verständnislos. »Sorcha, fàs. Ruu en.«

Ja, aufhören. Sich beruhigen. Schön gedacht, aber immer noch genauso unmöglich wie drei Sekunden zuvor.

Sie hat Vince umgebracht!! Ich habe es gesehen, Hunderte Male! Und sie wird es wieder tun! Wie könnt ihr hier mit ihr sitzen und Cocktails trinken?!

»Ich kann das alles nicht mehr.«

»Komm mir nicht so, Frollein!«, schnappte Edna. »Wer einen Job will, muss ihn ordentlich machen und Verantwortung übernehmen, sogar du.«

Nun fuhr Sorcha doch wieder zu ihr herum. »Jetzt hör endlich auf, mich anzufeinden!« Ihr auf Resiliência gerichteter Finger zitterte. »*Sie* ist die Feindin, *sie*, egal was sie …«

Ein Krachen unterbrach sie. Schwerer Stahl, der gegen die Wand des Aufenthaltsraums donnerte. Die Tür war ein weiteres Mal aufgestoßen worden, und der Seewind drang ein, heulte dramatisch um die Zargen und schob die Müsliriegel vom Tisch.

Auf der Schwelle stand Vince, das fast vollständig aufgelöste Haar flatterte in einer starken Bö und die eisenblaue Kapitänsjacke leuchtete im Mittagslicht.

»Sorcha! Wir müssen reden.« Ein bleischwerer, tosend lauter Moment der Stille, in dem alle Bewegung wie zu Salzkristallen erstarrt schien.

»Allein.«

TAG 1

31° N 65° W
30. März 2092, 11:20
an Bord der Revery

Vince hatte Sorcha an der Hand gefasst und zog sie hinter sich her, den Deckgang entlang, ohne sich ein einziges Mal nach ihr oder dem Rest der Crew umzusehen. Sorcha wusste, wohin sie gingen. Die Nische zwischen den Beibooten war von hier aus nicht weit.

Vince schob Sorcha zwischen die Boote, der Rettungsring drückte sich unsanft in ihr Kreuz und gegen ihren Hinterkopf. Dann stützte Vince die Hände rechts und links über ihren Schultern an der Wand ab und starrte Sorcha eindringlich ins Gesicht. Und Sorcha begriff, das hier war keine Sache zwischen ihr und Captain Frigatebird, nicht mal zwischen ihr und Vince. Es war viel persönlicher, ging tiefer, weiter in ihre gemeinsame Geschichte und Vergangenheit; berührte, was sie schon so lange teilten, einmal verloren und dann umso inniger wiedergefunden hatten.

»Du hättest es mir sagen müssen. Wie kommst du nur darauf, es wäre deine Entscheidung, was ich mit meinem Leben anstelle?«

Die Worte hätten wütend klingen können, aber sie taten es nicht. Sie waren weich und verletzlich, wie auch Iotebas Blick in diesem Moment weich und verletzlich war.

Und vielleicht deshalb, weil sie ebenso verletzlich war, sagte Sorcha genau das, was ihr in diesem Augenblick durch den Kopf ging. »Und wie kommst du darauf, dass ich akzeptieren muss, ohne dich zu leben, wenn ich eine echte Chance habe, es zu ändern?«

Das traf ihn, sie konnte es sehen. Er knickte ein Stück ein, unmerklich fast.

»Ach, Sorchee«, flüsterte er, ein gebrochenes Lachen in der Stimme. »Was soll ich denn dazu noch sagen?«

Seine Hand rutschte von der Wand, ein Stück tiefer, bis sie auf Sorchas Schulter lag, auf halbem Weg zu ihrem Nacken, so warm und vertraut.

Sorcha schüttelte bloß den Kopf, weil sie doch auch keine Ahnung hatte. Zögernd legte sie die Hand auf seine und war sich nicht sicher, ob es ihr Zittern war, das sie spürte, oder seins oder vielleicht auch das des Schiffs im leichten Wellengang. Wie musste es sich anfühlen, vom eigenen Tod zu erfahren? Den eigenen Tod zu *fühlen* und zu erkennen, dass es wieder passieren konnte, wieder passieren *würde*, wenn die Dinge ihren Lauf nahmen; wenn er sich verhielt, wie er es *richtig* fand? Bei allem, was gerade aus dem Ruder lief, konnte Sorcha, realistisch betrachtet, noch daran glauben, dass es dieses Mal gelingen würde, ihn zu retten?

Es gab so viel mehr unbekannte Variablen in dieser Gleichung, als sie vorausgesehen hatte.

»Seit wann weißt du es?«, flüsterte sie. »Das … alles? Über den Raid? Dass ich ihn … ändern will? Dass wir die Geisel nehmen müssen? In dieser Zeitlinie, meine ich.«

Ioteba runzelte die Stirn. »Ist das wichtig?«

Er glaubte, dass sie ablenken wollte. Dabei wollte Sorcha nichts weniger als das.

»Sehr sogar. Ich hab dir doch erklärt, dass es am besten ist, wenn möglichst viele Informationen möglichst konsistent bleiben über die Zeitlinien hinweg? Dass es Optimalpunkte gibt, um in die Verläufe einzugreifen, damit nicht so viel Inkonsistenz entsteht und alles instabil wird? Ich weiß, dass ich dir in dieser Zeitlinie definitiv noch nichts davon erzählt habe, dass wir Resiliência entführen müssen. Oder davon, dass der Raid scheitern wird, wenn wir es nicht tun. Weil dieser Optimalpunkt, den ich dafür berechnet habe, erst *jetzt* ist. Aber das ist noch nicht alles. Siehst du, dieser Plan mit dem Tower, die Entführung, wie sie jetzt gelaufen ist – nichts davon habe ich je berechnet. Nirgends. Also, schon, aber die Flucht aus dem Gefängnis hatte sonst nie etwas mit einer Geiselnahme zu tun. Sie war nicht mal im HU-Tower, sondern in Cape May! Trotzdem ist mir das bis gestern nicht mal aufgefallen! Ich kann mich einfach nicht erinnern, wann diese Zeitlinie *angefangen* hat. Wann ich zu planen und mit dir zu reden begonnen habe. So war es noch nie. Deshalb habe ich mich gefragt ... ob du es vielleicht weißt.«

Darauf antwortete Ioteba endlose Sekunden nichts. Das Sonnenlicht fiel auf seinen Rücken, verfing sich in seinem Haar und ließ sein Gesicht in seinem eigenen Schatten dunkler wirken als sonst. Auch seine Stimme, als er wieder sprach, war ungewohnt schwer. Schattig. Ratlos.

»Das Problem ist, Sorchee«, sagte er endlich. »Ich glaube eben *nicht,* dass du es mir gesagt hättest. Weder jetzt und hier noch sonst irgendwann. Du hättest mir nicht gesagt, dass du versuchst, meinen Tod zu verhindern. Und schon gar nicht, dass du dadurch in Wahrheit den Erfolg der ganzen Operation aufs Spiel setzt.«

Sorcha drückte seine Finger ein wenig fester, als bei dem Wort *Tod* ein spürbarer Schauder durch ihn hindurchging. Natürlich wusste sie, was er meinte. Korrigieren musste sie es trotzdem. »Das ist *nicht* das Problem.«

Iotebas Blick war unbeirrbar. »Für mich schon.«

»Aber es geht doch gar nicht darum, das eine gegen das andere zu tauschen! Ich versuche, eine Linie zu erzeugen, in der beides gelingt. In der wir die Stadt erobern und du ...«

»Und *ist* es dir schon mal gelungen?«

Es war eine rhetorische Frage. Natürlich kannte er die Antwort, trotzdem erwartete er unerbittlich, dass sie es aussprach. Ihr Versagen endlich eingestand. Aufgab.

»Nein«, flüsterte Sorcha.

Deshalb habe ich dich doch eingeweiht. Deshalb gibt es diesen Moment, dieses Gespräch. Deshalb haben wir ... habe ich ...

Etwas ruckelte in ihrem Kopf. Der Funken einer Erkenntnis, flüchtig blitzte er auf, und Sorcha wusste plötzlich, wenn sie ihn zu fassen bekäme, würde sie verstehen. Was hier schieflief, warum ihr diesmal so die Kontrolle entglitt, wenn sie sie denn je in der Hand gehabt hatte.

Sie atmete angestrengt durch. Versuchte, sich ein letztes Mal zu sammeln. »Also kannst du es mir sagen? Seit wann du es weißt? Oder nicht?«

Ioteba schloss die Augen. Sorcha sah, wie er nach der Erinnerung suchte, wie er mit Macht beiseiteschob, wie sehr sie ihn verletzt und enttäuscht hatte, um den rationalen Teil zu sehen. Das Flattern seiner Haare im Wind. Es war hypnotisierend. Als hätte die Zeit selbst sich leuchtend darin verfangen.

Doch als er die Augen wieder öffnete und den Moment unterbrach, war da keine Antwort. Wortlos schüttelte Ioteba den Kopf.

Sorcha ließ den Hinterkopf mit einem frustrierten Ächzen gegen den Rettungsring fallen. »Ich weiß einfach nicht, wo der Fehler ist. Warum kann ich den Einstieg nicht terminieren? Im Datenverlauf der Maschine steht auch nichts über diese Zeitlinie, ich hab es vorhin erst geprüft. Es ist, als hätte ich die Maschine gar nicht benutzt, als würde diese Linie gar nicht existieren, aber warum …«

Wieder ein Ruckeln; ein Funke, größer und gleißend hell.

Das ist es!

Ich habe die Maschine gar nicht benutzt.

Ich habe sie für diese Linie NICHT SELBST BENUTZT!

Jetzt fielen die Bilder in ihren Kopf, rasend schnell. Erinnerungen an eine andere Realität prallten mit alldem zusammen, was sie bereits wusste. Gefühle, Wut, Schmerz. Der Geschmack von Blut. Ein sturmgrauer Himmel, eine enge Unterdeckkabine, eine Faust, die ihren Kiefer traf. Handgreiflichkeiten, aus einer anderen Zeit, weit weg.

Sorcha schob Ioteba etwas zu grob von sich und drängte sich an ihm vorbei, lief aufs offene Deck hinaus, drehte sich in alle Richtungen, obwohl sie gar nicht genau wusste, was sie dabei zu finden hoffte. Einen Hinweis auf etwas Fremdes, Anzeichen dafür, dass dies nicht das Schiff, nicht die Zeit, nicht das Zuhause war, das sie kannte.

Nichts. Nichts Offensichtliches, nur das Deck und das Meer und der strahlend blaue Himmel, und doch …

Sie war sich jetzt sicher. Sie erinnerte sich.

Resiliência hatte nicht an die Maschine gewollt, sie hatte sich gewehrt. Heftig gewehrt. Blutig gewehrt. Und Sorcha hatte sich am Ende dennoch durchgesetzt in all ihrer Wut und Verzweiflung, mit ebenso viel Gewalt und der Hilfe der Zwillinge; hatte sie an den ersten Sitz der Maschine gefesselt und sich dann selbst an zweiter Stelle angeschlossen. Und Resiliência mit dem Tod bedroht, wenn sie nicht den Hebel umlegte.

»Es war *sie!*« Sie drehte sich zu Ioteba um, der nur zögernd zwischen den Beibooten hervortrat, als wäre er sich nicht sicher, ob es eine gute Idee war, ihr und ihren Gedanken jetzt zu weit zu folgen. Der Wind zwischen ihnen war so laut, dass Sorcha fast schreien musste. »Nicht ich, Resiliência hat diese Zeitlinie geöffnet! Deshalb können du und ich uns nicht erinnern, wann es angefangen hat. Weil sie nicht freiwillig mitgemacht hat, weil ich sie zwingen musste, weil …«

Weil du nicht mal dabei warst. Du warst tot.

»Sorcha! Warte!« Ioteba trat näher, die Schritte immer noch so ungewohnt vorsichtig, mit Nachdruck in den Boden gestemmt, als kämpfte sich die *Revery* in diesem Moment durch einen schweren Sturm und hohen Seegang, statt mit gerafften Segeln in ruhiger See zu ankern. Eine Armlänge von ihr entfernt blieb er stehen. In seinem Blick lag etwas Fremdes. Angst.

»Hast du auch das Gefühl, dass die Welt von unten nach oben fällt?«

Sorcha hielt inne. Für einen schwebenden Moment war sie vor allem verwirrt. Die Welt fiel? Von unten nach oben? Was …?

Da spürte sie es. Ein Rumpeln, wie ein fernes Erdbeben, das den Ozean durchrüttelte, begleitet von einem Ziehen im Magen, wie in der Achterbahn oder einem rasant beschleunigenden Gleiter. Und im nächsten Moment, gerade als Ioteba erneut nach ihrer Hand griff, so fest, dass ihre Fingerknochen sich schmerzhaft gegeneinander verschoben, sah sie es auch.

Wie das Meer sich vor dem Bug der *Revery* auftürmte. Wie ein Wasserfall in den Himmel hinaufstürzte. Wie der Horizont zerriss. Das Sonnenlicht zerfiel.

Von einer Sekunde auf die andere war nichts mehr real. Jeder Rest von Stabilität war verloren, als hätte jene Sekunde des Begreifens dieser Zeitlinie den letzten, fatalen Schlag versetzt.

»CAPTAIN?!«

Das Rauschen in Sorchas Ohren war inzwischen so laut, dass sie nicht mal eindeutig ausmachen konnte, wem die Stimme gehörte. Das war nicht der Wind. Auch nicht das Meer.

Sie drehte sich um. Aus der Tür unter der Brücke und den Quartieren im Heck war der Rest der Crew an Deck gestürzt. Loraj und Zèklè. Edna. Cicatriz.

Und Resiliência. Die an allem schuld war. Die selbst jetzt alles zerstörte, schon wieder, und vielleicht nicht mal wusste, dass sie es tat. Sie starrte aus entsetzten Augen zu ihnen, auf den stürzenden Horizont, das nach oben fallende Meer. Wind zerrte an ihrem Haar und trieb es in ihr Gesicht, und mit einem Mal überfiel Sorcha der Impuls, zu ihr zu rennen, sie noch einmal zur Maschine zu zerren, egal wie sehr sie sich wehrte, damit sie die Zeitlinie neustartete. Es rettete. *Sie* rettete, und Vince, Ioteba, die Mission und alles, was wichtig war.

Sie kam keine drei Schritte weit, ehe ein erneutes Rumpeln das Schiff erschütterte. Sorcha stürzte. Die *Revery* krängte und ächzte. Das Deck neigte sich, die Stahlnähte knarrten gefährlich.

»Es ist vorbei.« Iotebas heiseres Flüstern war überlaut in Sorchas Ohren. »Diese Zeitlinie ist vorbei. So früh schon.«

Und auch das, dachte Sorcha mit dumpfer Abgeklärtheit, war etwas, das er gar nicht so eindeutig hätte begreifen dürfen.

Recht hatte er trotzdem.

Die Welt drehte sich wie ein langsamer Strudel über einem Abfluss, der die Realität in sich hineinsaugte. Sie spürte Iotebas Arme, die sich um sie schlangen, sie zurück auf die Füße zogen und sie festhielten, sich vielleicht auch *an ihr* festhielten, während sich das Schiff immer stärker aufbäumte, als wollte es mit dem Bug voran ebenfalls in den Himmel hinauffallen.

Ein ohrenbetäubendes Krachen ließ sie beide zusammenfahren. Eines der Segel am vordersten Mast hatte sich seitlich freigerissen und flatterte lautstark und gefährlich unkontrolliert im Wind. Wie eingefroren starrte Sorcha auf die wild umherpeitschenden Seile und den Mastbaum, wie er in immer stärkere Schieflage geriet.

»CAPTAIN, WEG DA!«

Cicatriz und die anderen standen immer noch im Heck, weit unter ihnen, als sähen sie vom Rand einer tiefen Schlucht zu ihnen hinab. Doch weder Ioteba noch Sorcha rührten sich.

Sie hatte sich getäuscht, dachte Sorcha und spürte, wie der Gedanke ihr die Luft abschnürte. Sie konnte es nicht retten. Auch Resiliência konnte das nicht, niemand konnte diesen Zerfall aufhalten, der doch im Grunde schon begonnen hatte, bevor die Zeitlinie überhaupt geöffnet worden war.

Sie würde nicht mal hier sein, um Ioteba noch einmal sterben zu sehen. Ein bitter-schaler Trost. Vielleicht hatte es in dieser Realität niemals etwas zu retten gegeben.

Sie hob den Kopf und sah in sein Gesicht, umrahmt von zerfallendem Licht und windverwehtem Haar, benetzt von funkelnder Gischt.

»Du … bist gar nicht hier.« Ein heiseres Wispern, das sich endlich dem Begreifen ergab.

Ioteba schüttelte den Kopf. Die Wehmut in seinem Lächeln schnitt tief in Sorchas Herz, unberührt von all dem Chaos um sie herum. »Schon lange nicht mehr.«

Noch ein Krachen, dann ein Splittern. Ein Schatten legte sich über sie, und auch ohne noch einmal hinzusehen wusste Sorcha, dass es der Mast war, der jetzt fiel, in ihre Richtung, unaufhaltsam.

Iotebas Lippen bewegten sich, aber Sorcha konnte ihn nicht mehr hören. Größer wurde der Schatten, dunkler, das Rauschen und Flattern der Segel schwoll an zu einem Donnern, das Sorchas Brust zerriss. Sie öffnete den Mund, um zu schreien, sie krallte sich in Iotebas Jacke, als würde das irgendwie den Sturz verhindern, den Einschlag, der unweigerlich folgen musste; sie rang nach Atem, als müsste sie ersticken.

Und dann wachte sie auf.

NEXUS

Zeitlinie: N/A
Koordinaten: N/A

Wieder der dunkle Raum. Wieder die Maschine. Wieder das einsam leuchtende Quantum, das sie gar nicht sehen dürfte. Zum wievielten Mal? Sorcha hat keine Kraft mehr, zu zählen.

Wieder kämpft sie gegen die Tränen, wieder zuckt ihr Körper unkontrolliert durch den harten Übergang von einer Realität in die andere.

Doch diesmal ist da niemand, der sie festhält. Niemand, der sie zur Ruhe bringt. Niemand, der leise und gleichmäßig neben ihr atmet, ihr einen Fixpunkt gibt, bis sie endlich wieder einschlafen kann.

Sie ist ganz allein.

Nur sie.

Die Maschine.

Und der Schmerz.

Und der Sturm, der draußen tobt.

ZEITLINIEN-LOGBUCH III

Linie: 139
Start/Ort: [40°N 74°W]
Start/Zeit: 03/30/92
QuantumDot: PZI539
Protokoll: S. Brennan

Persönliche Notiz:
Manchmal reicht es nicht aus,
eine Entscheidung ein einziges Mal zu treffen.

NEXUS

Zeitlinie: N/A
Koordinaten: N/A

»Du hättest ihn nicht verprellen dürfen.«

Viv hebt verblüfft den Blick von dem Aktenordner, den sie gerade durchblättert. Es ist Freitag, am späten Nachmittag, und wie jeden Freitagnachmittag ist sie in Henks Büro. Um ihm zum tausendsten Mal dabei zu helfen, sein persönliches Archiv neu zu strukturieren. Angeblich. Ein harmloser kleiner Nebenjob, um die Haushaltskasse aufzubessern und die teure Eigentumswohnung in Williamsburg abzubezahlen. Angeblich. Und tatsächlich ist es kaum zu glauben, wie viel analoger Papierkram selbst in den 2090er-Jahren noch in den höheren Behörden anfällt. Vor allem bei den GASS. Papier ist nun mal nach wie vor eines der wenigen wirklich unhackbaren Medien.

In Wahrheit haben ihre Treffen allerdings vor allem einen Nutzen: Einen Statusreport über die Informationen abzuliefern, die Viv für Henk während ihrer offiziellen Tätigkeit in der Zentraleuropäischen Botschaft sammelt. Außer Jun und ihnen beiden weiß niemand, dass sie eine der vielen tausend Undercover-Agent_innen ist, die für die GASS an allen relevanten Stellen auf der ganzen Welt sensible Informationen sammeln. Viv weiß, dass Henk immer noch unzufrieden damit ist, dass sie vor ein paar Jahren von den Targeting Squads in die Verdeckten Ermittlungen gewechselt ist – und sogar noch mehr damit, dass er nichts dagegen tun konnte, dass sie es durchgezogen hat. Deshalb ist es auch ein Trugschluss, dass ihre Treffen so entspannt wirken. Leger, vertraut geradezu. Henk hat sein Jackett abgelegt und die Hemdsärmel aufgerollt, die Krawatte gelockert und die Kragenknöpfe geöffnet. Sein Blick aber ist so hart, dass Viv sich in regelmäßigen Abständen davon abhalten muss, abwehrend die Arme vor der Brust zu verschränken.

»Jackson Beetles Angebot ist unser verdecktes Extraticket in den NCRES. Du musst es annehmen.«

Es überrascht Viv keineswegs, dass er von dem Angebot weiß, das sie gestern erst so brüsk abgelehnt hat. Überraschend ist, dass es ihn interessiert.

»Wieso? Du hast doch Leute im Council.«

Henk legt den Deckel auf eine Kiste mit ausgehefteten Einzelseiten und greift nach dem Druckluft-Tacker. »Für das, was wir vorhaben, brauche ich deine Skills.« Es knallt leise, als er die erste Klammer in den Deckel jagt. Er mag es nicht, wenn sie seine Anweisungen hinterfragt. Aber Viv hat schon vor fast zwei Jahrzehnten gelernt, dass es sich meistens auszahlt, sich davon nicht einschüchtern zu lassen.

»Klingt nach was Großem.« Sie heftet zwei weitere Seiten aus und schiebt sie über den Schreibtisch zu ihm hinüber.

Sekunden-, vielleicht minutenlang antwortet ihr nur der Tacker. Dann steht Henk auf und stellt die Kiste in eins der Regale auf das oberste Brett.

»Komm her.« Er kehrt zum Schreibtisch zurück und weckt das große Arbeitsdisplay aus dem Stand-by, gibt Passwort und PIN ein, um zusätzlich mit seinem Fingerabdruck, Gesichtserkennung und Spracheingabe seinen Account freizugeben.

Viv steht auf und geht um den Schreibtisch zu ihm herum, um auf den Bildschirm sehen zu können.

»Von den EatTheRich-Fällen hast du gehört.«

Es ist keine Frage. Er wäre schwer enttäuscht, wenn eine seiner langjährigsten Mitarbeiter_innen es schaffen würde, einen Frontjob in einer internationalen Behörde zu haben und mit einer Polizistin zusammenzuleben und trotzdem nichts von dieser außergewöhnlich brutalen Mordserie zu wissen. Natürlich ist Viv informiert. Sie hat die Fotos in Juns Akten gesehen. Alle, von Tomaschewski bis Fisher. Es wundert sie allerdings durchaus, dass die GASS sich in die Ermittlungen involviert haben oder es zumindest planen. Counselors oder nicht, die Opfer sind in erster Linie immer noch Privatpersonen. Einflussreich und mit viel zu viel Geld, aber dennoch. Davon abgesehen findet Viv es gar nicht so eindeutig, dass der NCRES so ein starkes Verbindungselement der Fälle sein soll. Die Schnittmenge zwischen Ratsmitgliedern und stinkreicher Industrie-Elite ist immerhin bemerkenswert groß. So oder so fällt die Sache nicht in den Zuständigkeitsbereich der Geheimdienste, soweit sie das überblicken kann. Ist das eine persönliche Angelegenheit für Henk?

Unwahrscheinlich. So viel Unprofessionalität wäre neu.

Henk starrt noch etliche Sekunden auf das File. Dann schaltet er das Display aus und wendet sich zu Viv um.

»Die interdisziplinäre Forschungsabteilung hat vor einigen Jahren an einem großen Projekt gearbeitet, für das ich die koordinative Leitung übernommen habe. *Code:Foresight.* Das Ziel war, eine Maschine zu bauen, die Erinnerungen in digitale Datensätze umwandeln und durch LiFi-Transfertechnologie und Quantenverschränkung in die Vergangenheit schicken – respektive aus der Zukunft abrufen kann.«

Viv lässt das einen Moment auf sich wirken. Versucht, einen logischen Zusammenhang zwischen diesen beiden komplett unterschiedlichen Themen herzustellen. Unmöglich, ohne weitere Informationen, aber es muss einen geben. Sie ist keine Wissenschaftlerin. Henk auch nicht, deshalb spart sie es sich, nach genaueren Erklärungen zu dieser Technologie zu fragen. Aber ein so ehrgeiziges, hochgreifendes Projekt zu übernehmen, passt zu ihm. Viv findet es auch aufregend, sehr sogar. Selbst die wenigen vagen Andeutungen, die er gerade gemacht hat, genügen, um ihre Haut am ganzen Körper kribbeln zu lassen. Leider kennt sie auch diese Härte in seiner Mimik zu gut – und dieses Zucken an seiner Lippe, das sich immer zeigt, wenn er Frust zu verbergen versucht. »Ihr wolltet eine Wahrsagemaschine bauen?«

Das entlockt ihm ein schnaubendes Lachen als einzigen Kommentar. Viv schweigt und wartet.

»Die Forschung war langwierig, anspruchsvoll und sehr teuer. Trotzdem standen wir vor etwa fünf Jahren haarscharf vor dem Durchbruch.« Henk presst die Hände fester auf den Tisch, die Muskeln an seinen Unterarmen treten angespannt hervor. Viv hat ihn selten so offensichtlich wütend gesehen. »Aber wir wurden verraten und bestohlen. Eine der wichtigsten Forscherinnen des Teams ist mitsamt den Prototypen der zentralen Bauteile durchgebrannt. Inklusive sämtlicher Aufzeichnungen und nicht, ohne irreparabel zu beschädigen, was sie nicht mitnehmen konnte. Wir arbeiten bis heute daran, die Verluste auszugleichen und die Ergebnisse zu rekapitulieren.«

Verrat. Vielleicht ist das alles doch auf einer gewissen Ebene persönlich. Viv würde so einen Fall auch persönlich nehmen. »Und ihr habt diese Person nicht wiedergefunden?«

Eine gefährliche Frage, weil sie mitten in seinen Frust hineinsticht und darin herumwühlt. Aber Henk bleibt erstaunlich ruhig. »Natürlich wissen wir, wo sie ist. Sie ist in der Freien Republik New Florida.«

Damit überrascht er Viv zum zweiten Mal an diesem Nachmittag innerhalb kürzester Zeit. »Die Piratenfestung?«

»Festung bringt es auf den Punkt.« Seine Oberlippe zuckt erneut. Es stresst ihn offenbar wirklich sehr. »Wir versuchen schon lange, ihre Sicherheitssysteme zu knacken. Aber die haben CORE an Bord.«

CORE. Ein international berüchtigtes und verdammt patentes neolinkes Hacking-Syndikat. Klar sind die bei den Piraten.

»Also kommen wir nicht an sie ran.«

»Bisher nicht. Aber in letzter Zeit sind sie übermütig geworden.« Er klopft gegen den Monitor, auf dem er Viv eben noch das File gezeigt hat, obwohl das Display jetzt dunkel bleibt. »Die EatTheRich-Morde. Damit gehen sie einen Schritt zu weit. Da können wir sie packen.«

Viv starrt auf den kleinen Fettfleck, den Henks Knöchel auf dem Bildschirm hinterlassen hat, und unterdrückt den Drang, ihren Ärmel über die Hand zu ziehen, um ihn wegzuwischen. »Ich fürchte, ich kann dir noch nicht ganz folgen. Du sagst, die Piraten sind für die ETR-Morde verantwortlich? Nicht gerade typischer Piraten-Style, wenn du mich fragst. Wie kommst du darauf?«

Henk setzt sich mit einem Schnaufen zurück in seinen Stuhl. »Diese Mordserie ist in den letzten Jahrzehnten beispiellos an gezielter Brutalität. Eiskalt geplant, heißt es, aber wenn du mich fragst, Vivienne, ist nichts daran kalt. Da steckt brennende, kompromisslose Ideologie dahinter. Eine Ideologie, die Gewaltopfer nicht nur als unvermeidlichen Kollateralschaden akzeptiert, sondern sie offenbar sogar als notwendiges Signal ansieht.« Er trommelt düster mit den Fingern auf einen der Papierstapel vor ihm. »Der springende Punkt ist aber: Es scheint fast unmöglich, dass die Verantwortlichen all diese Aktionen durchgezogen haben sollen, ohne je eine Spur auf ihre Identität zu hinterlassen. Ohne auch nur in die Nähe eines Zugriffs durch die Polizei, SWATs oder sonstige Sicherheitskräfte zu kommen. Es ist, als könnten sie mögliche Schwierigkeiten schon im Vorfeld ausschließen.«

Er sieht Viv vielsagend aus seinen hellen Augen an. Da ist auch schon wieder dieses Frust-Zucken an seiner Lippe bei den letzten Worten. Aber Viv hätte es nicht mehr gebraucht. Die Morde, mit einer Präzision durchgeführt, als könnten die Verantwortlichen in die Zukunft sehen. Und eine Wahrsagemaschine, die eigentlich den GASS gehört, für deren Konstruktion Henk verantwortlich war, gestohlen von einer Wissenschaftlerin seines Teams, die mit den Plänen in die Piratenrepublik geflohen ist.

»Jetzt verstehst du«, stellt Henk fest.

»Du glaubst, die Piraten haben die Maschine gebaut.«

Henks Blick ist scharf wie gesplittertes Glas. »Ich bin mir dessen zu hundert Prozent sicher. Im Quantenlabor gibt es seit einem knappen Jahr Aktivitäten in den von damals verbliebenen Versuchskomponenten, die sich nur durch eine Aktivierung der verschränkten Quanten erklären lassen. Niemand außer Dr. Brennan kann dafür verantwortlich sein.«

Viv schweigt. Sie kennt Henk gut genug – nun da er weiß, dass sie die Situation durchschaut, wird es nicht mehr lange dauern, bis er ihr genau beschreibt, was er von ihr will.

»Das Problem bleibt weiterhin der Zugriff«, erklärt er Sekunden später unaufgefordert. »New Florida ist derzeit das wohl riskanteste Pulverfass der Welt. Wir haben etliche fehlgeleitet-idealistische Überläufer und Whistleblower an sie verloren. Umgekehrt können wir nur vermuten, welche Waffen und Technologien sie unter ihrer Kontrolle haben. Niemand will dieses Wespennest aufscheuchen, dabei ist es nur eine Frage der Zeit, bis sie von sich aus zuschlagen. Das Weiße

Haus verweigert allerdings die Genehmigung einer größeren Operation, solange keine handfesten Hinweise auf terroristische Aktivitäten oder ähnlich schwerwiegende kriminelle Vorhaben vorliegen. Unregelmäßige, nicht spezifizierbare Quantenaktivität reicht ihnen nicht. Deshalb sorgen wir jetzt dafür, dass der große Schlag der Piraten nach unseren Regeln verläuft. Wir beweisen aus erster Hand, dass die EatTheRich-Morde politisch motivierter Terror sind, der noch viel Schlimmeres nach sich ziehen wird. Und bei der Gelegenheit holen wir uns zurück, was uns gestohlen wurde.«

Es ist wirklich etwas Großes. Noch deutlich größer sogar, als es im ersten Moment geklungen hat. Viv versteht jetzt in der Tat sehr gut, warum Henk so angespannt in dieser Sache ist. Langsam geht sie zurück zu ihrem Platz, setzt sich wieder hin und greift nach der nächsten Mappe, um die Seiten auszuheften, die er angeblich für überflüssig hält, und die sie vermutlich nächste Woche an anderer Stelle wieder einheften wird. Sie braucht Zeit zum Denken, und Henk gibt sie ihr; gibt ihr die Möglichkeit, zu durchdringen, wie vielschichtig diese Operation ist. Wie riskant, wie höchstens halb genehmigt, und wie viel von ihrem Erfolg abhängt. *Und* was für ein Vertrauensbeweis es ist, dass er ausgerechnet sie mit der für ihn persönlich bedeutsamsten Komponente betrauen will. Selbst wenn das vermutlich in erster Linie dem glücklichen Zufall geschuldet ist, dass Jax sie gestern gebeten hat, seine NCRES-*Assistentin* zu werden. Die Empörung über diese Unverfrorenheit ist nicht weniger geworden, wann immer es Viv wieder in den Sinn kommt. Aber sie hat leider eine zusätzliche Ebene gewonnen, die sie nicht ignorieren kann. Bedeutsamkeit. So viel Bedeutsamkeit, dass es außer Frage steht, dass sie sich zumindest Henks genauen Plan anhören muss.

Viv hebt den Kopf und schlägt die Mappe zu. »Gehen wir mal davon aus, dass sie diese Maschine tatsächlich haben – wie verhindern wir, dass sie vorhersehen, was ich vorhabe, und mich zu einem günstigen Zeitpunkt einfach loswerden?«

Henk lächelt schmal. »Genau deshalb brauche ich dich an dieser Position, Vivienne. Du bist das Chamäleon. Niemand kann dich vorhersehen.«

Fünf Wochen später hängt Viv an einem Metallrohr und starrt in die undurchdringliche, dröhnende und stampfende Finsternis, in der Dr. Sorcha Brennan und dieser andere Piratenvogel verschwunden sind.

Niemand kann dich vorhersehen, am Arsch.

Unvorhersehbarkeit bringt ihr einen feuchten Dreck, wenn sie trotzdem im Bauch dieser verfluchten Wasserstadt gefesselt und zurückgelassen wird. Bloß gut, dass sie sich auf so viele Eventualitäten wie möglich vorbereitet hat.

Es ist nicht ganz einfach, bei dem problematischen Untergrund genügend Halt zu finden, um den Schnappmechanismus an ihrem rechten Absatz auszulösen. Vor allem, da die schmale, aber sehr scharfe Klinge, die darin versteckt ist, eigentlich vom Schuh abmontiert und dann in der Hand geführt werden soll. Mit etwas Pech fällt ihre einzige Chance auf Befreiung direkt durch den Gittersteg zwischen die Rohre darunter, die auch schon ihr erstes Smartfold geschluckt haben. Viv verbietet sich den Pessimismus und denkt stattdessen an ihre Poledance-Stunden, schlingt die Arme fest um das Rohr, spannt die Bauchmuskeln an und zieht die Beine nach oben. Sie kann nicht sehen, nur spüren, wie der Absatz mit der aufgeschnappten Klinge ihre Hände berührt, und dann das Gummiband, das ihre Handgelenke zusammenschnürt. Natürlich schneidet sie sich. Mindestens dreimal. Aber solange sie keine Schlagader trifft, ist das zweitrangig. Viel ärgerlicher ist, dass sie auch das Gummiband nicht richtig trifft. Sehr oft nicht, so oft, dass ihre Muskeln unangenehm brennen und zittern. Bis es schließlich doch klappt, im unerwartetsten Moment, und sie rücklings auf den Gittersteg kracht, weil sie sich nicht rechtzeitig festhalten kann und ihr Absatz irgendwo hängenbleibt.

Es tut weh. Scheiße weh sogar. Sekundenlang liegt Viv dort, ringt nach Atem und drängt die Tränen zurück, die ihr Make-up endgültig ruinieren würden. Dann rappelt sie sich auf und fischt in ihrer Handtasche nach dem Ersatz-Smartfold. Endlich wieder Licht. Aufatmend macht sich an die Bestandsaufnahme. Die Schnittwunden an ihren Armen bluten zum Glück nicht sehr stark und müssen nicht dringend versorgt werden. Der Messer-Heel ist abgebrochen bei ihrem Sturz, das Messer natürlich in die Tiefe gefallen. Viv wirft den Rest des Schuhs hinterher, von dem zweiten entfernt sie erst den Absatz mit dem darin versteckten Schraubenzieher und steckt ihn in eine der unsichtbaren Taschen an der Sauminnenseite ihres Kleides, die sie sonst für Monatshygieneprodukte nutzt, oder kleine Indizien, die sie von Tatorten entfernt, ehe die Polizei sie finden kann. Es sind schon Königreiche mit einem Schraubenzieher gestürzt worden, wer weiß, wozu der noch gut sein wird. Zuletzt zieht sie das zweite Paar Schuhe aus der Tasche – schlichte Riemensandalen ohne Extras, aber halbwegs passend zum Kleid, und sie kann gut in ihnen rennen – und macht sich auf den Weg zurück zum Bahnsteig. Viv hat wenig Lust, auf unbestimmte Zeit hier unten festzustecken, falls die letzte Führung ohne sie weiterzieht. Leider ist es auch keine Option, Dr. Brennan hier unten verrotten zu lassen, falls sie es nicht rechtzeitig zurückschafft.

Polternd kracht die Abdeckung des Wartungsschachts ins Gleisbett der *RapidSubnautics*. Ächzend wuchtet Viv sie hinter sich zurück an ihren Platz und klettert auf den Bahnsteig, setzt sich auf eine der Bänke …

… und wartet.

Diese Piraten fangen ernsthaft an, sie zu nerven. Wirklich. Mit jedem Mal, das sie ihr den Revolver an den Kopf halten oder ihr vor die Füße schießen, ein bisschen mehr.

Der Atem sticht in Vivs Lunge. Ihre Waden drohen, zu krampfen. Trotzdem rennt sie weiter. Henks Team hat Dr. Brennan inzwischen geortet. Sie ist durch die Seitenstraßen auf dem Weg in Richtung Partybucht. Viv hingegen nimmt den Weg über den Boulevard, damit ihre Absätze nicht verraten, wo sie ist. Natürlich ist sie ihrer Zielperson gefolgt, als sich die beiden getrennt haben – obwohl es einen langen Moment des Zögerns gab, in dem sie nur zu gern Captain Frigatebird hinterhergerannt wäre, bloß um sich für das ständige Rumgeballer mit dem Scheißrevolver zu revanchieren.

Schwer außer Atem bleibt sie schließlich vor einem eingerüsteten Hochhaus im äußersten Blattkranz der Lotos-Stadt stehen. Dr. Brennan ist bereits auf halbem Weg nach oben. Und zerschunden wie sie ist, sieht Viv wenig Sinn darin, ihr hinterherzuklettern. Was hat sie davon, völlig erledigt oben anzukommen, was soll sie dann ausrichten gegen diese Person, die nach all dem Gerenne trotzdem noch mit unverschämter Leichtfüßigkeit ein Stockwerk nach dem anderen überwindet?

Viv lehnt sich mit einem Ächzen gegen einen Gerüstpfeiler, um wenigstens außer Sicht zu sein, und fischt ihr Smartfold aus der Tasche. Wischt durch die Apps, checkt die Kommunikation mit ihrem Team. Es macht nichts. Sie ist trotzdem immer noch im Vorteil. Denn sie hat etwas, das die Piraten nicht haben: Freigabe für die Lastenfahrstühle, die eigentlich nur die Construction Crews und ihre Bots benutzen dürfen. Natürlich gibt es auch in diesem Gebäude einen.

Daher hat sie tatsächlich noch Zeit, um Atem und Kraft zu schöpfen, ehe sie den Fahrstuhl im zwölften Stock verlässt und die letzten Stufen zum Ausgang aufs Flachdach hinaufsteigt. Sich innerlich vorzubereiten, die Halbautomatik aus ihrer Handtasche zu ziehen und auf Stun-Munition einzustellen, während sie aus dem Schatten heraus beobachtet, wie Dr. Brennan die Flagge mit dem skelettierten Fregattvogel hisst.

Auf das erdbebenartige Rumpeln, das kurz darauf die ganze Stadt erschüttert, ist sie allerdings nicht vorbereitet. Im letzten Moment kann sich Viv an den Türrahmen klammern, um nicht rückwärts die Treppe wieder hinunterzufallen.

Fuck. Was war DAS?

»MAAAAAAYYYYYYHEEEEEEEEMMMM!«

Der Triumphschrei der Piraten bringt selbst den Wind zum Erzittern. Und Viv kann nicht leugnen, dass ihr beim Anblick der riesigen Flotte, die jetzt in der Bucht vor NOAH#04 erscheint, das Blut in den Adern gefriert.

FUCK! Fuck, fuck, fuck.

Fünfzig bis hundert Schiffe, das war Henks Prognose für die Angriffsstärke der Piratenrepublik bei diesem Raid. Schlechtestenfalls bis zu einhundertfünfzig. Schon das war eine bedrohliche Vorstellung. Aber das da draußen sind locker doppelt so viele. Und sie kommen auch nicht rein, um die Counselors zu ermorden, wie sie vermutet haben. Stattdessen schleppen sie jetzt die ganze Stadt ab. Was war das vorhin für eine Detonation? Was zur Hölle haben Dr. Brennan und Captain Frigatebird tatsächlich unten in der Wurzel gemacht? Einfach nur Daten gestohlen jedenfalls nicht.

Im Hafen werden Kanonenschüsse laut. NOAH#04 verteidigt sich – aber hat die Stadt auch nur die geringste Chance gegen diese unerwartete Übermacht?

Es spielt keine Rolle. Dies ist Vivs Gelegenheit, ihren Auftrag auszuführen. Eine bessere wird sie nicht bekommen. Viv entsichert ihre Pistole und tritt entschlossen aufs Dach hinaus. »Hände hoch.«

Dr. Brennan steht am Geländer, die Hände um die oberste Querstrebe geklammert, und starrt auf das Spektakel unter ihr. Beim Klang von Vivs Stimme versteift sie sich sichtlich. Aber aus irgendeinem irritierenden Grund hat Viv nicht das Gefühl, dass sie von ihrem Kommen überrascht ist.

»Dreh dich zu mir. Langsam.«

Widerstrebend lässt Dr. Brennan das Geländer los und wendet sich zu ihr um. Ihre Miene ist steinhart vor Anspannung. Ihre Finger zittern, als sie die Hände hebt, ihr rechter Daumen reibt immer und immer wieder an der Außenkante des Zeigefingers entlang.

»Dr. Sorcha Brennan, im Namen der Global Assoziierten Geheimdienste nehme ich dich hiermit in Gewahrsam. Wo ist die Maschine? Wir wissen, dass du sie gebaut hast.«

Dr. Brennan sagt nichts. Nur ihr Daumen bewegt sich weiter, und ihre Haare, an denen der Wind zerrt. Viv glaubt außerdem, ihre Lippen ganz leicht beben zu sehen.

»Wo sie ist, hab ich gefragt. Auf eurem ebenfalls gestohlenen Piratenschiff?«

Jetzt murmelt Dr. Brennan etwas. Viv kann es nicht gut verstehen, es klingt ein wenig wie »Wirst schon sehen«.

Viv senkt die Waffe ein kleines Stück, zielt auf Dr. Brennans Bauch statt auf ihre Brust. Auch Stun-Munition kann tödlich sein, wenn sie an der falschen Stelle trifft, das muss sie unbedingt vermeiden. »Okay, dann rede halt später. Runter da jetzt. Die Hände bleiben oben. Wir …«

In diesem Moment passiert alles so schnell, dass ihre Sinne nicht folgen können. Etwas Schweres fliegt gegen sie und trifft sie in die Seite; reißt sie von den Füßen und schleudert sie meterweit übers Dach. Schmerz explodiert hinter Vivs Rippen. Ein pulsierendes Rauschen verstopft ihre Ohren. Ihre Sicht verschwimmt. Neben sich erkennt sie gerade noch den Fuß des Richtbaums. Die Pistole ist ihr aus den Fingern geglitten und bis zur Brüstung geschlittert.

»Bitten um Verzeihung für die Übergriffigkeit.« Captain Frigatebird ragt über ihr auf, eine silbrig umrahmte Silhouette gegen das Sturmlicht. »Aber wir müssen dich jetzt leider mitnehmen.«

Wie?!, denkt Viv verschwommen. Ihr Schädel pocht, als wollte er gleich explodieren. *Wie sind sie so schnell vom anderen Dach hier rübergekommen? Wie haben sie das gemacht?!*

Im nächsten Moment fühlt sie sich in die Höhe gezerrt und herumgerissen. Ein kräftiger Arm legt sich um ihren Bauch, der zweite stülpt eine Schlinge über ihren Oberkörper; zieht sie mit einem Ruck um ihre Arme und Taille fest.

»Alàs!«, brüllt Captain Frigatebird ihr ins Ohr und schubst sie vorwärts. Wieder geht ein Ruck durch das Seil, und jetzt erkennt Viv, dass es an einem fliegenden Gleiter hängt, der über dem Flachdach schwebt und im nächsten Moment beschleunigt – Richtung Meer, so viel begreift sie noch, bevor das Seil sie in die Höhe zerrt, über die Brüstung hinaus, und sie fliegt.

Wind schlägt ihr ins Gesicht. Die Seilschlinge schneidet tief und schmerzhaft in ihren Bauch, quetscht ihre Rippen und Oberarme. Unter ihr liegt weit aufgefächert die Flotte der Piratenschiffe, die NOAH#04 in Richtung New Florida schleppt. Vor der Stadt, in ihrer gigantischen Bugwelle, tanzen gepanzerte Fregatten der Harbor Unit wie Spielzeuge.

Die Harbor Unit …? Jun?!

Vivs überforderter Kopf schafft es nicht, zu fassen, was sie da sieht. Vor zwei Minuten hatte sie noch alles unter Kontrolle. Jetzt muss sie plötzlich froh sein, wenn sie noch zwischen oben und unten unterscheiden kann.

»Vince!«

Mühsam dreht Viv den Kopf und sieht Dr. Brennan ein Stück hinter ihnen an dem zweiten Gleiter hängen; ebenfalls an einem Seil, aber nicht gefesselt – und in Sprungweite zu dem Geländer, hinter dem immer noch Captain Frigatebird auf dem Hochhausdach steht.

»Captain!«, ruft die vermummte Gestalt, die den Gleiter steuert, doch Captain Frigatebird gestikuliert abwehrend in ihre Richtung.

»Zu schwer! Wir warten hier. Kommt zurück, wenn ihr die Geisel los …«

Da peitscht ein scharfer Knall durch die Bucht.

Überdeutlich, wie durch ein Fernglas im Zeitraffer, erkennt Viv das großäugige Erstaunen auf Captain Frigatebirds Gesicht. Die feinen Blutstropfen, die aus der Brust stäuben, wie rote Schmetterlinge in der Seebrise taumeln und verwehen. Und im Hintergrund – die schattenhafte Person, die auf dem höher gelegenen Dach nebenan hockt.

Eine Person mit einem Sniper-Gewehr.

»CAPTAIN!!«

Ein weiterer scharfer Knall. Doch diesmal trifft das Geschoss nur den Boden des Flachdachs, schlägt spritzende Betonsplitter aus den Platten.

Der Platz, an dem Captain Frigatebird gerade noch gestanden hat, ist jetzt leer. Denn der Fregattvogel fällt bereits.

Kopfüber.

Mit schlaffen Flügeln dem Meer entgegen.

TAG 35

35° N 65° W
4. Mai 2092, 12:00
an Bord der Revery

»Alle Hände an Deck!«

Viv stolperte mit einem atemlosen Japsen aus ihrem Traum zurück in die Wirklichkeit. Um sie war es dunkel, aber es war keine Nachtdunkelheit. Mehr, als würde ein sehr dichter Rollladen den größten Teil des Lichts aussperren und nur diffuses Grau zurücklassen, das die Umgebung gerade noch so erkennen ließ. Die Perspektive war auch verwirrend. Es fühlte sich alles irgendwie falsch herum an, ohne wirklich falsch herum zu *sein* – bis Viv endlich begriff, dass sie offenbar aus dem Bett gefallen war und mit dem Kopf auf der Kante einer dünnen Matratze lag. Der Boden unter ihr vibrierte und schaukelte; fremd und vertraut zugleich. Und von draußen erklang, wie zur Antwort auf den Befehl vor der Tür, ein ferner Chor aus Hunderten von Schiffsglocken.

Ich bin schon wieder auf der Revery.

Nein … immer noch.

Viv schloss die Augen und spürte dem Gefühl nach, das sie hierher ausgespuckt hatte. Der Sturz von einer Zeit in die andere. So fühlte sich das also an? Wie ein wilder Traum. Vince, Sorcha, Cicatriz und Edna, die Zwillinge. Die Flucht aus dem HU-Tower, die Begegnung mit dem Frachtschiff, das die F. U. C. K.-Beflaggung hisste. *War* es ein Traum? Oder wirklich passiert? Wenn ja, wann und wo? Sie versuchte, die wilde Mischung aus Bildern und Empfindungen zu ordnen – vergeblich. Allein dieses Fragment mit der Leiche im

Wasser ergab aus dieser Perspektive so viel beklemmenden Sinn. Denn in *dieser* Realität, hier und jetzt, war Vince …

Tot.

Gefallen.

Viv rieb sich mit beiden Händen über die Augen. Übelkeit meldete sich in ihrem leeren Magen, vermischt mit einem unbestimmten Gefühl von … Beklemmung? Angst? Ja, vielleicht war es das. Es wäre leichtsinnig gewesen, keine zu haben. Nüchtern betrachtet befand sie sich gerade an Bord einer Crew, die für die brutalste Mordserie dieses Jahrzehnts verantwortlich war, wenn Henk recht hatte. Obwohl Viv daran ernsthaft zweifelte, *falls* dieser Traum, aus dem sie gerade aufgewacht war, irgendwie, irgend*wann* … eine Realität abbildete. Ein Zittern lief ihre Wirbelsäule hinab.

Ich muss rausfinden, was hier Sache ist. Und das möglichst schnell.

Viv hatte in ihrem Leben schon oft Angst gehabt und wusste, wie sie den Hormonkick für sich nutzen konnte, ohne sich davon immobilisieren zu lassen. Ihre körperliche Verfassung, wie sie bei einem kurzen Check-up feststellen musste, machte das leider bedeutend schwerer. Alles war wund und schmerzte bei der kleinsten Bewegung, besonders die Druckstelle am Bauch, wo das Abschleppseil in ihre Weichteile geschnitten hatte. Ihr Kopf fühlte sich an wie ein zu stark aufgepumpter Fußball, der jeden Moment platzen konnte. Und das Schlimmste dabei war, dass sie sich mit jeder verstreichenden Sekunde schwerer tat, die Fragmente aus echten Erinnerungen und Traum auseinanderzuhalten.

Cocktails in der Schiffbar. Ein nächtlicher Spaziergang an Deck. Sorcha, die sie anbrüllte, hier in der Kabine, und mit den Fäusten auf sie losging …

Nein.

Das war kein Traum gewesen. Das war gestern. Das *echte* Gestern. Sie hatten Viv zu dritt überwältigt. Und an die Wahrsagemaschine geschleppt, von der Henk erzählt hatte.

»Kennst du eigentlich die Theorie, dass Träume entstehen, wenn das Gehirn neue Erfahrungen mit alten Erinnerungen abgleicht, um sie zu bewerten und Handlungsperspektiven zu berechnen?«

Viv fuhr herum und bereute es sofort, als die Prellungen und Quetschungen wellenartigen Schmerz durch ihren Körper schickten. »Captain?!«

Niemand da. *Natürlich* war niemand da, und schon gar nicht Captain Vince Frigatebird mit dem Scheißrevolver.

Oder Captain Vince außer Dienst.

Trotzdem hatte Viv die Stimme so klar gehört, als wäre sie mit ihr im Raum gewesen. Als hätten sie dieses Gespräch *tatsächlich* miteinander geführt. Erschöpft wischte sie sich über die Stirn. Sie brauchte dringend frische Luft. Jeder Atemzug hier drin bohrte sich wie eine Nagelfeile in ihren Schädel. Wie spät war es eigentlich? Dieses gräuliche Zwielicht fühlte sich nach keiner einzigen Uhrzeit an.

Viv sah zum Bullauge und erkannte, dass jemand die Scheibe mit einer unregelmäßigen Schicht schwarzer Farbe übersprüht hatte. Als Sorcha sie nach ihrer Ankunft auf dem Schiff hier einquartiert hatte, war das noch nicht so gewesen. Oder doch? Hatte sie nur *geträumt*, dass das Bullauge offen war?

Viv stöhnte. Nein, das Bullauge war bei ihrer Ankunft nicht besprüht gewesen. Und jetzt, wo sie das für sich geklärt hatte, erkannte sie auch den Geruch nach Lösungsmitteln, der im Raum hing. Es konnte nicht länger als ein paar Stunden her sein. Jemand musste es getan haben, nachdem ... ja, was? Wie war sie hierher zurückgekommen? Das Letzte, woran sie sich erinnerte, war, dass Sorcha sie an den Sitz vor dieser Maschine fesselte. Und dann hatte sie sie *schon wieder* mit einem Revolver bedroht.

Na gut. Legitim, vermute ich, nachdem ich sie festnehmen wollte und Vince ... gefallen ist.

Das Denken tat genauso weh wie Vivs Körper. Der Farbgeruch schien außerdem immer durchdringender zu werden. Womöglich kam ein guter Teil ihrer Kopfschmerzen auch daher. Ein Grund mehr, die Kabine schnellstmöglich zu verlassen. Schwerfällig zog Viv die Knie unter sich und richtete den Oberkörper auf, was eine erneute Schmerzkaskade zur Folge hatte.

Das wird ein weiter Weg. Scheiße.

Sie hatte es gerade unter einigen ihrer malerischsten Kraftausdrücke geschafft, ihren Hintern auf die Kante der Schlafnische zu hieven, als es im Schließmechanismus an der Tür mehrmals piepte und dann klickte. Keine Sekunde später schwang die Tür nach innen. Wieder kollidierten Erinnerungsfragmente in Vivs Ballonschädel, ließen weißes Licht durch ihr Sichtfeld tanzen, so grell, dass sie ein Stöhnen unterdrückte.

Loraj stand auf der Schwelle, ein Tablett mit belegten Brötchen und – dem Geruch nach – säuerlichem Instantkaffee in den Händen.

Gewitterkids. Loraj und Zèklè.

Sie hatte die sandbraunen Locken zu zwei eng anliegenden Zöpfen entlang ihrer Schläfen und Ohrmuscheln getwistet, das ließ sie älter wirken als der Afro, den sie beim Cocktail-Treffen im Gemeinschaftsraum getragen hatte. Genau wie der blutrote Overall, aber es war nicht nur das. Das Lächeln auf ihrem Gesicht fehlte.

Viv schenkte ihr trotzdem eins. Es kam einfach. Sie wusste, woher. Aus derselben Grube, in der sie auch die Gedanken an die Krankenhausliege hinter weißen Vorhängen verschüttet hatte. Aber auch, weil sie seit jenem Gespräch im Gemeinschaftsraum ... Mitgefühl für die Zwillinge verspürte. Weil sie nicht mehr fremd waren. »Hey, Loraj.«

Loraj sagte nichts. Sie hatte sich nicht einen Fingerbreit bewegt, seit sie die Tür geöffnet hatte.

»Endlich mal ein freundliches Gesicht«, versuchte es Viv noch einmal mit Sarkasmus. »Willst du reinkommen?«

Loraj bewegte sich immer noch nicht. Allerdings war da jetzt ein Zittern, das aus ihrem Inneren heraus zu kommen schien und selbst die Luft um sie vibrieren ließ. Lorajs Unterlippe bebte, ihre Augen füllten sich mit Tränen.

Und dann schmiss sie Viv das Tablett mit einem wütenden Schwung entgegen. Es traf sie schmerzhaft an der Schulter; Brötchenhälften klatschten zu Boden, Blechgeschirr polterte, ein Apfel rollte quer durch den Raum und der Becher mit dem Kaffee landete direkt in Vivs Schoß. Mit einem überraschten Zischen sprang sie auf, stieß sich besonders heftig den Kopf und fiel fluchend auf die Bettkante zurück.

»DA HAST DU DEIN SCHEISS FRÜHSTÜCK!!«, brüllte Loraj, drehte sich um und rannte davon. Die Tür ließ sie sperrangelweit offen.

Viv starrte ihr nach wie vom Donner gerührt. Was war das jetzt gewesen?

Und da dämmerte es ihr. Der vergleichsweise entspannte Austausch mit Edna und den Zwillingen im Gemeinschaftsraum, die Drinks. Das war ja auch nur ein Teil ihres »Traums« gewesen. *Diese* Loraj, hier und jetzt, hatte sie nicht auf diese Weise kennengelernt. *Diese* Loraj wusste nur, dass Viv irgendwie Schuld an Vince' Tod war. Ihr herzzerreißender Schrei gellte noch immer in Vivs Ohren. Nur hatte er plötzlich eine so viel tiefere Bedeutung.

Scheiße, was jetzt? Wie gehe ich weiter vor?

Antworten. Vor allem brauche ich Antworten.

Und die würde sie vermutlich am ehesten bei einer ganz bestimmten Person finden. Selbst wenn Viv denkbar wenig danach war, sich ausgerechnet mit *ihr* zu unterhalten. Vermutlich galt das in beide Richtungen.

Viv rieb sich die frische Beule und zog ihr arg mitgenommenes und jetzt auch noch kaffeenasses Kleid zurecht. *Perlweiß* hatte in der Artikelbeschreibung des Online-Shops gestanden. *Blumenkohlbeige* hatte Sorcha es genannt. Ein missbilligendes Schnauben entwischte Viv, gemischt mit einem unfreiwilligen Lachen, weil es nun mal die Wahrheit besser auf den Punkt traf und ihren Humor leider auch. Dann schleppte sie ihren schmerzenden Körper zur Tür hinaus.

TAG 35

35° N 65° W
4. Mai 2092, 12:07
an Bord der Revery

Der Himmel über der *Revery* begrüßte Viv mit verhangenem Blau und weißgrauen Wolkenfetzen. Die Sonne, die noch nicht allzu lange aufgegangen sein konnte, ließ die voll gesetzten Solarsegel leuchten. Die Planken waren nass, der Wind kühl und feucht, wie nach einem kürzlich vergangenen Gewitter.

Blinzelnd blieb Viv stehen und versuchte, sich an die Helligkeit zu gewöhnen. Das Deck war leer. Keine Gewitterkids in den Wanten. Kein Cicatriz am Kontrollpanel. Aber hatte Edna nicht vorhin …?

Ihre Gedanken unterbrachen sich abrupt, als ihr Blick nach links schweifte und sie nicht weit entfernt ein weiteres Schiff entdeckte. Und dahinter noch eins. Und noch eins.

Das ganze Meer war voller Schiffe.

Piratenschiffe! Die Raid-Flotte. Dann muss auch …

So schnell sie auf ihren schmerzenden Beinen konnte, humpelte Viv hinüber zur Reling und starrte entlang der Bordwand der *Revery* nach hinten.

Und da war sie. NOAH#04. Fest vertäut mit einer weiteren Reihe besonders massiger Schlepp- und Frachtschiffe pflügte die Stadt hinter ihnen durch die Wellen. Immer noch so schillernd. Immer noch so wunderschön, und zugleich fragte sich Viv für einen absurden Moment, wie die Piraten eigentlich vorhatten, dieses Bollwerk zu bremsen, falls es ihnen tatsächlich gelang, es bis in die Republik zu bringen. Am Ende würde es einfach in New Florida hineinkrachen.

Andererseits. Wer ein Segelschiff bremsen konnte, schaffte das womöglich auch mit einer Stadt.

»Hey. Resiliência.«

Eine Stimme hinter ihr ließ sie herumfahren. Eine echte Stimme, diesmal. Am Abgang zum Unterdeck, wo Viv selbst gerade erst hergekommen war, stand Sorcha – und Viv fragte sich unwillkürlich, ob sie selbst genauso fertig aussah. Oder vielleicht sogar schlimmer. Ein stattlicher Bluterguss prangte an Sorchas Kieferknochen, ihre Unterlippe war aufgeplatzt, und Nasenbluten hatte sie wohl auch gehabt, den Spritzern auf ihrem hellgrauen Trägershirt nach zu urteilen. Die Haare klebten dunkel und strähnig in ihrer Stirn, an ihren Schläfen und ihrem Hals. Das Schlimmste waren ihre Augen. Geschwollen, blutunterlaufen und von tiefen Schatten umgeben, als hätte sie seit Wochen nicht geschlafen – oder drei Tage durchgesoffen *und* sich zwischendurch geprügelt.

Viv zog eine Grimasse, als erneut Erinnerungsfetzen in ihrem Kopf kollidierten. Bilder der Prügelei von gestern, die sich ebenfalls wie ein Traum anfühlten, aber angesichts ihres und Sorchas Zustand definitiv keiner waren. Wäre sie nicht vorher schon so angeschlagen gewesen, Sorcha hätte keine Chance gegen sie gehabt.

Oder warte. Sie hatte wirklich keine Chance.

Denn Sorcha hatte Hilfe von Zèklè und Loraj bekommen, die mit einer entschlossenen Härte und unerwarteten Kraft in den Kampf eingesprungen waren, die sich sehr persönlich angefühlt hatte. Inzwischen wusste Viv ja auch, warum.

»Hey.« Bedacht, um ihre Verletzungen nicht schon wieder zu strapazieren, drehte sie sich ganz zu Sorcha um. »Hatte Edna nicht alle Hände an Deck gerufen?«

Sorcha warf ihr einen undeutbaren Blick zu. »Nein. Das musst du geträumt haben.«

Viv schnaubte leise und verschränkte die Arme vor der Brust. »In einem Traum aus deiner *Traummaschine*?«

Sorcha sagte nichts dazu. Sekundenlang standen sie sich gegenüber, wie sie sich schon auf dem Hochhausdach gegenübergestanden hatten, zwischen ihnen nur der Wind, der das feindselige Schweigen aufpeitschte.

»Also«, sagte Viv endlich. »Was hast du jetzt vor?«

Sorcha verzog den Mund. »Dich von Bord schmeißen natürlich.«

Entgegen ihrer Ankündigung rührte sie sich allerdings nicht vom Fleck, und Viv glaubte auch nicht, dass sie wirklich etwas in der Art vorhatte. Obwohl sie nach wie vor viele Fragmente zu sortieren hatte, war Viv sich immerhin sicher, dass Vince' Tod – und ihr eigener Anteil daran – eines der Hauptargumente, wenn nicht sogar *der* Antrieb für Sorchas aktuelles Handeln war. Die Verzweiflung, mit der sie Viv gestern gegen alle Gegenwehr an die Maschine gezwungen hatte, sprach eine deutliche Sprache.

Nur ist es schiefgegangen. Also brauchst du mich noch für einen neuen Versuch, stimmt's?

»Und du?«, fragte Sorcha, der Ton unverhohlen zynisch.

Viv zuckte die Schultern. »In dem Fall wohl ertrinken, wie es aussieht.«

Das brachte Sorcha überraschenderweise zum Lachen. Kurz und abgehackt, aber unverkennbar. Es war erstaunlich schwer, dachte Viv, eine Person uneingeschränkt abzulehnen, die dieselben schlecht platzierten Sprüche witzig fand, und sie fragte sich unwillkürlich, ob es Sorcha genauso ging.

»Ich denke, ich hab was Besseres für uns beide.« Sorcha wandte sich um und zog die Tür zum Unterdeck wieder auf. Die Tür, das wurde Viv erst jetzt wirklich bewusst, deren Fenster tatsächlich keine Scheibe mehr hatte. »Komm mit.«

TAG 35

35° N 65° W
4. Mai 2092, 12:12
an Bord der Revery

Sorcha war sich nicht hundertprozentig sicher, ob es eine gute Idee war, Resiliência mit in ihre Kabine zu nehmen. Nein, wenn sie ehrlich war, wirklich überhaupt nicht – aber wann war sie das schon zuletzt gewesen? Sicher über *irgendwas*? Ihre Welt war seit einer ganzen Weile und durch alle Zeitlinien hindurch ziemlich frei von in irgendeiner Weise guten Ideen. Allein schon der Plan, Resiliência zu entführen, so bitter diese Erkenntnis auch war, fiel offenbar in die Kategorie *besonders schlechter* Ideen.

Sorcha hatte oft genug berechnet, dass eine Zeitlinie durch zu große Inkonsistenzen so instabil werden konnte, dass sie vollständig zerfiel. Passiert war es ihr vorher allerdings noch nie – und keine Berechnung der Welt hätte sie darauf vorbereiten können, wie es sich *anfühlte*, wenn die Realität kollabierte, während sie noch darin steckte. Wie sämtliche Gesetze, die die Welt zusammenhielten, ihre Bedeutung verloren. Wie *sie selbst* und alles Sein jegliche Bedeutung verlor. Wie Ioteba sich vor ihren Augen einfach auflöste, sich dem Gedanken ergab, *nicht mehr zu existieren* ... Das war eine neue, unbeschreibliche Dimension von Verlust und Scheitern. Auf dem kurzen Weg vom Oberdeck bis hinunter aufs zweite Unterdeck zerbrach Sorcha gerade zum fünften oder sechsten Mal an diesem Morgen daran, wie ein Buntglasfenster, in das jemand einen Stein warf.

Sie sollte aufgeben. Sich ihr Versagen endlich eingestehen. Ausruhen. Der Gedanke war verlockend, bittersüß und bleischwer.

Aber ... die Verstrebungen hielten noch. Sie konnte es noch einmal versuchen. Ein letztes Mal.

An der Stelle blubberte ein hilfloses Lachen in Sorchas Kehle, weil sie es schon so oft gedacht hatte. Ein letztes Mal, zum tausendsten Mal.

Mit *ihr*. Resiliência war der Schlüssel. Ihre letzte Hoffnung. Immer noch, egal wie sehr Sorcha sie dafür hasste. Denn so gern sie Resiliência für alles die Schuld geben wollte, es war leider nur zu klar, dass Sorcha selbst den entscheidenden Fehler gemacht hatte. Und wann immer sie gerade nicht zerbrach, verfluchte sie sich selbst dafür.

Sie hätte Resiliência die Risiken erklären müssen, bevor diese unter Zwang die neue Zeitlinie öffnete. Natürlich hatte Resiliência nicht gewusst, worauf sie hätte achten müssen, um den Kollaps zu verhindern. Und selbst wenn sie es gewusst hätte, wäre es ihr womöglich egal gewesen, weil Sorcha ihr keinen Grund gegeben hatte, ihr oder Vince helfen zu wollen. Wenn sie es noch einmal versuchten – und verdammt, das würden sie! – musste es anders laufen. Sie musste mit Resiliência *zusammenarbeiten*, selbst wenn allein der Gedanke, nett zu dieser Person zu sein, Sorcha gefühlte Hirnblutungen verursachte. Es tat ihr innerlich mindestens ebenso sehr weh wie ihrem grün und blau geprügelten Körper äußerlich. Aber es *war* der aktuelle Plan. Der einzige, den Sorcha jetzt noch hatte.

Pläne sind doch nur etwas wert, solange sie funktionieren, Sorchee.

Sorcha blinzelte und wischte sich über die brennenden Augen. Natürlich würde es funktionieren. Sie konnte sich keine Zweifel erlauben. Nicht, solange es diese eine, letzte Hoffnung gab.

»Und wohin gehen wir jetzt?« Resiliências Tonfall war misstrauisch. Sie musste die Antwort zumindest ahnen, selbst wenn die Kids sie gestern in einen Sack verschnürt hatten, um sie hier runterzuschleppen.

Sorcha warf einen Blick über die Schulter. »In meine Kabine. Ich hab ein paar Klamotten, die dir vielleicht passen. Ich ertrag dieses Fußnägelweiß an dir nicht mehr.«

»Ich dachte Blumenkohlbeige?«

»Wie auch immer, es macht mich fertig.«

Sie passierten jetzt die Türen zu den Maschinenräumen. Von hier aus waren es nur noch ein paar Meter bis zu jener, hinter der Sorchas Schlafkabine lag. Ihre Werkstatt.

Die Maschine.

Niemand außer Vince, Cicatriz und ihr hatte bisher jemals dort hineingedurft, und dass nun ausgerechnet Resiliência diesen Kreis erweiterte, bereitete ihr magengeschwürartige Bauchschmerzen. Aber genau das war ja der Punkt, der Plan musste *funktionieren* – nicht sich gut anfühlen.

Vince hatte geglaubt, dass Resiliência das Zeug hatte, auf ihrer Seite zu spielen. Besonders gedankt hatte sie ihnen dieses Vertrauen bisher nicht, aber Sorcha war fest entschlossen, es ebenfalls noch einmal auf diese Weise zu versuchen. Wenn Vince daran geglaubt hatte, musste sie es auch können.

Sie stieß die Tür zu ihrer Kabine auf. Der Raum dahinter war dunkel wie so oft. Nicht mal das Quantum leuchtete. Nur das spärliche Licht vom Unterdeckflur zeichnete unscharf die Konturen der Maschine nach.

Bis Sorcha die Deckenlampe einschaltete.

Sie hörte Resiliência zischend einatmen. »Du hast mich reingelegt!«

»Überhaupt nicht.« Sorcha ging mit betont festem Schritt an der Maschine vorbei, in den hinteren Teil der Kabine, wo ihr zerwühltes Bett und der winzige Einbauschrank mit ihren Klamotten waren. »Wir sind nicht deswegen hier.« Sie atmete tief und bewusst durch, ehe sie die Einladung aussprach. »Gestern auf dem Dach hatte ich allerdings den Eindruck, dass du ziemlich an meinem *Baby* interessiert bist. Also falls du was fragen möchtest, könntest du es jetzt tun.«

Das schien Resiliência zu verblüffen. »Und du würdest mir ernsthaft antworten?«

Sorcha zuckte die Schultern, so gelassen sie konnte. »Warum nicht? Ich rede eigentlich gern über sie.«

Sie zog eine weite graue Jeans aus dem untersten Fach. Über dem Fach darüber zögerten ihre Hand und ihr Kopf einen Moment. Sie musste Resiliência dazu bringen, Fragen zu stellen, so viel war klar. Sie musste all diese Dinge wissen wollen, die Sorcha ihr zu erklären hatte. Und Sorcha hatte wirklich keine Kraft mehr für ausgefeilte Taktiken. Aber gleich der Holzhammer …?

Ach, scheiß drauf.

Als sie sich wieder umdrehte, stand Resiliência noch immer kurz hinter der Schwelle, zwischen der Maschine und der Werkbank neben der Tür, und starrte auf die Hebel, die Kabel, die Sichtvorrichtung. Den Stuhl, auf den sie gestern noch mit Gewalt gezwungen worden war.

»Resiliência?«

Ihr Kopf ruckte herum, als sei sie gerade aus einer Trance aufgeschreckt.

»Hier.« Sorcha warf ihr die Kleidungsstücke zu.

Resiliência fing das Bündel auf. Mit sichtlicher Skepsis musterte sie den weit geschnittenen Pullover mit den Halbärmeln, ließ ihre Finger über den etwas ausgeleierten Kragensaum gleiten. »Findest du also, *das* ist meine Farbe?«

»Dunkelviolett?« Sorcha schloss den Schrank mit einem kleinen Knall und lehnte sich rücklings dagegen. »Ja … irgendwie schon.«

Ihre Worte hinterließen eine angespannte Stille, in der Sorcha ihren eigenen Herzschlag unangenehm in ihrer Kehle pochen fühlte. Dann legte Resiliência mit einem tonlosen Seufzen das Kleiderbündel auf den Stuhl vor der Maschine.

»Ich hab eine Bitte. Kannst du mich einfach Viv nennen?«

»Okay. Mir egal.« Sorcha beobachtete, wie Resiliência – ihr Kopf schaffte die Umstellung nicht dermaßen schnell – an ihren Rücken griff und den Reißverschluss öffnete. Ein Teil von ihr erwartete immer noch, dass sich diese unangenehm unberechenbare Person spontan entscheiden würde, sie ein weiteres Mal anzugreifen. Oder diesmal vielleicht direkt die Maschine zu zertrümmern. Aber nichts davon geschah. Ihre Bewegungen waren langsam, vorsichtiger als Sorcha es sonst bei ihr gesehen hatte. Und für einen Moment, während Resiliência – Viv – das helle Kleid über ihre Hüften zu Boden rutschen ließ und es mit einem kleinen Kick zur Seite schob, blieb

Sorchas Blick an dem Bluterguss auf der flachsbraunen Haut ihres Bauchs hängen. Ein lang gestrecktes, schwarzblaues Mal, das sich bis hinauf über ihre Rippen zog, unter ihrem BH verschwand und sich auf ihrem Oberarm kurz über dem Ellbogen fortsetzte; begleitet von weiteren Hämatomen und kleineren Schürfwunden, die oberhalb und unterhalb verliefen. Spuren des Seils, mit dem sie an den Gleiter gefesselt gewesen war, und später an ebendiesen Stuhl, auf dem jetzt die frischen Klamotten lagen. Abdrücke der groben Behandlung durch Loraj und Zèklè, und Zeichen, wie sehr sie sich dagegen gewehrt hatte. Sorcha musste zugeben, dass das alles ziemlich schmerzhaft aussah. Und dass diese Frau eine bemerkenswert austrainierte Bauchmuskulatur hatte.

Sie sah weg.

»Also.« Ohne noch weitere unnötige Blicke und Gedanken zu verschwenden, ging sie hinüber zur Werkbank. »Was weißt du über die Maschine?«

Viv schloss den Knopf der Jeans und zog sich vorsichtig den Pullover über den Kopf. Erst dann wandte sie sich zu Sorcha um. Ihre Miene war skeptisch. »Sollte nicht ich diejenige sein, die diese Frage stellt?«

Sorcha zuckte die Schultern. »Natürlich nicht, weil du davon ausgehen musst, dass ich *alles* darüber weiß.«

Viv seufzte leise, drehte die Sitzfläche des Stuhls zu sich und ließ sich mit einem unterdrückten Ächzen darauf sinken. »Na schön, umgekehrt könntest du aber davon ausgehen, dass ich *gar nichts* weiß.«

»Ja. Sicher.« Sorcha setzte sich mit einem kleinen Schwung auf die Arbeitsfläche der Werkbank und verkniff sich ein Zischen, als ihre geprellte Hüfte sie daran erinnerte, mit welcher Wucht Viv gestern nach ihr getreten hatte.

Eine GASS-Agentin, die behauptet, gar nichts über irgendwas zu wissen. Was für eine Art Witz soll das sein?

»Du weißt, dass sie existiert. Und dass sie mir gehört. Das wusstest du schon *vor* dem Raid. Also was noch?« Sie runzelte die Stirn, als Viv etwas zu spät ein trockenes Lachen unterdrückte. »Was?«

»Du und Vince, ihr seid euch manchmal einfach zu …« Sie unterbrach sich und schüttelte den Kopf. »Ach, vergiss es. Ich versuche immer noch, zu sortieren, was wirklich passiert ist und was im Traum. Ich meine, es *war* ein Traum. Richtig? Ich habe keine Ahnung, wie ähnlich du und Vince euch seid, weil Vince in meinem Traum nur eine Kombination aus unserem Treffen in NOAH#04 und meinen Erlebnissen gestern auf eurem Schiff war. Wir waren nie wirklich zusammen hier. Oder?«

Sorcha verkrampfte die Finger um die Kante der Arbeitsplatte. *Nicht hier. Nur ein Traum.* Jedes der Worte war eine Nadel, deren Stich sie ignorieren musste.

Sei nett! Erklär ihr alles, und diesmal richtig, damit es nicht wieder schiefgeht.

»Oder«, bestätigte sie trocken und schluckte die säuerliche Wut mühsam hinunter. »Beziehungsweise beides, je nachdem.« Sie fühlte sich in diesem Moment selbst wie eine Maschine; wie sie kühle Fakten abrief, während sie zum tausendsten Mal akzeptieren musste, tatsächlich schon wieder in einer Zeitlinie aufgewacht zu sein, in der es Vince nicht mehr gab. »Hör mal, wenn du Erklärungen willst, können wir nicht mittendrin anfangen. Du hast meine Frage nicht beantwortet. Was weißt du über die Maschine? Ich kann dir die Dinge besser beschreiben, wenn du mir sagst, was du schon verstanden hast.«

Sie sah etwas in Vivs Blick nachgeben, als hätte sie zumindest einen ihrer vielen Widerstände für sinnlos befunden. Als hätte auch sie entschieden, dass sie Sorcha zumindest ein Stück weit entgegenkommen musste, was auch immer ihr das brachte. »Okay. Schon gut. Also: Ich weiß, dass die GASS vor knapp sieben Jahren ein Projekt namens *Code:Foresight* gestartet haben. Die Forschenden sollten eine Technologie entwickeln, die Informationen auf Basis von Quantenverschränkung in die Vergangenheit schicken kann. Das Ziel dahinter war, schwere Verbrechen wie Terroranschläge vorauszusehen – und ich weiß, dass du dabei warst. Ich weiß aber auch, dass du das Labor kurz vor dem endgültigen Durchbruch sabotiert hast und mit den Forschungsergebnissen nach New Florida durchgebrannt bist. Was du dann daraus gebaut hast, weiß ich nicht, und wie es funktioniert, schon gar nicht. Aber es ist ...«, ihr Blick flog über ihre Schulter zur Maschine, »... krass. Offensichtlich.«

Sorcha knibbelte mit dem Fingernagel eine verirrte Lötzinn-Perle von der Arbeitsplatte. Dann noch eine. Versuchte, nachzuvollziehen, wie diese nüchtern vorgetragene Zusammenfassung sich mit der Wut und dem ohnmächtigen Gefühl des Missverstanden- und Benutztwerdens vereinbaren ließ, die sie damals zu diesem Schritt getrieben hatten. Sie scheiterte mit wehenden Fahnen. »Ja«, murmelte sie bitter. »Das kann man so ausdrücken, nehme ich an.«

Viv lehnte sich mit einem schmerzvollen und zugleich resignierten Ächzen gegen die Stuhllehne zurück. Sie schien jetzt so tief in ihren Überlegungen, dass sie Sorchas verhaltene Reaktion gar nicht richtig wahrgenommen hatte. Auch gut. Genau dort hatte Sorcha sie ja haben wollen.

»Träume entstehen, wenn das Gehirn neue Erfahrungen mit alten Erinnerungen abgleicht.« Viv rieb sich angestrengt über die Stirn. »Das hat Vince zu mir gesagt. *Im Traum.* Zumindest muss es ein Traum gewesen sein, weil ich ja vorhin erst daraus aufgewacht bin, aber es fühlt sich einfach nicht wie einer an. Also, meine wichtigste Frage ist: Wie echt ist das alles, woran ich mich erinnere? Was geht da ab in meinem Kopf? Ich kann es mir nicht erklären, aber ich glaube, dass du es kannst. Wärst du so nett?«

Nett. Aha! Sorcha verbarg ein Lachen in einem Schnauben und ignorierte die nächste Hirnblutung. Weitermachen. Nicht nachlassen, jetzt, wo sie endlich in die richtige Richtung steuerten. »Ich kann's ja mal versuchen.«

Ein mattes Grinsen huschte über Vivs Gesicht. »Nett zu sein oder es zu erklären?«

Das zweite Lachen konnte Sorcha nicht mehr zurückhalten. Es fühlte sich überraschend gut an. Befreiend, absurderweise.

»Auch hier: Oder. Beziehungsweise beides, je nachdem.« Sie schnipste die Lötzinn-Kügelchen von der Arbeitsplatte und sah ihnen nach, wie sie mit dem Schwanken der *Revery* auf einem unregelmäßigen Kurs über den Boden torkelten. »Um es auf das Einfachste herunterzubrechen: Die Maschine kombiniert drei Technologien. Erstens, wie du schon sagtest, Quantenverschränkung. Zweitens, die Umwandlung von Hirnaktivitätsmustern in binären Code. Und schließlich die Datenübertragung durch Licht – genauer gesagt, eine erweiterte Form der LiFi-Datenübertragung, die du wahrscheinlich jeden Tag bei der Arbeit benutzt. Als erstes musst du wissen, dass miteinander verschränkte Quanten immer gleichzeitig ihren Zustand verändern. Verändert sich eines, verändert sich *immer* auch das Gegenstück, und zwar *unabhängig* von ihrem Abstand in Raum oder Zeit. Einstein hat es eine ›spukhafte Wechselwirkung‹ genannt, aber am Ende ist es bloß ein Fakt, der inzwischen Hunderte Male belegt wurde.« Sie zuckte die Schultern und räusperte sich, um sich selbst im Abschweifen zu unterbrechen. Es tat gut, über Technik zu sprechen. So losgelöst von allem anderen. Es zwang all den Schmerz und die Trauer und den Hass, den sie gegenüber Viv empfand, in ein Gerüst, mit dem sie arbeiten konnte. Selbst während sie gerade zerbrach, zumindest für den Moment. »Wenn wir nun Photonen, also Licht als Quantenobjekte nutzen, lässt sich dieses Prinzip mit LiFi kombinieren – was bedeutet, wir können in Licht codierte Daten nicht mehr nur durch den Raum, sondern auch durch die Zeit schicken. Wenn du dann zuletzt noch eine Technologie hinzufügst, die deine Hirnaktivität beim Abrufen von Erinnerungen misst und die Aktivitätsmuster in binäre Lichtimpulse umwandelt; in eine Art … determiniertes Flimmern, Hirnsprache als Binärcode, sozusagen … bitte sehr. Schon kannst du deine Erinnerungen via Quantenverschränkung durch die Zeit schicken.«

Viv hatte während Sorchas Erläuterungen die Arme vor der Brust verschränkt und starrte konzentriert vor sich auf den Boden. Es war ihr förmlich anzusehen, wie ihr Hirn sich verknotete. Sorcha hoffte bloß, dass sie nicht völlig daran scheitern würde. Immerhin hatte sie schon neunzig Prozent der wirklich komplizierten Berechnungen, neurologischen Details und Wechselwirkungen ausgelassen. Wenn Viv an diesem Punkt schon frustriert aufgab, wie sollte Sorcha sie dann je zurück ins Boot holen?

»Und du kannst dir frei aussuchen, an welchen Zeitpunkt du

die Informationen schickst?«, fragte Viv endlich. »Und an wen? Wie funktioniert das?«

Sie verstand es doch. Sorcha atmete auf. »Gute Frage, den Punkt geb ich dir. So einfach und flexibel ist es leider nicht. Die Technologie erfordert, dass das Quantenflimmern von einer Empfängerperson visuell erfasst wird – deren Hirn sie dann wiederum in Träume oder ähnliche Bewusstseinserfahrungen umsetzt. Optimalerweise sollte es dieselbe Person sein wie die, die die Daten gesendet hat. Nur eben an einem anderen Ort in der Zeit. Gehirne sind sehr unterschiedlich. Stell dir mal vor, du würdest Daten empfangen, die ich aus meinem Hirn gesendet habe. *Dein* Hirn würde sie ganz anders interpretieren, weil wir so ungleiche Erfahrungen gemacht haben. Wahrscheinlich hättest du den Trip deines Lebens.«

Viv lachte kurz und trocken auf. »Klingt fast nach einem Geschäftsmodell. Vielleicht sollte ich den Kolleg_innen raten, in Zukunft die Schwarzmärkte auf Traumdealerei hin im Auge zu behalten.«

Das brachte Sorcha für eine Sekunde aus dem Konzept. Verdammt, sie hatte recht. An diese Möglichkeit hatte sie in all der Zeit, die sie mit der Maschine arbeitete, noch nie gedacht. Aber darum ging es jetzt nicht. Wenn der Plan funktionieren sollte, wenn *die Hoffnung* eine letzte Chance haben sollte, musste Resiliência die Maschine verstehen. Die Zeitlinien, und was sie in Gefahr brachte. Das vor allem.

»Wie auch immer.« Sorcha wischte den Einwand energisch beiseite. »Die Grundidee ist deshalb, in mehr oder weniger regelmäßigen Abständen Fixpunkte zu setzen, deren Koordinaten fünfdimensional so exakt wie möglich definiert sind. Also die drei Raumdimensionen, plus Zeit, plus Licht. Wobei das Licht, streng genommen, keine echte Koordinate ist, sondern ein spezifisches, singulär angesteuertes Quantum, mit dem eine Verschränkung erzeugt werden soll.« Sie rutschte von der Arbeitsplatte, um zu Viv und der Maschine hinüberzugehen. »Nehmen wir mal an, du wolltest deinem Ich in der Vergangenheit etwas sagen. Zum Beispiel, dass … es eine richtig beschissene Idee ist, Captain Vince Frigatebird zu erschießen.« Sie würgte den Klumpen in ihrer Kehle mit Macht herunter und streckte den Arm an Viv vorbei, um die Maschine einzuschalten. »Oder auch einfach nur, dass du im Restaurant diese Pilze nicht bestellen solltest, derentwegen du gerade mit Magenkrämpfen über der Schüssel hängst. Und du wüsstest die Koordinaten eines Fixpunkts, der zeitlich irgendwo vor deinem Restaurantbesuch liegt, also die genaue Position eines Moments, in dem du auf dieses Quantum gestarrt hast ... dann kann die Maschine die Erinnerung an die Krämpfe und Kotzerei in Daten umwandeln und an diesen Fixpunkt senden, wo sie wiederum als eine Art Traum – oder Tagtraum – im Hirn deines Vergangenheits-Ichs verarbeitet werden. Das sich daraufhin hoffentlich später für ein anderes Essen entscheidet.«

Eine ganze Weile starrte Viv nur auf das matt leuchtende Display, und dann auf das Binokular, hinter dem nun, von außen unsichtbar, das Quantum glomm. »Und ... in der Gegenwart hören meine Krämpfe dann auf?« Ihre Stimme klang ungewohnt kratzig, selbst für ihr von Natur aus raues Timbre.

»Na ja«, murmelte Sorcha, und auch ihr Hals fühlte sich dabei bedenklich wund an. »Dein Gegenwarts-Ich träumt zumindest davon, dass es keine Schmerzen mehr hat.«

Sie wandte Viv das Gesicht zu, und zum ersten Mal war es ihr dabei egal, ob Viv die Tränen sah, die sich einfach nicht dauerhaft wegblinzeln lassen wollten. Denn es ging hier nicht um Pilze. Es war nie um Scheißpilze gegangen. Und Viv wusste das auch.

»Die Technologie übermittelt Daten. Nicht mehr, aber auch nicht weniger. Dadurch spannt sich unweigerlich eine neue Realität auf, weil Zeitlinien ein so chaotisches System sind, dass sie niemals exakt gleich verlaufen können, egal wie sehr du dich anstrengst. Kurz gesagt: Die Maschine ist nicht dazu gemacht, die Realität zu verändern, in der du dich gerade befindest.«

Viv antwortete nicht sofort darauf. Etwas überraschend Weiches war in ihren Blick getreten. Ein Mitgefühl und Verstehen, das für sie selbst offenbar noch neu war.

»Du hast es aber trotzdem versucht, stimmt's?«

Sorchas Hand auf dem Display ballte sich zur Faust. Als ob sie damit irgendetwas festhalten könnte. Es tat so *fucking* weh! Warum wurde eine Tatsache so viel schlimmer, sobald man sie in Worte fasste? »Es ist mir nicht gelungen.«

»Also … hast du es noch mal versucht.« Es war eine Feststellung. Keine Frage. Und natürlich hatte Viv recht. Als Sorcha diesmal die Augen schloss, lief eine der Tränen heraus, an ihrer Nase entlang, und sie öffnete die Augen rasch wieder, damit es nicht mehr wurden.

»Ich werde es immer wieder versuchen. Bis es mir gelingt.«

»Du willst Vince retten.«

Jähe Wut brodelte in Sorchas Brust auf. Von allen Schmerzen, die sie gerade spürte, war es womöglich das Schlimmste, zu hören, wie ausgerechnet Viv Vince' Namen aussprach. *Und du? Du hast Vince umgebracht! Was soll ich mit deinem Mitleid?!*

Ein winziges, viel zu ermutigendes Lächeln kräuselte Vivs Lippen. Sorcha wollte speien. *Du hast kein Recht auf diesen Namen. Mörderin!*

Oder … nein. Etwas zuckte in ihrem Kopf; ein neuer Gedanke, eine neue Variable, die sie bisher nicht in ihre Berechnung einbezogen hatte. *Diesmal … warst du es gar nicht.*

Denn das war eine unbestreitbare Tatsache, zumindest für diese Zeitlinie. Viv hatte Vince nicht erschossen, trotzdem war es passiert. Sorchas Kopf pochte schmerzhaft. Innerlich sackte sie ein wenig in sich zusammen, als wäre mit der Gewissheit auch ein Stück ihrer mageren verbleibenden Kraft geschwunden.

Aber wenn du es nicht warst, wer dann? Und all die anderen Male? Warst du es überhaupt … jemals?

Wieder entstand ein zum Zerreißen gespannter Moment der Stille.

»Das verstehe ich«, sagte Viv nach einer Weile, als hätte sie begriffen, dass Sorcha ihre Gedanken diesmal nicht mit ihr teilen würde. »Ich würde es genauso machen, denke ich.«

Sorcha atmete einmal tief durch die Nase ein und langsam durch den Mund wieder aus. Nahm sich die Zeit, um zu bedenken, ob die Verletzlichkeit, die da gerade so unkontrollierbar aus ihr heraustropfte, den möglichen Gewinn wert war. Einen Gewinn, den sie auf emotionaler Ebene so wenig wollte, wie sie selten etwas nicht gewollt hatte; ausgerechnet mit Viv zu bonden, war mit Abstand das Letzte, was ihr jetzt noch fehlte.

Aber es würde vielleicht *funktionieren*. Vielleicht würde es Viv dazu bringen, ihr vielleicht doch zu helfen. Auch ohne Gewalt. Und verflucht, das fühlte sich tröstlicher und hoffnungsvoller an, als sie es wahrhaben wollte.

Weil es das war, was auch Vince hatte erreichen wollen.

»Ja«, erklärte sie und versuchte, den säuerlichen Zweifel zu ignorieren, der ihr in der Kehle brannte. »Das Problem ist … wenn ich die Einzige bin, die bewusst die Ereignisse in eine andere Richtung lenkt, ist es zu unberechenbar. Deshalb habe ich diesen zweiten Sitz gebaut. Weil ich … Hilfe brauche.«

Viv schlug die Beine übereinander und wippte mit dem Fuß auf und ab. »Hm. Aber das verstehe ich jetzt nicht. Müsste es nicht im Gegenteil gerade dann einfacher sein, wenn du die Einzige bist, die irgendwas anders macht als es in der Vergangenheit gewesen ist?«

Sorcha verdrehte die Augen. »Du hast zu viele Zeitreisefilme gesehen. Realitätslinien sind kein Video des Vergangenen, das immer gleich abläuft. Und die Entscheidungen, die dein Hirn für dich trifft, sind keine mathematischen Gleichungen, die immer dasselbe Ergebnis haben, egal wie oft sie berechnet werden. Deshalb ist es ein fataler Fehler, anzunehmen, man könnte in die Vergangenheit reisen und alle Menschen würden ihre Entscheidungen auf dieselbe Weise treffen, wie sie es schon einmal getan haben. Manche Entscheidungen sind stabiler, weil zwingende Argumente vorhanden sind – also, wenn du dich entscheiden musst, ob du mit oder ohne Fallschirm aus dem Flugzeug springst, wirst du dich wohl in mindestens neun von zehn Fällen für den Fallschirm entscheiden. Falls solche stabilen Entscheidungen sich dann doch ändern, beeinflussen sie deshalb meist auch viele damit zusammenhängende andere Ereignisketten. Aber sehr viele alltägliche Entscheidungen sind fast völlig beliebig. Dafür haben sie weniger Einfluss auf den Gesamtverlauf der Dinge – wie zum Beispiel, welche Musik du beim Duschen hörst oder wie du dir die Haare schneiden lässt. Und dann gibt es natürlich das ganze Spektrum dazwischen. Plus, du kannst nie genau sagen, wie stabil oder einflussreich eine Entscheidung wirklich ist. Vom Schmetterlingseffekt hast du ja sicher mal gehört. So oder so: Determiniertes Chaos bedeutet, dass Berechnungen immer nur bis zur nächsten Störung möglich sind. Und klar, mehr Personen können mehr Störungen erzeugen. Oder aber mehr Störungen verhindern, wenn es gut läuft und alle mitspielen.«

Viv schwieg eine Weile. Sie hatte sich mit dem Stuhl in Sorchas Richtung gedreht. Ihr Blick hing immer noch an dem leuchtenden Display mit der Koordinatenliste.

»In meinem ... Traum ... hatte ich ein Kleid mit Farbverlauf in Orange und Pink«, sagte sie endlich. »Aber in meiner *echten* Erinnerung bin ich in dem türkisen Paillettenkleid auf Jax' Party gegangen. Das weiß ich genau, weil ich echt lange gebraucht habe, mich endgültig für einen Style zu entscheiden. Hat das auch damit zu tun?«

»Ziemlich sicher, ja.«

Jetzt wanderte Vivs Blick in ihrem Schoß. Ihre Finger betasteten den ausgeleierten Saum von Sorchas Pullover. Dunkelviolett.

»Ich hatte drei zur Auswahl«, murmelte sie. »Es hätte jedes davon werden können.«

Sorcha sagte nichts.

Viv hob den Kopf, die Stirn tief gefurcht und eine steile Falte zwischen ihren dichten Brauen. »Ich hab noch eine Frage.«

»Okay. Frag.«

»Das hier. Jetzt, heute. Ist das die *echte* Gegenwart? Die, aus der du deine Rettungsmission gestartet hast?«

Eine rhetorische Frage. Sorcha sah all die Gedanken in Vivs Augen zu einem ganzen Bild zusammenfallen, ein deutliches Motiv schon jetzt, obwohl noch so viele Teile fehlten. Und doch brauchte sie Sorchas Antwort, um es noch einmal komplett umzudrehen und auch das versteckte Bild auf der Rückseite zu enthüllen.

»Nein«, sagte Sorcha und lehnte sich gegen die Maschine, mit einem Mal wie erdrückt von der eigenen Erschöpfung.

»Ist es nicht.«

TAG 35

39° N 71° W
4. Mai 2092, 09:02
auf offener See

Das Sonnenlicht war überall. Es stach Jun in die Augen, die verklebt und geschwollen waren von Salz und Wind, verbrannte die Haut auf Wangen, Händen und Nase und fraß sich durch ihre Uniform; erhitzte den feuchten, dunklen Stoff, als sollte er mit ihrer Haut verschmelzen.

Immerhin, all das sagte ihr, dass sie immer noch am Leben war. Keine Selbstverständlichkeit nach dieser Nacht, die sie offenbar endlich hinter sich gelassen hatte: Auf dem offenen Meer, festgegurtet an den Sitz ihres Speedgleiters, während Sturm und Seegang sie umherwarfen wie ein Spielzeug.

Jetzt dümpelte der Gleiter nur noch im leichten Wellengang auf und ab. Die Batterie war seit Stunden leer. Schon lange, bevor Jun der Erschöpfung nachgegeben hatte und mit dem Kopf auf dem nutzlosen Navigationspanel liegend weggedöst war, hatten weder der Antrieb noch die Steuermodule auch nur das kleinste Zucken von sich gegeben. Die Gleiter der Harbor Unit waren rasant schnell und ultrawendig, aber nicht für Einsätze gemacht, die länger als fünf Stunden dauerten. Auch der Ersatzenergiekern war längst verbraucht.

Vorsichtig richtete sich Jun auf und sah sich um. Im Morgenlicht funkelnde Wellen, so weit das Auge reichte. In der zweiten Hälfte der Nacht, als der Sturm endlich abgeklungen war, hatte sie noch Gesellschaft von einigen Trümmerstücken leichterer Bauteile von

NOAH#04 gehabt, vermutlich mit derselben Strömung abgetrieben wie sie. Jetzt war da nichts mehr. Keine Trümmer. Keine Schiffe. Keine Gleiter. Keine Stadt. Sie war völlig allein. Ein Gefühl, das noch dadurch bestärkt wurde, dass der letzte Funkkontakt mit ihrem Team viele Stunden zurücklag. Auch jetzt zeigte das Display ihres Funkarmbands nichts als ein stoisch leuchtendes *CONNECTION FAILED*. Jun hoffte, dass es nur daran lag, dass sie zu weit von ihr entfernt waren. Und dass dieses »zu weit entfernt« nicht am Grund des Ozeans bedeutete. Schlimm genug, zu denken, dass beide Möglichkeiten etwa gleich wahrscheinlich waren. Manche von ihnen hatte sie schließlich aus nächster Nähe in die schäumende Bugwelle der Stadt stürzen sehen, die sie einfach überrollte.

Und Jun selbst war mit schuld daran, dass sie überhaupt dort gewesen waren. Sie und Myris hatten die volle Verantwortung für die Teilnahme an Henk Orvals so furchtbar gescheiterter Operation R. Die Erkenntnis fuhr in unregelmäßigen Abständen wie ein kalter Schauder durch ihre Brust. Als müsste ihr Körper das Begreifen Stück für Stück verarbeiten, als wäre es sonst einfach zu viel.

Jun ließ das Storage-Fach vor ihrem Sitz aufschnappen, um sich von den schrecklichen Bildern abzulenken, und zog ihre UV- und Spritzwasserschutzbrille heraus, die sie kurz vor dem Morgengrauen in einem letzten Aufbäumen von Rationalität dort verstaut hatte, ehe die schiere Erschöpfung sie aus dem Bewusstsein schoss. Sie klickte die Sicherungskette an ihrer Uniform fest, schob das Gestell auf die Nase und hob den Blick zum Himmel. Leicht diesiges Morgenblau, das die rasch steigende Sonne schon bald zu klarem Frühsommerblau brennen würde. Keine Spur mehr von dem Sturm, der sich in den ersten Stunden der Nacht über ihr entladen hatte. Und keine Chance, ohne funktionstüchtige Navigationshilfe zu wissen, wo sie sich befand.

Denk nach!

Nur, was gab es schon zu denken, wenn die Optionen so beschränkt waren? Ihr würde nicht viel anderes übrig bleiben, als auf die Nacht und die Sterne zu warten, um ihren Standort zumindest näherungsweise zu bestimmen. Und bis dahin grob in westlicher

Richtung zu paddeln, so weit ihre Kraft es hergab. Vielleicht hatten sich die Kolleg_innen bis dahin ausreichend sortiert, um den GPS-Sender in ihrer DienstID zu orten und nach ihr zu suchen. Viel Hoffnung hatte Jun darauf allerdings nicht. Nicht, wenn sie fürchten musste, dass Myris gerade genauso auf dem Meer verschollen war wie sie.

Noch ein Schauder, eisig trotz der immer gnadenloseren Sonne. Rasch checkte Jun die Trinkwasservorräte in der Halterung am Sattel. Zwei Flaschen, beide noch mehr als halb voll. Immerhin. Sie nahm einen kräftigen Schluck, nicht zu viel und nicht zu wenig. Dann öffnete sie noch einmal das Fach, zog den leichten Helm heraus, der auch als Sonnenschutz diente, und das Teleskop-Paddel. *Na dann mal los.*

Sie war noch nicht sehr weit gekommen, als ein Geräusch ihre Aufmerksamkeit erregte. Ein Geräusch, das sie kannte – wie eine mehrfach überdimensionierte Hornisse, die sich zielstrebig näherte. Ein Helikopter!

Jun hob den Kopf und versuchte, das Gefährt am Himmel auszumachen. Sie musste nicht lange suchen. In all dem weiten, sonnendurchleuchteten Blau gab es nur einen einzigen dunkleren Fleck, der nicht nur rasch größer wurde, sondern auch stetig an Höhe verlor. Kein Zweifel. Der Helikopter war auf dem Weg zu ihr.

Allerdings, auch das erkannte Jun beim Näherkommen – und zwar schneller, als sie wirklich Erleichterung empfinden konnte – war es kein Helikopter der Harbor Unit, sondern ein grafitgraues, irisierend schimmerndes Privatfahrzeug. Mit extra hohen, extra breiten Kufen, die es ihm ermöglichten, auf dem Wasser zu landen. Schon lange, bevor er aufsetzte, bewegten sich die Rotorblätter zunehmend langsamer, bis sie sich schließlich nur noch gemäßigt ausdrehten. Trotzdem schickten der Wind und die Verwirbelung durch die ins Wasser eindringenden Kufen eine Reihe beachtlicher Wellen in Juns Richtung; groß genug, dass sie ihren Gleiter ruckartig hin und her warfen. Jun stemmte die Füße in die Stabilisierungspads und spürte den scharfen Stich des Muskelkaters in ihren Waden und an der Rückseite ihrer Oberschenkel. Von ihrer eigenen Kraft war auch nicht mehr viel übrig.

»Captain Zhang!« In der offenen Einstiegsluke des Helikopters war eine Gestalt aufgetaucht. Groß, trainiert, maßgeschneiderter Anzug, vitiligogefleckte Haut.

Warum. Warum er?

Henk Orval war vermutlich der einzige Mensch, bei dem sich eine Rettung wie eine Gefangennahme anfühlte. Und so wie er da stand und ihr aus seinen eisgrauen Augen entgegen starrte, gab es keinen Zweifel, dass er ganz explizit nach ihr gesucht hatte.

Warum ausgerechnet er?

Leider konnte Jun nicht wählerisch sein, was ihre Rettung betraf. Sie stand auf und begann erneut, zu paddeln, stach allen Hass auf Orval in das immer noch aufgewühlte Wasser neben dem Bug ihres Gleiters. Er war schuld. *Er* war für dieses Desaster verantwortlich. Mit exzellentem Personal besetzt und minutiös geplant, von wegen! Wie konnte ein GASS-Funktionär von seinem Format sich dermaßen fatal verschätzen? Wie viele Menschenleben hatte er dadurch jetzt auf dem Gewissen?

Er – und immer noch Jun selbst natürlich. Wem wollte sie hier eigentlich etwas vormachen?

Ein weiterer Schauder der Erkenntnis flutete ihr Hirn mit einer neuen Welle aus Bildern. Ihr Team – erschossen, ins Meer gestürzt, von zurückschnalzenden Stahlseilen getroffen und von der Wasserstadt begraben und ertränkt. Sie hatte keine Ahnung, ob außer ihr auch nur eine weitere Person überlebt hatte. Das Begreifen hatte sich inzwischen fast bis in ihre Fingerspitzen ausgebreitet.

Ihr Blick flog zum Horizont, während sie den Gleiter das letzte Stück bis zu der Leiter treiben ließ, die Orval persönlich ihr herunterließ. Gewitterblaue Quellwolken türmten sich in der Ferne übereinander. Noch ein Sturm im Anmarsch. Ansonsten war er immer noch leer. Ein Blick aufs Armband – *CONNECTION FAILED.*

Jun packte die unterste Sprosse der Leiter, warf das Paddel und den Helm zurück ins Storage-Fach und straffte die Schultern, ehe sie sich aus dem Sicherungsgurt ausklinkte und mit weichen Beinen zu klettern begann. Haltung wahren. Sonst würde sie aus den Fugen geraten wie eine Mauer, deren Steine zu nass geschichtet worden waren.

Und Haltung wahren, dazu gehörte auch, Orvals Hand zu nehmen und sich von ihm die letzten Sprossen hinaufhelfen zu lassen. Den Druck seiner Finger zu erwidern, als sie kurz darauf vor ihm stand; viel zu dicht in der Enge des Helikopters.

»Willkommen an Bord, Captain Zhang.« Seine Stimme war frei von jedem Lächeln. »Gut, dass wir Sie gefunden haben.«

»Danke.« Jun hoffte, dass er das Zittern in ihren Beinen nicht bemerkte. Sie hatte gewusst, dass sie nicht mehr viele Reserven hatte. Aber erst jetzt wurde ihr klar, wie kraftlos die Nacht im Sturm sie wirklich zurückgelassen hatte.

»Setzen Sie sich.« Orval ließ sie zwischen sich und dem Steuersitz platznehmen und verzichtete dankenswerterweise darauf, ihr dabei erneut Hilfestellung anzubieten. Stattdessen reichte er ihr einen Helm mit integriertem Kommunikationssystem. Abhörsicher, garantiert. »Nehmen Sie den. Dann können wir reden.«

Er fragte nicht, wie es ihr ging, ob sie medizinische Versorgung oder etwas zu trinken brauchte. Offenbar wirkte sie beisammen genug, dass er sich das sparen konnte. Jun setzte den Helm auf und beobachtete über Orvals Knie hinweg, wie zwei GASS-Agents in schwarzen Funktionsanzügen ihren Gleiter mit dem Helikopter vertäuten und schließlich die Leiter wieder einholten. Schnell, effizient, wortlos. Und Jun bekam kein einziges Gesicht zu sehen.

»Captain Holt ist wohlauf und die Bordbesatzung der Fregatten ebenfalls.« Orvals Stimme klang durch das Headset glasklar, trotz des Wummerns der wieder andrehenden Rotorblätter. Erleichterung durchflutete sie, wie eine große Blase, die unter ihrer Bauchdecke platzte. Myris ging es gut, und sier hatte es geschafft, die Fregatten samt Besatzung aus der Gefahrenzone der Bugwelle zu manövrieren. Orval hätte ihr das nicht mitteilen müssen, und es widerstrebte Jun sehr, ihm dankbar zu sein. Nichtsdestotrotz war sie froh, es zu wissen. Dass wenigstens diese Frage nicht mehr auf dem Berg aus Schuld lag, der auf ihre Schultern drückte.

»Danke«, murmelte sie erneut, als ihr auffiel, dass Orval offenbar auf eine Antwort wartete. »Die Gleiterpilot_innen?« Jedes Wort schmeckte nach Salz und ein wenig nach Blut.

»Das zu klären, haben wir Captain Holt überlassen.« Orval gab einige Befehle auf einem Smartfold ein. Wie zur Antwort drehte der Helikopter etwa fünfzig Grad nach steuerbord ab. Jun hätte viel dafür gegeben, die Seekarte auf dem Display vor ihren Augen zu sehen, die Orval und seinen Leuten offenbar vorlag. Doch stattdessen spürte sie nur Orvals starren Blick auf sich. »Ich denke allerdings, es wird Sie interessieren, zu erfahren, wie es Vivienne Hargreeves geht.«

Seine Worte trafen präzise wie ein Remington-700er-Sniper, und er wusste genau, dass Jun in diesem Augenblick keine Schutzausrüstung gegen diese Art von Angriff hatte.

Viv?! Was ist mit ihr? Warum sollte es ihr nicht gut gehen?! Sie ist sicher zu Hause in New York!

»Verzeihen Sie diesen Überfall«, sagte Orval, und Jun wurde klar, er sah auf seinem Monitor nicht nur die Seekarte, hörte nicht nur ihre Stimme über die Verbindung. Höchstwahrscheinlich scannte er in ebendiesem Moment ihre Körperparameter; Herzschlag, Atemfrequenz, Schweißbildung. Augenbewegungen. Blinzeln. Sauerstoffgehalt im Atem. Die Sensoren mussten im Sitz sein, im Helm, wahrscheinlich war der gesamte Helikopter in irgendeiner Art verwanzt und er ließ sich das Ergebnis live ausgeben, um besser auf ihre Körperreaktionen eingehen zu können. Wie sah sie wohl aus, diese neue Art von Schock und Unglauben, die die gerade erst losgelassene Sorge um Myris mit einem noch vielfach schwereren Klotz ersetzte?

Also war sie wirklich an der Operation beteiligt?!

»Hargreeves ist seit vielen Jahren eine meiner besten Agentinnen«, erklärte Orval, als könne er auch Juns Gedanken wortwörtlich auf seinem Display lesen. Seine Stimme war zu gleichförmig, zu ruhig für das, was er ihr da gerade eröffnete. »Sie wurde beim Versuch, Dr. Brennan festzusetzen, von den Piraten entführt und befindet sich gegenwärtig auf einem Schiff namens *Revery*. Nehmen Sie es ihr nicht übel, dass Sie Ihnen nichts von dem Auftrag gesagt hat, das war nichts als ihre Pflicht. Ich bin allerdings positiv überrascht, dass Sie ihr umgekehrt ebenfalls nichts erzählt haben. Um ehrlich zu sein, ich habe nicht damit gerechnet, dass Sie dichthalten. Unter anderem habe ich Sie als Hargreeves' Lebensgefährtin deshalb für die Operation ausgewählt. Ich wusste, wenn Sie plaudern, ist die Information trotzdem in den besten Händen.«

Jun krallte die Finger um die Armlehnen ihres Sitzes und starrte auf das glitzernde Wasser. »Viv hatte recht. Sie sind ein mieses Schwein.«

Ehrlich bleiben: Auch eine Art, Haltung zu wahren. Ihre Belohnung war ein grimmiges Schmunzeln, das Orvals Gesicht so flüchtig kräuselte wie ein Möwenflügel das Wasser.

»Sie und Hargreeves können über mich denken, wie Sie wollen. Das ändert nichts an der Tatsache, dass sie sich auf diesem Schiff befindet und dass wir einen Zugriff versuchen müssen, ehe sie New Florida erreichen.«

»Ist das Ihre Art der Schadensbegrenzung?«

Wieder sah sie Orval einige Male auf sein Fold tippen. Seine Lippen bewegten sich, aber diesmal hörte sie nicht, was er sagte. Vermutlich hatte er sie stummgeschaltet, um mit der Person am Steuer zu sprechen, denn kurz darauf änderte der Helikopter erneut den Kurs. Seltsam. Trotz der spärlichen Anhaltspunkte, mit denen sie arbeiten musste, war sich Jun inzwischen sicher, dass sie sich vom Festland entfernten, statt darauf zuzufliegen.

»Von Schadensbegrenzung würde ich sprechen, wenn ich die Mission für gescheitert hielte.« Orvals Stimme war zurück in ihren Ohren. »Das ist nicht der Fall. Im Gegenteil halte ich sie sogar für äußerst erfolgreich. Eines der Hauptziele von Operation R war es, den Regierungsbeauftragten klarzumachen, dass die sogenannte Freie Republik ein brandgefährlicher Zusammenschluss potenzieller Terrorgruppen ist. Und eindrücklicher als sie es gestern getan haben, hätten die Piraten nicht zeigen können, wie zutreffend diese Zuschreibungen sind. Genehmigungen und Mittel werden von nun an sehr viel niedrigschwelliger von der Regierung zu bekommen sein. Ein koordinierter Schlag gegen die sogenannte Republik ist über kurz oder lang unausweichlich. Wir haben also im Grunde alles erreicht, worauf wir abgezielt haben.«

Alles? Also ging es euch gar nicht um die EatTheRich-Morde, wie?

Es fiel Jun schwer, mit ihrem erschöpften Körper und Kopf den Gedanken zu greifen, der bei Orvals letzten Worten mit vager Beklemmung nach ihrer Brust griff. Aber das Gefühl, dass er auch diesmal ein wichtiges Detail mit Absicht aus ihrer Unterhaltung ausklammerte, war eindeutig.

»Warum dann jetzt trotzdem dieser Alleingang?«

»Sie haben mehr als deutlich gemacht, dass sie nichts von mir halten, Captain Zhang.« Orvals Stimme klang plötzlich hart. »Aber Vivienne Hargreeves gehört zu meinem Team, und ich schütze meine Leute.«

Jun erlaubte sich ein verächtliches Schnauben. »Vor allem wohl ihre Identität.«

Orvals Oberlippe zuckte. Nur ein mikroskopisch kurzer Kontrollverlust. Erwischt. Puzzleteile fügten sich in Juns Kopf zu einem Bild zusammen. Ein Bild, das ihre Nackenhaare sich kribbelnd aufstellen ließ.

»Ich gehöre allerdings nicht zu Ihren Leuten«, fasste sie nach. »Trotzdem haben Sie nach mir gesucht und haben sich die Mühe gemacht, mich persönlich holen zu kommen. Was also ist Ihr Plan für mich?«

Orval antwortete nicht gleich. Stattdessen neigte er sich ein Stück zur Seite und sah auf das Meer hinunter. Zwischen den Wellen war eine Reihe karger Felsinseln aufgetaucht. Die größte von ihnen konnte kaum mehr als fünfzig Quadratmeter messen. Keine Pflanzen. Kein Schatten. Kein Wasser.

Eine Erschütterung setzte sich gegen das Hornissensurren des Elektromotors und sogar gegen das Wummern der Rotorblätter bis unter den Helm durch. Und als Jun noch einmal nach draußen sah, sah sie ihren Gleiter, der vom Helikopter gelöst und an den Felsen zerschellt auf einen winzigen Kiesstrand gespült wurde.

»Ganz einfach, Captain Zhang.«

Jun spürte Orvals Blick auf sich und wandte sich wider besseren Wissens um, um den starren eisgrauen Augen zu begegnen.

»Sie sind mein Lockvogel.«

TAG 35

35° N 65° W
4. Mai 2092, 09:17
NOAH#04

In den Straßenschluchten zwischen den Hochhausfassaden von NOAH#04 war von der Bewegung der Stadt kaum etwas zu spüren. Selbst in den Überresten der Partybucht war es mehr ein dumpfes Rollen und Donnern und Rauschen, das von den physikalischen Kräften erzählte, die aufeinander einwirkten, während tausende Tonnen Stahl, Leichtbeton, Acrylglas und Flexpolymere tief unter ihren Füßen durch noch größere Mengen bewegtes Wasser gezerrt wurden.

Jax warf einen Blick in den Kühlcontainer mit Meerrettich-Krabben-Tartelettes – der sicher zwanzigste Container, den er heute auf diese Weise prüfte. »Wie viele haben wir hier?«

»Noch 173, wenn ich richtig gezählt habe.« Reese Finch vom Catering stemmte die blassen Arme auf den Tresen und grinste. Sier war eine charmante, schmalknochige Person mit sommersprossiger Haut und wuscheligen Haaren in der Farbe von Birkenholzimitat, die selbst der langweilig weißen NOAH#04-Partyschürze einen gewissen Style abringen konnte – eines der Hauptkriterien, warum Jax sien als Vice-Coordinator für sein kleines Team ausgewählt hatte. Jemand musste Ordnung in die Panik bringen, die nach dem Übergriff der Piraten ausgebrochen war, und natürlich hatten sich die Leute in dieser Situation zuerst an die Ratspräsidentin gewandt. Clarice Morghan hatte daraufhin zügig und mit gewohnt kühlem Kopf veranlasst, die aufgewühlte Menge in überschaubare Gruppen einzuteilen, und die Sicherheitskräfte angewiesen, die Foyers der nahe gelegenen Wohnhäuser für provisorische Schlafquartiere und Schutz vor dem drohenden Sturm zu öffnen. Zumal es dort gepolsterte Bänke und Sessel und Teppiche gab, was sicher nicht der Nachtkomfort war, den die Gäst_innen des Richtfests gewöhnt waren, aber zumindest auch nicht die nackte Straße unter freiem Himmel.

Aber es war Jax' Vorschlag gewesen, die verbliebenen Nahrungsmittel vom Richtfestbuffet noch vor dem Einbruch von Sturm und Nacht zu sichern – um dann am Morgen, sobald das Wetter aufklarte, die vorhandenen Vorräte zählen, sortieren und vor allem rationieren zu können. Laut den Sicherheitsbeauftragten unter Inspector David Callahan befanden sich derzeit rund fünfhundert Menschen in der Stadt, und niemand konnte genau vorhersagen, wohin und wie lange sie unterwegs sein würden. Jax hatte nicht viel Erfahrung darin, Piratengeisel bei einer Massenentführung zu sein. Aber er hatte umso mehr Ahnung von Geschäftsführung – und geregelte Nahrungsverteilung in einer Situation wie dieser war zweifellos ein Geschäft, auch wenn es keinen monetären Profit erwarten ließ. Der Gewinn an Informationen konnte es dennoch lohnend machen – eine Kantinentheke war ein fast ebenso guter Umschlagplatz dafür wie ein Stuhl im Haarsalon. Von dem Privileg, an der Quelle einer der wichtigsten Ressourcen der nächsten Tage zu sitzen, mal ganz zu schweigen.

Jax nahm ein Blech mit sechs Tartelettes aus dem Rack, reichte eins der Törtchen an Reese weiter und notierte 150 in die Lagerverwaltung des Shopsystems, das er in der Nacht auf seinem Smartfold eingerichtet hatte. Etwas Schwund musste man immer einkalkulieren. Das hielt die Beschäftigten bei Laune.

»167 also, perfekt.« Er biss selbst von einer Tartelette ab und zwinkerte Reese verschwörerisch zu. »Verteilt sie mit den anderen Seafood-Produkten zuerst, kombiniert mit dem leicht verderblichen Obst: Beeren, Pfirsiche und so weiter. Plus ein Getränk, also drei Items pro Ration, jede Person nur eine Ration, keine Diskussionen über den Inhalt, es sei denn, es liegen Allergien vor.« Er verriegelte den Kühlcontainer mit einer Wischbewegung seines ID-Bands und hielt dann sein Band über das von Reese, um die Freigabe zu kopieren. »Ich verlasse mich auf Sie, Finch.«

»Jawohl, Chef!« Reese biss ebenfalls in siere Tartelette und grinste mit vollem Mund. Selbst das hatte Style. Rebellisch. Jax mochte Rebellentum. Es führte einen Menschen an viele interessante Orte.

Er nickte – anerkennend, aber nicht so vertraulich, dass es anzüglich hätte wirken können – und schlenderte mit dem Tablett hinüber zu den Sicherheitskräften, die das Areal um das ehemalige Buffet vor unbefugtem Zugriff schützten. Auch die mussten unbedingt bei Laune gehalten werden.

Kurze Zeit später hatte Jax eine kleine Bodybag-Kühltasche mit einer Auswahl leichter verderblicher Nahrungsmittel und Getränken gefüllt – wer wusste schon, wen er an diesem Tag noch versöhnlich stimmen musste. Es war immer gut, auf alles vorbereitet zu sein, und mindestens einen wichtigen Termin gab es noch: Ein weiteres Treffen mit Inspector Callahan.

Er erklärte gerade den Securitys ihren eingeschränkten Zugriff auf die Container für tägliche Extrarationen, als er eine bekannte Stimme seinen Namen rufen hörte.

»Jackson Beetle. Ganz in Ihrem Element, wie ich sehe.«

Jax wandte sich um und sah Ratspräsidentin Dr. Clarice Morghan mit raschem Schritt auf ihn zuhalten.

»Alles dank Ihrer Freigabe, Clarice. Sonst wäre das gar nicht möglich gewesen.«

Clarice' silbergrau meliertes Haar lag trotz der steifen Seebrise noch fast ebenso tadellos elegant wie bei ihrer Rede zu Beginn der Feierlichkeiten. Sie hatte nur wenigen verirrten Strähnen erlaubt, sie nahbarer und menschlicher wirken zu lassen in all dem Unglück, das sie gerade mit den Menschen in der Stadt teilte. Auch ihr Makeup war kaum merklich in den äußeren Augenwinkeln verwischt.

»Gute Ideen unterstütze ich jederzeit gern.« Sie lächelte Jax mit wohlkalkuliertem Respekt an – und einer Spur persönlicher Zuneigung, die Jax nach wie vor gleichermaßen befremdlich wie unangenehm fand. »Ich gestehe, als ich Sie in den Rat holte, habe ich nicht vorausgesehen, dass Ihre Talente uns ausgerechnet auf diese Weise nützen werden. Zeigen Sie mir, was Sie auf die Beine gestellt haben?«

»Selbstverständlich.« Jax überspielte den Anflug von Gereiztheit, den Clarice Morghan in ihm auslöste, indem er sein Fold von seinem Handgelenk zog und auffaltete. »Im Grunde ist es schlicht eine Lightversion der Software, die die Metropolica mit ihren Vertriebspartner_innen nutzt, um Transaktionsvorgänge zu vereinheitlichen«, erklärte er. »Deshalb ist sie auch ohne Internetzugriff via LiFi modifizierbar und leicht auf beliebige Endgeräte mit individuell angepassten Berechtigungen aufzuspielen. Dank Inspector Callahans Hilfe habe ich das System mit der Liste der Personen gefüttert, die sich gestern am Eingang zum Fest eingeloggt haben. Zugriff auf die Container erfolgt nur mit einem kombinierten Lock-Key vom Catering-Personal, plus dreimal pro Person pro Tag. So stellen wir sicher, dass niemand die Vorräte plündern kann und alles gerecht und in einer sinnvollen Frequenz verteilt wird.«

Clarice Morghan war seinen Fingerzeigen auf dem Display aufmerksam gefolgt. »Beeindruckend, Jackson. Und das in der Kürze der Zeit.«

»Nicht der Rede wert.« Jax zuckte betont gelassen die Schultern und entschied, zu verschweigen, wie oft und inbrünstig er in der Nacht über dem Programm geflucht hatte, bis endlich alles so lief, wie er es sich vorstellte. Er besaß einen guten Concealer und wusste damit umzugehen. Clarice Morghan schien zudem gar nicht weiter an den Einzelheiten interessiert zu sein. Auch gut.

»Tatsächlich hatte ich noch ein anderes Anliegen, weshalb ich Sie aufsuchen wollte«, setzte sie erneut an, während Jax sein Fold wieder einklappte und um sein Handgelenk schnappen ließ. »Einige der Menschen hier sind mit der Sorge an mich herangetreten, die Stadt könnte auseinanderfallen, ehe wir an unserem Zielort ankommen. Was denken Sie darüber, Jackson? Die Metropolica hat immerhin achtzig Prozent der Werk- und Verbundstoffe für die Basis der Stadt geliefert.«

Jax spürte ein Zucken unter seinem rechten Auge. Er hatte an diesem Morgen mit vielem gerechnet. Aber nicht unbedingt damit, dass er sich so früh schon gegen passiven Druck in Form von lachhaften Schuldzuweisungen unter dem Deckmantel der *Sorge einiger Menschen* behaupten müsste. Von der Ratspräsidentin persönlich auch noch. In einem *vertraulichen* Gespräch. Was blieb ihm nun für eine Wahl, als mindestens ebenso großen Gegendruck zu machen? Passive Resilienz würde ihm hier nicht viel weiterhelfen. Beinahe spürte Jax das Rollen und Rauschen und Knarren der Stadt gegen das Meer nun auch in seinen eigenen Knochen.

»Ich bin mir sicher, dass diese Ängste zu annähernd neunzig Prozent unbegründet sind«, erklärte er und verlagerte sein Gewicht, sodass er der Präsidentin etwas näher kam, ohne sich vom Fleck zu bewegen. »Die Metropolica hat aus ihren Fehlern gelernt, Clarice. Meine Mutter hat viele Ressourcen in die erhöhte Widerstandsfähigkeit unserer Baustoffe gesteckt. Und ich, nachdem ich die Firma übernahm, sogar noch mehr in die Weiterentwicklung der Verbundtechnologien. Die Piraten können diese Stadt entführen. Aber zerbrechen wird sie daran nicht.«

Clarice lächelte glatt. »Das ist beruhigend zu hören. Vielen Dank für diese Einschätzung, Jackson. Es imponiert mir zunehmend, wie Sie sich entwickelt haben, wenn ich mir die Bemerkung erlauben darf. Sie werden Ihrer Mutter immer ähnlicher. Sylvia hätte die Dinge hier ganz genauso in die Hand genommen. Sie wäre sicherlich sehr stolz auf Sie.«

Jax hakte einen Daumen in die Gürtelschlaufe und ließ den Rest seiner Finger lässig auf seinen Schritt zeigen, während sein Blick über Clarice Morghans Schulter aufs Meer hinaus schweifte. Zu den Schleppschiffen der Piraten vor ihnen. Das Kompliment war vergiftet, wie so oft, es durfte ihn nicht treffen. Dr. Morghan und er wussten beide zu gut, wie Jax' Beziehung zu seiner Mutter wirklich ausgesehen hatte, und dass sie nur dann widerwillig stolz auf ihn gewesen wäre, wenn es sich überhaupt nicht vermeiden ließ. Sie *wussten,* dass er ihren Tod nicht betrauert hatte. Und dass er lieber selbst gestorben wäre, als zu werden wie sie.

»Sagen Sie«, fuhr Clarice Morghan fort, als hätte sie tatsächlich nicht bemerkt, dass er sie absichtlich ignorierte. »Was halten Sie davon – sobald diese leidige Sache überstanden ist – wenn unsere Firmen eine offizielle Partnerschaft schließen würden? Mein Design und Ihre Werkstoffe wären ein perfektes Match. Wir könnten sicher sehr voneinander profitieren. Meinen Sie nicht?«

Jax spürte, wie sich sein Kiefer verkrampfte. Daher wehte also der Wind. Sie wollte die Metropolica schlucken. Vielleicht plante sie einen Moment wie diesen schon seit Sylvias Tod. Mindestens war es der wahre Grund, warum sie Jax endlich in den NCRES berufen hatte. Und so schwierig Jax' eigenes Verhältnis zu seiner Mutter auch weit über deren Ableben hinaus sein mochte – *das* war nichts, was er mit sich machen lassen würde. Nicht mit seiner Familie und schon gar nicht mit seinem Erbe. Er sah der Ratspräsidentin erneut in die Augen und schenkte ihr seinen härtesten Blick.

»Also wissen Sie ... ich bin Geschäftsmann, Clarice. Und als solcher beginne ich, zu denken, dass mit der Freien Republik womöglich die besseren Deals zu machen sind als mit Ihnen. Immerhin haben Sie mit dieser jetzt schon zwei Städte an sie verloren, wenn ich richtig mitgezählt habe?«

Nun bekam selbst ihr sorgfältig modelliertes Lächeln einen Knacks. Ein, zwei Sekunden verstrichen in völliger Stille. Jax spürte das Dröhnen und Knarren unter seinen Füßen überdeutlich.

»Das ist ein grober Scherz, Jackson Beetle. Sie werden verstehen, dass ich darüber nicht lachen kann. Schon gar nicht jetzt und hier.«

Jax hakte auch den zweiten Daumen in seinen Hosenbund, hob das Brustbein und das Kinn und zog die Schulterblätter am Rücken zusammen. Er war größer als sie. Deutlich größer, trotz ihrer hohen Absätze. Auch das hatte er leider von seiner Mutter geerbt, aber er war bereit, es zu nutzen. »Das war kein Scherz, Clarice, und das wissen Sie. Um es in aller Deutlichkeit zu sagen: Nach allem, was ich in Ihrem Rat gesehen und gehört habe, geschieht es Ihnen nur recht, dass hier schon Ihr zweites Prestigeprojekt scheitert. Ich hoffe, ehrlich gesagt, dass Sie so frustriert sind, dass Sie kein weiteres mehr versuchen. Falls doch, kann ich Ihnen jedenfalls versichern, dass meine Firma keinerlei Anteil daran haben wird. Wir sind einmal der

Sündenbock für Sie gewesen. Diesmal werde ich dafür sorgen, dass Sie für Ihre Fehler selbst geradestehen. Und jetzt entschuldigen Sie mich.« Er griff nach seiner Kühlbox und wandte sich ab. »Ich bin noch mit David verabredet. Guten Tag, Dr. Morghan.«

Jax streifte mit raumgreifenden Schritten ein gutes Stück ins Innere der Stadt hinein, ehe er wieder langsamer wurde. Er wollte sicher sein, dass Clarice Morghan ihm weder folgte, noch ihn von der Bucht aus sehen konnte, wenn er sich Zeit nahm, zu überdenken, was genau er nun eigentlich tun wollte. Rückblickend war es vermutlich nicht der klügste Zug gewesen, anzudeuten, dass er eine Zusammenarbeit mit den Piraten in Betracht zog – obwohl das zugegebenermaßen nicht völlig aus der Luft gegriffen war. Im Gegenteil: Dass er bereits mehrfach ernsthaft mit diesem Gedanken gespielt hatte, machte es nur gefährlicher. Erst recht, da er ja tatsächlich vorhatte, sich mit David Callahan zu treffen – nur war dieses Treffen nicht vor dem Mittagessen. Falls Dr. Morghan den Inspector vorher erwischte und ihn über Jax' jüngste kühne Positionierung in Kenntnis setzte, konnte dieses Gespräch durchaus ungemütlich für ihn werden. Jax glaubte nicht, dass er ernsthaft etwas zu befürchten hatte; nicht für ein einzelnes, unbedacht aggressives Statement, das er auf jugendlichen Trotz schieben konnte, wenn es sein musste. Aber er hatte durchaus in einer weiteren Angelegenheit auf die Hilfe der Kompetenz für Sicherheit gehofft, der Callahan als Erste Stimme vorstand. Jemand musste die Signalabschirmung für mobile Netzwerke deaktivieren, die wie eine Kuppel über der Stadt lag. Jax hatte mehrere Kontakte an der Ostküste, die ihm noch einen Gefallen schuldeten und ihm in dieser Entführungssache wahrscheinlich behilflich sein konnten. Nur brachte ihn das nicht weiter, solange er sie nicht erreichen konnte, weil sein Fold bis auf das stadtinterne LiFi keinen Empfang hatte. Die Abschirmung musste weg. Nach diesem Standoff mit Clarice war es allerdings wohl nicht der beste Zeitpunkt, dem Inspector eine Lockerung der Sicherheitssysteme vorzuschlagen.

Nein, womöglich würde er umplanen müssen. *Womöglich* war dies der Moment, in dem er sich stattdessen wieder auf ein anderes

Vorhaben konzentrieren sollte: Die Suche nach Viv Hargreeves. Jax hatte sie schon zu Beginn des Richtfests aus den Augen verloren und seither noch nicht wieder gesehen. Aber sie musste irgendwo in der Stadt sein, und es konnte sich mit hoher Wahrscheinlichkeit als hilfreich erweisen, sie zu finden. Bei allen Meinungsverschiedenheiten auf kollegialer Ebene hatten sie immer gut zusammengearbeitet, und eines war absolut sicher:

Viv Hargreeves steckte voller Überraschungen.

Jax hielt in seinen Gedanken inne, als er in der Nebenstraße, die er gerade kreuzte, eine Bewegung wahrnahm. Jax blieb stehen und sah noch einmal hin. Eine einsame Gestalt wanderte dort zwischen den Hochhaustürmen entlang. Nicht Viv, das erkannte er sofort. Dafür war sie zu klein, zu kurvig, mit zielstrebigem Schritt, elegant schwingenden Hüften und einer vagen Aura von Glamour, selbst jetzt noch.

Kendalls Assistentin ... Paula Swan?

Jax setzte sich erneut in Bewegung, rascher diesmal, sodass sie seine Schritte hören musste, die in der Stille von den Fassaden widerhallten. Je näher er kam, desto sicherer war er, dass er sich nicht täuschte.

»Paula Swan!«

Jetzt drehte sie sich zu ihm um. Blieb stehen, als sie ihn erkannte, und wartete auf ihn. Ein Lächeln erschien auf den rot geschminkten Lippen. Helles Beerenrot, passend zu den Steinen in ihren Ohrringen und an ihren Handgelenken; eine kontrastreiche Überbetonung der Rosétöne ihres Hosenanzugs, die das auffällige Grün ihrer Augen unterstrich.

Was nicht dazu passen wollte: Der längliche Koffer mit den Sicherheitsverschlüssen, den sie in der Hand trug.

»Jackson Beetle. Das ist eine Überraschung.«

Er blieb vor ihr stehen. »Das kann ich nur zurückgeben. Was klauen Sie denn da?«

Ein lautloses Lachen kräuselte ihre Augenwinkel, als sie seinen Blick erwiderte. »Können Sie ein Geheimnis bewahren?«

Jax erlaubte sich ein verschmitztes Lächeln und zupfte eine Locke beiseite, die ihm in die Stirn gefallen war. »Das kommt immer auf Angebot und Nachfrage an.«

Jetzt lachte sie laut, eine kurze Kaskade melodischer Töne. »Ehrlich sind Sie, das muss man Ihnen lassen.« Sie drehte den Koffer so, dass Jax die Aufschrift darauf lesen konnte: *SubTracks* – der Name der Firma ihrer Chefin. »Bisher trage ich nur mein persönliches Arbeitsmaterial durch die Gegend. Ich habe allerdings vor, es für einen Diebstahl zu benutzen, wenn Sie es genau wissen wollen.«

»Jetzt machen Sie mich wirklich neugierig.«

Paula hob kokett eine ihrer fein gezeichneten Brauen. »Aber wenn ich Ihnen den Rest verrate, Mr Beetle, müsste ich Sie entweder mitnehmen oder erschießen.«

Jax grinste und schob die linke Hand in die Hosentasche. »Dann folge ich Ihnen ab jetzt, wohin Sie auch gehen.«

Wieder dieses Lachen, das ihre langen Ohrringe schaukeln ließ. »Was suchen Sie überhaupt so weit weg von Ihrem neuen Revier?«

»Vor allem eine Internetverbindung.« Jax schwenkte vielsagend sein Handgelenk mit dem Fold und warf einen kritischen Blick an den spiegelnden Fassaden entlang zum Himmel hinauf. »Oder wahlweise … meine Assistentin. Haben Sie sie zufällig gesehen? Vivienne Hargreeves, vielleicht erinnern Sie sich an sie. Dunkle Haare, aschblond gebleicht, Soft Undercut, athletisch gebaut, starke Wangenknochen. Etwa meine Größe, zumindest mit Zwölf-Zentimeter-Needle-Heels.«

Paula legte nachdenklich einen Finger an ihr Kinn. »Perlweißes Nitro-Heist-Dress. Ja, ich erinnere mich. Aber ich habe sie seit gestern Abend nicht mehr gesehen.«

Jax seufzte tonlos. Das wäre ja auch zu einfach gewesen. »Schade. Dann wissen Sie vielleicht einen Ort in dieser Stadt, der nicht zweihundert Prozent netzabgeschirmt ist?«

Es war ein halber Scherz gewesen. Paula allerdings schürzte grüblerisch die Lippen, als wöge sie eine ernst gemeinte Antwort ab.

»Tatsächlich«, sagte sie nach einer kurzen Pause, »bin ich gerade auf dem Weg, die Stadt zu verlassen. Begleiten Sie mich, wenn Sie wollen. Draußen ist die Chance auf Internet deutlich höher, würde ich meinen.« Ein neckisches Grübchen erschien in ihrer linken Wange. »Allerdings kann ich Sie dann wirklich nicht mehr gehen lassen.«

Das überraschte Jax nun wirklich. »Sie kennen einen Weg hier raus?«

Paula zuckte die Schultern und strich sich eine platinblonde Locke hinters Ohr. »Ich habe das Konzept-Team für das Metrosystem dieser Stadt geleitet, und einen guten Überblick über die Wartungsanlagen. Ja, es gibt einen Weg. Er ist allerdings für maximal zwei Personen geeignet, daher hatte ich vor, ihn für mich zu behalten. Aber zusammen sind wir ja nur zu zweit. Also. Sind Sie dabei?«

Jax musste darüber nicht lange nachdenken. Selbst wenn er nicht so dringend aus der Stadt gewollt hätte – gemessen an seiner aktuellen Lage war es schlichtweg vernünftig, sich vorerst aus Clarice Morghans direktem Einflussbereich zu entfernen. Die Karten würden neu gemischt werden, wenn er einen relevanten Anteil an ihrer Rettung hatte – und Jax glaubte durchaus, das von außen in die Wege leiten zu können. Von dem Reiz, den ein Solo-Trip mit Paula Swan hatte, einmal ganz zu schweigen.

Und Viv Hargreeves? Nun, Jax war sich sicher, dass sie bestens auf sich selbst aufpassen konnte.

»Sie sagten, Sie würden mich erschießen, wenn ich es nicht tue. Außerdem«, er legte vielsagend eine Hand auf die Kühlbox, die er immer noch an ihrem Riemen um die Schulter gehängt trug, »kann ich Proviant beisteuern.«

»Sie sind eine wahre Wundertüte, Jackson Beetle. Wie könnte ich dazu nein sagen?« Diesmal lachte Paula nicht. Aber ihre Hand streifte leicht die seine, und ihr Lächeln traf einen warmen Punkt in Jax' Inneren, als sie sich umwandte und über die breite Straße weiter voran ging.

Der Trip durch die verlassene Stadt wurde immer surrealer, je tiefer Jax und Paula vordrangen – und tiefer war dabei durchaus im wörtlichen Sinn gemeint. Die *RapidSubnautics* hatte Jax schon auf der kurzen Fahrt während der Führung beeindruckt. Aber das war gewesen, bevor Paula einen der Wagen per manueller Steuerung kaperte und ihn mit ins Hauptstellwerk direkt unter dem Verwaltungsturm im Stadtzentrum nahm. Dorthin, wo das wahre Technik- und Kommunikationsaufgebot des KI-gesteuerten Netzwerks untergebracht war. Jax hatte nie weiter darüber nachgedacht, wie viel Rechenleistung es erfordern musste, die Infrastruktur einer ganzen Stadt zu autonomisieren. Auf ihrem Weg durch die dunkle Schaltzentrale, in der derzeit nur wenige Terminals via Notstrom betrieben wurden, bekam er zumindest eine Ahnung davon, was für ein Monster hier erwachen würde, wenn NOAH#04 erst bewohnt und voll in Betrieb genommen war.

Ihm blieb allerdings nicht viel Zeit, dieses überdimensionierte künstliche Gehirn zu bewundern, denn Paula ließ die Terminals links liegen und öffnete stattdessen eine versiegelte Stahltür, an der ein gelbes Schild mit schwarzem Rand klebte.

ACHTUNG: ZUTRITT NUR FÜR AUTORISIERTES PERSONAL
WARTUNGSSCHACHT NIEMALS ALLEIN BETRETEN
LEBENSGEFAHR!
HEBEL GLEICHZEITIG BETÄTIGEN

Dahinter lag ein Schacht, dessen Grund ein Stahlgitter bildete. In der Finsternis jenseits des Geländers war das Summen und Dröhnen großer Maschinen zu hören – und nun auch wieder das Rollen und Rauschen der Wassermassen, die von der Stadt auf ihrem Weg durch den Atlantik zur Seite gedrängt wurden. Hier unten war es allerdings um ein Vielfaches lauter, als Jax es in der Bucht gehört hatte. Rechter Hand war eine weitere Tür in die Wand des Schachts eingelassen; oder vielmehr war es eine robust vernietete Stahlluke mit einem Fenster aus Panzerglas in der oberen Hälfte.

»Willkommen in der Wurzel«, sagte Paula. Sie musste ihre Stimme heben, um die Geräuschkulisse zu übertönen. »Oder vielmehr in ihren Überresten.« Sie deutete in Richtung des Gitterstegs. »Irgendwo da unten ist die Sprengladung der Piraten hochgegangen, die uns vom Grund losgerissen hat. Zum Glück haben sich die

Schotten schnell genug geschlossen, sonst wäre die Stadt inzwischen überflutet.«

»Sie sind ja gut informiert.« Jax wusste schon, als er zu sprechen begann, dass ihm der beabsichtigte Scherz nicht gelingen würde. Aber eine schlecht gescherzte Bemerkung war immer noch besser, als der Beklemmung die Oberhand zu lassen, die bei Paulas Worten nach seiner Brust griff.

Paula zuckte derweil die Schultern und schob sich scheinbar ungerührt an ihm vorbei in den Schacht. Doch auch in ihrer Haltung erkannte Jax eine unterschwellige Spannung. Als sei sie sich jetzt, wo das wütende Grollen und Schäumen des Ozeans so überwältigend nah war, längst nicht mehr so sicher über ihren Plan wie zuvor.

»Wie schon gesagt habe ich die Wartungssysteme hier unten mit konzipiert. Und es war Teil meines Jobs, die Bauarbeiten regelmäßig zu besichtigen.« Sie wies auf die Stahlluke. »Das hier ist ein Wartungsfahrstuhl, der an der äußeren Hülle der Wurzel nach unten geführt wird. Es ist aber auch ein U-Boot, das sich von der Schiene lösen lässt – ursprünglich, um sich unter der Stadt bewegen und Schäden an den Metrotunneln reparieren zu können. Jetzt ist es unser Ausweg. Zumindest, falls Sie mich immer noch begleiten wollen.«

Jax sah über Paulas Scheitel hinweg durch das kleine Fenster. Ein eiförmiger Raum mit gläsernen Wänden befand sich dahinter. Jenseits des Glases war nichts zu sehen als Verwirbelungen aufgewühlten, dunklen Wassers.

Gefährlich. Jax schauderte. *Lebensgefährlich.*

Und doch … so eigentümlich, aufregend verlockend.

»Sie wollen sich mit mir in einer klaustrophobisch engen Kapsel einsperren?«

Paula legte den Kopf schief, weil sie sicher wusste, wie charmant sich ihr langer Ohrring dabei gegen ihren Hals schmiegte. »Mir gefällt die Vorstellung. Ihnen nicht?«

Das rief trotz allem ein blasses Lächeln auf Jax' Gesicht. »O doch. Ich möchte trotzdem schon im Vorhinein erklären, dass jede Berührung, der sie nicht explizit zugestimmt haben, entweder ein Versehen oder aufgrund der Enge unvermeidlich ist.« Noch so ein schlecht gelungener und doch unverzichtbarer Scherz, der eigentlich keiner war.

Paula sah durch ihre dichten Wimpern zu ihm auf. »Sie dürfen mich so viel berühren, wie Sie wollen, *Jackson Beetle*. Solange Sie damit leben können, dass meine Faust Sie dann an der Nase berühren wird. Oder mein Knie … zwischen Ihren Beinen.«

Jax spürte, wie sein Mund trocken wurde, und noch ehe er die nächsten Worte aussprach, wusste er, dass sie tief und rau sein würden. Auf eine Weise, die die Gefahr und all die Tonnen von Wasser dort draußen mit einem Mal seltsam irrelevant erscheinen ließen. »Wieso klingt das so sexy, Paula Swan?«

Jetzt lächelte auch Paula, und ohne den Blick von Jax' Gesicht zu nehmen, entriegelte sie hinter ihrem Rücken die Luke zum U-Boot-Fahrstuhl. »Es ist so gemeint.«

TAG 35

35° N 65° W
4. Mai 2092, 12:41
an Bord der Revery

Fragen. Fragen über Fragen. Sie stapelten sich in Vivs Kopf zu einem Jenga-Turm, der immer höher und wackeliger wurde, mit jedem Stein, den sie unten herauszog, um ihn besser begutachten und verstehen zu können.

Sorcha hatte sie nach ihrem Gespräch an der Maschine zum Essen mit der Crew eingeladen, da ihr Frühstück ja schließlich auf dem Boden gelandet sei – in einem Ton, der Viv hoffen ließ, dass das erwähnte Essen nicht ähnlich spröde sein würde. Grundsätzlich war es ein guter Vorschlag, zumal ihr der Magen in den Kniekehlen hing. Nach der letzten Begegnung mit Loraj war es allerdings eine recht unentspannte Vorstellung, mit den Zwillingen an einem Tisch zu sitzen. Lieber hätte sie sich irgendwo allein in eine Ecke verzogen, um in Ruhe über ihre Situation nachzudenken.

Eins nach dem anderen. Als Erstes musste sie ihren leeren Magen all die Stufen wieder hinaufschleppen. Und Gedanken ordneten sich erfahrungsgemäß auch besser, wenn der restliche Körper nicht ständig dazwischen brüllte.

»Ah, ehe ich's vergesse«, sagte Sorcha, als sie die Tür mit dem kaputten Fenster aufstemmte, die aufs Außendeck und in den allgegenwärtigen Wind hinaus führte. »Keine Gespräche über die Maschine oder Zeitlinien beim Essen. Edna hasst sie wie die Pest, das hast du vielleicht beim letzten Mal rausgehört, und die Kids ... ach, keine Ahnung. Ich hab ihnen noch nicht so genau erklärt, was das mit der Maschine alles bedeutet. Was möglich ist, oder auch nicht … Jedenfalls wissen sie nicht, dass andere außer mir sie benutzen können, und das soll auch so bleiben. Ich will nicht, dass sie denken, es wäre eine gute Idee, wenn sie selbst daran rumexperimentieren, bloß weil sie Teenies sind und naturgemäß glauben, dass sie alles können. Und weil … es genug Gründe für sie gibt, es versuchen zu wollen, wenn das für dich Sinn ergibt.«

»Hm«, machte Viv und schlüpfte hinter ihr aufs Deck hinaus, während sie versuchte, sich nicht zu sehr davon irritieren zu lassen, wie problemlos Sorcha Ereignisse aus jener anderen Zeitlinie als harte Fakten begriff. Dabei hatte sie, genau wie Viv, doch auch nur davon geträumt? Oder fiel es ihr vielleicht bloß noch schwerer als Viv, die Zeitlinien voneinander zu unterscheiden? Wurde es schlimmer, wenn man es öfter tat? Sie nahm sich vor, sich die Frage für später zu merken, und ahnte schon jetzt, dass sie sie in all dem Chaos in ihrem Kopf womöglich trotzdem nicht mehr wiederfinden würde. »Versteh schon. Ich werde gar nicht mit ihnen darüber reden, keine Sorge. Weder beim Essen noch sonst wo. Was ist mit Cicatriz?«

Sorchas Seufzen hörte Viv sogar gegen den Wind und über ihre Schritte auf den Planken hinweg. »Cicatriz … weiß mehr als die anderen. Nicht nur über mich. Vince, die Zwillinge, Edna. Wir alle vertrauen ihm eine Menge an, und er hat uns nie enttäuscht. Es gibt auf dem ganzen Atlantik keinen korrekteren Menschen, wenn du mich fragst. Du kannst mit ihm reden, worüber du willst, wenn du ihn allein erwischst. Ich denke, er ahnt sogar, dass ich mittlerweile sehr viel mehr an der Maschine rumprobiert habe, als ich den anderen erzähle. Obwohl … selbst er nicht weiß, *wie viel.*« Sie duckte sich unter einem der Segeltaue hindurch und lachte bitter auf. »Wie auch? Niemand weiß das. Nicht mal ich.«

»Hm«, machte Viv noch einmal und legte in Gedanken einen weiteren Stein auf ihren Jenga-Turm.

Sorcha blieb stehen, die Hand an der Türklinke zum Gemeinschaftsraum, und warf einen Blick hinauf zum Ruderhaus. »Edna ist noch oben auf der Brücke bei der White Watch. Um sie brauchst du dir erst mal keine Sorgen zu machen. Trotzdem. Kein Wort über die

Maschine jetzt, okay? Das ist alles. Oder eins noch. Ich hoffe, du sprichst Spanisch. Aurora ist zu Besuch. Beileid ... und so. Sie weiß auch nichts von der Maschine.« Und ohne noch auf eine Antwort zu warten, wandte sie sich ab und stieß die Tür auf.

Das Gespräch im Raum brach augenblicklich ab. Am niedrigen Tisch beim Sofa saßen Cicatriz und Zèklè, die Hände mitten in einer Geste eingefroren – und eine weitere Person in Anzughose und Weste aus Tweed. Ein Sakko und ein Trilby-Hut lagen neben ihr auf der Sofalehne, an der ein Gehstock mit silbernem Knauf lehnte. Eines der Hosenbeine war aufgekrempelt und ließ eine spiegelblanke Beinprothese sehen. Die braunen Augen unter den kurzen grauschwarzen Locken sahen Viv und Sorcha mit harter Kühle entgegen.

Captain Aurora Sanguinosa. Henks Kontakt bei den Piraten. Die Verknüpfung blitzte unerwartet in Vivs Kopf auf; verband, was sie von Henk wusste, mit Bildern aus ihrem Traum. *Oder zumindest hat jemand aus ihrer Crew mit jemandem aus Henks Team gesprochen. Unwahrscheinlich, dass sie direkt miteinander Kontakt hatten. Sie hat das Kommando über die* Sweet Magda. *Vince und Cicatriz waren bei ihr an Bord, während ich ...*

Unwillkürlich flog ihr Blick zu dem Bartresen mit der kleinen Küchenzeile. Loraj stand dort und bearbeitete mit einem Stampfer den Inhalt eines großen Topfes. Ein schwerer, warmer Geruch stieg daraus auf, vermischt mit hellen Aromen von Kokos und Limette. Als Viv und Sorcha nähertraten, verharrte sie jedoch in der Bewegung. Cremiges, weißlichgelbes Püree tropfte vom Stampfer neben den Topf.

»Was macht sie hier?«, fragte Loraj auf Spanisch, der Ton genauso abweisend wie ihre Haltung. »Sie soll gehen.«

»Sie bleibt«, erwiderte Sorcha bloß, ebenfalls auf Spanisch. »Sie muss essen, und ihr Frühstück liegt in der Kabine auf dem Boden.«

Der Stampfer in Lorajs fest geballter Faust zitterte. Mehr Püree tropfte auf die Arbeitsplatte. »Und deshalb lädst du sie zu Captains letztem Essen ein? Sie soll hier sein, während Edna auf Wache bleiben muss? Tens siriù?! Das hast nicht du zu entscheiden!« Sie deutete mit dem Stampfer auf Sorcha, sodass das Püree jetzt auf den Tresen zwischen ihnen klatschte.

»Loraj!« Cicatriz war aufgestanden, seine Stimme war tief und warnend.

»Tik verad! Sie ist nicht Captain!«

»Fàs! *Captain* hat Geiseln immer mit Würde behandelt und Essen für ein Geschenk gehalten.« Viv hatte Cicatriz noch nie so laut und polterig gehört. »Wir schätzen und teilen es mit allen an Bord. Gemeinsam. *Besonders* das letzte.«

»Schon gut.« Viv hob die Hände. »Ich kann mir irgendwas nehmen und damit in meine Kabine gehen.«

»Nein«, sagte Sorcha. »Setz dich. Cicatriz hat recht. Vince hätte gewollt, dass du mitisst. Essen bringt Menschen und Dinge zusammen, selbst wenn sie eigentlich nicht zusammengehören. Das ist wichtig. Gerade jetzt.«

Da war etwas Scharfes in ihrer Stimme. Ein spröder Unterton, der Viv vermuten ließ, dass Sorcha selbst es ebenfalls lieber gehabt hätte, ausgerechnet dieses Essen nicht ausgerechnet mit ihr zu teilen. Aber sie setzte sich mit entschlossener Miene hin, und das wiederum musste bedeuten, dass sie tatsächlich glaubte, dass Vince es so gewollt hätte. Vielleicht, dachte Viv, war das auch ein Grund, warum sich Sorcha an diesem Morgen bisher so viel zugänglicher gezeigt hatte. Weil Vince es so gewollt hätte, und weil das plötzlich eine ganz andere Bedeutung hatte.

Weil dieser Traum so vieles verändert hat.

Während sie sich neben Sorcha in einen der freien Sessel sinken ließ, ging Zèklè zu Loraj hinter den Tresen. Sie sprachen nicht, gebärdeten nicht, und trotzdem war klar, dass sie irgendwie kommunizierten. Lorajs Schultern entspannten sich ein wenig, aber Viv sah Tränen entlang ihrer Nase in den Topf tropfen, während sie mit abgehackten Bewegungen ihren Brei weiterstampfte. Wie zur Untermalung erklang kurz darauf das rhythmische Klacken eines großen Messers auf Holz, mit dem Zèklè einige Gurken und getrocknete Zitronenblätter zu schneiden begann. Auch über sein Gesicht kullerten Tränen. Lautlos wie meist.

»Vince hat ihr beigebracht, wie in Kiribati gekocht wird«, erklärte Cicatriz in Vivs Richtung gewandt und setzte sich mit einer ungewohnt schwerfälligen Bewegung wieder hin. »Deshalb macht Loraj heute das letzte Essen. Für Captain. Und auch für Ioteba. Zum Abschied. Es ist vielleicht nicht der beste Zeitpunkt, um hier aufzukreuzen.« Er wechselte einen Blick mit Sorcha, und dann mit Aurora, die fast unmerklich nickte. Die vernarbte Haut um seine Mundpartie kräuselte sich leicht. »Aber die richtige Entscheidung.«

Viv wusste nicht, was sie darauf sagen sollte. Die Worte trugen so viel Tiefe, so viel Schwere, so viel Kontext und unausgesprochene Trauer, dass sie sie regelrecht schmecken konnte. Sie vermischten sich mit den Aromen, die aus der Küchenzeile herübertrieben. Als diesmal das Bild von Vince' leblosem Gesicht im Wasser vor ihr auftauchte, umgeben von gelöstem schwarzem Haar, das in der Brandung wogte, versuchte sie nicht, es zu verdrängen.

Captain Auroras Räuspern brach die Stille, die sich nach Cicatriz' Worten über den Raum gesenkt hatte. Ihre Hand spielte mit dem Knauf des Gehstocks, der neben ihr am Sofa lehnte. »Captain Vogelfrei hinterlässt ein großes Loch in der Republik. Trotzdem gibt es Entscheidungen, die nicht darauf warten können, dass eure Crew sich neu strukturiert hat. Und Fragen, die geklärt werden müssen. Dringend.« Ihr Blick streifte Viv, ehe er sich wieder auf Cicatriz richtete – und Viv verstand, dass sie das Gespräch wieder aufnahm, das sie und Sorcha mit ihrem Auftauchen unterbrochen hatten. »Die Flotte bietet uns allen ausreichend Schutz, um sicher bis nach New Florida zu kommen. Jetzt einzelne Schiffe in die Republik vorauszuschicken, wie es einige Captains mit Sicherheit vorschlagen werden, gefährdet sie zu sehr. Wenn sogar die Harbor Unit involviert war, wer weiß, was die andere Seite noch zur Verfolgung aufbieten wird. Und die Schiffe werden uns in der Verteidigung fehlen, falls es doch zu einer weiteren Konfrontation auf See kommt. Ich brauche eure Stimme in der Captain's Vote heute Abend, wenn ich vorschlage, am bisherigen Plan festzuhalten. Daher ist es mir, frei heraus, recht egal, wen ihr kommissarisch als Captain der *Revery* benennt. Aber tut es, und das schnell.«

Cicatriz beugte sich vor, um aus einer Karaffe mit Wasser und Limettenscheiben die Gläser auf dem Tisch neu zu füllen. »Wir reden später mit Edna darüber. Jemand von uns wird sich in die Captain's Vote einloggen. Wir sind deiner Meinung.«

Aurora verschränkte die muskulösen Arme vor der Brust. »Das hoffe ich. Von vielen anderen Seiten wird man mir jetzt misstrauen. Oder zumindest meinem Urteilsvermögen, was meine Crew angeht. Wenn ich nicht schnell klären kann, wer Details über den Raid an die Harbor Unit weitergegeben hat, wird das meine Crew schneller zerfressen als Motten eine alte Flagge. Und mein Standing in der Captain's Vote ebenso.«

Sorcha schnaubte und griff nach einem der frisch gefüllten Gläser. »Nicht ganz zu Unrecht, wenn du mich fragst.«

Cicatriz lehnte sich gegen seine Sessellehne zurück und musterte Aurora mit kritisch gerunzelter Stirn. »Es fällt mir immer noch schwer, mir vorzustellen, dass du deine Mitwissenden nicht sorgfältig genug ausgewählt hast.«

Aurora erwiderte darauf eine ganze Weile nichts. Nur ihre Beinprothese wippte gereizt auf und ab. »Manche sind neu«, erklärte sie schließlich mit sichtlichem Widerwillen. »Und manche Kontakte kann man sich nicht aussuchen. Nicht, wenn die Chance auf etwas so Großes am Horizont auftaucht.« Ihre kräftigen Brauen beschatteten grimmig ihren Blick – der sich im nächsten Moment auf Viv richtete. »Du. Du bist doch von dem Insider-Team im NCRES. Wenn *ich* jemanden verdächtigen würde, die Harbor Unit in die Operation involviert zu haben, dann euch. Was weißt du darüber?«

Mit einem Mal war sämtliche Aufmerksamkeit im Raum auf Viv gerichtet. Vor allem Cicatriz und Sorcha musterten sie scharf – als sei das ein Gedanke, den sie bisher nicht in Betracht gezogen hatten. Dabei war es die einzig *wirklich* sinnvolle Erklärung und darüber hinaus die Wahrheit; natürlich hatte Henk dafür gesorgt, dass die Piraten bei ihrem Raid auf die Stadt auf massive Gegenwehr stoßen würden. Das war von Anfang an der Plan gewesen, und so sehr das Detail, dass ausgerechnet die Harbor Unit diese Gegenwehr stellte, Viv persönlich umtrieb – es war, nüchtern betrachtet, zweitrangig.

Für die Piraten war das alles natürlich weniger eindeutig, das musste sie ihnen zugestehen. Sie wussten ja nicht mal, dass sie sich in Wahrheit mit den GASS eingelassen hatten bei ihrem großen Deal. Sehr wahrscheinlich hatten sie auch keine Ahnung, dass die Operation vor allem darauf ausgelegt gewesen war, die Verantwortlichen hinter den EatTheRich-Morden aus der Reserve zu locken und ihre Identität aufzudecken.

Was im Übrigen nicht funktioniert hatte, so weit Viv das beurteilen konnte. Und das, obwohl Henk sich dessen so sicher gewesen war. Etwas verknotete sich in Vivs Hirn. Etwas passte hier nicht zusammen. Wie ein Fremdkörper zwischen all den vielen Stückchen Information und Wahrheit, die sie inzwischen über Operation R gesammelt hatte.

»Ich weiß nichts, leider«, sagte sie, um Zeit zu gewinnen. »Ich habe auch nur die Informationen bekommen, die unmittelbar mit meiner speziellen Aufgabe zusammenhingen.«

»Schade«, sagte Aurora, und Viv konnte hören, wie sehr sie ihr nicht glaubte. »Da kann man dann wohl nichts machen.«

In diesem Moment stellte Loraj ein Tablett mit vier großzügig gefüllten Essschalen auf den Tisch, gefolgt von Zèklè, der drei weitere Portionen und eine frische Karaffe Limettenwasser mitbrachte. Das Gespräch war vorbei. Zumindest für den Moment.

»Da. Babai und Ika Mata«, sagte Loraj mit dünner Stimme und ohne einen von ihnen dabei anzusehen. »Ist gut geworden. Captain hätte ...« Sie holte tief Luft, und Viv sah sie zweimal ansetzen, bevor sie die Worte an den Tränen vorbei herausbrachte und sich die erste Schale nahm. »Captain hätte es gemocht. Bon kangae ngkami raoi.«

Es war nicht der Zeitpunkt, zu fragen, was die Worte bedeuteten. Die anderen wiederholten sie murmelnd, also versuchte Viv es auch, ehe sie sich ebenfalls eine Schale nahm und zu löffeln begann. Das Püree schmeckte ein bisschen wie Kartoffel und doch ganz anders, dicht und schwer und warm. Daneben lag fein gehackter, limettensäuerlicher Rohfisch mit Chili, Gurke und einer süßlichen Note von Kokos. Viv hatte noch nie so etwas gegessen. Und mit einem Mal spürte sie selbst eine fein stechende, schmerzhaft vage Trauer, weil sie den Menschen, zu dem dieses Essen gehörte, nicht mehr besser hatte kennenlernen dürfen.

Niemand sagte jetzt noch etwas. Alle aßen schweigend, vielleicht in Erinnerungen vertieft, wie Viv sie nicht hatte. Doch in diese Stille hinein, in der sogar das Chaos in ihrem Kopf ein wenig leiser wurde, hatte Viv mit einem Mal das Gefühl, endlich einen klaren Gedanken heraushören zu können.

Die EatTheRich-Morde. Henk. Die Maschine. Sorcha. Der Köder, der nicht funktioniert hatte. Es war alles da, sie musste es nur auseinandernehmen, sortieren und richtig wieder zusammenbringen.

Und als Cicatriz kurz darauf seine Schale auf den Tisch stellte und erklärte, er werde jetzt Edna auf der Brücke ablösen, damit sie auch am Letzten Essen teilnehmen könne, nutzte Viv den Moment der Bewegung, um sich zur Maschinistin umzudrehen. Der Schiffsärztin, wie Vince sie genannt hatte, die einmal mehr diejenige war, die Vivs Frage mit größter Wahrscheinlichkeit beantworten konnte.

»Sorcha. Können wir reden? Allein?«

TAG 35

35°N 65°W
4. Mai 2092, 13:06
an Bord der Revery

Sorcha hatte das Gefühl, auf Besenstielen zu laufen, während sie Viv entlang der Reling führte. Zu jener Nische zwischen den Beibooten, die ihr und Ioteba gehörte, bei jenem Rettungsring, von dem sie so genau wusste, wie es sich anfühlte, wenn sie den Hinterkopf dagegen fallen ließ. Ständig mit dieser Person im Schlepptau unterwegs zu sein, machte sie allmählich wirklich mürbe, schlimmer als sie es je erwartet hätte. Der Akt selbst war schon ein Déjà-vu in sich, und dies war nun ein besonders schlimmes und vor allem falsches. Der Widerwille brannte wie Säure in Sorchas Brust, und am liebsten hätte sie ihren Frust darüber herausgebrüllt, dass er bis auf die Azoren zu hören war.

Aber wenn schon die falsche Person diese gefährlichen Worte zur falschen Zeit sagen musste, dann würde Sorcha zumindest dafür sorgen, dass das darauffolgende Gespräch am richtigen Ort stattfand.

Wir müssen reden. Allein.

Zugegeben, es waren nicht exakt diese Worte gewesen. Aber Sorcha hatte genug Zeitlinien gesehen, um zu wissen, dass Ereignisketten sich von solchen Kleinigkeiten nicht aufhalten ließen.

»Also? Worüber willst du reden?« Sie blieb in der Nische stehen und verschränkte die Arme vor der Brust, damit Viv gar nicht erst einfiel, ihr näher als nötig zu kommen.

Aber Viv lehnte sich bloß mit der Hüfte gegen eines der Boote und schob die Hände in die Taschen der Hose, die Sorcha ihr geliehen hatte. Der weite Pullover in dunkelviolett flatterte um ihre Taille, der aschblonde Haarschopf wurde so weit aus ihrem Gesicht getrieben, dass Sorcha den dunklen Ansatz sehen konnte. Sie war so weit entfernt von allem, was Ioteba je getan oder wofür er hier gestanden hätte, dass Sorchas Puls sich zumindest ein bisschen beruhigte.

»Was weißt du über die EatTheRich-Morde?«

Sorcha runzelte kritisch die Stirn. »Die was?«

Viv winkte ab. »Schon gut. Hab ich mir gedacht.«

Sorcha ließ langsam Luft durch die Nase ausströmen und fühlte argwöhnisch nach verräterischem Vibrieren und Zucken, scannte den Himmel nach ungewöhnlichen Fragmentierungen, Rauschen oder Flackern.

Nichts. Für den Moment fühlte sich die Zeit noch stabil an. Das Licht auch. Vielleicht waren sie weit genug weg vom kritischen Punkt, an dem die Worte noch eine Auswirkung haben konnten.

»Also, es ist so.« Viv verlagerte ihr Gewicht ein wenig. »Die EatTheRich-Morde sind eine Serie plakativ grausamer Gewaltverbrechen, an denen sich die Polizeidepartements mehrerer US-Staaten seit Monaten die Zähne ausbeißen. Die Mordopfer waren alle Counselors im NCRES, deswegen gab es beim Richtfest so massive Schutzmaßnahmen. Aber der eigentlich springende Punkt ist ...« Sie fuhr sich mit einer ruckartigen Bewegung durch die Haare und hielt sie am Hinterkopf zusammen, als könne ihr das gegen den Wind helfen. »Mein Vorgesetzter bei den GASS war – oder ist – der Projektleiter bei *Code:Foresight*. Und er ist überzeugt, dass diese Morde nur mithilfe deiner Maschine auf diese Art hätten verübt werden können. Deshalb war diese ganze Operation mit dem Richtfest eigentlich eine groß angelegte Falle. Deshalb war ich dort, um dich festzusetzen. Um diese Mordserie an NCRES-Counselors auf diese Weise zu beenden.«

Sorcha brauchte etliche Sekunden, um auch nur zu verstehen, was Viv gerade gesagt hatte. Eine Falle. Ja, der Gedanke war nicht neu. Edna hatte es von Anfang an gesagt, und auch Sorcha hatte gewusst, dass die Befürchtung gar nicht so abwegig war. Aber diese neue Ebene ... das war ...

»Du hältst mich für eine Mörderin? Nein, warte. Eine plakativ grausame *Serien*mörderin?«

»Eben nicht. Das ist ja das Problem.« Viv ließ ihre Haare wieder los und stieß einen ratlosen Laut aus. »Nach allem, was du mir über die Maschine erzählt hast, habe ich in diesem Traum letzte Nacht die echte Crew der *Revery* kennengelernt. Und ich bin mir sicher, dass man euch so einiges vorwerfen kann. Aber nicht, dass ihr eiskalte Morde begeht. Niemand von euch.« Angestrengt massierte sie mit Daumen und Zeigefinger ihre Nasenwurzel. »Tatsache bleibt aber auch, dass du existierst. Ebenso wie deine Maschine, und dass diese Maschine im Grunde genau so funktioniert, wie Henk es mir beschrieben hat. Jemand *hat* diese Morde verübt, und Henk ist, wie gesagt, der Ansicht, sie wären in diesem Umfang nur mithilfe dieser Maschine zu bewerkstelligen gewesen. Also wüsste ich jetzt gern von dir ... ob du es für möglich hältst, dass in den letzten Monaten noch jemand anderes die Maschine benutzt hat.«

»Meine Maschine?« Sorcha lachte hart auf. »Definitiv nein.« Sie ließ den Kopf gegen den Rettungsring hinter ihr fallen. Ein vertrauter, dumpfer Schmerz. Ankerte er sie im Hier und Jetzt? Oder katapultierte er sie extra weit weg? In diesem Moment wäre ihr beides recht gewesen. »Wenn überhaupt, würde ich das *deinen* Leuten zutrauen.«

»Meinen?« Viv starrte sie irritiert an.

Sorcha zuckte die Schultern. »Na ja, ich war nicht die einzige clevere Person bei *Code:Foresight*. Wir waren ein großes interdisziplinäres Team mit sehr spezialisierten Leuten, die alle ziemlich krassen Scheiß gewusst und gekonnt haben. Was über meine Fachbereiche hinausging, habe ich auch nur von denen geklaut.« Je länger sie sprach, desto lauter schien der Wind in Sorchas Ohren zu rauschen. Vielleicht war es auch ihr Blut. Kreislauf ... oder Derealisation? Wer wusste das schon so genau. Sie tastete nach einem der Taue, die hinter ihr vom Rettungsring an der Wand herabhingen, rieb mit dem Daumen über die vielfach gedrehten Fasern. Das machte es ein bisschen besser. »Ich war vor allem diejenige, die wusste, wie man das alles zu einem System zusammenbaut. Wie man Blaupausen zu echten Teilen macht und das große Ganze ineinandergreift, das Wissen hab ich im Team ziemlich für mich monopolisiert – in erster Linie, weil sonst niemand Bock auf friemelige Lötarbeiten hatte. Außerdem hab ich noch echt viele Daten und Aufzeichnungen zerschossen, bevor ich gegangen bin, das weißt du vermutlich. Materiallisten gelöscht, Teststationen sabotiert und so. Trotzdem halte ich es für absolut möglich, dass sie das in den fünf Jahren seitdem rekonstruiert oder neue Wege für ähnliche Ergebnisse gefunden haben. Falls es also eine zweite Maschine gibt, steht sie im *Foresight*-Lab, nicht in New Florida. Und *meine* Maschine hat ganz sicher niemand sonst benutzt. Wir würden das Design und damit unseren Wettbewerbsvorteil niemals weitergeben. So funktioniert die Piratenrepublik nicht.«

Vivs eindringlicher Blick war wie mit Nadeln auf ihr Gesicht geheftet. »Willst du damit andeuten, die GASS haben die ETR-Morde verübt?«

»Tja, wer weiß. Die Good People seid ihr jedenfalls auch nicht.« Sorcha lachte hart auf, nur kurz, ehe es schon wieder verklang. »Aber nein. Im Ernst. Eigentlich glaube ich das nicht. Ganz ehrlich gesagt klingt es tatsächlich nach etwas, das ich manchen Crews in New Florida zutrauen würde. Es gibt einige ziemliche Hardliner dort. Und ›Eat the Rich!‹ ... das hört man auch oft. Von allen möglichen Seiten.« Sie schnaubte zynisch. »Lustigerweise in auffallend vielen Fällen von denen, die ihre Ziele selbst in erster Linie nach Profit auswählen. Aber eben nicht nur. Da sind auch viele anarchistische Ultras am Start.«

»Uff. Das ist ... ein fetter Brocken.« Viv sackte gegen ihr Boot zurück, verschränkte die Arme vor der Brust und starrte etliche Sekunden finster ins Leere, ehe sie mit einem frustrierten Laut den Kopf schüttelte. »Es passt immer noch nicht zusammen. Wenn die GASS selbst eine Maschine bauen könnten, wofür bräuchten sie dich dann? Wozu der Aufwand? Und ...« Sie zögerte und schien in sich hineinzulauschen, als müsste sie prüfen, ob sie sich selbst in dieser Angelegenheit glaubte. Doch als sie wieder sprach, klang sie entschieden. »Henk ist kein Mörder. Ich arbeite seit über zwanzig Jahren für ihn.

Er ist ein mieses, skrupelloses Schwein, aber so was wie EatTheRich würde er nicht in Auftrag geben.«

Sorcha zuckte die Schultern und richtete den Blick auf den strahlend blauen Frühlingshimmel zwischen den straff geblähten Solarsegeln. »Das weißt du besser als ich.«

Wieder dachte Viv eine Weile finster grübelnd nach. »Du sagst, du traust es einigen Crews zu, solche Morde zu begehen«, sagte sie schließlich und trommelte unruhig mit den Fingernägeln gegen die Bootswand. »Was denkst du …?«

Sorcha hob Viv ihre offene Handfläche entgegen, um sie zu unterbrechen. »Pst. Warte mal.« In das Pfeifen des Windes und das Knattern der Segel über ihnen hatte sich eine Stimme gemischt. Ihr Name? Ja, ziemlich sicher.

»Cicatriz?« Sorcha steckte an Viv vorbei den Kopf aus der Nische. Und tatsächlich: Von der Brücke her sah sie Cicatriz auf sie zukommen. Er schritt schnell und weit aus, während er immer wieder auf das ausgeklappte Smartfold in seiner Hand sah. Er war allein. Sorcha atmete auf.

»Wir sind hier!« Sie winkte Viv, ebenfalls zwischen den Booten hervorzutreten. »Was gibt's?«

Cicatriz blieb bei ihnen stehen. Sein vernarbtes Gesicht war kritisch gefurcht. »Wir haben eine Nachricht von Auroras Crew. Die Techs der *Sweet Magda* haben Scoutz-Drohnen voraus zu den Alyn's Keys geschickt, falls die Harbor Unit oder die Sicherheitskräfte des NCRES uns dort auflauern.« Er drehte das Fold mit dem Display in Sorchas und Vivs Richtung. »Einen Hinterhalt haben sie nicht entdeckt, aber es sieht aus, als wäre dort jemand gestrandet. Scheint ein havarierter Gleiter der Harbor Unit zu sein.«

»Darf ich mal sehen?« Viv riss Cicatriz das Fold förmlich aus der Hand und starrte darauf. Sorcha sah ihre Miene für einen Moment entgleisen.

»Fuck«, flüsterte sie heiser.

Sorcha runzelte die Stirn und warf an Vivs Oberarm vorbei ebenfalls einen Blick auf das Display. Das Drohnenbild zeigte, wie angekündigt, eine der vielen winzigen Felseninseln namens Alyn's Keys –

und eine drahtige Person mit schwarzem Buzzcut in einer HU-Uniform, die gerade aus der demolierten Verkleidung ihres Gleiters einen Sonnenschutz zwischen den Gesteinsbrocken errichtete.

Sorcha sah auf. Ein unangenehmes Gefühl zog in ihrem Bauch, ähnlich wie ein Déjà-vu und gleichzeitig ... nicht. Eine Vorahnung. Vielleicht war das das richtige Wort.

»Weißt du, wer das ist?«

Viv schob den Unterkiefer ein Stück nach vorn und reichte Cicatriz mit einer seltsam steifen Bewegung das Fold zurück.

»Ja«, erklärte sie dann, die Stimme ebenfalls steif vor Anspannung. »Meine Verlobte.«

Sorcha ließ das einen Moment auf sich wirken. Ihre Verlobte. Vivs fucking *Verlobte* war bei der Harbor Unit?!

»Die *Sweet Magda* kann bei den Keys nicht manövrieren.« Auch Cicatriz klang jetzt noch skeptischer als zuvor. »Aurora schlägt vor, dass die *Revery* aus der Flotte ausschert und wir dann mit den Gleitern nachsehen.«

»Warte mal, warte.« Sorcha kniff sich mit Daumen und Zeigefinger in die Nasenwurzel, ehe sie Viv wieder anstarrte. »Dir ist schon klar, dass das krass verdächtig ist, oder? Warum ist ausgerechnet deine Verlobte auf dieser Insel? So weit weg von NOAH#04s ursprünglichem Standort, wo sie zuletzt war, *falls* sie überhaupt bei der Verteidigung der Stadt dabei war? Wer auch immer sie da ausgesetzt hat: Woher wissen sie, dass du bei uns bist? Und dass wir eine Person retten würden, die *dir* wichtig ist? Unserer fucking *Geisel*? Verstehst du, ich glaube an Zufälle. Aber *das* ist keiner.«

Viv kniff die Lippen zusammen und starrte auf das Fold in Cicatriz' Hand, als könnte sie durch die Rückseite hindurch noch immer das Display sehen. »Würdet ihr hinfahren und helfen, wenn das alles *nicht* der Fall wäre?«

Sorcha presste die Zähne aufeinander und sah zu Cicatriz, der ihren Blick ebenso grimmig erwiderte. Der Kodex der Freien Republik beinhaltete, dass kein Mensch in Not auf dem Meer zurückgelassen werden durfte, wenn eine Rettung möglich war. Sie würden diese Polizistin retten – oder sie würden mindestens Aurora und vermutlich auch etlichen anderen Crews erklären müssen, warum sie es nicht getan hatten. Irgendjemand hatte das hier sehr clever geplant. Jemand, der sich bei den Piraten auskannte.

»Woher weiß ich, dass du nicht Teil dieses Plots bist?« Sie starrte Viv eisig ins Gesicht. »Dein Chef hat bestimmt noch nicht aufgegeben, mich zu erwischen. Und dein Auftrag hat sich seit gestern vermutlich auch nicht geändert. Ziemlich ausgefuchster Plan B.«

Da lachte Viv. Ein fassungsloses, ergebenes Lachen. »Scheiße, ja. Du hast recht.« Sie schüttelte den Kopf und rieb sich durchs Gesicht. »Wahrscheinlich ist es genau das.« Sie presste die Handballen für einen Moment fest auf die Augen und vergrub dann die Finger in ihren Haaren, als wollte sie sie von ihrem Kopf zerren. »Sorry. Ich hatte gar nicht vor, dich zu erpressen. Aber meinem Wort wirst du wohl nicht glauben, also … Du willst, dass ich dir mit der neuen Zeitlinie helfe? Hol Jun an Bord. Das ist meine Bedingung.«

Sorcha starrte sie an. Lange.

»Dein verdammter Ernst?«

Vivs Lächeln war hart. »Absolut. Es ist nicht *mein* Plan B. Aber es gibt keinen Grund für dich, mir das zu glauben, und ich kann mir tatsächlich vorstellen, dass Henk es genau so eingefädelt hat. Also erpresse ich dich, weil ich nicht hinnehmen kann, dass wir Jun dort zurücklassen. Wer garantiert, dass Henk und die GASS sie dort wegholen, falls wir es nicht tun?«

Sorchas Kopf begann zu schmerzen, und beinahe hätte sie nun selbst gelacht, weil alles so absurd war. Sie rieb sich mit beiden Händen die Schläfen. »Rein aus Interesse: Ist hierfür wohl derselbe Typ verantwortlich, von dem du vorhin behauptet hast, dass er kein Mörder ist?«

Sie wartete keine Antwort ab, sondern wandte sich zu Cicatriz um. Dies war keine Entscheidung, die sie allein treffen konnte. In keiner Zeitlinie war sie so weit gekommen wie hier. Sie brauchte Viv, für diesen nächsten, letzten, so verflucht hoffnungsvollen Versuch. Würde sie ihren Teil der Abmachung halten, wenn Sorcha jetzt zustimmte? War dies der Moment, in dem sie sich ernsthaft verbünden konnten? Verbünden *mussten*? »Was sagst du dazu?«

Cicatriz schwieg einen Moment. Sah von Sorcha zu Viv und wieder auf sein Fold. Einer seiner Mundwinkel zuckte. »Tja ... *Captain* hätte gesagt: ›Eine Geisel mehr ist eine Geisel mehr‹.«

Sorcha schnappte nach Luft. »Dein *verdammter* Ernst?!« Es kostete sie unfassbare Mühe, nicht zu offensichtlich zu zeigen, was für einen Sturzbach der Emotionen diese Worte schon wieder durch sie hindurchschickten. Wie viele Erinnerungen, wie viel Klang, wie viel herzzerreißende Wärme. Und heftige, irrationale, unerwartete ... *Zuversicht*.

Cicatriz hatte nun mal recht. *Genau das* hätte Vince zu diesem Plan gesagt, und Sorcha hätte es gehasst, geflucht – und wäre trotzdem mitgegangen. Mit*gerannt*. Weil Rückzieher zu machen und Risiken zu vermeiden ebenso wenig zu Captain Frigatebirds Style gehörte wie Niederlagen.

Und zu Sorchas verdammt noch mal auch nicht.

TAG 35

35° N 65° W
4. Mai 2092, 13:18
auf den Alyn's Keys

Siebenundvierzig Schritte. Plusminus drei. So lange dauerte es, die Insel zu umrunden, auf der Orval sie ausgesetzt hatte. Jun wusste das so genau, weil sie es inzwischen dreizehnmal mit dem Fitnesstracker ihres Dienst-ID-Bands überprüft hatte. Nicht, dass es ihr irgendwie weitergeholfen hätte, aber sie konnte nicht bloß rumsitzen und aufs Wasser starren, das hielten weder ihr Rücken und Hintern noch ihr Kopf aus. Außerdem nervte der Tracker mit Erinnerungen, wenn sie nicht täglich eine gewisse Zeit darauf verwendete, körperlich in Form zu bleiben, wie es die Dienstvorschrift der Harbor Unit vorsah. Eine denkbar absurde Funktion, solange sie hier festsaß, aber es war unmöglich, sie zu deaktivieren, und Juns Nerven ertrugen das penetrante Summen und Blinken nicht, mit dem das Band sie zu einer Bewegungspause aufforderte. Also stand sie regelmäßig auf, umrundete einmal die Insel, wechselte die Richtung und hielt auf der zweiten Runde Ausschau mit ihrem Dienstfernglas, ehe sie sich wieder unter ihrem behelfsmäßigen Unterstand zusammenkauerte. Kaum einen Steinwurf entfernt gab es rechts und links von ihr weitere Felsinseln, die ebenso zerklüftet und sonnenverbrannt zu sein schienen wie ihre. Ansonsten war das Meer bis auf ein paar verirrte Möwen wieder völlig leer. Selbst der aufquellende Sturm am Horizont hatte sich gelöst und nichts als grelles Blau zurückgelassen.

Orval hatte Jun gnädig eine Flasche Wasser an den winzigen Kiesstrand geworfen, und es war ihr gelungen, gemeinsam mit der Sonnenbrille und dem Fernglas auch ihre halb vollen Trinkvorräte aus dem zerschmetterten Gleiter zu bergen. Aber davon abgesehen war es offenbar Teil von Orvals Plan, Jun als möglichst glaubwürdige Gestrandete zu präsentieren.

»Halten Sie durch, Captain Zhang«, hatte er ihr zum Abschied aus seinem Helikopter zugerufen. »Vergessen Sie nicht, wenn wir in dieser Sache zusammenarbeiten, bekommen wir am Ende beide, was wir wollen.«

Jun wollte aktuell vor allem eins: Viv von diesem Piratenschiff holen und mit ihr nach Hause fahren. Essen stand direkt an zweiter Stelle. Aber weder das eine noch das andere schien allzu bald in Reichweite zu sein. Also hatte sie die Flaschen bis zum Hals im feuchten Kiessand vergraben, um das Wasser kühl zu halten, die zerbeulten Blechverkleidungen ihres Gleiters abmontiert, und begonnen, sich auf eine zermürbende Wartezeit einzurichten.

Die letzten zwei oder drei Stunden hatte sie schließlich in erster Linie damit verbracht, auf Orval und auf ihre Lage im Allgemeinen zu fluchen. Zu etwas anderem reichte ihre Energie nicht mehr. Die Nacht auf See und die gnadenlos brennende Sonne forderten zunehmend ihren Tribut, das hätte sie auch ohne ihr ID-Band gewusst, das sie neben den nötigen Bewegungspausen zusätzlich darauf hinwies, dass ihr Blutdruck bedenklich gefallen war, sie viel Wasser durch Schwitzen verlor und ihr Körper trotz Sonnenschutz überhitzte. Sie hatte zu viel Zeit, sich selbst dabei zu beobachten, wie ihre Schritte mit jeder Ausguckrunde schleppender wurden, die Gedanken träger, das Grollen in ihrem Magen lauter. Über Mittag verzichtete sie auf ihre Runden, trank zwei Schlucke pro Stunde statt einem und machte sich unter dem Sonnenschutz so klein wie möglich, während die Brandung um ihren Hintern, ihre Beine und Füße spülte.

Sie hatte nicht vorgehabt, zu schlafen. Schon gar nicht halb im Wasser, halb in der Mittagssonne, aber sie konnte nichts dagegen tun. Die Augen fielen ihr zu, ihr Oberkörper sackte seitlich gegen einen sonnenwarmen, brandungsfeuchten Stein, und es gelang ihr nicht, die Lider wieder zu heben, ehe sie einfach wegdöste.

Als das erneute Vibrieren des Fitnesstrackers sie wachrüttelte, sah sie die Flotte der Piraten. Der zuvor so frustrierend leere Horizont war voller Schiffe in verschiedensten Größen – weit entfernt von Juns Position, die einzelnen Schiffe mit bloßem Auge kaum auszumachen, und doch in ihrer Masse auch ohne Fernglas unmöglich zu übersehen. Vor allem nicht die riesige, funkelnde Lotosblüte in ihrem Schlepptau.

Hastig krabbelte Jun unter ihrem Unterstand hervor, rappelte sich auf wabbelige Knie und riss eine der übrig gebliebenen Aluminiumplatten der Gleiterverkleidung aus dem knöcheltiefen Wasser. Sekundenlang strauchelte sie unter dem Gewicht, dann packte sie mit einem angestrengten Grunzen fester zu und wuchtete die Platte mit beiden Armen in die Höhe, sodass das Sonnenlicht sich in der unlackierten Innenseite fing. Grell genug, um irgendwen auf diesen Schiffen auf sie aufmerksam zu machen. Hoffentlich.

Jun war es inzwischen herzlich egal, wer sie hier wegholen würde, oder wohin, wenn sie nur endlich aus der Sonne herauskam. Aus der salzstarrenden, überhitzten Uniform, und irgendwohin, wo es Essen und frisches Wasser gab.

»HEY!«, wollte sie brüllen und schwenkte die Aluplatte mit aller Kraft, die sie noch mobilisieren konnte. »Ich bin hier!« Aber ihre Stimme war so ausgedörrt, dass sie keine Hoffnung hatte, dass irgendwer sie auf diese Entfernung hören würde. Das Blech fiel ihr aus den Händen und klatschte zu ihren Füßen ins Wasser. Keuchend blieb Jun stehen und starrte mit leerem Blick auf die Flotte, die vorüberzog, ohne ihr auch nur die geringste Beachtung zu schenken. Gemächlich. Ohne Eile. Jun fragte sich, ob sie da drüben auf den Schiffen gerade eine große Party feierten und sich zu ihrem gelungenen Raid beglückwünschten. Kein einziges bemerkte sie. Kein einziges änderte den Kurs.

Oder doch? Entfernte sich da nicht ein Schiff von den anderen? Hastig tastete Jun nach dem Fernglas um ihren Hals und presste es sich vor die Augen.

Tatsächlich. Ein schlanker Dreimaster hatte die Solarsegel zum Teil gerefft, um leichter manövrieren zu können, und hielt hart am

Wind direkt auf Jun zu. Unter dem Krähennest flatterte eine Flagge auf halbmast: Ein skelettierter Fregattvogel vor einer roten Sonne auf schwarzem Grund.

TAG 35

35° N 65° W
4. Mai 2092, 13:34
bei den Alyn's Keys

Jax war sich sicher, dass er in seinem Leben nie wieder etwas Vergleichbares erleben würde wie die Fahrt in der gläsernen Kapsel, die Paula ein U-Boot genannt hatte – und er würde sich für immer fragen, wie es möglich war, dass sie nicht zwischen den schäumenden Wassermassen und der Stadt zerquetscht worden waren. Sein Verdienst war das jedenfalls nicht; er hatte genug damit zu tun gehabt, sich an der Griffstange vor der Schaltkonsole festzuhalten und bei jeder Turbulenz seine Anspannung laut herauszufluchen.

Paula hingegen bediente die Hebel und Knöpfe mit einer verbissenen Selbstverständlichkeit, für die Jax nichts als Respekt und Bewunderung übrighatte. Im wirbelnden schwarzen Wasser, das von allen Seiten auf die Wände der Kapsel eindrang, hatte er schon nach Sekunden die Orientierung verloren, aber *sie* hatte es irgendwie geschafft, den Überblick zu behalten. Und die richtige Richtung. Nicht ein einziges Mal hatten sie sich überschlagen, obwohl sie wild hin und her geschleudert worden waren, kaum dass sie das abgebrochene Ende der Wurzel erreichten und Paula das U-Boot von seiner Schiene löste. So waren sie tief abgetaucht, immer dem leuchtenden Ring aus Scheinwerfern zu ihren Füßen nach, und dann seitlich weggedriftet, eine gefühlte Ewigkeit durch unheimlich lichtlose Dunkelheit, und erst wieder in höhere Wasserschichten aufgestiegen, als der Schatten der Stadt weit hinter ihnen lag.

Hier war es ruhiger und fast unwirklich schön. Das lichtdurchwirkte Wasser war tiefblau und kristallklar. Fische zogen in glitzernden Schwärmen an ihnen vorbei, und einmal schwebte ein riesiger gestreifter Oktopus über die obere Kuppel des U-Boots hinweg. Die Fahrt war nun ruhig genug, dass Jax es wagte, seinen Griff um die Haltestange zu lockern und an Paula vorbei auf die Seekarte zu spähen, die sich in einem Display in der Konsole aktiviert hatte.

Nicht, dass er Seekarten hätte lesen können.

»Du hättest auch eine glamouröse Piratin abgegeben.«

Es war das erste Wort, das sie wechselten, seit sie in das U-Boot gestiegen waren – die Flüche zählte er nicht dazu – und er war etwas überrascht, wie fremd seine Stimme in der engen Kapsel klang.

Paula sah sich zu ihm um. Ein flüchtiges Lächeln umspielte ihre Lippen, und auch das war ein anderes als zuvor. »Da sind wir schon zwei. Ich bin froh, dass ich das nicht allein durchziehen musste. Danke.«

Jax erwiderte das Lächeln, und im selben Moment wurde ihm auch klar, worin die Veränderung bestand. Es war gar nicht *wirklich* etwas Fremdes, das er in seiner Stimme hörte, in seinem Lächeln fühlte und in ihrer Antwort gespiegelt zu sehen glaubte. Im Gegenteil. Es war Vertrautheit. Eine plötzliche intime Nähe, die Funken zwischen ihnen schlug.

Mit einem Mal war er sich wieder sehr deutlich der Enge in der Kapsel bewusst. Jax' Sinne, die seit dem Start der Fahrt vor allem auf *Überleben!!* fixiert gewesen waren, reagierten nun umso intensiver auf die Reize, die er zuvor ausgeblendet hatte. Die Wärme, die Paulas Körper unter dem seidenglatten Stoff ihres Hosenanzugs ausstrahlte; das feine Streicheln, mit dem der Faltenwurf seinen nackten Unterarm berührte, als sie sich wieder nach vorn wandte und etwas mehr Schub auf einen der Hebel gab. Der leichte Zitrusduft ihres Haars, flüchtige Überreste eines fruchtigen Parfüms, darunter die säuerliche Note von Schweiß. Ein Kribbeln rieselte durch Jax' Magen und sammelte sich warm in seinem Unterleib. Und obwohl er wenig Bedürfnis danach hatte, seine Nase Bekanntschaft mit Paulas Faust schließen zu lassen, konnte er nicht anders, als sich wenigstens ein Stück zu ihr hin zu lehnen. Diesen Geruch noch etwas tiefer einzuatmen und die winzige Konzentrationsfalte zu beobachten, die sich zwischen ihren Brauen gebildet hatte. »Wohin fahren wir denn jetzt?«

»Irgendwo an Land ... hoffe ich. Siehst du? Der Grund steigt schon seit einer Weile an. Ich denke, das bedeutet, wir bewegen uns auf ein Ufer zu.«

Jax warf einen Blick durch die Frontscheibe nach unten. Tatsächlich. Der felsige Boden war ihnen eindeutig näher gekommen. Ein Algenteppich wiegte sich darauf in einer sanften Strömung. Und auch voraus schien das Wasser flacher zu werden. Die Oberfläche näher zu kommen. Die Brandung in Richtung eines Ufers zu rollen. Zu dem Kribbeln in Jax' Unterleib gesellte sich ein weiteres, eines das hell durch seinen Körper prickelte und seinen Kopf ganz leicht werden ließ: Erleichterung. Sie hatten es tatsächlich geschafft.

Sie landeten kurz darauf etwas unsanft, aber heil auf einer Felseninsel, die definitiv kleiner war als das Wohnzimmer von Jax' Penthouse Suite in New York. Auch kleiner als sein Schlafzimmer. Wahrscheinlich sogar kleiner als sein Bad. Winzig, um es in einem Wort zusammenzufassen, aber es war Land, und es war außerhalb der Stadt.

Mit vereinten Kräften zerrten Jax und Paula das U-Boot halb auf einen gerölligen Strand und fielen schließlich schwer atmend nebeneinander in den feuchten Kies. Die Sonne brannte von einem wolkenlosen Himmel. Der Seewind wühlte sich mit schweren Fingern in Jax' Haar. Weit draußen am Horizont glitzerte NOAH#04 wie eine überdimensionierte Perle, umgeben von dem dunklen Schwarm der Piratenflotte – der Ort, von dem sie gerade auf so surreale Art entkommen waren; und Jax wollte laut und befreit lachen, weil dieser Tag ein Abenteuer war, wie er es sich in seinen kühnsten Träumen nicht hätte ausmalen können.

Er tat es nur deshalb nicht, weil sich in diesem Moment sein Blick mit Paulas verhakte. Ein Blick, der ihn in seiner Intensität völlig absorbierte und für nichts anderes mehr Raum ließ als das Rauschen in seinen Ohren, das Wummern seines Herzens und das Knistern des Adrenalins, das immer noch heiß durch seine Adern jagte.

»Das war ein wilder Ritt, Jackson Beetle«, wisperte Paula, und ihr Lächeln traf ihn noch an einer ganz anderen Stelle. Im nächsten Moment lagen ihre Lippen auf seinen, und sie rutschte rittlings auf seinen Schoß, presste ihren Oberkörper gegen seinen und grub ihre Finger in das Haar an seinem Hinterkopf.

Jax erwiderte ihren Kuss nicht weniger heftig, umfasste ihren Hintern mit beiden Händen und öffnete ihre Lippen mit seiner Zunge; zog sie dichter an sich. Scheißegal, wie unbequem das auf diesem Strand war, *fucking* egal, ob ihm eine steinige Spitze ins Schulterblatt drückte, als er sich halb mit dem Oberkörper gegen einen Felsbrocken zurücksinken ließ, weil Paula eine Hand gegen seine Brust drückte und zielsicher einen Hemdknopf nach dem anderen öffnete, ohne mit dem Küssen aufzuhören. Was immer sich auf der Fahrt in diesem U-Boot und womöglich auch schon vorher zwischen ihnen aufgestaut hatte, es entlud sich hier und jetzt, und Jax hatte nicht die Absicht, es aufzuhalten.

Zumindest, bis ein greller Lichtstrahl aus einem ungewöhnlichen Winkel ihn ins Auge traf und er eine Stimme hörte – heiser und kraftlos und doch unverkennbar entschlossen. »HEY! Ich bin hier!«

Jax richtete sich etwas unbeholfen auf, umfasste Paulas Schultern und drehte den Kopf in die Richtung, aus der das Licht gekommen war. »Warte. Warte kurz. Hast du das gehört?«

Und im nächsten Moment sah er es auch. Auf einer weiteren Insel, kaum einen Steinwurf entfernt von der, auf der sie gerade gelandet waren, zeichnete sich für wenige Sekunden eine Gestalt gegen das Sonnenlicht ab, ehe sie hinter einem Felsen und wieder aus seinem Blickfeld verschwand.

»Da ist noch jemand.« Er sah wieder zu Paula, die seinen Blick ein wenig kurzatmig erwiderte, die Augen verhangen und seltsam irritiert von der unerwarteten Unterbrechung.

»Wir ... sollten rübergehen und nachsehen«, schob Jax nach, obwohl auch sein ganzer Körper vehement gegen diesen Gedanken protestierte. Zu warm war der Druck ihrer Schenkel gegen seine, zu pochend und unbefriedigt die Energie, die durch seine Adern trieb und ihn zu ihr hin drängte.

Paulas Brust hob und senkte sich unter einem tiefen Atemzug. Dann nahm sie Jax' Hand und platzierte sie mit bestimmter Entschlossenheit wieder auf ihrem Hintern, während sie sich erneut vorbeugte und ihr Gesicht nah an seines brachte. Das Gefühl fester Muskeln unter seidigem Stoff und das Kitzeln ihres Atems an seinen Lippen ließen ihn schaudern.

»Das sollten wir«, wisperte sie rau. »Aber nicht jetzt.« Sie lachte, fast tonlos und unverkennbar spöttisch. »Wenn du jetzt noch kannst, heißt das.«

Jax erwiderte ihren Blick unbeirrt. Sie hatte so verdammt recht. Es war unmöglich, hier und jetzt die Situation zu unterbrechen. Jene andere Person würde auch gleich noch da sein. Mal ehrlich, wo sollte sie auch hingehen?

Statt einer Antwort packte er Paulas freie Hand und führte sie in seinen Schritt – langsam und bedacht und ohne ihren Blick loszulassen, um ihr jederzeit Gelegenheit zu geben, sich zurückzuziehen. Doch auf Paulas Lippen erschien bloß ein wissendes Lächeln, als sie begriff, was er plante.

Die Überraschung auf ihrem Gesicht, als ihre Hand das Ziel erreichte, war so unbezahlbar, dass Jax nicht anders konnte, als triumphierend zu grinsen und ihr spielerisch in die Schulter zu beißen. »Bereit für noch ein Abenteuer, Paula Swan?«

Paula verschloss seinen Mund mit einem Kuss, den Jax nicht weniger hungrig erwiderte. Erst im letzten Moment, ehe er sich endgültig in den Moment hineinfallen ließ, spürte er die winzige Pille auf ihrer Zunge.

TAG 35

35° N 65° W
4. Mai 2092, 13:49
bei den Alyn's Keys

Sorcha hatte sich natürlich geweigert, Viv allein zur Insel fahren zu lassen. Viv verstand das. Sie wusste nicht mal, ob sie sich selbst so weit vertraut hätte, nicht einfach mit Jun und dem Gleiter abzuhauen, sobald Sorcha und die Crew ihr den Rücken zukehrten. Piraten und anderen Verbrecher_innen zu vertrauen, war generell eine schlechte Idee. Im Umkehrschluss hieß das, man musste sich auch keine Mühe geben, ihnen gegenüber vertrauenswürdig zu handeln. Zumindest hatte Viv immer so gedacht. Seit gestern war sie sich darüber allerdings zunehmend weniger sicher.

Im Grunde war es aber auch egal, denn es blieb ihr ohnehin nichts anderes übrig, als Jun nach Sorchas und Cicatriz' Regeln an Bord zu holen, nachdem sie ihren größten Trumpf schon für die Erpressung ausgespielt hatte. Viv kümmerte es außerdem tatsächlich kaum, auf welche Art Jun gerettet wurde. Auf der *Revery* würde sie fürs Erste gut aufgehoben sein. Was mit ihnen geschah, sobald sie die Piratenrepublik erreichten, musste sich dann später herausstellen.

Die Insel, die sie auf Auroras Fold gesehen hatte, war nun klar in Sichtweite. Viv hielt sich an Zèklè fest und kniff die Augen gegen die Gischt zusammen, die der zweite Gleiter mit Loraj und Sorcha an Bord vor ihnen aufwirbelte.

Und da war sie, die winzige Gestalt am Strand, noch kaum zu sehen und doch unverkennbar. Vivs Herz hämmerte, und sie spürte plötzlich eine so reißende Sehnsucht nach der vertrauten Stimme, der festen Umarmung, dem Gefühl des Gehaltenwerdens, als wäre sie seit Wochen von Jun getrennt.

Sie stellte sich in den Fußstützen auf, um besser sehen zu können, und legte Zèklè eine Hand auf die Schulter. »Kannst du schneller fahren?!«

Sie konnte nicht viel von Zèklès Gesicht sehen. Aber es reichte, um zu erkennen, dass ein Grinsen die Augen über der Maske des Overalls verengte. Eins, das eindeutig *Was glaubst du wohl?* hieß. Im nächsten Moment drehte er am Gas, und sie schossen an Loraj und Sorcha vorbei auf die Insel zu.

»JUN!«, brüllte Viv und hielt sich mit beiden Händen an Zèklès Schultern fest. »Ich bin's!«

Jetzt erkannte Jun sie ebenfalls. Viv sah es an der Art, wie sie sich aufrichtete. Wie sie ihr Fernglas an die Augen presste und dann hastig ins flache Wasser hineinwatete.

Viv schoss einen Blick zu Sorcha und Loraj, die wieder aufgeschlossen hatten und gleichauf neben ihnen rasten. »Lasst mich zuerst an Land gehen! Sie hat wahrscheinlich eine Dienstwaffe!«

Eine grimmige Furche erschien auf Sorchas Stirn. Dann nickte sie knapp und rief etwas in der Sprache der Zwillinge, die daraufhin beide die rechte Hand wie eine geschlossene Knospe nach oben hielten – eine Geste der Zustimmung, wie Viv inzwischen wusste.

Sekunden später bremsten die Gleiter einige Meter von Jun entfernt. Viv wartete nicht darauf, dass das Vibrieren des Antriebs verstummte. Ohne Zögern sprang sie ins Wasser, das ihr bis über die Hüften reichte, die Jeans und den Saum von Sorchas Pullover durchnässte und die Kleider schwer um ihren Körper schlackern ließ. Viv ließ sich davon nicht beirren. So schnell sie konnte, watete sie auf Jun zu, die sich ebenfalls in ihre Richtung auf den Weg gemacht hatte, bis sie sich auf halber Strecke zwischen Gleitern und Strand in die Arme fielen. Einander festhielten, wie sie es immer getan hatten, und doch auf eine so neue, überwältigende Weise, dass es Viv das Herz gleich noch mal zerriss.

»Du bist es. Du bist es wirklich.« Jun umfasste Vivs Gesicht mit beiden Händen und starrte sie an, als könne sie einfach nicht fassen, was sie sah. »Fuck, du bist es.«

In ihren Augen standen Tränen. Viv hatte Jun noch nie weinen sehen. Erneut zog sie sie an sich, legte ihre Hände über Juns, presste ihre Stirnen gegeneinander und spürte, wie allein Juns Anwesenheit sie so viel besser zusammenhielt als zuvor. Sie klarer denken und freier atmen ließ.

»Was machst du denn hier?«, flüsterte sie, während sie vage registrierte, dass die Speedgleiter langsam und leise von hinten zu ihnen aufschlossen. Vorsichtig. Misstrauisch. »Ich meine ... Wie kommst du hierher?«

Etwas regte sich in Juns Miene, als sie sich ein kleines Stück von Viv löste. Ein Schatten, den Viv nicht sofort deuten konnte. »Das wüsste ich auch gern«, murmelte sie. »Henk Orval hat mich hergebracht. Er sagte, du würdest kommen, wenn du erfährst, dass ich hier bin. Aber so ganz verstehe ich es noch nicht. Ich meine, woher wusstest du es? Und warum bist du nicht gefangen? Oder bist du? Orval sagte, du wärst eine Geisel auf diesem Schiff.«

Eine ungewohnte Schärfe lag in ihrem Ton. Ein Zweifel, den Viv so nicht von ihr kannte. Aber Zweifel woran? Und vor allem ... gegen wen? In diesem Moment wurde ihr klar, dass sie in all den Jahren noch nie so wenig voneinander gewusst hatten, was die andere in den letzten Stunden erlebt; was sie gefühlt, gelernt, verstanden hatte. Offenbar sogar schon davor, wenn Jun ebenso lange wie sie von Operation R gewusst hatte, nur mit einem anderen Auftrag. Es war ein geradezu unerträgliches Stück Fremdheit zwischen ihnen.

Viv sah sich zu Sorcha um, die ihr Wiedersehen schweigend, vom Gleiter aus beobachtet hatte. »Tja, bin ich gefangen? Vielleicht erklärst das besser du?«

Sorcha antwortete nicht sofort. Dann aber stand sie auf, sprang vom Gleiter ins Wasser und zog kommentarlos einen Revolver aus dem Halfter an ihrem Gürtel. »Klar. Hauptsache, wir verschwinden so schnell wie möglich von hier.«

Jun versteifte sich augenblicklich. Ihre Hand fuhr ebenfalls zu ihrem Diensthalfter – nur dass da nichts war, wie Viv erleichtert feststellte. Jun war unbewaffnet. Trotzdem schob sie sich rasch halb zwischen die beiden.

»Warte, Jun, bleib ruhig. Das ist Sorcha, Maschinistin auf der *Revery*. Die beiden auf den Gleitern sind Loraj und Zèklè, die Deckhands. Ich weiß, es klingt schwierig, aber sie sind keine Bedrohung für uns. Wir nehmen dich mit an Bord. Da sind wir sicher.«

»Sicher?« Jun trat einen Schritt zurück. Die Zweifel auf ihrem Gesicht waren jetzt unverkennbar. »Schwer zu glauben von einer Piratin mit Schusswaffe in der Hand. Wer garantiert mir, dass sie dich nicht zu einem Deal gezwungen haben? Dass du genau das sagen musst?«

Viv unterdrückte ein Seufzen. »So sehe ich nicht aus, wenn ich lüge. Das weißt du doch. Tatsächlich bin ich diejenige, die gerade die Piraten erpresst.«

Jetzt sah Jun restlos verwirrt aus. Und Viv hatte keine Ahnung, wie sie die Lage schnell und effizient erklären sollte. Sie wandte sich zu Sorcha und machte mit beiden Händen die gegenläufige Wischbewegung, die sie inzwischen oft genug bei den Kids und auch Cicatriz gesehen hatte: »Fàs – Hör auf!«, wobei sie hoffte, dass Sorcha das »Bitte!« dabei in ihrer Miene ablesen konnte.

Sorcha starrte sie endlose Sekunden mit ausdrucksloser Miene an. Dann steckte sie sichtbar widerwillig den Revolver weg, ehe sie spritzend die letzten Schritte zu ihnen hinüberwatete.

»Also.« Sie verschränkte die Arme vor der Brust. »Was genau soll ich jetzt erklären?«

Viv öffnete den Mund, um ihre Frage zu wiederholen – oder vielmehr war es ja Juns Frage gewesen, obwohl es Viv auch interessierte, wie Sorcha die Situation beschreiben würde. Wie viel von dem, was sie heute besprochen hatten, sie Jun erzählen würde. Vor allem aber hoffte Viv, dass sie auf diese Weise weiterhin nicht zu detailliert würde preisgeben müssen, was sie selbst über Operation R wusste.

Aber dazu kam es nicht mehr.

So entkräftet Jun auch sein musste, und was immer sie durchgemacht hatte in den Stunden, seit die Piratenflotte die Stadt gekapert hatte – es hatte ihr nicht die Schnelligkeit und Wendigkeit genommen, die sie entwickeln konnte, wenn es darauf ankam. Mit einem Satz war sie bei Sorcha und riss den Revolver aus deren Halfter, um ihn an Sorchas Schläfe zu drücken. Ihre freie Hand drehte dabei ebenso präzise wie effizient Sorchas Arm auf ihren Rücken. Viv hörte Loraj aufkeuchen; die Motoren der Gleiter erwachten vibrierend zum Leben, Sorcha fluchte.

»STOPP!«, kommandierte Jun. »Niemand rührt sich.«

Und für einen schier endlosen Moment rührte sich tatsächlich niemand mehr.

»Hände hoch«, sagte Jun.

Mit versteinerter Miene tat Sorcha, was Jun verlangte. Viv allerdings sah ihre Finger auf dem Weg nach oben sprechen. Vor ihrer Brust, dort wo Jun sie für einen Moment lang nicht sehen konnte. Gesten, die Viv nicht verstand, aber sie ahnte, dass es nichts Friedfertiges war.

Ihre Gedanken rasten. Verflucht, was passierte hier, und wie konnte sie es stoppen? Es war klar, dass sie Jun warnen musste. Aber wie, wenn sie nicht wusste, wovor? Und war es tatsächlich Jun, die gerade in der größten Gefahr schwebte?

»Jun. Bitte«, sagte sie eindringlich. »Wir müssen jetzt an Bord.« Denn Henks Agents konnten jederzeit hier aufkreuzen. Und so wenig Viv bisher vorhatte, ihren Auftrag ganz aufzugeben, die Situation auf diese Weise eskalieren zu lassen, war ganz sicher keine gute Idee.

»Sorry, Viv.« Juns Stimme knackte wie eine überspannte Bogensehne. »Das Risiko gehe ich nicht ein. Ich werde auf keinen Fall auf dieses Schiff steigen. Wir nehmen die Gleiter und verschwinden von hier.« Sie wandte sich an Loraj und Zèklè. »Ihr zwei. Absteigen. Dann geht ihr rüber zur Insel, und zwar mit den Händen hinter dem Kopf.« Sie presste kurz die Zähne zusammen, dass die Sehnen an ihrem Hals hervortraten, während sie beobachtete, wie die Zwillinge widerwillig ins Wasser sprangen und in Richtung Kiesstrand wateten. »Tut mir leid, dass wir euch hier zurücklassen müssen. Aber eure Leute werden euch schon holen.« Sie packte Sorchas Arm ein bisschen fester. »Und du ...«

In diesem Moment warf Sorcha den Kopf zurück und traf Jun an der Nase. Jun keuchte überrascht, und für einen schrecklichen Moment dachte Viv, ein Schuss müsste sich lösen – aber das passierte nicht, nicht Jun, nicht Captain Zhang vom Zweiten Distrikt der Harbor Unit.

Was *stattdessen* passierte, war, dass Viv plötzlich selbst einen Unterarm um ihre Kehle liegen fühlte – und die Spitze eines langen Messers über der Milz, während ein zweites Paar Hände schmerzhaft ihre Arme sicherte.

Juns Augen weiteten sich entsetzt. Viv stand wie erstarrt. Auch die Zwillinge waren unfassbar schnell und wendig, und sie hatte keine Chance gegen ihr Teamwork. Das hatte sie seit gestern Abend nicht vergessen. Ebenso wenig, wie brutal sie sein konnten, wenn sie es für nötig hielten.

»Lass Sorcha gehen«, zischte Loraj dicht an ihrem Ohr. »Dann lassen wir sie leben.«

Viv sah den aufflackernden Stress in Juns Blick, gepaart mit einer Spur Hilflosigkeit und Wut; Wut auf sich selbst, weil sie sich die Kontrolle hatte abnehmen lassen, und verbissene Hilflosigkeit, weil Sorcha und die Zwillinge nun bald begreifen mussten, dass Jun niemals einfach einen Menschen erschießen würde.

Da peitschte ein Knall über die Alyn's Keys – und das nächste, was Viv wusste, war, dass der Würgegriff um ihren Hals verschwand, genau wie das Messer an ihrer Haut.

Und Zèklè schrie.

Zu ihren Füßen stürzte Loraj in die Wellen, die sich augenblicklich rot färbten. Blutrot.

Sniper! Mehr dachte Viv nicht mehr, ehe sie Zèklè packte und ihn mit sich unter Wasser riss, sich kräftig seitlich von einem Felsen abstieß – nur Sekundenbruchteile, ehe ein weiteres Projektil zischend in die Meeresoberfläche einschlug.

Zèklè hatte aufgehört, sich zu wehren. Stattdessen hatte er sich umgewandt, suchte hektisch nach seiner Schwester. Ein dritter Schuss, und selbst unter Wasser hörte Viv Zèklès Schmerzenslaut, gerade als sie Loraj am Kragen zu packen bekam. Gemeinsam zogen sie und Zèklè ihren schlaffen Körper unter Wasser hinter sich her, um einige große Felsen herum in Richtung Land, ehe es zu flach zum Tauchen wurde. Vivs Körper bewegte sich wie mechanisch. Das Salzwasser brannte in ihren Augen, ihre Lunge brüllte nach Sauerstoff, die Brandung zerrte an ihren durchnässten Kleidern und Haaren, und auch Zèklè schien zunehmend weniger beim Ziehen zu helfen, sondern selbst zu einem weiteren Gewicht zu werden. Wie schwer war er verletzt? Und Jun? Wo war Jun? Und Sorcha?

Japsend durchbrach sie die Oberfläche, versuchte, sich zu orientieren. Der Kiesstrand mit Juns Unterschlupf war von ihrer neuen Position aus hinter einigen schroffen Steinen verborgen, die zumindest vorübergehend Sichtschutz und Deckung boten. Es war nicht ganz leicht, hier an Land zu gehen, aber unmöglich war es auch nicht. Neben ihr kniete Zèklè keuchend im flachen Wasser, eine Hand in Lorajs Overall verkrampft. Seine Hose war am rechten Oberschenkel zerfetzt, darunter sickerte Blut aus einer Wunde.

Streifschuss. Halb so schlimm. Aber Loraj ...

Sie hatten den Kopf getroffen. Lorajs sonst sepiabraune Haut war fahl, und aus einer Schusswunde über ihrem Ohr quoll immer noch Blut, von Meerwasser verdünnt. Sie atmete, aber sie hatte das Bewusstsein verloren.

Nicht weit von ihnen trieb einer der beiden Speedgleiter der *Revery*, und dahinter entdeckte Viv Jun und Sorcha, die gerade auf einen breiten Felsteller kletterten. Erleichterung überschwemmte Viv zusammen mit einer großen Welle, die sich an ihrem Rücken brach. Auf einen Schlag schien alle Kraft aus ihr herausfließen zu wollen, obwohl es dafür noch viel zu früh war.

Reiß dich zusammen, Hargreeves!

»Jun!« Sie hustete und spuckte Meerwasser aus, packte Loraj fester und kroch und stolperte, von Zèklè gefolgt, durch die niedrigen Wellen voran.

Jun und Sorcha hatten sie längst bemerkt. Gemeinsam hievten sie Loraj so vorsichtig wie möglich auf den Felsteller. Zèklè krabbelte hinter ihr aus dem Wasser, zog Lorajs Oberkörper in seinen Schoß und wimmerte leise.

»Scheiße, was war das?« Auch Jun war bleich geworden. »*Wer* war das?«

»Das müsstest *du* uns doch sagen können!«, schnappte Sorcha. »*Du* warst die Falle!«

»Es ging darum, Viv von *eurem* Schiff zu retten! Ich wusste nicht, dass noch jemand auf diesen Inseln ist!«

»Ist im Moment zweitrangig«, warf Viv ein. »Wichtiger ist: Wo sind sie *jetzt?* Wir müssen Loraj aufs Schiff zu Cicatriz bringen, aber wer auch immer das war, wird wieder auf uns schießen, sobald sie eine bessere Position gefunden haben.«

Das brachte sie alle für einen Moment zum Schweigen. Ein Schweigen, in dem sie alle sich nicht rührten, warteten und lauschten, als könnte tatsächlich in der nächsten Sekunde ein weiterer Schuss zwischen ihnen einschlagen.

Es kam keiner. Noch nicht.

Doch im nächsten Moment hörte Viv dafür etwas anderes. Eine Stimme, von drüben, von jener anderen Insel, von der auch die ersten Schüsse gekommen sein mussten. Eine tiefe, leicht raue Stimme; eine, die sie kannte, die an diesem Ort und in diesem Kontext aber so fehl am Platz wirkte, dass Viv etliche Sekunden brauchte, um sie zuzuordnen.

»Hilfe … he, ist da jemand? Ich könnte hier mal Hilfe gebrauchen?!«

Jax Beetle. Jackson. Fucking. Beetle?! Was zur Hölle …?

Viv überlegte nicht länger. Sie musste wissen, was auf dieser anderen Insel los war. Entschlossen sprang sie zurück ins Wasser. »Zèklè! Nimm den Gleiter und Loraj, zieh den Tarnmodus hoch und fahr zum Schiff, so schnell du kannst!« Ihr Blick schoss zu Jun, die noch immer mit Sorcha hinter dem Felsen in Deckung kauerte. Einen endlosen Moment hingen ihre Blicke aneinander fest – bis Jun kaum merklich nickte und ein schwaches Lächeln auf ihren Lippen erschien, das aufrichtig um Verzeihung bat.

Viv erwiderte das Lächeln und hoffte, dass auch Jun ihre Bitte um Verzeihung darin sehen würde. Dann tauchte sie ein weiteres Mal unter die Wellen.

TAG 35

35° N 65° W
4. Mai 2092, 14:09
auf den Alyn's Keys

Jax war nackt, als sie ihn fand. Oder zumindest so was wie dreiviertelnackt, mit offenem Hemd und nur einem Bein in der Hose. Immerhin trug er Boxershorts. Und eine ansehnliche Zahl von Lippenstiftspuren, die sich über sein Gesicht, seinen Hals und seinen Oberkörper zogen. Er war außerdem sehr offensichtlich allein – und ganz sicher nicht derjenige, der mit einem Scharfschützengewehr von hier aus Lorajs Kopf getroffen hatte. Tatsächlich hatte Viv ihn noch nie so neben der Spur gesehen. Er wirkte verquollen, sein Blick glasig. Das an sich war schon verdächtig. Selbst mit solidem Alkoholpegel hatte Jax sich üblicherweise immer noch gut im Griff – er hasste es, die Kontrolle zu verlieren.

Viv versicherte sich mit einem letzten Blick in die Runde, dass wirklich niemand in der Nähe war. Dann kletterte sie an Land und huschte geduckt in die Kiesbucht hinüber, wobei sie versuchte, wenigstens teilweise Deckung von irgendeiner Seite zu halten.

Als Jax sie erkannte, entgleisten seine Gesichtszüge auf eine dermaßen groteske Weise, dass Viv fast gelacht hätte. Er hatte irgendwelchen Stoff intus – spätestens jetzt wäre sie sich darüber sicher gewesen. Diese Art Mimik hatte sie definitiv noch nie an ihm gesehen. Und auch nicht, dass er sich jemals so umständlich aus einer halbliegenden Position zum Sitzen aufgerichtet hätte.

»Hargreeves?« Auch seine Stimme klang ungewohnt wackelig, von hoch nach tief, als wäre er spontan in den Stimmbruch zurückgefallen. »Wenn ich *eine* Person nicht hier erwartet hätte …« Er lachte und hörte sofort wieder auf, quälte sich noch ein Stück hoch und sackte gleich wieder gegen den Felsen hinter ihm. »Uff. Kopfschmerzen. Fuck.«

Viv hockte sich vor ihm in den feuchten Kies und sah sich rasch erneut nach allen Seiten um. Nichts.

»Jax. Hier rennt eine Person mit einem scheiß Snipergewehr rum und versucht, uns abzuknallen. Weißt du, wer das ist? Hast du sie gesehen?«

Und was hast du eigentlich hier verloren?

Jax ließ den Kopf in den Nacken fallen, wobei es ihn denkbar wenig zu stören schien, dass seine Schädelrückseite mit vernehmlichem *dunk* auf den Felsen hinter ihm traf.

»Jaaa«, ächzte er lang gezogen. »Paula Swan.«

»Paula Swan?«

Jax schloss die Augen. »Assistenz der *SubTracks* CEO. Kompetenz für Infrastruktur, gleich auf der anderen Seite des Gangs im Council. Killer Style. Und anscheinend Drogenboss oder so.« Wieder lachte er auf und schien es mindestens ebenso sehr zu bereuen wie beim ersten Mal. »Sie hat gesagt, es ist Verhütung für Männer. Fand ich schräg, weil unnötig, aber auch irgendwie sexy, wenn du verstehst, was ich meine? Weil, Mann, ja, aber … weißt du …« Er gestikulierte vage in Richtung seines Schritts, winkte matt ab, schien für einen Moment den Fokus zu verlieren. Rieb sich die Schläfen und schüttelte den Kopf. »Dann hab ich gemerkt, dass mich das Zeug extrem schnell abschießt, und hab's ausgespuckt, während sie es mir gerade mit dem Mund … na ja. Egal. Zu spät anscheinend, weil's mich erst mal für weiß nicht wie lange zerlegt hat. Und als ich die Augen wieder aufgemacht hab, war sie weg. Also. Nicht richtig weg. Da vorn. Mit ihrem Koffer, und dann … ach Scheiße.« Mit diesem Kommentar lehnte er sich ein Stück zur Seite und übergab sich – dankenswerterweise nicht in Vivs Richtung.

»Wo ist sie jetzt?« Während Viv wartete, dass die Kotzgeräusche aufhörten, suchte sie mit hastigen Blicken zwischen den Kiesbrocken nach der Pille, von der Jax behauptet hatte, sie ausgespuckt zu haben. Viv hatte eine recht genaue Ahnung, worum es sich dabei handelte. Eine Art K.-o.-Tropfen in Pillenform, die sich recht lange wirkungslos im eigenen Mund verstecken ließ, aber eine schnelle und heftige Wirkung entfaltete, sobald die Tablette geschluckt oder zerkaut wurde oder der Zuckerüberzug sich auflöste. Eine gängige Methode unter den Undercover Agents der GASS, um Personen vorübergehend außer Gefecht zu setzen. Entwickelt für exakt die Art von Einsatz, die Paula Swan offenbar angewandt hatte. Es gab spezielles Training dafür. Wie man nah genug heran und auf Tuchfühlung ging, um die Strategie durchzuziehen. Vivs Blick blieb an einem winzigen blauen Kügelchen zwischen den Kieseln hängen. *Bingo.*

Ziemlich sicher eine GASS-Agentin also. Wenn Jax die Pille nicht ausgespuckt hätte, hätte er jetzt garantiert nicht mit Viv sprechen, geschweige denn rufen können. Ob Paula Swan das bemerkt hatte? Hatte sie ihn *gehört?*

»Jax? Wo sie ist, hab ich gefragt.«

»Woher soll ich denn das wissen?« Jax ächzte und ließ sich erneut gegen den Felsen zurücksinken, etwas vorsichtiger diesmal. »Irgendwo … da oben hin, glaub ich.« Er wedelte mit einer Hand in Richtung einer Felsformation, die weniger Sichtschutz, aber dafür einen weiteren Überblick versprach.

Ja, dachte Viv. Dorthin wäre sie selbst auch geklettert, wenn sie jemanden mit einem M24 hätte umlegen wollen. Wahrscheinlich konnte man von dort sehr gut die Nachbarinsel einsehen. Womöglich sogar …

Sie sprang auf. »Du bleibst hier.«

»Mach sie nicht kaputt, Hargreeves«, nuschelte Jax, dem jetzt offenbar die Augen endgültig zufielen. »Sie ist … eigentlich echt cool.«

Viv ließ ihn liegen und rannte los.

Es war nicht trivial, auf dem schroffen, geröllig en Untergrund halbwegs schnell voranzukommen, ohne dabei einen Höllenlärm zu machen. Während sie kletterte, versuchte Viv, aus ihrem Hirn zu quetschen, ob sie irgendetwas über diese Paula Swan wusste – oder was auch immer ihr echter Name war. Bestimmt hatte sie sie bei ihrer ersten NCRES Sitzung im Assistenzblock getroffen, aber sie erinnerte sich an kein Gesicht – nicht dass es ihr geholfen hätte. Henk hatte dem NCRES-Squad einen superverschlüsselten Kommunikations-Channel eingerichtet, der jedoch keine Codenamen oder andere Hinweise auf die beteiligten Identitäten an Operation R freigab. Aus Sicherheitsgründen. Aber wenn Paula von Henk für dieses Team ausgewählt worden war, dann konnte sie nichts anderes als badass sein.

Ein Bild stieg vor Vivs innerem Auge auf. Eine Erinnerung daran, wie sie an Lorajs Gleiter gehangen hatte, der sie übers Meer zur *Revery* trug. An Vince' Sturz, den sie von dort aus viel zu klar hatte beobachten können. Und an eine Gestalt auf dem nahen Hochhausdach – mit einem Snipergewehr.

Viv biss die Zähne zusammen und kletterte schneller. Kein Zweifel. Diese Paula war eine von Henks Agents und im Back-up auf Sorcha angesetzt. Wie Viv hatte sie den Auftrag scheitern sehen und auch noch beobachtet, wie eine weitere Agentin – Viv – entführt wurde. Deshalb würde sie diesmal erst recht nicht zögern, alle Störfaktoren aus dem Weg zu räumen, die sie bei der Ausführung ihres Auftrags vielleicht aufhalten konnten. Störfaktoren wie Loraj oder Zèklè.

Oder Jun, die ihre Aufgabe als Lockvogel erfüllt hatte. Und so schwierig und unübersichtlich das Gelände auch war, es konnte sich nur noch um Sekunden handeln, bis Paula sich rearrangiert und eine neue Schusslinie gefunden hatte.

Viv stürmte den zerklüfteten Gipfel und warf sich auf Paula, gerade in dem Moment, in dem diese ein weiteres Mal den Abzug betätigte. Der Schuss war sehr sicher verrissen, hatte nicht getroffen, was er hätte treffen sollen. Doch drüben auf der anderen Insel hörte Viv in der nächsten Sekunde dennoch einen schmerzvollen Aufschrei.

Sorcha!

Ihr blieb keine Zeit, zu verarbeiten, was das bedeuten konnte. Denn Paula wehrte sich jetzt. Sie trat und schlug, hart und zielsicher, während Viv noch damit kämpfte, nach der hastigen Sprungattacke ins Gleichgewicht zurückzufinden. Paulas Faust traf ihre Schläfe, sie klammerte sich mit den Oberschenkeln an Viv fest, rollte sich mit ihr zusammen herum und saß im nächsten Moment rittlings auf ihr, um sie in den Schwitzkasten zu nehmen.

»Scheiße, was stimmt nicht mit dir?!«, zischte sie. »Ich hab dir da unten den Arsch gerettet! Bist du zu den Piraten übergelaufen oder was?«

Viv gab keine Antwort und konzentrierte sich darauf, sich zu winden und unter Paulas Haltegriff so heftig wie möglich zu drehen, um ihre Beine in Richtung des Gewehrs zu bringen. Bis sie endlich zutreten konnte und die Waffe klappernd und polternd mitsamt Stativ den Geröllhang hinunterfiel.

Für einen winzigen Moment war Paula abgelenkt. Einen Moment, den Viv nutzte, um den Kragen ihres Hosenanzugs zu packen und sie mit einem Ruck in eine Kreuzwürge zu ziehen. Eine Sekunde später saß sie selbst oben, nutzte ihren Größen- und Gewichtsvorteil, um Paula am Boden zu halten, und drückte mit der knochigen Seite ihres Unterarms auf Paulas Hals. »Believe in the choke«, hatte ihr Ausbilder im Close-up-Fight immer gesagt. »Habt Vertrauen in eure Würgetechnik, und hört nicht auf, nur weil ihr zuerst das Gefühl habt, es bringt nichts. Wenn ihr die Luftröhre direkt erwischt, geht es schnell. Sehr oft gelingt das nicht, aber dem Hirn die Sauerstoffzufuhr übers Blut abzudrehen, funktioniert ebenso gut. Haltet durch. Lasst euch nicht abschütteln. Niemand kann ewig die Muskulatur ausreichend anspannen, um ein Pass-Out zu verhindern.«

Paula Swan, stellte Viv fest, konnte ihre Halsmuskulatur beeindruckend lange und sehr effektiv anspannen. Und sie war verdammt gut darin, Befreiungstechniken anzusetzen und Viv immer wieder beinahe loszuwerden. Ihr Pech, dass Haltetechniken in der Bodenlage schon immer Vivs Spezialität gewesen waren. Und auch für Paula war es irgendwann vorbei.

Schwer atmend blieb Viv auf ihr sitzen und sah auf die bewusstlose Agentin hinunter. Ihre Gesichtsfarbe wirkte etwas ungesund, und ihr Atem pfiff ein wenig, aber sie atmete. Vermutlich würde sie nicht lange bewusstlos bleiben. Besser, Viv traf noch ein paar Vorkehrungen.

Rasch fingerte sie in der Hosentasche nach dem Heel mit dem einklappbaren Messer, den sie bei ihrem Einsatz im Bauch von NOAH#04 eingesteckt hatte. Sie hatte gerade noch rechtzeitig daran gedacht, ihn aus dem blumenkohlbeigen Kleid zu retten, ehe sie es in Sorchas Kabine zurückließ. Mit raschen Schnitten trennte sie erst die Haltebänder von ihrem, dann von Paulas BH und benutzte sie, um Paulas Hand- und Fußgelenke zu fesseln und die Fesseln anschließend hinter Paulas Rücken zu verbinden. Es war hart improvisiert und würde nicht ewig funktionieren. Aber es würde Paula eine Weile aufhalten, wenn sie wieder zu sich kam.

Als sie die letzten Knoten straff zog, nahm Viv aus dem Augenwinkel auf dem Wasser vor der Insel eine Bewegung wahr. Alarmiert spähte sie den Geröllhang hinunter – und erkannte, dass der zweite Speedgleiter inzwischen dicht beim Ufer trieb. Auf dem hinteren Sattel kauerte Sorcha, die Hände mit einem blutgetränkten Stück Stoff seitlich auf den Bauch gepresst und das Gesicht schmerzverzerrt. Und den Geröllhang hinauf kletterte Jun, Sorchas Revolver in der Hand.

Hastig stand Viv auf und winkte. »Jun! Ich bin hier! Alles in Ordnung!«

Sie konnte buchstäblich sehen, wie die Angst von Juns Gesicht fiel. Wie die Erleichterung, dass nichts von alldem geschehen war, was sie auf dem Weg hierher befürchtet haben musste, sie wie ein Fausthieb traf und sie für einen Moment ins Wanken brachte – nur um sie danach zu noch schnellerem Klettern anzutreiben. Jun setzte über das gestürzte Snipergewehr hinweg, ohne ihm auch nur einen zweiten Blick zu widmen. Und dann war sie bei Viv und schloss sie mit aller Kraft in die Arme. Viv drückte sie ebenfalls an sich, ganz gleich, wie schmerzhaft das war. Und was immer zwischen ihnen gestanden hatte, dort unten im Wasser, jetzt war es fort. Unwichtig. Verweht in einem einzigen Augenblick.

»Ich wusste es«, flüsterte Jun heiser an ihrer Schulter. »Ich wusste, dass du nicht gerettet werden musst.«

Viv sagte nichts. Sie konnte einfach nicht. Jetzt, wo der Kick des Kampfes abflaute, spürte sie plötzlich überdeutlich, wie zerschlagen sie war. Wie abgrundtief erschöpft, und wie sehr ihr ganzer Körper bei jeder Bewegung vor Schmerz aufjaulte, während zugleich Wellen von Triumph und Euphorie durch sie hindurchfluteten.

Dabei war es doch noch lange nicht vorbei.

»Es tut mir leid«, sagte Jun und ließ sie los. »Ich hätte dir mehr vertrauen müssen.« Sie trat einen Schritt von Viv zurück und sah hinunter zu dem Gleiter, wo Sorcha immer noch den blutgetränkten Stoff auf ihre Wunde presste. »Sie braucht medizinische Versorgung. Bring sie aufs Schiff. Bevor dieser Heli da hinten uns erreicht.«

Viv folgte ihrem Fingerzeig gen Osten. Tatsächlich. Ein winziger schwarzer Punkt war dort aufgetaucht, der sich rasch näherte, begleitet von einem noch fernen Summen, das stetig lauter wurde. Sie wusste, wer dort kam. Natürlich wusste sie es. Und Jun wusste es auch.

»Aber was ist mit dir?«

Jun schüttelte den Kopf, noch ehe sie ausgesprochen hatte. »Zu dritt auf dem Gleiter sind wir vermutlich zu langsam, darauf sind sie nicht ausgelegt, wenn ich es richtig gesehen habe. Die Zeit haben wir nicht.« Sie sah auf Paula herunter und wog Sorchas Revolver in ihrer Hand. »Es ist schon gut. Ich lasse mich nicht mehr von ihm instrumentalisieren, Viv. Ich warte hier auf ihn und spucke ihm ins Gesicht.« Ein Lächeln huschte um ihre Lippen – grimmig, nur Sekundenbruchteile, bevor es traurig wurde. Mit der freien Hand griff sie nach Vivs und verschränkte ihre Finger ineinander. »Na los. Du regelst das schon. Ich ... warte zu Hause auf dich. Ich weiß, du kommst. Und dann ... erzählst du mir alles. Wirklich alles. Einverstanden?«

Die Worte steckten Viv in der Kehle fest. Sie wollte so viel sagen und zugleich nichts, dachte und fühlte tausend Dinge auf einmal – bis Jun sie erlöste, sich zu ihr beugte und sie küsste, wie sie es nur taten, wenn niemand zusah, in besonderen Momenten, die für immer waren. Wie dieser.

Verloren. Gefunden. Wieder getrennt. Und doch womöglich stärker verbunden als je zuvor.

»Ich versuche, nicht zu lange weg zu sein.«

Jun ließ ihre Hand los und trat einen Schritt zurück. »Ich weiß. Und Viv?«

»Was?«

Jun lächelte. »Mach dir keine Sorgen. Ich muss auch nicht gerettet werden.«

TAG 35

35° N 65° W
4. Mai 2092, 14:23
auf den Alyn's Keys

Der Himmel hatte begonnen, zu flimmern.

Sorcha hätte sich einreden können, dass das an den Schmerzen lag. Dem Blutverlust. Ihrem Kreislauf, der sie allmählich endgültig im Stich ließ. Oder an dem Surren des nahenden Helikopters, das die Luft in Schwingung versetzte. Und wahrscheinlich spielte das alles tatsächlich eine Rolle.

Aber sie ahnte: Die Wahrheit war viel schlimmer.

Die Zeitlinie zerfiel, weil sie selbst zerfiel. Schon wieder. Und vielleicht hätte es dafür nicht mal diesen Schuss in ihren Bauch gebraucht. So saß sie da, presste ein abgerissenes Stück ihres Shirts auf die Wunde und starrte in den Himmel, aus dem immer wieder winzige Bruchstücke herausfielen und sich in Lichtpartikel auflösten, ehe ein Geräusch und eine Bewegung auf der Insel ihre Aufmerksamkeit forderten.

Sorcha sah sich um. Viv schlitterte in rasantem Tempo den Geröllhang zu ihr hinunter, watete ins Wasser und schwang sich ohne Umschweife vor Sorcha auf den Sattel des Gleiters.

»Hey. Kannst du mir sagen, wie man das Ding fährt?«

»Über Wasser? Wie einen normalen Speedgleiter. So ähnlich wie ein Motorrad. Der Startschalter ist unten links neben dem Steuerknüppel für den Flug. Lass den übrigens besser in Ruhe.«

»Okay. Krieg ich hin.« Viv klang angespannt, aber entschlossen. »Halt dich an mir fest.«

Der Motor begann, zu vibrieren, und Sorcha legte die Arme um Vivs Taille und ließ den Kopf erschöpft gegen ihren Rücken sinken, ohne dass es nennenswert gegen den Schwindel geholfen hätte.

»Verdammte Scheiße«, murmelte sie matt. »Diese Zeitlinie ist so fucked up.«

»Ja.« Vivs Brustkorb weitete sich unter einem tiefen Atemzug, und für einen winzigen, flüchtigen Moment berührten ihre Finger Sorchas Handrücken. »Deshalb bringe ich dich jetzt zur Maschine.«

Der Motor jaulte summend auf, der Gleiter schoss nach vorn. Gischt spritzte und schäumte, und Sorcha war sich nicht sicher, ob sie Vivs nächste Worte wirklich hörte oder ob sie es sich nicht bloß so sehr wünschte.

»Holen wir dir endlich Vince zurück.«

Auf der *Revery* herrschte eine Betriebsamkeit wie sonst nur vor einem Entermanöver. Nur dass es Cicatriz und Edna waren, die die Kanonen klarmachten und die Seile am Rumpf herabließen, mit denen die Gleiter eingeholt werden konnten, wenn die Energie nicht mehr zum Anflug reichte. Nicht Loraj und Zèklè, wie sonst.

Während sie langsam aus den Wellen nach oben gehievt wurden, versuchte Sorcha, nicht zu sehr darüber nachzudenken, wie es um Loraj stand. Ob die Tatsache, dass Cicatriz sie vorübergehend mit Zèklè allein ließ, etwas sehr Schlimmes bedeutete, oder dass sie hoffen durften.

Vielleicht war das aber auch gar nicht mehr relevant. Sorcha vermied den Blick zum weiter flimmernden, bröckelnden Himmel, obwohl sich die Realität, abgesehen von der optischen Störung, für den Moment noch halbwegs stabil anfühlte. *Für den Moment,* das war das Schlüsselwort. Diese Zeitlinie war verloren, daran gab es nichts schönzureden. Schwer zu sagen, ob auch nur für ihren so schwer erkämpften, allerletzten Versuch genug Zeit bleiben würde. Denn drüben bei der Insel senkte sich nun gemächlich ein irisierend schwarzer Helikopter aufs Wasser herab.

Jenseits der Einstiegsluke zum Gleiterport half ihnen Cicatriz an

Bord, und Sorcha stellte mit Schrecken fest, wie fragil nicht nur die Zeit, sondern auch sie selbst geworden war. Mit aller Kraft klammerte sie sich an Cicatriz' Arm und ahnte zugleich, dass es in Wahrheit allenfalls ein müdes Zupfen war. Sekunden später tauchte Viv an ihrer anderen Seite auf und legte einen Arm um ihre Hüfte, um sie zu stützen. Gemeinsam ließen sie Sorcha behutsam an der Wand zu Boden sinken, und Cicatriz begann, die Schusswunde in ihrem Bauch zu säubern und zu verbinden, während Viv Sorchas Shirt aus dem Weg hielt.

»Wir müssen zur Maschine«, hörte Sorcha sie über ihren Kopf hinweg zu Cicatriz sagen. »Wir brauchen einen Neustart.«

»Sie muss vor allem diese Wunde versorgt bekommen und ruhen.« Cicatriz wickelte mit entschiedenen Bewegungen den Druckverband um Sorchas Unterkörper. »So kann sie auf keinen Fall die Maschine bedienen. Das bringt sie um.«

Noch so ein tiefer Atemzug, wie Sorcha ihn schon auf dem Gleiter von Viv gehört hatte. »Dann ruht sie auf dem zweiten Sitz. Und ich bediene die Maschine.«

Sorchas erster Impuls war, vehement zu widersprechen – so vehement, wie sie es in ihrem Zustand eben konnte. Nein, das ging nicht! Sie konnte nicht schon wieder die Kontrolle abgeben. Das war schon beim letzten Mal schiefgegangen. Und sie war längst nicht so weit, Viv ausreichend zu vertrauen.

Doch noch während sie das dachte, wurde ihr klar, dass Vivs Plan in Wahrheit vermutlich die einzig mögliche Alternative war. Cicatriz hatte recht: Sie konnte jetzt nicht die Hauptbelastung eines Zeitsprungs tragen. Das würde sie ziemlich sicher umbringen. Die Belastung auf dem zweiten Sitz war kritisch genug. Aber vielleicht verkraftbar. Vielleicht.

»Wir versuchen es.«

Um sie wurde es seltsam still, und Sorcha begriff, dass Viv und Cicatriz weitergestritten hatten, während sie in ihr Gedankenloch gefallen war.

»Bringt mich zur Maschine.« Sie klammerte sich noch etwas fester an Cicatriz' Arm, als eine Welle von Schwindel sie überrollte. »Cicatriz. Hol mich weit genug auf die Beine, um es hinzukriegen. Es ist … unsere letzte Chance. Für Vince. … Bitte.«

Wieder blieb es eine Weile still. Dann hörte sie Cicatriz in grimmiger Resignation knurren, ehe er sie behutsam vorwärts dirigierte.

»Aye, Captain. Alàs.«

TAG 35

35° N 65° W
4. Mai 2092, 14:56
an Bord der Revery

Als sie die Maschine erreichten, war Sorchas Sicht so verschwommen und ihr Gleichgewichtssinn so liquidiert, dass sie kaum mehr als ahnen konnte, dass sie es tatsächlich bis zu ihrem Ziel geschafft hatten.

Es wurde ein wenig besser, als Cicatriz sie auf den zweiten Sitz bugsierte und ihr ein braunes Glasfläschchen mit einer süßlich-bitteren Flüssigkeit an die Lippen setzte. Der zähe Saft verteilte sich in Sorchas Mundraum, prickelte auf ihrer Zunge und überzog ihren Rachen und Gaumen mit einem surreal kühlen Film. Sie kannte diesen Geschmack und dieses Gefühl. Ein Aufputschmittel aus Cicatriz' eigener Forschungsküche, aus einem lange zurückliegenden Leben, als er noch Chemiker und Apotheker gewesen war. Die Wirkung hielt nicht allzu lange, und der Hangover war fatal. Doch zumindest für eine Weile würde es ihr nun zwar nicht wirklich besser gehen, aber sie würde sich besser *fühlen*.

»Okay, was muss ich machen?« Viv hatte sich inzwischen auf den ersten Sitz gesetzt und musterte kritisch die Verbindungsutensilien: Die Feedbackmanschetten, das Spinaltape, die Netzkappe mit den Elektroden.

»Cicatriz hilft dir.« Sorcha schob die Manschetten mit zittrigen Fingern ihre eigenen Arme hinauf. Cicatriz und Vince hatten ihr in den Anfangszeiten der Maschine oft dabei assistieren müssen, die Ausrüstung anzulegen oder zumindest den Sitz zu kontrollieren, ehe Sorcha irgendwann routiniert genug war, es selbst hinzubekommen. »Halt einfach still.«

»Aye«, murmelte Cicatriz und begann, die Manschetten um Vivs Arme und Knie zu befestigen.

Sorcha schloss kurz die Augen und sammelte sich. Dann stemmte sie sich aus dem Sitz hoch und wankte die zwei Schritte hinüber zum Display. Dies war etwas, das nur sie tun konnte. Mit beiden Händen hielt sie sich an der Konsole fest und versuchte, ihre Gedanken zu fokussieren, die immer wieder zerfließen wollten wie Kokosfett in der Sonne. Sie spürte Cicatriz' kritischen Blick auf sich, aber er sagte nichts.

»Welche Koordinaten hast du eigentlich eingestellt?«

Sorcha sah sich verblüfft um. Viv saß auf ihrem Stuhl, die Arme auf den Lehnen, und wartete geduldig, während Cicatriz nun das Spinaltape an ihrem Nacken anbrachte.

»Das frage ich mich, seit du mir erklärt hast, wie die Maschine funktioniert«, fuhr sie fort. »Wenn es Koordinaten braucht, zu denen die sendende Person schon einmal an der Maschine gesessen hat, damit die Erinnerungsdaten auch empfangen werden können – wie hast du es dann bei mir gemacht? Ich habe vorher noch nie an der Maschine gesessen. In keiner Zeitlinie.«

»Clevere Frage.« Sorcha stöhnte leise, als sie sich wieder umwandte und ihre Wunde gegen die Bewegung protestierte. »Die haben wir uns bei *Foresight* auch gestellt. Leider war ich nicht im Sub-Team, das daran gearbeitet hat.« Sie zuckte matt die Schultern. »Ich hab dir ja gesagt, dass ich vieles einfach geklaut habe. Unter anderem auch ein Bauteil, das einen Fehler-Workaround beinhaltet, der die Mismatch-Quote bei fehlenden Koordinaten zumindest verringert. Grob gesagt geht es darum, dass Quanten mehrfach verschränkt sein können und das gelegentlich auch spontan tun. Wenn keine spezifischen Koordinaten eingegeben werden, prüft die Maschine das angeschlossene Gehirn auf vorhandene, nicht initiierte Verschränkungen mit den verfügbaren Quanten. Dem Berechnungsprotokoll der vorgelagerten Studien zufolge sollte mindestens einmal in zwanzig Jahren eine solche spontane Verknüpfung stattfinden – meist irgendeine Gelegenheit, zu der du in ein grelles Licht gestarrt hast. Wenn dein Zahnarzt dir ins Gesicht leuchtet, zum Beispiel. Scheinwerfer auf der Gegenfahrbahn. Sonne hinter den Bäumen beim Spaziergang. Oder ganz banale Bildschirmarbeit. Durch die Zunahme von LiFi-Technik im alltäglichen Gebrauch in den letzten Jahren erhöht sich die Wahrscheinlichkeit vermutlich noch mal. Man kann das Suchfeld eingrenzen, um nicht versehentlich im Kleinkindalter zu landen oder noch Jahre auf die relevanten Ereignisse warten zu müssen – oder sie zu verpassen. Wie dem auch sei.« Sie deutete auf das Display. »In deinem Fall hat der Workaround praktikable Koordinaten gefunden, um deine neue Zeitlinie zu starten. Sie stehen jetzt hier in der Liste. Und ich würde vorschlagen, wir nehmen sie einfach noch mal. Es sei denn, sie stammen aus einer unmöglichen Situation, in die du unter keinen Umständen zurück möchtest. Dann kann ich diese Koordinaten auch sperren und wir versuchen unser Glück noch mal.«

Viv schwieg einen Moment. Sorcha hörte das Klicken, mit dem Cicatriz die Manschetten und das Elektrodennetz mit dem Kabelstamm der Maschine verband.

Und dann lachte Viv, leise und voller Hohn.

»Das Klo auf Jax' Scheißparty. Es war so was von klar.«

Sorcha wusste nicht, was sie damit meinte. Es war ihr auch egal. Aber wenn Viv noch lachte, musste der Zielpunkt halbwegs in Ordnung sein. »Dann lasse ich es so?«

»Lass es so. Ich komm dort schon zurecht.«

»Na gut.« Sorcha ächzte und ließ sich auf ihren eigenen Sitz zurückfallen. Der Schwindel war wieder da, die schwarzen Schlieren an ihren Sichträndern auch, und ihr Herz wummerte beunruhigend. Die Wirkung des Aufputschmittels ließ bereits wieder nach. »Dann brauchst du nur noch den Hebel umzulegen. Wenn ich so weit bin. Ich …«

In diesem Moment stand Cicatriz ruckartig auf, die Hand an sein Ohr mit dem Transmitter gelegt. »Aye, Edna?« Die Narben um seine Mundpartie kräuselten sich finster, während er auf Ednas undeutliche Worte lauschte. »Aye. Ich bin sofort da. Gib Feuer frei nach deinem Ermessen.« Er zog die letzte Manschette um Vivs Oberschenkel fest und wandte sich an Sorcha. »Sorry. Die GASS kommen von der Insel rüber. Edna und Zèklè brauchen mich oben. Kommst du klar? Schaffst du deine Anschlüsse ohne mich?«

Sorcha atmete tief und bewusst ein und wieder aus. Suchte in ihren halb betäubten, zittrigen Gliedern nach der ehrlichen Antwort. »Ja. Schaffe ich.«

Cicatriz verengte die Augen und musterte sie prüfend, ehe er ihr noch einen Schluck aus seiner Medizinflasche gab. Dann nickte er, auch wenn es widerwillig wirkte. »Ich schließe euch zwei hier ein, das verschafft euch im Zweifel etwas Zeit.« Er wandte sich an Viv. Seine Hand aber legte er auf Sorchas Schulter, leicht und unendlich schwer zugleich.

»Leg sie ins Bett, sobald du nur irgendwie kannst.« Der Druck seiner Finger wurde stärker. »Sorcha ... du weißt, dass du immer noch in Lebensgefahr bist. Diese Wunde ist kein Kratzer. Ich würde sagen, übertreib es nicht, aber ...« Er schüttelte den Kopf, ließ sie los und nahm ihr das Spinaltape aus der Hand, um es selbst in ihren Nacken zu kleben. »Übertreib's einfach nicht.«

Sorcha sah zu ihm auf. Versuchte, zu lächeln, und scheiterte, weil der Schmerz, den die Bewegung verursachte, schneller ihr Gesicht erreichte. »Ich geb mein Bestes.«

Cicatriz schnaubte – genug, um zu wissen, für wie belastbar er ihre Aussage hielt. Doch Sorcha sah jetzt auch noch etwas anderes in seiner Miene. Etwas Tiefes, unsagbar Trauriges.

»Grüß Captain von mir. Auch wenn das keinen Sinn ergibt.«

Und zum ersten Mal seit jener Zeitlinie, in der Vince zum ersten Mal vor ihren Augen in den Tod gefallen war, wurde Sorcha klar, wie sehr dieser Verlust auch diesen beinharten Knochen bis ins Innerste gebrochen hatte. Ein letztes Mal klopfte er ihr auf die Schulter. Dann war er fort, und Sorcha hörte, wie der Schlüssel von außen im Schloss gedreht wurde.

Für einen Moment noch saß sie da und versuchte, diese neue Art von Trauer zu verarbeiten. Eine Trauer, die mit surrealer Hoffnung verknüpft war, mit Resignation und Verzweiflung und wilder Entschlossenheit zugleich. Dann zerrte sie mit einem Ruck ihre Kniemanschetten fest und zog das Elektrodennetz über den Kopf. »Also. Kann's losgehen?«

Ein ungewohnt zögerndes Lächeln berührte Vivs Mundwinkel.

»Nur eine letzte Frage noch. Wenn das für dich okay ist. Ich weiß, die Zeit ist knapp.« Ihr Blick huschte kurz nach oben, wo auf dem Deck über ihnen hastige Schritte zu hören waren. Gebrüllte Befehle.

Sorcha runzelte die Stirn und sah ebenfalls nach oben. »Ja ... klar. Legitim, denke ich. Und?«

»Was ist, wenn wir scheitern? Wenn diese neue Zeit, in die wir jetzt gehen, genauso zerfällt wie die in meinem letzten Traum, was passiert dann? Fallen wir wieder hierher zurück? Wird es *hier* dann überhaupt noch geben? Ich habe den Himmel draußen gesehen. Was passiert ... wenn du *hier* stirbst?«

Sorcha schloss die Hände um die Armlehnen ihres Sitzes, um das Zittern nicht übermächtig werden zu lassen. Es war eine berechtigte Frage. Die Wirkung von Cicatriz' Medizin würde auch diesmal nicht lange halten. Wenn sie Pech hatte, würde die Wunde wieder zu bluten anfangen, und dann wäre niemand da, um sich darum zu kümmern. Und die Belastung, der sie Hirn und Körper an der Maschine aussetzte ... Wer wusste, was das zusätzlich anrichten würde.

»Keine Ahnung. Ich bin noch nie gestorben. Und wir sind echt tief drin in dieser ganzen Zeitlinie-in-einer-Zeitlinie-Geschichte. Keine Ahnung, ob mein Hirn das verkraftet. Du hast gesehen, was passiert ist, als Vince davon erfahren hat, in einer anderen Realität gestorben zu sein. Vielleicht ... ist da einfach niemand mehr, um neue Linien zu öffnen oder irgendwohin zurückzukehren.« Sie hob verkrampft die Schultern, versuchte, locker zu wirken, obwohl sie das Gegenteil fühlte. Der erste Kanonenschuss donnerte draußen über das Wasser. Sorcha gab ihr Bestes, sich nicht zu verkrampfen vor Schmerz, als die Vibration in ihrer Wunde widerhallte. Sich nicht vorzustellen, was oben los war. Wie nah Henk Orval und seine Leute wohl schon gekommen waren.

Weitere Kanonenschüsse fielen, beantwortet vom fernen Rattern mehrerer Maschinengewehre.

»Na ja. Ich würde es drauf ankommen lassen. Bleibt uns doch sowieso nichts anderes übrig.«

Viv seufzte tonlos. Lauschte auf die Schüsse, die Schritte und Rufe und den Kanonendonner und legte die Hand auf den Hebel. »Zu viel Wahrheit ist manchmal auch ungesund.«

Ein kleines Schmunzeln stahl sich auf Sorchas Gesicht. »True.« Sie ließ sich gegen die Lehne ihres Sitzes zurücksinken. »Legen wir los, oder?«

»Hm«, machte Viv, rutschte auf ihrem Sitz nach vorn und presste die Brauenbögen gegen die Sichtrohre der Maschine, wie Sorcha es selbst so unendlich viele Male getan hatte. »Legen wir los.« Noch ein Lächeln, verkrampft und nervös, aber entschlossen. Beinahe konnte Sorcha selbst das Quantum sehen. Wie es in der Schwärze leuchtete und waberte.

Sie ließ den Kopf in den Nacken fallen und schloss die Augen, erlaubte dem Schwindel, sie endgültig zu überwältigen.

»Bis dann, Sorcha.«

Ein kleines Grinsen streifte Sorchas Mundwinkel. »Bis dann, Resiliência.«

Das letzte, was sie hörte, war das vertraute Geräusch des Hebels, der in seiner Führung knirschte.

Dann verlosch das Quantum und alles wurde schwarz.

ZEITLINIEN-LOGBUCH IV

Linie: 139B
Start/Ort: [40°N 74°W]
Start/Zeit: 03/29/92
QuantumDot: DIA057
Protokoll: V. Hargreeves

Persönliche Notiz:
Zufall existiert. Er ist eine Abweichung vom wahrscheinlichsten berechneten Ergebnis. Das passiert ständig.

NEXUS

Zeitlinie: N/A
Koordinaten: N/A

Es ist Sonnenuntergang auf der *Revery*. Kurz nach acht Uhr am Abend, Red Watch. Vince' Wachdienst, üblicherweise. Aber heute nicht.

Heute ist Ioteba hier unten, mit nackten Füßen auf dem Deck, Reling backbord Mitte, und beobachtet die Sonne, wie sie in die glitzernden Wellen sinkt. Und den kleinen Solarsegler mit einer einsamen Person an Bord, der dort draußen von der Dünung auf und ab gehoben wird. 40,4 Grad Nord, 70,3 Grad West – ziemlich exakt die Koordinaten, die er ihr vor zwei Tagen geschickt hat. Als Antwort auf ihre erste und einzige Nachricht seit zwei Jahren, auf jenem billigen Prepaid-Satellitenpager, der nur Kommunikation mit einer einzigen Nummer erlaubt: Ihrer.

Ich brauche Hilfe.

»Captain!« Das ist Lorajs kindliche Stimme in der Transmitterverbindung, sie übernimmt heute die Red Watch für ihn, zum ersten Mal ganz allein. »Jolle auf backbord!«

Dass er jetzt außer Dienst ist, versteht sie nicht, sie hat noch nicht gelernt, Ioteba von Vince zu differenzieren, Captain von Privatperson. Das macht nichts. Es ist Ioteba selbst, der verstehen muss, in welcher Rolle er der Vergangenheit begegnet, die gleich an Bord kommen wird. Wie er damit umgehen kann, dass tatsächlich geschehen wird, was er sich so oft vorgestellt hat. Genau hier, an diesem Fleck der Reling, in diesem unwirklich rotgoldenen Leuchten, hat er darüber nachgedacht, wie es wäre, wenn dort in der Ferne ein Boot auftauchen würde. Ein kleines nur. Mit einer einzigen Person darauf. Die, auf die es ankommt.

Auf die es immer angekommen ist. Die sein Kopf und Herz einfach nicht völlig loslassen können, nicht einen Tag seit damals, als ihr Leben so unerwartet zerfiel und ihre Wege plötzlich in komplett gegensätzliche Richtungen verliefen. Sie, Forscherin für die GASS. Er, Pirat.

»Aye! Sag Edna, wir drehen bei. Gleiten ran und hieven sie hoch. Schick Zèklè und Cicatriz an den Lastenkran«, weist er Loraj durch den Transmitter an, während er sich die Haare zurückbindet, die so lang geworden sind – schulterlang fast, gerade lang genug für einen Knoten am Hinterkopf. Ob sie noch weiß, dass das sein Ziel war? Der Style, den er für seinen Captain's Mode skizziert hat?

Ist es wichtig?

Der Atlantikwind befreit einzelne Strähnen aus dem Haarband, kaum dass er die Hände sinken lässt, und Ioteba lehnt die Unterarme auf die Reling, um sich weiter vorbeugen zu können. Die Querstrebe kitzelt kühl an seinem nackten Bauch. Er hat eine Vorliebe für Crops entwickelt in den letzten Jahren, die kennt sie noch nicht. Die Bontan-Pants auch nicht.

Egal. Vielleicht.

Sie sind ihrem Boot jetzt schon viel näher gekommen, treiben von der Seite heran, und er kann sie besser sehen. Wie sie dort am Ruder steht, vor einem Stapel wasserdicht versiegelter Kisten, der eindeutig zu hoch und schwer für die kleine Jolle wirkt – und trotzdem ist sie damit fast hundert Kilometer von der Küste her hier rausgefahren. Breitbeinig und standfest, egal wie sehr der Untergrund schwankt. So ist sie. So war sie immer. Ein Kribbeln zieht durch Iotebas Bauch und von dort durch seinen ganzen Körper, sammelt sich feucht in seinen Augenwinkeln. Was sagt man als Erstes, nach zwei Jahren beidseitigen Schweigens?

Leicht, nein sanft geradezu, rumpelt der Bug ihres Boots gegen den Rumpf der *Revery*. Ioteba lehnt sich noch ein Stück weiter vor, die losen Haare fallen um sein Gesicht und kitzeln seine Wangenknochen. Das ist der Moment, in dem sich ihre Blicke ineinander verhaken. Sie starrt zu ihm hinauf, und in ihren Augen sieht er dieselbe Angst, dieselbe unbestimmte Hoffnung, dieselbe schwer fassbare Erleichterung.

Dieselbe irrationale Nervosität.

»Ahoi, Sorchee«, sagt er, untermalt vom Rauschen und Plätschern der Wellen, die zwischen ihren Schiffen eingesperrt sind, und begreift erst jetzt, dass er lächelt. Er kann nicht anders. Sie holt dieses Lächeln aus ihm hervor, immer. »Kommst du, um gekapert zu werden?«

Da huscht auch über ihr Gesicht ein Lächeln. Winzig.

»Eigentlich reise ich per Anhalter. Ich habe gehört, in der Freien Republik werden Maschinistinnen gebraucht.« Jetzt ist sie wieder ernst. Was bleibt, ist diese angstzerfressene, wilde Hoffnung.

Kurze Pause. Und dann …

»Brauchst du eine?«

Zur Antwort kickt Ioteba die Strickleiter zu ihr hinunter, die aufgerollt zu seinen Füßen gelegen hat. Die Aluminiumsprossen klappern gegen die Bordwand. Dumpf und hell zugleich.

Und überall dieses Leuchten.

Kurz darauf stehen sie an Deck voreinander, unter diesem pinkorangefarbenen Drama-Himmel, wie man ihn nur auf See zu Gesicht bekommt. Die Art von Licht, die ihre ganz eigenen Lieder hat. Über ihnen machen Cicatriz und Zèklè den Kran klar, um das kleine Boot und seine Kistenfracht zu ihnen heraufzuholen. Die beiden kennt sie auch noch nicht. Aber sie wird sie kennenlernen, wenn sie möchte.

Zwischen ihnen ist jetzt nur noch eine Armlänge. Der Wind. Und tausend Worte, die sie sich nicht auszusprechen trauen.

Was ist passiert?
Bist du in Gefahr?

Wie geht es dir?
War es okay, dir einfach zu schreiben?
Nach all der Zeit?

Was ist mit deinem Job bei den GASS?
Was ist in diesen Kisten?

Kannst du mir helfen?
Willst du mir überhaupt helfen?

Kannst du diesmal bleiben?
Für immer?

Was ist schon für immer?
Nichts.

»Es ist schön, dich wiederzusehen«, ist das Einzige, was Ioteba tatsächlich sagt. Für alles andere ist später noch Zeit.

Sorcha zögert. Wieder ist da dieses winzige Lächeln.

»Aye, Captain.«

Niemand sagt das wie sie. Es bringt ihn zum Lachen und zum Weinen zugleich, während der Wind an seinem Crop Top zerrt und den Rest des Haarknotens gnadenlos auflöst.

Er schuldet ihr noch eine Antwort. Eine echte.

»Weißt du, tatsächlich haben wir uns schon lange eine Schiffsärztin gewünscht.« Er zwinkert ihr zu und breitet einladend die Arme aus. »Willkommen an Bord.«

Willkommen bei mir.

Willkommen bei uns.

Willkommen zu Hause.

TAG 0

40° N 74° W
29. März 2092, 14:23
New Central Bay, New York

Das Licht in der Toilette flackerte.

Ein unruhiges Kopfschmerzflackern – *flick-flicker-flickflick-brrrzzzzzz-flick. Brrrrzzzz-flicker-flick.*

Mit einem Ächzen lehnte Viv den Hinterkopf gegen die buntgemusterten Fliesen, wischte sich mit dem Handrücken einen Rest bittersäuerlichen Speichel aus dem Mundwinkel und blinzelte zu der grünen Lichtröhre hinauf.

So eine Scheiße.

Zu wissen, dass sie genau diese Situation schon einmal durchlebt hatte, machte sie definitiv nicht angenehmer. Bisschen den Mund zu voll genommen, als sie sagte, sie käme hier schon klar. Typischer Fall von retrospektiver Verklärung.

Flick-flicker-flickflick-brrrzzzzzz-flick. Brrrrzzzz-flicker-flick.

Viv schloss die Augen. Versuchte, den Kopfschmerz wegzuatmen. *Ist ja schon gut, verdammt.*

Sie öffnete die Augen wieder und wedelte mit dem Arm vor dem Sensor der Spülung. Das Licht hatte tatsächlich aufgehört, zu flackern. Seekrank und weiterhin auf sehr schlechte Weise betrunken fühlte sie sich trotzdem.

Im nächsten Augenblick erinnerte sie sich allerdings daran, wie diese Situation weitergegangen war. An das Wasser unter der Tür und …

Vince.

Die Erinnerung war genug, um sie auf die Füße zu treiben, egal wie beschissen sie sich fühlte. Bedachter als beim letzten Mal, ein wenig zumindest. Schwarz vor Augen wurde ihr trotzdem. Viv presste die Wange, Schläfe und Handflächen gegen die kühlen Fliesen. Das war eklig, aber es half. Die Schwärze wich, und auch das Rauschen hinter ihrer Stirn.

Viv sah hinunter zu ihren Füßen. Keine smaragdgrünen Wellen. Kein Wasser, wo keines hingehörte. Und keine Leiche.

Viv rieb sich den schmerzenden Schädel und lauschte auf das Wummern der Bässe aus dem Hauptraum des *Seagate Aquarium*. Auf das Lachen und Johlen vom Table-Dance-FaceOff. Nichts Ungewöhnliches zu hören. Sie schloss die Tür auf und trat in den Toilettenvorraum. Leer.

Während sie sich die Hände wusch, fiel ihr Blick in den Spiegel über dem Waschbecken. Natürlich wusste sie, was sie erwartete. Es erschreckte sie trotzdem, wie unfassbar fertig sie aussah. Ihr Gesicht war grau, die Schatten unter ihren rotgeränderten Augen fast schwarz, was sicher auch damit zusammenhing, dass ihr Augen-Make-up buchstäblich bis zum Kinn verlaufen war. Kein Wunder eigentlich, nachdem sie ihr Hirn gerade erst auf links gestülpt, mehrfach ausgewrungen und durch den Schleudergang gejagt hatte. Dafür sah sie eigentlich noch ziemlich gut aus. Und der Lippenstift saß selbst nach dem Kotzen bombenfest. Top.

Mit beiden Händen trank sie aus dem Wasserhahn und wischte sich mit einem sauberen Mini-Hygienetuch den Mund ab. Jetzt musste sie das Korallenrot doch erneuern. Aber alles andere war einfach zu widerlich.

»Vivienne Resiliência Hargreeves ... Dich trifft man auch nur an den exquisitesten Locations.«

Viv hob ruckartig den Blick und starrte durch den Spiegel hinter sich. Jax stand in der Tür zum Waschraum, lässig gegen den Rahmen gelehnt in seinem halb offenen Zweitausend-Dollar-Hemd und mit dem breitesten Arschlochgrinsen zwischen New York und LA. Die kinnlangen Löckchen hatte er über den ausrasierten Schläfen zu einem kleinen Zopf zurückgebunden, sodass die silbernen Creolen in seinen Ohren gut zur Geltung kamen. Seine Augen waren leicht glasig, aber er hatte alles im Griff – vor allem das halb volle Glas Rum in seiner Hand. Das war der Party-Jax, den Viv kannte. Es war auf ziemlich absurde Weise erleichternd, ihn so zu sehen.

Wenn du wüsstest, wie fertig du in ein paar Wochen sein wirst, wenn ich nichts dagegen unternehme.

»Hast du Sehnsucht nach mir gehabt?«

»Auf gar keinen Fall. Aber ich hab noch was Geschäftliches mit dir zu bereden, da dachte ich, ich seh mal auf dem Klo nach. Und voilà.«

Viv stellte den Wasserhahn ab. »Eigentlich war ich gerade auf dem Weg nach Hause.«

Was streng genommen eine Lüge war. Aber sie musste dieses Gespräch an den Jachtdocks wieder herbeiführen, wenn nicht von Anfang an alles aus dem Ruder laufen sollte. Sorcha hatte oft genug betont, wie sensibel Zeitlinien waren. Viv hatte es jetzt schon zweimal *gesehen.*

Jax stieß sich mit der Hüfte vom Türrahmen ab und schlenderte zu ihr hinüber, um sich neben ihr auf dem Waschbeckenrand abzustützen und sie beide im Spiegel zu begutachten. »Sind wir nicht ein hübsches Paar? Na ja, zumindest einer von uns.« Er lachte und stieß sie leicht mit der Schulter an. »Mach dich lieber noch frisch, bevor du wieder rausgehst. Sonst laufen mir die Gäste weg.«

Viv schnaubte gereizt und kramte in ihrer Handtasche nach den Abschminkpads, um wenigstens ihre Augen halbwegs in Ordnung zu bringen.

Meine Konter beim letzten Mal waren irgendwie besser.

Jax stand immer noch neben ihr, trank mit beachtlicher Nonchalance einen Schluck Rum und beobachtete sie durch den Spiegel hindurch, als würde er sein Scheiß-Angebot gerade tatsächlich noch mal überdenken.

Jetzt geh endlich pinkeln, damit ich rausgehen und du mir nachlaufen kannst.

Aber Jax dachte gar nicht daran. Stattdessen drehte er sich zu ihr um, nun lässig seitlich ans Waschbecken gelehnt, und fixierte sie direkt. »Weißt du … alle Counselors haben das Anrecht auf eine vom NCRES finanzierte Assistenzkraft.«

Viv hielt verblüfft darin inne, ihren Lidstrich neu zu ziehen. Damit hatte sie nicht gerechnet. Er wollte das *hier* besprechen? Jetzt gleich?

Jax allerdings schien den Ort und die Umstände für so ein Gespräch keineswegs unpassend zu finden. Er mochte außerdem, dass er ihr eine ungefilterte Reaktion abgerungen hatte, das war seinem Grinsen deutlich anzusehen. »Ich möchte, dass du meine wirst.«

Viv schloss ihre Finger fester um den Eyeliner. Es machte sie auch beim zweiten Mal kein Stück weniger wütend, sich diesen Bullshit anhören zu müssen. Wenigstens würde sie ihm diesmal keine Vorlage liefern, ihre Looks zu dissen.

»Dein Ernst?« Sie schnalzte höhnisch mit der Zunge, zog den Strich mit extra Attitüde und warf den Stift in die Handtasche zurück. »Kein Wunder, dass du so besoffen bist. Wie viele Shots musstest du kippen, ehe du den Mumm hattest, mich das zu fragen?«

Jax lachte und setzte sein Rumglas demonstrativ erneut an die Lippen. »Erwischt. Da siehst du mal, wie wichtig mir das ist.«

»Die Antwort ist nein, Beetle. Einfach nein.«

»So. Und warum, wenn ich fragen darf?« Ein leichtes Stirnrunzeln grub eine Kerbe in sein Grinsen. Ein Hauch von Härte, der Viv einmal mehr daran erinnerte, dass Jackson Beetle eben nicht nur der eloquent-unbekümmerte Sonnenschein mit zu viel Kohle im Hintern war; nicht nur der gesellige, smarte Bürokollege mit mangelhaftem Distanzgefühl. Er hatte auch eine knallhart berechnende Seite. Eine abgebrühte und sehr subtile Art der Abgezocktheit, mit der er das Erbe seiner berüchtigten Mutter übernommen und die *Metropolica Corp.* zu einer noch fetteren Cash Cow gemacht hatte. Nicht alles an ihm war Fun and Games. Bei Weitem nicht. Und genau darum durfte er nicht merken, dass Viv in Wahrheit vorhatte, auf lange Sicht bei seinem Plan mitzuziehen. Mission hin oder her. Diesen Sieg würde sie ihm nicht überlassen.

»Komm schon, Hargreeves, du und ich, das wird lustig. Wir hängen da einmal im Monat ein paar Stunden zusammen ab, lästern über schlecht sitzende Outfit-Choices und hässliche Make-up-Shades, und du erzählst mir anschließend von dem exklusiven Tratsch aus dem Assistenzkräfte-Only-Club, zu dem ich keinen Zutritt haben werde.«

Viv schloss energisch den Schnappverschluss ihrer Handtasche. »Ich habe schon verstanden, was du von mir willst. Die Antwort ist erst recht nein.«

Jetzt richtete Jax sich auf. Kam ihr näher. Machte sich groß. Klassisch männliches Dominanzverhalten, das hatte er auch drauf. Viv war allerdings selbst groß und dominant, wenn es sein musste. Augenhöhe, in mehrfacher Hinsicht.

»Der Scheiß ist richtig gut bezahlt, Hargreeves. Es gibt keinen vernünftigen Grund, mein Angebot abzulehnen, also …«

»Verschon mich, Arschloch. Du kannst mich mal.«

Damit nahm sie ihm entschieden sein Glas aus der Hand und trank es in einem Zug leer, ehe er protestieren konnte. Dann hob sie die Hand wie zu einem Abschiedsgruß und ließ das Glas von weit oben auf die Epoxy-Fliesen des Waschraums fallen, wo es dramatisch zersplitterte – nur Zentimeter von Jax' Fuß entfernt, der zu ihrer Befriedigung erschrocken fluchend zur Seite sprang.

»For fuck's sake, Hargreeves! Warum musst du immer so extra sein?!«

Viv sparte sich die Antwort. Mit schwingenden Hüften verließ sie den Waschraum und drängte sich durch die Menge der Feiernden in Richtung Ausgang.

Punkt Eins, abgehakt. Glorious.

»Du wirst es dir noch anders überlegen!«, hörte sie Jax hinter sich rufen.

Viv drehte sich nicht noch mal zu ihm um. Aber sie erlaubte sich ein heimliches, triumphierendes Lächeln.

Das werden wir noch sehen, Arschloch-Jax. Wir werden es sehen.

TAG 0

40° N 74° W
29. März 2092, 14:23
HU-Tower, New York

Nach oben ins Büro von Distrikt 02 vorgelassen zu werden, war diesmal leider mit mehr Umständen verbunden, weil Myris nicht ausgerechnet zur passenden Zeit im Foyer auftauchte und Beccah Trepel von der Rezeption offenbar wirklich noch sehr neu im Job war. Er ließ Viv das Besuchsformular bis ins letzte Detail ausfüllen und wartete pflichtbewusst und unverhältnismäßig nervös auf die Freigabe, nachdem der Versand übers Tower-Netzwerk zweimal wegen einer fehlerhaften Passworteingabe gescheitert war.

Der Vorteil daran war, dass Jun schon im Voraus über Vivs Besuch informiert war und sie bei den Aufzügen erwartete. Als die Türen aufglitten, war sie das Erste, was Viv sah, und sie vergaß glatt, auszusteigen, weil der Anblick so herzerweichend schön war. Jun, gesund und aufrecht in ihrer blitzsauberen Uniform, ohne Sonnenverbrennungen und Salzränder auf der Haut. Und, was noch bedeutend härter kickte: Ohne erdrückende Geheimnisse, die sie vor Viv verbergen musste. Viv erinnerte sich jetzt wieder deutlich an die vage Anspannung, die in den Monaten vor dem NOAH#04-Richtfest wie ein immer längerer Schatten über ihnen gehangen hatte. Wie sie weniger gesprochen und mehr aneinander vorbei geschwiegen hatten als sonst. Sie hatte gedacht, es läge nur an ihr. An dem Job, der *sie* beim Richtfest erwartete. Jetzt wusste sie es besser.

Umso schöner war die unbelastete Art, mit der Juns Grinsen bei ihrem Anblick erst entgleiste und sich der Schreck dann in ein Lachen auflöste. »Oha. Du hast diese Party ernsthaft eskaliert, was?« Sie stellte einen Stiefel in die Aufzugtür, ehe sie sich wieder schließen konnte.

Viv machte einen Schritt nach vorn. Prompt griff Jun nach ihrem Ellbogen, und erst jetzt wurde Viv bewusst, dass sie tatsächlich immer noch ein wenig torkelte.

»Ein It-Girl tut, was ein It-Girl tun muss«, nuschelte sie und musste selbst ein bisschen kichern, als sie Jun einen weiteren Schritt entgegentaumelte. Der Mix aus Überschussalkohol, Hirnschleudergang und Wiedersehensfreude gab ihr einfach völlig den Rest. So sehr, dass es hinter ihren Lidern verdächtig zu kribbeln begann, obwohl sie weder schrecklich traurig noch fröhlich noch wütend war, sondern einfach nur ... schrecklich.

»What a ride, Jun. Du kannst dir das nicht vorstellen.« Besorgt registrierte sie das Wanken in ihrer Stimme und ihren Knien. Das halbe Glas Rum, das sie Jax auf leergekotzten Magen weggeext hatte, schlug jetzt offenbar noch mal so richtig durch. Vielleicht doch nicht die beste Idee, die sie je gehabt hatte. »Du kannst mich eigentlich direkt in die Ausnüchterungszelle stecken.«

Jun zog verblüfft das Kinn ein Stück zurück und schien die Idee zwei Sekunden einsinken zu lassen. »Meinst du das ernst?«

Statt einer Antwort stiegen Viv erst recht Tränen in die Augen, weil ihr unvermittelt klar wurde, dass sie offenbar gerade einen weiteren Shortcut genommen hatte. Dass sie den Tee-und-Snacks-Teil mit Jun übersprungen hatte, ohne es gewollt zu haben, und dass ihnen deshalb gleich schon wieder ein Abschied bevorstand. Für einen Moment wollte sie sich einfach hinsetzen und gar nichts mehr tun. Nein, sie hatte nicht mehr auf dem Schirm gehabt, wie mies der Anfang dieser Zeitlinie war. Und nein, es jetzt doppelt zu wissen, machte es *wirklich* nicht besser. Aber sie setzte sich nicht hin. Stattdessen wischte sie sich über die Augen und nickte.

»Ich schaff's so nicht nach Hause«, flüsterte sie heiser.

Jun warf einen Blick über die Schulter, zurück in den leeren Flur, wo zu beiden Seiten die voll besetzten Büros von Harbor Unit Distrikt 01 und 02 lagen. Dann trat sie zu Viv in den Fahrstuhl, hielt ihr

DienstID-Armband vor den Sensor und gab Stockwerk 27 ins Panel ein.

»Danke«, murmelte Viv, als sich die Türen schlossen und der Fahrstuhl lautlos aufwärts glitt.

Jun griff nach ihrer Hand und drückte sie kurz. »Fürs Protokoll: Du bist mir nicht peinlich, okay?«

Viv schloss ihre Finger dankbar um Juns. »Ich weiß.« Sie lachte, was verdächtige Ähnlichkeit mit einem verrotzten Grunzen hatte, und wischte sich mit der freien Hand erneut übers Gesicht, was natürlich nichts daran änderte, dass es sich unangenehm taub und verquollen anfühlte. »Ich mir selbst gerade schon ein bisschen.«

Jun grinste bloß schief und drückte ihre Hand noch ein bisschen fester – bis zum letzten Moment, in dem sich die Fahrstuhltüren wieder öffneten. »Das geht vorbei, keine Sorge. Da bin ich mir in deinem Fall sogar zweihundertprozentig sicher.«

Damit gab sie Viv einen raschen Kuss auf die Schläfe und ging voran.

Kurz darauf entriegelte Jun die Tür zu der Verwahrungszelle am Ende des Flurs im siebenundzwanzigsten Stockwerk. »So, willkommen im Luxus-Prestigehotel *Harbor Unit*. Du hast sogar Meerblick.«

Viv blinzelte gegen das Sonnenlicht, das ihr aufs Gesicht fiel, atmete den Meeresgeruch ein, der zusammen mit Wellenrauschen und Möwenschreien durch den Lüftungsspalt am Fenster drang, und konnte sich im letzten Moment davon abhalten, »Ich weiß« zu sagen. Wie sie hätte erklären sollen, dass sie diese ganz bestimmte Zelle schon kannte – oder überhaupt eine der Zellen hier oben –, hätte sie mit ihrem beduselten Kopf tatsächlich nicht gewusst. Und schon gar nicht, warum sie selbst in Gedanken so erleichtert dabei klang. Was hätte sie wohl tun sollen, falls sich Jun entschieden hätte, sie diesmal in eine andere Zelle zu stecken? Was würde sie tun, wenn Vince diesmal in einer anderen Zelle war? Wenn Vince … überhaupt nicht hier war?

Oh, wahrscheinlich schlafen. Wenn es hier und heute schiefgeht, schlafe ich einfach. Drei Tage lang. Oder eine verdammte Woche.

Der Gedanke war auf unsinnige Weise tröstend und sehr verlockend zugleich.

»Gar nicht übel«, sagte sie und brachte ein schiefes Grinsen zustande.

»Erhol dich ein bisschen.« Jun klang ungewohnt sanft. »Klo und Waschbecken sind da drüben hinter dem Vorhang. Da gibt's auch einen Wasserbecher. Ich hol dich ab, sobald ich halbwegs Land sehe, okay?« Sie seufzte verhalten. »Wir hatten heute Morgen eine große Festnahme. Gute Sache an sich, nur die Bürokratie ist ein echter Stimmungskiller. Mach ich aber nicht mehr alles heute. Versprochen.« Sie wandte sich zur Tür, innerlich schon halb wieder am Schreibtisch, wie es so ihre Art war. Viv wusste das, sie erlebte es jeden Morgen, wenn sie sich zur Arbeit verabschiedeten – aber weil sie inzwischen noch so viel mehr wusste, konnte sie es heute nicht einfach so lassen.

»Jun?«

Juns Blick und Fokus kehrten zu ihr zurück. »Hm?«

Viv schloss beide Hände um den Deckel ihrer Handtasche. »Ich ruf bei *Rangoli* an und bestelle vor. Auf acht Uhr.« Es tat weh, das zu sagen. An einem Punkt, von dem Viv bis vor Kurzem noch nicht wusste, dass es dort wehtun konnte. So eine schmerzhaft schöne Lüge allein für dieses letzte Lächeln auf Juns Gesicht.

»Perfekt. Ich beeile mich. Wirklich fest versprochen. Und dann haben wir die ganze Nacht füreinander.«

Leise zog Jun die Tür hinter sich zu. Mit dem Klicken des Schlosses kehrte die Schwere mit voller Wucht zu Viv zurück. Kopf, Schultern, Beine. Sogar ihr verdammter Hintern war schwer wie ein Stahlbetonklotz.

Und ihr Herz. Vor allem ihr Herz.

Viv sank auf die Bettkante, zerrte sich die Riemchen-Heels von den Füßen und verstaute sie in ihrer Handtasche, ehe sie die Ellbogen auf die Oberschenkel stützte und das Gesicht in den Händen vergrub.

Punkt zwei, auch erledigt. Ich finde, ich hätte es wirklich verdient, langsam mal nach Hause zu dürfen.

Aber so weit war es nicht. Noch lange nicht. Nicht, ehe sie nicht wenigstens herausgefunden hatte, ob sie erreichen konnte, wofür sie hergekommen war.

Viv ließ sich nach hinten fallen und streckte die Arme über den Kopf, bis ihre Finger die Wand berührten. Schloss die Augen, genoss für einen Moment die Sonne auf dem Gesicht, wenigstens für eine einzige Sekunde. Die Ruhe, die keine war, den trügerischen Frieden. Und dann klopfte sie.

Pock-padock-tocktock. Pocktock. Pock-padock-tock.

Die Antwort kam postwendend. Als hätte *jemand* auf der anderen Seite nur darauf gewartet.

»Captain?« Hastig wälzte sich Viv herum, richtete sich ein Stück auf, um selbst noch einmal klopfen zu können, fester diesmal. »Vince?«

Auf der anderen Seite der Wand erklang leises Lachen. Ein Lachen, das sie kannte. »Na endlich. Du bist ja früh dran.«

Es überraschte Viv selbst, mit welcher Wucht die Erleichterung sie überrollte. So sehr, dass sie beinahe mitgelacht hätte. So sehr, dass sie für einen Moment sogar vergaß, wie betrunken und betonschwer sie war. Es hatte geklappt! Sie tat sich das alles hier nicht umsonst an. Mit dieser Erkenntnis kam auch die Motivation zurück. Sie konnte und sie *würde* den Lauf der Dinge verändern.

»Konsistente Aussagen sind einfach nicht euer Ding, oder? Bin ich nun endlich da oder früh dran?«

»Beides natürlich.« Ein kurzes, eigentümlich zufriedenes Schweigen folgte. »Wir haben schon alles vorbereitet. Geh mal weg von der Wand. Und … sag der *Revery* Hallo. Sie hat dich vermisst.«

Der Satz war noch nicht ganz ausgesprochen, als draußen im Hafen die erste Sirene losging. Sekunden später mischte sich Tumult ins Meeresrauschen. Rufen, Laufen, gebrüllte Befehle. Mehr Sirenen. Viv rappelte sich eilig vom Bett auf und lief zum Fenster.

Und da war sie. Groß und schlank, mit sieben leuchtenden Solarsegeln, ragte sie über den Fregatten und Speedgleitern im Polizeihafen auf. Am höchsten Mast: die rotschwarze Flagge mit dem Fregattvogel.

»Hallo«, flüsterte Viv.

»Feuer frei!«, sagte Vince auf der anderen Seite der Wand.

Viv presste die Hände auf die Ohren, schloss die Ellbogen vor dem Gesicht und kniff die Augen zusammen – und stürzte mitten in das heftigste Déjà-vu, das sie je erlebt hatte. Ein doppelstimmiger Knall zerfetzte die Luft, gefolgt vom Bersten von Beton, weit unten und dicht hinter ihr zugleich. Winzige Splitter bohrten sich in die Haut von Vivs Armen und Schultern, Staub drang in ihre Nase und brachte sie zum Husten. Trotzdem ließ sie die Arme sinken, noch lange ehe das Piepen in ihren Ohren abgeklungen war. Blinzelte gegen den Dreck in ihren Wimpern an und spähte durch den Nebel aus Baustaub hinüber zu dem beachtlichen Loch in der Wand, an der eben noch das Bett gestanden hatte – und in dem nun eine vertraute Gestalt erschien.

Die knielange blutrote Tunika war das Erste, was Viv erkannte. Dann das glänzend schwarze Haar, seitlich über der Schulter zu einem lockeren Zopf zusammengefasst. Die hohen schwarzen Schnürstiefel mit den silbernen Ketten. Und schließlich das breite Gesicht mit den hohen Wangenknochen, das rot akzentuierte Augen-Make-up, die funkelnden Schmetterlingsflügel-Ohrringe – und die schwarze Klappe über dem rechten Auge.

»Hallo, Lieblingsgeisel«, sagte Vince und stieg über den rauchenden Schutt in Vivs Zelle hinein. »Da sind wir also wieder.«

TAG 0

40° N 74° W
29. März 2092, 15:59
an Bord der Revery

Die Erinnerung erwischte Sorcha, als die Schiffsglocke läutete.

Sie schaffte es gerade noch, zur Bordwand des Unterdecks zu taumeln und sich dagegen zu lehnen, weg von der Luke, die zum Schiffsmaschinendeck führte, ehe es ungefiltert über sie hereinbrach. Fragmente all der Realitätslinien, die sie in so kurzer Zeit geöffnet hatte. Hunderte. Tausende. Jetzt wusste sie auch wieder, wie es sich anfühlte, von dieser Welle überrollt zu werden. Wie oft sie diese Feststellung schon getroffen hatte – und dass es sie mit jedem Mal mehr zerschmetterte.

Ihr Hinterkopf stieß dumpf gegen die Wand, sie starrte mit leerem Blick an die Decke, während in ihrem Inneren Millionen assoziierter Bilder, Eindrücke, Gerüche und Geräusche aufbrachen, wuchsen, sich formten. Ineinandergriffen und sich überlagerten, bis sie glaubte, platzen zu müssen.

Es endete diesmal mit Iotebas Gesicht, umrahmt von windverwehtem Haar, weit über ihr an der Reling der *Revery*. Vor einem unwirklich pink und golden leuchtenden Himmel.

Das war neu, dachte Sorcha verschwommen, blinzelte durch ihre Tränen, die sich wie jedes Mal seltsam distanziert anfühlten, und schluckte die Überreste ihres lautlosen Schreis, während sie sich nichts mehr wünschte, als dass sie das Bild noch einen Moment lang hätte festhalten können. Dass diese jahrealte Erinnerung sich in die der alternativen Zeitlinien mischte, das hatte sie bisher nie gesehen.

Aber ihr fehlten die Zeit und die Kraft, um eine sinnvolle Interpretation zu versuchen. Für den Moment war es Herausforderung genug, wieder aufzustehen, nachdem sie nicht mal bemerkt hatte, sich hingesetzt zu haben; und doch kauerte sie hier, die Knie an die Brust gezogen und die zittrigen Arme fest um die Schienbeine geklammert.

Aua. Fuck.

Vorsichtig streckte sie erst ein Bein aus, dann das andere.

Atmen. Atmen. Und dann los. Du schaffst das. Du musst es schaffen. Das eine Mal noch.

Denn wenn Vince wieder an Bord war, dann war es, wie sie jetzt wusste, hoffentlich auch Viv. Und mit ihr die Chance, dieses eine Mal wirklich einen Unterschied zu machen.

Entschlossen rappelte sich Sorcha auf, schob sich mit der Schulter an der Wand entlang, bis sie sicher war, dass ihre Beine sie wieder trugen, und kletterte die Treppe zum Oberdeck hinauf. Auf dem Weg zur Brücke nahm sie eine frische Flasche Wasser aus einer der Storage-Boxen auf dem Oberdeck und goss es sich im Laufen über den Kopf, um wenigstens einen Teil der erinnerten Empfindungen von ihrer Haut zu spülen.

Vivs Zeitlinie also. Sorcha lachte, laut- und freudlos, als das Wasser ihr in die Augen und den Mund, über die Wangen und in den hinteren Ausschnitt ihres Shirts lief. *Beta-Version.* Und sie hatte so eine Ahnung, dass es diesmal wirklich und endgültig der letzte Versuch sein würde.

Aber selbst das verlor in dem Moment an Bedeutung, als sie am Fuß der Treppe stehenblieb, die zur Backbordnock hinaufführte, um sich die Reste des Wassers aus den Augen zu wischen. Als beinahe gleichzeitig oben am anderen Ende der Stufen die Tür zum Ruderhaus aufging und Vince und Viv heraustraten.

»He, Sorchee!« Der Seewind wehte die langen schwarzen Haare wie ein Cape um Vince' Schultern. »Du bist später dran, als selbst Heldinnen es sein sollten.«

Ohne auf eine Antwort zu warten, glitt Vince in einer einzigen fließenden Bewegung die steilen Stufen hinunter und kam vor Sorcha zum Stehen. Sah ihr eindringlich ins Gesicht, strich ihr die nassen Strähnen aus der Stirn und riss sich schließlich mit einer ungeduldigen Bewegung die Augenklappe vom Kopf. Und in diesem Blick, der sich einen feuchten Dreck darum scherte, ob Captain Vince gerade im Dienst war, und erst recht in dem darauffolgenden Kuss, der so viel tiefer und inniger war, so viel hitziger und bedeutungsschwerer als ihre kaum sechsstündige Trennung an diesem Tag es verlangt hätte, erkannte Sorcha vor allem zwei Dinge:

Dass Vince auch diesmal längst alles wusste, was zu wissen wichtig war. Und dass zwischen ihnen beiden alles verziehen war, was es je zu verzeihen gegeben hatte.

»Was denkst du?«, flüsterte sie mit den Händen, als sie sich wieder voneinander lösten, und spähte über Vince' Schulter hinüber zu Viv, die mit deutlich vorsichtigeren Schritten die Treppe hinunterstieg, als Vince es vorgelegt hatte. Sie wirkte etwas blass um die Nase, aber ansonsten beneidenswert fit. »Hilft sie uns?«

Vince gluckste belustigt – ein Laut, der beinahe den scharfen Ernst in den dunklen Augen überdeckte. »Sie ist diesmal selbst aus dem Tower auf den Gleiter gesprungen. Das heißt vermutlich ja.«

Sorcha unterdrückte ein Seufzen. »Ich möchte ihr diesmal wirklich gern vertrauen, aber es fällt mir schwer. Dir nicht?«

Vince ließ sich einen Moment Zeit und antwortete schließlich mit der Stimme statt mit den Händen. Ohne sich dabei umzusehen, aber laut genug, dass es auch Viv unvermeidlich hören musste.

»Weißt du, manchmal ist es gar nicht so sehr die Frage, ob ein Mensch den richtigen Kopf hat. Die Frage ist, wofür das Herz schlägt. Dann kommt der Kopf schon nach.«

Und dagegen, dachte Sorcha, gab es wie so oft sehr wenig zu argumentieren.

Kurz darauf saßen sie zu dritt im Aufenthaltsraum – oder vielmehr saßen Vince und Sorcha, während Viv hinter der Theke stand und Cocktails für sie alle mixte. Sie schien sich dort wohlzufühlen, und ihre Drinks waren gut, das musste Sorcha ihr lassen. Sie verstand auch, dass es half, die Hände mit etwas zu beschäftigen, während man sich ordnete.

Sie selbst war für den Moment allerdings froh, einfach sitzen zu können. Neben Vince, die Hand unter die rote Tunika geschoben. Die Narbe zu fühlen, die sich dort quer über den Rücken zog. Weich, runzlig und leicht erhaben.

»Also.« Viv stützte sich mit beiden Händen auf die Theke und starrte aus verengten Augen zu ihnen herüber. »Was ist der Plan? Wir sollten uns darüber einig sein, bevor wir irgendwas tun.«

Vince lehnte sich gegen die Sofalehne zurück, mit geradem Kreuz, ohne Sorchas Hand dabei einzuengen, und schlug die Beine übereinander. Nur scheinbar gelassen. Das alles war zu kritisch, um sich wirklich zu entspannen. »Wir setzen dich in New Florida ab, und da bleibst du, bis der Raid vorbei ist. Dann sorgen wir dafür, dass wer auch immer dich in der Stadt vertritt, sich definitiv nicht von diesem Rohr befreien und schon gar keinen Kontakt zum Rest des Teams mehr aufnehmen kann. Dann ist der Weg frei.«

»Respekt für so viel Selbstvertrauen.« Viv schnaubte und hackte etwas zu energisch einige Scheiben von einer gefrorenen Gurke. »*Wer auch immer mich vertritt* wird aber vielleicht passendere Schuhe für einen Walk über Gitter tragen, und dann? Geht euer Plan einfach hoch? Gegenvorschlag: Ihr lasst den ganzen Raid sein. Dann ist das Problem auch gelöst.«

»Indiskutabel.« Die Schärfe war in Vince' Ton zurückgekehrt. Eine Spur dieser eiskalt brennenden Wut. Viv wusste nicht, wie es war, mit Vince über solche Dinge diskutieren zu wollen. Sorcha schon.

»Und darüber hinaus auch nicht so leicht, wie du offenbar denkst. Die Crew der *Revery* hat exakt eine Stimme in der Captain's Vote. Und es wird keine knappe Entscheidung, selbst wenn es infrage käme, uns da rauszuziehen. Vielleicht hast du schon mal von Demokratie gehört. So funktioniert sie nicht.«

Viv ließ sich nicht so leicht beirren. »Eure Rolle ist zentral bei der Sache – deinetwegen«, erklärte sie und fixierte Sorcha mit ihrem Blick, während sie Minzblätter in die Gläser zupfte. »Die ganze Operation, das GASS-Team, das in der Stadt positioniert wird, *und* die Harbor Unit – das alles setzt Henk ein, um *dich* zu erwischen, während alle anderen mit scheinbar wichtigeren Dingen beschäftigt sind. Das ist selbst für die GASS keine easy Wochenendvergnügung. Wenn du nicht dabei bist, lohnt sich der Aufwand für ihn nicht. Vom Risiko ganz zu schweigen.«

»Meinst du?« Sorcha legte ihre Hand etwas fester auf Vince' Rücken. Spürte die Wärme von Haut an Haut, die sich unter ihren Fingern aufstaute, und hoffte, sie beide damit etwas zu erden. »Ich wäre mir da nicht so sicher. Hat er nach so einem Raid nicht erst recht gute Argumente, wenn er Mittel beantragen will, um die Republik anzugreifen und mich mit Gewalt da rauszuzerren? Es ist natürlich riskanter für ihn, aber warum sollte er den Raid absagen, wenn er danach auf anderem Wege bekommt, was er will? Die Frage ist, ob *wir* ganz New Florida zu seiner Zielscheibe machen. *Meinetwegen.*«

Viv, die gerade mit dem Sparschäler schmale Streifen von einer Ingwerknolle zog, hielt in der Bewegung inne. »Aber das wird doch sowieso passieren.« Sie schüttelte irritiert den Kopf. »Wenn ihr den Raid durchzieht, *wird* eure Republik früher oder später ins Visier genommen. Ihr seid dann nicht mehr eine lose Ansammlung lästiger Einzelstraftäter_innen. Ihr seid dann organisiertes Verbrechen, gegen das vorgegangen werden muss. Das wisst ihr. Ihr müsst es in der Captain's Vote besprochen haben oder werdet es noch tun. Euch angreifbar zu machen, ist eine bewusste Entscheidung eurer gesamten Republik, deren Konsequenz ihr nur verhindern könnt, indem ihr den Raid komplett verhindert. Bei dem übrigens Menschen sterben, falls ihr das in eure Entscheidung einbeziehen wollt.«

»Wir sagten: *Indiskutabel.*«

Viv hatte noch nicht ganz ausgesprochen, als Vince mit einem dumpfen Laut den Fuß zurück auf den Boden stellte und aufstand. Zur Theke hinüberging, beide Hände darauf stützte; sich vorbeugte und Viv in die Augen starrte, wie sie es eben bei ihnen getan hatte.

»Hör zu, *Lieblingsgeisel.* Du kannst reden, so viel du willst. Aber am Ende des Tages sind wir Captain der *Revery,* und wir werden *gar nichts* tun, was diesen Raid in irgendeiner Weise verhindern könnte. Die Menschen der Republik haben ein Recht auf diese Stadt. *Wir* haben ein Recht auf diese fucking Stadt. Also wenn uns Aurora morgen darum bittet, werden wir in der Captain's Vote unsere Stimme dafür abgeben, und wir werden unsere Rolle erfüllen. Nichts, was du sagst, wird uns davon abhalten. Verstehst du das?«

Viv erwiderte Vince' Blick, ohne zu zucken. Sorcha konnte nicht anders, als ihr Respekt dafür zu zollen. Es erschien sogar ein leises triumphierendes Grinsen in ihrem linken Mundwinkel. Der Triumph einer Person, die sich in ihrer Meinung bestätigt fühlte.

»Wusste ich doch längst.« Viv hob betont gleichmütig die Schultern. »Dann seid ihr jetzt wieder dran mit einem Gegenvorschlag. Konstruktiv, bitte.«

Sie hatte leider nicht unrecht, dachte Sorcha. Das Thema, ob die Republik nicht als zu aggressiv und organisierte Bedrohung des globalen Friedens wahrgenommen werden könnte, war in den anderen Zeitlinien jedes Mal lang und schmutzig in der Captain's Vote diskutiert worden – und hatte doch immer wieder zu demselben Ergebnis geführt. Der alles übertönende Tenor war unerschütterliches Selbstbewusstsein: Wer immer versuchen wollte, New Florida anzugreifen, würde es bitter bereuen. Die Menschen der Freien Republik würden ihre selbst gewählte Heimat bis aufs Blut verteidigen. Sie *waren* wehrhaft genug dafür.

Wenn sie Mayhem rufen, werden wir ihnen Mayhem geben!

Und auch Vince und andere mit ähnlichen Argumenten hatten natürlich recht. Die schnell und stetig wachsende Republik brauchte mehr Platz, um weiter ein sicherer Hafen für die Menschen sein zu können, die sie auffing. Menschen, die der Rest der Welt hatte fallen lassen, und Menschen, die der Mehrheitsgesellschaft aus voller Überzeugung den Rücken gekehrt hatten. Sie brauchten diesen Ort, sie brauchten den Platz. Sie hatten jedes Anrecht auf ein Leben, das besser war als das, was sie zurückließen. Und trotzdem ... spielte all das am Ende überhaupt keine Rolle.

»Ohne euch ausbremsen zu wollen, aber eure Vorschläge sind sowieso unbrauchbar. Alle beide.« Sorcha zupfte an einer Ecke des Kissens, vor dem eben noch Vince gesessen hatte.

Vince und Viv wandten sich ihr gleichzeitig zu. Mit einem Mal war es seltsam still zwischen ihnen.

»Ich habe das schon sehr oft gesagt«, erklärte Sorcha und versuchte, dabei nicht zu ungeduldig zu klingen. »Wir können nicht einfach ändern, was immer wir wollen. Dann bleibt uns nämlich überhaupt keine Basis mehr, um wenigstens näherungsweise Voraussagen über den Verlauf der Dinge zu treffen. Wir können weder Viv aus der Gleichung nehmen noch den Raid verhindern. Beides würde eine quasi unendliche Anzahl neuer Entscheidungen Dutzender Menschen erzeugen, sodass wir entweder zwangsläufig an einem komplett neuen Punkt landen, von dem niemand im Vorhinein weiß, ob er uns gefällt und wie es von dort weitergehen kann. Oder, was wahrscheinlicher ist, wir haben schon wieder einen Zeitcrash. Ich sag's euch ehrlich, ich kann mir das nicht leisten. Es gibt keinen weiteren Neustart mehr für mich. Ich bin froh, dass ich den letzten überlebt habe.«

Falls das überhaupt der Fall ist. Vielleicht bin ich da drüben ja schon tot.

Sorcha versuchte vergeblich, das eisige Prickeln weg zu atmen, das sich bei dem Gedanken in ihrer Brust ausbreitete.

»Wir müssen es diesmal richtig machen.« Sie krallte die Finger fest in das Kissen. »Oder es ist alles vorbei.«

Sekundenlang sagten die beiden anderen nichts. Dann kam Vince zurück zum Sofa, setzte sich wieder neben sie und legte ihr die Hand auf den Oberschenkel. Sanft. Entschuldigend. »Was schlägst du also vor?«

»Wir machen alles genauso, wie wir es beim letzten Mal gemacht haben. Bis auf … das Ende.«

Viv warf klappernd Eiswürfel in die Gläser. Eine steile Falte stand zwischen ihren Brauen. »Also muss ich in den Rat? Und euch dann beim Richtfest treffen?«

»Ja.« Sorcha grinste matt. »Vielleicht können wir den Teil mit dem Fesseln und Vor-die-Füße-schießen diesmal etwas freundlicher gestalten.«

Vince lachte ein unterdrücktes *Als ob!*-Lachen und schloss die Finger mit etwas mehr Druck um Sorchas Knie. »Du weißt wohl nicht zufällig eine Person, die spontan einen Haufen Lösegeld für deine

Füße und dein Hirn bezahlen würde, damit es weniger unauffällig ist, wenn wir dich direkt wieder aussetzen?«

Viv nahm eine Flasche alkoholfreien Rum aus der Kühlung und schüttelte sie kräftig, ehe sie einen großzügigen Schuss in jedes ihrer drei Gläser gab. »Natürlich weiß ich jemanden«, sagte sie dann. »Und wenn ihr mir einen Gefallen tun wollt, dann lasst ihr ihn richtig bluten, um mich freizukaufen. Er hat's verdient.«

Vince und Sorcha wechselten einen Blick. Fragten sich wortlos, ob sie darauf hinweisen sollten, dass Viv in der ersten Version dieses Zeitstrangs das absolute Gegenteil behauptet hatte. Aber sicher wusste sie das ohnehin selbst.

»Na wunderbar. Wir klären das gleich mit Edna.« Vince machte eine wegwerfende Handbewegung. »Wenn sie eines kann, dann Leute ausbluten lassen. Gleich nach Wenden mit dem Bug durch den Wind. Gib uns nur den Kontakt.«

Nun erschien trotz allem ein Lächeln auf Vivs Gesicht, das nicht anders als *sehr zufrieden* gedeutet werden konnte. In aller Seelenruhe füllte sie die Gläser mit Tonic und Soda auf. Dann stellte sie die fertigen Drinks auf ein Tablett, trug sie zum Tisch hinüber und ließ sich selbst mit einem Glas in der Hand in den gelben Cordsessel fallen.

»Na schön, darauf Cheers. Legen wir los. Ich bin zu allem bereit.«

TAG 0

40° N 74° W
29. März 2092, 18:40
an Bord der Revery

Zurück an Deck hielt Viv das Gesicht mit geschlossenen Augen in die Sonne und streckte beide Arme Richtung Himmel, so weit sie konnte. Victory-V-Stretch, hatte Jun einmal dazu gesagt, und in diesem Moment fühlte sie sich wirklich victorious – selbst wenn es vielleicht nur daran lag, dass der Wind ihr allmählich endlich die Restalkohol-Taubheit aus dem Schädel blies. Und die Seeübelkeit nahm er auch gleich mit. Konnte man sich an Seegang gewöhnen? Hörte die Übelkeit irgendwann auf? Fest stand, sie fühlte sich in diesem Moment ziemlich gut. Mächtig geradezu. Weil sie diesmal die Dinge in der Hand hatte. Weil sie etwas *veränderte.*

Ob sich Sorcha bei ihren ersten Zeitliniensprüngen auch so gefühlt hatte?

Der Gedanke ließ einen guten Teil der Hochstimmung unangenehm abrupt in sich zusammenstürzen. Es war, als hätte sich eine Gewitterwolke vor die Sonne geschoben.

Hat sie so gefühlt, ehe sie erkennen musste, dass der Versuch zum Scheitern verurteilt ist? Und der nächste? Und der übernächste? Wie viele Misserfolge braucht es wohl, um Optimismus so gründlich zu brechen?

Viv rieb sich über das Gesicht. Vielleicht sollte sie erst mal ihren Hangover richtig ausschlafen, ehe sie weitergrübelte. Sie lehnte sich rücklings an die Reling und kramte in ihrer Handtasche nach ihrer Sonnenbrille. So ganz hatte sich das mit der Übelkeit wohl doch noch nicht erledigt, und die Helligkeit half nicht dabei.

»Hey.«

Überrascht hob Viv den Kopf. Vor ihr stand Sorcha. Allein. Viv zwinkerte nachdrücklich. Wann war Vince gegangen? Und wohin? Warum hatte sie das nicht mitbekommen? Sie konnte nicht leugnen, dass sich das alles hier nicht immer hundertprozentig real anfühlte.

Sorcha hatte ihr Mienenspiel aufmerksam beobachtet. Jetzt grinste sie – schmal, wissend und ein wenig angestrengt. »Ich wollte noch danke sagen. Für deine Hilfe. Hier und ... vor allem da.«

Viv schob die Brille auf die Nase und blinzelte hinauf zum verlassenen Krähennest mit der Flagge, die im Spätnachmittagslicht leuchtete. »Du hattest recht. Die Zeitlinie war einfach völlig fucked up.«

Sorcha seufzte und setzte sich im Schneidersitz aufs Deck. Auch sie wirkte immer noch krass erschöpft. Als hätte sie seit Tagen kaum geschlafen. War das beim letzten Mal auch von Anfang an so gewesen? »Nicht die schlimmste, in der ich je war, aber ja.«

»Hm.« Viv verschränkte die Arme vor der Brust und spürte dem sanften Schaukeln des Schiffs nach, das sich in ihrem Magen fortsetzte. Wartete, ob Sorcha noch etwas sagen würde, aber die schwieg. Sie stand allerdings auch nicht wieder auf und ging, also tat Viv es ebenso wenig.

»Wo ist denn Vince?«, entschied sie sich schließlich, zu fragen. »Zu Edna? Für die Lösegeldsache?« Sie konnte sich ein erneutes Grinsen nicht verkneifen. Zugegeben, sie fand sich schon ein wenig genial für diese Idee.

»Auch.« Sorchas Blick wanderte hinüber zur Brücke. »Und für die Blue Watch. Ist eigentlich Cicatriz' und Zèklès Wache, aber Cicatriz ist heute Vormittag für die Red Watch eingesprungen, weil Vince ... na ja, nicht da war. Und Loraj musste sich ausruhen für den Gleitereinsatz.«

Viv folgte ihrem Blick. Versuchte Vince oder Edna zu entdecken, ohne dass es ihr gelang. Nur Loraj wanderte durch die Deckgärten unterhalb des Brückenaufbaus und bewässerte die Pflanzen, die im Schatten lagen.

»Ich hab inzwischen ein paar mehr Dinge verstanden«, sagte Viv ein wenig zögernd – unsicher, ob sie dieses überraschend nahbare Gespräch wirklich am Laufen halten wollte. »Über die Maschine und die Zeitlinien. Dadurch hab ich allerdings auch noch ein paar mehr Fragen. Wenn das okay für dich ist.«

Sorcha lachte trocken und zuckte die Schultern. »Okay, klar. Schieß los.«

Viv holte tief Luft. »Gut. Also ... wenn jetzt alles so läuft, wie du hoffst. Was passiert dann? Bleiben wir hier? Oder kehren wir irgendwie zurück? Kann man das überhaupt einfach so? Zurückkehren? Und wenn ja, wo würden wir aufwachen?«

Sorcha lehnte sich zurück, stützte sich auf die Hände und musterte Viv mit undeutbarem Gesicht. »Das sind ganz schön viele Fragen. Was ist die wichtigste für dich?«

Viv dachte kurz nach. Darüber, wie all diese Fragen im Grunde in einem Punkt zusammenliefen, der sie umtrieb, seit sie in jener anderen fucked up Zeitlinie mit Sorcha an der Maschine gestanden hatte. Ein Punkt, über den sie vorhin erst wieder nachgedacht und ihn immer noch nicht ansatzweise verstanden hatte.

»Das alles hier ... und die anderen Zeitlinien, in denen du unterwegs warst. Ist das genau so echt wie die Zeitlinie, aus der wir ursprünglich kommen? Oder ist es nur ein sehr krasser Traum, den wir währenddessen beeinflussen können? So was wie luzides Träumen, meine ich.«

»Puh.« Sorcha ließ den Kopf mit einem angestrengten Ausatmen zurückfallen. »Das ist harter Stoff, den du da willst.« Sie richtete sich wieder auf, zog das linke Knie an die Brust und schlang einen Arm darum. »Ich versuche es zu erklären, aber ich kann dir nicht versprechen, dass du es dann besser verstehst, ja? Also ... für dein Ich in der anderen Zeitlinie *ist* das hier ein Traum. Das hast du selbst gemerkt, denke ich. Ich meine, es ist eine Erinnerung, die vorher nicht da war, und sie in einen Traum oder ein Déjà-vu zu verpacken, ist im Prinzip die einzige Möglichkeit, dem einen Sinn zu geben. Dein Gehirn hasst es wie die Pest, wenn irgendwas keinen Sinn ergibt. Es wird immer einen Weg suchen, dir zumindest eine pseudologische Herleitung zu erzeugen, egal wie absurd sie ist. Es wird dir sogar scheinbare ›Beweise‹ liefern. Es gibt nichts, worin dein Hirn so gut ist, wie Informationen scheinlogisch zu interpretieren und dir Erinnerungen an Ereignisse als wahr zu verkaufen, die es so nie gegeben hat.« Sorcha schnaubte frustriert. Viv sah sie mit dem Fingernagel ihrer freien Hand an einer Unebenheit in der Deckpolitur knibbeln.

»Auf der anderen Seite ... dein Ich von *hier*, also du, wie du jetzt vor mir stehst, das hat in dieser Realität ja auch schon existiert, bevor du heute Mittag die Informationen aus den anderen Zeitlinien bekommen hast. Denk mal zurück. Was hast du heute Morgen gefrühstückt, bevor du auf die Party gegangen bist? Wie hast du dich von deiner Verlobten verabschiedet, welche Pläne hattest du für heute Abend, als du noch nicht wusstest, dass du bei uns sein würdest? Es ist paradox und komplex, das gebe ich zu. Aber Fakt ist: Das Ich, mit dessen Bewusstsein du gerade arbeitest, ist nicht heute erst entstanden. Es hat schon vorher unabhängig von dem mit der Maschine transferierten Wissen existiert. Und es wird auch in uns noch unbekannte Zeiten hinein weiter existieren, falls die Linie nicht vorher crasht, weil wir einen Fehler machen. Vielleicht sogar dann, über die Dekohärenz bin ich mir nicht sicher. Vielleicht wird nur die Erinnerung an die anderen Zeitlinien wieder rausgekickt, weil sie so gar nicht mehr in ein irgendwie logisches System passt. Du kannst hier jedenfalls ganz normal leben und sterben, lachen und weinen, atmen und essen. Anders gesagt: Von hier aus betrachtet ist die *andere* Zeitlinie der Traum. Die fremde Information, die plötzlich reinpingt und verarbeitet und logisch gemacht werden muss. Die Linien können sich nicht treffen, weil du mit all dem Wissen unmöglich zu der zukünftigen Person werden kannst, die sich nie an diese Maschine gesetzt hat, und erst recht nicht zu der, die gar nichts davon weiß. Trotzdem existiert diese Information jetzt. *Du* existierst, *mit* der Information. Also sag du mir, was die echte Realität ist, wenn du kannst.«

Sie seufzte und legte die Hand mit einer seltsam nachdrücklichen Geste in ihren Schoß. Hörte auf, am Boden zu knibbeln – nur um zwei Sekunden später an einem losen Faden im Saum ihres Shirts zu zupfen.

»Ich hab mich zu lange darauf versteift, dass es einen Weg geben muss, die Zeitlinien miteinander zu verschränken. Ich dachte wie du, nur die Originalzeitlinie, in der ich gestartet bin, wäre die *echte* Realität. Und vielleicht ist das ja sogar wahr. Vielleicht ist sie aber auch genauso instabil wie alles andere. Vielleicht gibt es überhaupt keine *echte* Realität. Und mittlerweile ... ist es mir auch egal. Ich will nur noch irgendwo sein, wo der Raid gelingt und Vince lebt. Für alles andere ... bin ich zu müde.« Ihre Stimme verklang in einem Flüstern, als hätte allein das Wort *müde* zu viel Gewicht, um es laut auszusprechen.

Das Schwanken des Decks war jetzt auch wieder in Vivs Kopf angekommen. Es war ein seltsam wackliges Gefühl, Sorcha all diese Dinge erklären zu hören und sie bestenfalls auf einer intuitiven Ebene nachvollziehen zu können. Irgendwie begann sie sogar, zu verstehen, warum Sorcha ständig das Bedürfnis hatte, sich haptisches Feedback ihrer Umgebung zu holen. Zumindest das *Gefühl* zu haben, im wahrsten Sinne des Wortes, sich an einem realen Ort zu befinden. Viv hielt sich an der Reling fest und sah erneut zur Brücke, sah Loraj zu, die jetzt zwischen den Auberginen hockte und Unkraut zupfte.

»Wie habt ihr euch eigentlich kennengelernt? Du und Vince?«

Sie erwartete gar nicht wirklich, dass Sorcha darauf antworten würde. Es fühlte sich einfach beruhigend an, eine so banale Frage zu stellen. Aber auch Sorcha schien das zu bemerken. Sie warf Viv einen verblüfften Blick zu, ehe sich ihre Schultern sichtlich entspannten.

»In Wahrheit? Desillusionierend normal. An der Uni.«

»Dann hat Vince dich also nicht aus einem Gefängnis freigesprengt?« Viv ahnte die Antwort bereits, und es überraschte sie selbst, wie sehr es sie im Nachhinein erleichterte – dass *ihre* Geschichte wirklich ihre war, selbst wenn sie in einer dieser alternativen Zeitlinien stattgefunden hatte. Vielleicht musste sie es genau deshalb noch einmal ausgesprochen hören.

Sorcha lachte schnaubend. »Meine Fresse, nein. Mit dem Drama und den Explosionen haben wir erst viel später angefangen. Wir waren die langweiligsten Streber-Nerds, die du dir vorstellen kannst. Na ja ... außer wenn wir auf Demos gegangen sind. Oder auf Partys. Was man halt so macht zur Charakterbildung im Studium. Dann waren wir ziemlich swaggy und cool.« Trotz der harten Worte war ihre Stimme ungewohnt sanft und nachdenklich geworden. Ihr Blick glitt hinauf zum wolkenlosen Himmel und den schillernden Solarsegeln über ihnen. »Ich war so planlos damals. Ehrlich gesagt, wusste ich überhaupt nicht, wohin mit mir, ich wollte nur etwas ... *anderes* als vorher? Und als Vince dann irgendwann ankam mit der Idee, das perfekte Schiff zu bauen ... da hab ich endlich wieder angefangen, zu brennen, verstehst du? Ein völlig autarkes schwimmendes Haus, von dem aus man theoretisch nie wieder an Land gehen muss. Ein Zuhause für Menschen, deren Heimat die See gefressen hat. Vince hat sie entworfen. Und ich habe sie gebaut.« Ein Lächeln huschte um ihre Mundwinkel. »Das hat uns wohl zusammengeschweißt.«

Viv ließ die Worte einen Moment auf sich wirken. Das Verstehen Wurzeln schlagen, während sie die Möwen beobachtete, die im langsam dämmernden Abendlicht über dem Hauptmast segelten. »Die *Revery. Du* hast sie gebaut?«

Die Revery, die Maschine ... was denn noch alles? Wie krass kann eine einzige Person sein?

Vielleicht sollte sie langsam aufhören, sich zu fragen, warum Henk so interessiert an ihr war.

»Nicht allein natürlich.« Sorcha zuckte die Schultern. »Sie wurde das arbeitsgruppenübergreifende Abschlussprojekt meines Masterjahrgangs. Ein Jahr hat es gedauert, bis sie fertig war. Aber geboren ... wurde sie zu bestimmt neunzig Prozent in Vince' Kopf.« Sie lachte auf. »Deswegen fand es Vince nur folgerichtig, sie mitzunehmen. Ich übrigens auch, deswegen hab ich ja geholfen.« Sie machte eine abwehrende Handbewegung, als wollte sie Viv daran hindern, weiter in diese Richtung nachzuhaken. Als wäre ihr gerade erst wirklich aufgefallen, wie persönlich es war, was sie da erzählte. »Na ja.

Das reicht mit der Fragestunde für heute.« Sie warf einen Blick auf die Uhr in ihrem ID-Band, zog ein Navigationsgerät aus der Tasche und rappelte sich auf. »Ich geh mal nachsehen, was auf der Brücke los ist. Wenn du nicht sofort einschläfst, halt noch ein bisschen Ausschau nach steuerbord. Lohnt sich wahrscheinlich.«

Viv runzelte irritiert die Stirn. »Was meinst du?«

Aber Sorcha winkte nur nachlässig. »Gute Nacht, Resiliência. Schlaf dich aus.«

Viv sah ihr ein wenig irritiert nach, wie sie in Richtung Brücke davonging – und erst jetzt bemerkte sie, dass Vince inzwischen draußen auf der Steuerbordnock stand und gerade in diesem Moment das Fernrohr ans Auge hob. Auf Sorcha richtete. Etwas rief, das Viv über dem Wind, den Wellen und dem Knallen der Segel nicht verstand, Sorcha aber offenbar durchaus. Sie hätte wegsehen können, dachte Viv. Wegsehen *sollen* vermutlich, wie diese beiden sich trafen, nachdem Sorcha die Treppe hinaufgeklettert war, miteinander sprachen, lachten und so innig und vertraut wirkten, dass ihr allein vom Zusehen die Kehle ein wenig eng wurde.

Wie viel sie füreinander opfern.

Wie stark sie füreinander sind.

Viv fühlte mit einem Mal eine sehr eigenartige und unerwartete Wehmut bei dem Gedanken, die *Revery* schon am nächsten Tag zu verlassen. Ohne nur ein einziges Mal New Florida gesehen zu haben. Ohne eine Gelegenheit, all die anderen Fragen zu stellen, die sie noch hatte.

Da hob Vince erneut die Hand, diesmal mit einem Megafon.

»Oy! Loraj! Lieblingsgeisel! Schaut mal auf zehn Uhr!«

Viv fuhr zusammen und drehte sich verblüfft um, während Loraj aufsprang, zur Reling rannte und sich weit über die oberste Querstrebe hängte. Schob die Sonnenbrille hoch und sah auf zehn Uhr, wie Vince gesagt hatte, starrte in die Wellen, die von der sinkenden Sonne rötlich befunkelt wurden – und begriff, was Sorcha gemeint hatte, als sie sagte, es könnte sich lohnen.

Sie sah es.

Sie sah *sie*.

Delfine.
Erst zwei, dann vier, immer mehr, eine ganze Familie.
Sie begleiteten die *Revery* in den Sonnenuntergang.

TAG 1

40° N 74° W
30. März 2092, 16:49
Hudson Yards, New York

Paula Swan war eine überraschend gute Küsserin.

Überraschend vor allem deswegen, weil Jax nicht damit gerechnet hatte, dass sie nach dem Empfang bei der Ratssitzung ohne Umschweife bereit und interessiert daran sein würde, ihn zu seinem Helikopter und in der Konsequenz nach Hause zu begleiten. Er mochte diese Art Selbstbewusstsein. Und er mochte die Bestimmtheit, mit der sie ihn wissen ließ, wofür sie sich sonst noch interessierte, kaum dass die Tür seiner Penthouse-Suite hinter ihnen ins Schloss gefallen war.

Überraschend allerdings auch deshalb, weil sie selbst nicht nennenswert überrascht schien, als sie zwischen seinen Beinen nicht vorfand, was sie erwartet hatte. Oder vielleicht war »nicht nennenswert beeindruckt« der treffendere Begriff.

Und nicht zuletzt war es überraschend, dass sie auch dann noch Freude am Küssen hatte, als der eigentliche Sex bereits vorbei war. Jax kannte nicht viele Frauen, die in dieser Hinsicht tickten wie er. Allerdings durchaus einige, denen die Stamina gefiel, die er im Bett mitbrachte. In *dieser* Hinsicht war Paula keine Ausnahme.

»Es ist spannend«, bemerkte sie in einer ihrer etwas längeren Kusspausen, als das Nachmittagslicht schon kühler wurde und goldgrau durch die Gazevorhänge des Himmelbetts kroch. Während sie sprach, zog Paula mit dem Fingernagel feine Linien Jax' Brust hinauf und hinunter, von den Schlüsselbeinen bis zum Bauchnabel.

Manchmal auch ein kleines Stückchen tiefer. »Ich habe dein Geheimnis offenbar die ganze Zeit falsch gekannt.«

Jax legte den freien Arm hinter seinen Kopf und streichelte mit der anderen Hand beiläufig ihren nackten Oberarm. »Wie kommst du darauf, dass ich nur ein einziges Geheimnis habe? Da musst du schon konkreter werden.«

Er sagte das, obwohl er natürlich wusste, worauf sie anspielte. Und Paula wusste das auch. Aber so leicht würde er es ihr nicht machen, wenn sie die tatsächliche Wahrheit aus ihm herauskitzeln wollte. »Oder willst du ein Spiel spielen? Du sagst mir, was du alles über mich zu wissen glaubst, und ich sage dir, ob du richtig liegst. Für drei korrekte Fakten berichtige ich einen Fehler. Für drei Fehler verrätst du mir eins eurer Firmengeheimnisse.«

Paula setzte sich auf und sah auf ihn herunter. »Versuchst du gerade, gefährlich zu sein, Jackson Beetle-Hughes?«

Das graue Licht schimmerte sanft auf ihrem Haar, das über ihre runden Brüste fiel, und in diesem Moment war Jax das Spiel schon fast wieder egal. Fast. Wenn es ihm nur nicht so viel Freude gemacht hätte, sich selbst herauszufordern. Er schob auch die zweite Hand hinter seinen Kopf und erwiderte ihren Blick mit einem trägen Grinsen. »Ich bin gefährlich, und du weißt es. Also?«

»Na schön. Lass mal sehen.« Paula drehte sich zur Seite und lehnte ihren Hinterkopf an seine Brust, um nachdenklich zum Betthimmel hinaufsehen zu können, der sich in der Brise vom Fenster her leicht wiegte. »Du bist der einzige Sohn von Mortimer Hughes; CEO der *Metropolica Corp. Europe*, der das Familienunternehmen in zweiter Generation führt und mit dem Fokus auf resiliente Baustoffe international groß gemacht hat.«

»Hm, korrekt.«

Paula hielt einen Finger in die Höhe, um zu zählen. »Deine Mutter ist Sylvia Beetle-Hughes, die die Metropolica wiederum auf dem US-Amerikanischen Markt etabliert hat, nachdem sie durch die Heirat in die Firma eingebunden wurde und unerwarteten Geschäftssinn bewies. Nach der Scheidung von Mortimer hat sie drei Dinge erstritten: Die Teilung der Firma, die Überschreibung des US-Zweigs auf die Familie Beetle und das alleinige Sorgerecht für das einzige gemeinsame Kind: Dich. Was dir gelegen gekommen sein dürfte, da du mit deinem Vater rettungslos zerstritten bist.«

Jax unterdrückte ein Lachen, das wie alle Gedanken an seine Mutter unangenehm bitter schmeckte. »Halb korrekt. Das lasse ich gerade noch durchgehen. Ich war mit meiner Mutter mindestens genauso zerstritten. Ich würde also nicht behaupten, dass ausgerechnet dieser Aspekt unter meinen Vorteilen zu verbuchen ist.«

Paula schwieg einen Moment, ehe sie etwas verhaltener den zweiten Finger ausstreckte. Jax hielt sie nicht auf. »Trotz alldem hast du recht guten und regelmäßigen Kontakt zu deiner fast gleichaltrigen Halbschwester. Breanna Hughes. Sie wird den europäischen Zweig der Firma erben, wenn euer Vater in den Ruhestand geht. Ihr seht euch kaum, aber ihr telefoniert regelmäßig.«

Jax nickte und ließ seine Hand geistesabwesend durch Paulas seidenglattes Haar gleiten. »Zumindest seit dem Tod meiner Mutter, ja. Als ich noch jünger war, hat sie jeden Kontakt zwischen mir und Bree konsequent unterbunden, und ich habe das leider sehr lange nicht infrage gestellt. Ich nehme an, sie wollte mich vor dem Einfluss der Hughes' schützen. Wobei wiederum diskutabel ist, ob ihr eigener Einfluss der bessere war.« Er richtete sich ein Stück auf und lehnte den Rücken gegen das Kopfende seines Bettes, sodass Paula von ihm abrücken musste, und musterte sie aufmerksam. »Glückwunsch. Das waren drei Treffer. Jetzt darfst du dir einen falschen Fakt aussuchen, den ich korrigieren soll.«

Paula musste der scharfe Unterton in seiner Stimme aufgefallen sein. Doch sie ließ sich nichts anmerken. Nur ihrem Tonfall war anzuhören, dass sie ihre nächsten Worte mit mehr Bedacht wählte.

»Ich habe Kinderfotos von dir gesehen.« Sie setzte sich ebenfalls auf, lehnte sich neben ihn und verhakte eines ihrer Beine mit seinem. »Familienfotos, aus eurer Zeit in Wales. In klassisch weiblich codierter Kleidung. Und ich bin immer davon ausgegangen, dass deine Mutter sich so sehr eine Tochter als Nachfolgerin gewünscht hat, dass sie ihren Sohn als Mädchen aufzuziehen versuchte. Dass sie es erst aufgab, als sie mit einem pubertierenden Teenager in die

USA zurückging. Seit heute frage ich mich allerdings, ob sie damals vielleicht einfach noch nicht wusste, dass du ein Mann bist.« Sie zögerte kurz und musterte ihn eingehend von der Seite. »Wusstest du es?«

Jax wandte ihr das Gesicht zu und erwiderte ihren Blick ungerührt. »Ich wusste es immer. Nur sie wollte es sehr lange nicht wahrhaben. Denn du hast recht: Sie wollte *unbedingt* ein Mädchen, und es war ihr unmöglich, zu akzeptieren, dass ich keines war. Deshalb war es schließlich meine Bedingung. Dafür, dass ich mit ihr gegangen bin, als sie meinen Vater verlassen hat, und vor dem Scheidungsgericht ausgesagt habe, dass ich lieber bei ihr sein will. Dafür musste sie mir schriftlich geben, dass sie mich endlich und kompromisslos darin unterstützen würde, ich selbst zu sein. Wenn schon nicht emotional, dann wenigstens mit ihrem Geld und Einfluss. Und dass sie mich nicht dafür enterben darf.«

Paula hob den Mundwinkel zu einem schiefen Lächeln und ließ ihren Finger erneut über seine Brust gleiten. »Beeindruckende Vorstellung, dass ein Dreizehnjähriger solche Verträge entwirft.«

Jax fing ihren Finger mit seiner Hand. Legte ihre Fingerspitzen gegeneinander und verflocht sie schließlich. »Das würdest du nicht sagen, wenn du in der Familie Beetle-Hughes großgeworden wärst. Verträge sind unsere Love Language. Je härter, desto besser.«

Paula lachte leise. »Also ist das das wahre Geheimnis?«

Auch Jax hätte jetzt lachen können. Aber ihm war nicht danach.

»Absolut nicht. Wenn du es genau wissen willst: Nichts davon ist ein Geheimnis. Ich bin ein junger, reicher Mann in den USA, mit einer Firma, die auf dem Markt nicht viel ernsthafte Konkurrenz hat. Soziale Geheimnisse lohnen sich für mich nicht, weil es vollkommen egal ist, was über mich gesagt wird. Ich könnte ein Dutzend Frauen vergewaltigen, offen rassistische Parolen ins Internet schreiben und meine eigenen Kinder für tot erklären, und es würden immer noch Millionen Menschen meine Produkte kaufen – und die der Firmen, deren Teilhaber ich bin. Ich habe kein Interesse daran, ein menschenverachtendes Monster zu sein, und das ist euer aller Glück, weil … ich ja konsequenzlos tun kann, was immer ich für richtig halte und mir einfach nehme, was immer ich will.« Damit beugte er sich vor, küsste Paulas Wange und biss sanft in ihr Ohrläppchen; beobachtete zufrieden, wie sich die feinen Härchen in ihrem Nacken bei der Berührung aufstellten. Er hatte jetzt doch genug von diesem Spiel; so reizvoll es war, es ging zu tief, und er ertrug Gespräche über seine Familie nur in homöopathischen Dosen.

Paula wich nicht vor ihm zurück. Sie lächelte bloß so wissend, dass es ihn halb um den Verstand brachte. »Das mit der toxischen Männlichkeit hast du jedenfalls voll raus.«

»Hmm«, raunte er, ohne sich zu weit von ihr zu entfernen. »Ich halte zu viel Verbindlichkeit in meinem Job bloß für ungesund.«

»Du meinst, emotionales Investment, das dich verwundbar macht.«

»Ganz genau. Davon distanziere ich mich lieber.« Jax ließ Paulas Hand los und griff stattdessen nach ihren Hüften, zog sie ein Stück nach unten, sodass sie wieder flach auf dem Rücken lag. Ein kleines Stöhnen rutschte über ihre Lippen. »Für riskante Handelsbeziehungen auf weniger sozialer Ebene bin ich allerdings durchaus zu haben.« Er kniete sich über sie, sodass er ihre Hüften zwischen seinen Schenkeln einsperrte und auf sie heruntersehen konnte; die Hände rechts und links von ihrem Kopf ins Kissen gedrückt. »Firmeninterna und Wirtschaftsgeheimnisse gegen sexuelle Befriedigung, zum Beispiel. Es müssen auch nicht mal deine eigenen sein. Ich nehme, was geboten wird. Bedenke nur, dass die Qualität den Preis bestimmt.«

Paulas Lachen war tief, rau und ebenso voller Verheißung wie ihr Blick. »Ich denke, da kommen wir ins Geschäft, *Mister* Beetle.«

Jax sah in ihre so erstaunlich grünen Augen, spürte, wie sich das Ziehen und Pochen in seinem Unterleib erneut regte, und beugte sich über sie, um sie zu küssen.

Da klingelte an seinem Handgelenk das Smartfold.

Es war, dachte Jax, der denkbar ungünstigste Zeitpunkt, um angerufen zu werden – in seinem wohlverdienten Council-Urlaub auch noch, und im ersten Moment war er sehr versucht, den Call wegzudrücken und das Fold für die nächsten Stunden einfach zu sperren.

Doch dann wurde ihm bewusst, welcher Klingelton es war, der ihn störte: das etwas zu elektrolastige Upbeat-Remake eines uralten Oldies namens »Left Outside Alone«. Jax hatte nur einen einzigen Kontakt damit belegt – seit jenem Tag, als die ID-Erkennung in den Vereinigten Europäischen Botschaften ausgefallen war und er ihr auf dem guten alten analogen Weg die Tür zu ihrem Gemeinschaftsbüro hatte öffnen müssen: Vivienne Hargreeves.

Seine sperrige Lieblings-Extra-Kollegin, die sich gestern lieber von Piraten hatte entführen lassen, als als seine Assistentin mit ihm in den Council zu gehen.

Vivienne Hargreeves, der er es zu verdanken hatte, dass er nun stattdessen mit Paula Swan den Tag verbrachte, mit der er wohl kein Wort gewechselt hätte, wäre Viv wie geplant bei ihm gewesen.

Nein wirklich, es war nicht alles schlecht am Verlauf der Dinge.

Jax nahm den Anruf an, klipste sich den Audio-Loop in die Ohrmuschel – und unterdrückte ein Lachen, als sich eine tiefe Stimme mit hartem deutschem Akzent meldete, die ganz sicher nicht Viv war. Neben ihm richtete Paula sich halb auf und musterte ihn mit interessiert fragendem Blick. Jax gab ihr ein Zeichen, sich einen Moment zu gedulden.

»Jackson Beetle?«, sagte die Stimme. »Hier spricht die Navigatorin der *Revery*. Wir möchten über die Auslösung einer Geisel verhandeln. Sie hat Sie als Kontakt genannt.«

Jax setzte sich mit gekreuzten Beinen auf die Matratze zurück und stützte die freie Hand nachdenklich aufs Knie. Überschlug, aus welchem Topf er die charmant unverschämte Summe, die die Navigatorin ihm nannte, am steuerlich vorteilhaftesten abziehen konnte. Dann seufzte er lang und tief und warf Paula einen bedauernden Blick zu. Bis zu seinem nächsten Termin blieben gerade mal siebenundfünfzig Minuten. Nicht genug Zeit, um das hier fortzusetzen *und* Vivienne Hargreeves' ewige Dankbarkeit zu kaufen, genau wie die von Captain Holt und Captain Zhang von der Harbor Unit.

Leider war Jax sehr gut darin, Prioritäten zu setzen.

»Also schön.« Er stand auf und machte ein paar schnelle Eingaben in seinem Fold, während er sich entschied, nicht zu verhandeln – auch nicht der Form halber. Das war der Vorteil an Geschäften mit Menschen, die nicht wussten, was echter Reichtum bedeutete: Sie konnten nicht einschätzen, was *wirklich* viel Geld war. Jax griff nach seiner Hose und stieg hinein, während er weitersprach.

»Ich habe die Überweisung schon in die Wege geleitet. Eine Spende aus meinem Privatvermögen. Ihr solltet in den nächsten Sekunden eine Transaktionsbestätigung bekommen. Ich erwarte dann kurzfristig die Koordinaten.«

Ohne noch eine Antwort abzuwarten, legte er auf, warf sich ein lockeres Seidenhemd über und wandte sich zu Paula um. »Tja, tut mir leid. Wir müssen das für heute abkürzen. Ich muss jetzt leider ein Held sein.«

TAG 1

31° N 65° W
30. März 2092, 16:49
an Bord der Sweet Magda

Aurora nahm die Crew der *Revery* diesmal nicht persönlich in Empfang. Sie wartete stattdessen am Lastenaufzug entlang des Brückenaufbaus, den sie auch zuletzt mit Vince und Cicatriz genutzt hatte, um »ungestört zu reden«. Es war eng zu viert auf der Plattform, jetzt da auch Sorcha bei ihnen war. Nicht viel enger als zu zweit im Krähennest der *Revery* allerdings, das von hier aus ein gutes Stück unter ihnen lag. Und ungestört war es auch dort, das hatten Vince und Sorcha schon zu anderen Gelegenheiten festgestellt. Nur der Wind und die Möwen konnten sie hier belauschen.

Was gut war. Denn auch sie hatten Aurora dieses Mal etwas mitzuteilen, das besser niemand aus ihrer Crew zu hören bekam.

Sie hatten sich am Abend vorher noch lange beraten – Vince, Sorcha und Cicatriz –; hatten Cicatriz ausführlich über die Lage informiert und besprochen, was sie Aurora erzählen wollten. Und vor allem: wie. Viv hatten sie dabei bewusst außen vor gelassen. Auf diesem Level war ihrer aller Vertrauen in sie noch bei Weitem nicht. Obwohl Cicatriz sie irgendwo zu Recht mochte und inzwischen sogar ausgerechnet Sorcha sich ihr gegenüber offener zeigte als zuvor. Aurora hingegen war seit vielen Jahren eine verlässliche und einflussreiche Verbündete. Es war an der Zeit, sie auch für diese Operation ins Boot zu holen.

»Also. Es ist etwas Großes im Gang, sagst du?« Vince setzte sich an die Kante der Plattform und ließ beide Füße in den Abgrund hängen; beobachtete das geschäftige Treiben von Auroras Crew, die die WOOLWorks-Container verlud.

Aurora zog an ihrem E-Dampfer und musterte Vince aus schmalen Augen. »Du wirst dringend erwartet in der Republik, Vogelfrei. Du und dein Schiff.«

»Oh, das wissen wir.« Vince spürte dem Wind nach, der um sie herum und an ihnen vorbeistrich, und erwiderte ihren Blick mit einem ungerührten und besonders breiten Lächeln. Auroras Pathos war einer ihrer größten Charisma- und Style-Punkte. Unabhängig von allem anderen war es unglaublich reizvoll und befriedigend, ihr dabei den Drall aus den Segeln zu nehmen. »Es geht um den Raid auf NOAH#04. Eine neue Stadt für die Republik.«

Für einen Moment geriet Auroras Fassade tatsächlich ins Wanken, obwohl sie sich schnell wieder fasste.

»Es ist nicht das erste Mal, dass ich glaube, du und deine Crew könntet in die Zukunft sehen, Frigatebird.« Sie klopfte mehrmals mit ihrem Gehstock auf den Boden der Plattform. »Woher wisst ihr das nun wieder?«

Vince sah an ihr vorbei zu Sorcha und Cicatriz, die sich im Hintergrund postiert hatten. Warteten, beobachteten. Auf Vince aufpassten, um die Leichtigkeit des Fregattvogel-Styles mit einem Sicherheitsnetz zu versehen. Wie immer. Vince hätte niemals geglaubt, dass es eines Tages misslingen könnte. Aber die Erinnerung an den Tod war immer noch da. Lauerte irgendwo weit hinten in Vince' Schädel und wartete ständig auf einen unachtsamen Moment, um wieder hervorzubrechen.

»Tja, wir würden sagen, das ist ein Geheimnis. Aber Sorcha erklärt es dir heute. Weil es wichtig für uns alle ist.« Vince sah zu Sorcha. Nickte ihr zu, ermutigend für sie, hoffentlich – und auch ein wenig für sich selbst. Es war nach wie vor beunruhigend, wie instabil sie immer wieder wirkte, seit die Erinnerung aus der anderen Zeit sie gestern eingeholt hatte. Und Vince wusste leider inzwischen viel zu gut, wie grau und surreal sich die Welt anfühlte, wenn sich Realitätsfragmente gegeneinander verschoben, die nicht ineinander passten. Welchen Preis es auch vom Körper forderte. Und wie hartnäckig es das Selbst zerfraß, immer wieder den eigenen Tod zu spüren.

War Sorcha auch gestorben, irgendwo da draußen? Gab es Zeitlinien ohne sie? Solche, in denen Vince ohne sie existieren musste?

Was für ein vernichtender Gedanke.

Das alles musste bald endlich ein Ende haben. Wenn diese Operation vorbei war, wenn der Raid gelungen und NOAH#04 Teil der Republik war, dann ...

»Dieses ganze Set-up ist also eine Falle, um an mich und die Maschine heranzukommen. Egal zu welchem Preis«, sagte Sorcha in diesem Moment, und Vince wurde bewusst, dass sie schon seit einer ganzen Weile sprach und ihre Erklärung fast beendet hatte.

Gerade rechtzeitig wieder aufgetaucht.

Aurora schickte eine besonders große weiße Dampfwolke in den Wind und stemmte den Gehstock fester in den Grund der Plattform. Das Einzige, aber doch unmissverständliche Zeichen, wie erschüttert sie war von den Dingen, die sie gerade zu hören bekommen hatte. Kein Wunder – sie hatte erfahren, dass sie bei Operation R mit den GASS dealte und nicht mit einer revoltistischen Splittergruppe des NCRES; und nebenbei musste sie auch noch zu begreifen versuchen, dass es eine Technologie gab, die Zukunftsvisionen tatsächlich möglich machte. Vince hätte an ihrer Stelle auch versucht, sich nichts anmerken zu lassen. Aber leicht war das bestimmt nicht.

»Dann müssen wir wohl auf dich besonders aufpassen, nicht wahr?«

»Das reicht nicht«, warf Vince ein, ehe Sorcha antworten konnte – ganz wie sie es für diese Stelle besprochen hatten. Sorcha erklärte die Fakten. Aber als Captain musste Vince die konkreten Vorschläge zum Handeln machen. Und es brauchte etwas Druck, damit Aurora auch wirklich mitzog.

»Wir wissen, dass der Deal über einen Kontakt aus deiner Crew zustande gekommen ist. Wir werden nicht darauf bestehen, dass du uns sagst, wer es ist. Aber vielleicht möchtest du sicherstellen, dass die betreffende Person keine Gelegenheit bekommt, die GASS über unser geplantes Vorgehen aufzuklären. Vor allem über den Part in der Stadt.«

Aurora schob den Dampfer in ihre Hosentasche und klopfte mit ihrem Gehstock gegen ihre Prothese, wie sie es immer tat, wenn sie sich sammeln musste. Natürlich gefiel es ihr nicht, zu hören, dass unter ihren Leuten womöglich ein Maulwurf war. Niemand wollte so etwas hören. Selbst wenn Auroras Bindung an ihre Crew anders als auf der *Revery* denkbar wenig persönliche Faktoren beinhaltete – Loyalität und Vertrauen waren auf jedem Schiff überlebenswichtig.

»Danke für die Warnung«, knurrte sie schließlich. Ihr Gesicht war hart, ihr Kiefer streng. »Ich kümmere mich darum, darauf könnt ihr euch verlassen.« Ihre Miene verfinsterte sich noch ein wenig mehr. »Wir sind uns aber dennoch einig, dass wir geschlossen für die Aktion stimmen?«

»Hell yeah. Mach dir darüber keine Sorgen.« Vince kam auf die Füße. Bei aller Belastung – bei dem Gedanken daran, wie die doppelte Flagge der *Revery* über NOAH#04 flatterte und tief unter ihnen in der Wurzel der Sprengstoff detonierte, war das triumphierende Lächeln unmöglich aufzuhalten. Es würde schön sein, das noch einmal zu erleben. Vince griff nach Auroras ausgestreckter Hand und schlug ein.

»Das ist beruhigend zu hören.« Nun erschien auch auf Auroras Gesicht wieder ein Schmunzeln, als sie sich an Cicatriz wandte und ihm zuzwinkerte. »Und wenn das alles hinter uns liegt, möchtest du vielleicht darüber nachdenken, in meine Crew zu wechseln, mein Lieber. Wir haben dann ja voraussichtlich eine Vakanz.«

»Cuidado, amiga mia.« Vince trat zwischen die beiden. Eine Formsache. Und doch ein unverzichtbar wichtiges Zeichen, immer wieder. Wie ein Ritual, das die Entschlusskraft stärkte. Bei ihnen allen. »Wir würden lieber sterben, als ihn dir zu überlassen. Und wir wissen, wovon wir reden.«

Für lange Sekunden war es sehr still, während die neue Bedeutung der Worte schwer zwischen ihnen hing. Ernster als sonst. Dunkler. Nur der Wind und die Möwen riefen noch immer.

Dann lachte Aurora heiser. »Keine Sorge, Vogelfrei. Die unerschütterliche Loyalität dieses Mannes ist doch ein essenzieller Teil seines Charmes.« Sie schlug mit dem Gehstock gegen den Hebel, der die Plattform wieder gen Deck sinken ließ. Mit jedem Meter abwärts kehrten mehr Geräusche zurück, mehr Stimmen. Mehr Leben.

Es war unangenehm, zu denken, dass einer dieser geschäftig umherrennenden Menschen in genau diesem Moment womöglich plante, Details über ihr Vorhaben an die GASS zu verraten – und nicht zu wissen, welcher es war.

Jetzt niemand mehr, hoffentlich. Aurora war gründlich in diesen Dingen.

»Wir sehen uns in der Captain's Vote!«, rief Aurora ihnen nach, als sie das Schiff verließen. »Ich zähle auf euch!«

Kurz darauf standen sie zu dritt an der Reling und sahen der *Sweet Magda* nach, wie sie mit dröhnenden Maschinen ihre Fahrt wieder aufnahm und Richtung Mexiko davonrauschte. Wie sie vermutlich jedes Mal hier gestanden hatten nach dieser Begegnung, ohne dass Vince je geahnt hätte, wie viele Varianten es von diesem Moment gab. Diese Zeitliniengeschichte stellte wirklich die wildesten Dinge mit einem Gehirn an.

»Also schön«, sagte Vince, als die *Revery* allmählich aufhörte, in den Ausläufern von Auroras Kielwasser zu schaukeln. »Was uns an dieser Stelle brennend interessiert, ist: Was du denkst.« Vince wandte sich vom Meer und dem immer kleiner werdenden Frachtschiff ab und deutete erst auf Cicatriz, dann auf Sorcha »Und was du weißt. Und umgekehrt.«

Sorcha setzte ihren besten *Echt jetzt?!*-Blick auf. Verdient, zugegeben. Vince grinste trotzdem und breitete die Hände aus. »Was denn? Ist doch eine sehr zitierbare Line, oder nicht?«

»Aber nicht die Frage, die wir uns jetzt stellen müssen«, stellte Cicatriz fest. Seine Miene war grimmig. Vince sah das Schmunzeln in seinen Augen trotzdem. »Da hat sie schon recht.«

»Ja, da hat sie recht.« Vince legte mit einem leisen Seufzen den Arm hinter Sorcha auf die Reling und musterte sie aufmerksam. »Also ... was machen wir jetzt?«

Sorcha erwiderte den Blick etliche Sekunden, ohne etwas darauf zu erwidern. Ein Blick, der sagte, dass sie sehr genau verstanden hatte, wie die Frage gemeint gewesen war.

Sollten wir dieses Gespräch bei den Booten wiederholen? Das Gespräch, das beim letzten Mal alles zerschmettert hat?

»Jetzt werfen wir endlich unsere Geisel über Bord.« Ihr Lächeln war erleichternd. Befreiend. Ansteckend.

Vince atmete auf. »Richtig. Perfekter Plan. Cicatriz, sag Edna, sie soll eine besonders schöne Insel aussuchen.«

»Aye, Captain. Mit Vergnügen.«

Vince gluckste und sah wieder zu Sorcha. »Möchtest du sie vorher vierteilen?«

Da griff Sorcha nach Vince' Fingern und drückte sie. Entschieden. So viel sanfter zugleich, als sie es sonst oft war. Und dabei immer noch so entwaffnend ehrlich.

»*Ich möchte* vor allem noch Zeit mit dir verbringen, ehe wir dort ankommen.« Sie ließ eine kurze, bedeutungsschwere Pause folgen.

»Allein.«

TAG 1

33° N 65° W
30. März 2092, 16:49
auf einer namenlosen, unbewohnten Insel

Am frühen Nachmittag ankerten sie schließlich vor einem winzigen Flecken Land, der kaum Insel zu nennen war, aber immerhin drei kleine Birken und einen echten Strand aus feinem Kiessand vorzuweisen hatte. Vince brachte Viv höchstpersönlich mit dem Gleiter hinüber und ließ sie unter dem größten der Bäume absteigen.

»Also dann, Lieblingsgeisel. Hier trennen sich unsere Wege schon wieder. Was sagst du? Ist doch eine richtige Luxusinsel.«

Viv sah sich betont anerkennend um. »Ja, fast schade, dass ich sicher bald abgeholt werde.«

Vince lachte und schwang sich ebenfalls vom Sattel, um mit einem weichen Satz im Sand zu landen. »Wie gut, dass du kein luxusverwöhntes It-Girl bist, das Stille nicht zu schätzen weiß. Sonst müssten wir uns Sorgen machen, dass du ohne Proviant und Badeanzug keine dreißig Minuten durchhältst.«

Viv schnaubte nachdrücklich empört, während sie sich die Heels von den Füßen zog und neben ihre Handtasche in den Sand warf. »Hattet ihr kein netteres Abschiedsgeschenk an Bord als eine sexistisch abwertende Verallgemeinerung?«

Vince hob spöttisch eine Braue und lehnte sich gegen den Gleiter. Das Sonnenlicht glänzte auf dem schwarzen Zopf, heute wieder geflochten, der über das Patchwork-Shirt in Himmelblau und Orangetönen fiel. »Oh, the fragility.«

Viv verdrehte die Augen. »Tut bloß nicht so. Wenn ich eins gelernt habe, dann dass wir alle fragil sind in unserem Ego. Niemand nimmt es leicht, wenn das eigene Selbstbild angeknackst wird. Vor allem, wenn es immer so ein rechtschaffen gutes war wie meins.«

Vince lachte ein nachsichtiges Lachen. »Sehr philosophisch. Und sehr wahr. Die Frage ist jetzt nur, was du daraus machst. Und ob es für manche Egos nicht besser wäre, mal so richtig gecrasht zu werden. Vielleicht liegt etwas viel Schöneres darunter.« Vince richtete sich wieder auf, um sich an den Satteltaschen des Gleiters zu schaffen zu machen. »Versuchs doch mal, wenn du Gelegenheit hast. Du hast doch jetzt Zeit.« Ein Zwinkern über die Schulter. »Lass es hochgehen. BOOM.«

Viv lachte trocken und setzte sich auf einen der von Birkenwurzeln umklammerten Steine. »Werde ich dann wie ihr?«

»Pirat? Wer weiß.« Vince drehte sich wieder um, legte den Kopf schief und musterte sie, unvermittelt ernst. »Vielleicht aber auch einfach du selbst.«

Ehe Viv sich entschließen konnte, etwas darauf zu erwidern – und was es darauf überhaupt zu erwidern *gab* – warf Vince ihr ein fest verschnürtes Päckchen zu. Viv erkannte ein großes buntes Strandhandtuch und darin eingewickelt etwas Festes – eine Box oder Kiste vielleicht. Und unter der Schnur klemmte ... ein korallenroter Badeanzug.

»Mit Gruß aus der Küche von Cicatriz. Und besonders herzlichen Grüßen aus dem Textilcontainer von uns persönlich. Mach's dir bequem. Und keine Sorge, wir haben ein gutes Auge für Größen.« Vince grinste und sprang zurück auf den Gleiter. »Bis bald, Lieblingsgeisel! Es war uns eine Freude, dich an Bord zu haben.«

Viv legte das Bündel in ihren Schoß, beschirmte die Augen mit der Hand und konnte nicht anders, als das Grinsen zu erwidern.

»Até breve, Captain. Wie schön, dass wir uns bald wiedersehen.«

TAG 1

40° N 74° W
30. März 2092, 19:59
HU-Tower, New York

»Hast du immer noch nichts von ihm gehört?«

Jun hielt sich nicht mal mehr mit Klopfen am Rahmen auf, ehe sie zum gefühlt siebenundfünfzigsten Mal durch die offene Tür in Myris' Büro trat. Außer ihr und Myris war sowieso niemand mehr hier, die Großraumbüros von Distrikt 01 und 02 leer bis auf sie beide, weil die reguläre Dienstzeit selbst mit großzügigen Überstunden weit überschritten war. Um kurz vor acht Uhr am Abend hätte auch Jun Millionen Mal lieber zu Hause auf dem Sofa gesessen, als alle zehn Minuten zwischen ihrem und Myris' Büro hin und her zu laufen, in der Hoffnung, dass Jackson Beetle endlich zu seinem scheiß Befragungstermin erschienen war.

Reine Beschäftigungstherapie natürlich. Myris hätte sie sofort angepiepst, wenn es ein Lebenszeichen von ihm gegeben hätte. Aber wer konnte schon geduldig über Papierkram brüten und auf so was warten? Jun jedenfalls nicht. Nicht wenn Viv da draußen irgendwo von Piraten festgehalten wurde und Golden Boy es nicht für nötig hielt, auch nur annähernd pünktlich zu einer polizeilichen Befragung in der Sache aufzukreuzen.

Myris sah von dem 3-D-Display über sierem Schreibtisch auf, und Jun kannte die Antwort, noch ehe Myris den Mund öffnete.

»Nichts«, sagte sier, und Jun erkannte, dass Myris die Bemühungen, Jax zu finden, seit ihrem letzten Besuch deutlich intensiviert hatte. »Ich erreiche ihn auch weiterhin an keiner der bekannten

Kontaktstellen. Nach der NCRES-Sitzung hat er sich wohl mit einer gewissen Paula Swan abgesetzt und dafür einen der Metropolica-Helis abgezogen, das ist alles, was ich rauskriegen konnte. Dessen letzte Position haben wir auf dem Dach eines Hochhauses in Hudson Yards bestimmt, das ihm privat gehört und in dem er zumindest monatsweise selbst wohnt, aber dort ist er auch schon seit kurz nach fünf nicht mehr, und er ist in keinem anderen Sektor im Zugriffsgebiet des NYPD aufgetaucht. Die Streifendienste halten Ausschau nach ihm, aber für weitere Nachforschungen müsste ich einen Haftbefehl beantragen oder einen Suchtrupp losschicken. Das schießt bei der aktuellen Faktenlage leider etwas übers Ziel hinaus.«

»Er lässt uns warten.« Jun ballte in den Hosentaschen die Fäuste. »Das macht er doch mit Absicht.«

Myris runzelte die Stirn. »Fast zwei Stunden über den Termin? Denkst du wirklich, er ist *so* dreist?«

Jun spürte einen unangenehmen Druck auf ihrer Kehle. Einen Druck, den sie im Verlauf der letzten beiden Stunden immer wieder bemerkt hatte und der stärker wurde, je weiter der Abend voranschritt, ohne dass sie etwas von Jax gehört hatten. Vor allem, wenn ihr einfiel, dass Viv mal gesagt hatte, Jax Beetle würde niemals irgendwohin zu spät kommen.

»Ich *möchte nicht* denken, dass es etwas Schlimmeres ist.«

Myris wandte sich grimmig wieder sierem Display zu und machte mit etwas zu harten Fingern einige Eingaben. Natürlich hatte sier dieselben Befürchtungen wie Jun. Es war unmöglich, sie nicht zu haben. Jackson Beetle *war* jetzt Counselor. Einer der reichsten noch dazu. Und der letzte ETR-Mord war beunruhigend lange her.

»Also doch ein Suchtrupp?«

»Vielleicht kannst du wenigstens ...«

Juns DienstID vibrierte. Wie von einer Wespe gestochen riss sie die Hand aus der Tasche. Aber es war nur der Fitnesstracker. Eine Nachricht in lobend leuchtendem Grün.

Du hast dich in der letzten Stunde mehr bewegt als normalerweise um diese Uhrzeit. Weiter so!

Jun fluchte leise.

Zwischen ihr und Myris war es jetzt still. Unangenehm still. Weil sie beide unentschlossener waren, als sie es bei so einem furchtbaren Verdacht sein sollten.

In diesem Moment schrillte das interne Kommunikationsterminal. Die Spätschichtbesetzung von der Pforte.

Kein Fehlalarm diesmal.

»Captain Holt? Ein Jackson Beetle ist auf dem Besucherkanal und möchte Sie sprechen.«

»Stellen Sie ihn durch«, bellte Myris; etwas zu schroff, oder vielleicht auch gerade richtig, damit, wer auch immer dort unten Schicht schob, keine weiteren Fragen stellte.

»Beetle? Wo stecken Sie?« Noch während Myris sprach, schaltete sier auf Freisprechmodus.

»Captain Holt!« Jax sprach mit erhobener Stimme. Vermutlich, um den Wind und das Rotorengeräusch im Hintergrund zu übertönen. Wo zur Hölle war er? »Ist Captain Zhang bei Ihnen?«

Myris und Jun wechselten einen überrumpelten Blick.

»Warum wollen Sie das wissen?«

»Na ja.« Das selbstzufriedene Grinsen war seiner Stimme deutlich anzuhören. »Hier ist eine Person, die sehr dringend mit ...«

»Myris? Ich bin's.«

Jun hatte in ihrem Leben noch nie so etwas Schönes gehört wie Vivs durch die schlechte Verbindung verzerrte Stimme. »Viv!« Sie knallte beide Hände auf die Platte von Myris' Schreibtisch. Beugte sich weit vor und wäre am liebsten ins Terminal hineingesprungen.

»Jun!« Sie hörte Viv geräuschvoll aufatmen, mit derselben berauschenden Erleichterung, die sie selbst auch fühlte. »Fuck, ist das gut, dich zu hören. Wir brauchen eine Landeerlaubnis für den Helikopterplatz bei euch im Polizeihafen. So schnell wie möglich. Wir sind gleich da.«

»Und so ruiniert sie mir einfach den perfekten Crime-Serien-Happy-End-Moment.«

»Heul leise, Beetle.«

Jun war gerade dabei, ein sehr unprofessionelles Lachen zu unterdrücken, als Myris das Lachen einfach für sie übernahm.

»Wir nehmen euch persönlich in Empfang, Sweetheart.« Sier machte eine schnelle Eingabe auf sierer DienstID. »Freigabe ist schon raus. Wir sehen uns gleich.«

Eine halbe Stunde später standen Jun und Viv an der Kaimauer neben dem verlassenen Helikopter und sahen Myris, Jax und dessen Helikopterpilotin nach, wie sie ins Innere des Towers verschwanden. Jax war nicht unbedingt begeistert gewesen, dass seine Befragung trotzdem noch stattfinden sollte – oder vielmehr erst recht, nachdem er nun so aktiv in die ganze Entführung verwickelt war. Auch Viv würde natürlich noch offiziell um eine Aussage gebeten werden.

Aber nicht mehr heute. Für heute … hatte Jun andere Fragen. Und sie dachte ernsthaft darüber nach, selbst die zu verschieben. Einfach die Erleichterung zu genießen, und das Glück darüber, dass Viv an einem Stück wieder zurück war.

Wenn sie nur nicht so genau gewusst hätte, dass es ihr so leicht keine Ruhe lassen würde.

Viv wusste das allerdings zum Glück auch. Zumindest glaubte Jun das in ihrem verhaltenen Seufzer zu hören, als sie sich auf die Kaimauer sinken ließ – gar nicht weit von der Stelle, an der Jun gestern erst mit Myris gesessen hatte. Viv ließ die Füße auf der Seeseite hinunterbaumeln und klopfte neben sich, während sie über die Schulter zu Jun zurücksah. Mit einem Blick, der ebenfalls besagte, dass sie sich längst auf dieses Gespräch vorbereitet hatte.

Jun setzte sich zu ihr. Die Sonne war bereits hinter der Skyline jenseits des HU-Towers versunken, und nur noch der Himmel leuchtete über dem schattenblauen Wasser.

»Du hast es geahnt, oder?«, fragte Viv. Ihre Stimme klang ungewohnt. Irgendwo zwischen verlegen und … regelrecht hoffnungsvoll. »Dass ich bald wiederkomme.«

»Woher hätte ich das denn ahnen sollen?« Jun zerrte sich die schweren Stiefel und die Socken von den Füßen und warf beides hinter sich. Ließ ihre Zehen das beruhigend kühle Wasser berühren, das glucksend an die Kaimauer schwappte. »Du hast mir einen Riesenschrecken eingejagt.«

Viv sagte nichts, sah nur mit einem stillen Schmunzeln zum Horizont, der leer war bis auf die Silhouetten einiger Möwen, die in der Ferne im Wind schaukelten.

Mit einem unwilligen Laut gab Jun nach. »Du hast nur mein Essen bestellt. Gestern. Als ich es bei *Rangoli* abgeholt habe, waren da nur die Samosas und das Gemüse-Korma.« *Das du mir bei unserem ersten Date dort empfohlen hast.*

Noch so ein Lächeln huschte um Vivs Lippen. »Aber zwei Rosen-Mango-Lassi.«

»Ja. Weil du nie austrinkst und ich immer von deinem die Hälfte bekomme.« Sie starrte Viv mit unverhohlenem Vorwurf an. »Du wusstest, dass du nicht da sein würdest.«

Nun wandte auch Viv ihr das Gesicht zu. Offen und sanft und sehr liebevoll. »Ich wusste vor allem, dass du es verstehen würdest.«

Es war unmöglich, unter diesem Blick weiter ärgerlich zu sein. Sie hatte ja auch gar keine Lust dazu. Jun ächzte ergeben. »Du musst zugeben, es ist eine ziemlich spezielle Art, mir zu sagen, dass ich mir keine Sorgen machen soll.«

»Schuldig im Sinne der Anklage.« Viv lächelte, erneut ein wenig betreten. »Ich war betrunken. Und es ist mir immer noch peinlich. Ein bisschen zumindest.«

Das brachte Jun zum Lachen. »Tja, was soll ich sagen, es geschieht dir recht? *Ein bisschen zumindest.*«

Sie stützte die Hände hinter sich und sah in den tiefblauen Abendhimmel, der nun rasch dunkler wurde. Vor allem, weil sie sich einen Moment sammeln musste, ehe sie die nächste Frage stellte, die sie umtrieb, seit sie am Tag zuvor das Piratenschiff am Horizont hatte verschwinden sehen.

»Arbeitest du wieder im Operativen Missionsdienst?«

Sie spürte mehr als dass sie sah, wie Viv sich neben ihr ein wenig aufrichtete. Dann seufzte sie leise. »Ist das eine rhetorische Frage?«

»Du hast versprochen, es mir zu sagen, wenn du in die Missionen zurückgehst!«

»So wie du mir gesagt hättest, dass er euch für Operation R rekrutiert?« Auch Vivs Stimme war schärfer geworden. »Manche Dinge kann man nun mal nicht erzählen, niemandem. Wenn du das nicht verstehst, wer dann?«

Das brachte Jun für eine Sekunde aus dem Konzept. Die Sekunde, die Viv brauchte, um ihre Hand zu nehmen. Ihr Blick war so eindringlich, wie Jun es selten an ihr gesehen hatte. Es lagen *Welten* darin, die Jun noch nie darin gesehen hatte.

»Was ist dir auf diesem Schiff passiert?« Sie brachte es nur als Flüstern heraus.

»Es ... ist schon viel früher passiert. Leider. Ich hoffe, dass ich das alles bald auf die Reihe bekomme. Wenigstens für mich selbst. Hör zu, Jun.« Viv drückte ihre Finger. Ihr Blick war jetzt sehr dringlich. »Ja, ich bin für diese Operation zurück im Missionsdienst, aber es ist viel größer als das. Ich erkläre es dir, sobald es vorbei ist, ich schwöre es! Aber vorher ist es zu gefährlich für mich, und ... wir dürfen bis dahin nicht mehr darüber reden. Okay?«

Jun nickte zögernd. Was sollte sie auch anderes tun? Sie konnte jetzt nur das: vertrauen. Und sie hatte Viv immer vertraut. Bedingungslos. Heute war nicht der Tag, an dem sich das ändern durfte. Gerade heute nicht. Egal, wie sehr Vivs Worte sie innerlich beben ließen. »Okay.«

Viv atmete tief durch. Ihr Lächeln war dankbar, obwohl es viel zu schnell wieder verschwand, und sie sprach nun schnell und mit gedämpfter Stimme, obwohl hier weit und breit niemand sein konnte, um sie zu belauschen. »Was immer ihr bei dieser Operation tut: Seid nicht in der Bucht vor NOAH#04. Positioniert euch woanders, irgendwo, wo ihr den Piraten den Weg abschneiden könnt, ohne euch in Gefahr zu bringen. Du musst Myris davon überzeugen, versprich mir das. Haltet euch so weit von der Stadt fern wie möglich. Ihr könnt überall sein, aber nicht in dieser Bucht.«

»Okay«, wiederholte Jun und spürte erneut diesen Druck auf ihrer Brust. Diese Ahnung von Gefahr. Sie hatte so viele Zweifel, dass ihr Magen sich von oben nach unten kehrte. So viele Fragen, dass ihr Kopf explodierte. Aber vor allem anderen kannte sie Viv zu gut, um nicht zu erkennen, wann sie etwas sehr ernst meinte. Und sie wusste zu viel darüber, was Viv in ihrem Leben schon gesehen und getan hatte, um auf eine Warnung wie diese nicht zu hören. Mit weiteren Informationen oder ohne.

»Wirst du auch dort sein?«

»Ja. Aber Jun ...« Viv rieb sich mit der freien Hand durchs Gesicht. Fuhr sich durch die Haare und lachte schließlich ein etwas hilfloses Lachen. Ihr Griff um Juns Hand aber war unverändert sanft. Und als sie Jun wieder in die Augen sah, lächelte sie. »Ich muss nicht gerettet werden.«

Da beugte sich Jun zu ihr hinüber und küsste sie. Behutsam und zärtlich und mit allem Vertrauen, das sie je in diese Frau und ihre wilde Art, zu leben, gelegt hatte, immer noch legte und auch in Zukunft legen wollte. »Das weiß ich doch.«

Viv lachte noch einmal, es klangen ein paar Tränen darin mit, und gab Jun den Kuss auf dieselbe Art zurück.

»Es ist so schön, wieder zu Hause zu sein.«

NEXUS

Zeitlinie: N/A
Koordinaten: N/A

»Ich habe noch eine Frage«, sagt Viv und verschränkt die Unterarme auf der Aktenmappe vor ihr. Der Nachmittag ist inzwischen weit fortgeschritten, und sie hat so einiges zu hören bekommen, was sie vor wenigen Stunden noch für hanebüchenen Unsinn gehalten hätte. Ihr Kopf raucht, aber zugleich ist sie noch nicht in der Lage, das Thema für heute ruhen zu lassen. »Ist es euch bei *Foresight* in fünf Jahren wirklich nicht gelungen, eine neue Wahrsagemaschine zu bauen? Nur weil euch *eine* Wissenschaftlerin weggelaufen ist?«

Es ist natürlich eine unnötig provokative Frage. Viv ist es aber wichtig, zu verstehen, was Henks persönliche Motive in der Sache sind. Wenn ihn das stresst, ist das allein sein Problem.

Henk allerdings bleibt unerwartet ruhig. »Selbstverständlich ist es uns gelungen«, erklärt er erstaunlich nüchtern, als hätte er ihr das ohnehin noch mitteilen wollen, und nimmt einen Schluck von seinem Kaffee, der wie immer längst kalt geworden ist. »Nur deshalb konnte ich Operation Raid überhaupt auf diese Weise planen. Weil ich wusste, Jackson Beetle würde zum Counselor berufen werden und dir dieses Angebot machen. Ich wiederhole mich ungern, Vivienne: Du musst es annehmen. Deine Mitarbeit ist unverzichtbar. Ich brauche, dass Dr. Brennan dich auf dieses Piratenschiff holt und dir ihre Maschine erklärt.«

Irritiert richtet Viv sich auf. Ist nicht vorhin noch die Rede davon gewesen, Brennan *festzusetzen*? »Warum sollte sie das tun?«

Henk lächelt, grimmig und ungewohnt geheimnisvoll. »Sie wird. Glaub mir, Vivienne. Sie wird.«

TAG 2

40° N 74° W
31. März 2092
The Battery, New York

Es regnete am nächsten Vormittag. Wie Bindfäden prasselte es auf Vivs altrosa-rauchbraun gestreiften Schirm, während sie unter dem Bronzeadler des East Coast Memorial stand und Henk entgegensah, der sich ihr von der Promenade her näherte. Sein Schirm war so dunkelgrau wie die Gedenkplatten aus nassem Granit, die vor der Adlerstatue einen Korridor bildeten, und auch sein umbrabrauner Nadelstreifenanzug weigerte sich, der Farbtupfer zu sein, den dieser Tag gebraucht hätte. Der Edelstahl-Becherhalter mit den zwei Thermobechern, den er an einem Gurt über seiner Schulter trug, nötigte Viv trotzdem ein freudloses Grinsen ab.

Die letzten Schritte ging sie ihm entgegen. Es war nicht das beste Wetter für die hohen, altrosa Seidenpumps, bei einem Spaziergang im Park schon gar nicht, aber wenn Viv bei einem Menschen nicht auf sprichwörtliche Augenhöhe verzichten würde, dann ganz bestimmt bei Henk.

Wie üblich begnügten sie sich mit einem Nicken zur Begrüßung. Wortlos hielt Henk ihr den Becherhalter hin. Viv kräuselte skeptisch die Stirn. Es hätte eindeutig sein sollen, welches der Getränke für sie bestimmt war. Henk wusste, dass sie ihren Kaffee am liebsten mit aufgeschäumter Reismilch und etwas ungesüßtem Haselnussextrakt trank. Ganz sicher nicht in Espressostärke und mit widerlich viel braunem Rohrzucker darin. Aber Henk hatte einen Hang dazu, ihre Aufmerksamkeit zu unerwarteten Gelegenheiten zu testen.

Möglich, dass die Entscheidung für ein Heißgetränk, das ihr bei solchem Wetter wirklich Freude machte, am Ende mit Bauchschmerzen bestraft würde.

Egal. An diesem Tag entschied sich Viv für das Risiko, und dafür, das amüsierte Funkeln zu ignorieren, das für einen Sekundenbruchteil in seinen Augen aufblitzte.

Noch immer schweigend verließen sie das Memorial und liefen durch die angrenzenden Grünflächen, in Richtung der tröpfelnden Haine aus Weidenblatt-Eichen im hinteren Teil des Parks. Bei dem Wetter waren außer ihnen erfreulich wenig Menschen unterwegs. Trotzdem dauerte es eine ganze Weile, bis Henk endlich zum Sprechen ansetzte.

»Warst du erfolgreich? Konntest du das Vertrauen der Piraten gewinnen?«

Er hielt sich nicht mit Einleitungen auf, das tat er nie. Viv pustete auf die heiße Flüssigkeit in ihrem Becher und beobachtete, wie der Dampf unter ihrem Schirm hervor in den Regen trieb. Unter ihrem rechten Absatz klemmte ein Steinchen, das bei jedem Schritt knirschte. Es nervte.

»In zumindest ausreichendem Umfang, würde ich behaupten.«

Aus dem Augenwinkel sah sie Henk über ihren pragmatisch abwiegelnden Kommentar schmunzeln. »Also erinnerst du dich an deinen Auftrag?«

»An so einiges, inzwischen.«

Noch ein Schmunzeln, kaum zu sehen, aber ohne Zweifel zufrieden. »Haben sie dich die Maschine benutzen lassen?«

Viv blieb stehen und drehte ihren Absatz auf dem Pflaster des Weges hin und her, bis der Kiesel sich löste. »Ich benutze sie in diesem Moment. Ziemlich krasser Scheiß, ehrlich gesagt. Hast du es nicht bemerkt?«

In Henks Miene sah sie jetzt Überraschung und Anerkennung. Als sei dies eine Antwort, mit der er nicht gerechnet hatte – und so befriedigend das auf einem gewissen Level war, es brachte Viv dazu, genauer hinzuschauen. Die Schatten zu bemerken, die unter seinen Augen lagen, und die latente Erschöpfung in seiner Mimik und seinen Bewegungen. Die gleichen Zeichen, die sie auch bei Sorcha gesehen hatte, nur viel schwächer. Und für einen Moment, während sie ihren Weg unter den tröpfelnden Zweigen fortsetzten, kam ihr der Gedanke, ob wohl auch Henk mehr Gebrauch von seiner eigenen Maschine machte, als sie bisher geahnt hatte. Ob er wohl, genau wie Sorcha, inzwischen ebenfalls nicht mehr hundertprozentig klar auseinanderhalten konnte, ob er sich in einer Realität oder einer Traumvision aufhielt. Oder, falls Sorcha recht hatte mit ihrer Theorie, ob er eben nicht mehr eindeutig wusste, in *welcher* Realität er sich gerade befand, und aus welchen *anderen* Realitäten die Informationen in seinem Kopf zusammengepuzzelt waren. Viv wusste, dass er seine Maschine eingesetzt hatte, um die Ereignisse von Operation R vorauszuplanen. Aber wofür noch?

»Dann ist es also wahr«, murmelte er fast unverständlich.

Viv warf ihm einen scharfen, fragenden Blick zu.

Aber Henk winkte bloß ab. Seine Mimik und Gestik waren jetzt wieder klar, präzise und gestochen scharf, als wäre es ihm endlich gelungen, die Situation, in der sie sich gerade befanden, in den richtigen Kontext zu setzen. Zu sortieren, was aus seiner aktuellen Perspektive Traum war ... und was nicht.

»Gute Arbeit, Vivienne.« Er setzte seinen Kaffeebecher an die Lippen. »Schreib mir deinen Bericht, sobald wir in Zeitlinie Null zurück sind.«

»Geht klar.«

Wieder liefen sie einige Zeit schweigend nebeneinander her. Über ihnen in den Zweigen wurde der Regen lauter, prasselte mit dicken Tropfen auf den Weg und ihre Schirme. Wirklich kein gutes Wetter für Seidenpumps.

»Weißt du, was ich mich schon seit einer Weile frage?« Viv wischte mit dem Daumen einen Regentropfen von der Seite ihres Bechers.

Henk sagte nichts. Wartete, dass sie ihre Frage auch stellte. Nur seine Schritte knirschten nachdrücklicher als zuvor auf dem nassen Kies.

»Du hast die Technologie. Nach dem Raid hast du sehr bald auch den Schlüssel für Zugriffsrechte und weitere Operationen mit dem Ziel Freie Republik. Warum ist dir ausgerechnet Sorcha Brennan so wichtig? Sie kam mir gar nicht so außergewöhnlich vor. Also, natürlich ist sie krass schlau. Aber nicht außergewöhnlich schlauer als die anderen krassen Leute, mit denen du arbeitest. Im Übrigen glaube ich nicht, dass sie etwas mit den EatTheRich-Fällen zu tun hat.«

Henk schwieg. Trank noch einen Schluck Kaffee.

Und da war es, dieses verräterische Zucken seiner Oberlippe, das Viv so gut kannte.

»Sie persönlich ist mir nicht wichtig. Aber Brennans Maschine kann etwas, das unsere nicht kann.«

Viv hob eine Braue, vermied es diesmal jedoch, Henk zu eindringlich anzusehen. »Und was wäre das?«

Henk stellte seinen leeren Becher in den Becherhalter an seiner Hüfte zurück. »Sie kann das Bewusstsein vollständig in andere Zeitlinien wechseln lassen. Unsere Apparatur funktioniert, genau wie ursprünglich vorgesehen, nur für den Informationstransfer. Beispielsweise kann ich mit ihr den Inhalt dieses Gesprächs, das wir gerade führen, aus Zeitlinie Null abrufen. Ich habe auch die Informationen, die ich für dieses Gespräch vorab brauchte, aus Zeitlinie Null hierhergeschickt. Aber sobald ich aufwache, bleibt es nur ein Traum für mich. Genauso war die Technologie konzipiert, und genau dabei sollte es auch bleiben. Brennan allerdings war damals schon der Ansicht, es könnte auch möglich sein, in eine andere Zeitlinie zu wechseln und dort zu leben. Den Einflussbereich unabhängig zu machen vom Wachzustand des Empfängerkörpers. Sie wollte unbedingt daran arbeiten. Es war der große Streitpunkt, ehe sie verschwunden ist. Wir hielten diese erweiterten Funktionen für zu gefährlich und haben ihr nicht erlaubt, die Technologie entsprechend weiterzuentwickeln. Deshalb ist sie auf ihre Art ... *gegangen* – und offensichtlich ist ihr in der Zeit seither gelungen, was sie damals so dringend vorhatte. Deine Anwesenheit hier und das Wissen, das du mitgebracht hast, beweisen es. Du *könntest* dauerhaft in dieser Zeitlinie bleiben. Habe ich recht?«

Viv nickte langsam. »Ich glaube, ja.«

Henk ließ ein zustimmendes Knurren hören. »Ich sagte es bereits: Ich und auch die wissenschaftlichen Verantwortlichen bei *Foresight* halten es für eine höchst gefährliche Technologie, die Brennan da entwickelt hat. Zu unkontrollierbar, zu anfällig für massiven gewalttätigen Missbrauch. Kurzum: Eine, die nicht ausgerechnet in den Händen der Piratenrepublik verbleiben sollte. Schon gar nicht, weil wir ohne eingehende Forschung kaum abschätzen können, was sich daraus noch entwickeln lässt.«

Viv machte sich nicht die Mühe, zu fragen, was *er* mit dieser Technologie vorhatte, wenn er sie erst in die Finger bekam und daran forschen lassen konnte. Er würde es ihr ohnehin nicht verraten.

»Hältst du es für möglich, dass sie irgendwann Zeitlinien kreuzen könnte? Echte Ereignisse von einer Realität in die andere transferieren?«

Henk zeigte selten unverhohlene Verblüffung, selbst Viv gegenüber nicht. »Arbeitet Dr. Brennan jetzt an so einer Funktion?«

Viv hob betont gleichmütig die Schultern. »Ich bin nicht sicher. Wenn ich eins herausgefunden habe, dann dass ich keine Chance habe, jemals zu verstehen, wie diese Maschine funktioniert. Oder Sorcha Brennans Gehirn.«

Henk verschränkte die Hände hinter dem Rücken. Hinter seiner Stirn arbeitete es sichtlich. »Wenn dem so ist, müssen wir erst recht dafür sorgen, dass sie diese Arbeit nicht länger zugunsten von New Florida fortsetzen kann.«

Viv hob eine Braue und vermied es, zu interessiert auszusehen. »Und das heißt für mich?«

Henks Oberlippe zuckte erneut. Für einen Moment hatte Viv beinahe die Befürchtung, er würde gar nichts weiter sagen.

»Es heißt, dass dein letztes noch unerfülltes Ziel nach wie vor dein wichtigstes ist. Du musst Sorcha Brennan festsetzen. Tot oder lebendig. Lebendig wäre mir lieber, aber wenn du Gefahr läufst, sie dadurch zu verlieren, zögere nicht. Diese Frau ist eine große Bedrohung für uns alle. Noch größer, als ich dachte.«

Beinahe hätte Viv gelacht. Nicht weil sie es lustig fand, sondern weil sie nicht wusste, wie sie mit dem wachsenden Gefühl surrealer

Absurdität umgehen sollte. Und mit dem nagenden Gedanken, dass Henk mit dieser Einschätzung leider recht hatte. Vielleicht *unter*schätzte er die Bedrohung sogar, die vielleicht nicht von Sorcha persönlich, wohl aber von ihrer Maschine ausging. Unkontrollierbar, das traf es ganz gut. Viv hatte wenig Bedürfnis, noch mehr zerfallende Zeitlinien zu sehen. War es möglich, dass das auch mit Zeitlinie Null passierte? Und wenn ja, was dann?

Sie wollte es lieber nicht live herausfinden.

Sorry, Sorcha. Sorry, Vince. Ich hätte euch ein Happy End wirklich gegönnt.

Sie blieb stehen. Sah auf ihren immer noch unangetasteten Kaffee und entschied, ihn in den nächsten Busch zu schütten. Eine Windbö fand ihren Weg durch die Bäume und unter ihren Schirm, brachte Sprühregen mit wie Gischt, und Viv dachte mit einem Stich des Bedauerns an die Zeit, die sie auf der *Revery* verbracht hatte. »Verstanden.«

»Gut.« Henk nickte und ein schmales Lächeln verzog kurz seine Lippen. »Dann wäre jetzt alles bereit.« Er streckte die Hand aus und Viv gab ihm den Becher zurück. Seine Miene verriet nicht, wie er darüber dachte, dass sie auch heute nicht getrunken hatte, was er ihr anbot. Wie an keinem anderen Tag seit zwanzig Jahren.

Aber als sie an ihm vorbeitrat und allein den Weg in Richtung der Staten Island Ferry Docks fortsetzte, spürte sie seinen Blick noch lange auf ihrem Rücken.

ZEITLINIEN-LOGBUCH IV.A

Linie: 139B
Start/Ort: [40°N 74°W]
Start/Zeit: 03/29/92
QuantumDot: DIA057
Protokoll: S. Brennan

Persönliche Notiz:
Wie wir uns selbst im Spiegel sehen,
hat nichts mit dem zu tun, was andere in uns sehen.

TAG 34

40° N 72° W
3. Mai 2092, 11:10
an Bord der Revery

Die Captain's Cabin ganz hinten im Heck des Schiffs hatte das größte und schönste Fenster der *Revery*. Ein Mosaik aus kleinen Acrylglas-Scheiben; jede etwa so groß wie Sorchas Hand, kristallklar oder leicht rötlich getönt, verbunden durch stoß- und druckresistente Polymerstreben, die zusammen das Bild des Fregattvogels vor der roten Sonne ergaben. Beim richtigen Lichteinfall tauchte der Glasschliff den ganzen Raum in ein Meer aus schillernden Regenbögen.

An diesem Morgen war das Licht sturmgrau, der Seewind heulte und pfiff ums Heck, und der Stuhl, auf dem Sorcha saß, hob sich rhythmisch mit dem knarrenden Boden auf und ab. Vor ihr auf einem Dreibein-Klapphocker saß Vince, schon im Anzug für das Richtfest; nur das Jackett fehlte, und die Füße waren noch nackt – fest auf die Planken gestemmt, weil der Hocker, anders als der Stuhl, nicht mit dem Boden verschraubt war.

Vince hatte einen Eyeliner hinters Ohr geklemmt und einen schmalen Pinsel zwischen die Zähne, um die Hände für Lidschatten-Applikator und Concealer frei zu haben. Seit mehr als einer halben Stunde hielt Sorcha den weit geöffneten Make-up-Koffer auf ihrem Schoß und beobachtete Vince' konzentriertes Gesicht bei der Arbeit; spürte die kühle Textur der Schwämmchen und den weichen Strich der Pinsel, und Vince' Fingerspitzen, die behutsam Farbe auf ihre Wangen und Lider tupften.

Vince legte den Concealer weg und nahm den Pinsel aus dem Mund. »Fast fertig. Mach mal die Augen zu.«

»Okay«, murmelte Sorcha. Sprechen fühlte sich ungewohnt an mit den bemalten Lippen. Jetzt war es dunkel, nur durch einen Spalt unter ihren Wimpern konnte sie noch einen verschwommenen Schemen ihrer Hände sehen, die den Koffer festhielten. Sie spürte den schmalen Pinsel, der mehrmals an ihren Lidfalten entlangstrich, dann die feuchte Spitze des Eyeliners dicht an ihrem Wimpernkranz.

Und dann … nichts mehr.

»Bist du fertig?« Sorcha öffnete die Augen.

»Scht.« Vince zog tadelnd die Brauen zusammen. »Augen zulassen. Stillhalten.«

Sorcha unterdrückte ein belustigtes Schnauben und schloss die Augen wieder. »Aye, Captain.«

Jenseits der Dunkelheit hinter ihren Lidern hörte sie ein sanftes Lachen als Antwort.

Ansonsten geschah nichts.

Sorcha runzelte die Stirn, diesmal ohne die Augen zu öffnen. »Du machst gar nichts mehr.«

Sie hörte den Pinsel und den Eyeliner in den Koffer klappern und den Hocker über den Boden rücken.

»Vince?«

»Ich seh dich an. Das ist eine ziemlich vereinnahmende Beschäftigung.«

Noch eine Pause.

Dann waren Vince' Stimme und Atem plötzlich ganz nah. Leise und rau. Strichen leicht kitzelnd über den ungewohnten Film aus Farbe auf ihrer Haut. »Und wag es nicht, die Augen aufzumachen.«

Jetzt spürte sie Vince' Finger wieder, wie sie von ihrem Augenwinkel über ihren Wangenknochen glitten, an ihrem Ohr entlang, über ihren Kieferknochen und den Hals hinunter bis zum Schlüsselbein, dann in ihren Nacken und schließlich zu ihrem Gesicht zurückkehrten. Ihr Kinn umfassten, damit der Daumen sanft am Rand von Sorchas Unterlippe entlang streichen konnte.

Dann trafen sich ihre Lippen. Erst zart, dann innig. Fester. Heiß.

Der Hocker fiel um. Der Koffer polterte von Sorchas Schoß, der Inhalt verteilte sich klappernd auf dem Boden, unter dem Bett, dem Tisch, überall.

Vince ließ Sorcha nicht los. Und wenn Sorcha eines in diesem Moment nicht wollte, dann war es, losgelassen zu werden.

»Du machst alles wieder kaputt.« Ihr Flüstern war atemlos, ihre Gesichter immer noch so dicht beieinander, dass ihre Lippen sich beim Sprechen fast berührten.

Ein amüsiertes Glucksen war die Antwort. »Unsinn. Dafür bin ich viel zu gut darin.« Dem Lachen folgte ein weiterer Kuss. Und eine weitere, etwas zu schwere Pause.

Sorcha schlug entgegen jeder Anweisung die Augen auf. Versuchte, zu verstehen, was sie sah und in sich fühlte, weil ihr erst jetzt wirklich klar wurde, dass Vince schon vor einer ganzen Weile aus dem Captain's Mode gefallen war. Die Grenze verwischt hatte, die sonst immer so wichtig war.

Möglicherweise ... gab es diese Grenze aber gerade auch gar nicht.

Vince kniete vor ihr, so waren sie auf Augenhöhe. Und nah. Immer noch so nah. Das ungeschminkte Gesicht und die gelösten Haare, das war sonst Ioteba, aber heute eben auch ... nicht. Und dieser steif geschnittene Anzug, das war immer noch niemand, den Sorcha kannte. Und zugleich eben ... irgendwie doch.

»Vielleicht«, raunte Vince und strich ihr eine Strähne zurück in die elegante Flechtfrisur, für die sie auch eine halbe Stunde gebraucht hatten, »möchte ich ja auch alles noch mal machen müssen. Immer wieder.«

Etwas riss. Sorcha konnte es fühlen, tief drin. Wie eine Membran, hauchdünn, hinter der sich all die Erschöpfung staute, die Angst; aber auch die Hoffnung und die große, unfassbare Liebe, die sie zu diesem einen Menschen empfand, für den sie so viel aufgegeben hatte, dass sie sich beinahe selbst verloren hätte. Und der sie doch wie niemand sonst daran erinnerte, dass sie selbst immer noch wichtig war. Dass sie ihn nicht retten konnte, ohne dabei auch sich selbst zu retten, und das, wofür sie kämpften und lebten; weil, wenn irgendetwas oder irgendjemand davon verloren ging, auch das verloren sein würde, was Sorcha die ganze Zeit hatte retten wollen.

Und dass sie es dennoch, entgegen aller Wahrscheinlichkeiten, nun tatsächlich fast geschafft hatten.

Nur ein Schritt noch.

Ein allerletzter, beherzter Schritt.

Dann würde sie endlich ausruhen.

All das tröpfelte jetzt unaufhaltsam in sie hinein, füllte sie aus; so quälend langsam, dass sie beinahe wünschte, der feine Riss würde einfach endlich aufbrechen, damit die Sturzwelle sie ein für alle Mal unter sich begraben konnte.

Noch nicht. Noch nicht. Halt nur noch ein bisschen durch.

»Ist aber nicht mehr so viel Zeit.« Sie ließ ihre Stirn auf Vince' Schulter fallen, drückte ihre Nase in das fremde Hemd, atmete ein. Diesen warmen, schweren und doch leichten Geruch nach Wind und See und … Zuhause.

Vince ließ ein vage zustimmendes Geräusch hören und kraulte sanft mit der freien Hand ihren Nacken. »Ja, Mayhem kommt immer wieder früher als gedacht.«

Sorcha stöhnte und verdrehte die Augen, bis ihr einfiel, dass Vince das in ihrer Position nicht sehen konnte. Also setzte sie sich auf. »Kannst du das bitte lassen?«

Etwas blitzte in Vince' Blick auf. Doch es wurde schon im nächsten Moment wieder von Ernst überdeckt. »Nur schwer, um ehrlich zu sein. Wirklich, Sorchee. Meistens wird mir erst hinterher bewusst, dass ich etwas … schon mal gesagt habe.«

Sorcha sagte nichts dazu. Natürlich hatte sie das schon vermutet. Das machte es bloß nicht einfacher.

»Ich hasse Déjà-vus«, murmelte sie.

Vince seufzte tonlos und schob beide Arme um ihre Hüfte. »Sollen wir lieber deutsche Alt-Neunziger Punk-Hits über den Weltuntergang singen?«

Sorcha konnte nicht anders: Sie musste lachen. »Du weißt so unnötig viel zu viel über den Mist.«

Vince ballte eine Faust an ihrem Rücken und rezitierte mit stark gerolltem R. »Gebt uns Freiheit, oder gebt uns den Tod!«

Sorcha schnaubte. Ein richtiges Lachen brachte sie jetzt nicht mehr an dem Kloß vorbei, der plötzlich dick und scharfkantig in ihrem Hals steckte. »Das ist aber nicht aus den Neunzehn-Neunzigern. Und auch nicht deutsch. Punk ... weiß nicht.« Sie hatte scherzhaft klingen wollen. Aber ihre Stimme brach.

Vince, immer noch auf den Knien, rückte noch etwas näher an sie heran und lehnte die Wange an Sorchas Kopf. »Es ist zeitlos, das zählt. Ich finde, es ist höchste Zeit für mehr Zeitlosigkeit. Du nicht?«

Es war zu viel. Zu hart und zu schön zugleich. Die Barriere riss und alles strömte auf einmal aus ihr heraus, stürzte über ihr Gesicht, zuckte in ihren Schultern, bebte in ihrer Brust.

»Wir sterben nicht, Sorchee«, flüsterte Vince gegen ihren Scheitel. Hielt sie fest, so fest, und wiegte sie dabei leicht hin und her im Rhythmus des Wellengangs. »Diesmal nicht.«

Sorcha antwortete nicht darauf. Weiter zu atmen, war Herausforderung genug. Weil sie so sehr wünschte, dass es wahr werden würde, was Vince sagte, und weil sie doch irgendwo auf diesem furchtbar langen Weg bis hierher vergessen hatte, wie echte Hoffnung sich anfühlte. Weil sie nicht mehr gewusst hatte, wie brutal das Hoffen schmerzen konnte, wenn man es richtig machte.

»Komm.« Vince löste die Arme von ihren Hüften, legte beide Hände um ihre Wangen und wischte mit den Daumen die letzten Tränen aus ihren Augenwinkeln und dem unteren Wimpernkranz.

»Ich fang noch mal von vorn an.«

Sorchas Kabine war dunkel, als sie schließlich dort eintraf. Keine Lampe. Kein Display. Kein Quantum.

Nichts.

Sie war spät dran, aus Gründen; allein zeitlich wäre es fast unmöglich gewesen, jetzt noch einen Fixpunkt zu setzen.

Da sie das nicht vorhatte, war es egal.

Das Knarren der Tür hinter ihr schreckte sie auf.

Cicatriz. Jetzt schon.

»Wir sind da«, sagte er, mehr nicht. Natürlich war ihm längst aufgefallen, dass sie sich diesmal nicht an die Maschine angeschlossen hatte.

»Okay«, murmelte Sorcha und bückte sich nach der Handtasche mit den explosiven Gummibändern, die neben ihren Füßen gestanden hatte. »Ich komme.«

Auch diesmal sah sie nicht zurück, als sie die Tür hinter sich abschloss. Gegen das schummrige Licht auf dem Unterdeckflur blinzelte und Cicatriz den Schlüssel in die Hand drückte. Ihre Worte allerdings wählte sie anders.

»Ich vertrau sie dir an. Wenn jemand sie holen kommen will ... lass sie hochgehen. Es darf nichts von ihr übrig bleiben.«

Cicatriz zuckte nicht mit der Wimper.

»Aye, Captain«, sagte er.

Sonst nichts.

ZEITLINIEN-LOGBUCH IV.B

Linie: 139B
Start/Ort: [40°N 74°W]
Start/Zeit: 03/29/92
QuantumDot: DIA057
Protokoll: S. Brennan

Persönliche Notiz:
Wenn Entscheidungen keine Konsequenzen mehr haben ...
was macht das aus uns?

TAG 34

40° N 72° W
3. Mai 2092, 12:00
NOAH#04

Einloggen ins ITS-G-System
Sichere Verbindung wird hergestellt ... OK
Sicherheitsprüfung 1 ... OK
Konnektivität ... OK
Initiiere WhisperShield ... OK
Sicherheitsprüfung 2 ... OK

WILLKOMMEN #42747-8.
SIE SIND EINGELOGGT IN OPERATIONSKANAL #6624.
WEITERE TEILNEHMENDE: #79260-7; **#67825-4(Head)**

[#42747-8]: Bin in Position. Starte Signaltransfer in T-2

Die See war unruhig. Ein böiger Wind wechselte immer wieder die Richtung, brachte Vivs Haare durcheinander und ließ sie ihre Kleiderwahl gründlicher infrage stellen, als sie es am Morgen noch erwartet hatte. Sie trug roten Seidenchiffon, einen locker fließenden Zweiteiler. Blutrot, dem Drama angemessen. Aber sie hatte nicht bedacht, wie unpraktisch der luftig ausgestellte Rock im Seewind sein würde.

Anfängerfehler. Und das in der zweiten Runde.

Sie ließ ihr Fold zurück in die große Shoulder Bag fallen und zog stattdessen den One-Way-Transmitter heraus, den sie über Henks

Kontakt von den Piraten bekommen hatte. Aurora. Oder vielmehr, die Person aus Auroras Crew, die für die Kommunikation verantwortlich gewesen war. Viv fragte sich, was mit ihr passiert war. Und ob es eine Rolle in dem spielte, was heute in dieser Operation passieren würde.

Sie warf einen Blick auf die Uhr in ihrem BioID-Band. Punkt zwölf. Wie verabredet. Das Meer jenseits der Schutzzone schien leer bis zum Horizont, nur bleigraues Wasser mit weißen Sturmkronen unter einem gelbstichigen Gewitterhimmel. Aber sie mussten da sein. Unmöglich, dass die Piraten den Raid ausfallen lassen würden.

Viv drückte den Knopf.

SENDE SIGNAL

...

...

SENDEN ERFOLGREICH

Viv blieb stehen. Lauschte und hörte doch nichts außer dem Wind in ihren Ohren und das leise Knarren des Richtkranzes, der hinter ihr an seinem Baum hin und her schwang. Sie zog ihr Fold wieder aus der Tasche und öffnete den Operationskanal.

[#42747-8]: Tür ist offen. Jetzt auf dem Weg zum Meeting Point.
[#79260-7]: Copy that. Bin noch auf der Party. Voraussichtliche Ankunft am Zielpunkt 13 Uhr.

Viv sah ein letztes Mal auf den scheinbar leeren Ozean hinaus. Auf die friedliche Bucht, in der die ahnungslosen Counselors und Investoren feierten. Schüttelte den Kopf, um die Erinnerungsbilder loszuwerden, die in ihr aufstiegen.

Dann schaltete sie die Tracker-Funktion am Transmitter der Piraten ein und machte sich auf den Weg zum Anleger.

Es dauerte eine Weile, bis die Speedgleiter der Gewitterkids zwischen den Wellen auftauchten. Viv hatte diesmal mehr damit gerechnet – seit sie mit Zèklè und Loraj geflogen war und sogar selbst einmal einen der Gleiter gesteuert hatte, konnte sie etwas besser einschätzen, wie lange ein Flug bei entsprechender Strecke und Windverhältnissen dauerte. Es half gegen die innere Unruhe, dass das Timing bei aller Knappheit schon einmal funktioniert hatte.

Ganz davon abgesehen, dass Vince und Sorcha auf ihre eigene Weise dazu beitrugen, dass ihr Kennenlerngespräch dieses Mal kürzer ausfallen würde. Viv konnte sich ein schiefes Lächeln nicht verkneifen, als sie die Gleiter in gewohnt beeindruckendem Tempo heranbrettern sah. Es gab inzwischen einiges, das sie an Captain Frigatebird respektierte. Aber die Fähigkeit, sich auf einem rasant gesteuerten Gleiter stehend die Haare zu einem perfekten Zopf zu flechten, musste sie der Liste definitiv hinzufügen.

»Mauri, Lieblingsgeisel!« Vince wartete nicht darauf, dass Zèklès Gleiter neben dem niedrigen Kai zur Ruhe kam, um an Land zu springen. Sorcha warf ihre Schuhe voraus auf den Anleger und folgte etwas langsamer, aber nicht weniger leichtfüßig in ihrem Kleid, das zu schmal um die Hüften lag, um in einer solchen Situation wirklich praktisch zu sein. Hinter ihr auf dem Gleiter zog Loraj die Maske ein Stück nach unten und winkte grinsend zu Viv hinüber. Auch Zèklè hing lässig über seiner Steuerkonsole und gestikulierte einen Gruß in ihre Richtung.

»Schönes Kleid.« Vince zwinkerte. »Du könntest damit glatt Gleiterpilotin auf einem Piratenschiff werden.«

Viv rückte ihre Tasche auf der Schulter zurecht und trat näher. »Ioteba Teitikai und Dr. Lise Meitner. Willkommen auf NOAH#04. Gibt es einen neuen Plan für heute?«

Sorcha stieg in ihre Schuhe und verschränkte die Arme vor der Brust. »Du bist doch unser Insiderkontakt, nicht umgekehrt. Hat sich daran irgendwas geändert?«

Viv konnte das Grinsen nicht länger unterdrücken. Es war faszinierend, wie sehr sich Sorcha durch das Make-up und das glamouröse Outfit einerseits verändert hatte, durch ihre Art, zu sprechen, zu gestikulieren oder einfach nur dazustehen, aber auch wieder überhaupt nicht. Es war ein ziemliches Badass-Mash-up zweier Extreme und passte umwerfend gut zusammen. Davon abgesehen musste Viv den beiden Credits dafür geben, dass sie trotz ihrer neuen gemeinsamen Vorgeschichte vorsichtig genug waren, ihr keine Details über eventuelle Planänderungen zu verraten. Sie selbst hatte ja auch nichts dergleichen über ihre eigenen Pläne vor.

Ach verdammt, wozu es leugnen? Es war schön, sie wiederzusehen. Alle beide.

Und doppelt hart, zu denken, dass sie sie heute noch würde trennen müssen. Hoffentlich wenigstens diesmal, ohne dass jemand dabei starb.

»Nein, schon klar. Keine Sorge. Ihr macht euren Job, und ich mache meinen.« Sie zog den ID-Scanner aus ihrer Handtasche, um ihn zu kalibrieren. »Darf ich dann kurz um eure Hände bitten?« Sie ließ den Scanner zuerst über Sorchas Armband gleiten. Dann griff sie nach Vince' Handgelenk, um die Bewegung dort zu wiederholen.

»Immer wieder faszinierend, wie leicht diese Dinger auszutricksen sind, oder?« Der Scanner piepste und leuchtete grün auf. Und für einen winzigen Moment huschte ein Ausdruck der Überraschung über Vince' Züge, als Viv einen winzigen Zettel unter das Armband schob, eine Bruchsekunde nur, ehe sie die Hand wieder zurückzog. Eine kurze Nachricht, die sie nach langer Abwägung an diesem Morgen noch verfasst hatte.

»Papier bleibt eben einfach das einzige Medium, das sich weder hacken noch abhören lässt.«

Sie erkannte Verstehen in Vince' Augen – und einen Hauch von Zweifel, ob ihr etwas mehr zu vertrauen nicht doch gerechtfertigt wäre.

Viv ließ den Scanner in ihre Tasche zurückfallen und wies mit großer Geste auf die Straße, die sie vom Kai in die Innenstadt und zur Sub-Station *Washington Square* bringen würde. »Na, dann wollen wir mal. Vielleicht holen wir die Führung diesmal ein, ohne zu rennen.«

Es entging ihr nicht, dass Vince und Sorcha ein Stück hinter ihr zurückblieben. Ebenso wenig, dass Vince ihren Zettel las und die zwei sich daraufhin eindringlich mit ihren Händen unterhielten.

Gut.

Viv straffte die Schultern und hoffte, dass man ihr den unruhigen

Puls und die schwitzigen Hände nicht von Weitem ansah. Sie hatte ihre Steine gesetzt, so klug sie konnte. Jetzt musste sie hoffen, dass die darauffolgenden Züge der anderen so verlaufen würden, wie sie es kalkuliert hatte.

Und dass Sorcha Brennan keinen besseren Plan für diesen Tag hatte als sie.

[#42747-8]: Head, wir haben ein Problem. Sie sind misstrauisch und werden voraussichtlich ihre Endpositionen tauschen. Könnte neue Position fürs Sniper-Back-up erforderlich machen.
[#79260-7]: Copy that. Erwarte Anweisungen.
[#67825-4]: Wir starten noch eine Timeline-Analyse. Anweisungen folgen ASAP. Bleibt on hold.
[#79260-7]: Copy.
[#42747-8]: Copy.
[#67825-4]: #79260-7. Wir haben eine neue Einsatzposition ermittelt. Erwarte das Ziel an den kartografisch hinterlegten Koordinaten. Eingreifen nur, falls erforderlich.
[#79260-7]: Copy.
[#67825-4]: #42747-8. Bleib in der Nähe des Ziels wie geplant. Du kennst deine Aufgabe. Zögere nicht!
[#42747-8]: Copy.

Tatsächlich hielten sich Vince und Sorcha etwas *zu* genau an den Ablaufplan, wenn es nach Viv ging. Natürlich blieb es ihr nicht erspart, sich mit einer Knarre am Hinterkopf an das Rohr fesseln zu lassen, egal was sie vorher versprochen hatten – obwohl ihre Fessel diesmal wenigstens kein explosives Gummiband war, und obwohl sie kurz darauf immerhin feststellte, dass Sorcha eine leicht lösbare Schleife in das Band gemacht hatte anstelle eines nautischen Knotens. Trotzdem wusste sie spätestens, als sie am *White Glory Boulevard/Future Square* aus der U-Bahn rannten und Vince ihr völlig ungerührt sogar *viermal* vor die Füße schoss, wieder sehr genau, warum sie beim letzten Mal einen zunehmend wilden Hass auf diese Piraten entwickelt hatte.

Vor allem, weil es ihnen auch noch Spaß machte. Sie gaben sich nicht mal Mühe, es zu verbergen. Beim fünften Schuss war Vince' Grinsen wie gemalt.

»WTAF?!«, brüllte Viv die Rolltreppenkaskade hinauf, wo Vince und Sorcha nun in verschiedene Richtungen davon sprinteten. In die Nebentunnel, in denen Viv unmöglich den Überblick würde behalten können, wer von ihnen wohin lief. Sie lag zu weit zurück. Und ihr blieb nichts anderes übrig, als hinzunehmen, dass genau das vermutlich der Sinn der Sache gewesen war. Nein, sie hatte jetzt wirklich keine Lust mehr, zu beteuern, dass sie keine Feinde waren.

War ja am Ende irgendwie sowieso gelogen.

Der Atem stach in Vivs Lunge, während sie die Rolltreppe hinaufrannte, so schnell sie konnte. Ihre Waden drohten, zu krampfen, und sie hatte das Gefühl, gleich kotzen zu müssen vor Anstrengung. Trotzdem rannte sie weiter, nach draußen auf den Platz und den *White Glory Boulevard* hinunter in Richtung Meer und Partybucht. Es war ihr diesmal auch völlig egal, ob Vince oder Sorcha das Klappern ihrer Absätze irgendwie, irgendwo hören konnten. Sie wussten doch sowieso, dass Viv da war. Sie wussten auch, dass Viv wusste, wohin sie unterwegs waren. Wichtig war jetzt einzig und allein, ob sie sich am Ende doch noch entschieden, ihr zu vertrauen.

Auf ihre Nachricht zu hören.

Wenn nicht, hatte sie gleich ein echtes Problem.

Schwer außer Atem blieb Viv endlich vor dem Hochhaus im äußersten Blattkranz der Lotos-Stadt stehen. Niemand war auf dem Gerüst zu sehen. War Sorcha schon oben? War sie überhaupt hier? Was zur Hölle hatten die beiden vor? Würden sie wirklich so weit von der ursprünglichen Zeitlinie abweichen, nach allem, was ihr Sorcha über determiniertes Chaos erklärt hatte? Wenn Viv sich in ihrem Plan für den heutigen Tag auf eines verlassen hatte, dann darauf, dass sie keine zu große Instabilität riskieren würden.

Vielleicht war das der entscheidende Fehler.

Mit einem Ächzen lehnte Viv sich gegen einen Gerüstpfeiler und fischte einmal mehr ihr Smartfold aus der Tasche, um die Kommunikation mit ihrem Team zu checken.

[#42747-8]: Problem! Hab sie verloren. Seht ihr sie noch?!

Das war ihre letzte Nachricht gewesen, kurz nachdem sie aus dem U-Bahn-Tunnel gehastet war. Keine Antwort bisher.

Fuck.

Viv schloss die Augen, um sich zu sammeln. Ruhig bleiben. Sorcha *musste* da oben sein. Denn sonst wäre Viv hier komplett falsch, Henk würde jemanden von den Back-up-Agents in der Bucht aktivieren, und das wäre extrem fatal.

Mindestens ebenso fatal würde es allerdings sein, jetzt keine Entscheidung zu treffen und einfach hier stehen zu bleiben. Viv atmete einmal tief durch – und entschied sich. Mit einem raschen Wisch öffnete sie die Freigabe-App für die Konstruktionsfahrstühle. Zog die Halbautomatik aus ihrer Handtasche und schlüpfte ins Gebäude.

TAG 34

40° N 72° W
3. Mai 2092, 13:21
NOAH#04

FALLS IHR VORHABT, AM ENDE PLÄTZE ZU TAUSCHEN: TUT. ES. NICHT.

Die Nachricht auf Vivs Zettel ging Sorcha nicht aus dem Kopf, während sie durch die Gassen abseits des Boulevard in Richtung Meer zurückhetzte. Ihre Schritte klapperten einsam auf dem unberührten Straßenbelag. Niemand hier.

TUT. ES. NICHT.

Deutlicher hätte Viv ihnen vermutlich nicht mitteilen können, dass Orval und die GASS tatsächlich eine eigene Maschine hatten und damit irgendwie ihre Absichten zu erraten versuchten. Aber seit wann wusste Viv davon? Und wenn sie es schon auf dem Schiff gewusst hatte, warum entschied sie sich *jetzt*, es ihnen zu verraten? Im Grunde gab es dafür nur zwei Erklärungsansätze. Erstens, Vince hatte recht und es *war* möglich, dass Viv auf ihrer Seite spielte. Oder zweitens, Viv versuchte sie auszutricksen und erst recht in eine Falle zu locken.

Vermutlich würde Sorcha keine Gelegenheit mehr haben, sie persönlich danach zu fragen. Und es war gut, dass es für ihre *wahren* Pläne an diesem Tag egal war.

Klick.

»Sorcha? Ich kann dich jetzt sehen. Nimm die nächste Abzweigung rechts, dann gleich wieder links. Dort beginnt ein Kanal mit Zugang zur See. Das ist dein Ausgang.«

»Geht klar.«

Klick.

»Gut. Captain? Wartet auf ihr Zeichen. Loraj hält sich bereit.«

Klick.

»Aye, mi amor. Wir warten. Und Sorchee?«

»Aye, Captain?«

Klick.

Ein Seufzen diesmal. Kein Lachen. »Gute Fahrt. Pass auf dich auf. Wir sehen uns drüben.«

Da waren schon wieder diese verfluchten Tränen in ihren Augen, und der Druck in ihrer Brust. Angst und Hoffnung und alles dazwischen. Sorcha hatte für nichts davon Zeit. Denn jetzt kam vor ihr der Kanal in Sicht, eine schmale Wasserstraße zwischen glänzenden Hochhausfassaden. Darauf ein einzelnes Speedboot mit einer einsamen Gestalt, die grüßend die Hand an die Krempe ihres Trilby-Huts hob.

»Ahoi!«, rief Aurora, zog an ihrem E-Dampfer und sah Sorcha aus scharfen dunklen Augen entgegen. »Dann mal schnell an Bord mit dir.«

TAG 34

40° N 72° W
3. Mai 2092, 13:27
NOAH#04

Das Flachdach war leer.

Einfach *leer.*

Einsam schaukelte der Richtkranz an seinem Baum. Keine Fregattvogel-Flagge zu sehen. Und auch von Sorcha keine Spur. Von niemandem.

Viv ließ die Stahltür zum Treppenaufstieg hinter sich ins Schloss knallen. Die Waffe in der Hand trat sie weiter aufs Dach hinaus. Drehte sich langsam um sich selbst, sicherte nach allen Seiten. Der Wind pfiff hier oben noch stärker als auf dem Hochhaus, auf dem sie heute Mittag gestanden hatte. Oder war bloß der Sturm näher gekommen, der sich am scheinbar immer noch beklemmend leeren Horizont auftürmte? Der Anblick trieb ihr eine Gänsehaut auf die Arme.

Unten in der Bucht lief weiter die Party, von alldem unberührt. Noch.

»Vince? Sorcha?!«

Nichts. Auch auf dem gegenüberliegenden Dach war nichts zu sehen. Nichts und niemand.

Wo seid ihr hin, verflucht?!

Sie hatte noch nicht zu Ende gedacht, als ihre Welt sich plötzlich von oben nach unten kehrte. Es geschah so schnell, dass ihre Sinne nicht folgen konnten, während sie zugleich alles seltsam distanziert wie in Zeitlupe betrachtete. Einen Film, den sie schon kannte.

Déjà-vu.

Etwas Schweres flog mit voller Wucht gegen sie und traf sie in die Seite; riss sie von den Füßen und schleuderte sie meterweit übers Dach. Ihr Kopf prallte dumpf gegen etwas Hartes. Hektisch blinzelte sie gegen die schwarzen Flecken an, die vor ihrem Sichtfeld tanzten.

Der Richtbaum? Nein. Das Geländer der Brüstung. Das Einzige, was sie noch von dem Abgrund hinter ihr trennte.

Hastig versuchte Viv, sich aufzurappeln. Ihre Ohren klingelten, sie fühlte sich benommen. Ihre Waffe. Wo war ihre Waffe? Oh, nicht weit. Gar nicht weit weg, diesmal. Sie musste nur ...

Erneut traf sie ein Stoß – nein, ein Tritt. Ein eleganter Schuh unter einer schwarzen Anzughose. Sie fiel zurück, stieß sich beinahe noch einmal den Kopf. Ein Schatten ragte über ihr auf; eine silbrig umrahmte Silhouette gegen das Sturmlicht. In der Hand: Ein rot leuchtender Revolver, auf sie gerichtet. Viv musste gar nicht erst genauer hinsehen, um zu wissen, wer das war.

Mit einem resignierten Stöhnen sackte sie gegen die kleine Mauer, die das Geländer mit dem Dach verankerte.

»Ich hab euch doch gesagt, ihr sollt nicht tauschen.«

Allmählich klärte sich ihre Sicht ein wenig. Das Klingeln in ihren Ohren ebbte ab, und sie konnte Vince lachen hören. Dieses so leise und doch so gefährliche Lachen.

»Stell dir vor: Haben wir auch nicht. Wir können nämlich beide Sprengladungen gleichzeitig zünden.«

Viv blinzelte erneut. Nur mit Mühe gelang es ihr, ihren Blick zu fokussieren. Sie musste sich wirklich heftig den Kopf gestoßen haben. Das war schlecht. Sehr schlecht.

»Wo ist Sorcha?«, fragte sie, ohne wirklich eine Antwort zu erwarten.

»Da, wo du nicht bist, natürlich.« Hinter Captain Frigatebirds Schultern entfaltete sich mit lautem Flattern die riesige Flagge der *Revery*. »Wir hatten recht damit, dir nicht vollständig zu vertrauen, stimmt's? Du wolltest Sorcha trotz allem festsetzen und mitnehmen.« Vince ging in die Hocke. »Was wir uns jetzt noch fragen, ist bloß: Warum dann dieser Zettel?«

Viv zuckte etwas mühsam die Schultern, blinzelte, als ihr schwindelig davon wurde. »Weil ich euch mag. Und weil ich nicht wollte, dass jemand von euch stirbt. Deshalb hab ich dafür gesorgt, dass die Scharfschützin diesmal aufs andere Dach zielt. Auf dem *ihr* ja zum kritischen Zeitpunkt nicht mehr gewesen wärt, weil ihr rübergekommen seid, wie es die Zeitlinie vorgibt – und ich hätte euch dann eigentlich mit Stun-Munition überraschend außer Gefecht gesetzt, bevor ich Sorcha festnehme. Zumindest war das der Plan. Ich dachte, das wär sicher möglich, ohne zu viel Instabilität zu erzeugen.«

»Was für eine scharfsinnige Geisel du bist. Wirklich außergewöhnlich.« Vince grinste, ein wenig schief, aber unverhohlen anerkennend. »Ziemlich guter Plan, ehrlich gesagt. Unter anderen Umständen hätten wir es dir gegönnt, damit erfolgreich zu sein.« Das Grinsen verlosch wie eine Kerze im Windstoß. »Aber Sorcha kannst du nicht haben.«

Vince hielt die linke Hand in die Höhe, den Daumen über die Auslöser zweier Fernzünder gelegt.

»Feuer frei.«

Das Donnern und Rumpeln, das die Stadt von tief unten erschütterte, setzte sich bis in Vivs Magen fort, in ihr Herz und sogar ihr Hirn. Weit draußen antwortete der Geisterchor der Schiffsglocken. Viv sah den Triumph, der Vince von innen heraus leuchten ließ; sie wusste selbst nur zu genau, was jetzt passieren würde, und absurderweise konnte sie nicht anders, als selbst eine wilde Art von Triumph zu empfinden.

Es ist so richtig. Wie kann es sich immer wieder so richtig *anfühlen, wenn das passiert?!*

»Captain!«, erklang in diesem Moment eine Stimme von jenseits der Brüstung, und kurz darauf tauchte wie aus dem Nichts einer der Gleiter auf. Der zweite kurz dahinter. Loraj und Zèklè. Von Sorcha immer noch keine Spur. »Alàs!«

»Ah, das Shuttle zur *Revery*. Wenig Zeit zu feiern diesmal, wie's scheint.« Vince steckte den Revolver zurück unter das schwarze Jackett, schwang sich mit einem eleganten Sprung auf das Geländer und kickte in derselben Bewegung Vivs Halbautomatik in die Tiefe.

»Willst du mit? Gute Geiseln können wir immer gebrauchen.«

Ein raues Lachen stolperte aus Vivs Kehle. Mühsam griff sie nach oben, bekam das Geländer zu fassen und zog sich irgendwie auf die Füße. Ihr Kopf dröhnte immer noch so sehr, dass sie kaum denken konnte. Sie konnte nicht sortieren, ob es gut oder schlecht war, was hier gerade passierte. Oder wie sie von hier aus weitermachen sollte. Das Einzige, was sie mit Sicherheit empfand, war ein tief glühender Funke Erleichterung, weil in der aufgescheuchten Partybucht nichts von der Harbor Unit zu sehen war. Wenigstens eine hatte auf sie gehört.

»Ich …« Sie hob den Blick. Sah zu Vince und an Vince vorbei – und erstarrte.

Weil dort, nebenan auf dem Hochhausdach, ein Schatten war.

Ein Schatten mit einem Snipergewehr, den sie dort nicht erwartet hatte. Ein Schatten, den sie *weggeschickt* hatte.

Und der rote Punkt eines Laserpointers, der über Vince' Schulter huschte.

Die Starre zerfiel.

»VORSICHT, CAPTAIN!!«

Viv sprang vor. Stieß Vince mit aller Kraft vom Geländer in Richtung der Gleiter – im selben Augenblick, als ein scharfer Knall durch die Bucht peitschte.

TAG 34

40° N 72° W
3. Mai 2092, 13:35
NOAH#04

»VORSICHT, CAPTAIN!«

Vince hatte nicht viel Zeit, um zu verarbeiten, was passierte. Wer da schrie, und vor allem: Warum. Das Gefühl des Fallens war kaum im Hirn angekommen, der Knall, kurz darauf gefolgt von einem zweiten, hallte noch zwischen den Hochhausfassaden nach – da war es auch schon wieder vorbei. Vince prallte hart mit Hüfte und seitlichem Brustkorb auf den Sitz eines Gleiters. Klammerte sich reflexartig fest, spürte den Gleiter kurz unter dem neuen Gewicht absacken, ehe er sich stabilisierte.

Und jetzt, *erst jetzt*, als das Fahrzeug erneut beschleunigte, sie wegtrug von der Stadt, die durch die Wellen pflügte, über die Flotte der Piraten hinweg aufs offene Meer hinaus ... begriff Vince, dass der Schuss aus jenem verfluchten Snipergewehr diesmal *jemand anderes* getroffen hatte.

Dass diesmal *jemand anderes* fiel.

Der Gedanke war zu groß, um ihn sofort zu begreifen.

Vorn auf dem Flugsitz drehte sich Zèklè um, die Augen über der Maske dunkel vor Sorge und kaum gewagter Erleichterung. Vince zog eine Grimasse, die einfach kein Lächeln werden wollte, packte den Sattel fester und hievte sich in eine Position, die den Schwerpunkt des Gleiters nicht ganz so sehr in den Linksdrall zog. Das Anspannen der Muskeln tat höllisch weh. Atmen auch. Vielleicht eine Rippenprellung. Vielleicht sogar ein Bruch.

Immer noch ein ziemlich guter Tausch gegen *tot.*

Langsam sickerte es weiter ein. Das Begreifen.

Nicht tot.

Nicht. Tot.

Es hatte funktioniert, sie waren aus dem Kreis ausgebrochen; lebendig auf dem Weg zurück zur *Revery*, alle. Vince wollte schreien. Den Triumph herausbrüllen.

Aber der Schock saß zu tief.

Der Schmerz auch.

Und die Stadt …?

Vince sah nach unten, auf das Meer, das heute nur der Wind aufpeitschte, und das Kielwasser der 246 Piratenschiffe, die NOAH#04 in Richtung New Florida abschleppten. Auch ein Erfolg. Mehr noch. Keine Gegenwehr, diesmal. Aber war das gut? Es war *anders* als in all den Hunderten von Erinnerungen an diesen Tag.

Wenn die Harbor Unit nicht hier war … wo war sie dann? Und nicht zuletzt … was war mit Viv? Nein, es war unmöglich, das alles auf einmal zu begreifen. Ganz und gar unmöglich.

Vince unterdrückte ein Ächzen und wandte sich zu dem zweiten Gleiter neben ihnen. »Loraj! Fahr den Tarnmodus hoch, flieg zurück und versuch, Viv zu finden! Finde raus, ob sie noch lebt!«

Vince wusste selbst, wie unwahrscheinlich das war. Versuchen mussten sie es trotzdem. Viv hatte die Antworten, die jetzt wichtig waren. Und … hatte sie sich vorhin allen Ernstes geopfert?

Loraj gab per Handzeichen zu verstehen, dass sie verstanden hatte. Ihr Gleiter driftete seitlich ab. Verschwamm mit dem Himmel, noch ehe sie einen Steinwurf weit entfernt war. Vince atmete tief ein, fühlte das *Leben* erneut mit all dieser absurd schmerzhaften Wucht unter den Rippen explodieren und hätte vielleicht gelacht, wenn der Schmerz nicht zum Heulen gewesen wäre.

Klick.

»Cicatriz! Wir kommen jetzt zur *Revery!* Gib Nachricht an die anderen Schiffe, sie sollen sich weiterhin für ein Feuergefecht bereithalten. Wir fürchten, es ist noch nicht vorbei.«

Klick.

Stille.

»Cicatriz?«

Immer noch Stille.

»Edna?«

Keine Antwort. Was zur Hölle …?

»Sorcha?! Ist alles okay bei euch? Aurora! Antwortet!«

Nichts.

Der eigene Herzschlag donnerte mit einem Mal unangenehm laut in Vince' Brust. Auch Zèklè drehte sich erneut um. In seinen Augen las Vince jetzt wieder Angst, beinahe Panik.

Nachvollziehbar. Viel zu nachvollziehbar. Vince ließ ein Panel im Sitz aufschnappen und aktivierte die direkte Funkverbindung zwischen den Gleitern.

»Loraj! Komm zurück. Sofort!«

»Aye, Captain!« Selbst in ihrer Stimme hörte Vince die gleiche Angst wie bei Zèklè. Die gleiche *berechtigte* Angst. Auch sie hatte mitbekommen, dass die *Revery* nicht antwortete. Auch ihr Transmitter war still geblieben. Es fühlte sich grässlich falsch an, Viv ihrem Schicksal zu überlassen. Aber in all dem Chaos mussten sie drei jetzt zusammenbleiben; und selbst wenn sie Vince das Leben gerettet hatte – es war immer noch nicht bewiesen, dass Viv in allen Belangen unschuldig an diesem neuen Szenario war. Im Gegenteil.

Ganz davon abgesehen, dass sie nicht mal wussten, ob es für Viv überhaupt noch ein Schicksal gab.

Vince versuchte es ein letztes Mal, diesmal über die offene Leitung des Gleiters zur Brücke. Viel zu unsicher normalerweise. Jetzt die letzte Option.

Geh ran, Edna! Komm schon, geh ran!

»Captain?!«

»Edna! Was ist los bei euch?«

Edna am anderen Ende der Leitung stieß ein tiefes, erleichtertes Stöhnen aus. »Großergottseidank, ihr lebt. Sind die Kids bei euch? Wir wurden von der Flotte isoliert.« Ihre Stimme war ungewohnt gedämpft. »Gleich nach Raidbeginn. Die schirmen unsere Funkkanäle ab. Ich leite unsere Trans-Komm auf diesen Kanal, ist aber instabil und dauert.« Sie machte eine kurze Pause. Fluchte auf Deutsch. »Sie haben Cicatriz mit runter genommen. Sieht aus wie die Harbor Unit. Was haben die eigentlich mit der Sache zu tun?«

»Ist Sorcha zurück an Bord?«

»Nein, hab nichts gehört. Dachte, sie wäre bei euch. Ich hab gesagt, es ist 'ne Falle, Captain, warum hört eigentlich nie ...« Die Verbindung brach ab. Nur Rauschen blieb zurück.

Vince fluchte.

»Captain!« Loraj tauchte wieder neben ihnen auf. Sie hatte die Maske heruntergezogen, ihr Gesicht war angstverzerrt. »Was machen wir jetzt?«

Vince tastete im Jackett nach dem Revolver. Er war noch da, nicht verloren gegangen. Immerhin. Keine optimalen Bedingungen, nicht mit der Verletzung, und schon gar nicht, da sie nicht wussten, was sie eigentlich an Bord erwartete. Aber mit zwei Gleitern, den Gewitterkids und einem Revolver ... war auch nichts unmöglich.

»Wir fliegen zur *Revery*. Irgendetwas stimmt da ganz und gar nicht. Klingt, als ob wir gerade gekapert werden. Und wir haben so ein Gefühl, dass wir es dabei *nicht* mit der Harbor Unit zu tun haben. Zumindest nicht nur.« Vince verzog grimmig den Mund und drückte Zèklès Schulter.

»Wer auch immer sich das traut. Zeigen wir ihnen, was Mayhem bedeutet.«

TAG 34

40° N 72° W
3. Mai 2092, 13:49
auf offener See

»Wirst du mir sagen, wohin wir fahren?«

Es hatte nicht lange gedauert, bis Sorcha begriff, dass Aurora sie nicht auf die *Revery* bringen würde. Schon von Anfang an war der Kurs falsch gewesen. Nicht sehr offensichtlich, unauffällig geradezu, gut erklärbar durch das Umgehen von Gegenströmungen und der erwartbaren Bewegung der Stadt, sobald die Schleppleinen sich darin verankerten.

Aber Aurora hatte den Kurs auch nicht korrigiert, als sie aus der Gefahrenzone heraus waren. Und als kurz darauf die Detonation an der Wurzel das umliegende Meer erschütterte und Auroras Speedboot sie immer noch weiter weg von der Stadt und selbst von den äußersten Linien der Piratenflotte brachte – geschweige denn näher an die Position, an der die *Revery* sich zuletzt befunden hatte –; da hatte Sorcha endgültig keine Zweifel mehr, dass Aurora ebenfalls ihren eigenen Plan verfolgte.

Jetzt drehte sie sich zu Sorcha um, eine Hand scheinbar lässig aufs Ruder gelegt, die andere auf den Gehstock gestützt. »Auf der *Revery* ist es nicht sicher«, sagte sie, als wäre das eine Antwort auf Sorchas Frage.

»Sicher für wen?« Sorcha runzelte die Stirn. Gischt spritzte ihr ins Gesicht, aber sie blinzelte nicht. »Entführst du mich gerade, Aurora? Lieferst du mich aus?«

Es wunderte sie selbst, wie gelassen sie die Erkenntnis nehmen konnte. Vielleicht, weil sie zum ersten Mal seit sehr, sehr langer Zeit nicht von Déjà-vus oder Derealisationen begleitet wurde. Dies war absolut neu, es war eine fremde Erfahrung, und es war okay. Auf absurde Art ... irgendwie frei. Fremd hieß nicht unlösbar.

»Nimm's nicht persönlich. Die Situation ist kompliziert.« Aurora warf ihr einen letzten bedauernden Blick zu, ehe sie sich wieder nach vorn wandte. »Es ist meine Schuld, dass es außer Kontrolle geraten ist. Aber ich habe die Verantwortung für meine Crew. Und da du nicht dazu gehörst, verstehst du sicher, dass ich dich für ihre Sicherheit opfern muss.«

Sorcha hielt sich an der Reling des Speedbootes fest, als es über einen Wellenkamm sprang und in ein überraschend tiefes Wellental stürzte; und kurz rechnete sie durch, wie ihre Chancen standen, wenn sie sich einfach über Bord fallen ließ. Wie wichtig war sie für Aurora als Geisel, und hatte sie eine Chance, wegzuschwimmen, um auf einem anderen Schiff der Piratenflotte Zuflucht zu finden?

Gegen ein Speedboot ... ziemlich sicher nicht.

»Erzählst du mir wenigstens, was der Deal war?«

Aurora sah nun wieder konzentriert nach vorn. Die grauen Locken unter dem Hut bewegten sich malerisch im Fahrtwind, umspielten ihre harte Kieferlinie.

»Es fing alles mit diesem neuen Deckhand an. Antonín. Smarter Typ, knallharter Seemann, überzeugter Pirat. Und Aussteiger-Insider bei den GASS. So hat er's mir zumindest verkauft.«

Sorcha starrte sie verblüfft an. »Also hast du doch längst gewusst, dass du es mit den Geheimdiensten zu tun hattest! Was haben sie dir versprochen?«

»Zu dem Zeitpunkt erst mal noch gar nichts. Antonín war einfach an Bord. Hat sich perfekt in die Crew eingegliedert. Aber eines Tages kam er mit diesem Deal an. Von einem seiner alten GASS-Kontakte angeblich.« Ein scharfer Blick aus dem Augenwinkel traf Sorcha. »Und er erzählte von einem Gerät, das von den GASS konstruiert wurde. Ein Gerät, mit dem man die Zukunft sehen kann. Er hatte es *dabei*, in einer mobilen Lightversion. Sagte, wir könnten es eine

Weile an Bord behalten, es testen, wenn wir ihm noch nicht genug glauben, um den Deal abzuschließen.«

»Was war dieser Deal?«, fragte Sorcha noch einmal. Sie fühlte sich atemlos. Ein Gerät, das die Zukunft sehen konnte. Eine Maschine, oder zumindest eine stark vereinfachte Version. Auf Auroras Schiff? Die ganze Zeit?!

Dann haben sie mehr als nur ein weiteres System entwickelt in den letzten Jahren. Wie viele gibt es wohl noch?

»Es ging schief«, sagte Aurora, als hätte sie Sorchas Frage gar nicht gehört. »Oder vielmehr lief es *zu* gut. Ich habe das Gerät offenbar nicht genug geschützt, und jemand aus meiner Crew hat es benutzt, um in New Florida Deals mit anderen Crews zu machen. Nennen wir es beim Namen: Um Morde zu begehen.« Ihr Gesicht verdüsterte sich. »Den GASS hat das natürlich überhaupt nicht gepasst. Sie haben verlangt, dass ich es aufhalte, und ich habe viel zu lange gebraucht, um herauszufinden, wer uns dermaßen hintergangen hat. Erst letzten Monat ist es mir gelungen. Und bevor du fragst, natürlich habe ich Konsequenzen gezogen. Natürlich *ohne* irgendwelche Namen an die GASS zu verraten.« Ihre Hand schloss sich etwas fester um den Knauf des Gehstocks. »Aber den GASS reicht das natürlich nicht. Sie wollen eine offizielle Aufklärung der Fälle. Eine, die ihnen bestenfalls in die Hände spielt, was das negative, gewaltbereite Bild der Republik angeht. Konkret gesagt, sie wollen ein Gesicht für diese Vorfälle. Um den Leuten so richtig Angst vor der Republik zu machen. Aber ich kann natürlich nicht zulassen, dass dafür ein Mitglied meiner Crew unschuldig verurteilt wird. Oder mehrere.«

Sorcha hielt sich noch etwas fester an der Reling. Fühlte den unsauber verschweißten Übergang der Quer- zur Längsstrebe. Beruhigend uneben. »Der Deal, Aurora«, stieß sie hervor, obwohl sie die Antwort längst ahnte. »Was war der scheiß Deal?!«

Aurora lachte, rau und unfroh, gefolgt von einem Seufzen.

»Du, cariño. Du warst der Deal. Das hast du dir mit deinem schlauen Kopf doch sicher schon gedacht. Du und aktive Kooperation bei der Inszenierung der Republik als terrorgefährlichem Feind –

das waren die neuen Forderungen. Im Tausch gegen einen lebenslangen Piraterie-Freibrief für mich und meine gesamte Crew. Absolution, unabhängig von allem, was mit der Republik in Zukunft geschieht. Warum sie ausgerechnet dich wollten, konnte ich mir, ehrlich gesagt, lange nicht erklären, aber seit unserem kleinen Gespräch auf der Lastplattform verstehe ich es. *Du* hast diese Technologie erfunden, natürlich wollen sie dich. Sie werden dir statt meiner die Morde anhängen und dich öffentlichkeitswirksam dafür verurteilen lassen. Wahrscheinlich, nachdem sie versucht haben, noch so viel Wissen wie möglich aus dir rauszuquetschen.« Sie hob bedauernd die Schultern. »Tut mir leid, es ist nichts Persönliches. Du weißt, ich habe dich und Captain Vogelfrei immer sehr geschätzt. Aber diesen Freibrief kann ich mir nicht entgehen lassen. New Florida steht spätestens seit heute auf der Abschussliste der USA, vermutlich auch bald auf der anderer Großmächte. Sie fürchten uns, und deshalb werden sie uns vernichten. Die Republik wird sinken, Sorcha. Der Traum ist ausgeträumt. Es ist nur eine Frage der Zeit. Aber ich und meine Crew, wir werden nicht mit untergehen, wenn es so weit ist.«

»Und du vertraust einem Versprechen der Geheimdienste?!«

»Natürlich nicht. Deshalb hab ich es mir im Voraus schriftlich geben lassen. Unterschrieben von Henk Orval persönlich.«

Jetzt sagte Sorcha gar nichts mehr. Ihr fiel nichts mehr ein. Sie war verloren. Dafür brauchte sie nicht mal die Fregatten der Harbor Unit zu sehen, die jetzt erschreckend nah vor ihnen auftauchten und bedrohlich über ihnen aufragten. Hier waren sie also.

»Sag Cicatriz, er kann immer noch Teil meiner Crew werden, falls du ihn noch mal treffen solltest«, sagte Aurora und drosselte den Motor. »Die Kids auch. Es ist noch nicht zu spät.«

Sorcha öffnete den Mund, um wenigstens darauf eine höhnische Antwort zu geben.

Da zerriss ein ohrenbetäubender Knall den Himmel.

TAG 34

40° N 72° W
3. Mai 2092, 13:57
an Bord der Revery

Es war nicht ganz einfach, die *Revery* zu finden. Nicht, solange die Trackingsysteme ausgeschaltet waren und sie im Tarnmodus flogen, während sich das Schiff selbst ebenfalls im Tarnmodus befand. Aber Vince vertraute dem Instinkt der Zwillinge. Sie waren wie Vögel, die nach Magnetfeldern und Geruch navigierten und ein Gedächtnis für Flugrouten tief in sich verankert hatten. Sie brauchten keine Karten, keine Tracker, keine Signale, um den Weg nach Hause zu finden. Loraj und Zèklè hatten in dieser Hinsicht noch nie enttäuscht. Auch diesmal nicht.

Sie näherten sich lautlos, bis auf eine Distanz, in der selbst der perfekteste Tarnmodus sie nicht mehr voreinander verbergen konnte. Vince ließ sich von Zèklè im Krähennest absetzen, um von oben die Lage beobachten zu können, während die Zwillinge in einem Bogen das Schiff umrundeten und schließlich behutsam an den Ports andockten. Unbemerkt Teil der *Revery* wurden, wie so viele Male zuvor.

An Deck war es erstaunlich ruhig, vor allem wenn man davon ausging, dass hier gerade eine Entführung und Geiselnahme im großen Stil stattfand. Nur zwei Personen in schwarzen Einteilern patrouillierten steuerbord und backbord entlang der Reling. Vince vermutete, dass es dafür nur eine einzige Erklärung geben konnte:

Es war eine inoffizielle Mission, und es ging bei dieser Entführung nicht um die *Revery* selbst, oder um ihre Crew. Es ging um ihr größtes Geheimnis. Auch die Tatsache, dass Sorcha noch nicht wieder an Bord war, sprach leider dafür. Und wenn die Eindringlinge auf der *Revery* der Maschine wegen hier waren, dann waren sie natürlich nicht an Deck. Sie waren im Bauch des Schiffs, in Sorchas Reich.

Oh, und zwei weitere oben auf der Brücke, an den Ausgängen zum Ruderhaus.

Vince hob das Fernrohr ans Auge, das im Krähennest am Mast hing, und musterte die athletischen Gestalten in ihren schwarzen Uniformen genauer. Definitiv keine Harbor Unit. Im Weg zu Edna *oder* zum Maschinendeck waren sie trotzdem.

Immerhin, wenn Edna im Ruderhaus ungestört an ihrer Funkverbindung schrauben konnte, waren vermutlich nicht genug Leute für eine Eins-zu-eins-Personendeckung an Bord gekommen. Und Cicatriz? Sie hatten ihn mit runtergenommen, hatte Edna gesagt. Das konnte alles Mögliche heißen. Cicatriz war der patenteste Kerl, den Vince kannte. Zwischen seinem Leben als Apotheker und denen als Schiffskoch und Pirat war er bei den US-Navy Boat Teams gewesen. Was die Crew an Kampftechniken konnte, hatte er ihnen beigebracht. Es blieb Hoffnung, dass er sich durchschlagen konnte, auch ohne Hilfe.

Vince ließ das Fernrohr sinken und setzte sich zurück auf den Boden des Krähennests, um außer Sicht zu sein. Unterdrückte ein Ächzen, als die Bewegung den Schmerz unter dem Rippenbogen zurückholte. Das würde ein Spaß werden, durch die Takelage zum Bug und dem dortigen Unterdeckabgang zu kommen. Es war nicht so, dass Vince das noch nie gemacht hatte. Aber noch nie mit einer gebrochenen oder geprellten Rippe. Möglichst leise auch noch.

Oh, was für ein guter Tag, um am Leben zu sein.

Vince aktivierte den Transmitter, zum ungezählten Mal in der letzten halben Stunde. Manchmal funktionierte es, manchmal nicht. Es war lästig, aber besser als nichts.

»Zèklè. Loraj. Hört ihr?«

Klick.

»Wir hören, Captain.«

»Wie steht es um eure Explosives?«

Klick.

»Genug für ein kleines Feuerwerk. Zu wenig für 'nen großen Knall.«

»Ein großer Knall ist heute leider nicht das Ziel. Don't explode the company, wie es so schön heißt.«

Lorajs entrüstetes Kichern knisterte in der Verbindung. »Das ist nicht witzig, Captain!«

Vince grinste und lehnte sich erschöpft mit dem Rücken gegen die Bande des Krähennests. *Doch. Ist es. Man muss Spaß haben, während man die Welt anzündet.*

»Ihr zwei fliegt gleich raus, weit genug für den Tarnmodus. Benutzt den Sprengstoff als Ablenkung, aber kommt nicht in Feuerreichweite. Während sie euch zu orten versuchen, gehen wir runter und suchen Cicatriz. Und wer auch immer noch dort ist.«

»Aye, Captain.« Durch die Verbindung drangen jetzt die Geräusche der erneut startenden Gleiter.

Klick.

»Captain!« Das war wieder Edna. Gewohnt ungehalten über Vince' Pläne. »Da unten sind mindestens drei Personen. Bewaffnet.«

Vince lachte matt. »Na, zum Glück sind wir auch bewaffnet.«

»Würdet ihr euch *bitte nicht* mit Vorsatz ins Kreuzfeuer werfen?«

Vince richtete sich mühsam auf und kam mit einem letzten kleinen Ächzen auf die Füße. Spähte vorsichtig noch einmal über den Rand des Krähennestes. »Keine Sorge, Ed. Du weißt, wir lieben Cicatriz über alles. Aber das Ziel ist ein anderes.«

»Und welches, bitte schön?«

Vince atmete einmal tief ein und wieder aus. Es tat weh. Aber es tat auch verdammt gut. »Die Maschine natürlich. Es muss endlich ein Ende haben.«

In diesem Augenblick zündeten auf backbord die ersten Granaten über dem Wasser.

Es war erstaunlich, wie gut sich der Schmerz übergehen ließ, wenn nur genug Adrenalin durch den Körper pumpte. Kaum zwei Minuten später hing Vince in der Takelage über dem Unterdeckabgang, verborgen zwischen den halb gerefften Großsegeln des hinteren Mastes, und wagte keine Bewegung und keinen Laut, weil unten zwei weitere Gestalten in schwarzen Einteilern aus der Tür mit dem kaputten Fenster gestürmt waren. Vermutlich, um bei dem Aufruhr, den die Kids auf dem Meer veranstalteten, nach dem Rechten zu sehen.

Umso besser. Zwei weniger, um die Vince sich dort unten sorgen musste, zumindest für eine Weile. Zwei weniger, die Cicatriz bedrohten. Unangenehm allerdings, solange Vince hier hängen musste und im Großen und Ganzen nur einen Arm dafür benutzen konnte.

Bis zum Deck waren es nicht mal drei Meter. Ein leichter Absprung, normalerweise. Unter den aktuellen Umständen: Eine Tortur. Vince blieb oben, bis es unmöglich war, sich weiter festzuhalten, und ließ sich dann fallen, als die zwei Neuankömmlinge an Deck endlich weit genug entfernt waren und niemand in Richtung Unterdeck sah. Verschwand durch die Tür, ehe sich jemand umdrehen konnte, so leise wie möglich.

Auch an Schmerzexplosionen konnte man sich offenbar gewöhnen. Zucken, krümmen, wegatmen. Weiterlaufen.

Still war es hier unten, bis auf das Knarren des Rumpfs im Wasser, und die Wellen, die von außen an die Bordwand schwappten. Und ein leises Echo von Stimmen, die aus einiger Entfernung durch die Gänge hallten.

Von unten. Natürlich von weiter unten.

Vor den Stufen der engen Treppenstiege zum zweiten Unterdeck blieb Vince erneut stehen. Die Stimmen und Geräusche waren hier deutlich lauter, aber immer noch unverständlich. Vince tastete in der Innentasche des Jacketts nach dem Revolver. Es war nicht möglich, die engen Stufen hinunterzusteigen, ohne einen beachtlichen Lärm zu verursachen, deshalb stemmte Vince einen Fuß auf jeden Handlauf und rutschte halb stehend darauf nach unten – ein Manöver, das sie mit der Crew definitiv zu lange nicht mehr geübt hatten, aber es funktionierte.

Unten war es fast vollständig dunkel. Nur die Luke, die zum Maschinendeck führte, stand offen. Gedämpftes Licht drang heraus, raue, grobe Stimmen – und Kampfgeräusche.

Von hier war es endgültig nicht mehr zu verkennen. Cicatriz. Cicatriz war da unten und prügelte sich mit jemandem. Ziemlich heftig, den Geräuschen nach zu urteilen. Vince wusste, wie es klang, wenn Cicatriz' Tonfas auf Stahlrohre trafen. Oder auf Körperteile.

Die roten Dioden auf dem Revolverrücken leuchteten auf.

Was jetzt?

Es war unmöglich, zu sehen, was da unten los war, und Vince hoffte bloß, dass keine Schusswaffen im Spiel waren.

Es blieb keine Zeit, runterzugehen und zu helfen.

Nein, Tatsache: Vince *war* keine große Hilfe in diesem aktuellen Zustand. Bei aller Willenskraft wurde es zunehmend schwerer, trotz der Schmerzen aufrecht zu bleiben, das würde sich leider nicht viel länger leugnen lassen.

Cicatriz war ein harter Hund. Viel härter als Vince. Er würde zurechtkommen.

Und die wichtigste Mission war immer noch eine andere.

Also dankte Vince Cicatriz still für diese Gelegenheit und huschte weiter den Gang hinunter zu Sorchas Kabine. Wo hinter der dicken Stahltür der Dreh- und Angelpunkt dieser ganzen Geschichte lag. Drückte die Klinke hinunter.

Nichts rührte sich. Abgeschlossen. *Natürlich* war die Tür abgeschlossen. Und den Schlüssel, wie alle anderen seit Beginn des Raids, hatte Cicatriz.

Die Erkenntnis war wie ein Stöpsel, der aus Vince' Energiereserven gezogen wurde. Die ganze Heimlichkeit bis hierher, und wofür?

Ach, scheiß drauf.

Ein Magnetschloss zu öffnen, indem man es mit dem Revolver zerschoss, hatten sie auch zu lange nicht geübt. Es war außerdem höllisch laut. Aber es funktionierte.

Ungünstig war bloß, dachte Vince, während die Tür aufschwang und die Geräusche vom Maschinendeck her kurz innehielten, dass jetzt nur noch vier Schuss im Revolver waren. Und dass von hier an alles so schnell gehen musste. Welche vier Stellen zerschoss man bei dieser Maschine am besten, um sie möglichst gründlich zu zerlegen?

Oben an Deck wurden jetzt wieder nervöse Schritte laut. Von unten drangen Geräusche, die schwer einzuordnen waren.

Vince hob den Revolver und zielte.

Fangen wir mit den Steuerelementen an.

»Captain, nicht!«

Vince hielt augenblicklich inne. Cicatriz' Stimme kam aus dem hinteren Teil des Unterdeckflurs, noch halb verschluckt vom Abgang ins Maschinendeck. Viel wichtiger aber war, wie dringlich sie klang.

Vince wandte sich um und sah Cicatriz aus dem Schacht zum Maschinendeck auftauchen. Ihm folgte eine hochgewachsene Gestalt mit Vitiligo-gefleckter Haut, einem perfekt sitzenden karamellbeigen Anzug – und einer Halbautomatik in der Hand, die mit enervierender Gelassenheit auf Cicatriz gerichtet war.

Henk Orval von den GASS.

Vince hätte nicht sagen können, woher diese Information kam. Oder der verblüffend heftige Hass, der sie begleitete. Aber das war ja irgendwie zuletzt ein trauriger Dauerzustand geworden.

Henk Orval auf unserem Schiff. Wir sollten ihn einfach direkt erschießen.

»Das ist also Captain Vince Frigatebird«, sagte Orval, und in seiner Stimme hörte Vince erstaunlicherweise uneingeschränkten Respekt. »Ich hätte nicht gedacht, dass wir uns mal persönlich begegnen.« Er drückte die Mündung seiner Waffe gegen Cicatriz' Hinterkopf und musterte Vince über Cicatriz' Schulter hinweg mit stechendem Blick. »Nehmt die Hände hoch und lasst die Waffe fallen.«

Es hätte bedrohlich sein können. Vince spürte bloß mehr Wut – und ein auf eigene Art bedrohliches Grinsen auf dem Gesicht.

»Henk ›the notorious‹ Orval. Das liegt wohl daran, dass du auf unserem Schiff nichts verloren hast und wir dich sofort wieder entfernen müssen.«

»Bitte, Captain, tut das nicht.« Cicatriz hob die Hände vor die Brust. »Wenn ihr jetzt schießt, schießt er auch.« Er legte den linken Zeigefinger zweimal kurz gegen die vernarbte Haut neben seinem Mundwinkel. »Denkt an euer Gesicht.«

In diesem Moment hätte Vince fast gelacht. Wie Cicatriz dort stand und Dinge redete, die er im normalen Leben niemals so gesagt hätte – nur damit es nicht auffiel, wie seine Finger die eigentliche Botschaft überbrachten:

»Die Maschine ist mit Sprengstoff versetzt. Wenn ihr schießt, wird sie hochgehen. Gefährlich für alle hier unten.«

Ein kleines, amüsiertes Glucksen schaffte es am Ende doch nach draußen. »Du weißt, wir mögen dein Gesicht.« Vince senkte den Revolver und trat einige Schritte von der Maschine zurück. In den Gang hinein, in Richtung Orval und Cicatriz. Es blieb wirklich nicht viel Zeit. Die Entscheidung musste bald fallen, sicher hatte Orval Verstärkung von oben gerufen.

Ob bei den Kids alles in Ordnung war?

Cicatriz verzog grimmig amüsiert das Gesicht. »Mögt ihr auch euer Leben? Und meins?«

»Stehen bleiben«, bellte Orval, jetzt deutlich schärfer im Ton. »Ich sagte, Hände hoch und Waffe fallenlassen, wenn ihr wollt, dass euer Quartiermeister lebend dieses Schiff verlässt.«

»Schon gut, schon gut.« Vince hob die Hände, ließ den Revolver locker am rechten Daumen baumeln und machte zwei weitere Schritte weg von der Tür. Ließ die neue Information noch einen Moment lang einsinken und sah zu Orval, der nichts davon wusste. Dachte ein wenig belustigt darüber nach, wie wenig dieser GASS-Typ Cicatriz verstand, oder die stummen Übereinkünfte über Kompromisslosigkeit, die die Crew der *Revery* miteinander verband. Und erinnerte sich unvermittelt an ein Gespräch mit Viv, draußen auf dieser winzigen Insel im Atlantik.

Wir alle sind fragil. Die Frage ist, was du daraus machst. Versuchs mal. Lass es hochgehen.

Etwas hochgehen zu lassen, war nun mal immer eine valide Option.

Noch ein letzter Schritt. Das musste ja wohl reichen. Vince sah zu Cicatriz und lachte leise. Die Entscheidung war gefallen.

»Nicht wahr, mi amor? Leben war schön, so lange es gedauert hat.«

Vince sah Orval zucken; Erkenntnis flackerte über sein Gesicht, und Vince empfand nichts als Genugtuung.

»WAFFE FALLENLASSEN!«, brüllte Orval, geradezu panisch, und richtete seine eigene jetzt auf Vince.

Vince kümmerte sich nicht darum. Schickte nur eine stille Entschuldigung an die *Revery*, die bei dem, was jetzt kam, sicher sehr in Mitleidenschaft gezogen werden würde.

Und schoss.

Durch die Tür von Sorchas Kabine direkt in Cicatriz' Sprengladungen hinein.

»BOOM.«

TAG 34

40° N 72° W
3. Mai 2092, 14:00
auf offener See

Der Himmel war noch nie so schnell zerfallen. Sorcha stand neben Aurora im Speedboot und beobachtete mit seltsam distanzierter Faszination, wie ein weiteres Mal alles zerbrach, in das sie ihre Hoffnung gesteckt hatte.

Ein letztes Mal.

Das war's dann also.

Sie machte sich nicht die Mühe, darüber nachzudenken, was es diesmal ausgelöst hatte. Sie war nicht mal mehr traurig. Oder verzweifelt. Oder wütend.

Nur noch müde. Todmüde.

So stand sie da, die Hand noch immer an der rauen Verbundnaht der Reling, und beobachtete, wie an Deck der Harbor-Unit-Fregatten Panik ausbrach.

Jemand muss auf der Revery gewesen sein, um die Maschine zu holen. Wahrscheinlich hat Cicatriz sie hochgehen lassen.

Sie hörte, dass Aurora aufgeregt auf sie einredete, vielleicht schrie, irgendwas befahl. Aber die Worte erreichten Sorcha nicht.

Sie stand nur da.

Starrte in das schillernde Licht, den stürzenden Himmel, den Ozean, der sich aufbäumte. Spürte den Druck der Reling an ihrem Rücken.

Dann schloss sie die Augen.

Und ließ sich fallen.

TAG 34

40°N 72°W
3. Mai 2092, 14:01
NOAH#04

Es war eine seltsame Perspektive, im Wasser zu treiben und sich nicht rühren zu können.

Um ganz ehrlich zu sein, konnte sich Viv nicht mal *spüren*, abgesehen von ihrem Hinterkopf, der wahrscheinlich Sand berührte – halb unter Wasser, halb darüber, in dieser kleinen fake-natürlichen Felsbucht, in die sie gefallen war. Ihre Ohren waren voller Wasser, sodass sie nur Glucksen und Rauschen und Knirschen hören konnte, alles seltsam dumpf. Aus dem Augenwinkel war das Hochhaus zu sehen, zu dem die Bucht vermutlich gehörte. Privatstrand für noch reichere Superreiche, vielleicht. Vielleicht auch nur eine pseudologische Erklärung, die ihr Hirn in seinen letzten Zuckungen ausspuckte. Weil sie gerade starb, da war sie sich ziemlich sicher. Oder war sie vielleicht schon tot?

Innerlich lachte Viv über sich selbst.

Ich klinge schon wie Sorcha.

Dabei war sie so gut auf alle Eventualitäten vorbereitet gewesen. Aber hatte sie wirklich gedacht, Schutzausrüstung, die unter einem Partydress nicht auffiel, würde ein Geschoss aus einem Remington M24 aufhalten? Manchmal war sie schon ein bisschen lustig.

Ihr Gesicht wurde von einer größeren Welle überspült, wie schon ein paarmal, seit sie hier lag. Wie jedes Mal schluckte sie ein bisschen Salzwasser und fand es faszinierend, dass sie es bisher geschafft hatte, nichts davon einzuatmen. Einen großen Unterschied machte es aber wohl nicht mehr. Vermutlich war es ohnehin nur eine Frage der Zeit, bis die Wellen sie weiter ins Wasser hineinzogen. Eine Strömung sie nach unten drückte. Unter der Stadt begrub, die zu stehlen sie heute schon zum zweiten Mal geholfen hatte.

Ziemlich badass, ehrlich gesagt.

Da erschütterte ein Donner den Himmel, der nichts mit dem Sturm zu tun hatte. Es war auch nicht die Detonation an der Wurzel, die war schon lange vorbei, und auch kein Kanonenfeuer. Mehr, als hätte jemand mit einem Klöppel gegen den Himmel geschlagen wie gegen einen riesigen Gong, und ihm dabei mehrere Risse zugefügt. Viv kannte diese leuchtenden Fragmente, die jetzt auf sie herunterfielen. Sie wusste, was es bedeutete, nach oben zu stürzen.

Es ist nur eine Zeitlinie, versuchte sie sich zu sagen, *nur eine alternative Zeitlinie. Wenn sie vorbei ist, kann ich in Linie Null weitermachen. Ich kann nach Hause. Wie es geplant war.*

Aber leicht war sterben deshalb trotzdem nicht.

ZEITLINIEN-LOGBUCH V

Linie: 0
Start/Ort: [40°N 72°W]
Start/Zeit: 05/03/92
QuantumDot: ohne Fixpunkt
Protokoll: S. Brennan

Persönliche Notiz:
Irgendwann ist es eben immer vorbei. Für uns alle.
Und das ist auch gut so.

TAG 1

33° N 65° W
4. Mai 2092, 10:37
an Bord der Revery

Als Sorcha dieses Mal aufwachte, war es dunkel.

Vollkommen dunkel. Keine Lampe. Kein Restlicht vom Unterdeckflur. Kein Quantum, das auf sie wartete.

Weil die Maschine kaputt ist.

Der Gedanke trieb sie keuchend in die Höhe. Sorcha sprang aus dem Bett, verlor die Orientierung in Schwindel und Finsternis und fiel zurück auf die durchgelegene Matratze. Mit wild klopfendem Herzen blieb sie sitzen, bis sich das schwimmende Gefühl hinter ihrer Stirn etwas legte, und tastete mit zittrigen Fingern nach dem Schalter der Lampe neben ihrem Bett.

Gelbes Licht flutete die kleine Kabine. Langsam kehrten über dem Wummern in ihren Ohren auch die Umgebungsgeräusche zurück. Vertrautes Plätschern und Knarren, Ächzen und Rauschen. Der Sturm war abgeflaut. Die *Revery* war noch in voller Fahrt.

Welche Tageszeit gerade war, oder auch nur welcher Tag? Sie hatte keine Chance, das zu wissen, und es war auch nicht wichtig. In diesem Moment wusste Sorcha nur eins, so sicher wie sie es schon seit gefühlt unendlich langer Zeit nicht mehr gewusst hatte: Sie war zurück.

Ein letztes Mal. In der Zeitlinie, in der alles angefangen hatte. Womöglich am Ende einer unendlich langen Nacht, in der sie eine ungezählte Kette immer neuer Versuche gestartet hatte, ohne je eine Veränderung ihrer Realität vorzufinden.

Doch jetzt war die Maschine zerstört worden. Sie war sich dessen in diesem Moment ganz sicher. In jener anderen Zeitlinie, die Viv mit ihr gemeinsam geöffnet hatte, hatte jemand die Maschine sehr gründlich und bis auf den Kern vernichtet – und zwar dermaßen gründlich, dass sie jetzt und hier ebenfalls davon betroffen war. Woher sie das wusste, hätte Sorcha nicht sagen können. Sie spürte es einfach.

Die Maschine war nicht mehr.

Sorcha starrte auf den dunklen Klotz zwischen ihrem Bett und der Tür und fühlte, wie sich das Begreifen langsam in ihr ausbreitete.

Die Maschine war zerstört. Aufgrund eines Ereignisses in einer anderen Zeitlinie. Sie hatte ihre Realität verändert.

Noch einmal sprang Sorcha auf die Füße, taumelte. Stolperte vor zur Maschine, drückte mehrmals auf den Einschaltknopf, schlug aufs Display, bewegte den Starthebel hin und her, presste ihre Augen gegen das Binokular.

Nichts.

Kein Flimmern. Kein Zucken. Gar nichts.

Sie hatte ihre Realität verändert.

»Vince!«

Es gab keine Worte dafür, wie heftig die Hoffnung plötzlich in ihrer Kehle brannte. Wie unfassbar gleichgültig ihr mit einem Mal die pochenden Schmerzen in ihrem Schädel waren, der Druck im Magen, die wackeligen Knie, die zittrigen Finger. Sorcha stürzte aus dem Raum, ohne sich noch einmal umzudrehen.

Sie musste es sehen.

Sie musste wissen, ob ihre Realität tatsächlich eine andere Richtung genommen hatte.

Nur dieses eine verdammte Mal.

Draußen begrüßte sie der unvermeidliche Wind – und so viel mehr Licht, als sie erwartet hatte. Es musste schon fast Mittag sein. Welcher Tag, wusste sie immer noch nicht.

Unwichtig. So verdammt unwichtig. Sie musste es bis zur Captain's Cabin schaffen. Das war alles, was zählte.

Du musst da sein. Bitte. Sei da.

Es gab keine Worte dafür, wie heiß die Hoffnung brannte, und doch ...

... war Sorcha auf eine seltsam hohle Art nicht einmal überrascht, als sie die Tür zu Vince' Kabine aufstieß.

Und die Kabine einfach leer war.

Sorcha blieb stehen, inmitten all der verstreuten Pinsel, Pads, Paletten und Stifte. Zwischen dem umgefallenen Dreibein-Klapphocker und dem Make-up-Koffer, der immer noch auf dem Boden lag. Schillernd bemalt von unzähligen Regenbögen, die den Fregattvogel vor der roten Sonne im Fenster leuchten ließen.

Vince war nicht hier.

Und diesmal war es wirklich vorbei.

Auf weichen Knien wankte Sorcha zum Bett hinüber und ließ sich einfach fallen. Ließ alles los, einfach alles. Die Hoffnung, die schreckliche Trauer, die Schuld. Die Angst, die Last. Am Ende sich selbst.

Es gab nichts mehr zu halten.

Sorcha lag auf Vince' Bett und weinte in die Kissen, die noch nach ihr und Ioteba rochen; sie schrie, ohne sich selbst zu hören; sie brach und stürzte und brach noch einmal, ohne sich auch nur einen Millimeter zu rühren.

Bis sie endlich leer war, komplett entleert von restlos allem, und zum ersten Mal, seit sehr, sehr langer Zeit ...

... einfach schlafen konnte.

TAG 1

33° N 65° W
4. Mai 2092, 09:17
NOAH#04

Das Licht vor dem Fenster flackerte.

Ein unruhiges Kopfschmerzflackern – *flick-flicker-flickflick-brrr-zzzzzz-flick. Brrrrzzzz-flicker-flick.*

Viv richtete sich etwas schwerfällig aus der unbequemen Haltung auf, in der sie offenbar in einem der wenigen Sessel eingeschlafen war, die ihre Notunterkunft in einem der zukünftigen NOAH#04-Wohnhausfoyers zu bieten hatte.

Flick-flicker-flickflick-brrrzzzzzzz-flick. Brrrrzzzz-flicker-flick.

Viv blinzelte irritiert.

Sonnenlicht flackert eigentlich nicht.

Für einen Moment fühlte sie sich seltsam orientierungslos, als wäre sie mit dem Kopf an mehreren Orten gleichzeitig.

Was für ein wilder Traum war das bitte?

Als hätte ihr Gehirn nur auf diesen Gedanken gewartet, brach im nächsten Moment ein wahrer Sturzbach an Gedanken und Empfindungen über sie herein. Bilder, Gefühle, Verstehen. Erinnerungen.

Déjà-vus.

Viv konnte nicht viel anderes tun, als es geschehen zu lassen. Das Begreifen zuzulassen, das Erinnern an fremde Zeiten, andere Realitäten. Dinge, die sie gelernt und verstanden hatte.

Das Gefühl, zu sterben.

Und die Erkenntnis, dass es hier und jetzt, in dieser Realität, jemand anderes war, der an ihrer Stelle gestorben war.

Fuck.

Viv sprang auf und rannte los.

Es war ein unfassbar abgefahrenes Gefühl, durch die Straßen einer schwimmenden Stadt zu laufen, während diese durch den Atlantik pflügte wie ein außergewöhnlich zu groß geratenes Containerschiff.

Viv hatte keine genaue Vorstellung davon, was sie eigentlich vorhatte. Sie wusste für den Moment nur, dass dieses Bild in ihrem Kopf sie bis in alle Ewigkeit verfolgen würde, wenn sie es nicht endlich in ihre Realität holte. *Diese* Realität.

Denn hier gehörte es hin.

In der ehemaligen Partybucht war der Platz um das Vortagsbuffet abgesperrt worden, und die verbliebenen Snacks und Getränke wurden offenbar gerade in großen Kühlracks sortiert und zu Proviantrationen zusammengestellt. Sicher irgendeine besonders clevere Idee einer besonders cleveren …

»Hargreeves?«

Viv schloss eine Sekunde die Augen und beschleunigte ihren Schritt. Jax hatte sie natürlich trotzdem gesehen. Kurz darauf tauchte er mit einem kleinen Tablett voll Pasteten und herzhafter Mini-Croissants vor ihr auf. »Na, du siehst ja mal selbst für deine Verhältnisse außergewöhnlich furchtbar aus. Frühstück?«

Viv blieb stehen und seufzte ergeben. Nahm sich einen Snack, weil sie wirklich hungrig war, und schüttelte dann den Kopf. »Warum hab ich mir nicht gleich gedacht, dass du es bist, der sich hier am Leid der Menschen bereichert? Hör mal, ich hab was zu erledigen. Belästige andere Leute, sei so nett. Wie wär's mit Paula Swan?«

»Paula Swan?« Jetzt sah er unfassbar irritiert aus, und Viv hätte damit zufrieden sein können, wenn ihr nicht gerade andere Dinge so viel wichtiger gewesen wären.

»Ich sehe dich später.« Sie nahm sich noch ein Croissant. »Viel Erfolg noch mit deinem neuen Business. Ich hoffe, ich kann meine Erkenntnisse dann später gegen Essen tauschen.«

Sie prostete Jax mit dem Croissant zu und lief weiter, ehe er sich eine passende Antwort überlegen konnte.

»Ich mache immer gern Geschäfte mit dir, Hargreeves!«, rief er ihr nach. Dankenswerterweise schien er für den Moment allerdings tatsächlich beschäftigt genug, um ihr nicht hinterherzulaufen.

Viv richtete ihren Blick auf das zwölfstöckige Hochhaus, das nur so wenige Stunden zuvor eine so wichtige Rolle im Schicksal dieser Zeitlinie gespielt hatte. Es konnte ja nicht so schwer sein, dachte sie grimmig entschlossen, diese kleine Privatbucht zu finden.

Und tatsächlich ... war es wirklich sehr einfach.

Den Ort zu betreten, an dem sie gestorben war, selbst wenn es sich dabei um eine andere Zeitlinie handelte, traf Viv tiefer und härter, als sie es erwartet hatte.

Die winzige Bucht war ringsum von schroffen künstlichen Felsen geschützt, und vermutlich fiel im ursprünglichen Design ein feiner Sandstrand bis zum Meer hin ab.

Seit NOAH#04 nicht mehr stationär verankert auf den Wellen trieb, sondern in leicht vorgekippter Schräglage abgeschleppt wurde, lag der Strand vollständig unter Wasser. Selbst direkt an der Hausfassade war es wadentief und durch den morgendlichen Lichteinfall smaragdgrün getönt.

Zögernd watete Viv ein Stück in die Bucht hinaus – und blieb stehen. Ein Kloß bildete sich in ihrer Kehle. Bis zuletzt hatte ein kleiner Teil von ihr noch gehofft, dass sie sich vielleicht täuschte. Dass es doch nur eine Illusion gewesen war, nur ein sehr, sehr wilder Traum.

Das war jetzt vorbei.

Etwas trieb dort im Wasser.

Jemand. Ein Körper, schlaff und leblos. Langes schwarzes Haar, das von der Brandung vor und zurück getrieben wurde wie Wassergras. Ohne weiter darüber nachzudenken, watete Viv hinüber, mit schnellen Schritten, hastig spritzend.

Das Sonnenlicht brach sich in den winzigen, unruhigen Wellen an der Wasseroberfläche. Dunkle Augen starrten blicklos zu ihr herauf.

»Vince!«

Viv packte Vince unter den Armen, zerrte den Oberkörper aus dem Wasser.

Zu spät.

Sie wusste es in der ersten Sekunde. Da war kein Leben mehr. Nichts zu retten. Nicht nach all den Stunden.

Viv ließ sich auf ihren Hintern zurückfallen, landete platschend im Wasser und zog den schlaffen Körper in ihre Arme. Schloss die blicklosen Augen mit zitternden Fingern und starrte mit engem Hals aufs Meer hinaus, während sich hinter ihren Lidern ein verdächtiger Druck aufbaute.

Was jetzt?

Fuck, was jetzt? Was mache ich jetzt bloß mit dir?

Was mache ich mit mir?!

»Was hättet ihr getan?« Sie sah auf Vince' regloses Gesicht hinunter und lachte ein wenig darüber, dass sie ihre Vorstellung davon, was ausgerechnet Captain Frigatebird an ihrer Stelle getan hätte, zu ihrem moralischen Kompass machen wollte. Doch es war nun mal genau so. Von wem sonst hatte sie in so kurzer Zeit so viel über sich selbst und übers Menschsein an sich gelernt?

Und während sie noch vor sich hinstarrte, regte sich in ihr ein Gedankenfunke. Einer, der kurz darauf eine Idee aufflackern ließ, ein Verstehen und einen überwältigenden Drang, zu handeln.

In Vince' Ohr musste es noch einen Transmitter geben. Und mit etwas Glück hatte die See ihn noch nicht zerstört.

Es war nicht ganz einfach, den kleinen Ring aus Vince' Ohrmuschel zu fummeln, und fast noch schwieriger, ihn korrekt in ihr eigenes Ohr einzusetzen, weil ihre Fingerspitzen inzwischen schrumpelig vom Salzwasser waren.

»Sorry, Captain. Mit allem Respekt.«

Sie legte den Finger ans Ohr, wie sie es so oft bei Vince und Sorcha gesehen hatte. Atmete einmal tief ein und sprach mit irrational bebender Stimme.

»Hallo? Hier ist Viv Resiliência Hargreeves. Ich rufe die Crew der *Revery*. Hört ihr mich?«

Klick.

Stille. Niemand antwortete. Doch Viv hatte das eigenartige Gefühl, dass dort trotzdem jemand war. Dass *jemand* ihr zuhörte, dort auf der anderen Seite. Deshalb sprach sie weiter; etwas fahrig, etwas hastig.

»Ich habe Captain Vince gefunden. Leider ... leider zu spät. Aber ich dachte ... ich dachte, ihr möchtet das vielleicht trotzdem wissen.«

Klick.

Stille.

»Hallo? Hier spricht Viv ...«

Klick.

»Vivienne Hargreeves?«

Viv fuhr heftig zusammen. Erst jetzt begriff sie, wie wenig sie damit gerechnet hatte, tatsächlich eine Antwort zu bekommen. Aber diese Stimme, dieser heisere Bariton ... das war Cicatriz. Unverkennbar.

»Wo bist du? Nutzt du Captains Transmitter? Warte. Wir holen dich ab.«

»Ist gut.« Viv atmete tief durch. Ihr Herz pochte mit einem Mal unfassbar schnell. »Macht euch keinen Stress. Ich hab vorher noch ein paar Dinge zu regeln. Und ... keine Sorge. Ich will niemanden von euch festsetzen. Ganz im Gegenteil.«

Tatsächlich musste Viv eine ganze Weile warten. Allerdings war ihr das sogar ganz recht. Jenes erste Gedankenflackern hatte sich noch während ihres kurzen Gesprächs mit Cicatriz zu einem wahren Flächenbrand ausgeweitet. Erkenntnisse und Verknüpfungen, die unmöglich alle ihre eigenen sein konnten – oder? – prasselten wie ein wahres Dauerfeuer auf sie ein.

Von Aurora, die von einem Deal mit Henk erzählte. Von einer zweiten oder dritten Maschine – anders als Sorchas und doch zu ähnlich –, die bei den EatTheRich-Morden eine entscheidende und unvorhergesehene Rolle gespielt hatte. Von Henk, der Operation Raid in die Wege geleitet und sich so unfassbar verrechnet hatte. Henk, der Sorcha nicht nur sichern, sondern sie für sein eigenes Versagen und das Erreichen seiner eigenen Ziele opfern wollte.

Nein, dachte Viv, das konnte sie unmöglich alles selbst erfahren haben. Aber vielleicht machte der eigene Tod die Zeitlinien für Informationen durchlässiger, als sie es sein sollten, wenn man einmal in dieses Netz geraten war, das die Nutzung von Sorchas Maschine aufspannte.

Bei Vince war es auch so gewesen. Und bei Sorcha ...?

Wer wusste schon genau, was ihr alles passiert war auf ihrer langen Reise. Im Grunde spielte es keine Rolle. Was zählte, war, dass Viv endlich die Informationen aus anderen Zeitlinien als Wahrheit akzeptieren konnte. Und entsprechend handeln würde. So, wie es für den Gebrauch der Foresight-Technologie von Anfang an vorgesehen gewesen war.

Viv bettete Vince' Oberkörper in ihren Schoß, zog ihr Fold aus der Tasche und wählte eine Direktverbindung, die Jun ihr für absolute Notfälle eingespeichert hatte.

Dies *war* ein absoluter Notfall.

»Harbor Unit Distrikt 01, es spricht Captain Myris Holt.«

»Myris! Hier ist Viv. Ist Jun bei dir? Egal. Hör zu, ich hab nicht viel Zeit. Ich weiß, dass ihr in den Raid auf NOAH#04 involviert seid. Ihr seid noch in der Nähe der Stadt? Myris, wenn ihr die Verantwortlichen der ETR-Morde erwischen wollt, müsst ihr ein Frachtschiff namens *Sweet Magda* finden. Setzt alle fest, die sich dort befinden.«

Eine lange Pause entstand. Eine sehr lange, eindeutig erschütterte Pause.

»Viv ... geht es dir gut?« Myris klang zweifelnd.

»Viv?!« Das war Jun. »Viv, was zur Hölle ...?«

»Die Details erkläre ich euch später.« Es kostete Viv unfassbare Mühe, ihre Erleichterung beim Klang von Juns Stimme nicht zu deutlich zu zeigen. »Ich habe noch ein paar Dinge zu regeln. Für den Augenblick müsst ihr die Crew der *Sweet Magda* erwischen. Vor allem Captain Aurora. Und ... es kann sein, dass auch Henk Orval dort ist. Nehmt ihn im Zweifel einfach mit fest.«

»Orval?!«

»Ich weiß, dass das schwer wird. Aber er hängt da mit drin, ich schwör's euch. Kanns jetzt nicht erklären, aber ich melde mich. Versprochen. Macht euch keine Sorgen. Nicht um mich.« Und bevor Jun oder Myris noch etwas sagen konnten, unterbrach Viv die Verbindung, schaltete das Fold ab und warf es weit von sich in die Wellen. Es versank mit einem Platschen. Kein Todesurteil für das Gerät. Zumindest nicht sofort. Aber ein paar Stunden im Salzwasser würden den Job hoffentlich trotzdem erledigen.

Mit einem tiefen Aufatmen ließ sich Viv nach hinten fallen. Wasser lief ihr in die Ohren, dämpfte alle Geräusche. Über ihr spannte sich strahlend blau der Frühlingshimmel. So ließ sie sich treiben – bis kurz darauf in der Ferne das Surren der Speedgleiter ertönte.

TAG 1

33° N 65° W
4. Mai 2092, 11:41
an Bord der Revery

Trotz allem, was Viv inzwischen auf der *Revery* erlebt hatte, war es trotzdem, als beträte sie das Schiff an diesem Tag zum ersten Mal. Es war ein sehr besonderes Gefühl, fremd und vertraut zugleich und irgendwie zerbrechlich.

Vorsichtig.

Schön.

Cicatriz und Edna erwarteten sie an Deck, um Vince' Leichnam in Empfang zu nehmen. Von Sorcha fehlte jede Spur.

»Sie schläft«, erklärte Cicatriz, als wäre ihr die Frage an der Stirn abzulesen – und vermutlich war das gar nicht so weit hergeholt.

Viv nickte bloß und sah Edna und den Zwillingen nach, die Vince' Körper an sich genommen hatten und ihn behutsam in Richtung Brücke davontrugen. Sie hatten kein Wort gesagt. Aber Viv hatte die Tränen in ihren Augen gesehen.

»Ich hab einiges zu berichten«, erklärte sie und fühlte sich unangenehm unbeholfen dabei. »Ich denke, ich kann helfen, dass die Republik nach diesem Raid in Ruhe gelassen wird. Trotz allem. Wenn alles gut geht. Hast du ein paar Minuten?«

Die brandvernarbte Haut um Cicatriz' Mundpartie kräuselte sich, und Viv registrierte erstaunt, wie eindeutig sie inzwischen sein Lächeln von grimmiger Strenge unterscheiden konnte.

»Wir warten noch darauf, dass Sorcha aufwacht. Dann werden wir

Captains Abschied feiern. Es kann noch eine Weile dauern, aber ich könnte mir vorstellen …«

»Hey. Resiliência.«

Die Stimme kam von hinten. Viv hätte sich nicht umdrehen müssen, um zu wissen, wem sie gehörte, tat es aber trotzdem.

Und dort stand sie. Blass und erschöpft, aber aufrecht. Ein Lächeln huschte um ihre Lippen, so winzig, dass Viv es sich womöglich nur einbildete. »Was hast du denn hier verloren?«

Vor gar nicht langer Zeit noch – gestern, um genau zu sein –, hätte sich Viv vermutlich impulshaft verteidigt. Ihre Anwesenheit hier und jetzt vehement gerechtfertigt. An diesem Tag verspürte sie keinerlei Bedürfnis dazu.

»Ich hab das Ernst gemeint«, sagte sie bloß. »Als ich gesagt habe, dass ich nicht eure Feindin bin. Und ich wollte, dass du das weißt.«

Ebenfalls vor gar nicht langer Zeit noch, dachte sie, hätte sie außerdem das Bedürfnis gehabt, sich darüber hinaus weiter zu erklären. Ihre Beweggründe auszubreiten und sicherzugehen, dass ihre Absichten auch richtig verstanden wurden. Was ihr Plan gewesen war. Und warum sie Sorcha hatte festsetzen wollen, jetzt aber nicht mehr.

Doch selbst wenn sie sich dazu entschieden hätte, hätte Sorcha ihr keine Gelegenheit dazu gegeben. Weil Sorcha die Situation mit einem Grinsen auflöste, das auf den zweiten Blick vor allem ein erstaunlich weiches Lächeln war.

»Klar. Wusste ich die ganze Zeit. Willkommen zurück an Bord. Ich … also, wir. Wir alle würden uns freuen, wenn du zu Captains letztem Essen bleibst. Falls du die Zeit hast. Und bis dahin … können wir reden. So viel du willst.«

Viv blieb keine andere Wahl, als das Lächeln zu erwidern. »Sehr gern. Ich habe heute alle Zeit der Welt.« Sie sah zu Cicatriz, der ihr bloß zunickte.

»Und ich habe wirklich viel zu berichten.«

TAG 1

32° N 65° W
4. Mai 2092, 21:17
an Bord der Revery

Das Deck war klamm. Hart und kalt und ein bisschen glitschig von der Gischt, die die Wellen über die Reling trieben. Es hob und senkte sich mit dem Seegang unter Sorchas nackten Füßen. Ganz vorn, wo der keilförmige Bug der *Revery* durch die Brandungstäler schnitt, war es besonders deutlich zu spüren.

Iotebas letztes Essen hatte sich bis in die Abenddämmerung gezogen. Jetzt war der Himmel mit kitschigen Pink- und Orangetönen überzogen, wie sie wirklich nur der Atlantik auf hoher See zu bieten hatte. Ein Himmel, den Sorcha bis ans Ende ihres Lebens mit einem einzigen Menschen in Verbindung bringen würde. Einem Menschen, den sie wohl oder übel bis ans Ende ihres Lebens würde vermissen müssen.

Ihr Kopf war immer noch nicht wieder in Ordnung. Vielleicht würde er das nie mehr sein. Viel zu oft gingen ihre Gedanken in die eine Richtung, die Füße in eine andere.

So wie jetzt.

Ihre Füße hatten den Weg zum Bug ganz automatisch genommen – dorthin, wo Vince und sie so oft gestanden und dem Horizont entgegengesehen hatten. Wo sie über Träume und Wünsche gesprochen und Lieder gegen Heimweh gesungen hatten.

Ihr Kopf aber trug sie bereits wieder zurück in ihre Kabine. Zur Maschine. Zur Analyse. Zu den Möglichkeiten, die es geben konnte, wenn es ihr gelang, sie zu reparieren.

Oder eben auch nicht.

»Keinen Schritt weiter!«

Die Stimme fuhr Sorcha durch und durch. Innerhalb eines Sekundenbruchteils kehrte ihr Kopf zurück, dorthin, wo auch ihre Füße waren. Ihr Körper. Ihre Sinne. Ihr Herz, das raste und zerriss zugleich bei dem Anblick, der sich ihr bot.

Vince stand vor ihr auf dem Deck, eine dramatische Silhouette vor dem Sonnenuntergang. Der schwarze Zopf peitschte im Wind, der dünne Stoff eines japanischen Sommer-Zweiteilers flatterte um Oberschenkel und Brust. Das leuchtend pinke Licht fing sich im Lauf des Revolvers mit den blauen Lichtern, der direkt auf Sorcha gerichtet war.

»Du gehst heute nirgendwo mehr hin.«

Sorcha konnte nicht anders, als zu lächeln, als sie folgsam in der Bewegung einfror. Vermutlich hatte es niemals und nirgends auf der Welt einen beeindruckenderen Auftritt in einem mit Blumen bedruckten Jinbei gegeben. »Aye, Captain.«

Delusion. Fragment. Déjà-vu.

So real und schmerzhaft schön, dass sie es weder abschütteln konnte noch wollte. Nein, ihr Kopf war wirklich noch nicht wieder in Ordnung. Und das war sehr okay. Zumindest für den Moment.

Vince ließ den Revolver sinken und streckte Sorcha die freie Hand entgegen. »Ach, Sorchee. Du musst mir nicht jeden Unsinn durchgehen lassen, weißt du. Du nicht.«

Sorcha wischte sich über die Augen, die an diesem Tag so viel geweint hatten. Erwartete, neue Tränen zu spüren, und fand keine, außer in ihrer Stimme. »Ich mag deinen Unsinn aber.«

»Das ist was anderes.« Vince lächelte breit. Jenes besondere Lächeln, das seit etlichen Jahren nur Sorcha kannte.

»Ich bin jetzt nicht im Dienst. Leistest du mir ein bisschen Gesellschaft?«

Sorcha seufzte tonlos und griff nach der Hand, die sich warm und so real anfühlte, dass ihr das Herz schon wieder brach. »Wie könnte ich nein sagen?«

Sie trat an die Reling und spürte den vertrauten Arm um ihre

Taille, den warmen Atem an ihrem Scheitel, als sie ihren Kopf an seine Schulter lehnte.

»Ia rangi ni mitiniko«, flüsterte Ioteba, Worte wie Wellenrauschen und Wind, und doch so unverkennbar – und nun stiegen Sorcha doch wieder Tränen in die Augen. Sie sah ihn nicht an, starrte bloß zum leuchtenden Horizont, über dem inzwischen die ersten Sterne zu sehen waren, und versuchte, das Gefühl festzuhalten. Diese viel zu reale Illusion, dass er trotz aller Wahrheiten und Erkenntnisse, denen sie sich hatte stellen müssen, immer noch bei ihr war.

»Ich vermisse dich auch.«

Darauf sagte Ioteba nichts mehr. Aber sein Atem verschwand nicht, und auch nicht das Gefühl seiner Arme, als wollte er sie ebenso wenig loslassen wie sie ihn, ob er nun eine Illusion war oder nicht.

»Ich weiß, dass du nicht mehr hier bist«, flüsterte Sorcha endlich und hielt seine Hand über ihrer Hüfte ein wenig fester.

»Das ist mein Schiff. Natürlich bin ich hier.« Es klang geradezu vorwurfsvoll. »Immer.«

Sorcha hob den Kopf von seiner Schulter. Starrte ihm herausfordernd ins Gesicht. »Lüge. Nichts ist für immer. Das hab ich dir schon so oft gesagt.«

Ein liebevolles Seufzen war die Antwort. »Das ist das, was du denkst. Aber das hier.« Ioteba schob seine Finger zwischen ihre und legte ihre verschränkten Hände über Sorchas Herz. »Und das.« Er gab ihr einen sanften Kuss auf die Stirn. »Das ist wohl für immer.«

Er hatte recht, dachte Sorcha, und war doch wie immer zugleich der größte Lügner, den die Welt je gesehen hatte. Kein Kuss konnte daran etwas ändern, und trotzdem konnte sie nicht nein sagen, es nicht *nicht* wollen, diese Nähe, diese Innigkeit, diese viel zu große Liebe, die ihr wieder und wieder so sehr das Herz zerriss.

»*Hier* bist du aber trotzdem nicht«, flüsterte sie und hielt sich an der Reling fest, weil es einfach zu wehtat, es bei ihm zu versuchen. »Wirst du nie wieder sein.«

»Ay, Sorchee«, sagte Ioteba und ließ seinen Arm hinauf um ihre Schultern gleiten. »Jetzt sei nicht so kleinlich.«

So standen sie eng umschlungen an der Bugreling. Schweigend. Wie sie es immer getan hatten, seit Sorcha an jenem ebenso pink und golden leuchtenden Abend zurück an Bord gekommen war. Nur dass selbst ihr Schweigen heute so viel bedeutsamer schien als sonst.

»All die Reisen«, sagte Sorcha endlich und konnte nicht verhindern, dass ihre Stimme tief frustriert klang. »Die viele Zeit. Der ganze beschissene Mindfuck. Wofür war das denn nun eigentlich? Was hab ich davon, wenn du trotzdem weg bist?« Sie holte bebend Atem.

»Nichts«, gab sie sich selbst die vernichtende Antwort.

Ioteba strich sanft über ihre Schulter, ihren Arm hinab bis zur Hüfte. »Du hast die *Revery*. Und neue Verbündete. Ist das denn wirklich nichts?«

Sorcha öffnete den Mund, um zu antworten, etwas harscher als nötig vielleicht.

Aber es kam nicht mehr dazu.

»Captain?!«

Mit einem überraschten Laut fuhr Sorcha herum.

Am Deckabgang stand Cicatriz. Hinter ihm, fast ein wenig schüchtern – oder vielleicht war *vorsichtig* das bessere Wort –, warteten Loraj, Zèklè und Edna. Und für einen langen kostbaren Moment schaffte es Sorcha, zu glauben, die anderen könnten Ioteba oder Vince genauso sehen wie sie. Die Illusion teilen und sie dadurch ein bisschen wahrer werden lassen.

Bis ihr in der nächsten Bruchsekunde mit überfordernder Klarheit bewusst wurde, dass das ganz und gar unmöglich war.

Dass sie einzig und allein *sie* ansahen.

Sie.

Mehr noch: Dass sie *sie* gemeint hatten, mit dem, was sie gesagt hatten.

Captain.

Sorcha wollte lachen und weinen zugleich. Wie absurd und überfordernd konnte ein Tag wohl noch werden?

Da hörte sie ein leises Lachen neben sich, spürte einen letzten sanften Kuss auf ihren Scheitel.

»Hab ich dir doch gesagt.«

Doch als Sorcha sich hastig nach ihm umsah, war Ioteba auch für ihre Sinne verschwunden.

»Der Wind steht günstig für Kurs auf New Florida«, sagte Cicatriz und verschränkte mit diesem winzigen Schmunzeln die Arme vor der Brust. »Außerdem zeigt die Karte einen autonomen Textilfrachter auf 39° Nord, 55° West.«

Sorcha atmete tief durch. Natürlich. Die Crew hatte recht. Ioteba auch. Es gab noch so viel zu entdecken. So viele Feuer zu entzünden. Und wer auch immer auf diesem Schiff Captain genannt wurde: Der Fregattvogel würde die Menschen nicht im Stich lassen. Nicht, solange es so viel Ungerechtigkeit in der Welt gab. Und schon gar keine Textilfrachter unbehelligt ziehen lassen.

Sorcha wandte sich endgültig vom Horizont ab. Ließ die Reling los, stellte sich breiter hin, um einen festen Stand zu haben. Und lächelte ein gefährliches Lächeln.

»Klingt doch perfekt. Hisst die Flagge. Wir segeln.«

DANKSAGUNG

48°N 8°O
23. Dezember 2024, 07:47
Freiburg im Breisgau, Hauptbahnhof

Dezember. Es ist dunkel, in Freiburg fällt Schnee in dicken Flocken. Vor ein paar Tagen habe ich die finale Fassung meiner Piraten abgegeben. Was jetzt noch fehlt, ist die Danksagung. Auf den letzten Drücker natürlich, wie es so üblich ist für diese Zeit im Jahr, und trotzdem wird alles ganz ruhig und langsam in meinem Kopf, während ich darüber nachdenke, wer mich auf diesem wirklich langen Weg zum Ende des Romans begleitet hat. Ich habe diesmal nicht viel Platz für Dank, deshalb lasse ich bloß eure Namen hier und hoffe, dass ihr wisst, was ihr für mich und die Fregattvogel-Crew getan habt und wie unendlich viel mir eure Unterstützung bedeutet.

Familie und Herzensmenschen: Miriam. Sophie. Joh. Christa und Thomas. Fred und Colette. Ingo. Und natürlich Erik. Immer.

Meine Lit-Bubble Crew: Carina und Kathi. Victoria Linnea. Steffi. Kati, Franzi und die ganze Discord-Schreibhöhle. Mein Katrin^3-Testlesesquad. Und Markus, der sagte »Mein Kreativzentrum nickt zu deiner Idee!« und mich damit in einen dringend benötigten Motivationsschub gekickt hat.

Die weltbesten Buchmach-Profis: Karin und das ganze PIPER-Team. Tanja, Bastian und die Agency. Herzenslektorin Lisa. Tristan für die Sensitivity-Beratung. Und Larissa für die großartige Illustration und DIE FLAGGE.

Ganz besonderer Dank gilt Abemwa Abetenoko, der all meine Fragen über Kiribati und Seefahrt beantwortet und Captain Vince zum Leben erweckt hat. Ko rabwa, tàbo!

PLAYLIST

Arise – E. S. Posthumus (Raid auf NOAH#04)

He's a Pirate – Klaus Badelt (Flucht aus dem HU-Tower)

Can't Go to Hell – Sin Shake Sin (Die Fregattvogel-Crew)

Landmines – BELLSAINT (Sorcha's Theme)

Will Of The People – Muse (New Florida Theme)

Vincent – Ellie Goulding

Ngkoi Ma Ngai – Furioso Irade (Kiribati Love Theme)

Rise Like a Phoenix – Conchita Wurst

Far Away – Burn The Ballroom (Vince & Sorcha)

My Name Is … – Once Monsters (Vince' Theme)

The Edge Of Glory – Lady Gaga (Viv's Theme)

Maintain the Madness – The Jane Austen Argument (Ioteba's Theme)

Nearer My God to Thee – Titanic Orchestra

INHALTSWARNUNG

»We Burn the Sun« enthält Themen, die belasten können.
Diese sind:

- Alkoholkonsum
- Erbrechen
- Körperliche Gewaltanwendung
- Beschreibung von Gewaltverbrechen
- Rassistische, sexistische und ökofaschistische Aussagen
- Schwangerschaftsabbruch
- Sex
- Tod